明日花黄
Dead Tomorrow

（英）彼得·詹姆斯 著
王莹 译

新星出版社　NEW STAR PRESS

此书为纪念弗雷德·纽曼而作,向他致以敬意!

1

苏珊恨摩托车。她常常对纳特说,摩托车能致人于死命,骑摩托车是世界上最危险的事,讲了一遍又一遍。纳特告诉她,实际上,从统计数字来看,她是错误的。只要这样一说便会使她激动起来,这叫纳特大为开心。他还说事实上你所做的最危险的事情便是一脚跨进你的厨房门,那里是你最有可能死于非命的地方。

对于一个有着多年医院从业经验的专科医生来说,这便是纳特在自己的工作生涯中每日亲眼所见的情况。当然也有一些骑摩托车出的重大事故,但是没有什么能比得上在厨房里发生的。

人们常常因为把叉子戳进烤面包炉里而触电身亡,从厨房的餐椅上摔下来而扭断了脖子,被食物噎住,或者因食物中毒而死。他特别喜欢和她说起一个受害者的故事,那是一个被送进苏塞克斯郡皇家医院事故急诊室的病人。这家医院是纳特的工作地点——或者毋宁说这里就是让他劳累过度的地方。这个病人弯腰把头塞进洗碗机里去疏通,结果被一把剔骨刀戳伤了眼睛。

他总喜欢对她说摩托车一点也不危险，即使像他这辆超大的红色本田火刃摩托车，能在三秒种内达到每小时六十英里的车速，它也是安全的。问题总是出在其他在公路上跑的人身上，你只要提防着他们便没事了。嗨，他的火刃和她那辆噼啪作响的奥迪TT小汽车比起来，留下来的尾气不知要少多少呢。

但她对他的这个说法总是置之不理。

对于他的牢骚她也同样置之不理。他不断抱怨说又要与那些法外之民——他老是这样称呼他的岳父母——一起过圣诞节，因为离圣诞节只有五个星期了。他已故的母亲教导他说，你可以选择你的朋友，却无法选择你的亲戚。这真是再正确不过的真理。

他不知在什么书上看到过，说一个男人娶了老婆，总是希望她永远不变，但是一个女人嫁了男人之后，她每天要做的事情便是改变她的丈夫。

这方面苏珊·库柏可是干得呱呱叫。她使用了女人的兵器库里最具破坏力的武器：她已怀孕六月有余。当然他也自豪得很，这倒是实话。可是当他想到自己不久就要面对的现实时，便不禁大为丧气。火刃不能再骑了，得代之以更为实用的东西——某种牌子的小汽车或是公共汽车。这是为了满足苏珊的社会良心和环境意识。一辆该死的柴油和电气混合动力车！看在上帝的分上！

这样还会留下多少乐趣呢？

他凌晨才回到家，此刻正坐在餐桌边打哈欠。他们这幢小屋子位于罗德梅尔，离布赖顿①有十英里远。他盯着电视上的早餐节目，看阿富汗自杀式炸弹爆炸的新闻。电视屏幕上显示的时间是八点十一分，按照他的手表来看是八点零九分，可是他内心却仍然认为这是死沉沉的黑夜。他用匙子舀了一些全麦早餐麦片送进嘴里，就着橙汁和黑咖啡大口吞了下去，然后便匆匆忙忙地上了楼。他亲了亲苏珊，又在她隆起的肚子上拍了拍，便说了句"再见"。

---

①布赖顿：英国南部濒海的城市。

"小心骑。"她说。

你认为我能怎么着,难道要危险地骑吗?他心里这样想,但没有说出来,只说了句:"我爱你。"

"我也爱你,给我打电话。"

纳特又亲了亲她,然后便下了楼,把头盔用力拉到头上,戴上皮手套,几步跨出屋外。这是一个霜冻的早晨。他从车库里推出他那辆沉重的红色摩托车,然后砰的一声把门关上。这时天才刚刚亮,地面上虽已结霜,但已经好几天没有下雨了,因此路上没有出现透明薄冰的危险。

他抬头看看拉上了窗帘的窗户,然后便压下火花塞,将他心爱的摩托车发动了起来。这是他生命中最后一次骑他的摩托车了。

2

在林恩·贝克特的生活中有几个始终存在的因素，罗斯·亨特医生便是其中之一。当她站在他诊所的门廊上，按响门上的电铃时，心中这样想。事实上，如果她扪心自问，也很难说出其他始终存在的东西来——除了失败，那简直是如影随形。她擅长失败，向来如此；说起失败她真是成绩斐然，能够打败整个英格兰。

简单说来，她的生活就是长达三十七年的一连串灾难。先是从小事情开始的，像七岁时食指尖让汽车门给夹了下来这样的事。随着生活日渐板起了它严峻的面孔，她的失败便稳步向前，越变越大。为人子女时她使得父母失望，为人之妻又使得丈夫失望；现在作为一个单身母亲，她在各方面又使得她那十来岁的女儿失望。

医生的诊所设在一座英王爱德华时代的大别墅里，位于霍夫一条安静的街上。以前这条街上都是住家，但是如今许多带平台外廊的大屋子早已拆除，代之以公寓楼房了。大多数尚存的，就像这座一样，都被改成了事务所或是开业医生的诊室。

她走进熟悉的门厅，里面发出家具上光漆的味道，还夹杂着一丝防腐剂的气味。她看到亨特医生的秘书坐在最里头的办公桌前，忙着打电话，便悄悄走进候诊室。

这是间大而黑暗的屋子。她在这里出入十五年，房子却依然没有什么变化。粗糙的水泥天花板上的那块水渍，看起来还是模模糊糊地像澳大利亚的地图。壁炉前面摆着的仍然是同一盆橡胶植物，同样令人熟悉的发霉的气味，同样不配套的扶手椅和沙发。它们好像是在时间的迷雾中，被人从一个从事房屋物品出清的拍卖商手中以整批买进的廉价方式收购回来，全部放在了这里。甚至连放在房间中央的那张环形橡木桌上的几本杂志，看起来这几年也从未更换过。

她一眼瞧见一个虚弱的老头深深陷入一张扶手椅中，椅子里的弹簧都戳了出来。他把手杖插入地毯中，用手紧紧地抓住它，仿佛不想让自己完全陷入椅中而消失不见。坐在他身旁的是一个满脸不耐烦的三十多岁的男子，身穿一件镶有天鹅绒衣领的蓝色上衣，正一心一意地在他的黑莓手机上忙着。架子上放着几本小册子，其中一本告诉人们要如何戒烟。但以林恩目前的心境，她倒是宁肯有人来劝她一句"多多抽烟"。

桌上放着一本新近的《时代》杂志，但她此刻完全没有心思看书。昨天下午晚些时候，她接到了亨特医生的秘书打来的电话，让她本人第二天一早就到诊所里来。从那之后，她就几乎没有合过眼。她因为血糖过低而发抖。虽然已服过了药，可是那之后她就几乎没有吞下一口食物。

在一张直靠背的硬木椅上坐下之后，她从袋中翻找出两片葡萄糖片，丢进口中。为什么亨特大夫急着要见她？是关于她上周做的血液检测吗？或者是关于凯特琳的？这似乎更有可能。她以前也曾这样害怕过，一次是在她自己的乳房上发现了一个肿块，还有一次是她发现女儿举动怪异，以为那也许是脑部长肿瘤的症候，因此万分恐惧。结果是医生亲自打了电话过来，告诉她好消息，说是活检、镜检，还有血液检测的结果都很好，没什么可担心的；没有什么可替凯特琳焦虑的。

她把双腿交叉，接着又把它们放开。她衣着鲜亮，身上穿的是她最好的一件大衣——蓝色中长的羊毛和开司米，一月份促销时低价买到的；里面是一件深蓝色的针织上装、黑裤子和黑色的小山羊皮靴。尽管她心里决不会承认，每当她来看医生时，总是要设法使自己显得好看一点。她的打扮决不是为了勾引人——她早已失去了这项技能，更不用提有什么自信去做那件事了——但至少也得打扮得像个样子。亨特医生的女病人中至少有半数以上在暗中喜欢着他，她也一样。可她从来也不敢让医生看出来。

自从和马尔科姆分手以后，她的自我估价便一落到底了。作为一个三十七岁的女人，她还是很有吸引力的。她的几个朋友以及她那已故的妹妹都告诉过她，如果能找回她那失去的体重，她还会有魅力得多。她知道自己很憔悴，这一点只要照一照镜子便能看到了。她的憔悴是对一切事情的操心引起的，而其中最主要的是六年多来对凯特琳的病情的忧虑。

凯特琳过完九岁生日之后不久便第一次诊断出了肝脏疾病。从那以后她们俩便一直像是走在一条长长的黑暗的隧道中，没完没了地看专家，没完没了地做检测。在苏塞克斯这里只是短期的住院治疗，长一点的住院治疗是在皇家南伦敦医院做的，最长的一次几乎长达一年。在凯特琳的胆管上做手术插上支架，然后又做手术把它们取出。没完没了地输液。她有好几次因为疾病而极度虚弱，在课堂上就睡着了。她终于不能玩她心爱的萨克斯管了，因为她发现自己已无气力来吹它。凯特琳自从进入少年期，就变得越来越容易生气和反叛，因为她总要不断地问：为什么是我？

这个问题林恩无法回答。

长久以来，也记不清有多少次了，她焦急地坐在苏塞克斯郡皇家医院的事故急诊室里，看着医生治疗她的女儿。凯特琳十三岁时，有一次从饮料柜里偷喝了一瓶伏特加，所以不得不去医院洗胃。另一次是她十四岁时，从屋顶上掉了下来，砸在一堆乱七八糟的东西上。然后就是在一个可怕的夜晚，林恩在凌晨两点钟时走进凯特琳的卧室，发现她两眼发直，浑身流汗，却冷得牙齿发颤，声称自己吞下了一片迷幻药，是布赖顿的一个小混混给她的，弄得她直头痛。

每一次，亨特医生都会来到医院，和凯特琳待在一起，直到他认为她已经脱离了危险为止。他本来不必这样做，可这是他的行事风格。

此刻，门开了，他走了进来。他身材高大而优美，穿着一套细条纹的西服，态度和蔼。他有着一张俊美的脸，再配上一头椒盐色的波浪形头发。那双温和而关切的绿眼睛有一部分被半圆形的眼镜遮挡住了。

"林恩！"他那有力而活泼的声音今天早晨却令人奇怪地有点儿克制，"进来吧。"

罗斯·亨特医生在接待他的病人时有两种不同的表情。林恩作为他的病人，这么多年以来惯常看见的是那种发自真心的温和的微笑，是一种表示"看见你真高兴"的笑容。以前她从未看见过他这种若有所思的咬住下嘴唇的怪模样。这副表情他愿意私下藏在心中，不愿意把它表现出来。

可是今天他脸上就是这副表情。

3

这里是一个设置汽车速度监视站的好地方。每天开车急急忙忙进入布赖顿市的上班族们习惯于沿着这条刘易斯公路往下冲一段。他们都知道这里虽然限速四十英里,但开过交通灯之后便可以毫无顾虑地加快车速,不必再在同向双车道上减速。直到他们到达车速监视探头为止,几乎有一英里的路好开呢。

那辆有着蓝、黄、银三色方格图案的宝马车①本来停在一条旁路上,被一座公共汽车候车亭遮挡住一部分。此时它却突然开了过来,在这一大清早给大多数司机带来了一个不受欢迎的心惊肉跳的瞬间。

警察托尼·奥莫托索站在汽车的远端,举起他的激光测速枪,利用车顶做依托,将红点瞄准前面几辆车的车牌。只要他认准哪辆车超速,便可以用这种方法清楚地显示出那辆车的车速读数。他对准一辆丰田小轿车的车牌扣动扳机,发出咔嗒一声。数字识读器显示出时速

---

①在英国,警车会涂以蓝黄相间的方格图案作为标志。

为四十四英里。司机发现了他们，这时已经踩到了制动器上。按照严格的规定，可以允许他超速百分之十，顶多再外加百分之二。这辆丰田车一路开过去，制动信号灯闪烁着。然后托尼又瞄准了一辆白色的运货大卡车的车牌，时速四十三英里。接着又是一辆黑色的哈雷摩托飞速开过，速度超过了规定，但他没能及时盯上。

托尼的路警同伴伊恩·厄珀顿站在他左侧，一等托尼发出叫喊便准备跳出来。伊恩·厄珀顿身子又高又瘦，头戴帽子，身穿显眼的黄马甲。两个人都冻得要死。

厄珀顿看着那辆哈雷。他喜欢它们，所有的摩托车他全都喜欢，成为一名摩托骑警是他的理想。但是哈雷却只能作为巡逻摩托车。他真正喜爱的是高速赛车，像宝马、铃木隼摩托、本田火刃等。摩托车这种东西，为了制伏它们你必须屈身伏在上面，而不仅仅是转动一下把手，把它们当成方向盘来使。

一辆红色的杜卡迪重型摩托就要开过来了，但是开车的人发现了他们，已经把车速减慢，车子就像在爬行。从外车道上又开过来一辆破破烂烂的绿色的福特嘉年华，显然并没有看到他们。

"嘉年华！"奥莫托索叫了出来，"五十二！"

警察厄珀顿前跨一步，示意车子开过来。但是，不知道是没看见还是有意，汽车开了过去。

"好吧，追！"他大声读出车牌上的字，"W432CPN！"然后跳上车坐在了方向盘后面。

"浑蛋！"

"婊子！"

"你们怎么不去追真正的罪犯？"

"是啊，就知道迫害那些开摩托的人。"

托尼·奥莫托索转过头来，看见两个青年没精打采地走过去。他想要对他们说，那是因为英国每年有三千五百人死在公路上，而一年之中被谋杀致死的人也不过是五百人。就因为坐在嘉年华里面的那个臭狗屎，我和伊恩一个星期之中每一天都他妈的得去公路上搬死尸，清走破碎的尸块。

但是他没有时间这样说。他的同事已经把蓝色的顶灯打开,灯在闪闪发光地旋转着,警笛也呜呜地叫了起来。他把激光枪扔进车后座,从前面爬了进去,摔上车门,用力扯出安全带系上。此时,厄珀顿已经开大汽车油门,一脚踩到底,朝着车流的一个缝隙开了过去。

他感觉到腹部深处一股肾上腺素猛地冲了出来。他将脊背靠在了椅背上。啊,没错,这就是这项工作最激动人心之处。

安装在汽车仪表板上的自动车牌号码识读影像屏嘟的一声向他们发出信号,上面显示出了那辆嘉年华的资料索引 W432CPN。它没有交税,也没有上保险,登记表明这是一个已取消资格的司机。

厄珀顿将车开上外车道,快速向嘉年华追过去。

正在此时一个无线电呼叫传了过来:"呼叫 HT42。"

奥莫托索回答:"我是 HT42,请讲?"无线电呼叫员说:"我们接到一起报告,发生了一起严重的公路交通碰撞。一辆摩托车和汽车在科尔登单向车行道和迪奇林公路的交汇处相撞。请你们去处理。"

讨厌,他心想,不想放过那辆嘉年华。"好的,好的,我们已经上路了。请向布赖顿巡警发出一个警告:一辆福特嘉年华,车牌号码为 W432CPN,绿色,正在刘易斯公路上高速向南开行,即将到达环形路网。司机有无证驾车的嫌疑。"

他用不着告诉他的同事把车头掉过来,厄珀顿已经用力刹车。车子的右转向灯已经亮了起来,正对着迎面开过来的车流寻找一个空隙呢。

4

当马尔科姆·贝克特那辆已有三十七年历史的蓝色名爵轿车开过湿滑的路面，在交通灯前停下来时，他闻见了海的气息，觉得它越来越近了。海水那含有咸味的气息就像毒品一样浸透了他的血管。每隔一段时间，他要像吸毒一样给自己打上一针——去呼吸一点海水的气息。不到二十岁时他加入了皇家海军，参加了工程师的培训。从那以来他一生的职业生涯便是在大海上度过的，先是在皇家海军里干了十年，然后又在商船队里干了二十一年。

他爱布赖顿，因为它靠近海边。那里是他出生和成长的地方。每当踏上出海的船只他便觉得无比幸福。今天是他为期三周上岸休假的最后一天，也将是他起程出海的第一天。他要上的船名叫"阿可迪"号，他在那里担任总工程师的职务。他成为整个商船队最年轻的总工好像也不是很久以前的事。但是现在，他已经四十七岁了，不久就要成为一名老兵，一个经验丰富的老水手了。想到这里，他不禁感叹了起来。

就像熟悉他心爱的船只上面的每一颗铆钉一样,他对自己汽车上的每一颗螺钉和螺帽也都很熟悉。他常常将它们拆开,又将它们拼装上去。他都不记得这样做过多少回了。此刻他亲切地听着空转的引擎的隆隆响声,觉得他听见了一点儿推杆的噪声,决定下次回来休假时将汽缸盖拆下来做一点修理。

"你没事吧?"简问道。

"我吗?没事,绝对没有。"

今天早晨天气很好,蔚蓝的天空清新干燥,没有风,海面平静得像一塘池水。经过了晚秋的风暴——那曾经令他上次在船上轮值时的情况万分危急——现在天气已经好转了,至少今天是这样;虽然天气很冷,但是阳光灿烂。

"你会想我吗?"

他将一只手臂绕过她的肩膀,紧紧地拥抱了她一下。"想得发疯。"

"撒谎!"

他吻了她一下。"我离开你的每一秒钟都在想你。"

"废话!"

他又亲了她一次。

当绿灯亮起来时,她踩下离合器踏板,把发出嘎吱声响的变速杆压到了第一挡,加快车速开下了斜坡。

"要想和一艘船挑战,的确很难取胜。"她说。

他咧嘴一笑。"今天早上那场做爱可是了不得的呀!"

"最好能够你用。"

"一定会的。"

他们向左转,开车绕过霍夫湖的一端。那里由两个人工湖组成,人们可以划船,上风帆冲浪课和试航航海模型。在他们前方,贴近海港的东部周边是一个私人街区,满是摩尔风格的白色滨海房屋。那里住了一些有钱的名人,包括希瑟·米尔斯[1]和流线胖小子[2]这样的人。

---

[1] 希瑟·米尔斯(Heather Mills, 1968—):披头士成员保罗·麦卡特尼的前妻。
[2] 流线胖小子(Fatboy Slim):英国知名DJ诺曼·库克(Norman Cook, 1963—)的个人乐队。

空气中的咸味现在更浓了，还搀杂了一些港口里含硫黄味的烟雾以及汽油、绳索、沥青、油漆和煤的气味。

肖勒姆港位于布赖顿霍夫市的最西端，由一个长达一英里的海湾构成。港口的两边沿线布满了贮木场、货栈、煤箱站和集料仓库，也还有一些游艇系船池和一个由私人房屋和公寓楼组成的分散建筑群。这里曾经是一个繁忙的贸易港口，但是随着大型集装箱船的数量不断增长，这个港口的特征已经发生了变化，因为集装箱船太大，不适宜在这个港口停泊。

油船、较小型的货船以及捕鱼船仍在不断地使用着这个港口。但是这里来往的船只中最多的还是挖沙船，像马尔科姆的这艘船一样，在海底开采石子和沙砾，把它们作为骨料卖给建筑公司。

"这三个星期你有什么事要干呢？"他问。

是否信任留在岸上的妻子，是搁在所有水手们心头的一个问题，他刚进入皇家海军时便听人说过，有些水手的妻子每当丈夫上船轮职，便会将一小包奥妙牌洗衣粉粘在前窗上。这个信号表示：老家伙出海了①。

"杰玛要演的圣诞剧②你会赶不上了。"她回答道，"艾米两周后放假。我打算让她留在家里，就在周围转转。"

艾米是简第一次婚姻所生的十一岁大的女儿。马尔③和她处得很好，尽管他们之间总隔有一道看不见的障碍。杰玛是他们两人所生的六岁大的女儿，他和她就亲近得多了。她是一个非常温柔、非常开朗、非常自信的小人儿。这和他自己那第一次婚姻所生下的古怪、冷漠和多病的女儿形成了鲜明的对照。他也很爱那个女儿，尽管做了很多努力，却从没有真正地和她沟通过。一说起杰玛要扮演童贞玛丽，而他却无法看到，这便使他心中十分难过。可是他选择的这门职业使得他必须承担牺牲家庭责任这一后果，这一点他早就已经习惯了。这也是

---

① 原文为 Old Man Overseas，缩写为 OMO，与奥妙洗衣粉的商标相同。
② 原文为 nativity play，是关于耶稣诞生的戏剧，通常由儿童在圣诞节期间演出。
③ 马尔科姆的昵称。

导致他和前妻离婚的一个主要因素。那一次婚姻中的某些事情他还时常想起。

简开车向右转,经过一排排房屋,开上了沿着港湾南边的一条长长的笔直的马路。他看着简开车,她几乎是故意把车开得很慢,像是要延长和他在一起的最后几分钟。简虽然好争吵,却很逗人喜爱。她有一头红色的短发,一只骄横的扁鼻子,白色T恤外面套着一件皮夹克,下身是一条撕裂的蓝色牛仔裤。这两个女人之间有着多么大的不同啊!简是一个恐惧症治疗专家。她告诉他说她喜欢独立,每隔三周便有三周的自由时间,对此她十分珍惜。有了这三周的自由便使得她越发地看重他,胜过他完全在家的那种生活方式。

而林恩呢,她在一家讨债公司工作,总是欲望强烈,过于强烈。这件事是一个女人所要的,所希望的,甚至是渴求的。但是,这种欲望超过了限度。就是这样的欲望最终使得他们分开了。他曾经希望——事实上他们两人都希望过——有了孩子会改变这一点,但是却没有。

有了孩子使事情变得更糟。

车子慢了下来。简指点着,他们停下车,让一辆满载木材的卡车隆隆地开了过去。然后他们向右转,一直开进了索伦特骨料公司敞开着的大门。然后她把车停在保安部门的活动板房前。

马尔从车中钻了出来,已经穿上了他那套白色的连衫裤工作服和橡皮底的航海靴。他打开后备箱,提起他那只巨大柔软的行李袋,戴上了黄色的安全帽。然后他又从车窗中探进头去,和简吻别。这真是一个长久的、缠绵的亲吻。结婚七年之后,他们之间的感情依然强烈,依然有冲动,这是定期三周的分别所造成的。

"爱你。"他说。

"我也爱你。"她回答,又吻了他一次。

他是一个瘦高的男人,身体结实,长相英俊,有着一张开朗、诚恳的脸和一头粗密的短发,颜色已经由金黄色开始变淡了。他属于那类受到同事喜欢并尊重的人;他没有另一张脸,你所看到的他便是真正的他。

他站在那里看着她倒车,听着排气管发出的噗噗声,担心着她车子加速时发出的声响。那对消音器中的一个需要更换挡板了。等他回来后,他就要用绞车把它吊起来修理。当然他还得看看减震器,车子发生颠簸时不像以往那样平稳。可能要更换前面的减震器了。

可是当他走进活动板房,在登记簿上签过名,和保安互相开过玩笑之后,其他事情又开始袭上心头。阿可迪号的右舷引擎累计工作已经达到两万小时了,这是公司规定的大修时限。他需要计算一下,选定大修的最佳时间。干船坞在即将来临的圣诞节期间会放假关闭,但是阿可迪号的船主可不会把放假这件事放在心上。如果换做是他,在一条船上花了一千九百万英镑,或许也会这样,他这样推断着。这就是他们总喜欢在一年的大多数时间里尽可能地让它每周工作七天,每天二十四小时的缘故。

当他逍遥自在地沿着码头朝那艘有着黑色船体和橙黄色上层甲板的船走去时,他完全不知道这艘将在两个小时之后起航的船只随他们一起返航时将带回一船什么样的货物,也完全不知道这船货物将会给他自己的生活带来怎样的创伤。此刻他仍然兴高采烈,一无所知。

5

亨特医生的办公室是一个长长的,天花板很高的房间。从房间尽头带框格的窗子往外看去,可看到一个小小的围起来的园子。勉强围住这个园子的是一些不结果实的常青树和灌木,以及大楼尽头的那架毫无修饰的金属太平梯。林恩常常想,当这房子还处在美好的时代中,作为一个整体使用时,这间办公室大约是一间餐厅。

她喜欢建筑物,特别是其内部装饰。她最大的爱好是去参观那些对公众开放的乡间宅第和宏伟的别墅。有一个时期凯特琳对此也十分喜欢。长久以来她心中有一个计划,一旦凯特琳长大并能独立生活,挣钱养家的问题也不是那么紧迫之后,她就要去学习室内设计。到那时也许她能够让罗斯·亨特的诊所焕然一新。就拿这间候诊室来说吧,只要把它收拾一下就行了。它的墙纸和油漆还凑合,不至于使里面的任何东西——连同医生本人一起——显得老旧。尽管她内心不得不承认,自从她到这里看病以来,这么多年里这间屋子几乎没有什么变化,日复一日,直到今天。这令她对这里有了一种习以为常的感觉——并且感到安慰。

只不过每一次来这里,似乎都觉得更喧闹了一些。靠一边墙放着的那些四抽屉的文件柜,数量似乎总在不断地增长,而堆在上面的医生用来存放病人档案的资料匣也在不断地增多。和文件柜极不协调地放在一起的是一个塑料饮水机。在一面墙上安装了一个有内部灯光照明的木匣子,里面是视力检查表。还有一尊大理石的胸像,大约是某个古圣先贤吧,她也不认得。或许是希波克拉底①,她心想。在一排塞得满满当当的古色古香的书架上方,挂了几张家人的相片。

房间的另一头,一架独立的屏风后面放了一张检查床,一些电子检查设施,各种各样的医疗仪器和几盏灯。这个地方铺的是一块长方形的油地毡,它的四边与地毯相接,使得这一小块地方看来好像是一个小型的手术室。

罗斯·亨特医生的办公桌前面放了两张黑色的皮椅。他示意林恩坐下。她把手提袋放在身边的地上,没有脱大衣便在一张椅子上坐下了。医生仍然紧绷着脸,比她见过的任何时候都更加严肃,这使得她紧张得要命。这时电话响了。他拿起电话,举起一只手向她表示歉意,并用眼睛示意不会耽误很久。他听电话的同时用眼睛瞟着他笔记本电脑的屏幕。

她环顾着房间,一边听着他说话。很显然那是某个重病患者的亲戚,就要把病人移送到玛特纳茨医疗救济所②去。这个电话叫她更加不舒服起来。她盯着一排衣架,上面只挂着一件大衣,她猜那是亨特医生的;同时她又惊讶地看到一列她从未见过——也许是先前未曾留意——的电子设备,并心不在焉地猜测着它们是干什么用的。

他打完了电话,记下了一些什么,又再看了看电脑屏幕,然后便将目光收回到林恩身上。他的声音柔和,神情关切。"谢谢你能来。我想在见凯特琳之前先单独见见你会好一些。"他显得有些紧张。

"是的。"她随口说道,但是却没有声音出来。感觉好像是有人刚

---

①希波克拉底(前460?—前377?),古希腊医师,被称为"医学之父"。
②医疗救济所:尤指教会办的收容贫病者的机构。

才用吸水纸把她的口腔和喉咙里面擦过了一遍。

他从右手边的一堆文件上面取下了一份，放在桌上打了开来，正了正他那半月形的眼镜，然后看了一会儿，仿佛在为他自己争取一点儿时间。"我收到了从格兰杰医生那里送来的一套最近的检测报告。我恐怕这不是什么好消息，林恩。大体看来，是肝功能不正常。"

纳尔·格兰杰医生是当地的胃肠病方面的专家，过去六年来他一直是凯特琳的会诊医生。

"特别是转胺酶水平很高，"他继续说，"其中尤以伽马GT酶为最。她的血小板指数很低，病情已经十分明显地恶化了。她是不是老是有青肿块？"

林恩点点头。"是的。还有，如果她切伤了自己，流血要很长时间才会停止。"她知道凝血因子是由肝脏产生的，健康的肝脏会立刻把凝血因子输送出去，使得血液凝结，从而停止流血，"转胺酶有多高？"多年来凯特琳的医生已经告诉过她如何从互联网上查看一切有关资料，林恩在这方面已经积累了相当的知识。这些知识足以使得她知道何时应该焦虑，但还不足以使她知道该怎么应对。

"嗯，通常情况下，健康的肝脏里转胺酶的水平应该是四十五左右。一个月以前做的实验室检测结果是一千零五十。但是最近做的这次是三千。格兰杰医生对此十分关注。"

"升高说明什么，罗斯？"她的声音堵塞在喉咙里，变得短促而尖细。

他深深凝望着她，双眼充满了同情。"格兰杰医生告诉我说她的黄疸正在恶化。还有她的脑病也是如此。用外行话来说，她的身体正遭受着毒素的侵害。体内的紊乱一个接一个发生，使她深受其害,对吗？"

林恩点点头。

"是不是昏昏欲睡？"

"是的，有时候是这样。"

"身上还发痒？"

"奇痒难熬。"

"真实情况是,我恐怕各种治疗方法对凯特琳都毫无效果。她得了不可逆转的肝硬化。"

林恩感觉到一股深沉的、黑暗的力量压在心上。她转过头去,凄凉地望着窗外,看了一会儿。她望着那架太平梯,望着一棵毫无生气、只有枯枝的树。它似乎死了。她觉得自己身体里的一部分也死了。

"她今天情况如何?"医生问。

"她今天还好,缓和了一些,只是抱怨说痒得要命。她睡不着,几乎整夜都在抓手和脚,又说她的尿颜色很深。她的肚子鼓胀了,这是她最恨的一点。"

"我可以给她开点用水稀释的药片,帮她排除腹水。"他在凯特琳的病历卡上记了下来。林恩突然间发觉自己变得愤然起来。这能保证什么呢?不过是一张该死的病历卡!这些天来他为什么不用电脑做记录?

"罗斯,当你——当你说已经十分明显地恶化了——要怎样——那什么——我的意思是要怎样——怎样才能停止下来?你知道我的意思,就是逆转。会有什么后果?"

他从书桌旁一跃而起,向一个从地面顶至天花板的书架走过去。当他转回身来时,手中拿着一个褐色的楔形的东西。他从桌上清出一块地方,把它放在上面。

"这就是一个成人的肝脏,凯特琳的只是小一点儿。"

林恩看着它,她从前用这样的方式已经看过一千遍了。他在一张白纸上开始画出像一大棵花椰菜的东西来。他耐心地解释胆管工作的原理。她听着。但是等到他画完图,作完解释,她也并没有比先前明白更多。除此之外,此刻她心中只有一个问题要问,这对她很重要。

"看来一定有办法能把肝功能下降扭转过来?"她问,可是声音里毫无说服力。仿佛她知道,仿佛他们两人都知道,经过了六年,怀抱希望又失望,他们最终明白已经到了不可挽回的地步。

"我恐怕目前的情况是不可逆转了。照格兰杰医生看来,我们面临的是白白消耗时间的危险。"

"你是什么意思?"

"一切药物对她都已经不起作用了,我们再也没有什么其他的药可以开了。"

"你一定有什么办法的,不是吗?比如透析?"

"透析对肾功能衰退有用,对肝功能衰退无用。这没有可比性。"

接下来他沉默了几分钟。

"为什么不行呢,罗斯?"她追问。

"因为肝脏的功能太复杂。我来给你画一个横截面图,让你看——"

"我不要再来看一张该死的图了!"她对他大叫,然后便开始哭泣,"我只是要你让我心爱的宝贝好起来。你一定有办法的。"她抽着鼻子说,"会有什么办法,罗斯?"

他咬住嘴唇。"她只有做肝脏移植了。"

"移植?胡扯,她只有十五岁!十五!"

他点点头,什么也没有说。

"我并不想对你喊叫,很抱歉——我……"她在手提袋里一阵乱摸,找出一块手帕,然后轻轻擦着眼睛,"她在生活中已经遭受了太多了,可怜的宝贝。移植?"她又说了一遍,"那真的就是唯一的办法了?"

"是的,我恐怕是这样。"

"如果不做呢?"

"坦率地说吧,她会活不下来。"

"我们还有多久的时间?"

他无助地举起双手。"我说不准。"

"几个星期?几个月?"

"最多几个月。如果她的肝脏继续以这个速度恶化下去,那就不是几个月的问题了。"

一阵长久的沉默。林恩低头看着她衣服的下摆。终于,她非常平静地说道:"罗斯,移植有没有什么危险?"

"如果我说没有那是撒谎。现在最大的问题是要找到一个肝脏。现在捐赠者缺乏,肝脏也缺乏。"

"还有一个问题,她的血型稀有,对吗?"林恩说。

他查对了一下笔记,说:"AB阴性血型,是的。这是稀有血型,人群中只占百分之二。"

"血型很重要吗?"

"很重要,但我对确切的标准还不太清楚。我想可能要做一些交叉配型吧。"

"我怎么样,能把我的肝脏给她吗?"

"进行部分肝脏移植是可能的,用一叶肝,可以的。但是你必须和她是同一血型,我想你的肝脏不够大。"

他在一些病历卡中搜寻着,看了一会儿。"你是阳性,"他说,"我不知道是不是可以。"医生发出一个同情的微笑,凄凉而冰冷,几近于无助,"那种事情格兰杰医生会更清楚地告诉你。还有你的糖尿病是不是也会成为一个问题,这也说不准。"

他身上最为她所信赖的男子汉气概突然之间消逝了。这件事情是他力所不及的。这使得她惊恐万分。

"我的天!"她痛苦地说。糖尿病是她那破裂的婚姻留给她的另一件不受欢迎的纪念品。亨特医生告诉她,发病晚的二型糖尿病会由于精神压力而发作,因此她甚至都不能够以饮酒作乐或大吃一顿的食物安慰法来安抚自己了。"凯特琳必须等待某一个和她血型相配的人,等着他或她死去,你要说的就是这个吗?"

"或许是的。除非你家中有某个成员或者是亲近的朋友,与她血型相配,愿意捐出他们的一部分肝脏。"

林恩的希望升起了一点点。"有这种可能性吗?"

"肝脏的大小是一个因素,因此需要一个身材高大一些的人。"

她立刻想到的唯一身材高大,又能与之商量的人便是马尔了。但他和她自己的血型是一样的。几年以前他们都努力想要做一个有责任感的市民,成了定期献血的捐赠者。那时他们就已经知道这个了。

林恩在脑中飞快地盘算了起来。全英国有六千五百万人口,十几岁以上的成年人大约有四千五百万,那么百分之二就会是九十万人。

这是一个很大的数目。每天都会有 AB 阴性血型的人死去。"

"我们得排队等候,是吗?像秃鹫一样等着看哪一个人死去吗?如果凯特琳一想到这一点就引起行动反常又怎么办?"她说,"你知道她的脾气,她信奉不要杀生。我打苍蝇她都会不安!"

"我想你得带她来见我。如果你希望的话,今天晚些时候我可以和她聊一聊。有许多家庭发现将他们死去的某个亲人的器官捐赠出来能够达到某种目的,为他们的死亡增加价值。要不要我把这个向她解释一下?"

林恩抓住她的椅背,力图把自己内心的恐惧放到一边。"我不能相信我会这样想,罗斯。我不是一个凶暴的人,甚至在受到凯特琳的影响以前,我在自己的厨房里也从不喜欢捕杀苍蝇。而现在我却坐在这里实实在在地期待着某个不认识的人死去。"

6

　　早高峰时段科尔登单向行车道上的车流因为交通事故而停了下来，车流几乎一直堵到了山脚下。路的左边是一片地方当局在战后营造的房屋地产，名叫莫尔斯科姆。而路的右边，一直延伸到一道隧石墙那儿的则是一片小树林，以此与斯坦默公园的东边为界。斯坦默公园是这座城市最大的开阔地之一。

　　车流尽头的一辆公共汽车不断发出噪声，警察伊恩·厄珀顿小心地将路警队那辆宝马车的车头从它的车尾旁边挤了过去，直到他能看到前面的马路。这时警笛声开始震撼着宁静的空气。他将车启动，开上了供对向车流使用的边道。

　　警察托尼·奥莫托索则坐在他的旁边，默默地盯着前面的车辆，以防万一有哪个司机不耐烦地做出诸如把车从车流中开出或是掉头之类的傻事来。公路上的司机有半数以上要么对警察视而不见，要么边开车边听音乐。他们把音乐声开得太大，根本就听不见警笛声，只是对着车内的后视镜整理他们的头发。他感到浑身发紧，因为焦虑而咬紧牙关,握紧双拳。每逢开车朝着出了交通冲撞的现场奔去时,他总是这个样子的。"交通冲撞"这个词如今在日新月异的警察专用词汇中已经成为一个正式名词。你永远不知道前方会发生什么事情。

对于许多人来说,在一次严重的交通事故中,他们的汽车会从朋友摇身变为致命的仇敌。汽车刺伤他们、将他们切成薄片、碾碎他们,甚至在一些可怕的场合下将他们烤熟。一刻钟之前他们还开着车,沿公路行驶,听着音乐或是快活地聊着天。接下来,只不过是一秒钟的几分之一,他们便痛苦地躺在一堆纠结在一起的金属之中,那些铁片的边缘锐利如同刮胡刀片。他们茫然不知所措,陷入无助。奥莫托索讨厌公路上的那些白痴,他们要么不好好开车,要么粗心大意;他还讨厌那些不系安全带的蠢家伙。

他们现在已经到达了山顶。这里本来就是一个容易出问题、路况复杂的交叉点,分别从东西两个方向过来的迪茨林路和科尔登单向行车道就在这里交汇。他看见在车流的前面有一辆蓝色的揽胜越野车,闪光灯还在胡乱地闪着。就在前面稍微过去一点的地方是一辆白色的老式宝马三系篷式小汽车,它已转过身来横躺在路上,司机那边的车门是敞开的,里面没人。车门后面有一道巨大的V字形凹痕,后轮被撞坏了,后车窗已经砸碎。就在车子的前面,一小群人站在路当中。有几个人看到警车开了过来,便将头扭转过来,还有几个站到了一边。

他们从人群中挤了过去。奥莫托索看见离山顶比较远的那一边面对他们的是一辆静止的小型白色福特货车。紧靠着它,四肢张开一动不动地横躺在路上的是一个摩托车手,一缕殷红的鲜血正从他那黑色的头盔中流淌出来,在路上汪成了一摊。两个男人和一个妇女正跪在他身旁。一个男人似乎在和他说话。不远处躺着一辆红色的摩托车。

"又是一辆火刃。"厄珀顿冷冰冰地说。他刚将汽车停下,还没有喘过气来。

那些在少年时代曾经爱骑摩托,如今已经年届四十的男人们,手中有了几个余钱,又重新对骑摩托车产生了兴趣。对于这帮家伙来说,本田火刃是他们重拾这门爱好最为典型的选择了。他们要的自然是在路上跑得最快的机器，尽管他们对于近年间现代的摩托车跑得有多快和多难掌握毫无所知。从严格的统计数字来看，如今最敢冒险的群体不是那些行动莽撞的少年，而正是事业有成的中年人。这一点可由奥莫托索和厄珀顿，以及几十个像他们一样的路警每日所见来证实。

奥莫托索用无线电通话机报告说他们已到现场，得到回答说救护车和消防人员已经上路。"最好是叫路警队的视察员过来，HT399。"他告诉调度员，并叫他把他的呼叫信号告诉当班的路警队视察员。情况看来很严重，甚至从这里他都能看到流出来的血不是那种头部浅层伤口的颜色较淡的鲜血，而是内伤流出来的那种颜色不祥的血。

他们两人都从车中走出来，尽可能快地作出现场评估。托尼·奥莫托索从这项工作中学到的一点是：任何事故不管是如何发生的，都不要快速作出结论。但是从刹车印痕和汽车、摩托车所处的位置来看，好像是汽车已经开到了摩托车前方的路上，而摩托车必定仍保持高速前进，于是引起了这场灾祸，把小汽车撞得转了过来。

现在他脑海中首先要考虑的是其他在公路上跑的人所处的危险境地。但是此刻两头的车子似乎都已确凿无疑地停了下来。他听见远处传来警笛的鸣叫声，声音越来越近了。

"她半途停车，这该死的蠢娘们。直直地靠边停车！"一个男人的声音对着他们喊，"他根本就来不及避让！"

他们对这个叫喊的人不予理睬，一直跑到摩托车手身旁。奥莫托索从站在摩托车手身边的人群中挤过去，跪了下来。

"他失去知觉了。"那女人说。

受害者黑色头盔上染了血的帽舌垂了下来。警察知道应该尽可能地不要去移动他，这是至关重要的。因此他尽可能轻地抬起帽舌，然后摸了摸这个男人的脸，分开他的嘴唇，从他口中去触摸他的舌头。

"你能听见我说话吗，先生？听得见吗？"

在他身后，伊恩·厄珀顿问："宝马车的司机是谁？"

一个女人向他走了过来，手中握着一部移动电话，脸色煞白。她四十岁年纪，样子浮夸，头发漂染成金色，身上穿一件毛皮镶边的牛仔布上衣，一条牛仔裤，一双小山羊皮的靴子。她显出服服帖帖的样子，说起话来声音粗哑，一听就知道是个烟瘾很重的人。"是我，"她说，"见鬼，啊，见鬼，真是活见鬼。我没瞧见他。他像风一般地刮过来。我没瞧见他。马路上什么都没有。"她因为惊恐而发起抖来。

这个警察可是经验丰富的，他把脸朝她的脸凑近过来。要是只为听见她说话，凑这么近早已经够了，但他要闻她的气味，或者更为要紧的是，要闻她呼出来的气息。他鼻子很尖，常常能嗅出头天晚上曾经狂饮过的人身上的酒味来。现在闻起来有那么一点儿，但也很难说，从她口里发出很重的嚼口香糖的气味以及香烟的臭味，显然是为了掩盖酒味的。

"请你来我车上，到前排乘客座位上去好吗？我只需要和你谈几分钟。"厄珀顿说。

"是她笔直冲向路边停车！"一个身着连帽夹克的男子对他说，几乎抱着怀疑的态度，"我就跟在那个受伤的男人后面。"

"我会记下你的名字和地址，不胜感激，先生。"警察说。

"当然可以。她就那么冲了出来。听我说，他一路向前飞驰，"男子承认，"我坐在我的揽胜越野车里，"他猛地一竖拇指，"他绝对是飞速超过了我。"

厄珀顿看见救护车过来了。"我马上回来，先生。"他说完便急忙走下去迎接救护人员。

他们将如何掌控这个现场，在很大程度上要依赖于最初作出的评估。如果按照他们的看法，这是一场重大事故，那么他们就不得不关闭这条道路，等待撞车现场调查人员来实施现场观察。与此同时，他用无线电呼叫调度员要求再派两组人员过来。

7

今年节日庆宴开始得早。星期三上午九点还差一刻,总警司罗伊·格雷斯就已经坐在他的办公室里,慢慢调养自己的宿醉了。他以前喝酒从来不会醉,至少也是很少发生。可是近来酒醉似乎成了一件常事,也许是年纪到了,明年八月他就该满四十了。或者也许是……

确切地说来,是什么呢?

他知道,他本应该觉得自己内心更为踏实了。自从他的妻子桑迪九年前失踪以后,他第一次和自己真正热爱的女人建立了稳定的关系。近来他又被提拔到重案室的领导位置上来。而他的职位晋升道路上最大的障碍,那个从来就瞧不起他的警察局长助理艾莉森·沃斯珀将会调到这个国家的另一头去担任代理局长了。

那么为什么他会常常在夜里醒来,感觉很糟糕呢?为什么他突然变得喝酒没有了节制?

是不是因为发现了克莉奥作为一个即将步入三十岁的女人,时常暗示——或者明示——她想要获得一个承诺所造成的呢？事实上他已经搬了过去和她以及汉弗莱——她的那条杂种搜救犬——住到一起，至少也是半同居的状态了。这样做的理由部分是因为他的确想要和她在一起，但部分是因为他的伙伴兼同事，格伦·布兰森警长因为婚姻触礁而渐渐地成了他家中永久性的房客。尽管他很喜欢这个人，两个人住在一起还是很别扭。还不如丢下布兰森一个人，让他按自己的方式去过要轻松一些。尽管罗伊眼看着布兰森把他的屋子搞得一团糟而心痛不已，特别是他把罗伊珍藏的唱片和收集的 CD 音乐碟也弄成了一团糟。

他喝完了今天早上的第二杯咖啡，然后又拧开了一瓶苏打水的瓶盖。昨天晚上他参加了布赖顿霍夫市殡仪馆全体工作人员的圣诞晚宴，那是在船坞那边的一家中餐馆里进行的。事后他并没有明智地回家去，而是和一伙人又去了云集馆赌场。在那里他又喝了一些白兰地，这种酒最容易叫他喝醉。他先是在轮盘赌那里飞快地输掉了五十英镑，接着又在二十一点牌桌上输掉了一百英镑。所幸的是克莉奥马上把他拖走了。

他通常在早上七点钟进入办公室，但今天他十分钟前才刚刚抵达，除了为自己沏一杯咖啡之外，只来得及打开自己的电脑。今天晚上他又要出去，参加一个名叫吉姆·威尔金森的总警司的退休晚会。

他往窗外眺望，先是看着马路对面的停车场和阿斯达超市[①]，然后又望向他所深爱的这座城市的远方。今天早上万里无云，空气清新。天空如此清澈，他都能看见远处肖勒姆港发电站那高高的白色烟囱，以及那如同一条灰蓝色缎带的英伦海峡。海水在远处的海平面上与天空融为一体了。他从这栋大楼的另一边搬到这间办公室来还没多久。他先前在那边看到的景致只不过是拘留所那灰色的平板房，因此这里美丽的景色对他来说仍然是新颖的、令人愉快。但今天却不然。

他用双手握住咖啡杯，惊愕地看到咖啡杯在发颤。见鬼，他昨天

[①] ASDA 连锁超市集团，以廉价著称。

晚上醉到了什么程度？他模模糊糊地记得克莉奥什么都没喝。那样也好，她就能开车把他带回她的住处。可是，要命的是，他甚至都不记得他们是否做爱了。

今天早上他本不应该开车来这里。他知道，他体内的酒精含量大约还是超过了限量，感觉肚子里面像是有一台混凝土搅拌机在那里转动。他不能确定克莉奥逼他吃下去的那两个煎鸡蛋是否会成问题。他很冷，便从椅背上取下他那件紧身的夹克，把它穿上，然后去看他的电脑屏幕，把前一天晚上发生的事件浏览了一遍。这是记录布赖顿霍夫市每天发生了什么的事件表，表上每分钟增加一次新记录，旧事的进展状况也不断地刷新。

其中意义最为重大的是发生在肯普镇的对同性恋者的恶意攻击，以及在国王路上的一次严重袭击。刚刚刷新的一条是发生在科尔登单向行车道上的交通事故，是一辆小汽车和一辆摩托车发生了碰撞。它首次记入的时间是八点三十二分，刚刚又被刷新，说是要求派出H900——载有伞降急救人员的警用直升飞机。

不好，他心想，微微哆嗦了一下。他喜欢骑摩托，十几岁时便经常骑。自从当上警察，开始和桑迪约会，他就再也没骑过了。他从前的一个同事，名叫戴夫·盖洛的，退休以后便为自己买了一辆很酷的带红色车轮的黑色哈雷。如今格雷斯升职以后便可以免费使用一辆公务配车，于是他极想将自己的那辆阿尔法-罗密欧——它近来在一次追逐中损坏了——换成一部摩托。等保险公司那帮杂种把款付清——或者说假如他们会付清的话——他就要这样干。可是当他向克莉奥提起这一点时，她便大发脾气，尽管她自己坐在方向盘后面时也有一点儿粗心大意。

克莉奥是布赖顿霍夫市殡仪馆的高级解剖病理学技师。要按新兴的"政治正确"的行话来说，该叫做首席殡葬师。如今"政治正确"渗透了警察生活的方方面面，罗伊私下里对此深恶痛绝。殡仪馆里经常有不幸的摩托车手造访，她曾亲眼见证了那些致命的伤害。因此每当他提起这个话题，她便要为头天夜里来殡仪馆的摩托车贵客念一串连祷文。他知道在某些医疗圈子里黑色幽默盛行,特别是那些外伤科室。他们给摩托车手取了个绰号,叫他们"车轮上的捐赠者"。

这就解释了为什么在他书桌上会有一堆汽车杂志。在他那乱得令人难以置信的的书桌上,这些杂志居然还能占据几平方英寸的一席之地。它们的内容大多是路况测试和旧车交易,不过没有摩托车。

他担任这个新职务是在一位同事新近突然离开之后的事。现在除了所有与他新任职位有关的文件,以及堆积成山的刑事司法部关于即将开庭审判的案子的文件外,他还接手了苏塞克斯郡警察局对积压凶杀案的指示。一些卷宗就放在绿色的塑料板条箱里。地板的绝大部分都被这些板条箱堆满了,剩余的才是他的书桌、一张圆形的小会议桌、四把椅子以及他那随身携带的黑皮包。那个黑皮包里装有一切在犯罪现场需要用的工具、装置和防毒衣。

他在积压案件的卷宗上的进展缓慢得令人头痛。部分是因为不管是他还是刑事调查总部的其他人都没有时间去埋头处理它们,还有部分原因是在这些过时的卷宗上面他们也没有什么工夫好下了。警方必须等待法医方面的进展。例如,为了揭露一个嫌疑犯,要看在DNA分析技术方面有什么新变化。或者依赖于家族的忠诚方面有什么变故——或许一个当妻子的曾经为了保护丈夫撒谎,后来变得十分悲痛,决定要告发他。现在形势就要有所改观,因为上面已经批准新成立了一个组,在他手底下工作,重新调查所有悬而未决的积压案件。

一想到这些未能解决的凶案,格雷斯的心情便格外沉重。这些板条箱在不断地提醒他,为那些受害者伸张正义,为那些受害家庭抚平伤口,这些希望就寄托在他身上了。

这些卷宗的绝大多数内容都记在了他的心里。有一个案件是关于一名叫理查德·文特诺的同性恋,他是一个兽医,十二年前有人发现他被打死在自己的诊所里。另一件案子更叫他深为愤慨,那是有关一个名叫汤米·莱特尔的人。这是积压得最久的一件案子。二十七年以前,只有十一岁的汤米在一个二月天的下午离开学校回家,便再也没有下落了。

他又看着刑事司法部的卷宗。体制带来的官僚政治简直令人难以置信。他大口喝起水,一时不知道从何下手,然后便决定将其搁置一边,查看起圣诞节要送礼的名单来。迄今为止他收到的第一条回复是他九岁的教女杰伊·萨默斯的父母发来的。他们知道他喜欢给她送礼物。他送的礼物会使她认为他很酷,还不是一个令人厌烦的老家伙。于是他们提议他送一双黑色山羊皮的 Ugg 靴[①],三码的。

到哪里去买 Ugg 靴子呢?

有一个人肯定能回答这个问题。他朝下盯着一个绿色的板条箱,是搁在他书桌旁那一大堆中的第四号箱。脱鞋人。这件积案长久以来曾使他颇感兴趣。几年以前,脱鞋人曾经在一段时间内于苏塞克斯郡强奸了六名妇女,并杀死其中一人。据后来推断,他是出于惊慌才偶然动手杀了人,然后他便莫名其妙地收手不干了。也许是最后一个被害人和他发生了打斗,设法扯下了他的一部分面罩,得以画出他的容貌拼图。大约是这件事把他给吓跑了,要么就是他死了,或者搬走了。

约克郡一个四十九岁的商人在二十世纪八十年代中期强奸了一大批妇女,事后他总是要脱下她们的鞋子。三年前他被捕。有一段时间,苏塞克斯郡警察局曾经希望他也就是他们的那个脱鞋人,但是 DNA 检测把他排除了。除此之外,这两个强奸犯的犯罪方式虽然类似,但并不完全相同。约克郡的那个脱鞋人——詹姆斯·劳埃德——会把他被害人的鞋子都脱下来,而苏塞克斯郡的脱鞋人只脱一只,还是脱的左脚,连同被害人的紧身衬裤一起。当然,被他强奸的人远不止六个。妨碍警方对这些强奸案追查到底的一个问题是,被害人往往羞于启齿,不敢挺身而出。

在所有的犯罪中,格雷斯最恨的是恋童癖和强奸犯。这些人将他们被害人的生活彻底摧毁了。没有人能从恋童癖和强奸犯造成的伤害中真正复原。被害人尽管可能重新恢复他们的生活,但永远也不能忘

[①] Ugg 靴:近年十分流行的雪地靴,皮毛一体。

记他们受过的伤害。

他进入警察局并不只是因为他父亲是一名警察，而是因为他真正地想要从事一门职业，使得他能让这个世界有所改变，不管是多么微小。

近年来受着技术发展的激励，他这个雄心壮志更有了压倒一切的力量。被害人背后的这些犯罪者，他们的卷宗装满了所有这些板条箱，而他们终有一天会被绳之以法。他们每一个都该死。在他当前的名单中最该死的就是那个令人毛骨悚然的脱鞋人。

总有一天。

总有一天那个脱鞋人会但愿他不曾在世为人。

8

林恩昏头昏脑地从医生的诊所里出来,走到街上她那总是发出噪声的橙黄色标致小汽车前。这辆车有一个古怪的车轮,毂盖不见了。她打开车门爬了进去。她总是不锁车门就把汽车留在什么地方,心里希望着有人把它偷走,这样保险公司就可以赔她一辆汽车了。可是这个愿望至今尚未实现。

去年,修车铺的人告诉过她,这辆车再不大修的话绝对通不过年度的安全检测和排污检测。可是这辆汽车的价值还抵不上大修的费用呢。现在还有一个星期就到检测的时间了,她正在担心这件事。

马尔自己就能修好这辆车,他什么都能修。上帝,她是多么想让他来做那件事呀!现在她想要有个人来说话,想要有个人来给她力量,好帮她完成她即将和女儿进行的谈话。一想到这个谈话她就害怕极了。

她从手提袋中取出移动电话,用力眨眼,将眼泪挤掉,给她最要好的朋友苏·沙克尔顿打电话。苏像她一样也离了婚,现在是一个带着四个孩子的单身妈妈。然而她却总是显得那么快活,乐观的情绪溢于言表。

林恩说着话时,看见一个交通管理员昂首阔步地走下人行道。但她用不着担心,她那贴在车窗上的"停车费已付"的纸条表明她还可以停一个多小时呢。苏仍像往常一样,极富同情心,但也很现实。

"生活中也常有这种事情发生,亲爱的。我认识某个人,他做过肾脏移植,大概有……到现在应该已经七年了,他现在很好。"

林恩听苏提到她的朋友便点点头,那个人她也见过。"是的,但这有一点不同。你可以不做肾移植,靠做透析也可以活许多年,但是一个丧失功能的肝脏却不行。你没有其他的选择。我为她担心死了,苏。这可是一个重大的手术呀!各方面都有可能出错。亨特医生说他不能保证成功。我的意思是,见鬼,她才十五岁呀,看在上帝的分上!"

"还有其他的选择吗?"

"这就是问题的所在:别无选择。"

"那么,你的选择很简单。你是要她活还是要她死?"

"我当然要她活。"

"那么接受已发生的现实,坚强起来,为她树立起信心,扔掉犹豫不决的态度。这是她现在最需要的。"

她打完电话,答应待会儿和凯特琳谈话之后如果能离开,就到咖啡馆里去和苏见个面。五分钟后苏的话还在她耳中鸣响。

坚强起来,为她树立起信心。

说起来容易。

她给马尔拨电话,拿不准他现在会在哪里。他的船总在不断地换地方,近来他一直在威尔士外面的布里斯托尔湾工作。他们俩的关系是友好的,只是有一点儿不自然,有一点儿拘谨。

拨过三次之后他才回了电话,线路里的声音非常嘈杂。

"嗨,"她说,"你在什么地方?"

"在肖勒姆港外面,离港口十英里以外,正向挖沙区域驶去。几分钟后就会离开电话信号覆盖的范围了。发生什么事了?"

"我有事要和你谈。凯特琳的病情恶化了——她病得很厉害,生命垂危。"

"天哪!"他说,随着电话中的嘈杂声越来越多,他的声音已经越来越听不清了,"说吧。"

她从过去的经验知道信号马上就要消失了,便赶紧把病情的主要情况说了出来。她刚好来得及听完他的回答便没有了声音。他回答说船只大约在七个小时后会回到肖勒姆,那时他会给她打电话。

接着她便给她母亲打电话。母亲在她的桥牌俱乐部里喝早咖啡。她的母亲身体很健康,而且自从林恩的父亲去世四年来,她的身体变得更健康了。她有一次向林恩承认,多年来,他们两个已经一点感情都没有了。她是一个讲究实际的女人,从来没有什么事情叫她慌张过。

"你要再做一次鉴定,"她马上说,"亨特医生说你要再做一次鉴定。"

"我认为这没有什么好怀疑的,"林恩说,"不只是亨特医生这么说,专家也这么说。这个结果是我们一直以来在担心的。"

"你绝对必须再做一次鉴定。医生也会出错,他们不是不会犯错的。"

林恩勉强答应母亲她会要求再做一次鉴定。打完电话她便一路开车回家,在脑海中翻来覆去地想着这件事。她还能再做多少次鉴定呢?过去这几年里她试过了一切办法。她在互联网上搜索过,查询过美国每一家大的教学医院,还有德国和瑞士的医院。她还试过了一切她能找到的其他选择,各种各样的治疗方法——信念疗法、心灵感应法、远距离意念疗法,亲身实践疗法。试过了祭师、胶体银药丸[①]、顺势疗法、草药医生、针灸。

说实在的,也许她母亲说得对,也许诊断出了错。或许再找一个专家,他会知道一些格兰杰医生不知道的事情,能够推荐某种危险性较小的办法。或许有新的药物疗法能够治疗这个病。可是你的女儿一

[①] 胶体银(colloidal silver)是口服银制剂的一种形式,通常被认为是一种替代医学治疗法,没有明显的临床益处或害处。

直在走下坡路，又有多少时间能让你去找一个新的医生呢？在你不得不接受那个外科手术之前，你要花多少时间来承认那是唯一的选择？

当她离开伦敦路进入卡登大道，在那个道路交叉处的小型环路上向右拐时，汽车发生了倾侧，发出一种可怕的擦地声。她换了挡位，听见了经常发生的金属撞击声，那是她身体底下的排气管发出来的，那根排气管的托架折断了。凯特琳说那是死神发出的敲击声，因为这辆汽车正在面临死亡。

她的女儿有一种恐怖的幽默感。

她把车开上山进了帕特恰姆。现实的巨大压力开始向她直压了过来，她的眼睛里盈满了泪水。啊，太糟了。在一片混乱的思绪中，她摇了摇头。什么都没有，什么都没有，面对这件事她什么都没有准备好。你究竟要怎样才能告诉你的女儿她不得不去换一个新的肝脏？或许还是从死人身上取出来的肝脏？

她把汽车开上了山，进入她们家所在的那条街道，然后向左转，开进了她自己的车道。她拉下手刹，关掉了引擎。像平常一样，汽车震颤了一会儿，发出几声爆响，停了下来。汽车再次发抖，她底下的排气管又砰砰作响了一阵，终于变得无声无息了。

这幢房子是这条安静的住家街道上的一座半独立式住宅。像这座城市的许多家庭一样，她们住在一座颇陡的小山上。从掩映着伦敦路和铁路线的那些树上方看过去，能看到的景致便是山谷远处那一边的威斯丁路，以及那边那些如梦幻般时髦的住宅和宽大的花园。在她所住的这条街上，所有的房子都是一个设计模式：二十世纪三十年代的样式，三居室，有一条环形的碎石路，是一种她一直以来都喜欢的装饰派艺术①风格。它们有临街的小花园，在附属的车库前面有一条短短的车道，屋子后面有一块土地，面积还相当可观。

以前的房主是一对老夫妇。林恩搬进来时，有着各种各样的计划想要改造它。但是搬进来七年之后，她甚至都拿不出钱来换下那些早

---

①装饰派艺术（Art Deco）：是一种起源于二十世纪二十年代的装饰艺术和建筑艺术风格，轮廓和色彩粗犷明朗，多呈流线型和几何形。

已朽坏的旧地毯，更不用说实施她的花园改造计划了。她原想把墙打穿，将花园来个重新自然美化。迄今为止她所能办到的也就是重新刷一遍油漆和贴一些新墙纸。那沉闷的厨房仍然发出一股发霉的老人味道，她作了一切努力，用了一盆干燥香花瓣和插上电源的空气清新器也没能赶走。

  总有一天，她常常向自己许诺，总有一天。

  她还同样地向自己许诺，总有一天她要在园子里建一个小小的画室。她喜欢用水彩来画布赖顿的风景，也曾经小有成功，卖出过几幅这样的画。

  她打开前门锁，走进狭窄的门厅。她偷眼朝楼上看去，不知道凯特琳起床了没有，但是听不见任何响动。

  她心情沉重地上了楼，走到尽头。在凯特琳的门上贴着一张大大的白底红字的手写告示：请敲门。在她的印象中它一直就贴在那里。她敲了门。

  没有回答，这很正常。凯特琳要么还在睡觉，要么塞了耳塞在听音乐。她走了进去。房间里的东西仿佛是被一个巨人用铲子不知从哪个地方一股脑儿给铲了过来，然后从窗户里给倒了进去。衣服、毛绒玩具、CD和DVD的碟片、鞋子、化妆品盒子，已经溢了出来的粉红色垃圾筒、倒放着的粉红色小凳子、玩偶、蓝色有机玻璃的活动蝴蝶，来自Top Shop、River Island、Monsoon、A&F、Gap和Zara等品牌服饰的购物袋，以及玩投镖游戏的圆靶，上面垂着一条紫色的皮毛长围巾。从这乱糟糟的一堆东西上面望过去，看到的是一张床。只见凯特琳侧身躺着，四肢弯曲，用一只枕头蒙住了头，光着屁股，大腿从羽绒被中伸了出来，这是她许多怪异睡姿中的一种。她耳朵中插着iPod的耳塞，电视机开着，在放着一个重播的节目，林恩看出来那是"比佛利拜金女"[①]。

  凯特琳就像是死了一样。

[①] 比佛利拜金女（*The Hills*）是一部拍摄一群住在美国加州洛杉矶比佛利山的年轻人真实生活的电视片。

有那么可怕的一刻,林恩以为她死了。她冲了过去,腿被女儿的手机充电器的电线给缠住了。她碰了碰女儿那长长的细胳膊。

"我在睡觉!"凯特琳发火了。

林恩长舒了一口气。病痛使得她女儿的睡觉姿势变得古怪。她微笑着在床边坐了下来,抚着女儿的背。凯特琳那一头蓬乱的、涂着发胶的黑色短发使她有时看起来像一个魔女娃娃;她高挑的身体由于衰弱而瘦到极点,细长得难看。在她的皮肤下面长着的似乎是容易弯曲的电线而不是骨头。

"你感觉怎么样?"

"痒。"

"要不要吃点早饭?"她怀着希望问。

凯特琳虽不完全具备厌食症的所有特征,但是也已经差不多了。她痴迷于自己的体重,对于任何奶酪和意大利面食一类的食物都恨之入骨。她把吃这些食物叫做吃脂肪,总在不停地称自己的体重。

凯特琳摇摇头。

"我有话要和你谈,亲爱的。"她看看手表,现在是十点过五分。昨天上班的时候她就告诉过他们她今天会迟一些去。现在她打算等一会儿再打个电话,告诉他们今天一整天都不会去了。医生只能在今天下午抽出很短的时间来见凯特琳。

"我没工夫。"她的女儿咕哝道。

林恩突然一阵心烦,扯下她的耳塞。"这很重要。"

"冷静点儿,你这个女人!"凯特琳回答。

林恩咬住嘴唇,沉默了一会儿。然后她说:"我已经和亨特医生约好了,今天下午四点半见面。"

"你这不是为难我吗,今天下午我约好了要见卢克。"

卢克是她的男朋友,在布赖顿大学注册进修某门 IT 课程。他曾经向林恩解释过,可她却从未搞明白这是一门什么课程。在她一生见识过的所有浪子中,卢克可以算是顶尖的,而且自成一路。凯特琳和他约会已有一年多了。这一年里,林恩想方设法好不容易才从他嘴里逼出了大约四五个字。"是的","是","就像","你知道",似乎这就是他词汇表里所有的单词。她开始产生这种想法：存在于这两个人之间的相互吸引力必定是因为他们都来自同一个星球——位于宇宙那遥远尽头的某个地方，银河里某个该死的死胡同。

她吻了吻女儿的脸颊，然后温柔地抚摸她那僵硬的头发。"你今天感觉怎么样，宝贝儿？除了痒之外还有哪里不舒服？"

"嗯，还好，我很累。"

"我刚才去见过了亨特医生。我们得谈谈这件事。"

"现在不要，我有约会，好吗？"

林恩非常平静地坐着，长叹了一声，极力控制着自己不发脾气。"亲爱的，和亨特医生的约会非常重要。他想使你好起来。看来我们要治好这个病的唯一方法就是给你做肝移植了。他要和你谈谈这件事。"

凯特琳点点头。"我可以拿回我的耳塞了吧？这是我最喜欢的一首歌。"

"你在听什么？"

"蕾哈娜[①]。"

"你听见我说的话了吗，亲爱的？关于肝脏移植的事？"

凯特琳耸耸肩，然后咕哝道："随你的便。"

[①] 蕾哈娜（Rihanna，1988— ），巴巴多斯女歌手，环球唱片公司旗下艺人，有史以来累计单曲成绩最好的女歌手之一。

9

阿可迪号驶完单调乏味的十二海里行程,到达挖沙区域用了不到一个半小时。马尔科姆·贝克特这一个半小时的大部分时间里在进行他的日常工作:检测船上四十二个声频报警器和警示灯。他刚刚完成三个报警器的维修,一个是引擎房里的,一个是底舱的,再就是船头推进器上失灵的报警器。此刻他正在船桥上,检测仪表板上每一个相关的警示灯。

尽管又刮起了使人精力旺盛的刺骨寒风,今天却是一个阳光灿烂的日子。轻柔的海浪使得船只的摆动叫船上所有的人都感觉舒服。一般说来,这样的天气是他在海上最喜欢的。但是今天他的心头却罩着一块乌云,那就是凯特琳。

检查完警示灯后他便来查看电脑上最新的天气预报,很高兴地看到今天一天的天气情况都会很好。他又看看明天的天气预报,说是西南风五到七级,转西风五级或者六级。海面有适度或者较大的波浪,偶尔有雨。不怎么令人愉快,但也没什么好担心的。阿可迪号在七级风劲吹时也能进行海上作业,只是甲板上的工作条件会变得太危险。他们还会冒损坏挖掘索具的危险,特别是抽吸头,有可能会撞到海底。

最初这艘船是造来在有遮蔽的港湾里工作的。它的平底使它在满载时吃水只有十三英尺。这一点在有沙洲的港口工作时很有用,例如肖勒姆港,那里在落潮时港口入口处水变得很浅,有些船只便开不过去。阿可迪号在落潮时不管来去都可开行一个小时。但是在波涛汹涌的海上它的缺点便显出来了:它会令人极不舒服。

在温暖、舒适、宽敞,具有高科技设备的船桥里,有一股专心致志的安静气氛。船只位于离布赖顿东南方向十海里的地方,现在几乎已经到了挖沙区域了。在电脑的黑色屏幕上,黄色、绿色和蓝色的线条形成了一个倾侧的长方形,并标出了一百平方海里的海底区域。这个海底区域是汉森集团向政府租借得来的。汉森集团是一个大企业,它拥有在这个小海湾进行挖沙作业的特权。这块海底就像在岸上的农场一样被精确地标示出来。如果他们偏离这个准确的区域,就会有受到巨额罚款和丧失在这里进行挖沙作业权利的风险。

商业挖沙在某种意义上说,就是进行水下挖掘。船只用机械吸上来的小石子和沙砾会被进行分级处理,卖给建筑业和园艺产业。级别最好的小石子被用来铺设漂亮的车道,砂子则被水泥工业企业买去。剩下的要么碾碎掺进混凝土和柏油碎石拌和物中,要么用作楼房、道路和隧道的道碴及毛石基础。

船长丹尼·马歇尔是一个四十五岁的的男人,身体瘦长,为人善良。他站在舵轮旁,用两根控制螺旋桨的肘节杆掌握着航向。这操作起来比传统的转向盘和舵更为灵活。他那刚剪过几天的短发又长了起来,戴了一顶黑色有小羊毛球的帽子,蓝衬衫上套了一件厚而膨松的蓝色毛衫,下身是牛仔裤和耐磨的航海靴。穿着相似衣服的大副正站着看电脑上标绘出来的那一块挖沙区域。

马歇尔咔嗒一声打开了联络船只和岸上的无线电,向着话筒倾过身去。"这里是阿尔迪号,代号MMWE。"他说。当海岸警卫队回应过之后,他用无线电报出了自己的位置。他们正在世界上最为繁忙的航道上进行挖沙作业,而频繁笼罩在英伦海峡上的浓雾使得那里的能见度常常会下降到只有几码远,所以记下一切位置并随时更新是至关重要的。

马尔科姆·贝克特和其他七个水手同事在一起共事已经十多年了,海水浸透了他的血液。由于儿时的一点叛逆精神,他一到可以加入到海军去做一名见习工程师的年龄,便离开了家。他周游世界,在海上度过了最初几年。像这艘船上其他人一样,他们都是在飘洋过海的船上开始自己的职业生涯的。当他的第一个孩子凯特琳出世,他就想找一个工作,能使他继续留在海上,但又能使他过上某种家庭生活。

挖沙是完美的选择。他们在海上作业的时间每次从不超过三周,并且一天之内可以回港口两次。每当船只回到肖勒姆港或是纽黑文港,在停泊的这段时间里,他偶尔还可以飞快地跑回家,待上那么一个小时。

船长减慢了船速。马尔科姆检查了引擎的每分钟转速和气温表,然后朝他的手表看了看。大约在五个小时后,也就是今天傍晚五点钟,他们就会返回岸上电话信号覆盖的区域。林恩打来的电话让他深感不安。虽然他发觉凯特琳一直是一个很难对付的孩子,但他仍然很爱她,在她身上很大程度地看到了自己的影子。在他带她出去玩的那些日子里,听到她抱怨自己的母亲时,他总是心里直乐,觉得很好玩。看来他们的确像是用同一材料制成的。他和林恩之间也一样,有许多相似之处,特别是常常被忧烦的情绪困扰。公平地说,在过去的几年里,凯特琳的确给了他们两人许多的烦恼。

这次听起来仿佛比以往任何时候都更糟糕。电话没讲上几句便中断了,他感到很沮丧,心里非常担忧。

他戴上安全帽,穿上具有高能见度的马甲,离开船桥,爬下陡峭的金属梯子,来到下铺格栅的升降口扶梯上,然后下到主甲板。他能感觉到冬天那刺人的寒风在吹着自己身上的衣服。他走到一个位置上,查看伸入海里的挖沙管。

他的两个先前在海军里的同事时不时地约他一起去喝酒。他们曾开玩笑说挖沙船就是一个漂浮着的真空吸尘器。在某种意义上来说，这句话是对的。阿可迪号是一架两千吨的胡佛牌真空吸尘器，那就意味着当吸尘网装满时，船只总重将达到三千五百吨。

沿着船的右舷边上安装的就是抽吸管了，它是一根长达一百英尺的钢管。对于马尔科姆来说，每一次航海作业行程中，最为可观的亮点便是观看抽吸管淡出视线，沉入那黑暗阴沉的海底深处。在那一刻，船只像是真正地活了起来。突然间便响起了抽吸泵和滑运道机器运转的铿锵喧闹声，他们周围的整个海洋都开始剧烈地翻腾。一会儿工夫，水、砂和石子就会轰隆隆地进入底舱，倾倒在船的正中央货舱的部位，进入一个特大的泥浆锅中。

偶尔也有一些意外的东西被吸上来，例如一颗炮弹或是二战时期的部分飞机残骸，或者更为叫人心惊胆战的——一颗意料不到的没有爆炸的炸弹。它们会塞住抽吸头——也就是管子的入口处。这些年来有那么多古老的人工制造品被从海底吸了上来，因此政府制定了一些官方的准则来处理它们。但是这一次阿可迪号将要捕获的东西却没有规则可循。

当底舱装满后，所有的水就会通过溢水口的开口排出去，最后剩下来的就是留在船中间的一滩沙子和石子了。每当船只掉头往港口开回去时，马尔科姆总喜欢在它边上走来走去，在那些被抽吸上来的成千上万个贝壳上嘎吱嘎吱地走着，偶尔会遇见一条不幸被吸上来的鱼或是一只螃蟹。几年以前他发现过一根骨头，后来被鉴定为人类的腿骨，一根胫骨。这么多年过去了，海洋的秘密，特别是留在海底的秘密，仍然叫他像小孩子一样激动不已。

大约二十分钟以后就该升起抽吸管了。马尔科姆抓紧时间在空荡荡的食堂里略作休息。他坐在一张破旧的沙发上，双手捧着一杯茶，吃着一个小圆烤饼。这种烤饼在海军行话里被叫做手指点心。电视开着，但是图像太模糊，什么也看不清。他心烦意乱地用目光扫着晚餐的菜单。红色的记号笔在白板上潦草地写着：奶油葱汤、面包卷、苏格兰鸡蛋、薯片、新鲜沙拉、蛋奶蒸海绵糕。他们一回到港口就会有好几个小时的艰苦工作要干，要在晚饭前把货卸下。到那时通常他会饿极了。但是此刻，他的心思全在凯特琳身上，对小烤饼全然没了兴趣，咬了两口便将它扔进了食物篮。这时，他听见后面有人叫他。

"马尔……"

他转过头来，看到是二副。那是一个粗壮的利物浦人，身穿工装衣裤，头戴安全帽，手戴厚厚的保护手套。

"抽吸头给堵住了，头儿。我想我们得把管子抬起来。"

马尔抓起他的安全帽，跟着二副走到甲板上，朝上看去。他立刻看见了从斜槽里流出来的只有一股水的细流。堵塞的事情不常见，因为抽吸头那沉重的钢铁钳通常会将堵塞物从管嘴里清除出去，偶尔也只不过是吸上了一张渔网而已。

马尔对他手底下的两个水手喊了几句指令，便在一旁等着直到抽吸泵和斜槽都关上了，然后才开动绞车齿轮提起抽吸管。他站着，往那边看过去，直到看见水面开始搅动。这时他看见那个东西升出了水面，被紧紧地夹在巨大的钢爪中间。他突然间感觉咽喉中一阵抽紧。

"见鬼，那是什么东西？"二副说。

有一刻，他们俩都陷入了沉默。

10

罗伊·格雷斯越来越感觉到他的生活就是在不断和时间赛跑。他好比一个参加游戏的竞争者,实际上就算是得胜了也得不到任何奖品,因为这个游戏永无止境。他一封接一封地回答了每一封电子邮件,接着又来了五十封;他把堆在桌上的所有文件都清理完了,他的管理助手埃莉诺·霍奇森又拿进来十份。负责送文件的还有别人,近来大多数文件是由艾米莉·盖诺拿进来的。她从刑事调查部派到这里来帮助他,为即将进行审判的案件作准备。每逢她把越来越多的成捆的公文砰的一声放在他桌上时,似乎总是带着一种隐含恶意的快乐。

这个星期他轮值担任高级调查官,这个职位意味着对于本周在苏塞克斯地区发生的任何重大犯罪案件他都必须负责。他默默地祈祷,希望不管是哪一位神灵,只要能保佑警察的,来保佑他本周内平静无事。

但是那个特定的神仙休了一天假。

他的电话响了。那是一个话务员打来的,他在警察指挥部时认识这个人，名叫罗恩·金。"罗伊，"他说，"我刚才收到海岸警卫队打来的电话，肖勒姆港外面的一艘挖沙船打捞出了一具尸体，地点离海峡十英里。"

啊，天哪！格雷斯心想，说来就来了。布赖顿是一个滨海城市，每年都会从海里收到一些尸体。有一些是漂来的浮尸，通常是淹死的自杀者或是不幸从甲板上掉下来的快艇水手。还有一些是进行海葬的尸体。渔民们没有看过海图，在标明为海葬的区域将它们网了上来。通常，这些都由制服警察来处理。但是现在他被电话通知这件事，这就表明有点不对头。

"关于这具尸体你能提供什么情况吗？"他尽职尽责地问，心里提醒自己不要和话务员谈起他那些猫的事。上次话务员在这件事上谈了足有十分钟。

"男性，外表显得年轻，只有十几岁的样子；淹没的时间不长；用一块塑料布包裹，加了重物。"

"不是进行海葬的吗？"

"听起来不像，也不是通常的那类浮尸。海岸警卫队说船长很担心，说它看来像是某种祭神的杀牲。尸体上有一个奇怪的切口。你要不要我叫警卫队派一只船去把它带来？"

格雷斯沉默了一会儿，脑海里剧烈地翻腾起来，思维立刻进入了分析研究的状态。摆在他桌上的和电脑里的每一件事情现在都得搁置一边了，至少得等他看过了尸体再说。

"它是放在甲板上还是在货舱里？"他问。

"它被吸进抽吸头里了。他们除了把塑料布切开看看它是什么东西外，没有动它。"

"他们是在肖勒姆港外面进行作业的吗？"

"是的。"

几年前格雷斯去过一艘挖沙船，它用网拖上来一具高度腐烂的尸体。因此关于那种机械他还记得一点儿。

"不要去动那具尸体，罗恩，"他说——在尸体的周围或者在抽吸管的管嘴里可能有法医用得上的重要证据,"告诉他们,尽可能地让它保持原样,并让他们在海图上标记尸体打捞上来的精确位置。"

一打完和罗恩的电话,他便接着打了一系列其他的电话,立刻集结他需要的人员组成小分队。一个电话打给验尸官,通知她这件事故,并要求派一位内政部的法医学家参加。大多数从海底捞上来或是被海水冲上来的尸体,不管多么明显地看出这个人是死了,都要经过警察局的外科医生或其他医务人员到现场作出粗略检查,证明其死亡之后,再由殡仪馆收尸队立刻收走,然后在殡仪馆里作出评估,看是非正常死亡还是正常死亡。但是这一次,格雷斯从听来的情况感觉到,毫无疑问是非正常死亡了。

三十分钟后他已经坐在一辆公用的现代车的方向盘后面。车子一直朝港口方向奔去,旁边坐着丽齐·曼特尔警督。他在先前的几个案件调查中曾和她一起共事。她是一个极有能力的探员,长得很漂亮,这又是她额外带来的一个好处。她有一头长及肩膀的金发,脸庞俏丽。她像往常一样穿着一套男式的制服。今天她在一件干净利落的白色罩衫外面套了一件蓝底白条纹的上衣。这套衣服穿在某些女人身上就会显得男性化十足,然而穿在她身上却十分干练,但仍不失女人味。

他们开车绕过港口的末端,从一条私人车道旁经过。这条车道通向一条死胡同,那里有希瑟·米尔斯的住所。

丽齐看到格雷斯回过头去,大约是想要看一眼披头士成员的前妻,便问道:"你见过保罗·麦卡特尼吗?"

"没有。"

"你对音乐很痴迷,是吗?"

他点点头。"有一点。"

"你喜欢做一个摇滚歌星吗?你知道的,像一个披头士的歌手那样?"

格雷斯略微想了一会儿,他以前没考虑过这类的事。"我没这么想过,"他说,"没有。"

"为什么不呢?"

"因为，"他说，这时他犹豫起来，减慢车速，从车窗里看出去，望着码头的右边，"因为我五音不全。"

她咧嘴一笑。

"即便我能够唱歌，我还是想要做一些能使这个世界发生一点变化的事情。"他耸耸肩说，"你知道吗，使世界发生一点变化。那就是我当警察的理由。这听起来有点像老生常谈，但它就是我这么做的动机。"

"你认为一个警察比一个摇滚巨星能做出更多改变这个世界的事来吗？"

他微笑。"我想我们带坏的人要少一些。"

"可是这又有什么不同吗？"

他们正经过一座木材堆栈。这时格雷斯看见了那辆带有布赖顿霍夫市验尸处的金色徽饰的深绿色搬运车，它停在紧靠码头边的地方。格雷斯将车开过去，在离它不远的地方停下。分队的其他人员还未到。

"我想船只怕是已经停在这里了。"他心情有点烦燥地说，一边留意着时间，想着他今晚一定要去参加的那个退休晚会。有几个苏塞克斯郡警察局的高级官员会到场，这就意味着这会是一个拍马屁的好机会，所以他急于准时赶到那里。但现在看来没有希望了。

"或许被耽搁在船闸那里了。"

格雷斯点点头，从汽车里出来，走到码头最边上，身体还在为着不久以前开着他心爱的阿尔法-罗密欧追逐打滚的那一段经历轻微地发软。他站在一根生铁的系缆柱旁边，风吹在他脸上感觉冰冷。天光迅速地暗了下来，如果天空不是万里无云的话，只怕早已经黑了。大约在一英里外的远处他能看见船闸那关闭的大门以及一只船的橙黄色的上半部分，大约就是那艘挖沙船了。他把大衣拉过来紧裹在身上，在寒冷中发着抖。他把双手插入衣袋中，拿出皮手套戴上，然后看了一眼手表。

差十分五点。吉姆·威尔金森的退休晚会七点钟开始，地点在沃辛镇的那一头。他原本计划先回家换衣服,然后去接克莉奥。现在什么时候能结束这里的工作则要看有什么发现,以及法医要在现场做多少检查而定。不管怎样他会很走运,赶上那场晚会的。值得庆幸的是,派给他们的法医纳丢斯卡·德·桑察是内政部两位法医专家中干活较快也较有趣的那一位,过去他们经常在一起工作。

他看见港口那头的远处有一艘大的捕鱼船,它的航灯还亮着,正咔嚓咔嚓地从停泊地开出去。海水几乎是一片漆黑。

身后有车门打开,又砰的一声关上。然后一个快活的声音说道:"老天爷,你不怕去晚了,你太太那里会有你受的?罗伊,她可不会设身处地替你想一想!"

他回头一看,是沃尔特·霍登。他是一个衣冠楚楚的高个子男人,衣着永远整洁漂亮。他现在穿着一套深色的西服,白衬衣,打着黑领带。他的正式职位是布赖顿霍夫市公墓的负责人,但他的职责还包括拿出一部分时间帮助从现场收走尸体,以及处理与每位死者相关的大量文书工作。尽管他的工作性质严肃,沃尔特却有一种恶作剧的幽默感,他最喜欢做的事莫过于叫罗伊紧张起来。

"为什么这么说,沃尔特?"

"她下班走了,今天去了理发店,要在那里花一大笔钱呢,就为了参加今天的晚会。如果你把这件事给搞吹了,她可会大为生气的。"

"我不会把它搞吹的。"

沃尔特特意看了看自己的手表,然后犹豫不决地抬起眼睛来。

"如果有必要的话,我会让你来负责这项该死的调查,沃尔特。"

男人摇了摇头,说:"不干,我只喜欢和死人打交道。僵尸是不会和你顶嘴的,它们宝贵如黄金。"

格雷斯咧嘴笑了。"达伦来了吗?"

达伦是克莉奥在殡仪馆的助手。

沃尔特朝着搬运车一伸大拇指,说:"他在那边,打电话呢,刚和他女朋友闹了别扭。"他耸耸肩,然后眼珠一转,又说,"那就是女人们给你带来的好处。"

格雷斯点点头,发了条短信:

> 船还没来,我会晚点到。我们最好在那里见。

他刚把手机放回衣袋,它便在里面嘟嘟地尖叫了两声。他拿了出来看上面的显示,这是克莉奥对他的回复:

> 迟到不要超过两小时,我有话和你说。

他皱起眉头,被短信的语气弄得不安起来,也被结尾没有署上"x"这件事弄得不愉快①。他走远一步,走到沃尔特和曼特尔警督听不到的地方,后者刚刚从汽车里出来。他拨打起克莉奥的电话来,她立刻便回了话。

"我不能多说,"她简短地说道,"刚才来了一家人要做鉴定。"

"你有什么事要和我讲?"他问道,明白自己的声音听起来很着急。

"我要当面和你说,不想在电话上讲。过后再说,好不好?"她挂断了电话。

见鬼。他盯着电话机看了一会儿,现在更着急了,然后把它放回衣袋中。

他一点儿也不喜欢她刚才说话的口气。

---

① 在欧美通俗文化中 X 常代表 kiss,即亲吻之意。

11

西蒙娜已经学会了怎样从一个塑料袋里吸入奥诺那克①。一小瓶金属油漆，她能够很轻易地从任何油漆店里偷出来，可以用上好几天呢。是罗密欧教给她怎样去偷的。他又教给她怎样把它吹入塑料袋，使得油漆和空气混合在一起，吸进去，又把它吹进袋子里，再吸进去。

当她吸进去时，饥饿的痛感便消失了。

当她吸进去时，她家里的生活便变得能够忍受了。这个从她出生以来便记得，或者说想要记得的家；这个从破烂的混凝土人行道上的一个缝隙中爬进去才能进得了的家。在这条繁忙而铺设简陋的马路下面，爬下一个金属梯子便进入了一个地下洞穴，那是人们挖出来便于检查和维修蒸汽管道的。这条直径为十三英尺的管道是集中供热的公共管道网的一部分。这个供热系统为这个城市的大部分建筑物供热，它使得这个地下空洞里的冬天温暖舒适而干燥，但一到了春天头几个

---

① 奥诺那克（Aurolac）：一种便宜的罐装有毒油漆。

月里便闷热难耐，要一直等到它关闭了才行。

这个空间里有一小块地方，管道和墙壁之间的一个逼仄的凹处，她把那里做成了她自己的家。她从垃圾堆上找来被人丢弃了的破旧羽绒被，和"戈古"共同标示出她的家。戈古远在她能够想得起来的日子里就已经和她在一起了。它是一块污秽褴褛，不成形的细长条的假皮毛。每天晚上她睡觉时用它贴住自己的脸。除了她身上穿的衣服和戈古外，她一无所有。

这里一共住着他们五个，要算上那个婴儿的话便是六个。他们是这里的长期住户。时不时地有人来这里住上一段时期，然后又搬走了。洞里点着蜡烛，当他们手里有电池时，就没日没夜地放音乐。流行乐有时候使西蒙娜平静，有时候又叫她发狂，因为它永远是大声地放着，少有停止的时候。他们为此吵个不休，但它还是永远放着。此刻正在唱着的是碧昂斯。她喜欢碧昂斯，喜欢她的长相。她梦想有一天自己会像碧昂斯那样唱歌，有一天她会住在一幢房子里。

罗密欧告诉她，她很美；有一天她会很富有，会出名。

婴儿又哭了起来，微微有一股大便的臭气。那是瓦莱丽亚八个月大的儿子安东尼奥。在众人的帮助下，瓦莱丽亚设法把他藏起来不让当局知道，因为政府会把他从她身边带走。

瓦莱丽亚比其余几个人年龄要大得多，也曾经漂亮过，但她那张二十八岁的脸已经形容枯槁，生活在上面刻满了深深的皱纹，如今那已经是一张老妇人的脸了。她有又长又直的褐色头发，同样褐色的眼睛。那双眼中也曾有挑逗的眼波流转，如今却已变成死鱼眼珠子一般。她身上穿得五颜六色，在一套破烂的青绿色、黄色和粉红色的慢跑运动服外面套着的是一件祖母绿色的羽绒夹克，脚上穿的是一双红塑料凉鞋。这些像她们大多数的衣服一样，都是从这座城市较发达的那些区域的垃圾箱里捡来的，要么就是急切地从救济中心那里要来的。

她摇着臂弯里的婴儿。他裹在一件破旧的，毛皮镶边的大衣里。这该死的孩子的哭声比那唱个不停的音乐更叫人难以忍受。西蒙娜知道婴儿哭是因为他饿了。他们全都饿着，几乎一直都是这样。他们吃偷来的东西，用行乞得来的钱去买食物，偶尔也卖卖旧报纸，或者从游客的衣袋里扒窃钱包和皮夹，要么就从游客手上抢走他们的移动电话和照相机，把这些东西卖掉。

罗密欧有着一双又大又圆的眼睛，一张漂亮的天真无邪的脸，黑色的短发向前梳，手臂枯瘦。他跑起来像一个运动员一样飞快。他不知道自己有多大了，也许是十四岁，他想，又或许是十三岁。西蒙娜也不知道自己有多大了。那件事儿还没有来过，就是瓦莱丽亚告诉过她的那件事儿。所以西蒙娜估计自己是十二岁或者十一岁。

她真的一点儿也不在乎。她只想要这些人——她的家庭——都喜欢她。而每当她和罗密欧带回来食物或者钱——最好是两样都有——的时候，他们都很喜欢她。有时候，她也会带回来电池。臭哄哄的硫黄味、干灰土味、没有洗过澡的身体发出来的气味和婴儿的大便臭味，这一切就是她在这个世界上最熟悉的气味了。

她的过去是在一团迷雾中的某个地方。她记得那些铃铛，挂在一件大衣或者夹克上面，而这件大衣或者夹克穿在一个高个子男人身上，他手拿一根粗棍。她必须走过这个男人身边，拿走他的钱包而不让铃铛响。只要一个铃铛发出响声，他就会用棍子在她背上抽打。不是只打一下，而是五下，有时候是十下，有的时候她都数不过来了。通常还没打完她就昏过去了。

但是现在她很好。她和罗密欧是很好的合作伙伴。她、罗密欧，还有一条狗。那条褐色的狗住在他们上面，街边的一面倒塌了的围墙下。狗已经成了他们的朋友。她自己在一套破烂的、五颜六色的慢跑运动服外面穿着一件蓝色无袖的棉背心，戴着羊毛帽，脚上穿着运动鞋。而罗密欧则穿着他那件带风帽的上衣、牛仔裤，也穿了一双运动鞋。那条狗，他们把它叫做阿特尔。

罗密欧教给她什么样的游客是最好的，那就是年龄大的夫妇。她、罗密欧，还有那条用长绳子牵着的狗，他们三个构成一个三位一体的小组，走近老夫妇。罗密欧会伸出他那只干枯的手。如果游客嫌恶地退缩回去并挥手叫他们走开，趁着他们走开的那一刻，她会将老头儿的钱包拿来放进她那棉背心的衣袋中。如果老头儿在他的衣袋中找寻点零钱给他们,趁着罗密欧去接钱时,她会把老太太的皮夹从她的手提袋中取出,稳稳当当地放进自己的衣袋里。如果人们坐在咖啡馆里,他们就会直接从桌上抢走他们的电话或照相机跑开。

音乐改变了,现在唱的是蕾哈娜。

她喜欢蕾哈娜。

婴儿也睡着了。

今天是糟糕的一天,没有游客,也就没有钱。只有少量的面包,大家分了。

西蒙娜卷缩起嘴唇,含住了塑料袋的袋口,先呼出一口气,然后用力吸进了一口。放松了,放松的感觉总是会来的。

但却没有任何希望。

12

现在是差一刻六点,今天林恩是第三次坐在一间医生的候诊室里了。这一次是会诊医生,胃肠病学专家的候诊室。从一扇凸肚窗望出去是霍夫安静的街道。外面天很黑,街灯亮着。她的心里也是一片漆黑——漆黑、冰冷、害怕。这间候诊室连同它那陈旧的家具,看起来都和亨特医生的候诊室很相似。它们都不能消除她心中的忧愁。室内的照明也是昏暗的。从塞在凯特琳耳中的耳塞里溜出来一股细细的音乐声。

这时凯特琳突然站起身,开始四处摇晃起来,仿佛喝了酒一般疯狂地抓挠她的双手。林恩一下午都和她在一起,知道她什么东西都没喝。这是她这种病的一个症候。

"坐下吧,亲爱的。"她说,十分惊恐。

"我有点累。"凯特琳说,"我们还得等吗?"

"我们今天来看专家,这非常重要。"

"嗯,好吧,瞧,我现在也变得十分重要了,怎么样?"她发出一声苦笑。

林恩微笑。"你是世界上最重要的。"她说,"你感觉怎么样,除了累以外?"

凯特琳停下来,朝下看着桌上的杂志:《苏塞克斯生活》。她深吸一口气,沉默了几分钟,然后说:"我害怕,妈。"

林恩站起身来,用一条胳臂抱住她。今天凯特琳不像往常那样,没有缩回身子将她推开,而是缩在妈妈的怀里,抓起她的一只手,抓得紧紧的。

在去年一年里凯特琳长高了好几英寸,林恩还不习惯从下面往上看她的脸。她十分明显地继承了她父亲的高个子基因,那瘦长得有些难看的身子今天比以往更像是某种魔女玩偶,尽管是一个非常漂亮的玩偶。

她的穿着十分随意,这是她向来喜爱的风格。她今天在一件T恤上面穿了一件乱糟糟的、灰色和铁锈色的针织上衣,颈上戴了一串用细细的皮带穿着小石子儿做成的项链;下身是牛仔裤,裤脚边磨损了,还有一双不系鞋带的旧运动鞋。除此之外,为了御寒,也或许是为了掩盖她那肿胀的、像是怀了孕的肚子——林恩猜想——她披了一件粗厚起绒的驼色呢大衣。大衣看起来像是从义卖商店买来的。

凯特琳那短短的、一簇簇像大头钉似的漆黑发亮的头发,从裹在她头上的阿兹台克人①式样的箍带上面笔直地耸了出来,再加上她的鼻环和耳洞,使她看起来模模糊糊地带有哥特风格。她下颏的中央有一颗饰钉,舌头上也有一颗,左眉下穿了一只环。此刻看不见的还有她右乳头上的一只环,穿过肚脐眼的一只环以及在她的阴道前面的一只。她曾经忸怩地向她母亲承认——那是在她们之间少有的一次亲近——嵌入这只环时曾经使她十分难堪。等会儿当专家检查她时毫无疑问地会看到这些。

这一整天真是宛如地狱,林恩想。自从今天上午离开亨特医生的

---

① 阿兹台克人:墨西哥的印第安人。

诊所，然后下午又带着凯特琳回到这里，她整个的生活似乎都已颠倒了过来，好像穿过了一个地震断层。

此时她的电话响了，她从手提袋中把它拿了出来，一看是马尔打来的。

"嗨，"她说，"你在哪儿？"

"刚刚穿过肖勒姆港的船闸。我们今天真是倒霉透顶，挖起了一具尸体。告诉我凯特琳的事吧。"

她把和亨特医生会谈的情况一一跟他说了，一边说一边用眼睛去瞟凯特琳。她仍然在围着候诊室踱步。这间候诊室只有亨特医生那间诊室的三分之一大。凯特琳现在急急忙忙地把杂志一本接一本地拿起来，又放下，似乎每一本她都要看，可是又无法决定从哪一本开始。

"大约一个小时后我会知道更多的情况。我们刚刚从亨特医生那里直接过来找专家了。你在信号区内会有一段时间吧？"

"至少四个小时，"他说，"也许会更久一些。"

"好吧。"

格兰杰医生的秘书出来了。她看起来像是一个女管家，大约五十岁年纪，头上梳着一个紧紧的小面包似的发髻，脸上带着一种冷漠的微笑。"格兰杰医生现在要见你们俩。"

"我会给你回电话的。"林恩说。

格兰杰医生的诊室没有罗斯·亨特医生的诊室那么宽敞。这是二楼的一间狭窄的房间，在他那张小书桌前只够摆得下两张椅子。桌上摆着几张镶嵌在镜框里的照片，其摆放的角度能够使他所有的病人清晰地看到。其中一张是会诊医生那微笑着的完美无瑕的妻子，另外三张是他同样完美无瑕、微笑着的孩子们。

格兰杰医生大约四十岁，是一个高个子的男人。他长着一个大鼻子，一头稀疏得像茅草屋顶一样的头发，穿着一套细条纹西服，里面是一件清爽的衬衣和一根整洁的领带。他周身微微透着一股冷淡的神情，这使得林恩想，他会很容易地被人当作一个高等律师而不是医生。

"请坐。"他说着打开一个褐色的文件夹。林恩能看见里面有一封罗斯·亨特写来的信。然后他自己也坐下了，开始看信。

林恩抓住凯特琳的一只手，轻轻地捏了捏它。她女儿也没有试图要挣脱开来。格兰杰医生使她感觉有点不自在。她不喜欢他的冷淡，或者那种高高在上展示他家人相片的做法。这些相片似乎传递出这样一种信息：我很好，而你不好。我要说的话对我的生活毫无改变。我今天晚上回家，吃晚饭、看电视，然后或许还告诉我妻子说我要和她做爱；而你——嗯，说出来真是不太好听……你明天早上起来，在你自己的地狱里，而我起来之后会像我每天早晨那样做我的事，心中充满着春天的愉悦，和我快乐的孩子们在一起。

看完信，他倾身向前，脸上的表情稍微和缓了一点。"你感觉怎么样，凯特琳？"

她耸耸肩，沉默了几分钟。林恩等着她开口说话。凯特琳把手从她母亲手中抽出来，开始交替用手在手背上抓挠。

"我痒，"她说，"我身上到处痒，连嘴唇都痒。"

"还有别的吗？"

"我很累，"突然间她生起气来，这是她通常的表现，"我想要好起来。"她说。

"你是不是感觉有点行为古怪？"

她咬住嘴唇，然后点点头。

"我想亨特医生已经把检查的结果告诉你了。"

凯特琳又点点头，看也不看医生，然后在她那柔软的带斑马纹的手提袋里翻找起来，摸出她的手机。

当凯特琳用手指摁着键盘，看着屏幕时，医生的眼睛睁大了。"是的，"她模模糊糊地说，好像是自言自语，"是的，他告诉我了。"

"是的，"林恩赶紧插嘴，"他说了，他已经把消息告诉我们了——你知道——就是你告诉他的那些。谢谢你这么快就接见我们。"

外面不知何处的街上，一辆小汽车的警铃声大作。

医生又看着凯特琳,看了一会儿,看着她发送了一条信息,然后把手机收回袋中。

"我们必须立刻有所行动。"他说。

"我真的并不完全了解发生了什么变化。"凯特琳说,"你能不能挑出一些来告诉我,用简单一点的语言,比如,能让一个白痴听得懂的话?"

他微笑起来。"我尽我所能吧。你知道,凯特琳,过去六年来,你由于患胆管炎使得胆管出现了初期硬化。本来你的胆管炎还是缓和的——如果你可以这样说的话,那是青少年特有的现象。但是,近来它变成了年龄很大的成人才有的形式,而且发展很快。过去六年中,我们已经试过了用药物治疗和外科手术相结合的方式,企图控制它,希望你的肝脏能够自愈。但这只发生在很稀有的病例中,我恐怕你的情况不在其列。你的肝脏已经恶化到了这个程度:如果我们不采取行动的话,你便有生命危险。"

凯特琳的声音突然变小了,说道:"因此我快要死了,对吗?"

林恩抓过她的一只手,紧紧捏住。"不,亲爱的,你不会,绝对不会。你会好起来的。"她看着医生,希望他能给出一个保证。

医生毫无表情地说:"我已经和皇家南伦敦医院联系过了,准备安排你今晚去那里作移植的评估。"

"我恨那个该死的鬼地方。"凯特琳说。

"那是全国最好的一家医院,"他回答,"还有其他的医院,但这是通常和我们有工作联系的一家。"

凯特琳又在手提袋里翻找了起来,说:"问题是,今晚我很忙。我得和卢克去一家夜总会,我得去那里看乐队演出,电子乐。"

一个短暂的沉默。然后医生用一种异常柔和的语气开口说话了,这是林恩未曾料想到的。他说道:"凯特琳,你的情况不是很好,出去对你来说是非常不明智的做法。我必须马上把你送进医院。我要尽可能快地为你找到一个新的肝脏。"

凯特琳用她那患了黄疸病的黄眼睛看了他一会儿,说:"你说的

'好'这个字是指什么?"

医生的脸上漾出了笑意,说:"你真的想要听我来解释吗?"

"要听。你怎样解释'好'?"

"活着,不感觉到疾病的困扰,也许是一个好的开端。"他说,"你觉得这个怎么样?"

凯特琳耸耸肩,说:"当然,那也许十分好。"她点点头,吮吸着这几个字眼,显然在咂摸它们的意思。

"如果你做了肝移植,凯特琳,"他说,"机会就会来了,你会开始感觉又好了起来,回到了正常状态。"

"如果我不呢?如果——不做肝移植?"

林恩想要说点什么来反驳她,把实在会发生的情况告诉女儿。但她知道她必须保持沉默,扮演一个旁观者的角色。

"那样的话,"他毫不掩饰地说,"我恐怕你会死。我想你没有多长时间好活了,顶多几个月,也许根本活不了那么久。"

长时间的沉默。林恩感觉到她女儿突然间抓紧了她的手,她马上尽可能地握紧它。

"死吗?"凯特琳说。

像是从颤抖的嘴唇中发出来的。凯特琳转过头来,惊恐地看着她母亲的脸。林恩向她微笑,一时间无法想出什么话来对她女儿说。

凯特琳神经紧张地问:"这是真的吗,妈?这就是他们已经告诉过你的吗?"

"你的确病得很厉害,亲爱的。但是,如果你做了肝移植,就会好。你会再次好起来,过上完全正常的生活。"

凯特琳沉默不语,她把手抽了回来,将一只手指放进嘴里。林恩已多年未见她这样做了。这时医生身旁一个架子上放着的传真机发出嘟的一声,打印出来一张纸。

"我在网上查过了,"凯特琳突然说道,"我搜索了肝脏移植。肝脏是来自死人身上的,对吗?"

"大多数情况是。"

"因此我会得到一个死人的肝脏？"

"还没有绝对的保证我们能幸运地为你找到一个肝脏。"

林恩在一阵令人要晕倒的沉默中瞪着他："你是什么意思，没有保证？"

"你们两个都得明白，"他以一种就事论事的态度说着，这使得林恩想要站起来给他一个耳光，"现在缺乏肝源，你又是稀有血型，这就会更困难一些。这要看我是否能把你列为优先考虑的对象，但愿我能。但是从技术上来说你的情况是属于'慢性'的，而只有'急性'的肝功能衰退才会被列为优先考虑的对象。我会为你力争，对付这个困境。至少你还有一些条件是对你有利的，比如说年轻，并且在其他方面是健康的。"

"照你说来，如果我终于得到了一个，那我就有可能会在体内揣着一个死女人的肝脏度过余生吗？"

"或者一个男人的。"他说。

"可真不错！"

"那比起其他选择来不是要好得多吗，亲爱的？"林恩问，想要再握住她的手，但被挡开了。

"照你说来，那是来自某个器官捐赠者的？"

"是的。"纳尔·格兰杰说。

"那么在我的余生里我脑子里就总会转着这样一个想法：知道有某个人死了，而我体内就有他身上的一部分？"

"我可以给你看一些文学作品，凯特琳，"他说，"要是去皇家医院，你会遇到许多人，包括社会工作者和心理学家，他们会告诉你那意味着什么。但是有一件重要的事情要记住。死者的家人和好友将会知道死亡并不完全是一件毫无意义的事，那个人的死会使得另一个人活下去，这对他们来说往往是一个极大的安慰。"

凯特琳沉思了几分钟，然后说："妙极了，你要我做肝移植，是为了使另外的人觉得他们女儿的死，或是丈夫的死，或是儿子的死会使他们感觉好受一些？"

"不，不是那个意思。我要你做它，是为了能救你的命。"

"生活真他妈的恶心，不是吗？"凯特琳说，"生活真恶心。"

"死亡更恶心。"会诊医生回答。

13

苏珊·库柏发现在这个特别的窗口，就是从苏塞克斯郡皇家医院八层楼上的电梯间过去的那个窗口里望出去，可以看见美丽的景致。在这里可以从肯普镇的屋顶上一直看到英伦海峡。大海今天一整天都是一派辉煌灿烂的蓝色。但是此刻，在这个十一月下旬日子里的傍晚六点钟，逐渐暗下来的暮色已经把大海变成了一片漆黑的虚空。它越过了城市的万家灯火，一直向浩瀚的无穷之境伸展过去。

她现在正望出去，看着那一片巨大的黑色。她把双手搁在电暖气上，并不是为了取暖，仅仅是要支撑住她那精力枯竭的身子。她沉默无语，凄凉地看着窗玻璃中映照出来的自己的脸，感觉到寒冷的风透过薄薄的玻璃直穿了过来，但对其他东西的感觉一概全无。

她已经被打击得麻木了，不能相信发生了这样的事。

她在脑子里盘算了一下需要打电话通知的人。她害怕把这个消息告诉纳特的兄弟，告诉他在澳大利亚的妹妹，告诉他的朋友。他的父母早在五十岁左右就已去世。父亲死于心脏病，母亲死于癌症。

纳特经常开玩笑说他绝对活不到一把老骨头的年纪。只是一个玩笑。

她转过身，走回重症监护室，按响了门铃。一个护士让她进去了。这里比外面走廊上暖和，温度维持在摄氏三十四到三十五度之间。这个温度足以使病人身穿病号服或是光着身子躺着，不会有着凉的风险。这真是一种讽刺，她想，尽管没在这里躺过，但她却曾经作为一名护士在这里工作过，就是这间病房。她和纳特就是在这家医院相遇的，那时他刚刚开始在这里当一个初级专科住院医生。

她感觉到身体内在动，是她的孩子在踢。他们的孩子，有三十周大了，一个男孩。

她向右转，走过了中央护士站，那里的一张椅子上丢弃了一只假腿。这时，她听见了嗖的一声拉上帘子的声音。她朝病房远处的一个角落看过去，心在体内猛地一颤。一个护士正在把十四床，也就是纳特那张床的隐私床帘给拉上。拉上帘子是为了不让他人窥看。他们就要开始做一些新的检测了。她不能确信当他们做检测时她是否还能有勇气和他在一起，但她已经在他身边坐了几乎一整天了，她知道现在她必须到那里去，必须不停地和他说话，必须坚持怀抱希望。

车祸已经给他造成了复合性的凹陷型颅骨骨折，颈部的脊髓受到了损伤。如果他活下来，这个损伤有可能给他留下四肢瘫痪的后果。在现在这个阶段，这几乎没什么关系了。他的右锁骨和骨盆也造成了骨折。

她已多年不做祈祷，但她发现今天自己在默默地反复做着祷告，祷告中总是同一句话：求你了，上帝，不要让纳特死，上帝，不要让他死。

她感觉自己真是彻头彻尾地无能。她所有的护士技术和她自己本人全都无用了，只除开对他说话。说话，说话，还是说话；等待一个永不到来的反应。但是现在也许会有不同……

她从擦亮的地板上往回走，从她右边的一个床位经过。床上躺着一个大块头的胖女人,她脸上和身上一圈圈的肉看起来像三维地图上的等高线。一个护士告诉她这个女人体重达三十九英石[①]。她床头的一块牌子上写着"不要进食"。

她左手边是一个四十岁的男人,脸上是那种雪白的石膏色,插着管子,贴在他胸前和头上的管线如同树林一般。从她那富有经验的眼睛看来,他大约是刚刚做过了心脏搭桥手术。他身旁的仪器桌上放着一张大大的、喜气洋洋的康复祝贺卡。至少他在好转中,她想,还有很大的机会走出这家医院,而不是被抬出去。

不像纳特。

经过了整整一天,纳特在稳步地向下坡路上走去。尽管她仍然死死抓住一个令人绝望的、越来越无理性的希望,也开始感觉到一个不可避免的可怕事件即将发生。

每隔几分钟,她那已转为静音的电话就会振动,表示又来了一条短信。有一些她会走出去回答,给她的母亲,给纳特的兄弟——他今天上午来过了这里,此刻想要点新消息;给他在悉尼的妹妹。她还给她最要好的朋友简打了电话。今天早晨到这里来了一个小时后,她便涕泪交加地告诉她,医生对他是否能活过来没什么把握。其他人她便没有通知。她不想分散精力,只想为了纳特守在这里,希望他度过这危险期。

每隔几分钟她便听到一台监护仪发出嘟嘟的警告声。她在一种消毒化学药水的气味中呼吸着,偶尔还闻到了浓烈的科隆香水味,听到电气取暖设备发出的微弱的背景杂音。

在那帘子围起来的空间内,纳特躺在床上,身子被撑起来约三十度。他看起来像个外星人,身上缠满了绷带和管线,嘴和鼻子里插了气管导管和鼻咽管。他的颅内插了根探针来测量颅内压,另一根探针插在一根手指上,如同树林般的静脉插管和排液管从吊在滴管支架上的袋子中进入他的手臂和腹部。他闭着眼,躺在那里一动不动,被一

[①] 英石:英制重量单位,一英石等于十四英磅,约六点三五公斤。

堆监护仪和支撑生命的仪器包围着。两台电脑显示屏安装在他右边，床那头一张小推车上放着一台笔记本电脑，他所有的记录和数据都在上面。

"喂，亲爱的，"她说，"我回来和你在一起了。"她说话时眼睛看着显示屏。

没有回应。

从他口中出来的管子尾端接在一个小袋子里，它的底部有一个排出孔，袋中装了半袋深色的液体。苏珊看着滴管上的标签，它们是：甘露醇、红细胞沉降剂、吗啡、咪达唑仑和去甲肾上腺素。这些药使他稳定，维持他的现状，防止他的生命溜走，就是这样。

唯一显示他还活着的，就是他胸脯那平稳的一起一落以及监护仪屏幕上光标的尖头信号。

她看着插入她丈夫手背上的滴管，以及现在又放在那些设备上的写着他姓名的蓝色塑料标签，看见了一些不熟悉的机器和显示仪。她离开护士的岗位去从事商业制药的工作已经有五年了。从那以来，出现了许多她不知道的新技术。

纳特的脸上乱糟糟地有些擦伤和撕裂。他的面色一片惨白，露出像鬼似的阴影，这是她以前从未见过的。他是一个身体健康的家伙，定期参加打壁球的游戏，尽管他工作的时间是那么长，长得有点不近人情。他脸上总是红扑扑的。他个子很高，很壮实，留着金黄色的长发。对于一个医生来说，这么长的头发未免有点叛逆了。他年纪只有三十来岁，长相英俊，相当英俊。

她将眼睛闭上一会儿，以免眼泪落下来。去他妈的什么英俊吧，亲爱的，好起来吧，好起来，纳特，你会好的。你会度过这个危机，我爱你。我是多么的爱你，我需要你。感觉到她的肚子里在动，她又加上一句：我们都需要你。

她睁开眼睛去看监护仪上的标度盘、电子显示和波纹，寻找一些能够给她以希望的细小迹象，都没有找到。他的脉搏是微弱的，没有规律。他的血氧饱和度水平太低，脑电波在标尺上几乎没有显现出来。

但是，显然他只不过是睡着了，一会儿就会醒来。

今天上午十点钟起她就一直待在医院里，接到警察局的电话就来了。她今天本来已经预定了要到同一家医院作扫描检查，这又是一个讽刺。这就是为什么当电话铃声响起来的时候她仍然在家里。本来她应该在哈考特制药公司的，她在那里的新药物临床试验检测室工作。

她熟悉这家医院那像迷宫似的建筑物之间的所有情况，再加上在这里工作的许多人都认识她和纳特，所以人们并不和她说那些老生常谈，也不把她赶出去，而是让她待在这里。医生会把情况直接告诉她，不管这情况是如何令人讨厌。

当她到这里时，纳特已经来了半小时，正在CT室里做脑部扫描。如果扫描显示有凝血块，他就会被转送到赫斯特伍德公园的神经外科医院去做手术。但是扫描显示有大量的内出血，这就说明根本不能做手术。需要等待，看情况的发展，但这似乎更加表明了他的大脑受到了不可逆转的损伤。

医疗救护队已经将他放在事故急诊室里稳定了四个小时，在这期间他的情况没有任何变化。他完全没有任何反应。

按照格拉斯哥昏迷指数[①]，纳特在状态稳定下来之前只得了三分，而最高得分为十五分。他的眼睛对于任何词语的指令、痛楚，或直接施加在无论哪一只眼上的压力都无反应。这使得他只得了最低分一分。对于任何提问，或是评论，或是指令，他都没有语言的回应。这使得他在测试的语言部分只得了一分。对于痛楚他没有任何反应，这使得他在运动神经检测部分也只得了一分。一个人所能得的最高分为十五，最低为三。

苏珊知道这个结果意味着什么。得分只有三分是个残酷的事实，虽然并不是百分之百可靠，但这表明纳特是脑死亡。

---

①现今医学上应用最广泛的评估病人昏迷程度的指标，由格拉斯哥大学的两位神经外科教授在一九七四年发表，包括睁眼反应、说话反应和运动反应三方面，三者相加为昏迷指数。

但是也曾有过奇迹发生。当她在这个病房当护士时,她就知道有些得了三分的病人坚持到了完全康复。好吧,那是一个极小的百分比,但纳特身体强壮,他能扛得过来。

他一定会!

护士莎勒哈是一个马来西亚人,矮个子,非常友好。她和纳特面对面地待了整整一个下午。她对苏珊微笑着说道:"你应该回家休息一会儿。"

苏珊摇摇头,说:"我得不断地和他说话。有时候人们会有反应的。我记得见过这类事情发生。"

"他有喜欢听的音乐吗?"护士问。

"雪警①,"她说,又想了一会儿,"还有老鹰乐队,他喜欢那一类的乐队。"

"你可以拿一些他们的CD来试一试,把它们放给他听。你有iPod吗?"

"在家里。"

"为什么你不把它拿来呢?同时你还可以把他的洗漱用具带来。拿一些肥皂、毛巾、牙刷,他的刮脸用具、除臭剂。"

"我不要离开他,"苏珊说,"万一他……"她耸耸肩。

"他状态很平稳,"莎勒哈说,"如果我认为你应该尽快回到这里,我会给你打电话的。"

"你们把这些机器都开着时,他会是平稳的,对吧?可是你们把它们关上以后会发生什么呢?"

有一阵令人尴尬的沉默,两个女人都知道会有什么情况发生。护士打破了沉默。她轻松地说:"我们必须抱着这样的希望:过了今晚会有起色。"

"是的。"苏珊说,当她极力控制住自己不让泪水流出时,她的声音都哽咽了。

---

①雪警 (Snow Patrol),成立于苏格兰的另类摇滚乐队,曾获格莱美奖提名。

她看着纳特的脸，看着他一动不动的眼皮，希望他动起来，希望那双眼睛睁开，希望嘴唇开启，微笑起来。

但是却毫无改变。

14

犯罪现场管理员大卫·布朗和警察局法医摄影师詹姆斯·加特勒不久前已经乘坐各自的交通工具到达了。布朗四十出头，是一个肌肉强健的瘦高个子男人，姜黄色的头发剃成了板寸，长着一张快活的、有雀斑的脸，身穿一件衬垫很厚的皮衣、牛仔裤和运动鞋。加特勒则粗壮结实，为人热情，一头黑色的短发，正忙着在阿可迪号的主甲板上拍照和现场摄像。

布朗和罗伊·格雷斯一致同意：把这艘船当做一个犯罪现场来处理达不到什么实际的目的。他们三个，再加上丽齐·曼特尔在内，都没有费事去换上防护衣。格雷斯只是把紧靠抽吸头周围的区域用犯罪现场隔离带给围了起来。

总警司此刻站在警戒圈旁，心里充满感激地捧着一杯热咖啡，正式会见船长和轮机长。他们的评论和看法会由曼特尔警督记录下来，后者正站在总警司的旁边。总警司看了一眼手表，六点过十分。

船长丹尼·马歇尔在他那厚厚的羊毛套衫外面穿着一件带着鲜明

标志的马甲。他面露忧色,也在不断地看他的手表。轮机长马尔科姆·贝克特穿着一套肮脏的白色连衫裤工作服,戴着安全帽,稍微有些急躁。但是格雷斯看得出来这两个人都有点儿紧张。他们显然为那具尸体而不安,但同样明显的是,他们是为打乱了他们工作的日程表,牵连着受到了商业损失而忧虑。

船上另一名船员向他们走过来,手里拿着一张图纸。图纸上印有一套坐标,上面标出了被他们抽吸上来的尸体在海底时的精确位置。

丽齐·曼特尔把这个信息记入她的笔记本中,然后把那张图纸塞入一个塑料证据袋,放进口袋。尸体身上加了沉甸甸的重物。但即便如此,格雷斯从先前的经验得知,由于英伦海峡里有强大的海流,尸体会被带到相当远的距离之外。他需要派潜水队下去测量可能的抛尸地点。

他突然听到一阵摩托车的引擎声。这时他的无线电对讲机咔嗒响了一下,传来年轻的女协管员的声音。他已经把她派到舷梯底下,不让非有关人员上船。

"医务人员刚刚到了,长官。"她说。

"我就下来。"

罗伊走过甲板,听到摩托的引擎声越来越大了。一束车头灯的灯光扫过码头。几分钟后,在船只聚光灯的灯柱下,他看见一辆宝马牌的摩托车。身穿医务技师制服的车手停下车,一脚踢下撑架。格雷厄姆·刘易斯仔细地平衡好摩托车,然后脱下他的头盔和皮手套,开始从盖篮里取出他的医用包。

不管对于一个参与现场的警察来说死了人是如何显而易见的事,验尸官还是会要求派出一个合格的医务人员到现场开具正式的死亡证明书,除非遗骸只剩下了一把骨头,或者身首分离,或者是头不见了。在过去必须要有一个警局的外科医生到场,但近来由于实际情况的变化,已改由医务技师来担任这个角色了。

格雷斯走下危险的用绳子做成的舷梯去迎接他,从舷梯底部警局协管员身边经过,很高兴地看到还没有一个当地的记者出现。这些记者到了杀人现场总是比绿头苍蝇飞得还快。

医务技师是一个干瘦结实的矮个子男人，一头灰色的鬈发，脸上总是带一点儿关切的神色，这会马上令事件的被害人得到一些安慰。尽管他的职业让他每天见到的都是这些情况，他却控制不住自己愉悦的心情。

"你怎么样，罗伊？"他快活地向总警司打招呼。

"比船上那个可怜的家伙好一点罢了。"格雷斯回答，他几乎要加上一句"如果我不能在这件事结束前赶上那场晚会，我也就好不了多少"。他又说："我想你用不着带上你那个包了，他们捞他上来时，他大约就已经死了。"

他领着格雷厄姆·刘易斯从晃动的舷梯上倒退着来到甲板上，然后又在船上灯光的照耀下，从缆索绞车和橙黄色的传送带栏杆那里一路走过去。在正常情况下，这里本应是十分忙碌和吵闹的。传送带一路发出轰隆轰隆的声音，将货物从底舱送至斜槽，然后斜槽又会将它们卸至码头上。但是现在这里一片沉寂。医务技师跟着罗伊·格雷斯走到了船的尽头。

钢制的抽吸头那两只大爪子悬在甲板上方两英尺的地方，看起来就像是一只螃蟹的两只巨大的平行螯。夹在它们中间的是一个黑色的防水塑料布包，上面绕着好几根绳子。几根更长的绳子从锁在布包上的洞眼里穿过去，打成了环，又捆在了一串混凝土煤渣砌块上。现在这些煤渣砌块被搁在漆成了橙黄色的肮脏的金属甲板上。

"他就在包里，"格雷斯说，"他们把它切开了，但没有动他。"

格雷厄姆·刘易斯走上前来，从那沿着包裹纵向切开的长槽往里看。罗伊·格雷斯也站在他身旁看着，虽然心里很恐惧，但却带着深深的好奇心。

医务技师戴上一副乳胶手套，然后用力把包布拉得更开些，将里面那个一动不动，几乎是半透明的灰白色的尸块整个暴露了出来。这是一个年轻人，不到二十岁，格雷斯估计。从尸体的情况看来，不像是已经在海水里泡了很长时间。

有一股强烈的塑料气味,还微微有点腐臭气,但不是格雷斯长久以来都能从死了一段时间的尸体上闻到的那种过度腐烂的可怕尸臭。他猜测这个人死了没有几天,但是尸检可望给他们做出更确切的指点。

这个青年很瘦,但格雷斯注意到他缺乏肌肉,因此判断这种瘦不是由于体育锻炼,而是由于营养不良造成的。他大约有五英尺七英寸或八英寸高,有一张古怪或毋宁说是难看的脸,一头黑色的短发,一些头发堆在他的前额上。

医务技师略微转过他的头,说:"头上没有任何外伤的直接迹象。"

格雷斯点点头,但他的眼睛,以及他的思绪,都集中在身体的另一个部位上。他盯住尸体的腹部,看到一条整齐的垂直切口从脖颈的底部延伸到肚脐眼的下面,一直到浓密的阴毛三角区的边缘才停住,又用粗大的缝合线将它闭合了。

他的目光与医务技师的目光相遇,然后他又朝下看那个切口和阴茎。它几乎变成了黑色,躺在阴毛的上面,毫无生气地皱缩着,就像是一条蛇蜕下来的皮。他禁不住继续盯着它,盯了好一会儿工夫。死人的阴茎总是显得极度悲伤,好像男子气概的根本象征通过这种毫无生气的一动不动的形态变成了死亡的根本象征。然后他把目光转回那个切口上。

"见鬼,那是什么?"格雷厄姆·刘易斯道,"没有伤疤组织,看来这是做过了尸检——或者是缝合了它。"

"切口看起来很干净,"格雷斯说,"是做了外科手术吗?"

丹尼·马歇尔正站在不远处,在曼特尔警督的身旁。他焦虑地问她还要多久才能将尸体卸下船,好让他们再次航行。他们已经损失了宝贵的一个多小时的卸货时间。阿可迪号需要连续一整天的作业才能使它维持开销,也就是说它决不能错过一次潮汐。再耽搁一小时他们就来不及卸货去赶上今晚的潮汐了。

她告诉他这得由罗伊·格雷斯作决定。

马歇尔这才第一次明白了他在自己的职业生涯中曾经遇到过的两艘渔船的船长的行为。他们的渔网曾经在深海里捞上来过尸体。他们承认自己直接将尸体又抛回了海里，因为不愿意承受因警方侦案程序造成的耽搁而遭受的损失。

"可以肯定的是，那不是伤口，"刘易斯说，"这个可怜的家伙做了手术。但是……"他犹豫起来。

"但是什么？"格雷斯催促道。

"但是在我看来这个切口肯定是尸检造成的。"

"你认为还得有多长时间呢，警长？"船长问。

"那得看病理学家的了。"格雷斯抱歉地告诉他。

"我们得等吗？"

正在这时，格雷斯的电话响了。"说魔鬼，魔鬼到了。"他说，那是警察总局的病理学家纳丢斯·德·桑查。

"罗伊，"她说，"很抱歉，我被叫去处理一个紧急情况。我不知道什么时候才能到你那里，至少得四五个小时，或许更长一些。"

"好的，我会给你打电话。"他说。

医务技师正在摸那个人的脉搏，只不过是走走程序，一个形式而已。

格雷斯做出了一个决定。这个决定部分是受他想要去参加晚会的愿望所影响，但更多是出于对真实情况的考虑。这艘挖沙船上一共有八个船员，他已经和每一个人谈过话了；每一个人都能证实尸体是从海底捞上来的。摄影师詹姆斯·加特勒已经把所有他需要的东西和脚印都拍下来了。尸体是包裹在塑料布里面，再从海底给打捞上来的，这就是说船上极可能没有留下任何东西可用作法医学上的证据。即便有，也会在从海底上升至海面的过程里被海水冲走了。

他完全有权力把这艘船作为一个犯罪现场给扣押下来，但是从他的判断来看，那样做不会达到任何目的。阿可迪号所做的只是把尸体从海底给捞上来而已。船只不能作为犯罪现场，正如一架直升机将一具浮尸从海面上捞上来，也不能将直升机作为犯罪现场一个道理。死亡的原因将需要在验尸房里查找。

"这对你是个好消息！"格雷斯对丹尼·马歇尔说，"让我记下你们全体船员的姓名和地址,你们就可以随便走了。"然后他转身对医务技师说,"我们来把尸体搬到岸上吧——就让他包在塑料布里。"

"我以后再给你做一个情况陈述好不好?"格雷厄姆·刘易斯说,"我今晚得指导一个青年橄榄球队进行训练。"

"你是教练吗?"

"是的!"

"你是橄榄球队教练?"

"是的。"

"我不知道这个事情。刑事调查部的橄榄球队由我管,我们需要一个新教练。"

"给我打电话。"

"我会的。明天再给我作情况陈述吧。"格雷斯说。

然后他又朝下看着那具骨瘦如柴,残缺不全的尸体。你是谁?他沉思着。你从哪里来?是谁在你身上弄下了那个切口?为什么这么干?

总有那个永恒的问题:为什么?

这是格雷斯每到一个凶杀现场时都会私下里问自己的第一个问题。以他的职位来说,他还算是个年轻人,但这样的场合他已得太多太多了。

以致于他都不再感到震惊了。

可是看得太多却不会使他不关注。

15

汽车缓慢地开上了穿过南伦敦郊外的二十三号干线，路程很远。林恩曾无数次开车去那里，但这一次最叫她痛恨。她们正开车去位于水晶山的皇家南伦敦医院。凯特琳将在那里待四天，由那里的器官移植组对她进行术前评估。

林恩上一次开车走这条路还是四月间的事。那次她是带凯特琳去宜家家居，为她的卧室挑选一些新家具和陈设。至少那次还是有些乐趣的——如果对一个心智健全的正常人来说，在星期日的下午像打仗一样穿过宜家家居拥挤的人群也会是一种乐趣的话。

在受完折磨之后她们也的确有一些收获——事实上，就林恩所关心的方面来看，是双重的收获。因为凯特琳做了一些她平常少有的举动：她不仅要了一些她平常会嗤之以鼻的所谓不健康的食品，而且还狼吞虎咽地把它们全吃光了。

那是在她们买了一张床头柜、一盏台灯、床罩、墙纸和窗帘，并且排长队付完账之后的事。她们到用餐区吃了一些肉丸和新鲜土豆，接着又吃了冰激凌。更出格的是她们还买了两个沾满了芥末和番茄酱的热狗,准备当做晚餐。但是早在开车到家之前她们就在车里把它们给吃了。林恩本以为凯特琳随时都会要求停车把它们扔掉,但她的女儿不但没有这样,还坐在那里咧着嘴笑,时不时地舔着嘴唇大叫:"好玩!太好玩了!"

这是林恩生活中能够记得起来的极少有的一次,凯特琳的的确确享受着吃食物的乐趣。那时她曾希望——一个后来破灭了的希望——这预示着她女儿的生活有一个新的更为积极的开始。

她们现在正经过宜家家居,在她们左边的是那用泛光灯照明的,顶端有着黄蓝二色带子的高大烟囱。她往坐在她身旁副驾驶座上的凯特琳看了一眼,只见她弓着背,俯身在她的手机上,正全神贯注地发短信。自从她们从布赖顿动身一个小时以来,她一直在不间断地发短信。对面开过来的汽车头灯的灯光照在她脸上,只见她的脸白中带黄,像鬼一样吓人。

"想吃点肉丸吗,亲爱的?"

"呃,好吧。"凯特琳头也不抬,懒洋洋地说,好像她母亲要给她吃的是毒药一样。

"前面就是宜家了,我们可以停车。"

她摁了一会儿键盘,然后说:"他们现在关门了。"

"只有八点差一刻,我想他们十点以前不会关门。"

"肉丸吗?呸!你是要毒死我还是怎么的?"

"还记得四月里我们来这里为你的房间买东西的事吗?我们那时就吃了一些,你吃得津津有味。"

"我在网上看过关于肉丸的事,"凯特琳说,突然间变得活跃起来,"那里面尽是些脂肪和废物。你知道,有些肉丸里面还有肉骨头和蹄子的碎块。那就像某些碎肉夹心饼——他们把整头牛就这样地扔进碎肉机里,绝不夸张。有些东西,比如说牛头啦,牛皮啦,肠子啦,都在里面,对吗?那样他们就可以说这才是百分之百的牛肉。"

"宜家的不会。"

"啊，我忘啦，你是崇拜宜家的，好像他们那里的劣等货都受到某一个北欧日耳曼神的保佑。"

林恩微笑着，伸出一只手去摸她女儿的手腕。"那也会比医院里的东西好吃。"

"呃，好吧，别担心。当我住在那个讨厌的地方时我是不会去吃那里的任何东西的。"她又按起键盘来，"不管怎么说，我们刚刚吃过晚饭了。"

"我是吃了，亲爱的。你的晚饭你碰都没碰。"

"你爱怎么说就怎么说。"她又发起短信来，然后说，"事实上，你说得也不对。我吃了一些酸乳酪。"她打起哈欠来。

林恩把标致车在交通灯前停下，抽回手将汽车换到空挡，然后又把手放回凯特琳的手腕上，说："你今晚得吃些东西。"

"为什么？"

"好使你有点力气。"

"我的力气正在恢复。"

她捏紧了女儿的手腕，但是没得到回应。然后她从车门上的口袋中取出地图，简单地查找着。当引擎空转时，排气管在汽车下方的侧面突突作响。绿灯亮起来了。她将地图塞进口袋，把黏糊糊的换挡杆推到一挡，松开离合器。

"你现在感觉怎么样？"

"我害怕，我太累了。"

她随着车流往前开，又换了一次挡，这次换到第三挡。她又把凯特琳的手腕给捏住了。

"你会好起来的，亲爱的。照看你的都是最好的医生。"

"卢克在互联网上查过了，他刚才给我发来了短信。他说在美国每十个等待做肝移植的人中就有九个等不到肝源而死了。在英国每天有三个等待做器官移植的人去世，而在美国和欧洲有十四万人等待着做器官移植。"

在暴怒中，林恩没有注意到前面汽车的刹车灯亮了起来，她不得不猛踩刹车把前轮刹住，以免和前面的那辆车追尾。互联网！她想，去它娘的互联网。那个讨人厌的蠢东西卢克！那个没有脑子的傻瓜干点儿别的什么不好，偏要来吓唬我的女儿！

"卢克弄错了，"她说，"早些时候我和亨特医生讨论过这件事。情况并不是这样。真实情况是有些病得很重的病人排队登记得太迟了，但你的情况不是那样。"

她极力想要想出点别的什么话来，不那么居高临下的说法，但是她脑子里突然一片空白。那个会诊医生格兰杰说过，他们会"设法"把凯特琳放在等候名单上，放在优先考虑的位置中。但是他又同样坦白地说这一点他不能保证做到。凯特琳还有别的问题要考虑，那就是她的血型问题。

她默然无语，伴随着凯特琳按电话键的咔嗒咔嗒声，以及偶尔收到短信的铃声，继续开着车。

"你要放点音乐听吗，亲爱的？"她终于开口说道。

"你汽车里放的那些无用的东西我才不要听呢。"凯特琳回击，不过至少她说这句话的时候情绪还不错。

"你干吗不在收音机里找点东西来听？"

"你要听就听吧。"凯特琳向前倾身把收音机打开。

正在放的是一首"剪刀姐妹"①的老歌，它唱道："我不想跳舞。"

"那就是我，"凯特琳说，"今天不要跳舞。"

林恩给了她一个苦笑。在突然照射过来的一盏灯下，坐在副驾驶座上的一个单瘦的、受惊吓的鬼影若有所思地报之以微笑。

---

① 剪刀姐妹（Scissor Sisters），美国摇滚乐队，在英国大受欢迎，多次占领排行榜冠军位置。

16

"瞧,瞧,猜猜看谁来了!你们刚刚说到绿头苍蝇,就被这一只赶了先!"罗伊·格雷斯说。他从舷梯底走过现场警卫身边,勉强地和布赖顿地方报纸——《百眼巨人报》①的记者打了个招呼,身后跟着曼特尔警督。

白天,黑夜,不管是任何时候,凯文·斯皮勒拉总是赶在所有其他记者之前出现,特别是在有可疑死亡的情况下。

或许正是"可疑的死亡"这件事本身让他敏感。这个年轻记者那剃刀一样锋利的鼻子像绿头苍蝇一样从四英里外就能嗅到死亡的气息。

要么是这样,要么就是他找到了某个方法闯进了最新的、可靠的警方无线电广播网。格雷斯一直怀疑警局里有内鬼,因此决心总有一天要把他找出来。但是此刻他的思绪完全集中在别的事情上。他要尽

---

①原文为阿尔戈斯(Argus),希腊神话中的百眼巨人,警惕的守卫者。

快赶去参加总警司吉姆·威尔金森的退休晚会,去问一问克莉奥,她冷冷地说出来的那句"我要当面和你说,不想在电话上讲"到底是什么意思。

他爱得那么深的女人到底要告诉他什么?为什么她的声音听起来那么怪?她打算甩了他吗?告诉他她又找了别人?或者她打算回到她的前男友身边,那个皈依基督的律师傻瓜?

好吧,她的前男友是一个伊顿公学毕业生,格雷斯知道自己在这方面绝对不能和他比。克莉奥来自一个出身背景和他自己完全不同的家庭。她的家里非常富有。她在一家私立寄宿学校受教育,人极其聪明。

相比之下,他只不过是一个中等职位的笨警察,他父亲也同样是个中等职位的警察。他的抱负不会超过那个;那就是他想要做的,也是他能做的。他热爱他的工作,热爱他的同事。如果能叫时间停止不前,他会快乐地承认,他将永远留在自己的工作岗位上。

克莉奥现在明白了这一点吗?

尽管他做了一切努力想要赶上她——她现在在公开大学①攻读哲学学位——还是远远地落在了后面。她已经作出决定,认为他这人太简单,对于她来说不够聪明吗?

"很高兴看见你们,格雷斯总警司,曼特尔警督。"

只见记者满脸堆笑,几步跨到了他们跟前。有一阵,他们的脸挨得太近,他都能闻得见斯皮勒拉嚼留兰香口香糖的气味。

"是什么事情叫两位高级探员在这么一个寒冷的夜晚来到海港里呢?"

记者有着一张消瘦的脸,目光锐利,头发很短,剪着很时髦的发型。他身上穿着一件米色的橡胶雨衣,衣领竖起;里面是一套适合夏季穿的轻薄西服,领带打得很讲究。但他脚上穿的却是一双带流苏的黑鞋子,显得很廉价,而且过于花哨。

---

① The Open University,英国开放大学,是英国的远程教育大学,成立于一九六九年。

"你这一身打扮不像是来钓鱼的吧?"丽齐·曼特尔挖苦道。

"来钓真相的。"他反唇相讥,一面嘲弄地抬起他的眉毛,"或者可以说是把它们'抽吸'出来?"

在他身后,殡仪馆的运输车要开走了。斯皮勒拉转过身来看了它一会儿,然后又看着两个警探。

"请问哪位能和我说说情况吗?"

"目前这个阶段还不行,"格雷斯说,"我可能会在明天做过尸检之后召开一个记者招待会。"

斯皮勒拉拿出他的笔记本,刷地把它打开。"那么,这只是又一具浮尸了。我可以这样引用你说的话吗,总警司?"

"抱歉,无可奉告。"格雷斯说。

"或许是海葬?"

格雷斯从他身边走过,向自己的汽车走去。斯皮勒拉走在他身旁,紧跟上步伐。

"它有点奇怪,用了混凝土煤渣砌块压重,不是吗?"

"你有我的手机号码,明天中午左右给我打电话吧,"格雷斯说,"到那时我也许会知道一些情况的。"

"比如尸体上的切口是什么东西吗?"

格雷斯满腹狐疑地停下脚步。他克服了极大的困难控制住自己,保持沉默。他究竟是从哪里得知那个的?一定是船上的某个船员。斯皮勒拉从陌生人手里骗取信息是个顶尖的老手。

斯皮勒拉咧嘴一笑,知道他已使这个警察方寸大乱。

"或许是某种仪式杀牲,对吗?一种黑巫术仪式?"

格雷斯的脑子飞快地转着。他不想要某个耸人听闻的标题出现在晨报的版面上,那会使人们受惊。但事实上,斯皮勒拉也许是对的。那个切口非常奇怪。正如格雷厄姆·刘易斯所说,它非常像是做尸检时产生的那类切口。也许是做仪式杀牲时产生的呢?

"好吧,我们来作个交易:如果你管住自己,只写最基本的事实——抽吸头抽上来了一具未鉴识身份的尸体——而不写其他,那么明天一做完尸检，我就会把这个故事的真相给你说个清清楚楚。这够公平了吧？"

"事情的真相？"斯皮勒拉点头同意，"考虑到我们现在所处的位置，这样做很合适。我喜欢这个交易！好交易，总警司先生！的确是个好交易！"

17

西蒙娜浑身湿透,肚子又饿。外面下着倾盆大雨,她已经在黑暗的街市上走了好几个小时。这个时候永远是一年之中最糟糕的季节,寒冷的天气使人们都待在室内,缺少游客。但愿在即将到来的几周里能靠扒窃有所收获——因为圣诞节临近,购物的人群将要出动了。

她步履艰难地走过一家银行,它的门关着,窗户是黑的。她心里想着,不知人们在银行里干什么。都是些要人、阔人。接着她走过一家旅馆,一个门童警惕地盯着她,好像在表示他保卫着里面的要人,不让她去侵扰他们。然后她经过一家关了门的小型超市,贪婪地从窗玻璃中看进去,眼光落在了食品罐头和腌菜罐子上。

她现在甚至连能带走饥饿感的金属油漆都没有可吸的了。傍晚早些时候她和罗密欧吵了一架,两人争抢最后一瓶,把它掉在了地上,油漆流进了一条地沟。他牵着那条狗,拿着剩余的油漆跌跌撞撞地走了,说他不要淋雨,要回家了。但是她很饿,不找到食物她不想回家。除此之外,那婴儿现在哭闹得比以往任何时候都更凶了。

自从昨天以来，她吃过的唯一食品就是两根细如火柴棍的炸薯条，那还是她在一家麦当劳店附近，从被丢弃在人行道上的一个纸盒里搜寻得来的。她在一家外观豪华的餐馆外行乞，站了一会儿，被油炸得滋滋作响的大蒜和烤肉的香味给撩拨得心里痒丝丝的。但是所有那些走出来的人们——衣裳干爽，面露得色——都径直走向他们的汽车。他们谁都没看见她，仿佛她是一件可以视而不见的东西。

小汽车、出租车和卡车从她身边穿梭而过。她朝前走着，毫不顾忌地蹚过一个又一个水坑，脚上的运动鞋浸透了水。她前头就是加拉德诺德火车站①，那里面应该是干的。那儿或许会有一些她的朋友，午夜还没到，在警察赶他们出来之前他们或许会找到一些食品。也许她能从车站商店里偷到一根巧克力棒，车站商店的门说不定还开着呢。

她爬上台阶，走进布加勒斯特最大的火车终点站。里面灯光暗淡，地面上到处是水洼，水洼里有头上白色钠灯泡的怪异倒影。这些钠灯泡成对排列，一直延伸到大楼的尽头。在她的头顶上方是一块巨大的电子告示牌。告示牌里的那面大圆钟显示的时间是二十三点三十六分。

告示牌上列了一些终点站的名字，以及当夜晚些时候和第二天早上的发车时间。有些城镇的名字她是知道的，但是有许多她从来没听到过。人们有时候会谈论起一些其他的地方；你可以在其他国家找到工作，在那里你可以赚到很多钱，住在好房子里，那里永远是暖和的。她听着铁路上的运货车一路当啷当啷地响过来。或许她可以爬上一列车厢，随便它开到什么地方。也许那会是个暖和的地方，有大量的食物，没有婴儿的哭闹声。

她从右手边一家关了门的咖啡店前经过，那上面蓝底白字的招牌上写的是：大都会。咖啡店前面地上坐着一个长着络腮胡子的老人。他戴着一顶羊毛帽，身上的衣服破破烂烂，脚上穿的是橡胶鞋。他正从某种牌子的酒瓶里大口大口地喝着。他身边是一个污秽的睡袋，他所拥有的每一件东西则全部塞进了一只格子花呢的购物袋。他朝西蒙

---
① 位于罗马尼亚首都布加勒斯特，是罗马尼亚最大的火车站。

娜熟识地点点头，她也点头回应。像大多数街头流浪的人们一样，他们是凭脸来互相认识的，而不是凭名字。

　　她朝前走去。两个身穿明亮黄马甲的警察站在她左边监视着。他们是两个外貌鄙陋的青年，正抽着烟，脸上露出烦得要死的神情。只等午夜一到，他们就会掣出他们的警棍，把所有无家可归者赶出去。

　　她右边是一个灯火通明的糖果店。它外面放着一台咖啡自动售货机，顶端写的是：雀巢咖啡。与蓝色柜台侧面相接的是装软饮料和啤酒瓶的柜子。一个外表时髦，大约五十岁的男人看来像是要把这个商店里的东西都买尽。他穿着一件褐色的运动上衣、蓝色的裤子和光亮的黑皮鞋。只见他把一包包的饼干、糖果、巧克力、干果和一罐罐的软饮料往一个又一个袋子里装。

　　她站了一会儿，思忖着是不是找个机会抢点儿什么东西。但是管这个店的人已经注意到她了，就像一只老鹰那样在柜台的另一头盯着她。就算他抓不到她，那两个警察也会抓住她。她可不要挨上一顿打。虽然她想到被抓进监牢里至少不会淋雨，还能有点吃的，但是那么一来他们就会把她送回收容所。

　　在收容所里，他们曾经送她去上学。她喜欢学校，喜欢学习，也知道如果她想要改变自己的生活就得读书。但是她恨那家收容所，恨那里那些母狗般的女孩子们，恨那卑鄙的所长。他让她去摸他，当她拒绝把他的那个东西含在嘴里时他就打她，还把她锁在一间黑屋子里，里面有老鼠来抓她，要关上好几天才罢手。

　　不，她绝不要再回到那里去。

　　她经过一个站台，站在那里不动了，看着一列火车的尾灯。那列火车正在开走，慢慢加速。一个孤独的清洁工穿着警察穿的那种荧光的黄马甲，沿着站上那闪闪发亮的湿地面用扫把直推过去。

　　这时她看见他们了，在一个角落里缩成一团，借一根混凝土柱子遮住了一半的身子。突然间她感觉到一股快乐的冲动。六张熟悉的面孔——如果算上那婴孩的话就是七张。她向他们走过去。

又高又瘦的是塔维安，他皮肤的颜色带着一点罗姆人①的特征。他最先看见她，便向她微笑。他总是面带微笑。在她的世界中总是面带微笑的人并不多，西蒙娜喜欢他这样。她喜欢他那清瘦的英俊面孔、温和的褐色眼睛、浓浓的、具有男子气的眉毛。他戴一顶有护耳的蓝色羊毛帽子，上身穿一件军用迷彩服，里面是一件灰色尼龙防风上衣，再里面还有好几层呢。他手中抱着正在熟睡的婴儿，孩子身上穿着一件灯芯绒的连衣裤，裹在一床毯子中。他十九岁，这是他的第三个孩子，头两个被别人抱去收养了。

在他身旁的是婴儿的母亲茜茜。至于茜茜的年龄，她想大约是十七岁吧。茜茜也总是面上带笑，仿佛整个生活就是一个大玩笑，会使得你时时发笑。她怀孕了，肚子虽然不大，却是隆起的。她穿着一条宽松下垂的绿色慢跑运动裤和白运动鞋。鞋子显得那么新，必定是今天才偷来的。她的脸圆圆胖胖，前面一对门牙不见了，上身围着一件带蓝白相间条纹的帽衫。她叫西蒙娜想起一幅爱斯基摩人的画像，那是她在学校上地理课时见到的。

这一群人中其他几个人的名字她叫不出来。一个是十三岁的长相令人讨厌的男孩，戴一顶针织的滑雪帽，身穿一件宽大的黑色夹克、牛仔裤和运动鞋。他总是把双手插在衣袋中，就像他今晚这样。他什么也没说。在他身边的是另一个男孩，可能是他哥哥，长着一张狡猾的面孔，稀疏的小胡子，几缕金发被雨水缠结在他的前额上。他正在吸着一支手工卷的香烟。

另外还有两个姑娘。一个是这一群人中年龄最大的，有二十好几了，长得也像罗姆人。她的头发又长又直，颜色很深，皮肤因为年深日久的户外生活而变得枯黄。另外一个姑娘二十岁，但看起来年龄却有两倍。她在一条肥大的保暖裤外面裹了一件羊毛大衣，一只手中举着一支点燃的香烟，另一只手上拿着一个塑料袋，里面装的是一瓶油漆。她握住瓶颈，把它凑到鼻子下面，吸进一口又呼出来。当她这

---

①罗姆人：即吉普赛人。

样呼吸时，双眼都闭上了。

"嗨，西蒙娜！"塔维安举手打招呼。

西蒙娜高高举起一只手，五指分开与他击掌。

"你好吗？罗密欧在哪里？"塔维安问候她。

她耸耸肩。"我刚才还见他来着。你们大伙儿都好吗？小孩子好吗？"

茜茜向她微笑，什么都没说。她很少说话。答话的是塔维安。

"两个晚上以前，他们要把他带走，可是我们跑了！"

西蒙娜点点头。这件事是当局干的：他们总是把婴儿从你身边带走，却把你扔下。他们会把婴儿送进某个政府办的收容所里，就像她老是出逃的那类地方。从大约八岁时起一直到四五年以前，她总是不断地设法从那里逃走，反反复复不知有多少次。

一阵沉默。他们都看着她。塔维安和茜茜微笑着，其他人则毫无表情，仿佛他们都指望着她带了些东西来——食物或者是消息——可是她从那黑暗、潮湿的夜晚中走出来，什么都没有带。

"你们找到新的睡觉的地方了吗？"她问。

塔维安的微笑暂时从脸上消逝了。他摇摇头，面露凄凉之色。"没有，这些日子警察更凶了。他们老是打我们，把我们赶走。有时候，如果他们没有别的事干，就整夜地跟踪我们。"

"就是他们想要抢走你的婴儿？"

他摇摇头，从一只盒子中抽出一个折弯了的香烟头，点燃它，一面用另一只空着的手轻轻地摇着那婴儿，说："不是他们，不是的。他们叫来的人，一些特别部门的。"

"我听说有一个好地方，靠着一根暖气管。那里还能住得下。"西蒙娜说。

他漠然地耸耸肩。"我们还好，我们正在想办法。"

她永远都无法真正了解这群人。他们和她自己比起来绝无什么不同，他们所拥有的东西也绝不比她多。在某些方面来说她比他们还要好一些，因为她至少还有个地方可去，那是她的家。而这些人则是彻彻底底的流浪者。他们随处可睡——胡同里、有前廊的商店屋檐下；或者就在露天的地方，几个人挤作一团，互相取暖。他们也知道有暖气管，但他们从不到那里去。她不明白那是为什么，这些人身上还有许多她不明白的地方。

就像她也不明白这个正在向她们走过来，身上背着许多购物袋的人一样。这就是她在那家糖果店看到过的那个人。他中等年纪，脸上带着沾沾自喜的微笑，这使得西蒙娜立刻对他产生了警惕。

"你们看起来饿了，所以我给你们带来了些吃的。"他说，满腔热情地把袋子拿出来。

刹那间他们全都从她身旁冲过去，互相推撞着去抢那些袋子。那个男人站在一旁，心满意足地任凭他们去抢。他身材粗壮，有一张愉快的、看起来有修养的脸，以及修饰得很好的头发。他那敞领的白衬衫、褐色的夹克、深蓝色的长裤，以及闪亮的皮鞋看来都很昂贵。但她感到奇怪，在一个这样的夜晚，他却没有穿大衣。很显然他应该买得起。

只有一个袋子还抓在他手中。他等着，直到冲撞消散，人们退开，一个个地去检视这突降的意外之财。这时他才把它递给了西蒙娜。她朝里窥视，看着这一袋珍贵宝藏般的糖果饼干。

"拿着吧，"他说，"随便吃。把它们都吃了，那是你的！"他专注地看着她。

她把手伸了进去，取出一块玛氏巧克力，撕开包装纸，贪婪地吃起来。它的味道真好，妙不可言！她又咬了几口，然后又是几口，仿佛害怕有人会从她手中抢走。她把那块玛氏巧克力剩下的部分一股脑儿塞进嘴里，塞得满满的，几乎不能咀嚼了。然后她又把手伸进袋里取出一块外面包着一层巧克力的饼干，开始剥它的包装纸。

突然间起了一阵混乱。她感觉到一下重击打在了她的肩膀上，惊恐中她痛苦地叫喊了起来，一转身把袋子掉在了地上。一个站在她身后的警察举起黑色的警棍，脸上带着恨意斜着瞥了她一眼，又要开始打她了。她举起双手，感到那一下打在了她的手腕上，那么狠，那么痛，她断定他已经把她的手腕打断了。他举起手臂又要打过来。

在他们周围全是警察，七个或是八个，也许更多。

她听见很大一声响，塔维安倒在了地上。

茜茜尖叫："我的孩子！我的孩子！"

西蒙娜看见一根警棍恰好打在茜茜的嘴巴上，把她的牙床都打碎了，牙齿裂成了碎片。

警棍像冰雹一样落在他们全体身上。

突然她觉得她的手被人捉住了，并被向后猛拉，脱离了警察打人的地方。当她转过身来时，看见拉她的正是那个给他们买糖果的男人。一个骨瘦如柴的高个子警察，长着一张小小的老鼠嘴，正挥舞着他的警棍，好像要向他们两个打来，口里还喊着什么。那个男人把手伸进衣袋里，拿出一沓钞票。

警察接过钱，挥手叫他们走开，然后将注意力转回到那些暴民身上，挥舞起警棍，随着那令人厌恶的"砰"的一声，落在了某个人的背上。西蒙娜没有看见是谁。

她迷惑地望着这个男人，他又再次拉起她的手。

"快！来吧，我带你离开这里。"

她看着他，拿不定主意是否能信任他，然后她又回过头来看那一场混战。她看见茜茜跪在地上，歇斯底里地尖叫着，嘴里血流如注，手上不再抱着她的孩子。那群街头流浪的人现在全都倒在地上，变成一堆不成形的，不断增大的血糊糊的东西，在冰雹般落下的警棍底下越来越往下沉。警察们哈哈大笑，他们在取乐呢。

这就是他们的体育运动。

几分钟后，她的手仍然被她的"救星"紧紧钳住，跟着他快步走下车站前入口的台阶，进入倾泻的雨中，朝着一辆大型黑色奔驰车打开的后门走去。

18

罗伊·格雷斯早就发现,吃自助餐的问题在于,在你对桌上的每一样食品做过确实的调查之前,自己的盘子里早已堆得高高的了。然后,就在你已饱得再也吃不下时,你才第一次发现还有帝王虾、芦笋嫩茎或是别的你真正爱吃的东西。

但是现在在吉姆·威尔金森的退休晚会上,他已没有这样做的危险了。虽然一天下来他只吃了很少的东西,却几乎没有什么胃口。他急于把克莉奥拖进一个僻静的角落,问一问她,今天在码头那边她发送过来的短信是什么意思。

但是自从他走进威尔金森那挤满了人的带游廊的平房后,克莉奥就一直在忙着和一群情报分处的探员们说话,见到他也只是对他简单地一笑,打个招呼而已。

她究竟出了什么事?他心中很忧虑。她今晚比以前更漂亮了,穿了一件端庄的蓝缎长袍,十分得体,与今晚这样的场合正相配。

"你好吗,罗伊?"朱莉·科尔——刑事司法部的一位总警司的妻子问道。她正和他一起走到自助餐桌前。

"我很好，谢谢。"他说，"你好吗？"他突然记起她已经半道改换了职业，最近刚通过测试，当上了一名女空乘人员。"飞行得如何？"

"妙极了！"她说，"我真爱这一行。"

"维珍航空，对吗？"

"是的！"她指着一盆腌洋葱，"来点儿这个吧，这是乔西亲自做的，特别好吃。"

"我要回到我的座位上去了。或许你可以帮我带一些过来。"

她露齿一笑。"厚脸皮的坏东西！这会儿我又不是空姐！"然后她叉了两个洋葱，把它们堆在她的盘子上，"那么，还是没有消息吗？"

他皱起眉头，一时间不知道她是指什么，然后才明白过来。不管他作了多少努力要忘记那件事情，可它还是挥之不去。总是有人要提起桑迪。

"没有。"他说。

"那边那位是你的新恋人吧，那个白肤金发的高个儿？"

他点点头，心里不知道她还能当他的恋人多久。

"她看起来很可爱。"

"谢谢。"他对她淡淡一笑。

"我还记得不久前我们之间有过一次谈话，那是在戴夫·盖洛家的晚会上，关于灵媒的事，还记得吗？"

他绞尽脑汁回想，然后记起来了。朱莉曾经失去过一个近亲，她曾拜托他去找一个好的灵媒。他的确模糊记得他们两人之间谈过一次，但是现在回忆不起细节来了。

"记得。"

"我刚刚新找了一个，她真的很高明，罗伊，说得准确极了。"

"她叫什么名字？"

"珍妮特·波特。"

"珍妮特·波特？"这名字在他脑子里没引起反响。

"我身上没带着她的电话号码，记在本子上了。她就住在滨海区，靠近格兰德。明天给我打电话，我会把电话号码给你，我想你会大吃一惊的。"

自从桑迪失踪九年以来，格雷斯都记不起来他去找过多少灵媒了。她们中的大多数都被人们说得神乎其神，就像刚才这个一样，但她们没有一个能说出任何有积极性的建议来。有一个说桑迪的灵魂现在成为了那个世界的一名治疗师，她回到她母亲身旁很快乐。格雷斯认为这个说法有一点点问题，因为她的母亲仍然活得好好的。

有几个他认为说得最为可信的灵媒，断定桑迪不在灵魂的世界里。她们解释道，这就意味着她没死。今天他仍为这种说法感到迷惑，正像桑迪失踪那晚的感觉一样。

"我会考虑的，朱莉。"他说，"谢谢，我得过去了。"

"当然，罗伊，我明白。"

她也走过去了。几分钟后，格雷斯为自己取了些食物。他看见了新来的警察局长汤姆·马丁森，他来到苏塞克斯才不过几星期。格雷斯打定主意一定得和他闲谈几句。马丁森四十八岁，个子比他稍微矮一点，是一个壮实的，显得很健康的人。他有一头黑色的短发，举止文雅，浑身上下带着一股严肃的气派。此刻他正忙着一边大快朵颐，一边起劲地和围在他身边的几个拍马屁的官员谈话。

格雷斯叉起一小块火腿和一些土豆沙拉放在自己的盘子里，站在那里把它们吃完，又把盘子放下，不想拿着它到处转着和人谈话。

这时他一转身，发现原来克莉奥就站在他身后。她手中握着一个杯子，看来是苏打水。与她在电话里说话时的冷漠形成鲜明对照的是，她现在笑得温暖人心，脸上光彩熠熠。

"嗨，亲爱的，"她说，"很好，你来得还不算太晚！事情进展如何？"

"很好，纳丢斯卡很乐意到明天上午再开始做尸检。你怎么样？"

她仍然微笑，把头猛地一摆，示意跟她走。就在此刻，他看见警察局长摆脱了那群人，独自一人向自助食品桌走去。这可是向他介绍自己的绝佳时机！

但是他看见克莉奥正在招呼他。他不想让别人这时候拉住她说话，他不愿冒这个险；他极想知道发生了什么事。

他跟着她，从一个挤满了人的暖房中穿梭而过，一路上尽可能回应了几个和他打招呼的同僚，也只不过是仓促之间一点头而已。几分钟后他们走出屋子，走进了后面的花园。夜晚的天气感觉比在码头上时还要冷一些，空气中满是浓浓的香烟气味，那是从站在那里挤成一堆的一群男人和女人那里吹送过来的。香烟味儿很好闻，如果他随身带了香烟，他也会点燃一支。他很可能会想要抽烟，想得要命。

克莉奥推开一扇门，走了一小段路，来到屋子的另一边，经过几个垃圾箱，走进前面一个汽车库里。她在威尔金森的福特汽车旁停了下来。这里没有其他人。

"好啦，"她说，"我有些消息要告诉你。"她耸耸肩，扭着双手。他知道那不是为了取暖，只是因为她有些紧张。

"告诉我？"

她又扭了一会儿手，不好意思地微笑着。"罗伊，我不知道你听了会有什么态度。"她给了他一个几乎是孩童般迷人的微笑，然后又是一耸肩，似乎抱有某种希望。她说："我怀孕了。"

19

高个子男人走上螺旋形楼梯，在顶端停了一会儿，查看赌场侍者给他的停车服务的票根以及大衣存放处的取衣票，然后把它们稳妥地夹入鳄鱼皮的钱包中。接着他不慌不忙，彻彻底底地把云集赌场的贵宾室审视了一遍，那架式就像是一个警察在打量一个房间一样。

他年纪已有四十好几了，身材消瘦，是那种通过体育锻炼来消耗精力的男人的体格。他脸上已满布皱纹，稀疏的黑发往后梳得溜光水滑，在今晚昏暗的灯光下看去还算是英俊，但是在明朗的日光下脸上就会显得有些粗糙了。他在一件敞领方格布的衬衫上套了一件黑色的开司米束腰上衣，露出脖子上的一根沉甸甸的金项链；下身是昂贵的牛仔裤，带古巴鞋跟①的蛇皮靴。现在尽管在室内，又是晚上将近十点钟，他却戴了一副飞行员的太阳镜。他在一只手腕上戴了一只用链条系着的粗壮的金手镯，另一只手上则戴了一块大大的沛纳海②夜光

---

①古巴鞋跟：即半高跟。
②沛纳海：Panerai，意大利的奢侈品牌，目前主要产品为高档腕表。

手表。尽管他一向看起来好像不属于这里,但换上更浮华的装扮之后,他是这个赌场的一个常客,一个惯于下大赌注的人。

他嘴里嚼着口香糖,打量着那四张玩轮盘赌的牌桌。其他的桌上是二十一点牌戏、三张牌赌博、掷骰子赌博以及吃角子老虎机。他的眼珠在镜片后面审视着每一张面孔,然后是远处的餐厅,接下来又审视起每一个吃饭的客人,直到看得他满意为止。最后他不慌不忙地向他喜欢并且常去的那张桌子踱步过去,那是他的幸运桌。

有四个人在那里玩,看样子他们似乎已经玩了一会儿。一个是中年妇女,中国人,她也是这里的一个常客;和她一起玩的是一对年轻夫妇,他们的穿着看来像是刚去过一个晚会,或者就要去赴会;另外一个是个粗壮的长络腮胡子的男人,他穿了一件厚厚的工作夹克。看来他赌博的技巧还不如他对地理课更精通。

轮盘在徐徐转动,球沿着轮缘在滚。高个子男人将几沓五十英镑面额的共计一万英镑的钞票放在了轮盘赌桌的绿呢台面上,他的眼睛盯住了赌台上的男管理员。管理对他一点头,然后说:"下注停止。"

球离开了轮缘打起滚来,发出格格声和噼啪声,弹跳着滚过了三脚盘,然后不响了,停了下来。每一个人,除了那高个子男人,都伸颈张望,看着那轮盘越转越慢。赌台管理员面无表情地说:"十七点,黑色。"

这个号码突然出现在轮盘后面的电子显示屏上。那个中国女人面前大部分的桌面上堆满了圆筹码,只除了十七和它的邻近两个数字。她不禁咒骂了起来。那个年轻的,有点微醉的女孩,轻声发出一阵欢呼,她那黑色的长袍几乎要落了下来。管理员把输家的筹码扫走了,然后清理好要付给赢家的。先付最大的赢家。这时那高个子一直用一只眼盯住他的那捆钞票。

接着管理员拿过那捆钞票,用他熟练的双手数起来,他其实不必这么做,因为在这之前他已经数过无数遍了,确切地知道那里有多少。"一万英镑。"他清晰地说,这既是为了使向庄家下赌注的人听见,也是为了让录音设备清楚地录下。那位五十多岁的中国妇人向高个子男人投去尊敬的一瞥。按这家赌场的标准来看，这是一大笔钱。管理员把筹码堆在他面前。

他把它们移过来，立刻投入了游戏。他迅速地把它们覆盖在那一排十二个数字上，也堆了一些在单号布局的外面，但是他把大多数筹码押在了先前的六个得胜的号码上。这六个号码又重新显示在了电子牌上。他直截了当地把筹码堆在这些号码上，还堆在了所有的裂口和边角上。一会儿工夫，他的筹码就盖满了桌面的大部分区域，就像是用针在一幅地图上标明已占领的土地一样。当管理员开始把轮盘旋转起来时——他必须每隔九十秒钟就把它按照一个方向转起来——其他人便急急忙忙地也将他们的赌注放下。他们把手伸过桌面，把他们的筹码放在其他玩客的筹码上。

管理员把轮子轻轻一转，把球轻轻一弹，使它们动了起来。

从下一层楼的闭路电视机里传来的话务员的报告声，在坎贝尔·麦考利的耳机里听来简短而又清晰。

"克林特来了。"

"还在老位置？"赌场老板喃喃地说，只能看见他的嘴唇在动。

"四号桌。"

赌场就是坎贝尔·麦考利的整个事业，贯穿了他的一生。他是从基层升上来的，从赌桌管理员干到赌场领班，再到经理，最终成了统领他们的人。他爱这些时光，这种气氛，以及存在于所有赌场的那种宁静和潜能。他也喜欢它产生的整个生意。赌客也许偶尔会大赢，正如同他们偶尔也会大输一样。但是从一段长时间来看，是相当平稳的，这才是模范生意。

他工作上真正不喜欢的只有两件事。第一件事就是处理那些冲动型的赌徒，他们在他的——以及其他的——赌场里弄得倾家荡产，最终并没有给这种行业带来任何好处。他同样不喜欢的另一件事则是在深更半夜里，他已经下了班，有电话把他叫醒，说是有一个凌晨常来的玩家，或者是一个完完全全的陌生人，刚刚在一张桌上下了一笔大注——也许是六万英镑。他不喜欢这种事发生，因为你也许会成为一场赌博骗局的受害者。这就是任何有此类嫌疑的人都会受到严密关注的缘故。

如果你是一个好的赌客，了解你要玩的游戏的各个方面，你就能大大减少你输的钱数。玩二十一点牌和掷骰子游戏的赌客，只要知道他们在干什么，都能够使得这场游戏在他们自己和赌场之间达到一个几近平衡的水准。但是大多数人没有这种认识，或者说是没有这种耐心，这就使得大多数赌桌上本来只能有几个百分点的利润率被推到了平均百分之二十。

麦考利像平常一样一丝不苟地做发型，梳洗打扮。每一天，无论是白天还是晚上，他总是穿着一套不显眼的深色西服，洗熨得平平整整的衬衫，素雅的绸领带和闪亮的黑色牛津鞋。他就带着这样一副打扮，从楼下赌场的扑克牌室溜过去，像个隐形人。今晚这里十分热闹，有一场定期举行的锦标赛。牌室就在主厅的外面，五张牌桌，每张有十个牌客。牌客都是一伙衣着寒酸、不修边幅的人，身上的穿着不外是工作服、牛仔裤、棒球帽和运动鞋之类的东西。但他们可都是当地有产业的人，都付了一笔可观的入场费。

二十七年前，当他刚进入这个行业时，大多数的赌场对于赌客都有着装的规定。眼见今日赌客的着装不够文雅，他深感遗憾。但是为了吸引赌客，他明白也有必要与时俱进。如果云集赌场不要这些狂赌客，这个城市里大部分其他赌场会欢迎他们的。

他抄近路穿过灯火通明的忙碌的厨房，和厨师长及他的一些下手点头打招呼，看着一个装着对虾鸡尾酒及一些烟熏鲑鱼的浅盘被送进餐厅，然后他走出厨房，进入楼下的赌博大厅。

大厅里人已经满了。他将眼光从狭长的空档里望过去，有三分之二的座位上都有人。所有的二十一点牌桌、三张牌牌桌、轮盘赌桌和掷骰子游戏桌都已开桌。很好。在圣诞节前常常会有一个间歇期，但是目前生意正在逐步增长，把昨天的收益算上，前一周的利润率几乎达到了百分之十。

他穿过房间，轮流从每张桌前经过，有意让每一位赌台管理员和赌场领班都看见他，然后他登上自动扶梯，上到贵宾室。他刚一上来，立刻便看到了克林特。他像个哨兵一样，正守卫在他惯常去的那张桌旁。

克林特每周至少要来三晚，十点左右来，凌晨两点到四点之间离去。他们给他取了"克林特"这个绰号，是因为麦考利的助手杰奎琳有一次说他叫她想起了男演员克林特·伊斯特伍德[①]。

在禁烟令之前，克林特就像那个演员在他的西部片中那样，时常在嘴唇间夹着一根细长的雪茄。如今他却嚼上了口香糖。有时候他一个人来，有时候有一个女人作陪——很少是同一个女人，但她们都像是从同一个模子里出来的。今天晚上他是一个人。两天以前陪他来的是一个高个子的年轻美女，头发乌油油的，身穿迷你短裙，皮靴高及大腿，戴满了闪闪发亮的饰物。看她的样子，她们全都一样，是租来的钟点女郎。

克林特总是自己开车，一辆黑色的 SL55 AMG 奔驰跑车。每逢他来时和离去时，都要给为他提供停车服务的侍者十英镑小费，不管是输还是赢。他给存大衣女孩的小费，不管来去也都是同等数额。

除了一些咕噜声或是一个单音词之外，他对任何人都不多说一个字。他总是带着相同数量的钱出现，不多也不少，还是现金。他在赌桌上买筹码，然后在夜里赌完之后，就把它们交到楼下的出纳柜去。

虽然他买的是一万英镑的筹码，但他只下两千英镑的赌注——那也是这里一般赌客所下数量的十倍。他懂得这个游戏，总是赌得大，但很谨慎，做点变换小赢一下；同样地，输起来也是小输。有几晚他会走上楼去，有几晚在下面。按照赌场的电脑统计，他每个月平均输掉他所带赌金的百分之十。因此算来，每周输六百镑，一年输三万镑。

这的确使他成了这里一个非常好的顾客。

但是坎贝尔·麦考利很好奇。只要有空，他就会从闭路电视室里观察克林特。这个人一定是有目的的，至于干什么他还猜不出来。他

[①] 克林特·伊斯特伍德（Clint Eastwood, 1930— ），美国演员、电影导演与电影制片。由于参与演出的大多为动作片，因此被塑造成颇具代表性的硬汉人物。

不像是来赌场搞欺诈的——如果那是他的目的的话，麦考利估计，他很久以前就该动手了。大多数的欺诈活动是在二十一点牌桌上进行的。以他职业生涯所见，二十一点牌桌最易受到来自发牌员和不正派的管理员的欺诈损害。他猜测克林特最大的目的可能就是洗钱。如果那是他来此游戏的理由，那就不是麦考利要担心的问题了，他可不想冒失去一个好顾客的风险。

传统上来说，赌场长期都是现金出进的。赌场的经营者不喜欢盘问他们的顾客关于他们金钱的出处。尽管如此，有一次，出于责任感，他还是向当地警方颁发车牌照的分队长沃科普警官提到了克林特的名字。与其说是出于市民的责任感，还不如说他是为了保护自己以免遭人暗算，以防克林特万一干了什么违法勾当，而他自己难以发现。他的忠诚首先是，而且永远是对赌场公司，对哈拉斯[①]，对永远眷顾于他的拉斯维加斯的巨人神的忠诚。

克林特在这里赌客登记册上的名字是乔·贝克，所以当发车牌照的警官为了回报他得到的好处，而把权威性的信息透露给他时，他不免大吃一惊。原来那辆奔驰注册在一个名叫弗拉德·科斯梅斯库的人的名下。

这个姓名对于坎贝尔·麦考利倒并不意味着什么。但是在相当长的一段时间里，它已经在国际刑警组织的监控网里了。目前还没有理由可以逮捕他，他仅仅只是上了好几个警察局的档案名单，作为一个他们"感兴趣"的人。

[①]哈拉斯：全球最大的赌场娱乐集团。

20

布加勒斯特的加拉德诺德车站外,司机把奔驰的车门砰的一声用力关上了。一分钟后,西蒙娜坐在宽大而柔软的座位上,包裹在车内突然到来的宁静中,呼吸着浓烈的皮革气味,觉得很安全。救她的那个人已经从另一边进去了,同样用力砰的一声关上了门。

她的心同时也"砰"了一声。

司机爬进前排的座位,开动了引擎。车内的灯光变得昏暗,然后便全灭了。当汽车向前滑动时,她身边发出一声尖利的金属声,像是门锁发出的咔嗒声。她不知道那是什么声音,突然间感到了一阵恐慌。这人是谁?

这人坐在巨大的座椅扶手的另一边,向她微笑,用一种叫人心安的柔和声音问她:"你还好吧?"

她点点头,对刚才几分钟里发生的事情还有点摸不着头脑。

"你饿了吗?"他又问。

她对他仍怀有一丝戒心。他脸上有那么一种自命不凡的表情,她一直不喜欢，但他不像是一个坏人。有些陌生人——有钱的陌生人——偶尔会来到你跟前给你一些钱或是食物，虽然不经常发生，但是却有过这样的事。现在的情况看起来似乎就是这样。她点点头。

"你叫什么名字？"

"西蒙娜。"她回答。

"你最爱吃什么食物？"

她耸耸肩。她不知道她最爱吃的食物是什么，以前从来没人这么问过她。

"你喜欢吃肉吗，猪肉？"

她犹豫了一下，说："喜欢。"

"土豆呢？"

她点点头。

"煎香肠？"

她又点点头。

男人向前探过身，从他前面的一个柜子里取出一个玻璃杯，倒了一点威士忌进去，把它递给了她。她把杯子握在手中，喝了一大口。一种猛烈的感觉深深地进入她的喉咙中，她惊呆了。几分钟后，她觉得有一种愉悦的、温暖的感觉在她体内波动。她把双腿向前伸了出去，又喝了一点，直至把它喝干。

她以前只喝过一次威士忌，那是罗密欧从一家商店偷来的。但是这次的威士忌味道要好得多，喝下去也爽滑得多。

男人的手机响了。他一边听电话，一边又往杯中倒了一点威士忌，然后开始和在美国的某个人谈起了生意。她知道那是美国，因为他问起了纽约的天气怎么样。他正在就某一桩生意讨价还价，听起来是一笔要紧的生意。他偶尔也转过头来向她微笑。每一口威士忌下肚，她对他的信任便增长了一分。

司机一直什么话都没说，沉默不语地开着车。他的头发剪得很短，只留下了薄薄的一层绒毛。突然间，在对面开过来的车灯照耀下，她看见了一个刺青的顶端。那是一条蛇，分叉的舌头直伸出来，仿佛要对人进行攻击。它从他的衬衣领的右边开始，围绕他的颈项一圈，一直伸向他的下颌。车窗外，布加勒斯特的灯光飞快闪过，雨滴轻柔地拍打在车窗上。

西蒙娜从没坐过飞机，她想知道现在的感觉是不是有点像坐飞机。在她脑后不知什么地方有个喇叭，音乐从那里传了出来，是一个男人在唱。她也分不清唱的是英式英语还是美式英语，那只是一个柔和的，带磁性的嗓音，唱的是《你在我的身体里》那首歌。但她懂得的英语只是为数不多的几句，因此听不懂他在唱些什么。

她从窗户望出去，极想知道她现在到了什么地方。他们正从一个大房子前经过，罗密欧告诉过她，这里叫做人民宫，是前总统建造的。但她从没进去过，它属于另一个世界，另一个阶层的人。正像这辆汽车，坐在后座上的这个男人以及这音乐，全都属于另一个世界——是她不能企及，也不能理解的世界。

但是威士忌使她的心情变得好起来。她越来越喜欢这个男人了，也喜欢这辆汽车，喜欢这座城市——就在一会儿以前她还又冷又饿地在它的市街上闲荡，现在这一切都飞逝而去。也许，仅仅只是也许，这个男人能够帮助她改变她的生活。

没过一会儿，汽车转入一条她没来过的街道，然后车速减慢了。她看到前面电子控制的大门开了。他们开车进去，来到一栋高大的房屋前面，在一个有泛光灯照明的入口处停下。

司机替西蒙娜打开车门，从她手中取走空了的酒杯。她感觉有点醉了，走路不稳，跟跟跄跄地走进风雨中。那男人也从车中出来，一只手臂围住她的肩膀，轻轻地鼓励她走上通向前门的石头台阶。前门被一个中年妇女打开了，她身穿制服，大约是个女仆。

屋子里发出上光漆的味道，像是一座博物馆。

"她叫西蒙娜。"男人说，"她需要吃些东西，然后洗个热水澡。"

女人朝她微笑，是一种和善的笑。"跟我来，"她说，"你饿了吧？"

西蒙娜点点头。

她们走过铺大理石地板的门厅，门厅里满是漂亮的油画、雕像和华丽的家具。接着她们走进一个巨大的、现代化的厨房。墙上的宽屏电视机已经关上了。西蒙娜惊异地望着周围。在她一生中还从未到过这样富丽堂皇的地方。这就像她曾经在收容所居住时,在杂志和电视上看到过的画面。

女人告诉她在桌旁坐下,几分钟后给她端来了她从未见过的美味食品。桌上堆满了烤猪肉、香肠、猪油、奶酪、盐渍西瓜、西红柿和土豆,另有一盘带硬皮的大面包卷和一个平底无脚杯,里面装的是可口可乐。

西蒙娜用双手抓起来就吃,把食物尽可能快地塞进嘴里,生怕在她吃完之前,会有人将食品拿走。女人在她对面坐下,默默地看着她吃,偶尔点头给她鼓励。

"你就住在街上吗?"女人问她。

西蒙娜点点头。

"那里是什么情况?"

她一面嚼着东西,一面说:"我们在暖气管底下有一个地方,那里还好。"

"可是没有足够的食物?"

西蒙娜摇摇头。

"你上一次洗澡是什么时候?"

西蒙娜耸耸肩,嘴里嚼着一大块猪肉的脆皮。洗澡?她记不起来了。自从她上一次从寄宿舍里逃跑以来,一直到现在她就没有洗过澡。好几年了。天气不太冷的时候,她用瓶子从街上的水管子里接过几瓶水,用来洗一洗自己。

"我会让你美美地洗上一次澡呢,等着吧。"女人说。

西蒙娜吃完了一满盘的东西,女人又给她端来了一盘。这次是一个像盘子一样巨大的炸面饼圈,上面淋满了融化的香草冰激凌。西蒙娜大口地吞吃着,也不用就搁在盘子边上的汤匙。她用手指撕着塞进嘴里,吃得越来越快,然后又用手把盘中的每一点冰激凌都撮起来舔个干干净净。吃得太多,她的胃都痛了,脑袋由于威士忌的作用开始旋转起来，她觉得有一点眩晕。

女人站起身向她点头招呼。西蒙娜在她的运动服上擦了擦双手，跟着她走上一个富丽堂皇的弧形大理石楼梯，然后走过一个宽阔的走廊。沿着走廊的墙上挂着一排美丽的图画。她们走进一个浴室。这个浴室让她站在门口简直不敢朝前再走一步。她敬畏地四处张望。这里的奢华美丽和光辉灿烂几乎无法道尽——而且宽大至极。她几乎不能相信自己会来到这个地方，站在这里。

天花板上满是云彩和天使的油画，墙上和地面都是黑白两色的大理石贴砖。在房间的正中央是一个巨大的，没入地面的浴盆，足可以容纳好几个人同时入浴。浴盆里面溢满了泡泡，周围是一圈立在底座上的男女裸体大理石雕像。

"太漂亮了。"她自言自语。

女人微笑着。"你是个幸运的女孩，"她说，"拉扎罗维奇先生是一个好人。他喜欢帮助人。他是一个非常好的人。"

她开始帮助西蒙娜脱衣，直至脱光了全身。然后她牵着女孩的手，当她走进水里，沉下去时，扶稳她。水是热的，好舒服的热水，几乎有点烫了。女人把她的头向后放平，直至头发浸入水下，然后抬起一点点，用一种发出好闻香气的洗发香波擦她的头。她用水把香波冲掉，再抹上一些，又用水冲掉。

西蒙娜躺在那里，尽情享受着，望着头上的天使像，不知道它是不是真的就是一个天使。威士忌和食物使得她心情放松了，昏昏欲睡起来，尽管她有点想要呕吐。女人给她擦肥皂，擦遍她身上每一处细小的地方，然后用水冲走肥皂沫，这使她几乎要飘飘欲仙起来。接着女人帮助她走出浴盆，用一大块柔软的白毛巾将她包裹起来，仔仔细细地将她周身擦干，把她领进一套更加华丽的房间。

房间中央是一张巨大的，有华盖的双柱床。西蒙娜盯着装在镀金框子里挂了满墙的色情裸体画像。有些是单个的女人像和男人像，有些则是成对的。她看懂了一个男人和一个女人是在做爱。两个女人缠绕在一起是口交，一个男人在鸡奸另一个男人。房间里有高大的窗户,一直开到了天花板上,昂贵的窗帘从上面垂下来。房中还有一把躺椅和其他的漂亮陈设。

"你觉得这房间还好吗?"女人问。

西蒙娜微笑,点点头。

女人帮西蒙娜解下毛巾,西蒙娜现在越来越昏昏欲睡了。女人帮她躺进床上的白绸被单里,然后便离开了房间。

西蒙娜躺在床上,沐浴在两盏巨大台灯的柔和光线下,开始飘入梦乡。几分钟后——她也拿不准到底过去了多久——门开了,她立刻睁开了眼睛。

带她来这里的那个男人——拉扎罗维奇先生走了进来。他光着身子披了一件黑色的绸睡袍,睡袍的前襟敞开着,大肚皮底下露出一个巨大的勃起的阴茎。

他向着床走过来说:"你好吗,我的加拉德诺德火车站的美丽天使?"

在她一团糨糊似的眩晕头脑中感觉到一丝焦虑的刺痛。

"我很好,"她喃喃道,"谢谢你为我做的这一切,我太疲倦了。"

他的阴茎擦到了她的左颊上。"吸它。"他说。他的声音是冷酷而生硬的。

她看着它,突然间清醒了一些,也警惕了起来。他眼睛的周围有黑眼圈,漆黑的瞳人里带着威胁。

"吸它。"他重复一遍,"你不是要感谢我吗?为什么你不向我表示你的感激呢?"

他爬上床,调整他的姿势,把他的阴茎和睾丸放在她脸上。出于害怕,她举起右手,托起他的阴茎,尝试着放进口中,它发出一股汗臭味。

这时她面颊上受到一击的剧痛。"吸它,你这条母狗!"

她把它又放进去一些,合拢嘴唇,上下移动起来。

"啊!他妈的你这个蠢婆娘,你要我拔出你的牙齿来还是怎么的?"

她睁大双眼望着他,很快地清醒过来。

突然间他推开她的下巴，把他自己抽出来。"上帝，你这个忘恩负义的母狗！"然后他粗暴地扭她的双肩，痛得她大声叫喊。他把她翻过身，完全翻了过来，直到她的脸埋在了枕头里面，有一刻她以为他想要闷死她。

接着她感觉到他的手指在探索她的阴道。她以为自己就要呕吐起来，于是把快要涌到喉咙口的胆汁吞了下去。他的手指又从阴道移到了她的肛门。几分钟后，她感觉到他的阴茎在试着要进去。

这时疼痛使她尖叫了起来，她感觉到它进入了她的体内，进去了一些，又进去了一些。

"不，戈古！"她尖叫，几乎被涌出来的更多的胆汁给噎住了。

又进去了一些。

她觉得自己仿佛被撕裂成了两半。

又进去了一些。

她奋不顾身地摆动自己的头，自己整个的身体，想要挣脱开来。他抓住她的一把湿头发，把她的脸狠狠地砸在枕头上，砸得如此之狠，使得她都透不过气来。然后那东西又进去了一些，仍然在往里钻。

她开始啜泣、哭喊，口里叫着："戈古，戈古，戈古！"她抗争着，想要摆脱这个剧痛，想要透过气来。

"他妈的，你这个忘恩负义的小母狗。"他在她耳边低语。

她把脸侧转过来，大口喘气，痛苦地喊叫着。

"他妈的，母狗！"他嘶嘶着说。

他的阴茎变得更大了，就要把她撕裂成两半了。

"他妈的，他妈的，他妈的你这个母狗！"他用拳头击打她的一边脸，"他妈的，你这个贫民窟来的忘恩负义的小母狗！"

他又往前更推进去了一些。

她又尖叫了起来。他把她的脸朝着枕头猛撞，把她堵在那里，塞住她的呼吸。她挣扎着，想要抬起头，但他把她用力按下去。在痛苦的同时，惊慌抓住了她的心。她摇晃着，想要移动一下身子，但她被钉住了，仿佛被一根大头钉钉穿了身体。在窒息的剧痛中她开始使劲摇晃，她的胸脯被压得这么厉害，她以为自己要骨折了。接着他把她的头猛扳过来，用力吻她的嘴唇，她则大口吸气，从他的肺里吸他的气。

他把嘴唇移开。"说你喜欢这样干，说你对我心怀感激。"他把他的脸用力压在她的面颊上，"说你感激我救了你，说！说感激的话！说'谢谢你'！"

"我恨你！"她气喘吁吁地说。

他猛掴她的面颊，又用拳头猛砸进她的眼窝。他停了一秒钟，用双手抓住她的头发，力气如此之大，她都以为他是要把她的头发从头皮上给揪下来。他继续用力揪住她的头发，这时她感觉到他在她体内射精了，接着她呕吐了起来。

过了一段时间——西蒙娜也不知道过了多久，她已经无法判断时间了。她再一次坐在那辆黑色的大汽车的后面。她来时听到的同一首歌又唱了起来，还是那个带磁性的声音，唱着那首歌里对她来说毫无意义的歌词："你在我的身体里"。

从车窗边闪过去的还是那个布加勒斯特的夜晚。她受到了彻底的伤害。那是极为可怕的痛苦。她的脸肿了，头受了伤。当她到达加拉德诺德车站时，她觉得自己一身污秽。此刻她身体表面是干净了，但是那肮脏在体内，让人恶心的污秽。

她想要叫喊出来，但她伤得太深。那个有着蛇形刺青的司机开着车，一言不发，只是拿眼睛瞟着后视镜中的她，朝她微笑，是那种污秽、淫荡的笑。她不想要让这个男人从她这里得到任何鼓励。

她只想要回家，回家，回到罗密欧那里，回到那条狗，那个哭叫的婴儿身边，回到那些关心她的人身边，回她自己的家。

他把汽车停下。街上很黑，她不知道现在她在哪里。他打开后面的车门，爬了进来，挤到她的身旁，手中拿着一叠钞票。"多好的钞票！"他说，咧嘴一笑。他把钞票塞进她手里，然后拉开自己的拉链。

她盯着他，看他把阴茎从裤子里扯出来，她也盯着从他的衬衣领里升起来的那条凶神恶煞般的蛇，那个刺青。

"多好的票子！"他说。

然后他揪住她的头发，就像那个男人做过的那样，把她的脸往下按，按到他的阴茎上。

她在阴茎头上合拢了她的嘴唇，然后便咬下去，用力咬，直到她觉得口中尝到了血腥味，直到她耳朵里响起他的尖叫。然后她抓住车门把手，用力往下按，使出她全身的力气把车门推开，跌跌撞撞地从汽车里出来，冲进了黑夜中。

她不停地奔跑，不辨方向地穿过那漆黑的街市和关闭了的店铺，穿过那无止境的一团迷雾。她知道只要自己不停地跑，不停地跑，不停地跑，最终一定会找到某个她熟悉的地方；那会给她提供方向，会带她回到她那位于马路下面的家。

她奔跑着，在惊慌中，她什么也看不见。她不曾看到那辆黑色的汽车在慢慢移动，始终保持一个安全的距离，一直在跟踪着她。

21

在皇家南伦敦医院那迷宫似的庭院里开了几分钟后,林恩才筋疲力尽地把标致车停在急诊处出口外面的车道上,因为前面的路被一个金属栅栏给拦住了。这时还只是晚上九点半。

"老天呀!"她长出了一口气说,"究竟什么人能在这周围找到他们要去的路呢?"

每次都是这样;她们在这里总是迷失方向。这里老是有建筑工程在进行,肝病科室从不在同一栋楼里出现两次,至少在她看来是如此。自从上次以后足足有两年的时间了,整个交通布局似乎又有了变化。

她望着周围那些看似公共机构的大楼,心中一片迷茫。那些像一块块高大的巨石般的建筑物是按照一种名叫"混杂"的建筑风格设计的。紧靠汽车近旁的地方是一组红、黄和浅绿色的路牌组成的屏障。她在路灯下费力地查看路牌上的字。没有一块上面写有她要寻找的罗斯林侧厅,但人家告诉她经由班纳曼侧厅就可以到达。

"一定是找错地方了。"凯特琳说,一面头也不抬地发她的短信。

"你是那么想吗?"林恩问,显出一副好心情的模样来。

"唔,呃,我是说,如果我们找对了地方,我们就该在那里了,不是吗?"她一门心思地按她的键盘。

林恩尽管筋疲力尽,担着心事,又很沮丧,还是发现自己对女儿奇异的逻辑禁不住咧嘴微笑。"是的,"她说,"十分正确。"

"我一贯正确。只要问我就好了,我就像一个预言者。"

"或许这个预言者可以告诉我现在该走哪条路。"

"我想你只要倒退回去就可以了。"

林恩退回去了一小段路,然后在更多的路牌旁停下了。"霍普戈德侧厅,"她念着,"金禧年侧厅、医院主楼入口,多种游艺儿童诊室。"班纳曼究竟在哪里?

凯特琳从短信上抬起头来说:"冷静点儿,你这个女人。这就像一场电子游戏,你懂吗?"

"我恨你说那个!"

"恨什么,电子游戏吗?"凯特琳取笑道。

"'冷静点儿,你这个女人'!是这样说的吗?我不喜欢你那样说。"

"好啦,你太紧张了,搞得我也紧张。"

林恩朝后面看,又开始倒起车来。

"生活就是一场游戏。"凯特琳说。

"一场游戏?你是什么意思?"

"你赢了——你就活下去;你输了——你就死了。这就是游戏。"

林恩突然把车停下,转过身来面对凯特琳。"你真的是那么想吗,亲爱的?"

"是的!他们把我的新肝脏藏在这个迷宫里的某个地方了,我们必须找到它!如果我能及时找到它,我就会活下去;如果找不到,我就活该倒霉!"

林恩格格地笑起来。她将一只手臂绕过凯特琳的肩膀,把她拉近,吻她的头,呼吸着她头发上的洗发香波和发胶的香气。"上帝,我是多么地爱你,亲爱的。"

凯特琳耸耸肩，然后不动声色地说："是的，好啦，我的确值得爱。"

"有时候！"林恩反驳道，"只是有时候！"

凯特琳点点头，一副顺从的模样，又去发她的短信了。

林恩把车开出去，重新回到水晶山，开了一小段路，终于找到了车辆进入的主入口，向左转进入主车道。在一栋极不协调的现代大楼那弧形的玻璃幕墙外面停着一连串黄色急救车。她们开车从那里经过，这次终于看见了班纳曼侧厅的路牌，向右转进入停车场。停车场对面是一栋维多利亚风格的大楼，从外表看来，似乎最近它刚做过了一番改建翻新。

两分钟后，她挎着凯特琳的短途旅行手提包，从一个男人身边经过。这个人在他的病号服外面穿了一件大衣，正坐在一座有泛光灯照明的雕像旁边的长凳上，吸着香烟。林恩走进班纳曼侧厅的柱廊入口。凯特琳身穿一件暗黄绿色的帽衫和一条裤脚边磨损的牛仔裤，脚上穿了一双不系鞋带的运动鞋，跟在林恩后面。

她们前面竖立着两块一模一样的有机玻璃牌，上面印有"皇家南伦敦"几个字，一列白柱朝前延伸直至门厅。右边是一个来客咨询台，一个身材高大的黑人妇女正在打电话。林恩在等她打完电话的同时，向周围扫了一眼。

一个神色迷茫的灰发男人一只手臂上挂着一个红色的手提包，另一只手上提着一个黑色的手提袋，穿着一双拖鞋，正拖着脚往前走。在她左边，一小群人围坐在一个候诊区内。其中一个老人坐在一张有机械动力的轮椅上，另一个老人，戴着学生式的无檐帽，身穿田径服，委靡不振地坐在一把绿凳子上，一根木头拐杖伸出来放在他面前。一个身穿灰色帽衫和牛仔裤的青年，耳朵里插着 iPod 的耳机。一个面露绝望之色的年轻人身穿一件蓝色的 T 恤、牛仔裤和运动鞋，坐在那里弓身向前，双手互握搁在腿间，好像在等什么人，或是等什么事发生。

整个地方似乎充满着一种深夜才有的疲倦、沉寂和绝望的气氛。再往远看去，她看见一个出售糖果和鲜花的小型超市。一位身穿宽松西服，头发染成蓝色的年长妇女出现了，她撕开了一根巧克力棒的包装。

咨询台后面的女人打完了电话，愉快地抬起头来。"你有什么事吗？"

"是的，谢谢你。我们和罗斯林侧厅的雪莉·林赛约好了。"

"能不能告诉我你们的姓名？"

"凯特琳·贝克特，"林恩说，"和她的母亲。"

"我会告诉她的。请坐电梯到四楼，她会在那里见你们。"她朝走廊那头指着。

她们一路走过去，经过了那家商店，经过了几块告示牌，上面写着"请熄灭烟头，整个医院为禁烟区"，以及"非污染区，保护区"。她们还经过了打对面过来的面露忧色，无所适从的人们。林恩只要一进医院就吓得不得了。她还记得当年她的父亲中风时，她曾无数次去肖勒姆南方医院时的情景。医院里除了产科病房以外，绝不是什么快乐的地方。医院是当你或你所爱的人发生了坏事情时要去的地方。

在走廊尽头她们到达一个区域。那里正对着电梯的钢门，沐浴在一片彩虹般会变色的灯光下，此刻那里是紫色。林恩觉得它更像是迪斯科舞厅或是在科幻片中看到的那种光。

凯特琳停止发短信，抬起头来看。"太酷了。"她说，赞许地点点头，接着在一阵透不过气来的激动中说，"嗨，你知道吗，妈？这是一个暗示！"

"一个暗示？"林转反问道。

凯特琳点头。"就像是《星际迷航》①中的那句话——把我传送上来。对吗？"然后她神秘地露齿一笑，"他们是为我们而准备的。"

林恩疑惑地看了女儿一眼。"好吧，就算是这样，他们为什么要这么做？"

"我们到四楼去找答案吧，那会是给我们的下一个暗示。"

当她们随着电梯慢慢上升时，林恩很高兴，凯特琳看来变得活跃

---

① 《星际迷航》(Star Trek)，美国系列科幻电影及电视剧，目前共有十一部电影，七百二十六集电视剧及大量衍生产品。

了。她从小就一直情绪活跃,近来因为生病心情才变糟了。但至少目前她是带着一种积极的态度来到这里的。

她们走出电梯来到四楼,受到一个三十多岁、微笑着的女人的迎接。她的面孔很讨人喜欢,是一种传统的英国式的红润面色,披着褐色的长发。她穿着一件白罩衫,里面是粉红色的针织上衣,下面是黑色的长裤。她先是对凯特琳温和地一笑,又对林恩笑,然后转过身来面对凯特琳。林恩注意到她左眼中有一根微细的红血丝。

"凯特琳吗?你好,我是雪莉,是你的器官移植协调人。你在这里的时候由我来照料你。"

凯特琳冷冷地将她打量了几分钟,什么也没说。然后她朝下看着她的手机,又重新开始发她那无休无止的短信。

"你是雪莉·林赛吗?"林恩问。

"是的,你一定是凯特琳的妈妈林恩了。"

林恩微笑:"很高兴见到你。"

"我来带你们去你们的房间。凯特琳,我们为你安排了一间很好的单人房,来度过以后的这几天。我们也在附近为你安排了一个短期使用的房间,贝克特太太。"她面对她们两个,又补充说,"我在这里是专门回答你们的一切问题的。所以你们想要什么,想知道什么都可以问我。"

凯特琳仍低头看着她的电话,说:"我会死吗?"

"不会,当然不会,亲爱的!"林恩说。

"我不是问你,"凯特琳说,"我是在问雪莉。"

有一阵短暂的、令人不安的沉默,然后器官移植协调人说:"是什么使你那样想,凯特琳?"

"我要是不那样想,我他妈的就是个十足的傻瓜了,不是吗?"

22

罗伊·格雷斯跟着那辆黑色的奥迪 TT，它就在他前面一段距离的地方，一直向前开着，越来越远。克莉奥似乎完全不明白速度限制是怎么一回事，当她开近萨克维尔路和奈维尔路交汇处时，似乎也不明白交通灯是干什么用的。

糟糕。他为她感到一阵恐惧的刺痛。

交通灯转成黄色，但她的刹车灯却还不曾打开。

他的心突然跳到了嗓子眼里。被一辆闯红灯的汽车压成带骨牛排是你能想象出的最可怕的伤害。现在坐在飞速行驶的汽车里的不止克莉奥一个人，还有他们的孩子。

转成红灯了。足足两秒钟后，奥迪车从交通灯中猛飞过去。罗伊紧紧抓住自己的方向盘，替她感到害怕。

她安全地过去了，继续沿着老肖勒姆路前进，接近了她左边的霍夫公园。

他那辆无警徽标志的福特福克斯轿车在交通灯前停下了。他的心砰砰跳起来。他想要给克莉奥打个电话,告诉她减慢车速。但是没有用,她习惯了这样开车。他们开始约会五个月,他就看出来了,她比起他那个朋友兼同事格伦·布兰森还要糟糕。格伦·布兰森最近才通过了他的警察高速追逐考试。他总是不放过任何一个机会向罗伊炫耀他在方向盘后面的技巧,或者干脆不如说他毫无技巧。

为什么克莉奥开起车来总是这样冒冒失失,而她在做别的事情时却又那么谨小慎微呢?他曾经认为,那些在殡仪馆工作的人几乎每天处理的都是死在公路上的人那破碎的尸体,所以他们开起车来一定会格外小心的。布赖顿霍夫市有一个病理学专家,奈杰尔·丘奇曼——近日已调至北边工作去了——一到周末就去飚车。所以罗伊有时又想,或许,如果你的工作是如此接近死亡,那就会使你想要挑战和藐视它。

交通灯又变了。他检查了一下,确定没有汽车会朝克莉奥猛撞过来,然后将车开过十字路口,加快车速,但是又想起前面路段上有两处有监视探头。克莉奥断然否认她的车开得太快,仿佛对这种事情视而不见。这使他感到恐惧。他那么爱她,今晚尤甚。只要一想到她会出什么事,就叫他受不了。

自从桑迪失踪以来,将近十年了,他一直无法和任何其他女人建立任何关系,直至克莉奥出现。十年中他一直不断地寻找桑迪,等待着消息,期望着一个电话,或者有一天她会穿过前门走进他们俩的家。但现在他已经开始有了变化。他爱克莉奥就像从前爱桑迪一样,或许更甚。如果桑迪突然重新出现,不管她有多么好的解释,他都怀疑自己是否会为了她而离开克莉奥。在他头脑和心灵中,他已经移情别恋了。

现在有了这件最难以令人相信的事情:克莉奥怀孕了!有六周了!今天早晨她告诉了他,确认了这件事。她怀着他的孩子,他们俩的孩子。

这真是够讽刺的,他心想。在桑迪失踪以前,他们俩一起生活的日子里,桑迪一直无法怀孕,头几年他们还不曾担忧这件事,决定等几年再来建立一个家庭。可是,当他们后来开始尝试时,却什么也没发生。就在她失踪的前一年他们俩都去做了生育检查。结果出来了，是桑迪的问题。专家从她的输卵管中取出了一些黏液，对它的黏滞度做了一些生化检查。专家对一切细节都作了解释，罗伊尽最大的努力听明白了。

专家给桑迪做了一个疗程的治疗，尽管他已经告诉过她，只有不到百分之五十的机会能产生效果。这件事使她很沮丧，使她觉得自己不合格。桑迪历来喜欢掌控局面。他想也许这就是为什么她也喜欢开快车，不遵守公路规章的原因之一。是她把他们家里按照禅宗的简约抽象派艺术风格作了装饰，设计了花园。他们外出时，总是由她来做安排。有时候他常想，是不是在他明白了桑迪不能生育之后，她比他更感到沮丧；是不是这就是她失踪的原因。

有那么多未解开的问题。

现在他生活中的真空被填满了。与克莉奥的交往给他带来了一种幸福感，这是他以前从不敢相信会再次发生的。而此刻又有了这个消息，这个令人不敢相信的消息！

他看见她的车就在前头。这一次她在与雪莱大道的交汇处的交通灯前停住了，那里有一个安全监视探头。

亲爱的，千万别开得那么快，求你了！不要把你自己在车祸中给撞飞了。我刚刚找到了你，我们的生活才刚刚开始。

一个生命正在你体内成长。

在到达下一个监视探头之前，他看见她的刹车灯亮了，在下一个交通灯前他终于赶上了她，然后跟着她开进了戴克路，又一路上了七盘绕行路线。现在是星期三晚上十一点半，街上的行人还不少，尤其是在这个人口稠密的区域。

出于本能，他朝窗外察看着每一张脸，不一会儿他看见了一个认识的人。那是一个衣裳褴褛的二流毒品贩子，警局的线人，名叫达尔斯·彭尼。他正耷拉着脑袋，嘴里叼着烟卷，蹒跚着向前走。从他缓慢的步伐看来，他今晚不像是赶着要去取毒品或者卖毒品。至于他干什么罗伊也不挂在心上。只要彭尼没有强奸什么人或是杀了什么人，他的问题都该由其他部门处理。

罗伊跟随着克莉奥往下开去,经过了火车站,然后从北莱恩区那密如蛛网的窄街中穿过——这里满是各色各样的带平台的住宅、独立的商铺、咖啡店及餐馆和古玩店——直至她在她家附近找到一处居民停车场。罗伊把车在一条单黄线上停下,看见了她的汽车,便走出来,用警惕的眼睛把周围移动的黑影检查了个遍,突然间觉得对克莉奥的保护需要又增加了一倍。

他跟着她走进一栋经过改建的仓库大门,在那里她有自己的住宅。当她在入口处的键盘上输入时,他用一只手臂搂住了她。

她在长袍外披了一件黑色的披肩,他把手滑进里面,将手掌按在她的腹部上。

"真是令人惊奇。"他说。

她睁大那双信任的眼睛盯着他:"你确定你能接受它吗?"

他把手从她的披风中缩回来,然后用双手捧住她的脸说:"全心全意地接受它。我不光是接受它,简直是无比快乐地接受它,只是——我不知道如何表达我的心情。这是从来没有过的最令人难以置信的事情。我想你将会是一个了不起的母亲,你会令人吃惊的。"

"我想你会是一个了不起的父亲,"她说。

他们互相亲吻,然后变得警惕起来,因为天晚了,又很黑。他又朝四下里张望,检查阴影。"只有一件事情令我担心。"他说。

"什么?"

"你开车的样子。我的意思是,路易斯·汉密尔顿①,你是吃了豹子胆吗?"

"那只不过是从一个开车飞越滩头堡的男人那里学来的!"她说。

"呃,好吧,我那样做是很有理由的,我是在追逐罪犯。而你是在四十英里的限速下跑出了八十英里,毫无理由地闯红灯。"

"是那样吗?把我记名警告吧!"

---

①路易斯·汉密尔顿(Lewis Hamilton, 1985—),英国著名F1赛车手。

他们互相望着对方的眼睛。"你有时候真是一个坏女人。"他说，咧嘴一笑。

"你却是一个做事慢吞吞的人！"

"我爱你。"他说。

"是吗，格雷斯？"

"是的，我敬慕你，爱你。"

"有多爱？"

他咧嘴一笑，然后把她拉近，在她耳旁低语道："我要你进去脱光了，我再表现给你看！"

"这才是我一整夜都在盼望着的最好的表现。"她同样耳语道。

她按下了号码。门锁咔嗒一声开了，她把大门推开。

他们进入大门，穿过鹅卵石铺地的院子来到她的前门。她打开门锁走了进去，立即进入了一个遭受过彻底破坏的现场。

一股黑色的龙卷风从这一片混乱中急飞而过，直直地冲向空中，半路上击中了克莉奥的腹部，几乎把她撞倒在地。

"下来！"她急叫，"汉弗莱，下来！"

格雷斯还没来得及做好防备，那狗就一头撞在了他的腹股沟处。

他打了个趔趄，弯下了腰。

"汉弗莱！"克莉奥对着这头拉布拉多和边牧的混血狗大叫。

汉弗莱退回到那一片混乱之中，那里曾经是起居室。它口里含着一根打了结的粉红色长绳。

格雷斯这才喘过气，从他腹股沟的剧痛中回过神来。他瞪眼望着这间平素一尘不染的敞开式房间，只见盆栽植物横倒在地，两张红沙发上的靠垫被拖了下来，有几个还被撕裂开了，里的的泡沫材料和羽毛在上光的橡木地板上抛撒得到处都是。有几根被嚼烂了一部分的蜡烛横倒着。几份报纸铺满了地板，一册《苏塞克斯生活》杂志掉在地上，封面给撕掉了一半。

"坏东西！"克莉奥斥骂，"坏东西，坏小子！"

狗摇摆着它的尾巴。

"我对你很不高兴！我非常，非常地生气，你明白吗？"

狗继续摇尾巴，然后它再次向克莉奥扑来。

她用双手紧捏住它的脸，跪了下来向它吼道："坏小子！"

格雷斯笑了起来，他无法不笑。

"混账！"克莉奥说。她摇摇头。"坏小子！"

狗挣脱开来，又向格雷斯扑过去。这一次总警司作好了防备，抓住了它的爪子。"我们不喜欢你！"他说。

狗摇摇尾巴，似乎对自己挺得意。

"啊，混账！"克莉奥又说，"等会儿再来收拾这里，先来点威士忌怎么样？"

"好主意。"格雷斯说，把狗推开。它又冲了回来，像是要把他给吞掉。

克莉奥抓住汉弗莱的颈背把它拖进后院，关在门外，然后他们走进厨房。汉弗莱在门外院子里开始号叫起来。

"它一天需要遛两小时，"克莉奥说，"但是满了一岁就不必了，否则对它的髋关节不利。"

"对你的家具也不利。"

"这不好笑。"她从冰箱的分装器中取出冰块，叮叮当当地放入两只平底的玻璃杯中，然后向一只杯中倒入几指深的格兰菲迪威士忌，向另一只杯中倒入了一些汤力水。"我想我现在不该喝酒了，"她说，"那会有影响吗？"

格雷斯此时极想抽支烟，想得要命，便在衣袋中摸索着。但他又想起来，他是有意没带香烟来的。"我想喝一两口，婴儿不会在意的。也许该让他或是她早一点习惯那东西！"

克莉奥把酒杯递给他。"干杯，大耳朵。"她说。

格雷斯举杯："开始了，鼻子。"

"到你的屁股，傻瓜！"她说完了祝酒辞[①]。

[①]原文为 Cheers, big ears. Here goes, nose. Up your bum, chum！是三句押韵的祝酒辞，流行于澳大利亚。

他把杯中的酒喝干。然后他们互相望着。外面汉弗莱仍在号叫。他或是她,他还没有想过这件事。是男孩还是女孩?他不在乎。他会对那个孩子顶礼膜拜。克莉奥将是一个了不起的母亲,他知道,那是毫无疑问的。但他会是一个好父亲吗?他顺着克莉奥的目光朝那乱糟糟的一堆看过去。

"要我来清理一下吗?"他问。

"不,"她说,然后很慢很慢地吻他,非常性感地亲他的嘴唇,"我现在就想要那个高潮,想得要命,你想你能达到吗?"

"就一次吗?闭着眼睛都没问题。"

"小坏蛋。"

23

弗拉德·科斯梅斯库嚼着口香糖，眼珠子跟着象牙球转动。只见那球从轮盘的三脚盘上直滚过去。一开始它稳稳地发出格格声，当轮盘转得慢下来时它又发出啪嗒啪嗒的声音，接着突然间沉默下来，因为它掉进了一个狭槽。

二十四点，黑色。

他调整好架在鼻梁上的那副飞行员式墨镜，脸上带着满意的微笑看着跨立在二十三与二十四之间的那条线上的五个英镑的筹码堆。然后他又看着管理员从其他输了的数字和其组合数字上把筹码收走，也包括他自己的几个。他把衣袖往上拉，瞟了一眼手表，已经是十二点过十分了。到这时为止进展不太顺利：他输掉了一千八百英镑，接近他为自己设定的一晚的花销了。但是这一把按照他的层层排列战略也许会赢，下一把他再连转两轮，运气就会转过来了。

科斯梅斯库把他赢得的筹码拿出一半，和剩下的堆在一起，然后加入桌上其他的玩客中——那个粗心大意的中国女人一直在玩，还有几个刚到的赌客,他们都摆下了新的赌注。此时轮盘转了几秒,管理员喊出"不再下注"时,几乎每一个数字上都堆上了筹码。

科斯梅斯库总是使用同样的两套体系。为安全起见,他玩的是层层排列法,下注的数字组成轮盘上三分之一的圆弧,恰与零相对。采用这个体系你不会大赢,但通常也不会大输。这是一个战略,能使他在赌桌旁待上好几个小时,同时不断修改他的体系。这是他多年来一直在耐心发展的体系。科斯梅斯库是一个非常耐心的人。他总是用极端的关注来计划每一件事,这就是为什么他即将接到的那个电话会叫他如此不安。

他的体系是以数字和可能性相结合为基础的。在一张欧洲的轮盘赌桌上有三十七个数字,但是科斯梅斯库知道,在轮盘连续转三十七转时所有三十七个数字都出现一次的概率是一百万对一。在几转中有些数字会出现两次,或者三次,甚至四次,有时候更多,而其他的数字则根本不会出现。因此他的策略就是只给那些已经出现过的数字和数字组合下注,因为其中的一些数字一定会再次出现。

又一次看见数字二十四,他便用右脚大拇指在靴子内的衬垫上按下两次,然后又在左脚靴子内按了六次。待会儿等他回家后,他会从衣袋内的记忆芯片中下载数据输进他的电脑。

这个体系要臻于完美还有很长的路要走,他继续失去大量的机会,但这种损失变得越来越小,总的说来,出现的次数也越来越少。他确信自己就要到达解开这个难题的地步了。一旦解开,他就会发财。然后……好啦,他就不必再做任何人雇来的走狗了。此外,如果他失败,那也会有助于打发时间。他手里有的是时间,太多了。

在这个城市里他孤身一人生活。他在自己的公寓里工作,那是一个玻璃和钢铁构成的地方,高高在上,处于城市中央。他独来独往,刻意不和其他人打交道。他等候着他的"领主"给他发来指令,然后,当他完成那些指令之后,就会按照指示到这里来,在赌桌上洗钱。这是一个很好的安排。他的领主,或者说他的老板需要某个信得过的人,能吃苦耐劳，干好这份工作，又不会去敲他的竹杠。他们俩说的是同一种语言。

事实上是两种语言：罗马尼亚语和金钱。

弗拉德·科斯梅斯库在金钱之外很少有其他的乐趣。他从不看书或杂志，只偶尔在电视上看一部动作片。他认为《谍影重重》还不错，他也喜欢看《非常人贩》系列片，因为他认同片中杰森·斯塔森[①]那更为孤独的性格。他偶尔也看看色情片，如果是和他的一个女友在一起的话。他每天去一家大的体育馆健身两小时来消耗体力。其他一切事情都使他心烦，甚至是吃饭。食物只是简单的提供能量的燃料，所以他只是在必须的时候才吃东西，吃饱为止，决不多吃。他对品尝食品的滋味没有兴趣，不明白英国人为什么那么痴迷于观看电视上的厨艺表演。

他喜欢赌场是因为钱。在赌场里你可以看见它，呼吸到它，闻到它的气味，听见它的声音，触摸到它，甚至可以在空气中品尝到它的滋味。这种滋味比起他曾经吃到过的任何食物都更奇妙。金钱带给你自由和权力，有了它你就有能力为你自己和家人的生活做点儿什么。

金钱使得科斯梅斯库有能力把他那患有残疾的妹妹莱柳塔从一家济贫医院接出来。那是一所国家办的收容所式的医院，隐藏在布加勒斯特东北方向二十五英里之外的普那塔内斯提村子里。他把她送进了位于瑞士蒙特勒山中的一家漂亮的疗养所，从山上可以眺望日内瓦湖。

十年前，经过多方打听，花了不知多少钱来进行贿赂，他才找到她，并且第一次见到已经被划归为不可治愈的那一类病人的她。她那时只有十一岁，躺在一张鸟笼似的旧儿童病床上，吃的只有牛奶和碾碎的谷米，饿得骨瘦如柴，挺着一个大肚子，身上穿得破破烂烂，一块一块的布片就像是尿布，让她看起来像是集中营里的一个

[①] 杰森·斯塔森：(Jason Statham, 1972—)，英国男演员，以电影《两杆大烟枪》及《非常人贩》出名。

囚犯。

在那间狭窄的房间里有三十张这样的儿童病床，插着竖立的木条，床挨床，一张接一张，就像是实验室里的动物笼子。腹泻和呕吐的排泄物发出的恶臭味都能把人熏死。他看着那些身体壮实一点儿的儿童——在某些方面都有智力迟钝的迹象——仍然喝着掺了碎谷米的瓶装牛奶，尽管他们中有一些怎么看都已经是十多岁的少年了。他们大口喝着流食，喝完之后，便从他们那鸟笼似的病床上的木栏杆中伸出手来，去拿走年龄更小一些，身体更弱一些的儿童手中的奶瓶，而那唯一的护理人员对此却置之不理。她坐在她的办公室里，既不称职也无能力。

当球又在轮盘的金属狭槽上发出格格声时，科斯梅斯库的移动电话在静音状态下振动了起来。他从衣袋中把它掏出来，同时记录下了得胜的数字十九。见鬼，这对他本来是一个坏数字，压它总是带来大输。他走到离桌边不远处，同时把这个数字用脚趾输入芯片。他看着电话上的显示屏，是领主发来的短信：现在就要和你通话。

科斯梅斯库从赌场里溜出来，穿过停车场，一直朝维泽斯彭①酒吧奔去，他知道那里楼下有个付费电话。他到达那里后，把那个电话号码用短信发出去，然后等着。不到一分钟，电话响了。人头攒动的酒吧里吵闹得很，他不得不把电话听筒凑近耳朵。

"是我。"他说。

"你把事情搞糟了，"电话另一端传过来的声音说，"糟透了。"

科斯梅斯库说了好几分钟，这才又回到赌场里他的赌桌旁。这么一来，他的注意力就被分散了。他输的数目在增加，超过了他的界限，已经增长到了两千三百镑了，接着又达到了两千五。但是他并没有收手，愤怒驱使着他——愤怒，和赌棍的傻气。

到第二天早晨三点过二十分时，他终于决定撤退了，他已经输掉

---

① 维泽斯彭（J.D.Wetherspoon）连锁酒吧集团是英国一家大型餐饮公司，旗下的酒吧有价格低廉、开放时间长、禁播音乐等特点。

五千多了。这是他一个晚上输得最惨的一次。

尽管这样,他还是给了存大衣的姑娘和停车服务的侍应生惯常付的小费,每人都是一张崭新的十英镑的钞票。

24

罗伊·格雷斯穿上田径运动服,慢跑鞋,戴上棒球帽,早上五点半还不到就独自一人从克莉奥家的前门出来。在街灯的照射下,黎明前的黑暗只是一团琥珀色的迷雾。一阵冷风将带着咸味的毛毛细雨吹在了他脸上。

他浑身激情燃烧,几乎没怎么睡觉,一直在想关于克莉奥和她腹中婴儿的事。这真是一种令人难以置信的感觉。此刻,如果要叫他用言语表达,他是绝对说不出来的。他有一种奇怪的感觉,觉得自己被赋予了一种能力,或者是责任。在他的职业生涯中,生活的重心第一次发生了转移。

他走过院子,走出大门,查看街道两头有什么不对劲的地方。他遇到过的每一个警察都是这样行事的。干过几年警察之后,你就会不由自主地检查你周围的一切,不管你是走在大街上,商店里或是餐馆中。格雷斯将其戏称为"有益健康的怀疑文化"。这样的行为在他一生中曾无数次地帮过他的忙。

在这个十一月下旬星期四的早上,他从屋子里出来,心中对克莉奥的保护欲比以往更增加了几分。在布赖顿空荡荡的街上他没看到什么叫他起疑的东西。他不顾上次的翻车事故给他背上和肋骨带来的伤痛,从肯辛顿花园那狭窄的鹅卵石步行道上一路跑过来,经过了咖啡店、妇女时装用品小商店、二手家具商店和一家古玩市场,然后沿着嘉德勒街,跑过了路易基服装店。这是格伦·布兰森心仪的一家商铺。他常常自封为格雷斯的时尚顾问,一定要时不时地带他来这里,把他打扮一新,更换他衣柜中的全部服装。

当他跑到空无一人的北街时,看见了汽车头灯射出的灯光,听到了一辆大功率的汽车引擎的吼声。几分钟后,一辆黑色的奔驰 SL 跑车从眼前一闪而过,透过黑暗的车窗几乎没能看清开车人的模样。格雷斯捕捉到的印象是一个高高瘦瘦的男性形体,除此之外就什么都没见着。他心里奇怪,这个男人这个时刻在外面干什么呢?刚从一次晚会回家?匆忙赶着去港口码头或是机场?在这么早的清晨你是看不到多少昂贵的汽车的;这时出现的大多是廉价的小汽车和工人的卡车。当然,也许有无数个合理合法的理由解释这辆奔驰为什么会在路上,但不管怎么样他还是记下了它的车牌号码:GX57CKL。

他横穿马路,又从狭窄的街上一路跑过去,穿过了胡同和小巷,终于跑到了海滨大道。这里空空荡荡,只有一个孤独的男子在遛着一条年老的丰满的德国种猎狗。他踮脚原地踏了几步以暖一下身子,又跑下斜坡,从一家大的夜总会——蜜糖俱乐部——大门前经过,里面是黑的,没有人声。这时他停下来几分钟,弯腰触碰脚尖,然后站起来,一动不动地呼吸着海滨的气味、咸味、汽油味、烂鱼味、船上的清漆味,以及腐烂的海草味,听着大海的咆哮声和退潮声。牛毛细雨像冷水喷雾一样打在他的脸上。

在这个城市中,这里是他最喜爱的一处地方了。它和大海齐平。尤其是现在,在这样一大清早,在这一个人烟稀少的时候,大海对他有一种勾魂摄魄的吸引力。他爱它的一切——它的声音,它的气味,它的色彩和变换不定的脾气,特别是爱它内在的神秘,它偶尔显露出来的秘密，例如昨晚的那具尸体。他无法想象生活在内陆腹地，离大海几英里远的地方，不知道那会是何等情形。

宫堡防波堤还亮着灯，它是这座城市最大的地标之一。几年前，它的新业主把它的名字改为布赖顿防波堤。但是对于他，以及这城市里的成千上万的人来说，它永远叫做宫堡防波堤。它往前一直延伸过去很远，顶端上万个灯泡连成一线，看起来像是一个升向空中的灯塔。突然间他开始怀疑，也许过不了多久，防波堤会为了节约能源起见，被迫在夜里关闭它的每一盏灯。

他向左一转，朝防波堤跑去，跑进它那漆黑的大梁主体的阴影下。二十年前，就是在这个地方，他和桑迪有了他们的初吻。不知道有一天他自己的孩子会不会和他或她的心上人也在这里开始一段初恋？他心里这样想着，来到远处那一头。他又跑了半英里，然后返回克莉奥的屋子。今天没跑多远，只跑了二十多分钟，但跑步使得他感觉清爽，精力充沛。

克莉奥和汉弗莱仍在熟睡中。他快速地冲了一个澡，用微波炉把克莉奥为他留出来的一碗粥热了热，然后一面翻着昨天的《百眼巨人报》，一面大口地吞吃起来。然后他开着车奔向办公室，在七点差一刻时把车开进了位于苏塞克斯议院中的刑事调查部前面，停在自己的停车位里。

要是没什么事情来打岔的话，他将有整整一个半小时来处理昨晚积压下来的电子邮件和最为吃重的日常文书工作，然后便可以朝殡仪馆奔去，参加对"无名男士"的尸检工作——那个被挖沙船抽吸上来的尸体。

首先他登录了自己的电脑，然后把昨晚发生的事项记录用眼睛过一遍。昨晚相对来说还算平静。最重要的事情是东路上发生了一起针对一名男子的街头抢劫案；一间事务所发生了入室窃案；在莫里斯峡谷的市建住房群里发生了一起守夜引起的醉酒闹事；在二十七号干线道路上发生了一起拖车翻车事故；六辆汽车在泰迪街上被砸破车门。他停下来又把这一条再仔细看了一遍，因为它就发生在克莉奥家的街道拐角上,但是这一条报告没说出更多的情况。他继续往下看。凌晨时分在伦敦路的公共汽车站发生了一次斗殴事件,然后又报告说一辆机动脚踏两用车被盗。

他注意到这都是一些小事情,便继续往下看,审察着整个名单。几分钟后他听到他的门被推开了,紧跟着是一个再熟悉不过的声音。

"哟,我的老哥!你来得可真早,还是你昨晚压根儿就没回去呀?"

"你的笑话不好笑。"格雷斯说,抬头看他的朋友——现在成了他固定的房客——格伦·布兰森。从外表来看,他一如继往地穿戴整齐,似乎正要去赴晚宴。这位警探是个高个子,皮肤黝黑,剃过的光头闪闪发亮,就像一颗台球。他是一个穿着时髦的人。今天他穿着一套闪亮的灰色三件套西服,一件灰白条纹相间的衬衣,黑色平底便鞋,系一条深红色的绸领带。他一只手上端着一杯咖啡。

"听说你昨天晚上在新来的警察局长面前很是起劲,"布兰森说,"或者我应该说是拍马屁吧?"

格雷斯露出微笑。昨晚他被克莉奥的消息弄得万分激动,所以后来在晚会上当他终于有机会和局长在一起待上几分钟时,他费了好大的劲儿才想起要把一些情报说给局长听。他知道他没有如他希望的那样给局长留下好印象,但是这不要紧。克莉奥怀孕了!怀着他们的孩子!还有什么其他真正要紧的事吗?他本想把这个消息告诉格伦,但昨晚他和克莉奥已经说好对这件事保持缄默。六个星期还早得很,有很多事情可能会发生。因此他只是说:"是的,他对你很关注。"

"我吗?"格伦说,突然显得担心起来,"为什么?他说了什么?"

"说了一些关于你的音乐的事。他说任何有着和你同样音乐爱好的人都只可能是一个废物警察。"

这位警长皱起眉,用一根指头戳着格雷斯。"你这个坏种!"他说,"你是要激怒我吗?"

格雷斯咧嘴一笑。"好啦,有什么消息?我何时才能收回我的屋子?"

布兰森的脸沉了下来。"你是要把我赶出去吗?"

"我弄起咖啡来简直是糟蹋东西，你给我沏咖啡代替下月的房租吧。这个交易怎么样？"

"成交。就请喝这一杯吧，不过里面放了糖。"

格雷斯不同意地皱起脸。"那东西会让你短命的。"

"是啊，越快越好。"布兰森心情凄凉地说完，然后出去了。

五分钟后，布兰森坐在警长办公桌前的一张椅子上，双手拢着咖啡杯。格雷斯怀疑地看着他自己那杯咖啡。"你在这杯里也放了糖吗？"

"啊，该死！我再给你沏一杯吧。"

"不用，就这杯吧。我不搅动它就好了。"格雷斯盯着他的朋友，后者看起来吓坏了。"你记得喂马隆了吧？"

"喂了，"他忧郁地点点头，"我和马隆，我们是一体的，就像是灵魂伴侣。"

"真的吗？不要太接近它了。"

马隆是格雷斯九年前在一个集市上赢来的一条金鱼。这条鱼今天还在不断长大。它是个乖戾的、反社会的家伙；它把格雷斯买来给它做伴的同伴都给吃了。格雷斯断定，要不是身高六英尺两英寸的布兰森警长不合这个贪吃的家伙的胃口，只怕也会被它吃掉。这时他回头飞快地瞟了一眼电脑显示屏，注意到上面刷新了一条报道，替换了泰迪街上汽车被撬的事项。在特拉法加大街拐角处逮住了两个青年，他们就在一个闭路电视的摄像头底下砸开了一辆汽车。

还好——他想，松了一口气。除非他们交了保释金被放出去，今晚又回到街上。

"布兰森，你的家务事近来有何进展？"

几个月以前，布兰森为了挽救他的婚姻，动用他在一次受伤中获得的赔偿金为他的妻子阿妮买了一匹昂贵的赛马。但结果证明，这只是他们那极端敌对的关系中的一次短暂休战。

"又买马了吗？"

"我昨天晚上过去看孩子们。她告诉我说我会从她律师那里收到一封信。"布兰森耸耸肩。

"办离婚案的律师?"

他闷闷不乐地点点头。

这意味着布兰森在他家里长久定居下去的时间来到了。一想到这里,格雷斯为他朋友伤心的情绪有所减轻,虽然只是一点点而已。他也下不了决心将他的朋友赶出去。

"我们今晚一块儿喝酒,聊一聊,好不好?"布兰森问。

尽管格雷斯很喜欢这个人,但他只是不太热情地回答:"好吧,当然可以。"格伦和他谈起阿妮来便没完没了,而且总是在老地方兜圈子。事实上,格伦的妻子不仅不再爱他,甚至都不喜欢他了。格雷斯私下里认为她属于那一类女人:对她拥有的任何关系都永远不会满意。但每次他试着把这一点告诉他的朋友时,格伦总会戒备起来回应,仿佛他仍然相信会有一个解决办法,不管如何难以捉摸。

"事实上,老伙计,"格雷斯说,"你今天上午有什么要忙的吗?"

"有——但是没有什么事情不能等几个小时的。干吗这样问?"

"昨天一艘挖沙船打捞上来一具尸体。我让曼特尔警督负责,但是她今明两天得去布拉姆斯山警察学院上课。我想你也许喜欢来做这个尸检。"

布兰森嘲弄地摇着头,睁大了眼睛表示不相信。

"罗伊,你的确知道该怎么对待一个倒霉的人,不是吗?你为了叫我高兴起来,居然让我在这样一个潮湿的十一月的上午去为一具浮尸做尸检。你这个家伙,太有幽默感了。"

"是的,好啦,去看一个处境比你更糟糕的人也许对你有好处。"

"多谢了。"

"另外,是由纳丢斯卡来做。"

总局的病理学家纳丢斯卡·德·桑察今年四十八岁。除了她的专业技术和令人愉快的个性之外,她还是一个美貌惊人的女人。一头优美的红头发,再带上俄国贵族的血统,使得她显得比实际年龄要小十几岁。尽管她嫁给了一个杰出的整形外科医生,婚姻美满,但她喜好调情,有一种淘气的幽默感。格雷斯在苏塞克斯警察局里还没有发现一个人不喜欢她的。

"啊!"布兰森说,立时活跃了起来,"你怎么不早说。"

"不想让你做出不同的决定,那会显得你太浅薄。"

"你是我的头儿,你要我干什么我就干什么。"

"真的吗?我倒从来没注意到。"

25

塔尼娅·惠特洛克警官不禁打了个寒噤，因为一阵冰冷的穿堂风正透过她书桌旁的窗玻璃不断地吹进来。她的右半边脸感觉好像结成了冰。她喝了口热咖啡，看了一眼手表。十一点过十分。这一天几乎要过去一半了，而摆在她桌上必须要填写的报告和表格却仍然堆得很高，足以令人警觉。窗外，毛毛细雨从灰色的天空里不停地落下。

窗玻璃让她可以很好地看到肖勒姆机场那长了草的跑道和停机坪。它是世界上最老的民用机场，建于一九一〇年。机场位于布赖顿霍夫市的最西端，现在它大多时候用作私人机场和飞行学校。几年以前在机场的边上建起了一家工厂，苏塞克斯警察局的特种搜索队正是在这家工厂的一处经过改建的仓库里安营扎寨。

塔尼娅一上午几乎没有听见飞机引擎那深沉的嗡嗡声，也几乎没有看到任何飞机或是直升飞机起飞降落。看来这种天气里不会有什么人想要飞到哪里去。天幕上低低的云层会使经验不足的飞行员退缩，不愿在最低的可视飞行等级情况下起飞。

但愿这安静的一天继续下去吧——她心想,然后将注意力转回当前的工作上。这是一张给验尸官的报告单,上面留下了画图解的空白,详细说明了上周五在布赖顿船坞她的小队里有多少人员参加了潜水。在那里他们发现了一具快艇主人的尸体,他从船上失足落水。按照目击证人所说,他明显是喝醉了酒,将一部舷外发动机用皮带捆在了自己背上,从跳板上掉下去的。

塔尼娅警官二十九岁,长得很小巧,有一张机警的、有吸引力的面孔和一头深色的长发。此刻为了取暖起见,她在蓝色的T恤制服外面套上了一件蓝色的羊毛大衣,下身是宽松下垂的蓝色长裤和工作靴。从外表看来,她体质孱弱,身材纤细。第一次遇见她的人根本想不到,她在调到这个工作岗位之前的五年里,曾经是布赖顿霍夫市警察局地方后备精锐部队的一名成员。那支一线部队的工作是实施突袭和逮捕行动,处理公众骚乱和任何其他有暴力参与的事件。

特种搜索队由九名警察组成。其中一员是史蒂夫·哈格雷夫,他在进入警察局之前曾经是一名专业深海潜水员。其他人都曾在纽卡斯尔的警察潜水学校培训过。有一个是前海军陆战队士兵,还有一个之前是一名交警。警局里人传说他调进这里是因为他曾经把自己的父亲给记名警告了,因为他没系安全带。而塔尼娅则是唯一的女性,而且是这支小分队的队长。大家都认为这个小分队承担着整个苏塞克斯警察部队最为艰难和严酷的任务。

他们的角色定位就是查找人类的尸体和遗骸,以及搜索证据。这些证据所在的位置被认为是一般警察没有能力,或者是极为冒险,极为艰难才能到达的。他们大多数工作包括在水下寻找受害者——运河、江河、湖泊、井下以及海底——但是他们的职权范围没有界限。在过去十二个月的精彩业绩中——或称悲惨事件,这得依观点而定——她的小队从一次特别可怕的汽车相撞事故中为六名死者找到了四十七块尸体碎片,又在一次轻型飞机坠毁现场中找到四具被烧尽的残骸。从她的窗户望出去,有一辆拖车部分地遮挡了停在那里的私人飞机。车外面刷有警局的标志,里面放着许多收尸袋,其数量之大足以对付一次人数众多的空难。

小队成员依靠幽默来保持正常的心智。他们每一个人都有一个绰号。塔尼娅的是蓝精灵，因为她个子小，在水底下脸色会变蓝。她加入警察部队有十年了，在与她共过事的人中，这个小队里的成员是最为了不起的。她喜欢和尊敬她的每一个同事，当然这种感情也是相互的。

在这栋归他们支配的大楼里放置了他们所有的潜水设备，还包括一艘大型的齐柏林充气艇——在膨胀起来后，它装得下他们全体队员。还有一间干燥室以及他们的卡车，卡车里装备有从登山到掘地道的一切工具设施。他们每周七天，每天二十四小时随时待命。

在塔尼娅这间堆得乱糟糟的小办公室里，大部分地方都被文件柜给占满了。在一张文件柜的前面贴了一张巨大的防辐射的警示贴纸。她的书桌上方安了一块白板，上面用蓝色和绿色的记号笔标出了所有要紧急处理的事项。在白板旁边挂着一幅挂历和一张她那四岁大的侄女玛迪的相片。她的手提电脑、塑料午餐盒、台灯、电话、文件和表格占据了她的大半个桌面。

在冬天的月份里，这里总是寒冷的，滴水成冰。这就是她坐在里面还要穿上大衣的原因。尽管她脚底下的暖风机像害气喘病似地呼哧呼哧响着，她的手指还是冷得握不住手中的圆珠笔。她想，在英伦海峡的水面下都会比这里暖和些。

她翻开潜水日志，在一张表格上做了一些记载。突然电话响了，分散了她的注意力。她拿起电话，有点心不在焉。

"我是惠特洛克警官。"

几乎是在一刹那间，她集中起了她全部的注意力。那是总警司罗伊·格雷斯从刑事调查总部打来的，从电话中听来他不像是在做谈谈天气之类的闲聊。

"嗨，"他说，"近况如何？"

"不错，罗伊。"她说，话里传送的热情超过了她今天实际感受到的。

"我怎么听到一个谣言说你不久前结婚了？"

"是夏天的事。"她说。

"他真是一个走运的家伙！"

"谢谢你，罗伊，但愿有人把这句话告诉他。好啦，我能为你做什么吗？"

"我在布赖顿殡仪馆——我们正在为总局做一个尸检。那是昨天由一艘挖沙船阿可迪号从肖勒姆港以南约十英里之外抽吸上来的一具男尸。"

"我知道阿可迪号，它通常是在肖勒姆港和纽黑文港外面进行海上作业。"

"是的，我想我需要你们这一伙人去看看，那里的海底下是否还有别的东西。"

"你能给我提供些什么信息？"

"关于他们找到尸体的地方，我们有一个相当准确的定位。尸体是用塑料布包裹的，身上压了配重。也可能是一次海葬，但我不能确定。"

"能假定阿可迪号是从指定的挖沙区域把它给拖上来的吗？"她说，开始在本子上做笔记。

"可以确定。"

"在海上对于海葬有一个特别划定的区域。尸体有可能在海流的作用下从那里漂流过来。但如果是一场进行得很专业的海葬，这样的事不可能发生。要我过来吗？"

"如果你不介意的话。"

"我半小时后到。"

"多谢。"

她挂上电话时做了个鬼脸。她原本计划今天早些回家，为她的丈夫罗布做一顿特别的晚餐。他喜欢吃泰国菜。她开车上班来的时候已经停车购买了做泰国菜所需要的一切东西，包括一些新鲜对虾和一条非常肥实的海洋鲈鱼。罗布是英国航空公司的飞行员，飞长距离空运。他今晚在家，之后就又要离家九天。从刚才电话中的语气听来，她的计划一律都得从窗户中抛出去了。

她的门被推开了,史蒂夫·哈格雷夫——绰号叫刚佐,意即怪人——把头探了进来,说:"不知道你是不是有空,头儿,能否聊两分钟?"

她给了他一个苦笑。要让他从这个笑容里看出她的不愉快,不比拆开一根钢梁需要的时间更短。

他缩回去时竖起一根指头,问:"连一分钟都抽不出,对吗?"

她仍然微笑。

26

你是谁？格雷斯心里问着，朝下看着无名男士那赤裸的身体。现在他正仰面躺在尸检室中央的一张不锈钢桌上，头顶的灯光冰冷地注视着他。你是某个人的孩子，或许还是某个人的兄弟。爱你的人都有谁？谁会因你的死亡而身心交瘁呢？

他想，真奇怪，每次来这里，这个地方都会给他毛骨悚然的感觉。但是自从克莉奥·莫里来到这里，当上了一名新任的高级解剖病理学专家之后，这一切便发生了改变。现在他热切地想到这里来，不放过任何一个机会。克莉奥即便穿着蓝色长袍，绿色塑料围裙和白色橡胶靴，仍然显得令人难以置信的性感。

也许他这种情绪有些反常，也或许人们说得确实不错：爱情使人盲目。

在他看来，停尸房与律师的办公室有一些相同之处：除了这里的工作人员，没有什么人是因为高兴而到这里来的。如果你做客于此，睡过一晚，那就意味着你实实在在地死了。如果你只是一个来访者，那就意味着一个你认识的人,一个你爱的人刚刚死了,死得很突然,很意外。那死亡的场景往往惨不忍睹。

布赖顿霍夫市殡仪馆的那栋长长的、低矮的、拉毛粉刷的平房就在离成螺旋体系盘旋上升的刘易斯路不远的地方,与风景美丽,有山坡做背景的伍德维尔公墓毗邻。殡仪馆由一处非露天的收尸区、一间办公室、一所多种信仰的教堂、一间有玻璃隔断的接见室,以及两处储藏室组成。停尸房近来经过修整,增添了宽大的冰箱用来存放身体肥大的死尸——人们体重增加已渐成趋势。另有一间隔离室用来存放涉嫌死于艾滋病和其他传染病的尸体。另外就是主要的尸检室了,这就是他们现在所处的地方。

在墙的那头他听到一架砂轮机的哀鸣声,殡仪馆的扩建工程正在进行中。

外面灰色的天空无情地映衬着里面的气氛,灰色的光线透过窗玻璃散射进来。墙上灰色的贴面砖,还有地面上带褐色和灰色斑点的地面砖,和死人大脑的颜色正相配。除了这里人人都穿的蓝色外科手术长袍,以及殡仪馆工作人员和病理学专家系的绿色塑料围裙之外,整间屋子里唯一的色彩就是那倒立在洗手池旁的塑料分配器里鲜艳的粉红色消毒剂了。

尸检室里总是发出令人讨厌的多效清洁剂和汰菌高级消毒剂的臭气,有时还伴有令人翻肠倒胃的,类似于新近才疏通过的排水沟里的恶臭,来自解剖开的尸身。

正如内政部惯常的尸检一样,房间里挤满了人。除了他自己、纳丢斯卡和克莉奥外,还有达伦·华莱士,殡仪馆的助理技师。他是一个二十一岁的年轻人,从做屠夫的学徒起家的。还有验尸处的警官迈克尔·福尔曼,一个严肃认真的三十多岁的男人,以及粗壮结实的詹姆斯·加特勒,他是法庭摄影师;最后一个是看起来好像局促不安的格伦·布兰森,他站在后面一些的地方。格雷斯以前有好几次注意到,这位警官尽管身材高大壮实,但每逢尸检时他总是有状况发生。

无名男士的肌肉呈现出蜡一样的苍白色。长久以来格雷斯就把这种颜色与生命力已经停止了的尸体联系在一起。但是它还没有腐败，至少从肉眼看来，还不曾开始那个可怕的腐烂过程。冬天的气候和海水的寒冷会有助于延缓那个过程，不过很明显，无名男士死去的时间并不长。

纳丢斯卡·德·桑察把她的红头发往上夹紧，玳瑁边的眼镜架在她那精雕细琢的鼻梁上。她估计死亡大约发生在四到五天以前——她不能做出更准确的估计了。她目前无论如何也不能确定准确的死亡原因，在很大程度上是因为无名男士缺少了他大多数的生命器官。

他是一个长相好看的年轻人，头发剪得很短，只剩绒毛状的黑发；一个罗马式的鼻子，褐色的眼睛一动不动地瞪着。他很瘦，骨头突出，与其说是出于锻炼还不如说是营养不良造成的。这是格雷斯从他缺乏弹性的肌肉上得出的判断。他的生殖器被一块取自胸脯上多肉部分的三角形皮肤给适当地盖住了，这是纳丢斯卡取来放在那里的，仿佛要给他一点死亡的尊严。那个切至他的横膈膜的巨大切口的两侧，胸部和腹部的肌肉已经向两边拉开，用夹钳给夹住了，露出了一个令人触目惊心的胸腔：里面空空如也，只有肠子，像发亮的、半透明的绳索盘在下面。

他们左边的墙上是一张图表，上面开列了在这里做尸检的每一具尸体的大脑、肺、心脏、肝、肾脏和脾脏的重量。这里每一项都被画了一道，只除了大脑。它是这具尸体仍然具有的唯一的重大器官，很有可能也将是伴随他进入坟墓的唯一器官。

病理学家取下他的膀胱，把它放在一个金属解剖盘上，这个盘子用架子支撑在尸体的大腿上方。然后她在上面切开了一个尖锐的口子，仔细地把倾倒出来的尿液放进瓶子里，封好取样，准备做检测。

"到目前为止你会做出什么样的推断？"格雷斯问她。

"哦，"她用她那种不流利的优美的英语说，"死亡的原因目前还不能确定，罗伊。身上没有淤斑出血可以表明是窒息而亡或是淹死。他没有了肺，所以我不能确定在他浸没在海水中之前是否死亡。但是我想,从他的器官被取走这一事实,我可以推测他在浸入海水之前已经死了,这是十分可能的。"

"能在水下做外科手术的医生还不多。"迈克尔·福尔曼打趣道。

"胃容物中我没有多少工作可做,"她继续说道,"大部分胃容物已经被消化过程给化解了,这减缓了尸检的进展。但还是有些颗粒,看起来像是鸡肉、西红柿和西兰花——这就表明,他在死亡到来之前几小时还具有正常进食的能力。这与他器官的缺失的确不怎么吻合。"

"在哪一方面不吻合?"格雷斯问,感觉到验尸处警官和格伦·布兰森询问的目光正射向他。

"好吧,"她说,一边把她的解剖刀从上面往下移动,直至到达打开的横隔膜上,"这种切口是一个外科医生要从一个器官捐赠者身上取出器官时才会做的。他所有的内脏器官都被一个有经验的人用外科手段给取走了。和这一推断相吻合的事实是,在为了取走器官而切断血管之前,这些血管都已经用羊肠线给结扎了。"她指点着说,"应该围绕肾脏周围的肾周膜脂肪——如果你是一个厨子,就会把它叫做板油——已经用刀切开了。"

格雷斯在心里提醒自己,未来很长的一个时期内记住不要吃板油。

"因此,"纳丢斯卡继续说道,"所有这些都表明他是一个器官捐赠者。现在更加使我倾向于这种想法的是,这里有些外部迹象,表明曾有医学手段的介入。"她用手指出来,"手背上有一个针孔。"她又指着颈部,"一个针孔。"然后又指着右胳膊肘,"在前臂尺骨窝又有一个针孔。这些针孔是与插管打点滴输入药物相吻合的。"

这时,她拿出一个小手电筒,用她戴了手套的手指轻轻撬开死者的口腔,把手电筒光照进去。"如果你仔细瞧的话,能看见气管里面有发红和溃疡,就在喉腔下面;这只会由置于气管内的呼吸管尾端的膨胀气球引起。"

格雷斯点点头说:"但是他吃了大量的固体食物——他不可能在插

气管的情况下吃固体食物吧,对吗?"

"绝对正确,罗伊,"她说,"这一点我想不明白。"

"也许他是一个器官捐赠者,事后随即进行海葬,被海流从海葬区域给带走了呢?"格伦·布兰森提出他的看法。

病理学专家撅起双唇。"这是一种可能。是的,"她表示同意,"但是对于大多数器官捐赠者,一般都要维持他们的生命一段时间。在这段时间内会给他们插管,用静脉滴注的方式给他们补充营养。所以我才对他的胃里还有未曾消化的食物感到奇怪。等我做毒理学筛选时,会显示出来有没有使用肌肉松弛剂和其他药物,那是在取走器官用作移植时会用到的。"

"从他吃完食物到死亡大约有几个小时,你能给我一个最接近的答案吗?"

"从食物的状态看来,四个小时,最多六个小时。"

"他会不会是突然死亡?"格雷斯问,"心脏病发作,或者是汽车——也许是摩托车事故?"

"他没有伤口可与严重的意外事故相符合,罗伊,他的头部或大脑也没有外伤。心脏病发作或是哮喘发作是一种可能性,但是考虑到他的年龄还不到二十岁,我敢说这两种可能性都极小。我想我们可以寻找其他的死因。"

"例如呢?"格雷斯突然潦草地在他的小本子上记了些什么,一面想着下面接着要问的事情。

"目前我还无从推测。但愿实验室检测会给我们一些什么东西。如果我们能辨明他的身份,那也会对我们有所帮助。"

"那方面我们正在努力。"他说。

"我肯定,只有实验室检测才能提供解开这个问题的钥匙。我认为他的外部捆扎不太可能产生什么作用,因为他不是用防水布包裹的。"病理学家继续说道,然后她停了一小会儿,又补充道,"还有一个思路,和胃中的食物有关。在英国,不经过允许不能进行自主器官采取,因此从死者脑死亡开始到获得直系亲属的同意去采取器官,这个过程通常需要好几个小时。但是在有些国家,比如像奥地利和西班牙,只要有一个无条件协议①,那么这个过程就会快得多。所以这个人可能是来自这些国家的。"

格雷斯想了想,说:"说得对。但是如果他死于西班牙或是奥地利,那么他到距离英国海岸十英里的地方来干什么呢?"

门铃发出一声尖叫。殡仪馆的助理技师达伦匆忙走出房间。两分钟后他带着特种搜索队的塔尼娅·惠特洛克警官回来了。她身穿长袍,脚上是一双防护靴。

罗伊·格雷斯连忙把她带了过来,让她熟悉一下情况。她要求看那块塑料布和尸体发现时所加上的重块,克莉奥把她带到储藏室给她看这些东西。然后她们又回到了尸检室。总部来的病理学专家正忙着向她的录音机进行口述。格雷斯、格伦·布兰森和迈克尔·福尔曼站在尸体旁边。摄影师走出去,到储藏室里开始工作,给包裹布和配重块拍特写镜头。

"你认为他会不会是被海流从海上一个指定的海葬区域给送过来的?"格雷斯问塔尼娅。

"有可能,"她说,一边用嘴进行呼吸,尽量不去理会那股臭气,"但是这些配重块相当重,近来我们这里的天气条件也非常温和。我可以给你一张绘制的海区图,它能够表明,如果用了比较轻的压重块,尸体有可能从什么地方漂来——如果这对你有所帮助的话。"

"也许有用。会不会是一次选错了地方的海葬?"

"有这种可能性,"她说,"但是我已经和阿可迪号核对过了,他们是在布赖顿霍夫市指定的海葬区域以东十五海里的地方发现了他。如果是选错了地方,那可是一个相当大的错误。"

"我也是这样想的。"他说,"把他打捞上来的地方,我们有一个相当精确的定位,对吗?"

---

①无条件协议(opt-out),通常指未经用户同意发送和收集信息的行为,要终止这种协议必须由用户主动声明不接受(option)。在有些国家,立法规定,人一旦去世,除非他生前宣布不接受,否则的话将自动成为器官捐赠者。

"非常精确,"警官回答,"精确到误差不超过两百码。"

"我想我们应该尽快去看一看那下面还有没有别的什么东西。"格雷斯说,"你今天有时间开始干吗?"

塔尼娅看看墙上的挂钟,仿佛信不过它似的,又看看自己那结实的潜水表,接着看看窗外。"今天日落大约是在四点钟,"她说,"海峡十英里以外的地方,海面上波涛汹涌——在那个地方工作,我们需要租一艘比我们的充气艇大一些的潜水船。日落前我们还剩下大约三个小时。我的想法是,我们做好潜水船的整理工作,明天早晨曙光初现时开始行动——一年里这个时候还有些包租的深海渔船,它们的顾客不是太多。我们可以在黎明时出发。但是与此同时,我们可以把充气艇开到那个区域在那里漂浮着,以保证挖沙船不会扰动那底下别的东西。"

"好极了!"格雷斯说。

"这就是我们来这里的目的!"她说,感觉比她刚到来时要高兴得多了。她可以把一切工作都安排好,仍然能够及时赶回家里准备那顿晚餐。

格雷斯转向格伦·布兰森。"你脸色看起来有点不好。"

他点点头。"是的,我每次到这个地方来都是这样。"

"你知道你需要什么吗?"

"什么?"

"一个有海洋气息的地方!一次奇妙的巡航。"

"是的,巡航会有好处。"

"好!"格雷斯在他背上拍了一巴掌,"你明天早上就和塔尼娅一起去巡航。"

布兰森苦着一张脸,用手指着窗外。"见鬼,老兄,天气预报净是胡说八道!我猜你以为那是加勒比海还是怎么的?"

"就从英伦海峡开始。那里是一个克服你的晕船毛病的好地方。"

"乘坐快艇的行头我一概没有!"布兰森哀叹道。

"用不着,你会在头等的甲板上逍遥自在的!"

塔尼娅犹豫不决地盯着格伦。"天气预报情况不是很好,你是一个好水手吗?"

"不,我不是的,"他说,"相信我!"

27

纳特头天晚上的情况没有恶化。苏珊想,这真是幸事。她坐在他的床头,在漫长的守夜中,尽量朝好的方面去想,但是也没有什么起色。他依然是一个沉默不语的陌生人。床撑起三十度,他被各种电线缠绕,接上了许多管线,它们与支持和监测生命的仪器相连接。这一大堆乱糟糟的东西简直叫人摸不着头脑。

墙上那面单调而重复的圆形挂钟表明这时已是一点差十分,接近午饭的时候了。这对纳特来说没有多大的意义,对于在重症治疗室这里的大多数病友来说也是如此。进入他体内的营养物不分白天和黑夜,都是由一根鼻饲管不断地滴进去的。苏珊尽管已经很疲倦,可是突然间想起一件事来,便不由得笑了。她老是责备纳特不能按时进餐。作为一个医生,他在医院里的工作时间完全没有规律,常常没有事先通知就得待到深夜。即便他在家,每逢她对他叫喊,说是午饭或是晚饭已经上桌了,他也总是回答一句:"只有一封电子邮件要看了,亲爱的!"

好吧，至少在这里你是不会误了你吃饭的时间的。她心里想着，一边若有所思地又微笑了起来。然后她吸了吸鼻子，从上衣的口袋中抽出一张纸，将流到面颊上的眼泪擦去。

见鬼，事情不能就这样结束。不是吗？

仿佛同意她的想法，或者是叫她放心，腹中的胎儿踢了她一脚。

"谢谢你，宝贝。"她低语道。

那个穿一件敞领衬衣和灰色长裤的会诊医生在一群穿长衫的医务人员陪同下来这里做了半小时的查房。从那以后重症治疗室里显得异常安静，唯一的声音几乎就只有那每隔几分钟发出来的报警器声，这个声音叫苏珊的神经越来越紧张了。每一个病人的生命监测仪上都装有报警器。

尽管事实上这里每一个病人都有一个护士负责，但是看起来却没有人管。对面那张床拉起来的蓝色帘子后面有些响动，苏珊看见那里有一个妇女正在擦地板，一块黄色的告示牌上写着"正在打扫"。告示牌就立在她近旁。一个理疗医师正在两张床外给一个老头做按摩。老头身上缠满了电线，插着管子。所有的病人都沉默不语，一些在睡觉，一些茫然地瞪着空中。苏珊看到已有几个来访者来了又去了，此刻她是留在这间病房里的唯一来访者。

她又听到一个报警器发出的"滴——滴——当"的音乐来，就像是飞机上一个生气的乘客按铃召唤服务员发出的那种声音。它来自病房那头，一个看不见的地方。

纳特的床位号是十四。这里的床位号是从一到十七，但事实上这间病房只有十六张床。因为迷信的缘故，没有十三号床，十四床实际上就是十三床。

纳特是一个好医生。他把方方面面都考虑到，分析每一个细节，合理地处理每一件事情。他从不与任何迷信活动打交道。而苏珊却老是相信迷信。看见一只单独的喜鹊，如果没有找到第二只的话，她会非常不高兴；她从不拿着玻璃对着新月照，也从来都不有意从梯子下方经过。因此他躺在这张特别的床上叫她极不舒服。但是病房都满了，她也很难开口让他换一张床。

　　她站起身来,忍住了一个哈欠,向床尾走了两步,护士的手提电脑就立在床尾处的一个手推车上。昨天是漫长的一天。她在这里一直待到将近午夜时分,然后开车回家,试着去睡觉。时睡时醒地躺了几个小时后,她便决定不睡了。她洗了个澡,给自己冲了杯浓咖啡,又按照护士的建议拿了些纳特的"老鹰"和"雪警"的CD以及他的洗漱用具,开车赶回了医院。

　　iPod的耳机已经塞进他的耳朵里好几个钟头了,但是直到现在他都没有表示出任何反应。平常只要一放音乐,哪怕是坐在书房里,他也会摇晃身体,点着头,晃着肩膀,挥舞双臂,慢慢地转起圈来。每逢他放开自己,跳起舞来的时候真是妙极了。她还记得在一个护士的生日晚会上,她第一次和他跳舞。当他和她一起随着摇滚乐舞动时,她被他默契的配合给迷住了。

　　现在她盯着他,看他口中插着的带条纹的透明的气管内插管。他的头颅上用胶带贴住一根细小的探针,插入了颅内,用来测量颅内压。她又看看所有贴在他身上和插进他体内的管子,以及其他一切东西。为了不让沉重的被单压在他压断的腿上,有一个骨架构造的东西架在他身上,形成了一个驼峰。她又去看那主监视仪的显示屏,看那表示他生命迹象的波形和尖峰。

　　纳特目前的心率是七十七,这很好。他的血压为高压一百六,低压九十,这也很好。他的血氧饱和度也是好的,颅内压在十五到二十之间移动,一个正常人的颅内压应低于十,超过了二十五就会令人担心。

　　"喂,纳特,亲爱的,"她说,在他的右臂上面,贴身份标签和用胶布固定输液管的地方以上的部位碰了碰。然后她轻轻地取下iPod耳机,把嘴凑近他的右耳,努力用愉快的、怀有希望的声音和他说话:"亲爱的,我和你在一起。我爱你。宝宝在我肚子里踢得可欢呢。你听得见我说话吗?你感觉怎么样?你表现不错,这你知道!你不能走。你表现真不错!你一定会好起来的。"

她等了几分钟,又把耳机给他戴上,绕过白色的旋转升降台。那上面放着好几台仪器,包括一台注射泵,它能给他输入药物,使他保持平稳和镇静,把血压升上来。她在蓝色亚麻油毡地面上继续走,走过床尾后面的蓝色围帘,走到窗跟前。窗户上挂的是蓝色软百叶窗帘。她从左手边往下看,看到一队汽车正排着长队等候进入停车场。在她下面是一个时髦的铺着地砖的院子,院子里有长凳和野餐桌,还有一座高大的光滑的雕塑。她发现那雕塑令人毛骨悚然,因为它看起来像一个鬼魂。

她又哭了起来,然后擦干眼泪。她听到那该死的报警器又叫了起来,比以前的声音更响。滴——滴——当!

她转过身,看着监视仪上的波形,突然感到一阵可怕的惊恐。"护士!"她喊了起来,不知所措地朝四周看看,然后朝护士站跑去,"护士!护士!"

报警器发出的声音一声比一声高,震聋了她的耳朵。

这时她看到了今天早晨七点半刚来接班的男护士,一个身材高大,愉快的秃头男人。他从她身边跑过直奔纳特而去,面有忧色。

28

　　那婴儿安静了好几个小时,现在哭泣着的是西蒙娜。她蜷缩着身子躺在暖气管旁,手里举着戈古,把它紧紧地贴到脸上。她啜泣一阵,睡着了一小会儿,醒过来后又啜泣了起来。

　　这里除了瓦莱丽亚和她的婴儿外,其他所有人都出去了。歌手特蕾西·查普曼在生气勃勃的音乐伴奏下正在唱《飞驶的汽车》这首歌。瓦莱丽亚经常放特蕾西·查普曼的歌;那婴儿好像也喜欢她的音乐,变得安静了下来,仿佛这歌是催眠曲。外面的天气又冷又湿,在他们头顶的那条路面上,下的几乎是冻雨,一股冰冷的穿堂风直刮了进来,钻进他们这里。立在水泥地上的蜡烛,上面的烛泪淌得像石笋似的,融化的蜡塞住了烛芯,火焰一偏一偏,搞得里面的黑影一闪一闪的。

　　他们这里没有电,蜡烛是唯一的照明工具,他们用得很省。有时候他们用偷来的东西换成钱去买蜡烛,或者就用从口袋里扒窃来的钱以及从抢劫的钱包里得来的钱去买。但是大多时候他们是从小超市里偷来的。

当陷于困境时，他们就从东正教教堂里偷蜡烛，尽管西蒙娜从心底里不愿意这样干。她总是和罗密欧一起去，这是为了分散旁人的注意力。这时他们口袋里会塞满细长的褐色蜡烛。这些蜡烛是那些失去了亲人的人们奉献给教堂，来为他们心爱的人点燃的。蜡烛被放在三角形的金属大盒子里，一个盒子是为生者放的，另一个盒子则是为逝者放的。

她总是担惊受怕，害怕上帝会为这件事来惩罚他们。当她此刻躺在这里哭泣时，心中便在想，昨晚是不是上帝在惩罚她？

她没有入过教，从没有人教过她如何做祈祷。但是当她在收容所时，那里的看护曾经和她说起过上帝的事，说上帝时时刻刻在看着她，会为她做过的每一件坏事对她施以惩罚。

在黄色的火焰光照不到的上方，那里的阴影从不移动，黑暗纵深延展，直到装暖气管的隧道中止的地方。就在那里，暖气管升出地面，然后一直在地面上延伸，穿过肯该希的近郊。那里有街头流浪者的组织，她曾经见过他们。他们就住在棚户区里，那都是些靠着暖气管临时搭建起来的小棚子。西蒙娜自己也曾在这样的一个小棚子里住过一段时期，里面又小又拥挤，屋顶还漏雨。

她更愿意住在这里，地方更宽敞些，也很干燥。然而她却绝不愿意独自一人待在这里。她总是对那烛光照不到的黑暗处感到害怕，怕那里会有的老鼠和蜘蛛，以及别的什么东西，更加可怕的东西。

罗密欧曾经对那黑暗的深处做过一番探索，但是他什么都没发现，只除了一些啮齿动物的骨头，有一次还发现了一只超市用的破烂篮子。后来，有一天，瓦莱丽亚带回来一个男人。她会定期地带男人来这里，公开地、声音很响地做爱，从不在乎是否有人看见。但是这个有点特别的男人叫他们大家都大吃一惊。他头上梳着马尾，颈上吊着一个银十字，还带着一本《圣经》。他告诉瓦莱丽亚，他并不想和她做爱；他只是想要给他们讲关于上帝和魔鬼的事情。他告诉他们魔鬼就住在烛光照不到的黑暗处，因为魔鬼也像他们一样，需要暖气管的温暖。

他告诉他们，魔鬼时时刻刻在看着他们每一个人，他们会因为自己的罪孽被罚入地狱。因此他们睡觉时一定要小心，以防魔鬼从那黑暗处爬过来，从他们中间把人抓走。

西蒙娜突然叫喊起来："瓦莱丽亚，是上帝在惩罚我吗？"

瓦莱丽亚把熟睡的婴儿留在身后一张打着补丁的大衣做成的床上，向西蒙娜爬过来。她是蹲伏着爬过来的，以免让碰上从十字形大梁上伸出来的铆钉。十字形大梁是用来支承他们头顶上的路面的。她还穿着她惯常穿的那套衣服，在花花绿绿的运动服上套了一件艳绿色的蓬蓬夹克，那平直的褐色头发就像她忧烦的面庞两边挂着的带子一样直直地垂下来。她用一条胳膊围住了西蒙娜。

"不，那不是上帝在惩罚你。那是一个坏人，只不过是一个坏人，就是这样。"

"我不想再过这样的生活了，我要从这里离开。"

"你要去哪里？"她问。

西蒙娜无助地耸耸肩，然后又开始啜泣起来。

"我想去英国。"瓦莱丽亚说。她若有所思地微笑起来，脸上突然间有了生气，然后点点头。"英国。我们现在加入欧盟了，我们可以去。"

西蒙娜继续啜泣了几分钟，然后停止哭泣。"什么是欧盟？"

"这是一件事情，它的意思是罗马尼亚人可以去英国。"

"英国会不会好一些呢？"

"我不久前遇见过一些人，他们准备要去那里。他们有工作，在那里跳色情舞，赚大钱。也许你和我也能跳色情舞。"

西蒙娜抽了抽鼻子。"我不知道怎样跳舞。"

"我想还会有其他工作的。你知道，在酒吧啦，餐馆啦，甚至在面包房里。"

"我想去，"西蒙娜说，"我现在就想去。"她抽抽鼻子，"你和我一起去吗？也许你、我和罗密欧，当然还有那个婴儿。"

"有人知道怎么做，我得去找个能帮助我们的人。你觉得罗密欧也会想要去吗？"

她耸耸肩,这时她们听见身后传来罗密欧的声音。

"嗨!我回来了,我带来了些东西!"

他从几级梯子上直跳了下来,走到他们面前。他气喘吁吁,身上滴着水,兜帽还套在头上。"我跑了好远,"他说,"你们知道,有好几个地方的人都在看着我,他们已经认识我们了。我不得不走了好远的地方。可是我到手了!"他那圆圆的大眼睛明亮地微笑着,他把手探进衣袋内,掏出一个粉红色的塑料袋来。

他停下来,猛咳了几分钟,然后取出一个矮胖的塑料瓶,里面装的是金属油漆。他把盖子拧开,扯去封口。

西蒙娜看着他,突然间别的事情一概从她心上消失了。

他往袋内倒进了一些儿油漆,然后握住袋口,把它递给她,小心让她好好抓着,别让它掉落。

她把袋口送到嘴边,向里吹气,仿佛在吹一个空气球,然后用嘴深深地吸了一口气。她呼了出来,然后又深吸了一口气,接着又来了第三次。突然间,她脸上的肌肉松弛了。她笑得很灿烂,眼睛朝上转,然后又向下,变得明亮了起来。

不到一会儿,她的痛苦过去了。

那辆黑色的奔驰沿着马路缓缓向前开着。车轮在雨中滚过,雨刷发出摩擦声。汽车经过了一个破败的小超市、一家咖啡店、一家肉店、一个布满了脚手架的东正教教堂,然后是一家洗车房,有三个男人正用水管冲洗着一辆白色的货车;又经过一群狗,风把狗毛给弄乱了。

汽车的后座上坐着两个人,一个是外貌整洁的四十岁男人,在一件灰色翻领的套衫外面套着一件黑大衣;一个是年纪较轻一点的女人,卷曲的金发下面长着一张有吸引力的单纯的脸。她在一件宽松下垂的无袖套领罩衫上套了一件镶羊毛衣领的皮夹克,下身穿着紧身牛仔裤和黑色的小山羊皮皮靴,衣服上缀着硕大的人造珠宝的饰物,看起来仿佛曾经是一个低级的摇滚歌手,或是低级的女演员。

司机开着汽车从一幢高高耸起的破败的大楼前驶过。楼内一半的窗户里都晾出了洗好的衣服，光秃秃的墙上安装了十几个卫星电视接收天线的凹面锅。司机关上引擎，他从雨刷中间指出去，指着马路与人行道相交处的一个有缺口的洞。

"就在那里，"他说，"那就是她住的地方。"

"看来那里下面可能住着好几个人。"坐在后面的男人说。

"是的，不过要提防我和你们说起过的那个人，"司机说，"她脾气坏着呢。"

把雨刷关掉后，稳稳落下的雨滴迅速地把窗玻璃变得不透光，路过的行人看起来也成了模糊的一片。这很好。从变暗的窗户看进去，任何人都很难看清里面的情形。来这附近的小汽车都是一些破烂的废铁。每一个打这里经过的人都会看到这辆闪亮的S级奔驰，奇怪它到这里干什么来了，里面坐着的是什么人。

"好啦，"女人说，"可以了，我们走吧。"

汽车开走了。

汽车轮胎压着的柏油碎石路面下，婴儿睡着了，瓦莱丽亚看着一份几天前的旧报纸。特蕾西·查普曼又唱起了《飞驰的汽车》。罗密欧手握着塑料袋口放到嘴边，呼气又吸气。

西蒙娜躺在床垫上，此刻她安详而宁静，脑子里做的满是英国梦。梦中她看见了一个高大的名叫大本钟的钟塔。她把方形的小冰块放入一个玻璃杯中，然后倒上些威士忌；灯光从她身边闪过，是城市里的灯，这个城市里的人们都在微笑。她听见了笑声；她在一间大房子里，里面挂满了油画，摆满了雕塑。房间里面很干爽，她的身上，心里都没有痛苦。

时间过去了很久，她醒来时，决心已定。

29

林恩·贝克特惊醒了过来。有好几分钟她都不知道自己身在何处。她的右腿发麻，腰背酸痛。她茫然若失地看着电视里的一部卡通片。电视机用金属支架安装在墙上，高高地悬在她头顶上方。屏幕上，一个男人被绑在一架弹射器上，弹射器瞄准了一面砖墙。几分钟后他飞了出去，穿墙而过。砖墙除了留下一个和他一样的洞之外丝毫未损，像是用模子印出来的。

这时她记起来了，开始轻轻捶打自己的大腿，力图让血液循环起来。她是在凯特琳的单人病房里，这个房间在皇家南伦敦医院肝脏病室的一个小病房外面。她一定是迷迷糊糊地睡着了。有一股淡淡的食物味，是土豆泥。还有消毒剂和上光漆的气味。这时她看见凯特琳就在她旁边，穿着睡衣躺在床上，头发蓬乱，一如既往地盯着自己的手机，看那上面的什么东西。从她那里望过去，林恩看见这小房间的窗外有一架起重机，还看见了煤渣砖和墙头钉，那是一栋正在施工中的大楼。

尽管医院也给她分配了一间卧室,她昨天晚上还是睡在这里,睡在凯特琳身旁。有一阵子,她因为紧缩在椅子里的姿势而极不舒服,便爬到了床上,蜷缩起身子,和她女儿背对背地躺在一起。

特别早的时候她们就被叫醒了。凯特琳被人用轮椅推着去做扫描,过了一会儿又被推了回来。又换了几个护士,进来采血样。九点钟的时候,林恩没有梳洗,感觉一身乱糟糟的。她给公司打了电话,告诉她那态度有点粗暴,但心很软的团队经理利夫·托马斯,说她不知道什么时候会回来上班。利夫对此非常理解,但是建议林恩下周来加几个小时的班,争取完成工作指标。林恩说她会尽力而为。

她肯定自己极需要钱。到这里来花费很大:凯特琳的电视费和电话费每天要三英镑;每天的停车费是十五英镑;还有在医院餐厅吃饭的费用。这段时间她一直在冒着风险,担心老板决定要适可而止,把她解雇。她和马尔离婚时,要了一笔绝不过分的离婚费。这笔钱她全都用来买下了她和凯特琳现在住的这所房子。她要给女儿一个舒适的家,要在极为正常、尽可能安全的环境中把她抚养大。但是经济紧张的问题已经使她感到焦虑,而这种情况还会继续下去。另外一件令她焦虑的事情是,她面临着一个困境,那就是要去筹钱修汽车,力争在即将到来的年检中拿到验车证。

她的收入不错,但她的工资像推销员一样,是与业绩挂钩的。为了完成指标,她必须付出很长的工作时间。而且对于业绩最好的人来说总是有一个每周奖金的诱惑。通常来说,她每周带回来的工资比在布赖顿霍夫市工作的一个秘书、接待员或是一个私人助理挣的钱要多得多。而她又没有正规的资格证书,因此她认为自己是够幸运的了。但是每次她支付完家用开销及汽油费、凯特琳学弹吉他的学费以及一些七七八八的开销,便所剩无几了。凯特琳的这些开销包括:她与朋友们保持联系的电话费、手提电脑费用、买衣服,还有一些奢侈消费,例如今年夏天她们去沙姆沙伊赫①旅游了一次,是那种消费低廉的旅

---

①沙姆沙伊赫:埃及的旅游胜地。

行社组团旅游。此外，她老是得补充凯特琳的活期存款帐户。她在讨债公司工作的八年使她对欠债产生了一种可怕的恐惧，就是这个原因，她对于自己不得不使用信用卡十分痛恨。

马尔离婚时，付出的离婚费用至少还是十分公平的，他也的确在女儿的费用方面帮过一些小忙。但是林恩太骄傲，不想问他要更多的钱。她的母亲也帮了力所能及的忙，但她手头也很紧。目前，林恩存了一笔钱放着不用，只有一千多英镑，那是她整整攒了一年的。她决心要让凯特琳好好过一个圣诞节。倒不是她确信女儿真的很看重过圣诞节或是过生日什么的，只是她总是认为这些才是正常生活的内容。

她不敢确定她能否冒这个险，今天把凯特琳一个人留下，自己开车回布赖顿去上班。凯特琳不乐意留在这里，她今天情绪很不对头，与其说是害怕还不如说是愤怒。如果把她留下，她担心女儿也许会结清账单走人。她看一眼手表，已经是一点差十分了。电视荧幕上，那个男人在一所房子里，脸上作气愤状，鼓起了双颊。他笔直地从大门口冲出去，把大门给带跑了。尽管一肚子心事，林恩还是咧嘴笑了。她一直是一个容易对卡通片上瘾的人。

凯特琳正在她的手机上按着键盘。

"对不起，亲爱的，"她母亲说，"我迷迷糊糊地睡着了。"

"别担心，"凯特琳说，突然咧嘴一笑，眼睛却没有离开她的手机，"老年人需要睡眠。"

尽管满心烦恼，林恩还是大笑。"多谢，多谢！"

"不必，说真的，"凯特琳顽皮地一笑，"我刚刚在电视上看了一个有关这方面的节目，我本想叫醒你，因为你应该看看。但是，你知道，因为这个节目讲的是关于老年人需要睡眠的，所以我想我还是不叫你为妙！"

"你这厚脸皮的小猴子！"林恩想要起身，但是两条腿却发僵了。

外面响起了建筑工程机械磨得嘎嘎响的吼叫声。这时门打开了，她们昨晚见过的那个器官移植协调人走了进来。

雪莉·林赛经过了一夜的休息，在白天的光线下，更加显出英国人的那种红扑扑的脸蛋来。她在一件白色上衣外面套了一件蓝色的无袖羊毛衫,下面是深褐色的便裤。

"嗨,"她说,"今天情况如何?"

凯特琳没理她,继续发短信。

"还好!"林恩说,下决心要站起来,用两只拳头敲打着她那两条麻木的大腿,"发麻了!"她说,一边做着解释。

器官移植协调员给了她一个短暂的同情的微笑,然后说:"我们下面要做的检测是给肝脏做活检。"她走到凯特琳面前,继续说,"你很忙啊,收到大量的信息吗?"

"我在发出指令,"凯特琳说,"你知道,比如说我死了以后该拿我的身体及器官之类的怎么办。"

林恩看见协调员一脸的震惊,她女儿脸上却是嘲弄的神色。这种表情她经常在女儿脸上看到,每逢这种时候她就搞不清她是开玩笑还是认真的。

"我相信我们有很多种办法让你的身体恢复过来,凯特琳。"雪莉·林赛用愉快的腔调说道,那对林恩的女儿没起什么作用。

凯特琳咬紧她的嘴唇,朝上看着她,脸上带着若有所思的表情。"是的,嗯,随便。"她耸耸肩,"但最好是有所准备,对吧?"

雪莉·林赛微笑。"我想,抱着积极的态度才是最好的。"

凯特琳将头向两边轻摇了好几次,仿佛在对这句话作出掂量。然后她点点头说:"好吧。"

"我们现在想要做的是,凯特琳,给你少量的局部麻醉,然后用一根针,从你的肝脏上取出一小点儿来。你根本感觉不到痛。待会儿萨多医生会来详细地和你说。"

艾比德·萨多是凯特琳的会诊医生。他是一个年轻的、长相英俊的阿富汗裔,三十七岁。在林恩看来,他是那种凯特琳愿意与之相处的人。但他不常过来,因为医务人员要不断地轮换。

"你们不会取太多吧,会吗?"凯特琳问。

"只不过是极小的一点点。"

"你知道,这像是……我知道我没救了,所以有点儿想要把我自己完整地留下来。"

协调员奇怪地看了她一眼,又一次拿不准凯特琳是不是在开玩笑。

"我们绝对只取走我们需要的最小量。别担心,那真的是很少的一点儿。"

"嗯,好吧,如果你们取得太多的话,我真的会大发雷霆的。"

"我们也可以不取,"协调员温柔地叫她放心,"如果你不想要我们做的话。"

"好,不错,"凯特琳说,"那就会意味着采用B计划,对吧?"

"什么B计划?"器官移植协调员问道。

凯特琳仍然盯着她的手机,说道:"如果我决定不做你的检测,"她的表情漠然,难以辨认,"那就是B计划,难道不是吗?"

"你到底是什么意思,凯特琳?"雪莉·林赛温和地问。

"B计划就是让我去死。可是就我而言,我认为B计划是相当糟糕的计划。"

30

给无名男士做完尸检后,罗伊·格雷斯开车回刑事调查部。一路上他都在对着蓝牙耳机与皇家苏塞克斯郡医院的器官捐赠联系人克里斯汀·摩根说话。他尽可能多地向她了解关于人体器官移植的过程,特别是对器官供应和损赠程序的管理。

一直到把汽车开进苏塞克斯议院大楼前面的停车场,他的电话才结束。他绕开一个停车锥形标志,那是为来客预留的车位,然后开进自己的停车位。他关掉引擎坐在那里细细思考,想知道这个死去的年轻人是谁,身上发生了什么事。雨水滴答滴答地落在车顶上,平拍在整个挡风玻璃上,使得他前面的白墙变成了闪闪发光,模糊不清的一片马赛克。

病理学专家相信那些器官是被专业的外科手术给取走的。这个青年的心脏、肺、肾脏和肝脏都被取走了,只留下了他的胃、肠子和膀胱。克莉奥以她在殡仪馆与器官捐赠尸体打交道的经验,证实了捐赠者的家庭往往同意捐出这些器官,但要求保留眼睛和皮肤。

无名男士身上存在巨大的与事实不相吻合之处。他在距死亡只有几个小时之前——病理学家估计顶多六个小时——还曾经进食。克里斯汀·摩根刚刚告诉过他，即便是突然死亡的人，在国家器官捐赠登记处备过案，并随身带有一张捐赠卡，他的器官也绝对不可能如此迅速地被采集，这几乎是绝无仅有的事。有许多文书要直系亲属来签署，还要在数据库里寻找相匹配的器官接受人；然后要从需要进行器官移植的不同医院派出外科专家，组成器官采集小组。通常来说，即便是脑干死亡的尸体，也要用维持生命的体系网来使器官充满血液、氧气和营养物，直至取走它们。所需时间长达几小时，甚至几天。

她还告诉罗伊，要加快速度也不是绝对不可能的事，但是她还没有碰到过事情发生得如此迅速的情况，这个青年肯定不是在她医院里做的手术。

他从乘客座上拾起他那蓝色的A4大小的笔记本，把它靠在方向盘上，写下"奥地利？西班牙？无条件协议的国家？"无名男士真的是一个奥地利或西班牙的器官捐赠者，然后又进行了海葬？奥地利是一个内陆国家，而如果他是西班牙人，那么他能够在几天之内从一百英里之外漂过来吗？

这是不大可能的，以现阶段的证据而言。

突然间他感觉肚子饿了。看一眼汽车内的时钟，已经是两点过一刻了。在尸检之后他从来就没有多大的胃口，但是今天早上自从喝过那碗粥之后，有很长时间没吃东西了。

他竖起雨衣的衣领，几步跨过马路，越过一道低矮却难以对付的砖墙，跑上那条短短的泥泞小道，穿过围篱边的一个破洞。这是到阿斯达超市的标准近道。这家超市成了苏塞克斯郡议会的非正式餐厅。

十分钟后，他在他的办公室桌旁坐下来，打开包装，是一份看来有益健康但却乏味的鲑鱼和黄瓜三明治。不久以前克莉奥对他不和她在一起时吃的食物大肆挖苦，并且知道了他在工作的时候老是吃垃圾食品。过去九年来他在家里就是靠吃微波炉速食活下来的。

所以至少他今晚可以当面告诉她说,他吃了一份有益健康的自选三明治。只不过他会略去可口可乐、巧克力饼干和太妃糖甜甜圈不提。

他很快地把助手埃莉诺堆在他桌上的邮件看了一遍。放在最上面的是一份打印的通知,是警察局的国家计算机车牌登记检查处对他的回应。他对今天一大早看见的那辆奔驰 GX57 CKL 提出了检查要求。它注册在一个名叫约瑟夫·理查德·贝克的人名下,他认出了那个地址,是一栋靠近海滨的高层建筑大楼,就在大都会酒店的后面。这个名字模模糊糊地有点儿熟悉,但却怎么也记不起来了。汽车上没有任何标志。他记得一个叫做乔·贝克的①,长期在布赖顿的肮脏区域经营芬兰蒸汽浴室和按摩院,此人有可能会在通宵之后坐着豪华车出去。

他把注意力转移到他的电子邮件上来,注意到有几封需要即刻回复的信件,然后记入每日待办事项。他一一浏览过目,看到的都是些家常便饭似的小事件:行凶抢劫、破门而入、闲荡的小毛贼和交通事故,没有重大的事件。他咬了一口三明治,心想他还不如去全天供应的早餐店买一个三层的鸡蛋咸肉香肠楔形三明治呢。他拧开可乐瓶盖时,记起了昨天答应《百眼巨人报》记者的事。他伸手去拿他的旋转式名片架,转动着它去找那人的名片,然后拨打他的手机号码。

凯文·斯皮勒拉立刻接了电话,从声音听来他好像也是在吃午饭。

"我没有多少可说的,"格雷斯告诉他,"我不会召开新闻发布会了。我只打算发表一份新闻稿,所以我把独家新闻给你。这是我答应过你的,行不行?"

"你真是太好了,总警司,我对此表示感激。"

"呃,这件事的大部分情况我想你已经都知道了。昨天下午'阿可迪号'挖沙船于肖勒姆港以南十英里处,在它指定的挖沙区域打捞上来一具不明身份的男性尸体,年龄估计为十几岁。今天上午总局进行了尸检,死因还不能确定。"

---

①乔是约瑟夫的昵称。

"会不会是由于所有的生命器官都不见了的缘故，总警司？"

你究竟是怎么知道的？格雷斯明白，这真的仍然是一个存在着的问题。斯皮勒拉是从哪里得到这个信息的？总有一天他要找到这个漏洞。是这里刑事调查总部的人呢，还是验尸官办公室的？又或者是制服警部门的，或者甚至就在殡仪馆内？他在回答之前仔细地思考了一会儿，一边听着记者嚼东西时发出的有点令人不愉快的声音。

"我能肯定尸体不久前做过外科手术。"

"是器官捐赠手术，对吧？"

"我希望你暂时不要报道这件事。"

一阵长久的沉默。"但是我说得没错吧？"

"你要是报道说尸体不久前做过外科手术，你就没有说错。"

又是一阵沉默，然后是一声勉强的"好吧"。跟着传来的是更多的咀嚼声。"你能告诉我关于尸体的什么情况呢？"

"我们估计它在水里顶多泡了几天。"

"他的国籍呢？"

"还不知道。我们优先考虑的是追踪他的身份。如果你在报道中写上几行，说苏塞克斯警察局很希望了解有什么人知道一个失踪的、近日做过外科手术的十几岁男孩的信息，那样会对我有帮助的。"

"可以推测这后面存在着肮脏的把戏吗？"

"可能被害人是合法死亡的，在海上举行葬礼——然后漂过来了。"

"但是你并不排除肮脏的把戏吧？"

格雷斯又一次在回答前犹豫了。他和这个记者进行的每一句对话就像是在下一盘棋。如果他能让记者按照他想要的方式来讲这个故事，那将有助于使公众产生反应。但是如果他报道的内容起了轰动效应，那就会吓着布赖顿霍夫市的市民。

"你瞧，"他说，"如果我告诉你，你得答应我，目前这个阶段不要提到有关器官的任何事情，好吗？"

听筒里又传来了更多咀嚼的声音，跟着就是撕掉包装纸或玻璃纸的声音。"好吧，成交。"

"苏塞克斯警察局即将把这次事件当做非正常死亡处理。"

"你这人真棒!谢谢。"

"还有件事情告诉你,但是不要报道。我打算对这个区域进行彻底搜索,警局的潜水员明天就要下水了。"

"他们发现了什么你会让我知道吗?"

格雷斯向他保证他会的,然后挂断了电话。接着他吃完了午饭,几乎同时,他的肚子不舒服地鼓起来了。他开始后悔不该吃那甜甜圈。

他检查电子日记时,发现有一个提醒,他必须向赛尔玛DNA鉴识服务处发出请求函。这是一家设在阿平顿的私人实验室,它现在负责苏塞克斯刑事调查部的DNA检测工作,每隔六个月为他积压案件的DNA数据图表做核对检测。

虽然这些行凶者至今仍逍遥法外,但警察局总有机会在他们犯法之后从他们的亲戚那里取得他们的DNA,即便是一些相对较小的案件——例如醉酒驾车指控——也能办到。父母、子女、兄弟姐妹都能提供足够的与之相配的DNA。虽然要从警局的年度法医预算里拿出这笔相当昂贵的费用,但它也会偶尔产生效果,证明这笔花费是值得的。他向助手发出电子邮件,指示她发出请求函。

以前他也曾思考过多次,做一个侦探有点像钓鱼,无休止地下竿,无休止地耐心等待。在他办公室的墙上安着一个玻璃盒,盒内装了一条七磅六盎司重的褐色鲑鱼,它体内充填了其他材料。和它放在一起的是一条巨大的、也充填了材料的鲤鱼,那是克莉奥近日送给他的。它立在底座上,黄铜饰板上刻着一行糟糕的双关语:Carpe diem①。他朝鲑鱼看了一眼。当他向新近加入的年轻侦探们作简要情况报告时,偶尔会提到这条鲑鱼,会说起关于耐心和钓大鱼的事,不过,这个玩笑慢慢变得越来越叫人厌倦了。

接着他把心思转回到无名男士身上来。他打了一连串电话,召集成立他的调查队。这期间,他一直盯着那两条该死的鱼,眼珠子在它

---

①这个短语是拉丁语,意为"抓紧每一天"。同时 carp 在英语中是鲤鱼的意思,因此是一句双关语。

们之间来回地转。水，活在水里的鱼，活在大海里，活在江河中。这时他突然明白自己为什么一直盯着它们了。

几年以前，在泰晤士河中发现过一具无头无四肢的躯体，那是一个不明身份的非洲男孩。格雷斯确信自己还记得，从当时所有公布的情况来看，那个男孩也被取走了内部器官。后来人们才弄明白他是一个神秘杀牲仪式的牺牲品。

格雷斯突然感觉到一股肾上腺素直涌了出来。他在键盘上敲出一个搜索指令，寻找记录了详细情况的文件。他记得他把它存在电脑中的某个地方了。

31

罗伊·格雷斯有时候感到怀疑，电脑是不是也有灵魂，或至少也有幽默感。他还不曾把无名男士事件提升到重大案件的地位上来，但是因为这次调查现在成了一个正式的行动，备忘录要求给它指派一个名字。苏塞克斯警察局电脑系统对此有一个自动命名程序，它为总警司指派的名字真是异乎寻常地贴切，它叫做"海王星行动"。

在他的办公室内，围绕着他那张小圆桌肩挨肩站着的五个侦探组成了被他认为是最信得过的团队。

尼克·尼科尔警员有二十多，将近三十岁了，短发，身材瘦长。他是个热情的侦探，又是一个身手敏捷的中锋。格雷斯鼓励他去打英式橄榄球，认为他在警局球队里会是把好手。格雷斯自己现在是警局球队的队长。但是这个可怜的人总是睡眼惺忪，完全没有了精神，这全都归功于他近来喜得一子。

生手警员爱玛-简·鲍特伍德是一个身材苗条的姑娘，长着一张机警的脸，一头金黄色的长发挽成了一个发髻。在近来的一次行动中，她差一点死于非命,被一辆偷来的货车给撞到了一面墙上。她现在仍在法定的康复期中,可以名正言顺地休假。但她要求归队,决心继续干她的老行当,况且在较早一次的行动中她已经向他证明了自己的价值。

诺曼·波廷警长衣着寒酸,向后梳的头发乱七八糟,一口烟臭气。他是一个老派的警察,经常发表"政治不正确"的言论,为人率直,对晋升毫无兴趣——他从来就不想当什么官——但他也不要求退休。他已年过五十五了,这是一个警官退休领取养老金的正常年龄,但他还是想延长自己的服务期。他只喜欢干他最擅长的事,对此他称之为苦干加巧干。苦干是指有条有理的警察工作,巧干就是从任何犯罪的表面深挖下去,按照他认为需要的程度一直往下挖,直到他看见一条缝为止。这条缝会把他引导到某一个地方。他在婚姻上是个老手,离过三次婚,现如今他处在第四次婚姻中,那是和一个年轻的泰国女人。他一逮到机会就会自豪地吹嘘他是通过互联网找到她的。

贝拉·莫伊警长是一个极富魅力的女人。她有三十多岁了,一头染成棕红色的蓬松头发,常常显出有点孤苦无助的样子来。虽然未婚,但她仍然像许多嫁给了警察的妇女一样,被家务给缠住了手脚——她得照顾她的老母亲。

第五个就是格伦·布兰森了。

参与会议的还有犯罪现场处理员大卫·布朗和福尔摩斯数据库[①]分析家朱丽叶·琼斯。

一个电话响了,回荡着《绿袖子》[②]的曲子。每一个人都往四下里看。尼克·尼科尔尴尬地从衣袋中取出那只犯了事的机器,把它关成了静音。

几分钟后,另一只电话响了。这次唱的是《印第安那琼斯》的主题音乐。波廷猛地抽出他的电话,看了来电显示,按了静音。

[①] 此处的福尔摩斯是对全英犯罪档案主查询数据库(Home Office Large Major Enquiry System)的简称。由于其缩写为 HOLMES,与柯南·道尔塑造的著名侦探福尔摩斯(Holmes)相同,故常用"福尔摩斯"来称呼它。
[②]《绿袖子》(*Greensleeves*),英国民谣。

格雷斯面前放着他的A4号纸的笔记本，他那红色的积案卷宗，他的策略本，以及埃莉诺·霍奇森为他打印好的笔记。他按程度开始会议。

"现在是十一月二十七日星期四下午四点三十分，这是海王星行动的第一次碰头会。这个行动是对无名男士死亡原因的调查。现在我要回到昨天，十一月二十六日，挖沙船阿可迪号从英伦海峡，肖勒姆港以南大约十海里的地方将这个尸体打捞上来。我们下一次的碰头会将在明天上午八点半召开。我们以后每天上午八点半，下午六点半在我的办公室召开碰头会，直到有进一步的通知为止。"

他接着宣读了纳丢斯卡·德·桑察做的尸检概况报告。又一只电话唱起歌来。这一次是大卫·布朗伸手进口袋摸出了它，查看了来电显示后把它按了静音。

格雷斯念完报告单后，继续说："我们首先重点考虑的是确定这个年轻人的身份。目前阶段我们只知道他是个十几岁的孩子，他的内脏器官看来都已被人用专业的手段给取走了。他的指纹经过大英帝国数据库的核对，证实无前科。DNA样本已经送到实验室，要三天后才有回音。但三天后是我们的周末，我们要等到下星期一才能收到他们的报告单。我不知道我们是否会有好运气。"

他停了一会儿，转身对莫伊警长说道："贝拉，我要你去寻找他的牙齿照片。这是一个艰巨的任务，但是我们可以从本地开始，看看会有什么收获。"

"进行海葬有一个特许的指定区域，对吧，头儿？"诺曼·波廷问。

"是的，在布赖顿霍夫市以东十五海里处，那是每一个苏塞克斯人都可以下葬的地点。"罗伊·格雷斯回答。

"这里主要的风向和海流不都是从西向东吗？"警官继续说，"这是我在学校里上地理课时就记得的。"

"那是诺亚方舟的时代吗？"贝拉嘲笑着他，她可不是诺曼·波廷的崇拜者。

格雷斯严厉地盯了她一眼，以示警告。

"诺曼是对的，"尼克·尼科尔说，"我以前也常驾船出海。"

"要将一具尸体在几天之内送出那么远，那一定得是某个大风暴才行。"波廷说，"特别是它还加了配重的话。我刚刚和海岸警卫队的人说过，他要看看配重，然后他会试着绘出尸体的移动路线。"

"塔尼娅·惠特洛克已经到那里去了，"格雷斯说，"但是我们需要找全英国所有的器官移植协调人谈一谈，看是否能找到与我们的这位少年有关联的线索。诺曼，这个任务我想交给你。我们已经得到一个否定的回答了，那是来自皇家苏塞克斯郡医院的。"

波廷点点头，在他的笔记本上记下来。"把它交给我吧，头儿。"

"我们也不能排除这具尸体是来自另一个郡的可能性，是吗？"贝拉·莫伊问。

"不能排除，"格雷斯说，"也有可能是来自另一个国家。我需要你找我们位于英伦海峡对面，法国沿岸各港口的同事谈谈。也要优先考虑一下西班牙，和他们核对核对。"他把他的理由作了一番解释。

"我马上就去干这个。"

"我们还不知道死因，对吗？"尼克·尼科尔问道。

"不知道。我要你去犯罪情报局在全国范围内做一个搜索，看能否找到其他与此有相似性的案子。我还要你查一下苏塞克斯郡、肯特郡和罕布什尔郡的失踪人员名单，看有没有可能找到和我们的无名男士对得上号的。"

这是一个巨大的任务，他知道。单单在苏塞克斯郡每年就有约五千个人报告失踪，尽管大多数人只会失踪很短的一段时间。

然后他交给爱玛-简·鲍特伍德一份案卷。"这里是我们九月份在拉斯维加斯参加国际刑警组织专题讨论会的时候人家给我们的概要记录。这份文件是关于二○○一年在泰晤士河里打捞上来的那具无头、无四肢，又失去了生命器官，只留下了躯干的尸体的。据信他是尼日利亚人。这个案子至今未破，但现在几乎已经确定这是某种仪式的杀牲。把它看一遍吧，看能否找出与我们的年轻人有什么可比性。"

"有没有叫人去检查一下挖沙区域，看那里下面是否有什么证据？"

波廷问。

"特种搜索队明天天一亮就出发，格伦会和他们一起去。"他看着他的同事。布兰森对他做了一个鬼脸。"真是糟糕，头儿，我今天上午告诉过你了，我真的干不了船上的活儿。它看起来就不是我该去的地方。上次我坐海峡渡船时就吐了一地，那还是风平浪静的天气。明天的天气预报说是很糟。"

"我敢肯定我们的预算会把晕船药丸的费用包括进去。"格雷斯笑呵呵地说。

32

忘掉晕船的事。格伦·布兰森心想。沿着肖勒姆港南部的环形路一路开过来,路上的减速路障的确帮他忘记了胃里的这码事。除了那个之外,还有糟糕的宿醉和今天一大清早与妻子的拌嘴,使得他早把这件事给忘得一干二净了。在这个星期五的早晨,他远称不上愉快开朗。他的心情就像清晨那冷酷灰暗的天空一样,那是从他的挡风玻璃窗望过去就可以看得见的。

在他的左边,他经过了一片长长的、废弃的鹅卵石海滩;在他右边则是高大而丑陋的工业建筑:仓库、龙门起重架、码成堆的集装箱、传送带、带刺的铁丝网、发电站、给船加煤的煤栈,还有一个商业海港所必有的堆货的院子。

"我他妈的在上班啊!"他对着蓝牙耳机说。

"今天下午三点钟,我得去上指导教师的课,"他太太说,"你能去接孩子们,和他们一起待到我回家吗?"

"阿妮,我现在有一个行动任务。"

"你老是抱怨说我不让你见孩子们,而当我要你照看一下孩子,仅仅是几个钟头的时候,你却跟我说这些废话,说什么你忙。你得做好决定,你是要做一个父亲还是要做一个警察?"

"胡扯,你这话不公平。"

"公平得很,格伦。我们过去五年来的婚姻生活就是这个样。每次我要你帮我一下,让我过自己的生活,你就要耍花招,说什么'我不能,我工作忙,我有紧急行动要上',或是'我得去看罗伊他妈的格雷斯'。"

"阿妮,"他说,"亲爱的,你得讲道理。是你鼓励我去干警察的。我不懂你为什么对这件事一直这么愤愤不平呢?"

"因为我嫁给了你,"她说,"我嫁给你是因为我要过和你在一起的生活。可是我的生活里没有你。"

"那你要我做什么?回去做夜总会的保安?那就是你要的吗?"

"我们那时很快乐。"

前面是分岔路口。他亮了指示灯,然后等一辆运水泥的卡车,它正从对面飞驰而来。这时他心想,事情很简单,只要把车开到它面前,一切就都结束了。

他听到咔嗒一声响,这贱人把电话挂了。

"狗屎,"他说,"去你的!"

他从一家木材场直接穿过去,车两边都是堆成山一样的厚木板。他看见阿灵顿系船池的码头正在前面。他把车速减慢,几乎是在慢慢爬,然后他拨了家里的电话号码,它直接转到了留言电话上。

"啊,得了吧,阿妮!"他自言自语,挂上了电话。

停在他右边的是一辆熟悉的汽车——一辆巨大的黄色卡车,车上饰以苏塞克斯警察局的标志,一边还用大大的蓝色字母写上了特种搜索队。

他把汽车停在它后面,又给阿妮打了一次电话,得到的回答还是电话留言。他坐了一会儿,用手指按住太阳穴,试着缓解一下疼痛。那里就像有一把老虎钳要把他的头颅给夹碎。

他知道，他真是太蠢了。昨晚他应该早点儿睡，但是自从离开家以后他便无法入睡。那倒不是由于年纪大了。他在罗伊·格雷斯家的起居室里，在地板上坐到深夜，独自一人，眼泪直流。他在他朋友收藏的碟片中寻找着，按照他自己的方式喝着一瓶他找出来的威士忌。要记得换碟——要放那些能把他带回到过去中的音乐，那是他和阿妮在一起的日子。去它的吧，那时的日子多美好呀。他们俩相亲相爱。他现在想孩子们，萨米和雷米，想得要命，感觉没有了他们整个人就像丢了魂一样。

他的眼睛湿润了起来，满是哀愁。他从汽车里爬出来，走进那寒冷潮湿、带着咸味的风中。他知道自己得换上一副勇敢的面孔过完这一整天，那也是他过完每一天所必须装出来的样子。他深吸了一口气，那里面满是海洋的气息、燃油和新锯下来的木材的气味。一只海鸥在头顶叫着，扇动着它的翅膀，迎着风不变地向前飞去。塔尼娅·惠特洛克和她的队员都戴着棒球帽，上面用醒目的字体标出"警察"的字样。他们身穿红色的防水防风上衣、黑裤子和黑色的橡胶靴，正把工具和设备往船上装。那是一艘外貌不起眼的深海捕鱼船，名叫斯可布依号，正停泊在码头边。

即便有港湾的掩蔽，斯可布依号依然在滚动的波涛中摇晃着。港口的远处堆着一大堆白色的石油储油罐，从那里过去，长满草的陡峭海堤耸起在主干道和一排房屋之上。

布兰森警长在他那套米色的西服外面套了一件奶油色的雨衣，脚上穿着棕黄色的胶底帆船运动鞋，大步向队员们走去。他认识他们所有人。特种搜索队在重大案件上和刑事调查部有过密切合作，因为他们在搜索技术上受过训练，特别是在困难的、无法进去的地方，例如下水道、地下室、江河堤岸，甚至是燃烧殆尽的汽车里。

"嗨，伙计们！"他说。

九个脑袋一齐向他转过去。

"布兰森阁下！"一个声音说道，"亲爱的伙计，欢迎上船！你的床上要放几个枕头？"

"你好，格伦！"塔尼娅欢快地说着，不管她的同事们，自己用力拖着一大盘带条纹的黄色呼吸管和联络管，把它们拖到码头边，再把它们丢给在船上的一个同事。

"穿成那个模样，你以为你是干什么去？"乔恩·莱利奥说，"坐着玛丽女王号去巡航吗？"

莱利奥身材清瘦，肌肉强健，一头剪短了的头发，人人都称他为"沃菲"，那意思是"傻瓜办事顺风顺水"①。他把一只发出清洁剂臭味的折叠好了的装尸袋递过去，一个叫阿尔夫的人把它接了过去，整齐地码好。阿尔夫是个四十多岁的汉子，长着一张男孩子般的脸，却过早地白了头发。

"是的，我为自己和我的男仆买好了头等舱的船票。"格伦·布兰森说着咧嘴一笑，朝捕鱼船点点头，"这就是那艘要把我送上游轮去的小船吧？"

"你做梦吧。"

"有什么要我帮忙的吗？"

阿尔夫举起一件厚厚的红色连帽防风衣交给格伦。"你得穿上这个。到了港口外面那里会波浪起伏，打得一身透湿。"

"多谢，我会没事的。"

阿尔夫是这个队里年纪最大、最有经验的队员，他茫然地看了布兰森一眼。"你确信穿那一身真的会没事吗？我想你得换双靴子什么的。"

格伦抬起一只脚，露出他那精致的黄袜子。"这就是航海靴，"他说，"瞧，一样不会滑脱。"

"防溜滑只是你要面对的最小问题。"莱利奥说。

格伦咧嘴一笑，将他的外衣袖子往上一勒，露出他的手腕来。"瞧这个，阿尔夫，瞧这个颜色，瞧见没有？黑皮肤！我的先祖是在大西洋上划过奴隶船的，我的血管里流的就是海水！"

---

① 原文为 Wind Assisted Fucking Idiot，简写为 WAFI。

* * *

等他们把装备装上船之后，便在码头上集合，由塔尼娅·惠特洛克召集了一个潜水前的碰头会。她手里拿着一个写字夹板，读着那上面的记录。

"我们将向肖勒姆港东南方向十海里处的一个区域进发，到了那里之后，在潜下去之前将通知海岸警卫队。"她说，"按照在船上的风险评估，我们将沿大洋主航线出海，因此每一个人都需要保持警惕，仔细瞭望，如果发现前方有什么船只离得太近的话，马上通知海岸警卫队。海峡中常有较大的油轮和集装箱船经过，在某些地方，它们距离海底的净高度只有几英尺，这会给潜水员造成真正的危险。"

她停止说话，每一个人都点头表示明白。

"除开船舶的危险，对潜水员的风险评估就是'很低'了。"她继续说道。

没错，史蒂夫·哈格雷夫心想，除了淹死、减压病和被缠绕住的危险。

"我们将潜入水下接近六十五英尺的地方，那里能见度很低。但是这是一个挖沙区域，它的海底会是起伏不平的，又没有设置水下障碍。阿可迪号今天上午会在另一个区域作业。我们昨天就对这个区域用声纳进行了探测，在这里测出了两个异常点，已用浮标做了标志。今天我们就在这两个点下水。因为潮汐的缘故，我们今天要穿靴子站在海底，而不用鸭脚板①。还有什么问题没有？"

"你认为这两个异常点就是尸体吗？"格伦问。

"不是，只不过是两个头等舱乘客喜欢在那儿游泳罢了。"罗德·沃克嘲弄道。人们都称他为乔纳。

塔尼娅·惠特洛克对于一阵吃吃窃笑置之不理，说道："我会第一个下水，接着是沃菲；刚佐给我打下手，阿尔夫则给沃菲打下手。在我们对那两个异常物做过检查，制作了录像之后，如果合适的话就把

---

① 潜水时缚在脚上的橡胶脚掌。

它们带到水面上来。然后我们再考虑是不是要再派人下去干点儿什么，或者是否再花点儿时间把搜索扫描的区域扩大一些。现在还有什么问题吗？"

两分钟后，李·西姆斯，一个粗壮的前海军陆战队队员，抓紧格伦·布兰森的手，几步跨下码头，跳到雨水浸透了的溜滑的甲板上。

格伦立时感觉到了船的晃动，以及烂鱼的臭味和上光漆的气味。他看见了一些渔网、两只捕龙虾用的篓子和一只吊桶。引擎格格响着发动了起来，甲板开始震动。他的肺叶里吸进了满满的柴油废气味道。

在他们开船出发。雨幕和灰暗的晨光中，除了格伦之外，没人注意到一只双筒望远镜的镜片发出的暗淡闪光，那是在港口那头的远处，从一只装石油的储油罐后面向他们瞄准的一只双筒望远镜。但是当格伦再从黑暗中去细看时，却什么也没看到。是他的想象产生的幻觉吗？

弗拉德·科斯梅斯库头戴一顶有小羊毛球的帽子，身穿深蓝色工装裤和工人穿的厚靴子。但是他贴身穿的是最新款式的保暖内衣，这种内衣对于保持体温抵御刺骨的寒风确有功效。他但愿自己那薄薄的皮手套也有这样的衬里，他的手指都快冻麻木了。

从今天早上四点钟起，他就一直在港口里。他在远处的黑暗中一直观察着吉姆·托尔斯，那个瘦长结实，长着一脸浓密的络腮胡的老水手。警察已经从他手中租走了他的渔船。科斯梅斯库观察到他已经把渔船准备好，燃油箱和水箱都已装满，然后把它从苏塞克斯机动快艇俱乐部的停泊地开出来，向东开去，来到了港口，按照事先的约定在出发地阿灵顿系船池把船停下。托尔斯把船系好，然后按照指令把它留在了那里。特种搜索队头天晚上已经拿到了一套备用的点火钥匙和小舱的钥匙。

考虑到今年这个时候有很多的渔船有空，租船是很容易办到的事情，但警察竟然和他租了同一条船，科斯梅斯库觉得这真是一个讽刺。当然，人总会假设这纯属巧合。可他却不是一个喜欢假设的人，他宁愿要铁的事实和数学推导的可能性。

当他们一起驾船出海时,他曾和吉姆·托尔斯谈了一次。那时他才刚刚发现,吉姆在退休后开始干捕鱼营生之前,曾是个私家侦探。私家侦探本身往往就是前警察,或者至少在警察队伍里有过许多朋友。科斯梅斯库付了托尔斯一大笔钱。那一趟出海的钱比他把船出租整整一年挣的钱还要多。然而,这才过了几天,他居然又让十个警察坐着那条渔船出海了。

科斯梅斯库可不喜欢这种事。

他长久以来相信一句古老的格言:朋友你要拢在身边,敌人你更要拢在身边。

此刻吉姆·托尔斯就在他身边,不可能拢得再近些了。他被胶带紧紧地缠满了,看起来就像一个埃及的木乃伊,正安心地躺在科斯梅斯库那辆白色的小运货车的后车厢里。这辆小货车注册在一家建筑公司的名下。这家公司名义上虽然存在,却从来没有开过工。科斯梅斯库通常把车安心地停在一个安全的车库里,从不让外人看到。

而眼下,它就停在一条边街上,就在他身后的那条主干道的旁边,只有两百码远的地方。

那是拢得够近的了。

二十分钟后,在走了穿过船闸的这一段缓慢的旅程之后,船只从港口的防波堤掩蔽之下开出来,进入了开阔的海面。几乎是在一刹那间,海水便咆哮了起来,小船在离岸风掀起的波涛中剧烈地上下晃动。

在一个露天的小棚子底下——那棚子也只比一个雨篷好不了多少——格伦坐在乔纳身边的一只硬木小板凳上,乔纳则守在舵轮旁。格伦用手抓住他前面的罗盘架。随着港口和海岸线往后退去,他每隔几分钟便查看一下他的电话,怕万一有阿妮发来的短信,但是电话屏上一片空白。半小时后,他开始感到越来越局促不安。

船员们无情地拿他取笑。

"格伦,你上船时老是穿那么一套吗?"克里斯·迪克斯,绰号叫克莱德的人问他。

"是的,因为……怎么说呢,我通常有一个带平台的私人舱。"

"在刑事调查部收入颇丰,是不是?"

船可怕地震动和摇摆起来。格伦深呼吸,每吸一次,胸腔里面就充满废气和上光漆、烂鱼的气味,偶尔还有清洁剂的臭气。每一个当警察的都会把这种气味和死亡联系在一起。他开始觉得有点头晕,大海也变得模糊不清。

"但愿你带了你的晚餐礼服,"沃菲说,"如果你打算今晚在船长的餐桌边进晚餐的话,你会需要它的。"

"是呀,我当然带来了。"格伦说。他现在说起话来越来越费劲,几乎要冻僵了。

"看着地平线,格伦,"塔尼娅好心好意地说,"如果你感觉头晕的话。"

格伦设法去看地平线。但要搞清楚灰色的天空是在哪里和翻腾的灰色大海相交接的,几乎是不可能的任务。他肚子里咕噜咕噜地闹腾起来。他的脑子想要找到地平线,但不怎么成功。

船长乔纳坐在一张有衬垫的椅子上,手里握着又大又圆的舵盘,在他和格伦之间的是蜂鸟图像声纳屏。

"这些就是我们昨天捕捉到的异常物,格伦。"塔尼娅·惠特洛克说。

她在这个蓝色的小屏幕上按了一个重播键。屏幕中间出现了一条竖线,那是由拖在船后的拖鱼[①]声纳装置弄出来的。她指出两个很小的勉强看得出来的黑影。

"那些可能是尸体。"她说。

格伦不太确定他究竟应该看哪里。阴影看起来太小,只有蚂蚁般大。

[①] 指拖在船后的水下拖曳式测量或探测仪器箱。

"就是这里的这些吗?"

"是的,我们离它们大约还有一小时的路程。要杯咖啡吗?"

格伦·布兰森摇摇头。一小时,他想,糟糕,还得整整一小时。他不知道自己能否吞得下任何东西。他极力去看地平线,但是这样做使他感觉更糟。

"不,谢谢,我很好。"他说。

"你真的很好吗? 你看起来显得有点憔悴,"塔尼娅说。

"从没感觉到这么好过!"格伦说。

十秒钟后他从小凳子上直跳起来,突然跑到船边将身子倾斜过去,剧烈地呕吐了起来。昨天晚上在微波炉上热的意大利宽面条,还有大量的威士忌酒,再加上今天早晨吃的一块面包,全部被吐了出来。

幸好他是在下风那边,这对他,以及在他身边的几个人来说真是一大幸事。

33

过了不大一会儿,格伦被锚链发出的格格声给吵醒了。引擎停了下来,甲板突然间不再震动了。这时他感觉到了船的晃动,甲板把他直往上推,然后又在他脚底下直落下来,这期间又把他左右摇动着。他听到了一根绳子发出的吱吱嘎嘎声、绞车的哀鸣声、一罐饮料开盖的"砰——嘶——"声,还有无线电发出的噼噼啪啪的静电干扰声,然后才是塔尼娅的说话声。

"我是苏斯波。苏斯波在商船斯可布伊号上,呼叫索伦特海岸警卫队。"苏斯波是苏塞克斯警察局在海洋上的呼叫代号。

他听见了一个噼啪作响的回答:"我是索伦特海岸警卫队,我是索伦特海岸警卫队,频道六十七,完毕。"

接着塔尼娅又说:"我是苏斯波。船上有十个人,我们的位置在肖勒姆港东南十海里。"她给出了坐标位置,"我们已到达潜水区域上方,就要开始行动。"

接着又是那个噼啪作响的声音:"你带了多少潜水员,苏斯波,水中有多少？"

"船上有九个潜水员，两个即将下水。"

格伦模模糊糊地知道他身上盖了一床毯子或是防水帆布之类的东西，让他感觉没有那么冷了。他的头一直在旋转。他想要去任何地方，无论是哪里，但绝不是这里。他看见阿尔夫在朝下看他。

"你感觉怎么样，格伦？"

"不怎么妙。"一个脱离了躯壳的灵魂在回答，那听起来像是他自己的声音。

突然间清洁剂的臭味更浓烈了。

阿尔夫有一张像是大叔似的和善的脸。他那顶棒球帽的帽檐将他的脸遮去了一部分，几缕白发像几根白棉线似的垂在脸两旁。

"有两种类型的晕船，"阿尔夫说，"你知道吗？"

格伦有气无力地摇摇头。

"第一类是当你害怕你要死了的时候会晕船。"

格伦盯着他看。

"第二类是，"阿尔夫说，"当你害怕你死不了时也会晕船。"

格伦听见在他周围响起了一连串的笑声。

格伦认为还有第三类，那就是他现在体会到的类型：事实上你已经死了，灵魂却无法离开躯体。

塔尼娅穿着保温潜水衣，正在把她拿下来的那个白色装尸袋剪去四个角，以便有所发现的话好让水从尸袋中溢出。这些袋子就像警察用的许多其他装备一样，不适合水下工作，因此他们不得不进行改装。

她把提供氧气和通信系统的管线垂直下落到水面上的供应面板上，由刚佐打着下手。她检查了她的潜水服和面罩，看是否有漏洞，然后又检查有三根芯的呼吸和通信线路的管线。当这些都令她满意后，她核对了一下手表。

对于所有受过训练的潜水员来说，了解潜函病——或称减压病——

的风险，是他们行动过程中一个性命攸关的步骤。潜函病是由血液中氮元素的集结所造成的，它会令人极度疼痛，有时还会致命。要避免它，办法就是在从海底上来的过程中频繁地停歇，有时要停很长的一段时间。停歇时间的长短要依潜水时间的长度和潜水的深度而定。潜水时间从潜水员离开水平面那一刻开始算起。

她再次看了看她的输送管线，核对了一下离船几码远的粉红色浮标标志的位置，便背对大海跳入水面，将自己投入那翻腾不已的大海中去了。

一会儿工夫，她便离开了水面上那冒着水泡的大旋涡，沉了下去，体会到了水面下宁静的美丽。除了她呼出的气泡发出的空空的回声外，周遭是一片彻底的宁静。然后她又浮上了水面，波浪立时打到她身上，浪花四溅。她向刚佐竖起了大拇指。

虽然她曾经潜过无数次水——有的是为了工作，有的是在度假中——但她从不放过任何一次这样的机会。每次进入水中都使她感受到一股新的肾上腺素的冲击。从来没有两次潜水的感受是一样的。你不知道你会发现什么或经历什么。至今她仍然不敢相信她能这样幸运，干上这份工作，和她的小队在一起。这份工作使她有机会几乎每周都能在某个地方潜水。

在恶臭的运河里潜水打捞尸体时，水底下满是丢弃的冰箱、园艺工具、一盘一盘的鸡笼铁丝网、超市里的小推车和偷来的汽车。那和在马尔代夫的海底下潜水简直不可同日而语。在马尔代夫的海底下只能看到热带鱼和海洋动物群。

她四处寻找那个粉红色的浮标，刚才一个波浪打下来，它便一时不见了。她朝它笨手笨脚地划过去，然后用戴了橡皮手套的手抓紧那根沉重的抛绳[①]，沉入水下没有多远的地方。

这里一下子又变得安静了。这永远是她最爱的一刻，从海上的波涛和大风中下降，进入一个完全不同的世界。她继续平稳下降，做着

---

① 一种吊在船边供潜水员升降用的加重绳索。

吞咽动作以平衡耳中的压力,用一只手臂绕住那根绳子。能见度迅速下降,直至进入一片完全的黑暗中。

当她到达海底,将脚插入沙中时,她什么也看不见了。在晴朗的日子里英伦海峡的水下还有适当的能见度,但是今天海流把沙子和淤泥从海底搅起,形成一片乌云,使得这里暗如煤井。现在把照相机和手电筒打开也毫无意义,她宁可完全凭着感觉去做。

她看了戴在手腕上的夜光深度表,费力地去辨识那表盘,上面标明是六十七英尺。从她入海算起已经过去了两分钟。她向水面上发出信号,对声音传送消息管线说:"潜水员抵达海底,开始工作。"然后便去摸索水下的帆桅支索线。

昨天,当扫描仪在海底捕捉到两个异常点时,他们已经用固定的标志浮标和帆桅支索线标出了它们的坐标方格。帆桅支索线就是在海底拉起的用铅块加重的绳索。

现在她要做的就是,带着夹在她左手臂下已经卷好的装尸袋,游过海底,掠过那个区域,用左手握住帆桅支索线,用右手向前扫荡。她只要将右手从她的身体划出去然后再收回,划出一个个连续的圆弧,直到触碰到她要寻找的东西为止。如果她在远处摸到了那个重物,她会把它向右推两英寸远,然后让自己沿着它的路线往回游。当她回到起点时,她会再推动那个重物向右两英尺远,然后重复这个过程。

扫描仪的科技含量还不足以告诉她海底的那两个异常物是什么,只是给出了形状和大致的体积。每一个物体都是大约六英尺长两英尺宽,符合人身体的大小,但并不一定是尸体。它们可能是几件设备,从船上丢弃的垃圾,或者是战争留下的一颗未爆破的鱼雷,或者是一架坠毁飞机的残骸,或者是各种各样其他的东西。在黑暗的水底下,最糟糕的事是撞上了尖锐的物体。

一样东西撞上了她的面罩,然后又走了。是一条海底生长的鱼类,她估计,一条舌鳎或是鲽鱼,或者是一条比目鱼,又或者是一条鳗鲡。

她用左手握住帆桅支索线,开始在漆黑的黑暗中慢慢向前游动。她用右手前后划动,形成一个不间断的圆弧,就像是挡风玻璃上的雨刷器。

她每向前这样搜索一次，脑子就想要和她玩游戏，叫她想起她曾经看过的每一部恐怖片，想起每一种潜伏在海底的怪物或是魔鬼，它们在等候着她。

但是她曾经在大量的比宽阔的大海更糟糕的地方潜过水。她曾在一条运河里潜入水下找到一个十岁男孩的尸体；她也曾经在水库、在深沟、在壶穴里潜过水。在她看来，这里没有什么东西会伤害到她，有的只是一件异常物。

突然间她的手触到了什么东西。

感觉它像是藏在塑料布里的一个人脸。

尽管她能把握住自己，她的心还是几乎从胸膛里蹦了出来。由于大吃一惊，她差一点把面罩给喷脱。

她的血管中像有一小团冰水突然炸开。

可怕——可怕——真是可怕。

她的丈夫是英国航空公司的飞行员，他从不潜水。她曾多次向他讲过潜水带给人的激动和刺激，而他告诉她，他在一架波音747的座舱里能得到他所需要的一切刺激。那里又干爽又温暖，还有大量从头等厨房里拿来的味道刺激的饮料和食物。此刻，有那么一个瞬间，她明白了他的观点。

她用手去摸那张脸，那个头颅，透过那厚重耐磨的塑料布去感受肩膀、背、臀部、大腿、小腿和脚。

34

"好漂亮的狗！"女人说，"它是什么品种的狗？"她说话带着一种外国腔。

这个问题问得真是愚蠢。只有到布加勒斯特来的游客才会问这样一个问题。罗密欧跪在那条肮脏的马路旁边的草丛里，正在给那狗喂它每日的吃食。他不知道它是一条什么品种的狗。像迷失在布加勒斯特四郊的成千上万条流浪狗一样，它不过是一条杂种狗。在罗密欧出生二十九年前，齐奥塞斯库当总统的早期颁布了一条法令，将罗马尼亚的资产阶级从他们的家中赶出去。大多数的家庭被迫把它们的狗留了下来，于是它们便跑到了野地里，从此以后它们就在街头生活和繁衍。

但是狗很聪明。它们懂得如果它们难以驯服，人们就会踢它们，向它们扔石头；但是如果它们很友好，就会得到喂养。多年来，流浪狗和这座城市里的街头流浪人生活在一起。狗儿们保卫流浪人群，作为回报，流浪人群喂养着狗儿们。

"我敢说它有些雪纳瑞的血统。"女人说。

她看着男孩那张聪明伶俐而肮脏的脸、他圆圆的蓝眼睛、乌黑发亮的头发,凌乱的发式以及他那干枯的左手。然后她打量着他身上的衣服、他那磨破了的牛仔裤、破破烂烂的带风帽的上衣,以及脚上穿旧了的运动鞋。她仔细地研究着他,仿佛在对他进行考察。虽然她已心中有数,知道他是哪一种人,以及他生活在哪类型的人群中。至关重要的是,如何才能接近他。

男孩觉得这女人有一张和善的脸。她长得很漂亮,一头缠结成束的金发被风吹散开来,衣着随意,但却很昂贵。它们不属于这里的这个区域。她在一件深色翻领的高档羊毛套头衫外面穿着一件高雅、闪亮、贴身的皮夹克,衣领翻了起来;钉有饰钉的牛仔裤塞进了一双黑色的小山羊皮的靴子里。她戴着硕大的珠宝和漂亮的黑色皮手套。他认为她属于那类从停在大酒店外的高级轿车里出来的女人,手里提着购物袋;或是穿着华丽的服饰从一个高档餐厅里走出来。像她这样的人是住在一个和他完全不同的世界里的。

"它叫阿特尔。"他说。

"这是一个好听的名字。"她微笑,大声地叫出来,"阿特尔,阿特尔。是的,一个非常好听的名字,很适合它!"

男孩从一个塑料袋里掏出一些不新鲜的肾脏,塞到阿特尔的嘴里。那狗贪婪地一口把它们吞掉了。然后他又把手伸进袋子里。街角上有一家肉店,老板总是对他很好,每天都给他一些肉条、猪下水和肉骨头。

"你叫什么名字?"她问。

"罗密欧。"

男孩上下打量着她。一个富有的观光客,身上一定有些值钱的东西可以扒窃!他拿出一只臭烘烘的猪脚,狗一张嘴咬住了它。

女人露出微笑。"你就住在这附近吗?"她问,尽管她已经很清楚他就住在这附近,还知道他住在什么地方。

他点点头,盯着她,盯着她的手提包。那是一个有皱褶饰边的皮革做的包，带有链子和带扣，上面还有一个大铜勾。他在心里盘算着一把把它抓过来，还想着里面不知有些什么东西——一个装有现金的皮夹，一部移动电话，也许还有些别的什么东西，比如一部iPod，他可以拿去卖掉。他朝四下里看了一圈，但至今没有看到她有什么同伴，也没有什么高级小汽车停在附近，表明她是从那里出来的。

他可以把那个包抢过来跑掉！

但是此刻，她把手提包的皮带挎过了肩膀，左臂挽住了包上的链条，用戴手套的手紧紧抓住了包的上面，仿佛表示她是个富有都市生活经验的女人。他需要分散她的注意力。

"你是哪里人？"他问。

"我是德国人，"她说，"慕尼黑。你去过德国吗？"

"没有。"

"你想要去那里吗？"

他耸耸肩。

"如果有可能的话，你想去什么样的国家？"

他又耸耸肩。"也许是英国。"

她把眼睛睁大了。"为什么是英国？"

狗把那只巨大的猪脚啃完了，又满怀希望地看着他。

"他们那里有工作。在英国你会很有钱，可以得到很好的住房。"

"真的吗？"她假装惊奇。

"我听说的。"罗密欧察看塑料袋的里面，以确信他不曾遗漏什么，然后把它扔了。风吹着它从地面掠过。突然，另一只狗——一只奇形怪状、褐白两色的杂种狗跑着去追那只袋子，向它猛扑过去，开始用爪子抓它。

女人仍然用手紧紧地抓住她的皮包。

"你想不想要一张去英国的飞机票？也许我可以为你做安排，如果你真的想要去的话，我还能给你一份工作。"

他们的目光相遇了。她的眼睛是美丽的，发出钢铁的那种蓝光。她在微笑，显出诚恳的模样。他把目光转回她的手提包上。她似乎知道他在想什么,继续紧紧地抓着它。

"什么工作?"

"你想要做什么工作?你有什么技能?"

一辆卡车轰隆隆地从旁边缓慢开过,紧贴着路边。罗密欧抬头看着它那肮脏的大车轮,它那黑色的、锈蚀的车底,它排出的如波浪般滚滚向前的黑烟。如果他想要抢她,这倒是个好机会。把她推倒,一把抓过包,跑掉!

但是他突然间对她说的话产生了更大的兴趣。技能?有一个男孩最近到他们这里和他们一起住过。他谈到他的哥哥就是在伦敦当鸡尾酒侍者的,一天能挣四百多个列伊[①]。那可是一大笔钱。但并不知道如何制作鸡尾酒。近来他还听别人说过,可以在伦敦去干打扫旅馆房间的活,也可以挣那么多钱。

"制作鸡尾酒,"他回答,"另外,我也是一个很好的清洁工。"

"你在伦敦有朋友吗,罗密欧?"她问。

阿特尔发出哀鸣,仿佛还要些食物。

女人打开手提包,拿出一个鼓鼓的钱包。她从里面抽出一张钞票,那是一张一百列伊的票子。她把它交给罗密欧。"我要你去给阿特尔买些食物,好吗?"

他看着她,然后庄重地点点头。

接着她又递给他一张,这次是五百列伊的票子。"这张是给你的,去买些你想要的东西吧,好吗?"

他看看钱,又回过头来看这个女人。然后,仿佛害怕她会突然把它们抢回去似的,他将钞票塞进裤子口袋里。

"你人真好。"他说。

"我要帮助你。"她回答。

"你叫什么名字?"

"玛琳。"她说。

[①] 罗马尼亚货币单位。目前使用的是新列伊,一列伊约等于零点二八美元。

尽管她微笑着,而且慷慨大方,这女人身上还是有点什么叫罗密欧十分警惕。他从和别人谈话中得知,有些组织会帮助生活在街头的人们,但他从来就不想去找他们。有时他也听人警告,说是如果你去见他们,你就完了,他们会把你带到政府办的机构里去。但也许这个女人真的要帮他去英国。

"慈善机构吗?"他问,"你是慈善机构的人吗?"

她犹豫了一会儿,然后微笑着有力地点点头。她回答:"是的,慈善机构。绝对是慈善机构!"

35

尽管布赖顿霍夫市殡仪馆里送来了两个黑色的厚重耐磨的塑料装尸袋，里面装着今天早晨在海峡里发现的尸体，罗伊·格雷斯的心境却是这几年里最为阳光灿烂的。

现在已经是星期五的下午三点差一刻了，尸检工作的开始要看纳丢斯卡·德·桑察何时来到而定，这很可能会破坏他今晚的计划。但是他不在乎，他就像是腾云驾雾一样地飘在空中。

他就要做父亲了！这个想法现在驾驭着一切。昨天晚上玩扑克牌时他赢了五百五十英镑，这是他所能想得起来的赢得最大的一次！

他最喜欢扑克牌的一点，除了和一帮男性朋友及同事放松一晚，增进了同事之间的友谊和忠诚之外，就在于这种游戏所表现出来的心理学了。如果你带着沮丧的情绪走上牌桌，你多半没有可能会赢。但是如果你心情很好，一心要赢，这种热情就会感染你。哪怕你拿到的是最差的牌，你都有可能驾驭这场游戏。不过昨晚上他不但没拿到最差的牌，还连续交好运。他拿到了一手的四个十，无数的三张套——

同种的三张牌——一个满堂红①接一个满堂红，还有一大把同花顺②。

在殡仪馆那间小小的办公室里，他和克莉奥单独在一起待了几分钟，听着水壶里水慢慢烧开发出的声音。他用双臂拥抱住她，亲吻了她。

"我爱你。"他说。

"你爱吗？"她说，露齿一笑，"真的爱吗？"她全身都被长袍盖住了，举起双臂，"即便是这样，也爱吗？"

"爱到海枯石烂。"

他的确爱她。打完扑克牌之后，他回到了她的家里，把钞票全都撒在床上。然后他在她身边躺下，由于太兴奋而睡不着，睁着眼睛在想他的一生，想起桑迪的事，想起克莉奥。他要和克莉奥结婚，这一点是确定的。这比任何事都要确定无疑。今天早晨他就下定了决心，他要开始那个法律程序——尽管经历了那么长的序曲——宣布桑迪合法死亡。

今天早上他做的第一件事，就是和一个别人推荐给他的布赖顿的律师联络。她叫苏珊·安塞尔，他已经和她签了一个合同。

克莉奥吻他。"只爱到海枯石烂吗？"

他微笑，检查了一下门，确信不会有人进来，然后再一次吻她。"爱到宇宙毁灭那一天，如何？"

"只是好了一点儿。"她说，然后举起双手，掌心向上，扭动她的手指，意思是还要更多。

"那就爱到我们所能发现的任何一个宇宙毁灭为止。"

"仍然只是好了一点儿！"她又吻她。

这时他停了下来，突然间感觉到一阵寒意，心里但愿他不曾开始这个类推的游戏。有一本书叫做《银河系漫游指南》，桑迪特别喜欢。他还记得她最喜欢的是这一套丛书的第二本，名字叫做《宇宙尽头的餐馆》。究竟为什么她的阴影必定要落在一切东西上，在他最幸福的时

---

① 满堂红：指全手五指牌中一组三张同点，一组两张同点。
② 同花顺：不连续的五张同花色的扑克牌。

刻来大杀风景？有时候他感觉到仿佛在被一个鬼影潜步追踪。

"你怎么啦？"克莉奥说。

"我很好！"

"刚才那一刻儿你好像丢了魂。"

"我是被你的美给迷住了魂。"

她又一次露齿而笑。"你真是一个撒谎的高手，不是吗，格雷斯？"

他也对她咧嘴一笑，说："我不是撒谎！"

"你半数的时间都花在讯问犯罪人身上了，他们撒起谎来不由得人不信。别和我说你没有受到他们的影响！"

他用双手紧紧地，但却温柔地抓住她的肩膀，直直地盯着她的眼睛。"我绝不会对你撒谎，我也绝不愿意对你说谎。"

"我也一样。"她回答。

他们开心地站了几分钟，一语不发。水壶咕咕地开了，然后咔嗒一声关上。罗伊有一刻分了心，从她肩膀上望过去，看到了堆得乱七八糟的书桌旁那一排成L形状排列的椅子，看到了屋角里的一张桌子，那上面有一棵小小的圣诞树，上面挂满了华丽夺目、闪闪发光的小球。而那些墙面上甚至比书桌上还要乱七八糟，挂满了配上相框的证书、一份挂历、一张布赖顿码头日落时的照片，一列钩子，上面挂着带夹子的书写板，那里面记载着目前住在停尸房冰柜里面的不幸居民的详细情况。一张椅子上放着一份《百眼巨人报》。

凯文·斯皮勒拉关于发现无名男士的文章刊登在第五版。那是一篇短短的专栏报道，很好地按照格雷斯提供的事实作了陈述，也提到了格雷斯向公众发出的呼吁。令他感到欣慰的是，斯皮勒拉信守约定，对器官的事只字未提。

门铃尖叫了起来。

克莉奥看一眼墙上的闭路电视显示器说："你的同室好友来了。"

格雷斯转身看屏幕，看见了格伦·布兰森的脸。他看起来不怎么愉快。

"我得走了。"他说。

他走过短短的走廊,经过了更衣室,推开门。他被格伦的样子吓了一跳。他很少看到格伦显出这副模样,以前的格伦总是仪容整洁,但现在站在他面前的这位警长被雨淋得透湿,样子像是彻底崩溃了。他那双棕黄色的鞋子被雨水浸泡,白衬衫溅上了深色的斑点,扯歪了的绸领带上也是大片污渍。他那奶油色的雨衣如同一件打满补丁的东西,上面满是褐色的污斑、铁锈和油渍,就像是一片片发光的鱼鳞。

"你究竟上哪里去了?"格雷斯问,"是去角斗场练跆拳道了,还是去鱼市来了场泥地搏击?"

"真是有趣极了,老大哥。下次你送我去巡航时,我会自己来订票的。"

格雷斯退开一步让他进来。

"纳丢斯卡来了吗?"布兰森问。

"她刚才打来电话,说是还有十分钟就到。我想你说过你要回家换衣服的。"

"呃,是的,我说过了,不是吗?我回到你那儿,那里有两封该死的信在等着我。"

"你可以自由地把你的邮件转寄到那里。"

布兰森看着他的朋友,一时拿不准他是在讽刺自己还是认真的,便决定不要冒险。"一封是阿妮的律师写来的,够夸大的了,对吧?来信告诉我说她受到阿妮的委托,就要开始离婚的程序,我应该为自己找一个律师。好像我是刚刚坐在运货卡车后面进城的乡巴佬,对法律一概不知。"

格雷斯在他后面把门关上。"在我听来你好像必须找一个,马上。"

"这话不用你说,我已经找了一个。"

"他是一个为许多流浪汉打过官司的律师吧,是吗?"

"事实上,不是他,是她。"

"真聪明,她们可比男人要心狠手辣。"

格伦突然摇晃了起来,他伸出一只手臂按在墙上来稳定自己。有一刻格雷斯怀疑他是不是喝醉了。

"地仍然在摇晃。我回到岸上已经有两个多小时了,它还在我脚下晃。"

"由此看来,你的先祖是划过奴隶船的?海洋生活的影响在你身上不曾抹去吗?它不曾留在你的基因里吗?"

"是谁把划奴隶船的事告诉你的?"

"你的水手名声早已在外了。"

"你看过那部叫《怒海争锋》的电影吗?"

格雷斯皱起眉头细想。

"是拉塞尔·克罗演的。"

他点点头。"是的,看过。"

"那就是我的感觉。我就像是他的一个水手,肚子里装着一颗炸弹。"

"听着,伙计。阿妮可以和你一刀两断,但那并不能给予她权利,破坏你的生活。"

"你错了。见鬼,你还记得《克莱默夫妇》吗?"

"梅丽尔·斯特里普吗?"

格伦·布兰森脸上的微笑一闪而过。"讨厌,你真叫我吃惊。我一连说了两部片子你都已经看过了!是的,是梅丽尔·斯特里普和达斯汀·霍夫曼。好吧,那大约就是我的情形了。"

"除了你长得没有达斯汀·霍夫曼那么好看。"

"当一个男人倒下时,你知道该踢他哪里,是吗?"

"踢他的命根子,那是唯一的部位。"

布兰森脱下雨衣。"是这样,对的,第二封信是法院寄来的离婚申诉书。你简直不可能相信,伙计,你他妈的简直不能相信她说了些什么!"警长把雨衣搭在手臂上,伸出两只手的手指来一一细数,"她说有一条无法挽救的裂缝,是吗?她宣称我的行为不可理喻。我不再对性行为感兴趣。饮酒无度——对,不错,那是事实,是她逼得我他妈的去喝酒,对不对?她还引用了一句'缺乏情感'。"

他把手伸进雨衣里面，拿出几张折叠的纸，用回形针夹在一起的。他从最上面一张看起，说："很显然，我拒绝和家人在一起；当我们俩一起坐在汽车里时我对她叫喊了，我让她手里缺钱花——见鬼，我给她买了一匹该死的马！瞧这里，很显然我对阿妮辛苦照料我们的孩子丝毫不感激。"他摇摇头，"真可笑，真是的！我该怎么办？和每一个人说：对不起，我知道这是杀人不见血的指控，但是我得回家去给雷米洗个澡？"

这话使罗伊·格雷斯打了一个寒噤。他突然明白，等他的孩子出生了，他也将面临这样的情形。通常他得在早上七点到办公室，如果不是更早的话；晚上则要到八点才回家，甚至更晚一些。到他的孩子出世时，他能改变这个时间表吗？

不牺牲他的事业那是办不到的。

他看着格伦，对着他询问的眼光。他知道这个答案不会是警长所喜欢的。做一个好警察就等于是嫁给了警察局。要干满三十年，直到你拿退休金——现在可以干得更长些，只要你愿意。在这期间，你的工作是要摆在第一位的。如果你的配偶能接受这一点，你就会是一个幸运儿。可悲的是，大多数的人，像格伦的妻子阿妮一样，不能接受。

"你知道问题在哪里吗？"格雷斯说。

布兰森摇摇头。

"她也许是对的。虽然有点不近人情——那是一定的——但基本上是对的。你必须做出决定，你是要一个成功的事业还是要一个成功的婚姻。也许两者能结合起来，但你必须要有一个非常宽容，非常体谅对方的配偶。"

"是的，是这样。但讽刺的是，我当警察是为了让孩子们为他们的父亲而骄傲。"

"他们应该为此而骄傲。"

"所以如果我离开警察部队，他们如何才能以我为傲呢？"

"那你是再回到夜总会当保镖，还是当一个盖特威克机场的保安呢？问题不是在于你干什么工作，"格雷斯说，"而是在于你是什么人。

你会是一个很好的，很人性化的保镖；你可以是一个时刻警惕的保安；你也可以是一个很糟糕的警察。它在你内心里，而不是在你的徽章上，或是在你的身份证里。"

"是的，是的，一定的。但是你知道我是什么意思。"

"你瞧，我以前和你说过，我自己的生活也是弄得一团糟。要向你提出婚姻的忠告，我不是一个合格的人。但你知道我怎么想的吗？如果阿妮爱你，真正地爱你，她就会坚守这个婚姻。我真的搞不清她是不是真的爱你，尽管她把这个法律程序还有什么的都抛到你头上。我想如果你真的离开警察这个行当去满足她，她总有一天还会要求别的。不管你做什么，最终到她那里你还会是错的。我想她是那类永不满足的人。满足她的要求只会带来短期的和解，不能解决根本问题。所以如果我是你，我就会坚守我的事业。"

布兰森忧郁地点点头。

"你知道温斯顿·丘吉尔关于姑息政策说过什么吗？"罗伊说。

"你告诉我吧。"

"一个姑息养奸的人就好比是养了一条鳄鱼，希望它最后再吃自己。"

36

这两具尸体以与无名男士相同的方式被抛在了海里：都是被包在塑料布里，用蓝色的绳子捆扎，用煤渣砖做了加重。

它们到达殡仪馆时又加上了两层包裹。先是装进白色塑料法医袋，被警局的潜水员带上了水面，然后又用厚重结实的黑色塑料装尸袋把它们拖到了潜水船上。它们就这样装在两层包装袋里，直至抵达殡仪馆。

经过了沉闷而缓慢的拆包过程，第一个打开的是一个十几岁的年轻男孩，据纳丢斯卡估计比先前那个男孩或许大一两岁。他长得不那么好看，一副鹰钩鼻，一张脸上很糟糕地长满了密密麻麻的粉刺。这位无名男士二号也同样失去了他的心脏、肺和肝脏。它们也是被同样仔细的外科手术给取走了。

纳丢斯卡现在正在剥开第二具尸体的外包裹，这是一个年轻女孩。据纳丢斯卡估计，她也是十几岁年纪。格雷斯总是认为，死神会从一张脸上拿走它的个性特征，只留下一片空白。这使得人们很难辨别活着的时候它真正的长相。但是这具尸体尽管脸色苍白、皮肤蜡黄，尽管褐色的长发已纠结成团，他还是看得出来她曾经十分美丽，要是不瘦得这么过分的话。

病理学家的观点是，这两具尸体在水里的时间和无名男士一样长。格雷斯估计，他们三个人是一起被丢下海的，这很明显，用不着制造火箭的科学家来推算。

这在相当大的程度上影响了他们对第一次发现的那具尸体的猜想。现在在他心里已经把海葬的可能性全部排除了。这些尸体并不是进行正常的海葬后从官方指定的海葬区域漂过来的。那么这三个少年是什么人？他们来自哪里？他们的父母是谁？谁在惦记着他们？他们是被那许多在外国注册的商船中的一只抛下海的吗？这里连续一整天都有大量穿过英伦海峡的船只，来自世界上几乎每一个国家。

在无名男士二号身上没有任何标记可以表明他是死于一次意外事故，或是头部受击。在他的皮肤上也有针刺过的痕迹，就像早先那具尸体一样，这正与纳丢斯卡刚才重复提到的相吻合——它的器官也是出于移植的目的被取走了。

阴影笼罩在格雷斯的心上。刚才这一阵，他一直站在走廊里，那走廊通往目前很拥挤的尸检室。他把手机放在耳旁，打了一个又一个电话。第一个电话是打给助手埃莉诺·霍奇森的，叫她把他接下来几天的日志清理一下。只有两个约会他希望保留，其中一个是今晚他答应一个同事去看在怀特豪克海员俱乐部举行的一场足球赛。他也许能让曼特尔警督代替他主持今晚六点半的碰头会。

第二个约会是明天晚上刑事调查部举行的晚宴舞会。有四百五十多人参加，将会是一次相当大的狂欢。去年一年大家都很辛苦。他期待着带克莉奥去，现在他们的关系已经公开了。他还想和同事们一起放松一下。也许还能逮着一个机会，改进一下星期三晚上他给新来的警察局长留下的不良印象。

克莉奥几个星期来一直发愁，不知道她要穿什么衣服才好。她准备拿出一笔钱去买一条连衣裙，这笔钱的数量相当于一个正在兴起的非洲国家的国民生产总值。如果他们不能去参加这次晚会,那会让她多么失望啊。

把他的日志都检查过一遍之后,格雷斯接着打了一系列电话,把他的外部调查小分队人员从原来的六个扩充到二十二个。此刻,他正站着和苏塞克斯郡议会的高级后勤官托尼·凯斯通电话,要他从大楼里的两个紧急事件室中抽出一间来,供自己新成立的小队使用。打电话的同时,他观察着正在工作中的纳丢斯卡。只见她正小心翼翼地检查绕在煤渣砖上的高强度绳索,希望能找到一个能泄露秘密的皮肤细胞或是手套上的一根纤维,这都可能是捆绑这些东西的人留下的。只要有那么一小片失去了它的黏着性,她都会把它装进袋中,以便以后进行显微镜观察。

验尸处的警官迈克尔·福尔曼正站在她身旁,仔细地观察,偶尔做点笔记,或者检查他的黑莓手机。犯罪现场管理人大卫·布朗带着他的两个犯罪现场调查员也一起参加了。其中一个是法庭摄影师詹姆斯·加特勒,他再一次来到这里拍摄尸检每一个过程的照片,而另外一个则正在处理把两具尸体运到这里的包装袋。再往那边的一张桌子上,克莉奥和达伦正在对无名男士二号的身体进行清洁整理,再次把切口缝上。

罗伊·格雷斯陷入沉思。每当你以为自己已经看过了一切时,新的恐怖又会再一次让你大吃一惊。他看到有人这样写过,说有人在土耳其和南美的酒吧里和漂亮女人说话,几个小时后醒来,发现自己躺在满是冰块的浴缸里,身体的一边有一个缝合的切口,丢失了一个肾脏。但是在这以前他一直把这类故事当做市井之谈,而且他也知道不要轻易下结论的重要性。

但是现在这里有三个躺在海底的年轻人,他们的生命器官被用专业的手段给取走了……

对新闻界来说今天是有重大发现的一天,这个消息一经传出,必然会引起布赖顿霍夫市民极大的担忧。他已经从他的手机上发出两条紧急信息,那是发给《百眼巨人报》的记者凯文·斯皮勒拉的。他还不曾得到回复。他需要细心安排应对媒体,帮助他识别这几具尸体的身份,尽可能地扩大影响,以求从公众中获得回应,又不能引起他们过分的忧虑。但同时他也明白,抓住公众注意力的最好途径就是在报上登出具有轰动效应的标题。

这里不习惯在周末举行记者招待会,因此到下周一为止,他能为自己争得一些时间。他打算向斯皮勒拉透露几点新闻内容,将《百眼巨人报》作为一个起点,因为它在当地的发行量较大。这样做可以在短短的几天内获得最大的帮助。

那么他打算告诉斯皮勒拉一些什么呢?同等重要的是,他打算隐瞒些什么?长久以来他便知道,在谋杀案讯问中,你总是得设法隐瞒住一些信息,那是只有杀人凶手自己才知道的。那会帮你排除一些徒费时间的电话骚扰。

此刻他将媒体的事放到一边,集中精力去考虑迄今为止他从发现的三具尸体中知道了一些什么。他在笔记中草草写下"仪式杀牲?"并在这些字上画了一个圈。

是的,这也是有可能的。

他们会是器官捐赠者,而且都要求被葬在海上吗?目前看来不太可能,因此不予考虑。

是一个连环杀手?可是为什么他——或者是她——在将器官取走后要不厌其烦地仔细把切口缝好?让警察闻不到气味?有可能,目前为止还不能排除。

器官买卖?

他接着又记下"奥卡姆剃刀",因为这个想法突然涌上了他的心头。奥卡姆是十四世纪的经院哲学家,他使用剃刀的类比来说明,要剃除一些东西,只留下最为明显的解释。奥卡姆修士认为这样留下来的才是真理。格雷斯现在倾向于同意他的观点了。

格雷斯最喜欢的小说中的侦探就是歇洛克·福尔摩斯了,他信奉这条格言:当你排除了所有不可能的东西,剩下来的,不管有多么不可能,必定是事实。

他看着格伦·布兰森,后者正站在一个屋角里打电话,一脸的忧愁。格雷斯想,让他接受一件压力很大的事情对他有好处。让他专注于某件事情,分他的心,不让他再纠缠于那些噩梦似的和阿妮的法律问题之中。私下里说,格雷斯一点也不喜欢那个阿妮。

他向布兰森走过去,等着他打完一个电话,然后说:"我需要你去做点事情。我需要你尽力打探关于人体器官交易的黑幕。"

"你需要一个新的肝脏吗,我的老哥?这一点儿都不叫我吃惊。"

"是的,是的,非常有趣。叫诺曼·波廷帮你,他很善于侦察模糊不清的东西。"

"《美丽坏东西》!"布兰森说,"看过这部电影吗?"

格雷斯摇摇头。

"那是关于伦敦的一个下流旅馆里的非法移民进行肾脏买卖的故事。"

突然间他引起了总警司的注意。"真的吗?再说一遍。"

"罗伊!"纳丢斯卡叫了起来,"快来看,这件事情真有趣!"

格雷斯向尸体走过去,后面跟着格伦·布兰森。他盯着尸身上被她指出来的那个小刺青,皱起了眉头。

"这是什么?"

"不知道。"她说。

他转向格伦·布兰森。警长耸耸肩,然后说出一件显而易见的事。"那不是英文。"他说。

37

罗密欧爬下钢梯,一只手臂下夹着一个大的食品杂货袋。瓦莱丽亚正坐在她的旧睡垫上,背靠着混凝土墙,摇着她那睡着了的婴儿。特蕾西·查普曼又在唱《飞驶的汽车》,唱了一遍又一遍。这首该死的歌都要叫罗密欧发疯了。

他注意到有三个陌生人,都是十几岁年纪,坐在地上,没精打采地靠在瓦莱丽亚对面的墙边。他们只是坐在那里,看起来因吸食油漆而显得特别虚弱。一个大肚子的塑料瓶,白色的封口已经撕开,黄色和红色的标签上写有"拉克银漆"的字样,就放在他们面前的地上。这个地方的腥臭味就像惯常那样扑面而来,现在它和外面那夹着风带着雨的新鲜空气一对比,越发产生了一股刺激着他的冲击力。这股冲击力里面包含有一股霉味、人身上发出的体臭以及脏衣服和那婴儿的尿布发出的恶臭味。

"有吃的了!"他快活地宣布,"我得到了些钱,买了这些了不起的食物!"

只有瓦莱丽亚有反应。她那大大的、悲伤的眼睛向他转过来，就像两颗大理石珠子由于自身的势能而滚动。"谁给了你钱？"

"是一个慈善机构。他们把钱给那些像我们一样的街头流浪者。"

她耸耸肩，表示不感兴趣。"给你钱的人总是要回报的。"

他起劲地摇摇头。"不，这个人不会。你知道吗？她长得很美，心灵也美！"接着他向瓦莱丽亚走过去，打开袋子让她看里面的东西。"瞧，我还给你的娃娃买了些东西呢！"

瓦莱丽亚伸手进去拿出了一瓶炼乳。"我很担心西蒙娜，"她说，把瓶子转过来看那上面的标签，"她一整天一动不动，只是哭。"

罗密欧走过去在西蒙娜身边蹲下，用一只手臂挽过她，说："我给你买了巧克力，你最喜欢的，黑巧克力。"

她沉默了几分钟，然后抽起了鼻子。"为什么？"

"为什么？"

她什么也不说。

他抽出一支巧克力棒，放在她鼻子底下。"为什么？因为我要你吃点好东西，那就是为什么。"

"我想去死，死了就好了。"

"你昨天说过你想去英国，那不是要好一些吗？"

"那是一个梦，"她说，凄凉地看着前面，"梦是不会实现的，对我们这样的人来说梦不是真的。"

"我今天遇见一个人，她能带我们去英国。你想见见她吗？"

"为什么？为什么她会带我们去英国？"

"那是慈善机构！"他欢快地回答，"她有一个慈善机构，帮助街上的人们。我把我们的事告诉了她。她能给我们在英国找工作！"

"啊，真的吗，当色情舞演员？"

"我们要干什么都可以，酒吧工作，到酒店里打扫房间，有什么干什么。"

"她像我在火车站碰到的那个男人吗？"

"不，她是一个很好的夫人，她很仁慈。"

西蒙娜什么都不说。更多的泪珠从她的两颊滚了下来。

"我们不能像这样待着了,像这个样子一生一世地待着。你要这样过下去吗?"

"我不要再受伤害了。"

"你信不过我吗,西蒙娜?你不相信吗?"

"相信什么?"

"我们在电视里,在报纸上看到过英国。那是一个好地方。我们在英国会有大房子住!我们在那里会有一个新生活!"

她开始哭起来。"我再也不要过什么新生活了。我想死,结束这一切,这样容易些。"

"她明天还会来。你至少要见见她,和她谈一谈,好吗?"

"为什么这些人要帮助我们,罗密欧?"她问,"我们什么都不是。"

"因为世界上还是有些好人的。"

"你相信那个吗?"她凄凉地问。

"相信。"

他撕开巧克力棒的包装,掰下一小块,送到她面前。"瞧,她请客,给我一些钱买吃的。她是一个好人。"

"我原先也以为火车站的那个人是个好人。"

"你能想象在英国的日子吗?在伦敦?我们可以住在伦敦的一间大房子里,赚大钱!离开这些臭狗屎!也许我们在那里会看到摇滚歌星。我听说有许多摇滚歌星住在伦敦!"

"全世界都是臭狗屎。"她回答。

"求你了,西蒙娜,至少你明天去见见她吧。"

她抬起一只手拿了巧克力。

"你真的还想在这里过一个冬天吗?"他问。

"至少在这里我们很暖和。"

"你不想去伦敦是因为这里暖和?对吗?就为了这个理由吗?也许在伦敦也很暖和。"

"你他妈的自己去吧!"

他咧嘴一笑。她振作起来。"瓦莱丽亚也要去。"

"带着娃娃?"

"当然,为什么不带?"

"她明天来,这个女人?"

"是的,"

西蒙娜从巧克力棒上咬下一块,味道好极了。它太好吃了,于是她把它全吃了。

38

在耀眼的泛光灯照射下，罗伊·格雷斯站在足球场的边线上，没戴手套的双手深深插进雨衣的口袋中。站在怀特豪克这个高地上，刺骨的寒风让他冷得直抖。雨已经停了，天空清朗、星光灿烂。但是气温却很低，足以结霜。

这是星期五晚上的足球联赛，今晚是海员俱乐部的少年队对警察局的球队。他刚好赶上这场比赛的最后十分钟，及时地看到了警局球队的惨败：〇比三。

布赖顿霍夫市在几座小山上杂乱地向前伸展着，而怀特豪克则是毫无计划地在最高的一座山上延伸。市议会开发了一些带平台的半独立式住宅区，以及低层的和高层的公寓楼，它们建于二十世纪二十年代，取代了先前在这里的贫民窟。怀特豪克长久以来因为暴力和犯罪背上了一个不好的名声，尽管这稍微有点不公平。它有几个拥挤的街区，许多地方有开敞的视野，可以俯览城市和大海。这里住着一些这个城市最为粗野的犯罪家庭，他们称王称霸，恶劣的名声给住在这个地盘上的每一个人都带来了影响。

但是过去几年里,在苏塞克斯警察局的支持下,一场精心运作的社区精神重建活动彻底改变了这一切。这个活动的中心就是这个海员俱乐部,它得到了地方上工业界的赞助,出资数量达两百万英镑。俱乐部夸口说,活动中心是由科比西埃①设计的。这是一个漂亮的,极端现代化的了不起的中心。它添置了一系列为当地青少年购买的活动设施,包括一个装备精良的电脑室、一个音乐录音棚、一个视频室、一个宽敞的舞厅和一些会议室,而且围绕它的场地上有无数体育设施。

俱乐部的成立是一个胜利,因为它不是由官僚操办,而是靠着一股热情建立起来的。这是一个当地青少年真心想去,并流连忘返的地方。它真是了不起。俱乐部的中心人物是两个怀特豪克的居民,达伦·斯诺和洛兰·斯诺,他们俩的远见卓识和能力推动着中心的发展。

现在这两个人都被大衣、围巾和帽子包裹着,因此他们的脸都快要看不见了。此刻他们位于格雷斯的两侧,和几名家长及警察同事站在一起。格雷斯是第一次到这里来。以他当警察局足球队队长的能力,他在内心里估计了一下这场球赛的输赢。球场上的少年们粗鲁而大胆,看到他们让警察局球队的队员们疲于应付,他心里直乐。

一群人吵嚷着从他们面前跑过去,他们推推撞撞,骂骂咧咧,球滚过了线,裁判立刻吹响了哨子。

但是格雷斯的心思不在这里。他的心思仍然放在他昨天和今天参加的尸检,以及摆在他面前的任务上。他拿出随身带的备忘笔记本,草草记下一些想法,几乎麻木了的手指紧紧地抓住笔。

突然间响起了一阵喧闹的欢呼声。他抬起头来,只见人群立时混乱了。刚才进了一个球,可是是哪一边进的呢?

从欢呼声和人们的评论声中,他估计出那是海员俱乐部队,现在的得分是四比〇。

私下里他又笑了起来。苏塞克斯警察局足球队是由已退休的总警

---

①科比西埃 (Le Corbusier, 1887—1965),瑞士建筑师,城市规划师,按功能主义原则设计现代建筑,重要建筑有马赛公寓,朗香的圣母院等。

司戴夫·盖洛训练指导的。他是一个合格的足球裁判,也是格雷斯的朋友。他等待着赛后来开他的玩笑。

他抬头看了一会儿天上的星星,思绪突然闪回到童年时代。他的父亲有一架小望远镜,支在三脚架上。他观察起天空来一看就是好几个小时,也常鼓励罗伊看。罗伊最喜欢看的是土星光环。他曾经能认出所有的星座,但现在他唯一能轻易认出来的就只有北斗七星了。他决定再去受一次天文教育,这样有一天他就能将这个知识和爱好传递给他的孩子。他自嘲地想,尽管也许到时候又会忘得差不多了。

然后他的思绪又转回案件上,回到无名男士一号和二号,以及无名女士上面来。

三具尸体,每一具都缺少了同样的生命器官;他们每一个人都是十几岁的少年。追踪他们的身份只有一个可能的线索:在那个死去女人的左前臂上有一个做得很糟糕的文身,或许是一个名字……

一个对他毫无意义的名字,但是他意识到,这个名字是追踪他们身份的一个线索。

他们是布赖顿人吗?如果不是,是哪里人?他在小本子上记下:海岸警卫队报告。漂移?他们身上加了那些重块,不可能漂很远。在他个人看来,他认定这些尸体靠近布赖顿,所以这三个少年可能都死于英国。

发生了什么事?在布赖顿有一个恶魔,杀死了人还取走了他们的器官?这个魔鬼还逍遥法外吗?

想起了纳丢斯卡·德·桑察的推断:有经验的外科大夫。他记下了。

他又一次抬头仰望夜晚的星空,过了一会儿又看着泛光灯照明的球场。塔尼娅·惠特洛克的特种搜索队把那个区域进行了一番仔细的搜索,迄今为止,没有发现其他的尸体。

但是英伦海峡是一个广阔的区域。

39

"你知道,吉姆,"弗拉德·科斯梅斯库说,"英伦海峡是一个广阔的区域,不是吗?"

吉姆·托尔斯从头到脚又一次被封水管的胶带给捆上了,还包括他的嘴巴,因此他只能通过眼睛和抓住他的人进行交流。他躺在斯可布依号船头舱那坚硬的玻璃纤维的甲板上,被盖上了一块防水布,那上面微微发出某个人的呕吐物的气味。这样一来,码头上那些偶尔会朝船舱里看上一眼的人就什么也看不到。

科斯梅斯库脚上穿着高筒胶靴,驾驶着船只从肖勒姆港里出来,进入了开阔的海面,看着波涛的大小,心里有一点担忧。从港口出来到这里以后,北风比他想象中的要大一些,海浪也翻腾得更为起劲。他坐在塑料椅子上,打开了航行灯。在海岸警卫队或是别的有可能看见他的人眼里,他与夜里出来钓鱼玩儿的人并无二致。

闻到被海风从后面吹过来的柴油废气的气味,他皱起了鼻子。他看着罗盘架里面有夜光照明的晃动的指南针,沿着一百六十度的路线驾驶,估计这条路线应该会把他带到中部英伦海峡,远离挖沙区域。那个地方他已经从海图上仔细地看过,熟记在心里了。

某处手机响了,是一种闷闷的鸟鸣声。有一刻这个罗马尼亚人以为它是从甲板铺板下发出来的,后来才明白那是从退休的私家侦探的衣袋里发出来的,响了几声后它才停下来。

托尔斯只是朝上看着他,那呆滞的眼神就像是一条落在沙滩上的鱼。

"现在让你说说话也是可以的,周围不会有太多的人听见。"科斯梅斯库说。

他关掉油门,几步走下船头舱,从那个男人的嘴上扯下胶带。

托尔斯痛苦地喘息着,感觉半个脸都被扯破了。

"瞧,"他说,"今天是我的结婚纪念日。"

"你应该早一些告诉我,我会送你一张贺卡的。"科斯梅斯库的话里几乎找不到什么幽默感。他快步走回舵轮旁。

"你不曾给我机会来警告你。我妻子会担心的。她盼着我回家。此刻她只怕已经和海岸警卫队以及警察局联系过了。刚才那就是她打来的电话。"

仿佛是在给出一个提示,电话又发出两下嘟嘟声,表示来了个短信。

"是那样的吗?"科斯梅斯库快活地说,丝毫没有露出他对这个未曾料到的消息的关切。他一只眼盯着不远处一只捕鱼船的锚灯,以及一段距离之外正在朝东开去的一艘大船的灯光,说:"既然如此,我们就得赶快了。听着,你还有什么想说的,都对我说吧!"

"我弄错了,"托尔斯说,"一个错误,明白吗?我把事情搞糟了。"

"一个错误?"

科斯梅斯库从衣袋中掏出一包丝鞭香烟[①],用双手罩住他的黄金打火机,点燃香烟,深吸了一口,然后把烟呼出,朝下喷在托尔斯脸上。

---

① Silk Cut,一种低焦油香烟。

香烟迷人的味道逗得前私家侦探干着急。"能给我一支吗？求你了。"

科斯梅斯库摇摇头。"抽烟对于你的健康是非常有害的。"他又深吸了一口，"现在你们英国有一条法律，知道吗？禁止在工作范围内吸烟。这里就是你的工作范围。"

他将更多的烟朝下喷在那个人的脸上。

"贝克先生，我相信我们能把这件事理清——你知道的，我是指你对我的不满。"

"啊，是的，我们可以讲清楚。"科斯梅斯库说，把舵轮握得紧紧的，因为当时船只正从一个大浪中穿过去。"我同意你说的。"

他看一眼深度表，他们下面水深六十英尺，还不够深。他把船又默默地开了一些时候。

"我付给了你两万英镑，托尔斯先生，我想我够慷慨的了。我以为那也许会是我们俩之间一笔好买卖的开始呢。"

"是的，这笔钱给得慷慨极了。"

"但是还不够，是吗？"

"够了，足够了。"

"我不这么认为。你是个有经验的水手，你了解这些水域。你明白我的想法吗，托尔斯先生？你有意把我带到挖沙区域来。你估计那些尸体将有很大的机会被人发现。"

"不，你错了！"

科斯梅斯库不理会他，继续说："我是一个好赌的人，我喜欢玩百分比。我们来看看：英伦海峡的面积有两万九千平方英里。我付钱给你，叫你送我到一个地方，在那里那些尸体绝不会被人发现。你却把我送到一个挖沙区域，那里只有一百平方英里。你算算看，托尔斯先生。"

"你得相信我，求你了！"

科斯梅斯库点点头。"啊，是的，这道数学题我已经做过了。一百英尺是一艘挖沙船能达到的最大深度。只要有一百三十英尺深的水，就无人会发现它们了,托尔斯先生。你是要告诉我,像你这样一个有经验的船老板会不知道这个?你在肖勒姆港干了这么多年的营生,你会没在海图上看到过这个标记出来的挖沙区域吗?"

"我犯了一个航海上的错误,我发誓!"

科斯梅斯库默默地抽了一会儿烟,然后继续说:"你看见了,我是一个赌徒,托尔斯先生,我想你也是。你在这个挖沙区下了一个赌注,你走了运。你算计好了,如果这些尸体被发现了,你就可以从我手上讹诈一大笔钱,让你保持沉默。"

"事实的确不是这样的。"托尔斯说。

"如果你有机会更好地了解我的话,托尔斯先生,你就会明白,我这个人总是喜欢玩百分比。你那样干赢不了那么多钱,除非你把游戏玩久一点。"

科斯梅斯库抽完了烟,把它从船上扔出去,看着那个红色的烟蒂从空中划过,直到它在黑色的海水里消失为止。

"我确信我们能够把这件事搞清楚,会让你满意的。"

科斯梅斯库注视着罗盘。这船很难驾驭,他不得不把船转过很大的角度才能使它回到路线上来。

"你看,托尔斯先生,我现在必须来赌一下。如果我杀死你,我可能会被抓起来。但是如果我让你活下去,我也可能被抓。以我看来,这个可能性要大得多,很抱歉告诉你这个。"

科斯梅斯库从他防风上衣的口袋里取出一卷胶带,还有一把总是随身带着的骨柄小刀。多年来,这把刀深受他信赖。它的一边有一个按钮,可以弹出刀片。只要他的手腕轻轻一抖,刀片就转出来,锁定在位置上。过去的经验已经表明这刀片很硬,足以砍断人骨。他总是把它的刀刃磨得快如剃刀。有一次旅行中它确实也起到了这个作用。那次他忘了带刮胡子的刀片,就用它做了一次替代品,刮胡子的效果很令他满意。

"我想现在我们已经把要向对方说的话都说完了,不是吗?"

"求你了……你看——我能——"

但是他话还没有说出来，这个罗马尼亚人就又把他的嘴给封上了。

四十分钟后，布赖顿霍夫市的海岸线仍然看得见，但是每隔几分钟就会隐没在漆黑的波浪后面。科斯梅斯库又吸完了一支烟。他关掉了引擎，也关掉了航行灯。在他们下面是深达一百五十英尺的宁静的海水。这是一个好地方。

他仍然在为两天前那个晚上在赌场接到的电话而难受。他的老板用肯定的语气说他把事情搞糟了。老板说得对，他是把事情搞糟了。他打破了那个原则，那就是绝不要把其他人扯进来，除非是必须这样做不可。他一开始就应该只雇一条船，自己亲自把尸体送出去。开动那条船出海去根本不成问题，一个四岁的小孩子也能做。

但是他也有很好的理由，或者至少在那时看来是一条好理由：在寒冷的冬天，一个家伙反复租船并自己驾着船出海很快就会引起猜疑。一切进出港口的船只都会被人看到，可疑的船只会被人注意。但是对于一个当地的渔民驾着自家有证照的船只出出进进，不管他出入多么频繁，海岸警卫队连眼皮都不会眨一眨的。

现在，只有头上的星星和船主沉默的眼睛在看着他。他解开锁扣，掀开几块甲板铺板，然后借助一只手电筒，找到了船底的旋塞。他试了一下，冰冷的海水立时涌了进来。好，至少托尔斯把他的船保养得很好。

他走到船尾，打开那只灰色的可膨胀的法国卓蒂克牌救生艇，那是他头天晚上买好的。他从船上取下氧气筒、汽油箱和雅马哈牌舷外发动机——这些东西原本是捆扎在船上的——还有一只桨。

十分钟后，罗马尼亚人累出了一身大汗。他已经将救生艇放入了水中，将它系在船边，把它的引擎开成空转。小艇令人恐惧地上下跳动着，但是他推断，等他的身子压上去以后它就会稳定下来。

现在甲板被海浪冲洗着，海水从两个被打开的旋塞中不断地往上冒，已经几乎上升到了吉姆·托尔斯的下颏处。科斯梅斯库穿了橡皮靴,因此十分得意,高兴得脸上放光,就这样看着那人的眼睛。后者痛苦得发狂,极力想和他交流。

现在海水没过了托尔斯的下颏。科斯梅斯库关掉了手电筒,对地平线扫视了一番。除了布赖顿的灯光和偶尔打过来的一个浪峰上发出来的磷光外,就只有一片黑暗了。他听着海水拍打船的外壳的声音。他能感觉到斯可布伊号正在一步一步地往下沉。在海水的重压下,它没有以前摇晃得那么厉害了,现在它正快速地向前开。

他又把手电筒打开,看见托尔斯正发狂般地想要把头抬出水面,现在海水已完全盖过了他的嘴巴。

"托尔斯先生,听我一句劝,在海水到达你鼻子前,作一次深呼吸,那会为你赢得额外的一分钟,延长你的生命。一个人在六十秒钟内可以做许多事。如果你身体足够好的话,你甚至可以赢得额外的九十秒。"

但是这一次,他拿不准那个人是否能够听得见他说的话了,看来也不可能听见,因为海水正没过他的脸。

救生艇已经和甲板栏杆齐平了。

教科书上说,不到你能走上救生筏之前,不要离开一艘正在下沉的船。九十秒钟之后,他照那样做了,把救生艇解开,然后开动发动机,进入了一片黑暗之中。他还在等着,慢慢地转着圈子,直到那黑色的剪影送出一个大水泡,沉入水下不见了。从舷外发动机发出的嗡嗡声之上,他还能听到大水泡破裂的声音。

他扭紧油门杆,当小艇的船头抬起时,能感觉到波浪越来越汹涌了。船头重击在一个波浪上,浪花溅上他的脸。船在一个波浪的远端又沉下去了,然后又重重地击在另一个浪头上。冰冷而含盐的海水泼溅在他脸上。小船被凶猛的海浪推得一忽儿向左,一忽儿向右。有一刻,他心头一阵恐慌,担心他就要掌控不住了,会被抛上去翻过身来。但这时他们跃过了一个浪尖,而布赖顿的灯光尽管在他那被盐水浸泡过的眼睛看来是一片模糊,但似乎亮了那么一点点,也就是说他离岸近了那么一点点。

在他靠近海岸时，大海渐渐地平静了下来。他瞄准防波堤上的灯光以及在它东边的系船池。系船池过去就是下崖坡走道。在这个狂风大作的十一月的寒冷夜晚，即便有人出来，也很少有人会往那里去，或是去海滩。

今天晚上是吉姆·托尔斯的结婚纪念日。看来这是一个问题，又一个潜在的麻烦。除非他撒了谎，否则他的妻子就会给警察打电话，那么会有什么事情发生呢？海岸警卫队吗？或许他的失踪会在当地的报纸上有所报道。他要留心观察，看他们会登出什么来，以便着手解决。

二十分钟后，山崖的剪影在他前面出现了，系船池就在他左手边一个安全的距离内。他把油门杆扭到最大限度，打开了几秒钟，然后关上引擎。他松开把这台五马力的引擎固定到船尾肋板上的两颗蝶形螺母，然后将这台舷外发动机扔进了海里。

救生艇在自己的冲力下继续向前冲去。这里是山崖的背风面，几乎没有风来阻止他前进。他握紧桨，使小艇的船头笔直对着岸上，听着破碎的浪花打在铺满鹅卵石的海滩上，发出越来越大的响声，直到船猛地一推，停止不动了。

一个浪打过船尾，浸透了他全身。

他咒骂着从艇上跳了出来，跳进了海水里。这儿比他想象的要深得多，水深到了他的肩膀。一个浪打过来把他向后吸去，他立时惊慌起来。鹅卵石在他的靴子下方滑动。他倾身向前，下定决心，用系在船首的一根绳子拖着救生艇，然后在海滩那尖硬的砾石上跌跌撞撞地走起来。

又一个海浪打过来，这一次小艇的船头猛打在他的后脑勺上。他又破口大骂了起来。他的脚绊了一下，向前扑跌了下去。他又爬了起来，奋力抓住他脚下一切不稳定的东西。他又向前走了几步，直到那救生艇成了他身后一个死沉死沉的、拖不动的东西为止。

他把它拖上海滩，然后在黑暗中仔细地倾听，观察着他周围的一切。什么动静都没有，也没有人，只有海浪的泼溅声以及水渗入鹅卵石滩的声音。

他拔掉救生艇两边的橡皮塞，把它慢慢地卷起来，排空里面的空气。此时它看起来像一个巨大的膀胱。然后他抽出小刀，将放了气的救生艇切成好几条，然后把它们捆成一捆。

这捆东西是湿的，所以特别沉。他奋力扛着它，沿着山崖下的走道来到今天早些时候他停车的地方。他把他的运输车停在系船池附近的阿斯达超市的停车场里了。他在开车回去的路上把这些橡皮条一根一根地扔在路过的一个又一个的垃圾箱里。

现在离午夜只有几分钟了。他还可以去云集赌场，坐在轮盘赌桌旁喝上一杯，赌两个小时使自己平静下来。但是以他这一身拖泥带水的模样，这样做实在不是一个好办法。

40

包括罗伊·格雷斯在内,有二十二个警探和后备人员在苏塞克斯议会大楼的顶层,突发事件处一室里。他们占用了三个公共工作站中的两个,围在了一起。

要进突发事件室,必须从一些非常拥挤的漆成奶油色的走廊中穿过。它占了这一层楼大约三分之一的地方,由两个科室组成。其中突发事件一室大一些,它有两个证人约谈室、一个会议室——给警局和新闻界开短会用的,还有犯罪现场实验室。另有几间办公室,那是在别处办公的高级情报官员在突发事件调查期间使用的。

突发事件一室光线明亮,外观现代化。它那开得高高的小窗子都装有垂直的百叶窗帘,天花板是毛玻璃的,雨点在上面打得啪嗒啪嗒响。室内没有什么装饰,以免分散到这个地方来的人们的注意力,因为他们的注意力需要绝对集中在解决严重的暴力犯罪案件上。

四面墙上挂着白板,上面都钉有海王星行动三个被害人的照片。有第一个年轻人被包在塑料布中,卡在阿可迪号的抽吸头里的照片,然后就是他在尸检各个阶段的照片。第二个和第三个被害人的照片则是他们装在尸袋里放在斯可布侬号深海钓鱼船上的情景,然后也有他们尸检各个阶段的照片。有一张比其他照片都要大,那是一个女性上臂的放大了的特写镜头,照出的是手臂上的刺青。有一把尺子横在上面,标出了长度。

在白板上还钉着一张从披头士乐队的专辑里取出来的黄色潜水艇的照片,这给人带来一种轻松宽慰的感觉。照片以上的地方写着"海王星行动"的字样。所有的行动都要有一个形象来说明它的名字,这已经形成了一个传统。这个形象是由调查队里一个爱说笑打趣的人设计的,格雷斯猜想,大约是盖伊·巴切勒。

今天早晨的《百眼巨人报》就放在格雷斯打开的规则手册和笔记本旁边,那是由他的助手打印出来的,这些都放在他面前的仿柞木薄板的桌面上。《百眼巨人报》的头版标题是:英伦海峡中又发现两具尸体。

情况本来会比现在糟得多,但凯文·斯皮勒拉做了一篇没有特色、颇受约束的报道,完全按照格雷斯向他编造的内容写了这个故事。文章说道:警察怀疑尸体是被一艘从英伦海峡穿过的轮船给抛下海的。这就足以让当地的民众得到他们本应有权利获知的信息,促使他们联想他们认识的新近做过外科手术,紧接着又失踪的少年,而不足以引起恐慌。

对于格雷斯来说,这很有可能是一桩非常重要的案件。就在新来的警察局长刚刚上任的几周里,警察局眼皮底下就发生了这样一起三人被杀的凶案。无疑那个不怀好意的局长助理沃斯珀已经把她对格雷斯的看法确切地告诉过汤姆·马丁森局长了。而格雷斯在吉姆·威尔金森的退休晚会上想要找局长拉关系、谈谈话的笨拙举动想必已经使她的看法增加了可信度。他打算在今晚的舞会上找马丁森谈几分钟,想找一个机会叫他相信,这件案子是交到了一帮行家的手中。

罗伊·格雷斯穿着随意,上身是一件黑色皮夹克,里面是一件藏青色的无领长袖运动衫和一件白色T恤,下身是牛仔裤和运动鞋。他开始了会议的程序。"现在是十一月二十九日星期六上午八点半，这是海王星行动的第四次碰头会，调查三具不明身份尸体的死因。它们分别被命名为无名男士一号，无名男士二号和无名女士。这次行动由我本人来指挥，在我缺席时则由曼特尔警督负责。"

他向站在他对面的警督做了个手势，以便让那些不认识她的人看到。丽齐·曼特尔与许多在这里的其他队员不同：他们穿的都是周末休闲装，但她仍然穿着带着职业标志，具有男子气的衣服。今天她穿的是褐色带粉白条纹的套装，她身上唯一表示今天是周末的穿着，是她选择了一件褐色翻领羊毛衫，而不是更为正式的上衣。

"我知道你们中有几位要去参加刑事调查部今晚举行的晚宴舞会，"格雷斯继续说，"因为是周末，有许多我们需要找来谈话的人都不在，所以我会给你们其中的一些人星期天休假。那些周末需要工作的人，我们明天只需要开个短会，到中午解散。那些参加舞会的人将会睡一个好觉，把他们前一晚上的宿醉恢复过来。"他咧嘴一笑，"然后我们将恢复到我们的正常工作程序上，星期一早上八点半再碰头。"

对于他常常需要延长上班时间的反社会的作息时间表，克莉奥至少是理解的，也是支持的。一想到这一点，他心里一阵宽慰。这与他过去和桑迪一起生活的岁月形成鲜明的对比。那时在桑迪看来，他周末还要工作是一个很大的问题。

他看了一眼笔记。"我们要等待病理学家作出的毒理学检测结果，那会有助于我们找出死亡的原因，但是结果要星期一才出来。与此同时，我打算开始从无名男士一号的报告做起。"

他看着贝拉·莫伊。像往常一样，她面前放着一盒打开的麦丽素。她取出一颗，仿佛那是她要吃的药，然后把它扔进嘴里。

"贝拉，关于牙齿的诊断记录有何进展？"

那颗巧克力在她的嘴里滚动着。她说："目前为止，还没找到与无名男士一号相匹配的牙齿记录。但是有件事情意义重大：我去见过的两个牙医发表了他们的评论，他们认为这个年轻人的牙齿以他的年纪来衡量是很糟糕的，这表明他的营养状况和健康状况很差，还有可能滥用毒品。由此看来，他很可能来自缺乏基本生存条件的家庭。"

"从他的牙齿上有没有看到做过牙齿治疗的痕迹，从而让牙医追踪出他的国籍来呢？"丽齐·曼特尔跟着盘问。

"没有，"贝拉说，"没有做过牙齿治疗的痕迹。由此看来，他很可能从来就没有看过牙医。在这种情况下，我们就不再打算去找与他相匹配的牙齿记录了。"

"你带上他们的三套牙齿照片星期一再去转一转，"格雷斯说，"那应该会增大你发现的机会。"

"我可以带上另外两名警察，快速地找遍所有的牙医诊所。"

"好的，开完会后，我会去查看一下我们的人力资源记录的。"格雷斯迅速地记了一下，然后转身对着诺曼·波廷，"你原来是安排要去和器官移植协调人谈话的，诺曼，有什么发现吗？"

"我已经设法和这里方圆一百英里以内的每一家医院的所有相关人员都谈过了，罗伊，"波廷说，"迄今为止没有什么结果。但我有了一个有趣的发现！"他沾沾自喜地咧嘴一笑，故意不说下去，让人干着急。

"你要不要说给大家听？"格雷斯问。

不论冬夏，警长总是在周末穿着同一件夹克，那是一套起皱的花呢衣服，上面别了肩章，带有猎人装的那种口袋。他将一只手伸进一个衣袋，故意放慢动作，仿佛要拿出什么极其重要的东西一样，但是却没有掏出来，只是让它留在那里。当他说话时，里面发出一些散放的硬币或是钥匙的叮叮当当声，故意来气人。

"现在对人体器官的需求量特别大，但供应却很缺乏，"他说着，皱起嘴唇，一本正经地点点头，"特别是肾脏和肝脏。你们知道为什么吗？"

"不知道，但我肯定我们要把这个缘故找出来，"贝拉·莫伊烦燥地说，又将一颗巧克力扔进了嘴里。

"是由于汽车座椅安全带！"波廷得意扬扬地说，"大多数的器官捐赠者是那些死于头部受伤的人，因为他们身体的其余部分完好无缺。

但现在越来越多的人在汽车里都系安全带了，他们出事只可能是由于被压了个粉碎或是被烧成了灰。这已成了一个趋势。那么令人感到讽刺的情况是什么呢？在原先那些年里，撞车而死的人都是死于头先撞上挡风玻璃，而今日出这种事的大多是摩托车手。"

"谢谢你，诺曼。"格雷斯说。

"还有件有趣的事，"波廷说，"现今菲律宾的马尼拉，绰号就叫做'肾脏岛'。"

贝拉摇摇头，冷嘲热讽地说："啊，够了，那不过是胡说八道！"

格雷斯向她举起一只手，叫她注意。"这有什么意义，诺曼？"

"那里成了富有的西方人向穷苦的当地人买肾的地方。当地人可得到一千英磅，这在当地标准来看是一笔数额巨大的金钱。等到你把它买下来，移植到别人身上去，你就可得到四万到六万英镑。"

"四万到六万英镑吗？"格雷斯重复一遍，大为吃惊。

"一个肝脏还可能值那个价的五到六倍。"波廷回答，"人们在那个排队等候的名单上一等就是许多年，因此他们不惜铤而走险。"

"这几个人并不是菲律宾人。"贝拉说。

"我又和海岸警卫队的人谈过了，"波廷说，对她不予理睬，"我们那第一个可怜的家伙，身上被系了那么重的煤渣砖块让他沉下去，我把那砖块的重量告诉给海岸警卫队的人了。对方说过去那一周的天气状况里没有足够的力量能将它推送过来。大多数的海流是在海面，或靠近海面的。除非发生了海啸，否则的话是不行的。"

"谢谢你，这是一条很好的信息。"格雷斯说，把它记了下来，"尼克？"

格伦·布兰森仍然显得衣冠不整。他举起一只手。"对不起，打断一下，我只很快说一点，罗伊。这三个人全都可能是在另一个国家里被杀死的，或者甚至是在一艘船上杀的，只不过被沉入了英伦海峡，对不对？这就是你说给《百眼巨人报》的故事？"

"是的，是在离海岸有好几英里远的地方，所以这些案件不该是我们管的问题。但它们是大英帝国领海内发现的，所以又是我们该管的问题。我已经找了我们的两个调查员,叫他们编制一张名单,把过去七天里从英伦海峡经过的每一艘船只的名字都写上去。但我还不知道我们将怎样按照这些信息找到尸体的来源,或者甚至是否值得去这样干。"

"那好,"布兰森继续说,"尸体是在大约六十五英尺深的海水里发现的,所以如果它们不是漂移过来的,那它们就是从一艘船、一架飞机,或是一架直升飞机上给扔下去的。较大的集装箱船和油轮,它们穿过英伦海峡时需要比那个更深的吃水深度,所以我们可以排除大量的船只。此外我还认为,任何一位船长都会从海图上知道那里是一个挖沙区域。如果他不希望这些尸体被人发现的话,他一定不会把它选做投放场地,而是离它远远的。一架直升飞机或私人飞机的飞行员也许没有看过海图——或者没有注意这一点。因此我想我们应该去检查当地的飞机场,特别是肖勒姆的,寻找过去一周里有什么飞机起飞,把它们找出来。"

"我同意,"曼特尔警督说,"格伦的看法很好。问题是如果在私人机场有什么飞机起飞而又不提交飞行计划,我们就无从知道它们。如果是一架轻型飞机,它的任务就是扔掉尸体的话,飞行员完全有可能根本就不提交飞行计划。"

"或者也有可能是一架从海外某个地方飞过来的飞机。"尼克·尼科尔说。

"这一点我表示怀疑,尼克,"格雷斯说,"任何外国飞机,比如说法国的吧,只能飞进英伦海峡几英里;它们不会飞进英国的领空。"

布兰森摇摇头。"不,对不起,头儿,我不同意。他们可以故意这样干。"

"你说故意是什么意思?"曼特尔警督问。

"像是,以假象骗人之类的,"警长回答,"知道我们也许会发现他们,以为他们是英国来的。"

格雷斯笑了起来,说:"格伦,我想你电影看得太多了。如果有人从海外过来就是要往海里扔尸体,那一定是因为他们不想被人发现,所以他们不会飞到离英国海岸那么近的地方。"他草草地记下了这一点,"可是我们需要对当地的机场和飞行俱乐部,以及空中交通管制中心——进行检查。这个工作可以在周末做,因为周末期间它们是开放的。"

大卫·布朗举起了一只手。这位犯罪现场调查员四十刚出头,很容易被人当作演员丹尼尔·克雷格的兄弟,只不过长着雀斑和一头红色头发。在他的同事们中间长期以来流传着一个笑话,说电影公司把合同送错了人。那还是几年以前的事,当时电影公司正为新的詹姆斯·邦德选演员。大卫·布朗身穿一件有拉链的羊毛夹克,里面是一件开领衬衫,下身是牛仔裤和运动鞋,再加上他那有力的双肩和剃成了平头的发型,活脱脱一副行动派的架式。可是布朗的眼神却显示出另一面:他看什么东西都像是到了犯罪现场,不知疲倦地观察细节。就是这一点使他在犯罪现场调查员的职业阶梯上上升到了几乎是最高的级别。

"三具尸体都是用相同工业强度的聚氯乙烯材料包裹的,这种东西在任何五金店和便利店都能买到。用来捆扎它们的高强度绳索也是到处都能买到的东西。我的意见是:不管是谁去买的,他们都不打算再回到那个地方去。他会认为买完就完了。"

"要去找出买到这些东西的地方,我们有多大的机会?"格雷斯问。

"不太大,"布朗说,"不是一个很好的选择。有好几百个地方都在卖这些东西。但是对当地所有的供货商作一次拉网调查还是值得一试的,他们大多数在周末期间是开门营业的。"

格雷斯在他的调查名单上又做了一个记录。然后他又转向警探尼科尔。

"尼克,你呢?"

"我已经查过了失踪者名单。他们那里有很多失踪少年的情况能和这里符合得上。他们要我们给他们一些受害者的相片。"

"我已经把他们三个人的照片都给了克里斯·希弗。他正在把这些照片进行整理,剔去一些不能为外人看到的,剩下的准备交给报刊,让它们在星期一发表。与此同时，你可以送一些去失踪人员办公室。"

克里斯·希弗是负责尸体面容辨认的警官。

"我们也可以把它们轮流送给东南区域的各警务站看一看，看是否能在《犯罪观察》栏目上登一登，如果我们到下一次播出这个节目时还没有结果的话。有人知道下一次播出是什么时间吗？"

"星期二，"贝拉说，"我查过了。"

格雷斯皱起脸表示失望，还得等么长时间。然后他转向年轻的警员爱玛-简·鲍特伍德。

"爱玛-简，你呢？"

"好吧，"她用她那种公立学校的圆润嗓音说，"我已看过了那个无头无四肢的小男孩的文件，它是二〇〇一年从泰晤士河中发现的。它那时还未辨明身份，警察给它起名亚当。后来终于辨明这具躯干的主人是尼日利亚人。那是通过用显微镜来辨别在他肠中找到的微小植物颗粒而得出的结论。他们找的那个专家是一个名叫哈泽尔·威金森的博士，她来自丘园①的乔德雷尔实验室。"

犯罪现场调查员大卫·布朗又举起了手。"罗伊，我们认识哈泽尔，我们在许多案件中和她打过交道。"

"很好，"格雷斯说，"爱玛-简，可否请你安排一下，看她需要纳丢斯卡准备些什么？"

"好的。还有一件事。我读到了一些关于一个医院的报道。"她淡淡地一笑，耸了耸肩，"我认为也该试一试在那里花点时间。有一家法医实验室，又叫做塞尔玛DNA鉴识实验室，我们常到那里去做DNA检测的，他们有一家美国的母公司，叫做兰花塞尔玛②。我在那边和一个叫做马特·格林哈尔希的人有过接触，他对我颇有帮助。他是那里的法医学主任。他告诉我，他们在美国的实验室在对DNA里的酶的同位素进行分析方面已经取得了进展。马特说他们已经建立了一种方法，能够对食物，特别是从它的矿物质成分上进行其来源地区的定位，

---

① 丘园：英国皇家植物园，在泰晤士河的西面。
② 兰花塞尔玛（Orchid Cellmark）是一家全球领先的提供DNA测试服务的国际供应商。

即便那个地方还不是一个实实在在的国家。我们已经从无名男士一号身上取样送到那里去了，应该最早在这个星期就能听到回音。"

"很好，谢谢你，爱玛-简，"格雷斯说。有一会儿工夫，他对这样做的价值感到疑惑，因为现在已经是各种食物用船定期运往世界各地的时代了。但这样做也许会有所帮助。然后他站起来，走到一块白板旁边，指着那张女性上臂的近镜头放大照说："你们都看过这个了吗？"

房间里所有的人都点点头。那是一个做得很粗糙的刺青，一英寸长，它的拼写字母是 RARES。

"拉尔斯？"诺曼·波廷说，"可能是一个拼音走了样的'拉什'，意思是因钟情而神魂颠倒的小伙子。看来是一个肮脏的拉什！"他为自己的笑话而暗自得意。

"我猜想这是一个名字，"罗伊·格雷斯说，不理睬他，"一个十几岁的女孩在她的手臂上最可能刺的东西莫过于她的一个男朋友的名字了。这个刺青看来也许是她自己文上去的。有人听说过这个名字吗？"

没有人回答。

"诺曼和爱玛-简，我要交给你们这个任务，去查一查这是否真的是一个名字，是哪一个国家的。或者，如果它不是一个名字又是什么意思。"

然后他看着曼特尔警督说："我知道你这两天去上课了，对这里的情况不了解。丽齐，到目前这个阶段，你有什么需要知道的吗？"

"不必了，我已经补上课了，罗伊。"她说。

"好的。"

他仍然站着，朝房间里看了一圈，看着福尔摩斯数据库分析家朱丽叶·琼斯。她是一个黑头发的女人，穿一件褐色条纹的衬衫。

"本周末我们需要来一个拉网式的行动，检查英国每一个郡的警察局，看他们那里是否有与本案间接相似的案件。我们还不能假定这是和器官移植有关的案件。它是一个最为明显的调查方向，但我们切不可排除这样的可能性，那就是在我们要找的也许只是一个孤独的怪人。

纳丢斯卡推断不管是什么人干了这件事，他都一定具有外科手术的技能。我们需要从总局里调出已经从监狱里释放出来的每一个外科医生，以及具有外科手术技能的内科医生的情况，或者是近两年是否有从精神病院里出来，开始新生活的外科医生。"他想了一会儿，"以及所有从医生注册名单上除名，从而心生怨恨的外科医生。"他把这一点记下来作为一项调查内容。

"到互联网上搜索一下怎么样，罗伊？"大卫·布朗问，"我想起来了，几年以前有人在 eBay 打广告出售一个肾脏。这个也值得搜索。"

"是的，这是一个非常好的意见。"他转向丽齐·曼特尔，"你能否让高科技犯罪科来干这个，看看是否有人打广告出售器官？"

"你真的相信会有人干那种事吗，罗伊？"贝拉问，"杀死受害者而出售他们的器官？"

格雷斯早已过了对于人类潜在的邪恶表示怀疑的时期。你可以尽量发挥你大脑的想象能力，去设想最为恐怖的事情，然后再把它乘以一个十倍的系数，得出来的这个结果仍不能与人类所能具有的邪恶水平相比拟。

"是的，"他说，"不幸得很，我相信。"

41

三点半了,外面天已经渐渐暗了下来。林恩站在厨房的餐桌旁,往窗外看去,一边等着微波炉里的食物加热完毕。微波炉发出的声音就像是有一把链锯在锯一个金属垃圾箱,要锯完一整圈。大雨倾盆落下。后面的花园是她倾注了大半年的时光来照料,并引以为豪的,但现在看起来像是疏于管理,糟糕得很。

秋天的玫瑰需要摘去枯萎了的花朵,草地上面则覆盖了厚厚一层落叶,现在也急需修剪,即便已经是十一月的末尾了——多谢全球变暖,她想。也许下个周末,她的力气和热情会恢复过来。如果……

一个极为重要的如果。

如果她能捱过对凯特琳那令人恐惧的担心就好了。那种担心时时刻刻在揪着她,使她的心几乎要麻木了,使她不能集中注意力去干任何事情,甚至是看报。

早在她能够记事起,就从来不喜欢星期天的下午。那是一种忧郁的感觉,觉得周末就要过完,明天又该回到现实世界中去了。但这个星期天的下午就不只是带来一种忧郁的感觉了。她为凯特琳的病担心得要命,再加上那种无助感,为自己的无能为力而气愤。在医院的这几天里,看着女儿惊恐的脸,除了给她说几句安慰的话,送几本少年的杂志和几张 CD 碟外,她再没有能力给她什么了,这种难受的感觉在咬啮着她的灵魂。

帮助别人一直是她生活中做得最好的一件事。在她还只有十几岁时,她的妹妹洛兰在骑自行车时被一辆卡车撞倒后受伤,卧床不起。她帮助照顾妹妹整整两年,直到她慢慢恢复健康,重新又开始走路。五年前,她帮助洛兰捱过了离婚的痛苦,后来又帮助她与乳腺癌作斗争,直至她最终失败而去世。

在她自己离婚后的日子里,母亲成了她的支柱。可是母亲一天一天地老了,虽然身子还很硬朗,但是林恩知道将来总有一天她也会失去她的母亲。如果她再失去凯特琳,在这世界上她就彻底地孤身一人了。这个自私的想法叫她害怕得不得了,其程度几乎与眼见凯特琳正在受的痛苦一模一样。

在皇家南伦敦医院里过的最后几天简直就是人间地狱。过去的三个晚上,他们为她在救世军培训中心里安排了一个房间,就在凯特琳病房的街对面。但她几乎很少待在那里。她不想错过凯特琳必须接受的任何检查和检测,那是为了检查她是否适合做器官移植手术而安排的。她几乎是通晚陪在那里,睡在一张椅子里,就在她女儿的床头。

她都数不清女儿见过多少人了:器官移植组里不同的成员、社会工作者、护士、专科住院医生、会诊肝病专家,会诊外科医生,麻醉师。各种各样的扫描、验血、常规检测、造影、肺功能检查、心脏评估,和看来是无休无止的、反反复复的临床谈话。

"我成了一个展品,对吗?"凯特琳有一次绝望地说。

有一个人是凯特琳最为信服的,他就是会诊医师阿比德·萨陀。今天早上他向她们两个保证,说尽管凯特琳是稀有血型,但有望很快找到一个配型,很可能就在几天之后,他说。

林恩总是感觉能从他那儿受到鼓励。她喜欢这个男人充沛的精力、温和的态度,以及他真诚的关心。她看到他工作起来废寝忘食,相信他为了凯特琳会真正地不遗余力。但是现实情况摆在那里:肝源奇缺,而凯特琳又是稀有血型。还有一个问题已经向她们解释过了:凯特琳的肝病是慢性的,而排队的优先权只能给予那些急性肝病患者。

萨陀先生也向她们解释过,有些非稀有的血型的人群也可能满足凯特琳肝脏移植的配型,所以这不必成为忧虑的原因。他告诉她说凯特琳会好的。林恩知道阿比德·萨陀医生的确想要她女儿好起来。

但她也知道他只是一个系统中的一部分。他只是一个非常大的、超时工作、永远疲惫但却付出关心的团队中的一员。卢克真是吓了她一跳——他叫她自己上互联网上去看一看。对于在整个英国等待肝移植的病人数量,你很难找到一个精确的数字。萨陀医生也私下里向她承认,在皇家医院有百分之十九的病人在等待肝源的过程中死去。她确实感觉到他没有把全部的真实情况告诉她。排队名单中的优先者在每周星期三的会议中都会更换。在她不去上班的时间里,她和病人们交谈过了,得知他们都无休无止地在名单上被人挤掉——被那些情况比他们更糟糕的病人给挤掉的。

这是一场赌博。

她感到该死的无助。

桌上放着厚厚的一沓《观察家报》及其所有的副刊。她看了一眼头版头条,它预告了更多的经济低迷、房地产价格下跌、破产的增加。等明天她又回去上班的时候,她就要去处理这所有的一团糟中人们所遭受的损失了。

对几乎每一个和她在工作上用电话交谈过的人,她都感到难受。他们都是一些正派的普通人,只是把自己陷入了一团经济的乱麻中。有一个名叫安娜·弗洛伦丝的女人,几乎和她一样大,也带着一个生病的十几岁的女儿。她的问题开始于几年前,那时她分期付款买了一辆价值一万五千英镑的汽车,但是没有连续交保险费,结果汽车被偷了,弄得她仍然必须按期付款给分期付款公司,却没有了汽车。

她无力再买一辆汽车，又不得不买，于是用信用卡透支买了一辆。她办了新的信用卡，利用每一张新卡的现金额度去偿还原先的信用卡欠债。

到现在有一年多了，林恩几乎每周都要就她的月付款数目谈判，将她的欠款限制在一家信用卡公司，并允许她逐月减少付欠款的额度。她总共欠信用卡公司五千英镑。那家公司是林恩所在公司的一个客户。但是她把事情搞得更糟了：她用抵押贷款的方式使自己深深陷入应付欠款的泥沼之中。林恩知道这只是一个时间问题，这个可怜的女人迟早会失去她的房子以及其他的一切。

她但愿自己有一根魔杖，能够使得安娜·弗洛伦丝，以及她每天要面对的其他十几个这样的人的情况好起来。但是她能够做的只有表示同情，并且还要立场坚定，绝不退让。现在她自己也成了一个该死的让人同情的对象，而不希望让人对她"绝不退让"。

她们家的花斑猫马克斯在她的腿上擦着身子。她跪下来抚摸着它，从它那柔软而暖和的皮毛中得到了一丝鼓励。

"你真幸运，马克斯，"她说，"你完全不知道发生在人类生活中的这一堆糟糕透顶的事情，是吗？"

如果马克斯有什么烦心的事，它也不会表露出来，它只会打呼噜。

她拿起电话，拨了她最要好的朋友苏·沙克尔顿的电话号码。从那里她总是能得到令人愉快的支持。但是电话转到了留言电话上。她模糊记起来一些事，好像是苏新交的男朋友带她去罗马度周末了。她留下了几句话，然后失望地挂上了电话。

正在她挂电话时，微波炉发出叮的一声响。她又等了一分钟，然后打开门取出比萨饼。她把它切成了好几块，放在一个盘子上，端到休息室去。

当她推开门时，电视里发出刺耳的声音。她认出来了电视屏幕上的人，是《梦幻海滩》中的两个角色。这是她女儿喜欢看的一部肥皂剧，简直是一集也不落下。凯特琳正躺在沙发上，她的头搁在卢克的胸脯上，光着脚，大脚趾蜷曲着，两罐可乐打开放在玻璃台面的咖啡桌上。她看着女儿的脸，看了一会儿，看到她完全沉迷于剧情中去了，为什么事情笑着。有一刻她被一种激情的冲动给压倒了，强烈地想要把凯特琳抱在怀中。

上帝呀，这女孩需要鼓励，她应得的鼓励。她应该得到的人要比那个小混球好得多。你看他带着他那愚蠢的不对称的发型，正和她一起躺在沙发上。

她仍然对他心怀愤慨，因为他用等待移植的人名单上的统计数字及其死亡率来吓唬凯特琳和她。

"吃比萨了！"她说，那声音听起来比她感觉到的要愉快多了。

卢克穿的是一件帽衫，一条撕烂了的牛仔裤，和不系鞋带的运动鞋。他从他那倾斜的刘海底下偷窥着她，然后举起一只手，仿佛在指挥交通。

"好！酷！我就爱吃比萨。"

你要是把它当作一顶帽子戴上就显得更酷了——林恩心想。她本想痛痛快快地把它整个儿扣在他头顶上，可她没有这样做，只是保持平静，将盘子放下，从房中退出来，回到了厨房。她没去看星期天的报纸，而是捡起薇尔·麦克德米[①]的犯罪小说来看。这是她这几天来一直在看的书，希望在另一个不同的世界里放松一下自己，一两个小时也好。

小说中一个男人将一个受害者放进一架中世纪行刑机的复制品里。林恩突然想到，要是把卢克放进这样一架机器里将是一件多么叫人快意的事情呀！

然后她将书放下哭了起来。

[①]薇尔·麦克德米（Val McDermid, 1955— ）苏格兰犯罪小说家。

42

苏珊·库柏几乎到了精力耗尽的地步。自从纳特出事以来,她的生活方式全都打乱了。从上周星期三起,除了回家洗个澡,换换衣服,她一直住在这个重症治疗室里。按照放在她腿上的《每日邮报》来看,今天是星期一了。

报纸上满是用冬青属植物镶边的广告,以及喜庆的节日文章和插图。这些文章教给你"如何躲避一个圣诞节习俗!""如何在节日期间避免额外的开支!""如何利用家庭垃圾中的回收物来装饰圣诞树!""一百个绝妙的圣诞礼物的想法!""如何给你的男人送一件礼物叫他永世难忘!"

如何帮助你的男人活到圣诞节?或者,如何帮助你的男人活到看见他那未出生的孩子?如果能告诉你这样做的办法,你以为如何?她凄凉地想。

过去的五天里什么变化都没有发生。这是她生命中最长的五天;她在这间蓝色的重症治疗病房里,睡在纳特床头的一张椅子里度过了整整五天。现在她一看见蓝颜色就恶心。她厌恶那浅蓝色的墙壁，厌恶那现在正笼罩着他病床的蓝色围帘，厌恶那蓝色的竖直百叶窗，厌恶医生和护士身上穿的蓝色上衣和裤子。这里唯一不同的颜色来自人们送给纳特的各种卡片。她已经把鲜花送到另一个病房里去了，因为这里已经没有地方能放得下。

她想走进围帘笼罩着的地方，但是此刻那里挤满了医务人员。一个报警器突然响了起来，发出"滴——滴——当"的声音，然后又突然停了下来。她越来越恨那个该死的报警器了，每次一响，都吓她一跳。这时病房那头的一台报警器叫了起来。她放下报纸，站起来想要暂时离开这里。

纳特的床头另有一台报警器响了，她又想是不是该到围帘里去检查一下。但是她一直在不断地检查，日复一日好奇地张望着每一个进进出出的医务人员，知道她一定都快要叫他们发狂了。她决定走出病房去待几分钟，换换环境。

她从几张病床边走过，躺在床上的病人大部分都插了管子。他们大多数人都默默不语，要么睡着了，要么瞪着眼睛茫然地望着空中。她在门口停住了。为了病房内的卫生，门口的墙上安装了一架净手器。出于责任她朝手上喷了一喷，将那黏稠的东西按摩进皮肤中，然后按下绿色的按钮把门打开，走出了病房。她像一具僵尸一样沿走廊走着，打她左边的一张门前走过，那里是强制安静室①；她右手边是一间大一些的房间，但那里更缺少欢乐，那是候诊室。她从一幅油画旁经过，那是一幅抽象画，看起来好像是两辆满载五颜六色的乌贼的卡车相撞。她又沿着走廊继续向前走去，走到电梯间顶那头的一扇窗户前。

这里已经成了她观看外面的窗口。

就是从这个窗户，她望着世界的另一种真实——屋顶和在空中翱翔的海鸥，以及远处的英伦海峡。那里是一个宁静的正常状态的世界，在那个世界里纳特是健康的。在那个世界里灰色的船体沿着灰色的海

---

① 强制安静室：某些精神病院隔离难驾驭病人的房间。

平线驶过,昨天她还在那个世界里看到了远处白色的风帆,那是从系船池里开出来,正在围绕标志浮标进行竞赛的快艇。冬季的竞赛项目:帆船运动。她对这个很熟悉,因为有两年,在星期天的上午,纳特不需要加班的时候,他总是到那些快艇上去当船员,摇绞车。他呼吸着新的空气,就像打壁球一样,觉得是一种享受。他发现这是一个好办法,可以逃离医院的压力,放松一下自己。

后来他买了这辆摩托,转而和一群对摩托兴趣重燃的人一起到乡村去竞赛飙车,以度过星期天上午的休闲时光。她对那辆摩托车真是恨之入骨。

该死的,她想,该死的该死的该死的。

仿佛感觉到了她的情绪,她的宝贝在她肚子里动了一下。

"嗨,宝贝儿。"她说,然后拿出她的手机,有八个未接电话。新来的短信一个接一个。那都是来自纳特的兄弟、他一起划船的朋友、他的一起摇绞车的搭档、他的姐妹,还有简,她最要好的朋友,以及其他两个女性朋友。

她听到身后柔和的脚步声,踩在亚麻油地毡上咯吱作响。这时传来了一个她不熟识的女性的声音。

"是库柏太太吗?"

她转过身来,看见一个长相悦人的妇女,手里拿着一个夹纸板,上面夹着几张表格。这个女人三十好几了,有一头浅褐色的长发,她把它挽到脑后做成了一个发髻。她身穿褐色和奶油色相间条纹的上衣、黑裤子和柔软的黑皮鞋,胸前别着一个徽章,上面写着:特别护理。

"我叫克丽斯·杰克逊。"她说,露出一脸同情的微笑,"你好吗?"

苏珊耸耸肩,给出一个惨淡的笑容。"不太妙,如果你想知道实情的话。"

有一个短暂的犹豫,苏珊觉得很尴尬,感觉不妙。

"我们能谈几分钟吗,库柏太太?"护士问,"如果我没有打扰你什么事情的话。"

"可以,没事的。"

"或许我们可以去强制安静室里谈。你要不要来一杯茶？"

"谢谢你。"

"你的茶里搁什么？"

"牛奶，不放糖。"

几分钟后，苏珊在没有窗子的强制安静室里一张带木把手的绿椅子上坐下了。房间角落里有一张桌子，上面有一盏看起来像是床头柜上放的那种台灯，灯上有一个带花边的灯罩。一边墙上装了一面小镜子，另一面墙上挂了一幅乏味的风景复制品。有一台小风扇，已经关上了。气氛很是压抑。

克丽斯·杰克逊带着两杯茶回来，在她对面坐下了。她微笑着，神情虽然愉悦却有点尴尬。

"我可以叫你苏珊吗？"

她点点头。

"苏珊，我恐怕情况看来不妙。"她搅动着茶，"我们已经为你丈夫做了我们力所能及的一切。因为他也是医生，再加上我们这里的人都很喜欢他，每一个人都投入了额外的努力。但是五天里他没有任何反应，我恐怕今天上午病情会有所发展。"

"那是指什么？"

"经过对他瞳人的不断检查，显示出大脑内有变化，那是与升高的颅内压相符合的。"

"他的瞳孔已经扩散了，是吗？"苏珊说。

克丽斯·杰克逊发出一个苦笑。"是的，当然是这样，以你的职业背景，你是明白的。"

"我明白他的大脑伤得很严重。还有多久你认——你认为——你知道……"她开始哽咽起来，"他还能和我们在一起？"

"还会有更多反复的检测要做，但看来已成定论了。还有什么人你想要打电话通知的吗？家庭中还有没有其他成员是你希望叫来向他道别，给你以支持的？"

苏珊把茶杯和碟子放下，从手提袋中取出一张纸巾来，轻轻擦着眼睛，点点头。

"他兄弟——他已经从伦敦出发了……他应该不久就会到这里。我……我……"她摇摇头，抽着鼻子，深深吸了一口气，尽力平静自己，拼命忍住眼泪不让它流下来，"你有多肯定？"

"他的血压上升到了二百二十和一百一十，然后又突降到了九十和四十，你明白这个现象的意义吗？"

"明白，"苏珊点点头，她的眼泪像决堤的洪水一样流了出来，"纳特实际上已经死了，是吗？"

"我恐怕是这样。"克丽斯·杰克逊非常平静地说。

苏珊点点头，用纸巾轮流使劲地压着两只眼睛。另一个女人耐心地等着。几分钟后，苏珊啜吸了几口茶。

"你看，"克丽斯·杰克逊说，"现在有些事情我要开始告诉你了。因为你丈夫是这里的人，他的身体在很大的程度上来说是完好的，你可以选择把他的生命器官捐赠出来帮助他人，挽救他们的生命。"

她停住话，等待一个回应。

苏珊默不做声地朝下看着，一直望进她的茶杯里面去。

"这样做将会使许多人得到安慰，它意味着他们所爱者的死亡至少可以挽救他人的生命，使他们从纳特的死亡里体会出一些积极的意义来。"

"我怀孕了，"她说，"怀的是他的孩子，现在他看不到孩子了，是吗？"

"但至少他会有些东西在这个孩子身上延续下去。"

苏珊又盯着她的茶看起来，仿佛有一条钢做的带子把她的咽喉给扎紧了。

"怎样——我是说……如果我……他……捐赠器官，他会——你知道——损毁外形吗？"

"他会受到同样的医疗照料，就如同他还是一个活着的病人一样。他的外形不会受到损毁，不会；只在他的胸口上留下一个切口。"

一阵长久的沉默之后，苏珊说："我知道纳特一直是支持器官捐赠的。"

"但是他没有带着捐赠卡吧？或者并没有办理登记？"

"我想他到时候会那样做的。"她耸耸肩，又擦起眼睛来，"我不认为他会料到……料到……"

护士点点头，没让她把话说完。"许多人都没有想到。"她说。

苏珊苦笑了起来。"那部该死的摩托车。我叫他不要买，对吗？要是我把他阻挡住就好了。"

"对于决心已定的人，想要去阻止他干某件事是很难的，苏珊。你无法责备你自己，不管是现在还是过去。"

又是一阵长久的沉默。然后她说："如果我同意了，你们会给他上麻药吗？"

"如果那是你的要求，会的。但那是不必要的，他完全感觉不到任何东西了。"

"你们要从他身上拿走多少东西？"

"按照你的要求。"

"我不要你们拿走他的眼睛。"

"那是对的，我明白。"她随身携带的电子呼叫器突然嘟嘟地叫起来。她拿出来看了看，然后将它塞回它的皮套里。"你还要来一杯吗？"

苏珊耸耸肩。

"我再给你倒一杯吧，然后我去拿同意书来。我还要和你一起仔细检查他的病历。"

"你知道他的器官将给谁吗？"苏珊问。

"不，目前这个阶段还不知道。对于器官移植，国家有一个数据库——肾脏、心脏、肝脏、肺、胰脏和小肠，有八千多人在排队等候。你丈夫的器官要按照匹配与优先照顾的原则来分配，寻找最具有成功机会的接受者。我们会写信给你，告诉你是谁接受了他的捐赠。"

苏珊闭上双眼以阻止眼泪流下来。

"把表拿来吧，"她说，"把那该死的表拿来，趁我还没有改变主意。"

43

林恩·贝克特工作的这家迪纳里厄斯①收债代理公司在布赖顿霍夫市的一幢新式办公大楼里占了两层楼面。它在时髦的新英格兰区内,靠近火车站。

这家公司以古罗马的银币名称命名,它的顾客来自各种各样提供消费信贷的公司——银行、建房互助会、商品邮购公司、自行发放信用卡的商店和分期付款公司。在经济不景气的日子里,它的生意兴旺发达。他们有些生意很简单,只要从特别的客户手上寻求倒账、坏账就可以。但他们大部分的生意是通过大批购进倒了账的有价证券,再看他们能收回多少,以此来赌一把。

现在是星期一下午五点过一刻,林恩坐在她的十人工作站里。她的小组名叫鹞式大黄蜂。每个小组都有自己的名字作标志,它就写在从天花板上悬挂下来的一块牌子上。在这个巨大的开敞式平面布局的

---

① 迪纳里厄斯(denarii)是拉丁文,为古罗马银币。

办公室里，其他的小组都有一个极具竞争力的杀气腾腾的名字，它们叫做银鲨、飞豹和迪纳里厄斯魔鬼之类的。办公室的那头是诉讼部门，它挂的牌子上写的是司法鹰。从他们过去就是电话监听组，他们主要是监听收债代理人拨打的电话。

通常她喜欢待在这里，她喜欢这种同志情谊和友好的竞争。这种竞争是由挂在四面墙上的巨大的平板屏幕煽动起来的，它们不断地显示出赢得的奖品，其范围很广，从一盒巧克力到短途旅游，在高档餐厅吃饭或是去看赛狗会、灵犬赛跑之类的。在她现在看到的这面墙上，屏幕上此刻描绘出来的是一只有生命的锅，锅里装满了金币，和它在一起的是这样一行字：收债奖金总额为六百七十三英镑。她常常感觉这里的气氛很像是在赌场。

到这个周末，这笔金额还会增大，会有一个人把它作为奖金捧回家去，要么是她们这个组里的一个收债代理人，要么就是她们对手队里的某个人。她现在也可以做到，她想那仍然是有可能的。这一周她有一个好的开头，尽管中间中断了几天。

上帝啊，我一定要赢得那笔奖金！她这样想着。它可以支付修汽车的开销，还有凯特琳的治疗费，还可以帮她支付每月如山一样累积的信用卡费用。

现在在冬天暗淡的日子里，从办公室望出去，可以看到布赖顿很好的景致，但是每当她工作时，她是那样努力地集中注意力，因此很少有时间欣赏它。此刻，她头上带着电话耳机，前面摆着一大杯茶等它凉下来，正尽量集中注意力去看她要打电话的名单。

她每看几分钟便停下来，心情沉重地抬头看着一张凯特琳的照片。它钉在红色的分隔墙上，就在电脑显示屏的正上方。凯特琳正斜靠在沙姆沙伊赫①的一幢刷白了的房子前面的墙上，看起来已经晒成了棕褐色，穿着一件T恤和齐膝的宽松运动短裤，戴着一副很酷的太阳镜。她正给摄影师——林恩——做出一副超级模特的撅嘴怪模样来。

---

①沙姆沙伊赫：埃及的旅游胜地。

然后她转回电话单上来，拨打了一个电话号码，一个粗哑的男性声音接了电话，听口音是乔迪①人。

"谁呀？"

"下午好，"她有礼貌地说，"是欧内斯特·穆尔豪斯先生吗？"

"嗯，你是谁？"他突然变得含糊其辞起来。

"我的姓名是林恩·贝克特。你是穆尔豪斯先生吗？"

"呃，是的，也许是。"他说。

"我是迪纳里厄斯收债代理公司的，继上次给你发了一封信函之后，现在又给你打来这个电话，是关于你在霍姆菲克斯特商店所开信用卡上负债八百七十二英镑一事的。我能核对一下你的身份吗？"

有一会儿的沉默。"啊，"他说，"对不起，你弄错了，我不是穆尔豪斯先生。你一定拨错了号码。"

线断了。

林恩重拨电话，回答的是同一个声音。"穆尔豪斯先生吗？我是迪纳里厄斯的林恩·贝克特。我想刚才是电话线断了。"

"我刚才告诉过你了，我不是穆尔豪斯先生。现在滚开，停止对我的骚扰，不然的话我会跑到新英格兰区来把这个电话砸在你那该死的屁股上。"

"看来你的确收到我的信了？"她继续镇定地说。

他的声音提高了好几个音阶和分贝。"我已经和你说过了，我不是他妈的什么穆尔豪斯先生！怎么就不起作用呢？你听不明白吗，你这头愚蠢的母牛？"

"除非你收到了我的信，不然你怎么知道我在新英格兰区呢？穆尔豪斯先生？"她问，依然保持着平静和礼貌。

这时她将耳机从耳朵里拿开，因为里面传来滔滔不绝的骂人的话。突然她手提袋里的移动电话响了。她取出来看了一眼上面的显示，上面表明是私人电话，她按下了删除键。

---

①乔迪（Geordie）指居住在英格兰东北部泰恩赛德地区的人。

当骂人的话结束之后,她说:"我该警告你,穆尔豪斯先生,我们所有的电话都是录了音的,目的是为了业务训练和监听。"

"是吗?那好,我也要警告你一些事情,巴尼特小姐,在白天这个时辰你再不要给我打电话,和我开口说什么钱的事情了。你听明白了吗?"

"什么时辰会对你合适一些呢?"

"不管白天或是黑夜,没有他妈的什么时辰合适,你明白了吗?"

"我想要看看我们是否能为你制定一个计划,从每周付款的基础上开始把这笔欠款付掉。这个你是能付得起的。"

她不得不又一次把耳机从耳中拿开。

"我他妈的一分钱都拿不出来。我失业了,不是吗?我把那个该死的戈登·布朗①搁在我他妈的口袋里了。我让那该死的郡里的副司法长官都敲上门来了,他要追讨的欠债比你这个大了去了。现在滚吧,不要再他妈的给我打电话了。你他妈的听明白我的意思了吗?"

林恩深吸了一口气。"如果你一星期只还我们十英镑,这样来开始你的还款计划怎么样?我们想要让你还起欠款来容易一些。这个还款计划会让你觉得比较轻松。"

"你他妈的聋了吗?"

电话又挂了。几乎与此同时,她的手机发出了嘟嘟声,收到了一条短信。

她在欧内斯特·穆尔豪斯的文件上做了一个记录。她已经计划再给他写一封信,然后下星期再给他来一个追踪电话。如果这样做还不起作用的话——从他的声音听来好像不会起作用——她就不得不把它移交给诉讼部门了。

她偷偷摸摸地拿出手机,因为上班打私人电话是不被允许的。她把它放到耳朵边,听了一下留言。

是皇家南伦敦医院的器官移植协调人发来的,要求她立刻回电话,事情紧急。

---

①戈登·布朗(Gordon Brown, 1951—),二〇〇七年成为英国第五十二任首相,二〇一〇年五月辞去职务。

44

周末的时候在本市发生了另一起非正常死亡事件。一名四十七岁的记录在案的毒品贩子,名叫内尔·福斯特的人从他的滨海公寓七楼摔下。这件事具有自杀的特征,但不管是验尸官还是警察都不会轻易地过早作出结论。已经成立的调查小组被分派在突发事件一室第三工作站办公,以免他们在那里时会打扰格雷斯他们。为了更好地适应他那人数日益增多的小队,格雷斯现在把他每日两次的碰头会放在走廊对面的会议室举行。

他的小分队现在已大大地扩充了,一张四方形的大桌子被二十四张已坐了人的红色椅子团团围住。在房间的一头,正在总警司的身后,是一张曲面的,有两种色调的蓝色展示板,上面有苏塞克斯警察局的网址,还在一个蓝色背景上很具艺术性地展示了五个警察徽章,每个徽章的下面都醒目地写上了犯罪制止者的姓名和警员号码。另一头对面的墙上是一台等离子显示屏。

格雷斯现在在这个案子上感受了比平常更大的压力。在星期六的晚宴舞会上他设法和新来的警察局长作了一次闲谈。汤姆·马丁森对此案的了解程度让他感到十分惊异。他明白，现在不只是局长助理艾莉森·沃斯珀，还包括马丁森本人在内，都在关注着他的每一步进展。三具尸体的发现促使国家媒体日益增大了对布赖顿霍夫市的调查，这就意味着他们把注意力特别集中在了苏塞克斯刑事调查部的能力上。眼下唯一能分散对三具尸体的关注，使得新闻报道的范围不再扩大的事件，就是赫尔附近一个小村子的失踪案了。有两个小姑娘离家出走已达一个多星期，这就意味着媒体的更多关注将聚焦在她们及她们的家庭身上。

"现在是十二月一日星期一下午六点半，"格雷斯宣布，"这是海王星行动对三位无名人士进行死亡原因调查的第八次碰头会。"他喝了几口咖啡，又继续说，"今天上午我召开了一次令人极不舒服的新闻发布会。有人泄漏了关于器官丢失的事情。"

他相继盯着他最为信任的同事的脸：丽齐·曼特尔；格伦·布兰森，现在穿着一套闪光的蓝色西服，仿佛准备去过夜生活；贝拉·莫伊；爱玛-简·鲍特伍德；诺曼·波廷和尼克·尼科尔；他已心中有数，他们中没有一个人，包括房间中另一张脸，盖伊·巴切勒警长在内，把这件事给说了出去。事实上他十分清楚不是这里的任何一个人，也不是殡仪馆里的人。或者是新闻办公室的，也或许是警力调配室的……总有一天，等他有空，他一定要把他找出来——他对自己这样许愿。

贝拉手举一份伦敦的《标准晚报》和一份最新版的《百眼巨人报》。《标准晚报》的头条标题是：英伦海峡中尸体器官被盗之谜。《百眼巨人报》的则是：英伦海峡尸体的生命器官不见了。

"你可以肯定明天的早报上将会有更多的新闻，"他说，"有两班电视新闻人员正悄悄地跑遍肖勒姆港，我们的新闻官员整个一下午就在忙于应对来自各广播电台的电话。"他对丹尼斯·庞兹点点头，后者是他邀请来参加这次碰头会的。

前任记者，现在的公共关系警官丹尼斯·庞兹看起来更像是一个本地商人而不是一个新闻从业人员。他四十刚出头，一头光溜溜的黑发往后梳去，突起的粗眉，偏好第一流的西服。他的艰难任务便是在警察和公众之间充当中间人，对一贯脆弱的警民关系进行调停，这种局面通常是没有赢家的。那些对与新闻界有牵连的人不抱好感的警官给他取了个绰号叫做"池塘生活"[①]。

"我一直抱着这样的想法，希望新闻报道将有助于引导广大公众。"庞兹说，"我已将经过修饰的三具尸体的所有照片在每一家报纸和电视新闻台传阅，并将其输入互联网新闻源。"

"《百分之百布赖顿电视》在你的名单上吗？"尼克·尼科尔问，他是指城市的相对较新的互联网频道。

"百分之百的！"庞兹说道，然后微笑起来，似乎得意于这个机智的回答。

格雷斯低头看他的笔记。

"在听你们各自的报告之前，我们先来听听一个有趣的故事后续进展。"他说，"也许没有什么意义，但我们应该跟进。"他看看格伦·布兰森，"你就是说这个故事的人，因为你是我们的航海专家。"

响起了一阵吃吃的窃笑。

"更可以说是作抛射形呕吐的专家。"诺曼·波廷小声笑着。

格雷斯没有理睬他，继续往下说："有一艘名叫斯可布伊号的捕鱼船，是肖勒姆港的。近日报告说它自星期五晚上以来便失踪了。也许是一件无关紧要的事，但是我们必须对沿岸任何一处地方的超出常规的事情进行监控。"

"你是说斯可布伊号吗，罗伊？"布兰森问。

"是的。"

"那就是我在星期五随特种搜索队一起出海乘坐的船。"

"你不要告诉我们说是你把它给沉了，格伦！"盖伊·巴切勒嘲弄说。

格伦不理睬他，努力地思考，显出非常震惊的样子来。失踪是因为被偷了还是沉了呢？他转向格雷斯问道："你还有更多的信息吗？"

[①] 庞兹的姓 Ponds 有池塘的意思。

"没有——就看你能发现什么了。"

布兰森点点头,然后默不做声地坐下,对于接下来的会议谈话他只是半心半意地听着。

"这在我听来像是犯罪。"诺曼·波廷突如其来地说了一句。

格雷斯奇怪地望着他。

波廷点点头。"那不就是诺埃尔·科沃德①吗,是不是?他对布赖顿做的总结:码头、同性恋、非法事件②。这就是布赖顿,不是吗?"

贝拉对他怒目而视。"如此看来你是哪一个?"

"诺曼,"格雷斯说,"这里会有人觉得受到了冒犯,对吗?"

有一会儿工夫,警长看起来像是要进行反击,但似乎改变了想法。"是的,头儿,明白。还是只谈那三具丢失了器官的尸体的事。我们可以把它看做非法事件——在人体器官上做交易。"

"关于那个你还有什么要详谈的吗?"

"我已经把简要情况给了高科技犯罪处的菲尔·泰勒和雷·帕克汉姆,看他们在互联网上有什么发现。我自己也在网上搜索了一下,这种事在网上是广泛传播的。"

"和英国扯上了什么联系吗?"

"目前还没有。我正在尽我所能扩大我的搜索网,和国际刑警组织,特别是欧洲刑警组织加强联系。但是我想我们不会很快就从他们那里得到答复的。"

格雷斯同意这一点。他先前有过许多和国际刑警组织打交道的经验,知道这个组织办起事来行动缓慢,令人生气,有时还很傲慢。

"但是我已经看到了一些也许有意义的事情。"波廷说。他从椅子上站起身来,走到白板前,那上面钉有那个少女臂上刺青的放大照片。他指着刺青大声念出:"拉尔斯。"

贝拉把她盒中的麦丽素弄得喀啦喀啦响,拿了一颗出来。

"我做了一些核对,其中大多数是在互联网上,"波廷继续说,"这

---

①诺埃尔·科沃德(Noel Coward, 1899—1973),英国剧作家,擅长写风俗喜剧。
②原文为 Piers, queers and racketeers。

是一个罗马尼亚名字，是一个男人的名字。"

"肯定是来自罗马尼亚，没有别的地方吗？"格雷斯问他。

"只有罗马尼亚有。"波廷回答，"当然，那并不意味着这个拉尔斯一定是罗马尼亚人——不管他是谁。那只是一个方向。"

格雷斯做了一条笔记。"很好，这非常有帮助，诺曼。"

波廷打了一个嗝儿，贝拉对他怒目而视。"哎哟，对不起。"他拍拍自己的肚皮，"还有别的事，罗伊，那件事我想也许有关系，"他继续努力讲下去，"联合国公布了一张关于人体器官贩卖的流氓国家的名单，我把它查出来了。"他冷笑了一声，"罗马尼亚就名列其中——地位突出。"

45

医院提出要派一辆急救车来,但是林恩不要。她肯定凯特琳也不会愿意要。她决定开自己的标致车去。

打给马尔的电话直接进了留言电话里,这表明他还在海上,因此她给他发了一封电子邮件,知道他会打开来看的:

相匹配的肝脏捐赠者已找到。她于明天上午六点接受移植。可能的话给我打电话。林恩。

凯特琳第一次坐在车中没有发短信。她只是一直抓紧母亲的手,那只林恩不必用来换挡的手。抓在林恩手中的是一只虚弱的、黏糊糊的、受惊恐的手。凯特琳那患了黄疸的脸在街灯的照耀和对面开过来的汽车头灯的强光刺激下,就像是一张黄色的鬼面。

收音机里放出的南方各郡的录音放完了,接着播出的是新闻。第三条新闻说,据推测苏塞克斯有一个人体器官偷盗和销售的链条。收音机里一个警察出来说话了,他名叫罗伊·格雷斯,是总警司。他用一种坚定的率直的声音说:"我们还在调查中,要做出推断还为时过早。我们目前调查的一个主要方向是要发现这些尸体是否是一艘从英伦海峡中经过的船上扔下的。我要向公众保证的是,我们认为这只是一个孤立的个案,以及——"

林恩按下 CD 键,匆忙关掉收音机。

凯特琳又抓住她母亲的手紧紧捏了一下。"你知道我现在最想去哪里吗,妈?"

"哪里,亲爱的?"

"家。"

"你要我把汽车往回开吗?"林恩说,大吃一惊。

凯特琳摇摇头。"不,不是回我们的屋子。我想要去的是家。"

林恩使劲眨眼睛,把眼睛里汪出来的眼泪给挤掉。凯特琳说的是"冬天小屋",那是她和马尔婚后住的地方。凯特琳在那里长大,直到林恩离婚。

"那里真是很好,不是吗,宝贝儿?"

"那里是极乐之地。我那时是快乐的。"

冬天小屋。即使它的名字都能唤起快乐的记忆。林恩还记得那是夏季的一天,她和马尔第一次去看它。那时她怀着凯特琳已经有六个月了。到那里去有一段很长的车程。那是一条走马车的车道,路上要经过一家正在经营中的农场,最后才到达那幢摇摇欲坠的小屋。小屋上盖满了常春藤,有好几处即将倾覆的屋外建筑和一座玻璃打碎了的暖房,但是草坪却修剪得十分漂亮,还有一座已经倒塌了的温迪屋[①]。马尔把它精心整修,为凯特琳重新建造了它。

第一天到那里去的情形她还记得清清楚楚:那发霉的气味、蜘蛛网、朽烂的木头、厨房里古旧的炉灶……一切都历历在目。从那里极目望去,可以远远地看见那柔和的绵延起伏的南部丘陵草地。马尔用

---

① 指供孩子玩耍的游戏室。

他强壮的臂膀搂住她的双肩,紧紧地抱住她,和她讨论一切他自己能做的事情,说是有她的帮助,他能把它重建起来。这是一个大工程,但却是他们的工程,他们的家,他们的一角天堂。

她当时站在那里,能够想象它在冬天会是什么样子:冷风刺激的气味、熊熊燃烧的柴火、腐烂的枯叶、湿润的青草。那个地方让人感觉是如此安全,如此有依靠。

是的,是的,是这样的。

凯特琳每次提起它,都会伤感。现在提起来甚至更伤感。她们搬出来时凯特琳还只有八岁,从那时起已经过去了七年多的时光。凯特琳常常提到冬天小屋,特别是它的小温迪屋。她把它称之为家,而不是她们现在住的这所屋子,这很伤人的感情。

但她能理解。在冬天小屋的那八年是凯特琳身体健康的八年,是她一生中无忧无虑的一段时光。她的病是在离开那里一年后才开始的,那时林恩就在想,眼见父母婚姻的破裂带来的精神压力,是不是造成她生病的一个因素。她一直想要知道。

她们又从宜家家居那些烟囱前经过。林恩心里开始感觉到它们成了她生活中的一个象征物,或者说是某种新的标杆。那一堆烟囱的南面标志着过去的正常生活,在它们的北面则是新的、陌生的、求知的、重生的生活。

CD 上,歌手贾斯汀·汀布莱克开始唱《轮回》。

"嗨,妈妈,"凯特琳说,突然间声音变得活跃起来,"你认为会是那样吗,你知道,就是他唱的那个。你觉得对吗?"

"你是指什么?"

"轮回。你相信那个吗?"

"你是说我相信因果报应[①]吗?"

凯特琳想了几分钟。"我是说,比如,我正在利用某一个死去的人,从他那里得到好处,这样做对不对?"

---

① Karma,为梵文音译,指决定来世命运的所作所为。

医院里已经告诉了林恩，说是有一个人死于摩托车事故，但她并没有把详情告诉凯特琳。她不想告诉她，担心这样做会给她带来痛苦。"也许你要从一个不同的观点来看问题。或许那个人有他所爱的人，当他们知道会有善行从他们的损失中产生，他们会得到安慰的。"

"这是多么不可思议啊，不是吗？比方说，我们甚至都不知道他是谁。你认为我会……见到那家的人吗？"

"你想要见到他们吗？"

凯特琳沉默了一会儿，然后说："也许，我不知道。"

她们又沉默不语地向前开车，开了两分钟。

"你知道卢克说了什么吗？"

林恩深吸了一口气忍住自己，不要说出反击的话来：不，我不要知道那个该死的低能儿说了些什么。但是透过咬紧的牙齿说出来的话却比她自己感觉到的要愉快得多，似乎显得很感兴趣。她回答："告诉我。"

"呃，他说有些做过器官移植的人会从捐赠者那里继承一些东西：特定的性格，或者一些嗜好的改变。比方说，如果捐赠者爱吃马尔斯巧克力，你也会喜欢吃；或者喜欢听某种特别的音乐，或者善于踢足球。从他们那里遗传过来某种基因。"

"卢克这些精辟之谈是从哪里得来的？"

"互联网上。那里有一大堆网站。我们看了一些。捐赠者不喜欢的东西，你也会跟他们一样不喜欢！"

"真的吗？"林恩突然活跃起来。也许捐赠这个肝脏的人也不喜欢有着愚蠢发型的小混球。

"有已经证实了的先例，"凯特琳说，甚至更为快活起来，"有，真的！好吧，对了，你知道我害怕登高吗？"

"噢。"

"嗯，我在那上面看到美国有一个女人，最怕登高了。她移植了一个登山运动员的肺，现在她成了一个登山运动的狂热爱好者！"

"你不认为那个道理很简单吗？那是因为她有了个工作正常的肺。"

"不是的。"

"听起来倒是奇妙无比。"林恩说，不愿显出怀疑的态度，一心想使她女儿保持热情高涨的状态。

"这是一例，对不，妈妈？洛杉矶有一个男人接受了一个女人的心脏。以前他特别讨厌购物——现在他时时刻刻都想去购物！"

林恩露齿一笑："这么说来，那你最想要继承什么特性呢？"

"嗯，我一直在想这个！我在绘画上一窍不通，也许我能从一个出色的艺术家身上得到一个肝脏！"

林恩大笑。"是的，可能会有各种各样的额外收获！瞧见没有，你已经在好起来了！"

凯特琳点点头。"我身体里带着一个死人的肝脏。是的，我会好起来，只是会有一点肝火过旺。"

林恩又大笑起来，看见女儿突然露出的微笑心里真是高兴。她紧紧捏住女儿的手。她们在友好的气氛中又向前开了几分钟，听着音乐，听着排气管在她们身子底下咔嗒咔嗒地响着。

这时，随着她的笑声消弱下去，她感觉到一根紧紧的箍带像冰冷的钢铁一样在她体内收紧。这次手术的风险已经向她们两个都讲清楚了。事情也许真的会出差错，有一个真实存在的可能性，那就是凯特琳也许会死在手术台上。

但是如果不做移植手术，那么凯特琳要想活得比几个月更长久这样真实存在的可能性都没有了。

林恩虽然不是一个按时去教堂做礼拜的人，但从很早的童年时代起，在她生命中大多数的时候，每晚都是要做祷告的。五年前，就在她妹妹去世之后的那个星期里，她不再做祷告了。近来，就在凯特琳的病情恶化以后，她又开始做起了祷告，只是做得半心半意。有时候，她但愿自己能信仰上帝，把所有的烦恼事都倒给他。那样一来一切事情都将变得简单多了。

她又将女儿的手捏紧。凯特琳那活生生的、美丽的手。那是她和马尔共同创造的，它也许在上帝的心中，也许不在，但一定是在她的心中。上帝尽可以搬弄自己的那一套,但是只有她,才会在就要到来的几小时里,为了凯特琳而去那里。如果上帝要扮演好好先生的角色,她会张开双臂欢迎。但是如果上帝定要搅乱她的情绪、她的心,以至于她女儿的生活,他最好走得远远的。

即便这样想着,在下一个交通灯前停下的时候,她还是简单地闭上了双眼,心中默默地做了一回祷告。

46

罗伊·格雷斯被惊恐揪住了心。他跑过一片草地,跑到了一个悬崖边。悬崖的绝对落差有一千英尺。呼啸的风直吹到了他脸上,推着他,几乎使他不能往前移动半步,所以他一直是在原地跑步。

与此同时,一个男人正跑向悬崖边,双手抱着一个婴儿,那是他的孩子。

格雷斯纵身向前冲去,用打橄榄球的技巧抱住男人的腰,一把将他掀翻在地。男人挣脱开来,一个翻身,似乎是下定了决心,把婴儿像个球似地抱在怀中,绝不打算松手。他一个跟斗又一个跟斗,滚到了悬崖边。

格雷斯抓住他的脚踝,把他猛地向后一拉。这时他身体底下的泥土突然间松了开来,像打雷似地发出轰然巨响。一大块巨石从悬崖上脱落,就像是从一块不新鲜的蛋糕上掰下了一块。他纵身跳下,和这个男人及他的孩子一起跳下,跳向下面如锯齿般嶙峋的山岩和沸腾的大海。

"罗伊！亲爱的！罗伊！亲爱的！"

是克莉奥。

是克莉奥的声音。

"罗伊，没事，亲爱的，没事！"

他睁开眼睛，看见灯亮了，感觉他的心脏在砰砰地跳，浑身被汗湿透，仿佛他正躺在一条溪流中。

"该死，"他耳语，"对不起。"

"又是从高处掉下吗？"克莉奥温柔地说，用关切的眼睛看着他。

"比奇岬。"

几个星期以来他一直做着同一个梦。它与一桩他被牵连进去的案件有关，但还不止于此。几个月前，在这个案子中，他逮捕了一个丧失人性的人，那件事就发生在比奇岬。

那个严重丧失了人性的家伙在这个城市里杀死了两个妇女，还曾企图去杀克莉奥。这人现在关在牢里，申请保释遭到拒绝。但即便如此，格雷斯还是感到突发的神经紧张。他在自己砰砰的心跳声和血液在耳中发出的轰鸣声之上，仔细聆听着城市里夜晚的宁静。

无线电时钟的钟面显示的是凌晨三点十分。

屋子里面没有任何声响。外面在下雨。

现在在他看来，怀着他孩子的克莉奥显得比以往更容易受到伤害了。

自从他上次检查了那个人的情况之后，已有一段时间了，尽管他近日也已经做了一些审判前的文书处理工作。他在脑子里记了一笔，打算打个电话去问一问，确定这个人是不是还稳稳当当地关在监牢里，不曾被某个糊里糊涂的法官给放了出来，为改善英国监狱人满为患的状况出一份力。

克莉奥抚摸着他的眉毛。他感觉到她那温暖的气息吹在了他的脸上，发出一种甜甜的微带薄荷香的气味，好像她刚刚刷过了牙。

"对不起。"他说，声音很低，仅仅只比耳语略高一点，仿佛这样就不会显得那么刺耳。

"亲爱的,你真可怜。你做了那么多噩梦,不是吗?"

他躺在那里,身子底下的床单被汗弄得又冷又湿。她说得没错,他一星期至少做两次噩梦。

"是什么缘故使得你停止了治疗呢?"她问他,然后温柔地轮流吻他的每一只眼睛。

"因为……"他耸耸肩,"那对我的病情没有什么改善。"他在床上放松自己,躺了一小会儿,朝四处看着。

他喜欢这个房间。克莉奥用大量的白色来装饰它,在光秃秃的橡木地板上铺了一块厚厚的白色地毯,还有白色的亚麻布窗帘,白色的墙和几件雅致的黑色家具,包括一个黑色的中国漆的化妆桌——这一切都是她干劲十足地搞起来的,却因为上次针对克莉奥的袭击事件而有些毁损。

"只有你才能叫我的病情有好转,你知道这一点吗?"

她朝他微笑。"只有时间才能治愈创伤。"她说。

"不,是你。我爱你。我是那么地爱你,我想我绝不可能以这样的方式再爱其他任何人了。"

她盯着看他,微笑着,慢慢地眨着眼,过了几分钟。

"我也爱你,甚至比你爱我更甚。"

"不可能!"

她对他拉长着脸。"你是说我撒谎?"

他吻了她。

47

格伦·布兰森睡不着,他睁大眼睛躺在罗伊·格雷斯屋子里一个空余的房间内。现在这里已经成了他的第二个家,或者更精确一点说,目前成了他主要的住处。

每天晚上都是这样。他喝得酩酊大醉,力图使自己筋疲力尽。但是不管是喝醉也好,还是吃了医生给他开的药丸也好,似乎都没有任何作用。不管是在家里还是在体育馆里,他总是努力不懈地锻炼,保持正常体型。但是现在他的皮肤已开始失去弹性了。

我他妈的就要崩溃了。他忧郁地想着。

这个房间还是由桑迪布置的。和这个屋子里其他的房间一样,它按照禅宗的极简风格来装修。床是一张低矮的蒲团似的东西,床头板上钉上的板条令人极不舒服。因为他个子高,如果他想避免自己的脚踢到床的另一头,常常就把他的头猛地撞到床头板上了。床垫硬得像水泥地一样,床架好像也松了。每当他挪动身体时,床架就不稳定地摇晃起来,发出嘎吱嘎吱的声响。他一直想要找个扳手来,把螺母拧紧，解决这个床架的问题，但是一下了班，他就精神沮丧，什么事情都不想干。他的衣服中有一半仍然放在拉上了拉链的塑料包装袋里，丢在小房间里的扶手椅中。其中有一些已经放在那里好几个星期了。他仍然抽不出时间来把它们挂进那几乎是空空如也的衣橱里。

罗伊说他把屋子里变成了一个垃圾场，这话一点儿也没说错。

现在是凌晨三点五十分。他的手机就搁在床旁边，他希望——正如他每晚希望的那样——阿妮也许会突然打个电话来，告诉他，她改变主意了，说她一直在反复地想这件事，终于明白过来她仍然爱他，深深地爱他，想要找个办法把婚姻生活恢复起来。

但是它今晚默不做声地在那里摆着，每一个该死的晚上都如此。

早些时候，他们又吵了一次架。阿妮很生气，因为他不能在明天下午去学校里接孩子们回家，而她要去伦敦上一节课。这件事听起来有点蹊跷，像是敲响了警钟。她从来不去伦敦上课。是为了某个家伙吗？

她是要去见某一个人？

和她分离就已经够他应付的了，可是一想到她也许是去见某一个人，开始另外一种关系，把那个人介绍给他的孩子们，这更叫他受不了。

他还有工作要考虑，无论如何也得把精力集中起来。

外面两只猫在嚎叫着打架。远处某个地方警笛在尖叫。那是布赖顿霍夫市分局的某个快速反应分队。或者是一辆救护车。

他翻过身，突然渴望着阿妮的身体。这个渴望引诱着他，要去给她打个电话。或许她是——

是什么？

啊，万能的上帝！以前他们是多么地相爱！

他努力把心事转回到工作上来，转回到他昨天晚上和失踪的斯可布伊号船长的妻子在电话中的谈话上。珍妮特·托尔斯异常激动。星期五晚上本来是他们二十五周年结婚纪念日，他们已经在霍夫的梅多斯餐厅订好了一个桌位。但是她丈夫再也没有回家，从那以后一直没有听到他的音讯。

她绝对肯定他已经出事了。

她能告诉格伦的就是她星期六早上已和海岸警卫队联系过了。他们后来向她报告说，有人看见斯可布伊号在星期五晚上九点钟时，和一艘注册为阿尔及利亚籍的货船一起通过了肖勒姆港的船闸。当地的捕鱼船躲在一艘运货的商船后面进入船闸是常见的事，这样就能使他们逃脱过船闸的费用。没人注意去看那艘货船。

从那个时候以后就没人看见过那艘捕鱼船和吉姆·托尔斯了。

她告诉格伦，海岸警卫队的工作日志里没有记录发生了什么事件，吉姆和他的船却实实在在地不见了，蒸发进稀薄的大气中去了。

突然间，他在这种失眠的状态中记起了一件事。这件事也许没什么意义。罗伊·格雷斯曾经教给他要做一个好侦探的许多重要的教训，其中一点现在在他脑子中萦绕，那就是清理你脚下的场地。

他回想到星期五早晨的情形。那时他一直站在阿灵顿系船池的码头上，等着登上斯可布伊号。当他们解缆放船时，他看见港口远处的那头，就在一堆装精炼石油储油罐的旁边，有一道光线一闪而过。

那天早上六点半，格伦将他那辆没有警用标志的现代爵士车停下，两个车轮压在国王大道的人行道上，正对着一排房屋。他从车中爬出来走进一片毛毛细雨中，这时曙光初露。他在一堵矮墙上歇息了一会儿，然后，打上手电筒，半走半跑地从一堆白色的石油储油罐后面绿草茵茵的海堤上走下，一直走到海堤的下面。从那暗灰色的海面望向远远的另一头，他还能分辨得出木材场和起重龙门架。更远的地方是阿可迪号挖沙船的灯光。它正在卸货，卸下它最后一点砾石和沙子。他还能听得见它的传送带发出的咔嗒咔嗒声，以及圆卵石落下来的哗哗声。

他估摸出他和警局潜水队一起登上斯可布伊号船的位置就在那家木材场的正前面。就是在那里，他看到那道闪光划过了水面。那是在第四个和第五个油箱之间，他朝那个空隙走过去。

一艘捕鱼船，还点着航行灯，正从港口里出来，在早晨的宁静中传过来引擎的"扑——扑——扑通"的声音。海鸥在他头顶上鸣叫。

他的鼻子里满是海港里发出的气味——腐烂的海草味，混合着石油味、铁锈味、锯下来的木材味和燃烧的沥青味。他把手电筒的光照在脚下的地面上，然后几步便走到了精炼石油储油罐白色的圆筒形罐壁前。走近这些油罐，他才发觉它们比星期五那天看起来要大得多。

他看了一下手表，还有一个半小时他就得离开，才能赶上早晨的碰头会。他把手电筒光往下照在湿草上，寻找星期五早上也许会留下的脚印，或者有些其他的线索。

突然他看到了一个烟蒂。或许这没有什么意义，他想。但是罗伊·格雷斯说过的那些话在他脑子里嗡嗡作响，就像念祈祷文一样。

清理你脚下的场地。

他跪下来，用一只随身带着的证据袋——也是以防万一才带着的——把它捡了起来。在烟蒂上印了一圈紫色的字：丝鞭。

几分钟后，他又找到了第二个，是同一个牌子的。

只掉下一个烟蒂可能说明有人打这里经过。但是掉下的是两个，那就意味着有人在这里等候。

等候什么呢？

如果他够幸运的话，通过 DNA 分析也许会暴露出一些什么。

他继续在那里寻找了一个小时，没有再发现什么线索。但他穿着一双湿鞋，带着一种成就感，直奔早晨的碰头会而去。

48

"求求你告诉我,说你是开玩笑的?"林恩恳求道。

在肝病病房外面的一间小小的,容易引发幽闭恐怖症的房间里,躺在凯特琳床边的一张椅子中度过了无眠的一夜之后,她已经彻底地筋疲力尽了。床上方的墙上,用延伸支架安装的一台电视机里不出声地放着卡通片,那是因为它的声音怎样调也调不出来。洗手池里一个水龙头在不断地滴水。房间里发出水煮荷包蛋的气味,那是从放在主病房的托盘里传送过来的;还有淡淡的咖啡味和消毒剂气味。

这必定像是一个在天亮前要执行死刑的囚犯所度过的紧张而绝望的最后一晚,心里渴望着最后一刻缓期执行的命令来临,她想。

灯开了又熄掉了。不断地有人来打岔,没完没了地给凯特琳做检查,给她打针,让她吃药,还要从她那里取血样和尿液。叫人铃在她头上悬挂着的一根拉绳上摇晃着,还有那空着的打点滴的支架和氧气泵。她不需要用那些。

凯特琳心中烦恼,无法入睡,一遍又一遍地告诉林恩,说自己浑身发痒，心里害怕，想要回家。林恩极力安慰她，设法叫她相信到早晨一切都会办好了，还说三个星期后她就会带着一个全新的肝脏离开医院。如果一切顺利的话，她就会赶上在家里过圣诞节。好啦，不是去冬天小屋，而是回那个现在是她的家的地方。

那将会是从未有过的最快乐的圣诞节！

而现在这个女人就站在房间中央，这个器官移植协调人，雪莉·林赛，带着她那张具有英国特征的玫瑰红的面孔和她的长发，还有她左眼中的那根细细的充血的血管。她还是穿着那件白色的外衣，粉红色的针织上衣和黑裤子，就像她第一次看见她那样，那几乎是一个星期——就好像一百万年——以前了。

唯一不同的是她的态度。她们第一次相见时，她显得很自信，很友好。但是现在，就是今天早晨七点钟时，虽然显出很抱歉的模样，但她的态度是冰冷的、疏远的。林恩站在那里，对她怒目而视。

"极其抱歉，"她说，"我恐怕有时候会发生这种事。"

"抱歉？你昨天晚上打电话给我说有一个匹配完美的肝脏，现在你却告诉我们说你们搞错了？"

"我们被通知说肝源找到了，是一个很匹配的肝脏。"

"那么到底发生了什么事情？"

协调人先面对林恩，然后又对着凯特琳说："从我们得到的通知来看，似乎是说那个肝脏要被分开，右边部分给一个成年人，左边部分给你，凯特琳。当我们的会诊医生和他的小组人员到医院去采集肝脏时，据他们评估，肝脏是健康的，合适的。我们根据身体的重量衡量了一下肝脏的大小。但是今天早晨我们的高级会诊医生——就是要由他来做这个移植手术的——对这个肝脏更加仔细地作了一番检查，发现它的脂肪含量超过了百分之三十。他做了一个活检，确定它不适合你。"

"我仍然听不明白，"林恩说，"如此看来你们打算把它扔掉？"

"不，"雪莉·林赛说，"以它的脂肪量来看，存在着风险；它要好几个星期后才能产生正常的功能。而凯特琳需要一个立刻就能起作用的肝脏。她的病情太重，冒不起这个风险。这块肝脏将使用在一个患有肝癌的六十岁老人身上。它有望使他的生命延长几年。"

"你们那么做有多伟大?"林恩说,"你们为了一个老头子就把我女儿给挤掉吗?他是什么人?一个他妈的饮酒过度的人吗?"

"我不能和你讨论另一个病人的事情。"

"不,你能够,"林恩提高了她的嗓子,"啊,是的,该死的,你能够。你们把凯特琳打发回家,让她去等死,好让他妈的一个酗酒的人能够多活几个月,就像那个足球运动员乔治·贝斯特①一样?"

"求你了,贝克特太太——林恩——事情完全不像你说的那样。"

"啊?那么它像什么样,确切地说?"

"妈妈!"凯特琳说,"听她说。"

"我听着呢,亲爱的,我真的在使劲地听着。我只是对我听见的东西不喜欢。"

"这里的每一个人都关心凯特琳,有很多人。这个手术对这个小组里的人来说不只是工作,它对我们全体来说也承载着一种个人的情感。我们想要给凯特琳一个健康的肝脏,要给她最好的机会,让她过上正常的生活,贝克特太太。如果给她一个肝脏却不能正常工作,或者在几年时间之后就失去功能,让她再受第二次折磨,这是毫无意义的。请相信我,小组里所有的人都想帮助凯特琳,我们都很喜欢她。"

"很好,"林恩说,"那么这个健康的肝脏什么时候可以得到?"

"这个我无法回答,那要看是否能找到一个合适的捐赠者。"

"所以我们得结清账目回家了?"

"呃……是的。"

有一阵长时间的沉默。"我女儿会排在优先考虑名单的第一位吗?"林恩提出要求。

"名单的事情很复杂,它受到诸多因素的影响。"

林恩气势汹汹地摇着头说:"不,雪莉·林赛护士,我不管你有多少因素,我只关心一个,那就是我的女儿。她迫切需要做移植手术,

---

① 乔治·贝斯特(George Best, 1946—2005),北爱尔兰足球运动员,被认为是英国足球史上最具天赋的球员,二〇〇二年接受肝脏移植,二〇〇五年去世。

对不对？"

"是的，她很需要，我们都在为这个而努力。但是你要明白，她是许多人中的一个。"

"对我来说她不是。"

女人点点头。"林恩，这一点我理解。"

"你理解吗？"林恩说，"在你们的等候名单上来不及等到一个肝脏就死去的病人有百分之多少？"

"妈妈，别带着恶意说话！"

林恩在床边坐下，用双臂抱住凯特琳的头说："亲爱的，这件事就交给我来办吧。"

"你们那样谈论我，就好像我是一个处在困境中的弱智，弄得我心烦意乱！你没看出来吗？我跟你一样烦燥，甚至更烦燥，但是生气也没有用。"

"你听明白了这个巫婆在说什么吗？"林恩火冒三丈，"她要打发你回家去等死！"

"你表现得……太耸人听闻了！"

"我没有耸人听闻！"林恩转向协调人，"告诉我另一个肝脏什么时候可以得到。"

"如果我给你一个时间或是一个日期，那是对你的误导，林恩。"

"二十四小时怎么样？要不一星期？或是一个月？"

雪莉·林赛耸耸肩，发出惨淡的一笑。"我不知道。这的确是实话。我想我们够幸运的了，这么快就得到了这个肝脏。在一个星期之内没有一个相匹配的接受者在优先名单上比凯特琳排在更前面。这个捐赠者看起来是一个健康的三十岁的男人。但显然，后来发现，他在饮酒或是饮食上有问题。"

"由此看来，这种破事儿还会再次发生，是吗？"

协调人微笑，试着去安抚林恩，同时给凯特琳以鼓励。"我们这里的纪录很好。我确信一切都会好起来的。"

"你有一个好纪录，那是什么意思？"林恩说。

"妈妈！"凯特琳乞求。

林恩不理睬她，继续说自己的。"你的意思是说你们相对国家平均百分比来说有一个好的纪录吗？那只不过是你们的病人在得到一个肝脏前死去的百分比为百分之十九，而国家的平均百分比是百分之二十吧？我知道这个国民保健制度和你们那该死的统计数字。"林恩开始哭起来，"你为了给某一个酗酒的老家伙多活几个月，不惜拿我女儿的生命去打赌，就因为那会为了你的统计数字可以有一个更好的百分比。我说对了，是不是？"

"我们不要在这里扮演上帝的角色，贝克特太太。我们不能说一个人比另一个人更有生存的权利，就因为他们的年龄或是因为他们有没有滥用他们的身体。我们没有判断的权力。我们尽我们最大的努力来帮助每一个人。有时候我们不得不做出艰难的决定。"

林恩对她怒目而视。在她的一生中，她从没有像现在恨这个女人那样恨任何人。她甚至都分辨不出她听到的是真实情况还是别人给她灌输的夸夸其谈。是不是有某个有钱的寡头政治家，有一个生病的孩子，他捐了一笔款给医院把凯特琳给挤掉了，就为了救他的孩子一命？或者是否有什么事情给弄糟了她试图加以掩盖？

"真的吗？"她嗤笑道，"艰难的决定吗？告诉我，雪莉，在你的一生中是否曾经为了一个艰难的决定而彻夜不眠？"

护士保持着平静的态度，她的声调是柔和的。"我对我所有的病人都非常关心，贝克特太太。我每晚都带着他们的问题回家。"

林恩看得出来她说的是真话。

"很好，回答我这个问题：你刚才说如果这个肝脏没有问题，凯特琳会得到它，因为在那个等候名单上没有一个相匹配的接受者比她排在更前面了。这个情况有可能改变，对不对？在任何时候都会？"

"我们每周有一个会议来决定这个优先名单。"雪莉·林赛回答。

"因此在你们的下一次会议上可能会来个彻底改变，是不是？如果有某一个人比凯特琳更需要肝脏，按照你们的评估，那这个人就排在前面了？"

"是的，我恐怕情况就是这样。"

"妙极了，"林恩说，她又血脉贲张了起来，"你们就像是一个行刑队，不是吗？由这个每周一次的会议来决定谁活下去，谁去死。由你们来扣动扳机，但是你们手中的枪没有子弹，有的只是一个'勾销'。你们的病人死了，而你们则不必承担该死的指责。"

49

西蒙娜躺在做检查的长沙发上，身上只穿着一件宽松的晨衣。尼古劳医生是一个严肃认真、长相令人愉悦的男人，大约四十岁。他将一个带尼龙粘扣的套袖绑上她的手臂，套紧，粘牢，将听诊器塞进耳朵，使劲捏一个橡皮球，直至套袖紧紧地挤压她的胳膊。然后他看着一个装在上面的仪表。

几分钟后，他松开套袖，点点头，仿佛表示一切都很好。

德国女人就站在她旁边。她告诉过西蒙娜，她的名字叫玛琳。她长得很漂亮，西蒙娜想。她身穿一件阔气的，毛皮镶边的黑色小山羊皮的大衣，里面是一件浅红色的毛线套衫，下身是时髦的牛仔裤和黑色的皮靴。她有一头金发，它们优雅地缠结成一绺绺的，如瀑布般垂落到双肩上，身上发出一股奇异的香水味。

西蒙娜喜欢她，信任她。罗密欧对她的判断是对的，她心想。她是那样地自信、仁慈和温柔。西蒙娜从未见过自己的母亲，如果她能为自己挑选一个母亲的话，她愿意母亲是一个像玛琳一样的人。

"现在只要抽一点点血。"医生说,取下袖套,拿出一支注射器来。西蒙娜盯着它看,由于恐惧而畏缩了。

"不要紧的,西蒙娜。"玛琳说。

"你要干什么?"她问,声音很紧张。

"我们要给你做一个全面的检查,搞清楚你是不是健康。要送你去英国我们要投入一大笔钱。我们必须给你办一张护照,护照没有文件证明是不容易办下来的。如果你的身体不健康的话,他们是不会允许你在那里工作的。"

当针头向她逼近时,西蒙娜向后缩去。"不,"她说,"不要!"

"没事的,亲爱的西蒙娜!"

"罗密欧在哪里?"

"他在外面。他要做相同的检查。你想要他进来和你在一起吗?"

西蒙娜点点头。

女人打开门,罗密欧走了进来,当他看见西蒙娜穿着晨衣时,他那又圆又大的眼睛睁得更大了。

"他们在干什么?"西蒙娜问他。

"不要紧的,"罗密欧说,"他们不会伤害你。我们必须做这个检查。"

西蒙娜感觉到手臂上的刺痛时尖叫了起来。然后她惊恐地看着医生往上抽柱塞时,那塑料针管里慢慢地、平稳地充满了她暗红色的血液。

"我们必须要有证书才能进入那个国家。"罗密欧说。

"它刺得我好痛。"

几分钟后,针管满了。医生把它抽出来,放在桌上,然后用一块消毒纱布压在她手臂上。他按住纱布,几秒钟后,将一小块邦迪创可贴贴在上面。

"好啦!"他说。

"现在我可以走了吗?"她问。

"是的,你可以走了。"女人说,"你们还是回那个地方去吗?"

"是的。"罗密欧替他们两人回答。

"那么我会来找你们的,如果我们很幸运,一切都顺利的话。你们现在可以穿上衣服了。西蒙娜,你对去英国有信心吗?你肯定你是要去英国的吗,我亲爱的小姑娘?"

"你能为我在那里找到一个工作吗?你能吗?为我和罗密欧?在伦敦还有一套房子住?"

"一个好工作,一套漂亮房子。你们会爱上它的。"

西蒙娜看着罗密欧,等着他的肯定。他耸耸肩,然后点点头。

"是的,"她说,"我想我们会的。"

"很好。"玛琳说。她吻吻西蒙娜的前额。

"你认为我们什么时候能走?"罗密欧问。

"如果你们的检查结果没问题,那就快了。"

"有多快?"

"你要什么时候去?"

他又耸耸肩。"瓦莱丽亚能和我们一起去吗?"

"就是那个带着一个婴儿的?"

"是的。"他说。

"现在还不可能。或许以后可以。等你们安定下来之后,我们才能做安排。"

"她想和我们一起去。"西蒙娜说。

"不可能,"德国女人说,"这次不行。如果你宁愿和她一起待在布加勒斯特,那你要说出来。"

西蒙娜使劲摇头。"不是这样的。"

罗密欧也摇头,摇得同样起劲,仿佛害怕玛琳会突然改变主意,不帮西蒙娜和他自己了。他说:"不是这样的。"

回到柏林,玛琳·哈特曼收到尼古劳医生从布加勒斯特打来的电话,说西蒙娜的血型是 AB 型阴性。她微笑起来,记下了详细情况。在她的本子里有了一个稀有血型,这很好。她相信她会很快地为西蒙娜所有的器官找到一个家。

50

星期二上午开过海王星行动的碰头会之后，罗伊·格雷斯开车去苏塞克斯警局总部，打算花上二十分钟，向艾莉森·沃斯珀汇报一下最新情况。

虽然今年年底她就要离开，由一个约克郡的名叫彼特·里格的总警司来接替——这个人他至今还不太认识——她仍然还会全权掌管几个星期，所以她还要像往常一样和罗伊每周有一次面谈。罗伊需要就他接手的案子向她汇报主要的调查情况。令他吃惊又感到宽慰的是，她今天的态度温和得令人奇怪。他谈完后，等着她开口说话，但是却什么也没有。她只是静静地听着他的汇报，仅仅几分钟后便把他打发走了。

现在他回到了办公室里，电脑屏幕上没完没了地滚动着电子邮件。当他正集中精力思考着这个案件的几条不同的线索时，一阵敲门声打断了他的思路。诺曼·波廷走了进来，随他一同进来的是一股强烈的烟臭味。无疑他刚才在外面飞快地抽了两三口烟斗便把它熄灭了。

"你这会儿抽得出一点儿空来吗,罗伊?"他用他那乡下人的粗喉音问。

格雷斯做个手势让他坐下。

波廷在格雷斯书桌前的一张椅子里坐下,高声呼出一口气,里面带出来一股大蒜气味。他说:"我不知道我是不是能和你谈谈关于罗马尼亚的事情?有些事情我认为不便于在碰头会上公开说出来。"

"当然可以。"格雷斯饶有兴趣地看着他。

"那好,我就简短一点说吧。我知道我们已经把那三个人的牙齿报告单、指纹和DNA样本寄给了国际刑警组织,但是你我都知道,那些做案头工作的人得要多久的时间才能得出结果来。"

格雷斯微笑。国际刑警组织是一个很好的机构,但是他们办公室里的确坐满了做案头工作的警官。他们依靠国外警察部门的合作,极少能打破严格死板的框框,走捷径办事。

"我们至少也要等三个星期以上。"诺曼·波廷说,"我已经在网上做了许多搜索。在布加勒斯特有成千上万的街头流浪人群,生活在社会的边缘。如果——这仅仅只是推测——如果这三个被害人是街头少年,那么很可能他们从来就没有去看过牙医;除非他们被逮捕过,他们也不会有任何指纹和DNA的记录。"

格雷斯点头表示同意。

"我在亨顿参加一个初级警探培训班时认识了一个小伙子,名叫伊恩·蒂林,那时我们都是年轻的警探。我们成了朋友,一直保持联系。他加入伦敦警察部队,几年后调到了肯特郡警察局,升到了警督的位置。我就长话短说吧,大约十七年前,他的儿子死于一次摩托车事故。他的整个生活都垮了,婚姻也破裂了。他很早就从警察部门退休。那时他决定去做一件完全不同的事——你知道这种典型症状——想要弄明白发生在自己身上的一切事情的意义,去做一点有用的事情。于是他去了罗马尼亚,开始在街头少年中间工作。我最后一次和他通话是在五年以前,那时正当我第三次婚姻破裂。"波廷若有所思地一笑,"你知道这是怎么回事——每当你沉迷于杯中之物时,你就会去查一查你的电话本,给老伙计打个电话。"

罗伊·格雷斯不曾有过这样的经历,但不管怎样,他还是点了点头。

"因为这个他得了奖章,一枚英帝国勋章,奖励他为这些街头少年所做的工作。他为此自豪得不得了。你要是允许的话我就开始和他联系。这仅仅是一种尝试,他也许——只是也许——会对我们有所帮助。"

格雷斯想了一会儿。过去几年来警察们变得越来越官僚主义了,干一切事情都得按章程来。他们与国际刑警组织办事的程序就得严格遵守这样的规定。越过这些规定一步就意味着冒险。一旦他背离这个程序,就会使得他与新来的警察局长之间产生矛盾。但从另一方面来说,诺曼·波廷说得对,等到国际刑警组织给出答复也许要好几个星期,得来的也许只是一个否定。在这个期间还会有多少尸体出现呢?

再说这个人,伊恩·蒂林,以前也是个警察,这就意味着他不可能是个骗子;这个事实也叫他放心。

"这件事不在我的规则本上,诺曼。但是如果由你来追踪这条线索,不把它列入记录,我会很放心的。谢谢你的主动和积极。"

波廷显得很高兴。"立刻就办,老板。这个老家伙听到我的电话一定会大吃一惊的。"他开始站起身,然而起到一半,又坐了下来,"罗伊,如果我问你一些事情——你知道,这是男人和男人之间的一个人的事情,你是否会在意?"

格雷斯瞟了一眼电脑屏幕上出现的一列电子邮件。"没关系,问吧。"

"是关于我妻子的事情。"

"李?那是不是她的名字?"

波廷点点头。

"泰国人?"

"是的,泰国人。"

"你是在互联网上找到她的，对吗？"

"呃，是那么回事，我在互联网上找的代理人。"波廷用手抓他的后脑勺，然后用他那短粗的，肮脏的手指梳理他的头发，使它们回到原来的位置上，"你就没有想过——你知道——那样做？"

"没有。"格雷斯着急地瞟着电脑屏幕，意识到这一上午就会耗在他身上了，"你说这个干什么？"

波廷突然间变得忧郁起来。"实际上，是想要听一点你的意见。"他把双手插进衣袋中，开始四下里察看起来，仿佛在找什么东西一样，"如果你站在我的位置上想象一下你自己，只要一会儿，罗伊。过去几个月来，我和李相处的时光十分美妙，但是突然间她对我提出了要求。"他沉默了。

"哪一类的要求？"格雷斯问，担心他会生动而鲜明地描述他的性生活。

"给她家里人钱。我得每个星期寄钱，帮助他们出来。那是我为退休后的生活积攒起来的钱。"

"你为什么一定要这样干？"

有一阵子，波廷脸上的神色显示他好像从来没有听过这样的问题。"为什么？"他重复道，"李告诉我说，如果我真的爱她，那么我一定会想要帮助她的父母。"

格雷斯看着他，惊异于他的天真。"你相信这个吗？"

"如果她没有看到银行的回执单——我是在网上寄钱的，你知道——就不和我做爱。"他说，仿佛对他的电脑技术颇感自豪，"我的意思是说，我明白她的国家相对来说要穷一点，知道他们是怎样把我当成有钱人的，以及一切的事。但是……"他耸耸肩。

"你要知道我是怎样想的吗，诺曼？"

"我会很看重你的意见，罗伊。"

格雷斯察看着这个男人的脸。波廷显出一副迷茫的可怜相。他没有明白，他真的没有。

"你是一个警官，看在上帝的分上，诺曼。该死的，你是一个侦探——一个货真价实的好侦探！你没看出这一点来吗？她在玩弄你。你不用脑子，而是用你下面那个东西思考。她会榨干你的每一个便士，然后拍屁股走人。我在报上看到过许多这样的女孩子。"

"李不同，她不是这样的人。"

"啊，是吗？怎样的不同？在哪方面不一样？"

波廷耸耸肩，然后无助地看着警长。"我爱她，我没法不爱她，罗伊。我爱她。"

罗伊的手机响了起来。这个打岔使他几乎松了一口气，他拿起了电话。

那是一个他很喜欢的同事，罗布·利特打来的。他是东布赖顿地区的一个巡警，一个生气勃勃的人。

"罗伊，"他说，"这件事也许没有什么意义，但我想你目前正在调查那个海峡中的三具尸体，你也许会对这件事有点兴趣的。我的一个队员刚才走下海堤到系船池的东部去了。有个遛狗的家伙在低潮时从岩石区潮水形成的水潭边经过，发现一台看来是崭新的舷外发动机躺在那里。"

格雷斯的脑子飞快地转着，说："是的，有兴趣。一定不要让人碰它。你能对它做一个符合法医鉴定的包装，把它带来吗？"

"已经在这样干了。"

格雷斯表示过谢意便挂上了电话。他向诺曼·波廷举起一只表示歉意的手指，开始给楼下的影像部打一个内部电话，响过两次后，才有人回话。

"我是迈克·布卢姆菲尔德。"

"迈克，我是罗伊·格雷斯。你的手下能从一台浸入过海水的舷外发动机上提取指纹吗？"

"你竟然在今天上午问起这个，真是太巧了。罗伊，我们刚刚到手了一整套崭新的工具，正在试用呢，它价值十一万两千英镑。也就是说，一块塑料不管浸入何种水中，不管浸了多长时间，都能从它上面提取出指纹来。"

"好家伙,我想我就来做你的第一次试验品吧。"

诺曼·波廷站起来,做着口型表示他等会儿再来,然后就慢慢地走出门去,腰身有点向前弯。格雷斯注意到他的双肩向下垂着,突然间可怜起他来。

51

弗拉德·科斯梅斯库站在盖特威克机场的出口厅里,手中举着一块小牌子。他周围随处可见各种各样的亲朋好友、司机及旅游公司来接团的人。布加勒斯特的航班已经到了一个多小时了,女孩子们还没有出来。

这很好。

源源不断的旅客通过海关走了出来。他仔细地辨认着他们带着的包上系着的牌子,确认那一趟航班上的人现在都已经出来了。他看见了意大利航空公司的标牌,他推断那一定是半小时前从都灵起飞的航班。还有易捷航空公司①的标牌,大约是从尼斯飞来的航班。然后是斯堪的纳维亚航空公司,还搀杂着一些荷兰皇家航空公司的。

从他的手表看来,现在是上午十一点三十五分。他把一块戒烟口香糖扔进嘴里咀嚼了起来。他要接的那两个女孩已经得到过严厉的指

---

① 易捷航空公司(Easyjet)是美国最有名的廉价航空公司。

示,告诉过她们一下飞机就该先做什么,然后再进入验护照的地方,看来她们照办了。

她们得拖后一个小时,让其他的航班着陆,让它们的乘客出来,她们才可以排进验护照的长队。虽然罗马尼亚现在是欧盟成员国,但科斯梅斯库知道得很清楚,它在国际上仍然被看做一个贩卖人口的热门地区。罗马尼亚的护照自然会给出入境移民局亮起警惕的信号。

因此,他每周来接一次——有时候次数更频繁——的那些人都得到了指示,要把她们的罗马尼亚护照撕掉,从飞机上的洗手间里冲走。她们得在飞机着陆之后等上一小时,然后再带上她们事先已得到的意大利假护照去护照检验台。这样,要是移民局的人一直在留心守候从罗马尼亚航班里出来的人的话,那么到姑娘们出来时,他们就不会再盯着她们看了。

现在两个女孩子走过来了。她们身上带着一二十岁年纪特有的青春美丽的光华,穿着廉价的衣服,拖着寒酸的行李。一定是她们。他举起牌子,上面写着毫无关联的字样:杰克逊团。

其中一个女孩看起来性感十足,身材苗条,披着一头深色的长发。她举起一只手向他挥舞。

"一路飞行顺利吗?"他用罗马尼亚语打着招呼。

"是的,"她说,"好极了!"

"欢迎来到英国。"

"是的,"她又说了一遍,"好极了!"

"好极了!"她的同伴加上一句。

她们脸上的欣慰之情显而易见。

二十分钟后,科斯梅斯库坐在那辆破旧的褐色 E 级奔驰车的副驾驶座位上,由那个污秽而猥琐的龅牙格里戈尔来开车。他实际上算不不上驼背,但是看起来却很像。他蜷伏在方向盘上,身上穿着一套廉价的米色西服；一头油污的头发，一个鹰勾鼻；眼睛不是看着前方的路，而是频繁地盯着后视镜，不放过任何一个机会对坐在后排的两个女孩色迷迷地飞快瞟上一眼。

科斯梅斯库和格里戈尔一起共事五年了，他仍然对这个微不足道的古怪家伙不甚了解。这个人总是按时出现，做一些接送、交递的事，但极少说话。这样做对科斯梅斯库非常合适。一旦你和人说话，就会在某一个时刻谈到你自己。他不想和任何人说起自己。那样做是不明智的。越少人知道你，你就越默默无闻；你越默默无闻，就越安全。他的老板把这个道理灌输给了他。

格里戈尔擅长修理东西。他的手能做任何事，从铅管工到电子电器，到给地板防潮。那就意味着他能对付一切杂七杂八的活儿——所有泄漏的管子、堵塞的马桶、松开的地板，以及生锈的百叶窗，还有其他一切在科斯梅斯库所掌管的四个妓院里会出毛病的东西，他全会修。也就是说，科斯梅斯库不必担心要去和各行各业里那些多嘴多舌的工匠们打交道。他允许格里戈尔每周一次地从他这里挑一个姑娘，只能有一个小时。这件事情再加上丰厚的工资，就足以叫格里戈尔对他保持至死不渝的忠心了。

这使他少了一件头痛的事。但他仍然在想着那些尸体，想着那件搞砸的事，想着吉姆·托尔斯。把他杀掉实在是干了一件蠢事。可是让他活着，让他去拼命巴结警察，把他所知道的事都告诉他们，这样干会更蠢。托尔斯是有预谋的，也许他只是良心不好，但他确实可能会干出讹诈的事来。这就像是赌博，你得把各种风险衡量一下，两害相权取其轻。

他转过身来看着女孩子们。坐在左边的一个名叫安卡，面目姣好。她的同伴露莎长着一张生硬的脸，鼻子略大了些。但她们两人都很年轻，顶多十七八岁。她们不错，会好好干的。他不会把她们中的任何一个从床上踢下来。

他也没有那么想过。

* * *

在他们这栋位于大都会酒店后面的公寓大楼的地下停车库,科斯梅斯库在电梯里转动了一下他的私人钥匙,电梯便一直不停地往上升。两个女孩子和他站在一起,带着她们寒酸的行李,默不做声。

这时安卡问道:"我们什么时候开始上工?"

"你已经开始了。"他说。

她竖起一个手指。"我们去酒吧吗?"

他看着她那闪闪发光的项链,闻着她那香甜的香水味儿,还有她同伴的,甚至更香一些。他朝下看她的项链。多好的奶子,她朋友的甚至更好一些,这弥补了她脸部的不足。他拿出一盒香烟,几乎可以肯定她们俩都会抽。他是对的,她们每人接受了一支。

他还没来得及点上打火机——他对时间的掐算,就像以往一样,是十足精确的——电梯停了下来,门打开了。

现在她们只会把注意力集中在她们那支未点燃的香烟上而不顾及其他了。让她们去心痒难熬吧,他几步走进了自己的公寓房间,然后拉住门,好让她们把箱子推进来,很显然,那里面装着她们一生的所有。

她们沿着铺了地毯的楼梯过道一路走过来。他指给她们每个人的房间,都是单人间。把她们分开进行控制,这个策略从来都是起作用的。然后他走进安卡的房间,拾起她的塑料手提袋。

"嗨!"她说。

他对她不予理睬,从她的钱包里取出护照和所有的现金。

"你干什么?"她气愤地叫喊。

他拿出了打火机,终于把她的烟给点燃了。"你知道你欠了多少钱吗?为了你的旅费和护照花了好几千!你什么时候把欠我老板的钱给还了,就可以收回你的护照。"

他走出去,把同样的情况向露莎说明了。

*　*　*

几分钟后,两个女孩子闷闷不乐地走进了那间现代化的大起居室。从那里可以看到很美的景致:宫堡防波堤、西防波堤的黑色废墟、系船池,往东边过去,可以一直看到很远处的英伦海峡。

科斯梅斯库可以肯定她们以前从没见过像这里一样的地方。他知道她们有什么样的背景。对于那个,玛琳一定已经将它们清理干净了,为她们的新生活做好了准备。

所有到这里来的女孩子们都债务缠身,意思就是说她们在罗马尼亚就已经欠下了一笔还不清的巨额借贷——虽然她们实际上并未真正看到一分钱——并同意在英国工作还清她们单程的旅费,得到她们自以为会有的自由。她们从布赖顿这里开始起步。如果她们安心工作,那就很好。然而警惕的布赖顿霍夫市警察局和社会工作者不时地来当地的妓院查看,和姑娘们谈话,看有没有是违反本人意愿被强迫到那里去的。

如果这些姑娘们中有哪一个看起来好像会要向外面发出信号,向警察求助,他就会把她从布赖顿送走,送到伦敦的一家妓院里去。那里没有人会对她感兴趣。

"我们今晚去酒吧吗?"安卡说。

"把衣服脱了,"他说,"你们两个都脱。"

两个女孩子互相惊奇地看着。"脱衣服?"

"我要看看你们的光身子。"

"我们——我们不是来跳脱衣舞的。"露莎说。

"你们不是来跳脱衣舞的,"他说,"你们到这里来是用你们的身子叫男人们开心的。"

"不!你们不能这么干!"安卡抗议道。

"你知道带你们到这里来花了多少钱吗?"他粗声粗气地说,"你们想要回家?明天我就可以送你们到机场去。但是博京先生看见你们会很不高兴。他会要把他的钱要回来。或者你是想要我把警察叫来吧?在这个国家使用假护照可是一宗严重的犯罪。"

两个女孩都哑口无言了。

"所以告诉我，你们要哪一个？要不我现在就给博京先生打电话？"

安卡摇头，突然显得害怕起来。露莎低下头，一脸惨白。

"那好，"他从衣袋中取出移动电话，按住键盘上的一只键说，"我给警察打电话。"

"不！"安卡叫道，"不要叫警察！"

他把电话放回衣袋中。"那好，把衣服脱了，我来教你们如何在这个国家让男人开心。"

她们沉闷地看着黑色的地毯，那就像她们虚空的新生活一样黑暗。两个女孩都开始脱起衣服来。

52

平板荧屏高高挂在墙上,离她的书桌只有一小段距离。林恩看到了用大大的金色字母写的标题:收款员最高奖金前十名。

下面是一列名单。现在排在最高的是安迪·奥康纳,他是对手队——银鲨队的。荧屏上现在告诉她,安迪本周迄今为止已收到的现金总额为九千九百八十七英镑。如果他继续保持在这个最高位置的话,他累计的奖金就可达八百七十一英镑。

上帝,她要怎样才能干出这个成绩来!

她妒忌地看着他下面的另外九个名字。最下面的一个是她的朋友和队友卡蒂·比尔,她的业绩是三千三百三十七英镑。

林恩是大大地落后于他们了。但是有一个相当大的客户已经同意了一个还款计划。他会一次性地拿出五百英镑,然后再每月定期还五十,直至完全还清万事达信用卡的欠债四千七百六十九英镑。但是那笔五百英镑的付款——假定它真的能收进来的话——也只会使她的周总额达到一千六百五十英镑。留给她的几乎是一条不可能走完的漫长道路。

但或许今晚她可以待得晚一些，还能抓住最后几个小时。她们今天上午从医院回到家以后，卢克已经过来看凯特琳了，所以现在她至少有个伴。但她不想离开女儿太长时间。

一封电子邮件突然砰的一声在她的电脑上出现了。那是她的小队长利夫·汤玛斯发来的。他要她试一试她的一个最无希望成功的客户。

林恩心里嘀咕起来。公司的一条黄金守则是你绝不可以和你的客户——通常这样称呼他们——真正见面，你也不可以把你自己的任何情况告诉他们。但是她对和她谈过话的每一个客户都在脑子里有一张画像。雷吉·奥库玛在她脑子里的画像是一个罗伯特·穆加贝[①]和汉尼拔·莱克特[②]的混血杂种。

他从布雷德福信贷银行借得的个人贷款已经迅速累积，达到三万七千八百七十英镑了，这使得他的名字在他们的最大欠债者客户名单上不断上升。这个名单上的最高数目为四万八千九百〇六英镑，一笔巨大的欠款。

几个星期以前，她已经放弃了要从奥库玛那里收到一个便士的努力，把他的债务移交给了诉讼部。另一方面来说，她想，如果她真的要得到一个结果，那也只可能是异想天开，只会是她去竞争本周奖金的一个推动力罢了。

她拨打了他的电话。

电话刚响完一次便传来了他深沉而洪亮的声音。

"是奥库玛先生吗？"她问。

"呃，这个声音听起来好像是迪纳里厄斯的好朋友林恩·贝克特吧，如果我没有搞错的话？"

"正是，奥库玛先生。"她说。

[①]罗伯特·穆加贝（Robert Mugabe, 1924— ）津巴布韦总统，独裁者，自一九八七年任职至今。
[②]汉尼拔·莱克特（Hannibal Lecter），电影《沉默的羔羊》中的男主角，心理医生，食人魔。

"今天天气真好,我能为你做些什么呢?"

在你的脑子里也许天气很好,林恩想,但是在我脑子里,我的窗户外面正下着大雨呢。她照着她长久以来使用的培训手稿说下去:"我们来讨论一下你的欠债问题,找到一个新的解决办法。这也许是一个好主意。我们可以避免打起官司来,搞得你手忙脚乱。"

他的声音里散发出一种自信和油滑的魅力。"你在为我着想,林恩,是这样的吗?"

"我在为你的将来考虑。"她说。

"我在想着你的光身子呢。"他回答。

"如果我是你的话,我不会太过于努力地去想那种事。"

"只要一想到你就会使我那里硬起来。"

林恩沉默了一会儿,咒骂着自己跌进了这个圈套。"我想要向你建议一个还款计划。你可以每周付款或是每月付款。究竟按哪一种方式偿还,你有想法吗?"

"我们为什么不见个面,你和我?面对面地谈一会儿。"

"如果你想要和公司里的人见面,我可以为你作安排。"

"我那个家伙大得很,你知道吗?我想要把它显示给你看。"

"我一定会把这个消息告诉我的同事们的。"

"她们也长得像你一样俏吗?"

这句话使她周身起了一阵哆嗦。

"你的同事们有和你一样的褐色长发吗?她们有一个需要做肝移植的女儿吗?"

林恩在一阵恐怖中挂断了电话。他究竟是怎么知道的?

几分钟后她的移动电话响了起来。她立刻拿起电话,蹦出这个字:"喂?"心里相信一定是奥库玛打来的,他不知怎么地搞到了她的私人电话号码。

可是,电话那头是凯特琳,从她的声音听来,情况十分可怕。

53

有时候伊恩·蒂林也会怀念他在英国警察部队里的生活。有许多次也想念起英国来,尽管在那里他有着痛苦的回忆。每当布加勒斯特的寒风使得他那五十八岁身子里的每一根骨头都冻得麻木的时候,这种思念便更加强烈了。在那样的日子里,他所居住的郊外的六区,周围环境那一派混乱的荒凉,以及他所选择的这个国家的官僚主义、腐败以及麻木不仁,都会使得他的情绪低落。

而每当情绪低落时,他的心便回到了那个恐怖的夜晚。十七年前,他的两个同事来到他位于肯特郡的家里,告诉他,他的儿子约翰死于一次摩托车事故。

对付这种情绪,他有一个即时的补救办法。他会从他的书桌后站起来。书桌所在的这间摇摇欲坠的办公室里面放着别人捐赠的家具。和他共用这间办公室的是三个年轻的女性社会工作者。他会从办公室里出来,到他创办的寄宿宿舍里去走一圈。这个宿舍是他为这个残酷无情的城市里的五十个无家可归者建立的一个避难所。他要到那里去看看他的居民们脸上的笑容。

他决定现在也这样做。

齐奥塞斯库一九六五年获得政权时,有一个片面的计划,要把罗马尼亚变成欧洲最大的工业国。为了达到这个目的,他需要急剧地增加人口,以便创建他的工人队伍。他的第一个立法条令就是强迫所有十四岁以上的女孩每月做一次怀孕检测。她们一旦怀孕,便禁止其做人工流产。

结果几年之内,家庭人口暴涨。新生的一代被称为"法令儿童"。许多这样的儿童被交给政府的收容所,在无情的集体宿舍里长大,在那里他们受到了残酷的虐待和伤害。许多人从那里逃出来,过起了街头流浪生活。他们中的绝大多数人艰难地生活在布加勒斯特。有的住在沿公共送热管道网建立起来的棚户区内,这些管道纵横交叉地分布于所有的郊区;有的住在马路下面的洞穴内,就在管道的下面。这些管道的分支为这个城市的每一栋公寓楼送来中央供暖的热气,它们在秋天打开,在春天关闭。

约翰死亡的悲剧导致了蒂林婚姻的破裂,他发现自己再也不能集中精力干警察的工作了。他离开警察局,搬进了一处公寓,每天在酒杯和无止境地看电视中打发日子,希望借沉醉来忘却自己。有一天晚上,他在一个纪实片子中看到罗马尼亚街头少年的艰苦困境,这对他产生了深深的影响。他终于明白了,也许他可以做一件完全不同的事情。没有什么东西能再让约翰回来,但或许他能帮助其他少年,在他们的生命中从来就不曾有过约翰和英国其他大多数少年拥有的机会。第二天一早他就给罗马尼亚大使馆打了电话。

他还记得他到达这个国家之后参观过的第一所政府办的儿童收容所的情形。他走进一间宿舍,里面有五十个残疾儿童,年龄从九岁到十二岁不等,躺在鸟笼似的儿童病床中,茫然地看着他们的前面或是天花板。他们没有玩具,没有书本,没有任何事可干。

他径直走了出去,买回了几大堆玩具,给孩子们一人一个。令他吃惊的是,他们毫无反应。他们茫然地瞪着这些东西。他当时就明白了,他们不知道该拿玩具怎么办。不是因为他们的智力迟钝,而是因为在他们的生命中从来就没有人给过他们玩具,不知道该怎么玩它们。从来就没有人教过这些小孩子任何东西,甚至都没有教过他们怎样去玩一个破娃娃。

就在那一刻,那个地点他下定了决心,要为这些少年做一些事。

他原本只打算在罗马尼亚待几个月。他绝没有想到十七年后他仍然待在这里,很幸福地娶了一个罗马尼亚女人,名叫克里斯蒂娜。他现在感到这比他早先的生活更叫他满意。

蒂林看起来显得很健壮,尽管他的肚子上比以前多了几磅肉。他走起路来散发出一种被抑制的能量,带着一种警察的威严,架子十足。他的脸上多了皱纹和生活的刻痕,嘴边添上了像把刷子似的小胡子,留着灰色的平头。他不肯对天气作出让步,今天只穿了一件蓝色的敞领衬衣,宽松下垂的浅黄褐色裤子和一双旧的粗革厚底褐色皮鞋。

他走了出来,进入门厅,看到一群刚从收容所来的人坐在向后倾斜的扶手椅和沙发里面。他向他们微笑。那是四个深色皮肤的罗姆①少年:一个八岁的男孩身穿紧身裤和一件活泼的T恤;一个十四岁的少年身穿一件宽松下垂的上衣和黑色的田径裤,裤子对他来说太短了;两个女孩,长头发的十二岁,穿着一套不相配的慢跑运动服,另一个十五岁的女孩身着牛仔裤,一件有破洞的开襟毛衣。他们每个人手上都拿着一个充了氦气的晚会气球,他们把它举起来以示庆祝。

他们都来自同一个家庭。父母因无力抚养,便把他们丢在一家收容所里。两年前他们从那里跑了出来,从那以后他们就一直在街头流浪。现在他们脸上有了笑容。他以前见过他们许多次,每一次见面都叫他伤心欲绝。这种笑容是绝望的人才有的,他们并不十分相信他们的命运已经有了改变。

"你们过得怎么样?都好吗?"他用罗马尼亚语说。

他们微笑,把他们那彩色的气球上上下下地抛着。蒂林不知道这

---

①即吉普赛人。

些气球是打哪里来的,但他对一件事十分肯定:除了他们身上穿的衣服外,这些气球就是他们在这个世界上唯一拥有的东西了。

卡萨·约安纳的居民按年龄排列,可以从一个才七周大的婴儿,以及她那十四岁的母亲算起,到一个八十二岁的妇女为止——她被一个恶魔用奸计骗走了家里的一切和毕生的积蓄。就是这些恶魔一样的人钻了罗马尼亚人那未经考虑周全的政策的空子,养肥了他们自己。在这个国家里,这些无家可归的人没有任何福利保障,也没有避难所。老女人能来到这里真是她的运气,她和其他三个老人分享一间宿舍,她们都有着相同的命运。

"伊恩先生吗?"

他听到了安德里娅的声音,她是一个社会工作者。她刚从他身后的办公室里走了出来。安德里娅是一个苗条漂亮的姑娘,二十八岁,刚刚在春天里结婚。她为人很热情,有丰富的同情心和永不知疲倦的精力。他很喜欢她。

"你有电话——英国来的。"

"英国?"他说,微微有点吃惊。这些日子他很少听到英国的信息,除了他的母亲——她住在布赖顿,每周和他通一次电话。

"是一个警察,他说他是你的老朋友?"她说这句话的语气好像是在问一个问题,"名叫诺曼·波廷。"

"诺曼·波廷?"他皱眉道,突然间眼睛亮了起来,"诺曼·波廷吗?"

她点点头。

他匆忙回到办公室里。

54

　　林恩从后视镜里看到车速摄像头里传来两下闪光,便咒骂了起来。平常在开过普雷斯顿对面的那个该死的摄像头时,她总是把车开得很慢,但是今天下午她完全忘掉这回事了。她正一门心思想尽快赶回家里,回到凯特琳身边,其他的就什么也没有想了。现在她面临着在她那可悲的经济状况上又加上一笔罚款的苦恼,还得在她的驾驶本上扣掉三分。但她没有减速,继续向前开着,在限速三十英里的路段上稳稳地以五十五英里的时速一直开下去,不顾一切地赶回她孩子的身边。

　　五分钟后她把车开上了自家的车道,从车中跳了出来,把钥匙塞进前门的锁孔里,推开门。卢克正站在门厅里,柔软的头发斜斜地横过他的一只眼睛。他穿着一件宽松下垂的上衣和裤子,它们看起来就好像是从一匹作哑剧表演的马背上给脱下来的。他的嘴大张着,脸上的表情显得比平常更愚蠢,就像一个人站在火车站台上,看着夜里最后一班车开走了,不知道下一步该怎么办。他举起双臂向林恩作出表示欢迎的样子,然后又把双手垂了下来。

"她在哪儿?"她说。

"啊,呃——对——是说凯特琳吗?"他说。

该死的你以为我说谁?包迪西亚①、克娄巴特拉②、希拉里·克林顿?

这时她看见了她的女儿站在楼梯顶上,在睡衣外面套上了一件晨衣,正在不停地摇晃,仿佛喝醉了。

林恩把手提包往地上一扔,冲上楼去,正好赶上凯特琳一脚踏空,整个从楼梯上滚了下来。林恩也不知是怎样便一把抓住了她,一只手臂把她那消瘦的身体抱在怀里,另一只手则抓住了楼梯栏杆,拼死抓住,这才没有让她自己向后倒下。

她盯着凯特琳的脸,离她自己的脸只有几英寸远,看见她的眼珠子往上翻了起来。"亲爱的?亲爱的?你没事吧?"

凯特琳的回答声音含糊,听不清说的是什么。

林恩使尽全身的力气,设法把她向后推,放到楼梯走道上去。凯特琳踉踉跄跄地依靠着墙壁。卢克跟在她们后面,走到楼梯半道上停了下来。

"你们在吸毒吧?"林恩向他尖叫。

"不,没有的事,林恩。"卢克抗议道,从他吃惊的声音听来仿佛是真话。

凯特琳说话了,从她含糊的声音听来是在说:"我好像……我好像……"

林恩架着她回到了她的房间。凯特琳半是往下沉,半是往后倒,回到了自己的床上。林恩在她床边坐下,用一只手臂抱住了她,说:"怎么回事?亲爱的,告诉我!"

凯特琳的眼珠子又往上翻。

有那么可怕的一刻,林恩想她只怕是要死了。

---

①包迪西亚(Boadicea,?—62),古不列颠爱西尼人王后,丈夫死后,领导反罗马人的起义,战败后服毒自杀。
②克娄巴特拉(Cleopatra,69—30BC),埃及托勒密王朝末代女王。

"如果是你给她吃了什么东西，卢克，我会杀了你的，我发誓。我会把你那该死的眼珠子给挖出来！"

"我没有，我发誓。没有，什么都没有。我不吸毒。我不会，不会乱给她东西吃的。"

她把鼻子凑到女儿的嘴边去，看是否能闻到酒味，但是只有一种温暖的酸酸的气味。"怎么回事，亲爱的？"

"我只是觉得头晕，像骑在旋转木马上。我在哪里？"

"你在家里，亲爱的。你没事，你是在家里。"

凯特琳茫然地朝着房间四下里看着，根本什么都没有认出来，仿佛她是在一个完全陌生的地方。林恩随着她的眼光看去，只见她先是盯着飞镖靶，它上面挂着一条长毛皮围巾，然后又盯着一张摇滚歌星的照片，那是一个富有魅力的健美男子，他的名字林恩一时想不起来了。从凯特琳看着它们的眼光来看，仿佛是第一次见到它们。

"我——我不知道我这是在什么地方。"她说。

林恩站起身来，她的心被一阵可怕的惊慌给抓住了。"卢克，待在这里陪她一会儿。"

然后她跑下楼，抓住她的手提袋，冲进厨房。她从手提袋中掏出电话本，然后拨打皇家南伦敦医院器官移植协调人的手机号码。

求求上帝，让她接电话吧。

令她松了一口气的是，铃响三次后，雪莉·林赛接电话了，林恩把凯特琳的症状告诉了她。

"听起来像是脑病。"她说，"让我来和会诊医生说吧，要么是我要么是他，会直接给你回话。"

"她的状况的确很糟。"林恩说，"脑病？这个词怎么拼写？"

协调人给她拼了出来，然后答应说几分钟后给她回电话，便挂断了。

林恩跑上楼，手中还举着无绳电话。"卢克，你能在网上查一查'脑病'这个字吗？"她给他拼了出来。

卢克在凯特琳的梳妆台旁坐下，打开她的手提电脑，开始在键盘上敲了起来。

五分钟后,雪莉·林赛回了电话。"你必须给凯特琳洗肠,通大便。你能把她带到这儿来吗?"

"你们为她找到了肝脏吗?"

有一阵犹豫,这令林恩很不高兴。

"没有,但是我想,让她住院是一个好主意。"

"要多久?"

"直到使她稳定为止。"

"你们什么时候能给她一个肝脏?"

"我今天早晨已经说过了,我无法回答这个问题。你可以在家里对她进行处理。"

"我要怎样做?"

"给她使用灌肠剂。通常这样做了以后,会使她的肠子排空,她就会正常起来。"

"用哪一种灌肠剂?在哪里能买到?"

"随便哪个药房都能买到。"

"真可怕。"林恩说。

"为什么你不试一试呢?使用之后等几个小时,观察她情况怎么样,再打电话给我。这里整天都有人,她随时都可以过来。"

"好的,"林恩说,"好,就照你说的做吧。"

她挂断了电话。

凯特琳仰面朝天躺在床上,眼睛睁开又合上。

"我想我已经找到你要的东西了!"卢克宣布。

林恩从他的肩上看过去。他的头发散发出长久没有洗过的气味。

他大声读出网页上的内容:"脑病是一种神经精神病的综合病症,发生于肝病的晚期。它的征候从轻微的混乱和昏昏欲睡到个性的改变和彻底昏迷。"

"真他妈的太棒了。"林恩说,然后她转向凯特琳,她的眼睛现在闭上了。突然间林恩害怕了起来,怕她也许就这样一下子走了。她摇撼着女儿。"亲爱的？醒来，亲爱的。"

凯特琳睁开眼睛。"你知道吗？"她含糊不清地说，"肝病真了不起。"

"了不起？"林恩说，大吃一惊。

"是的，为什么不呢？"卢克反问。

"它为什么了不起呢？"林恩挖苦地盯着卢克看，仿佛不管怎样她都要从他愚蠢的脸上找出一个答案来。

"你知道这个等待器官移植的排队名单，是吧？"

"那又怎样？"

"有一个办法可以绕过它。"

"什么办法？"

"有的。呃，我一直在网上找。你可以买一个肝脏。"

"买一个肝脏？"

"是的，试一下。"

"试一下？我不明白，我和你不是一个星球上的人。你什么意思，买一个肝脏？"

"通过一个经纪人。"

"一个什么？"

"一个器官买卖经纪人。"

林恩瞪眼看着他，想了一刻，以为这是他的幽默。但他看起来极为认真。这是她第一次看到他略微有了些生气。

"你说的器官买卖经纪人是什么意思？"

"这种人就是无论你要哪种器官他都能替你办到，在网上交易。你为了移植需要的任何东西，他都能卖给你。心脏、肺、角膜、皮肤、耳廓、肾脏——和肝脏。"

林恩默然地看着他好几分钟。"你是认真的吗？你能从互联网上买到一个肝脏？"

"这里有一大串网址，"卢克继续说，"还有，这会使你很感兴趣：我发现了一个论坛，专门讨论器官移植的排队名单的。它说等待肝脏移植的排队名单在一些国家甚至比在英国更糟。在美国，排队名单上大约有百分之九十的人还没有等到一个新肝脏便去世了。这使得我们的百分之二十真是相形见绌。"

除非你的女儿不是那百分之二十的人中的一个，林恩心想，使劲地瞪眼看着卢克。在英国等候做器官移植的人，每天每三个人中就有一个死去。

她心中万分焦急，由于气愤而五内俱焚。想一想，就拿雪莉·林赛来说吧，她的态度从热情一下子变为冷酷，凯特琳对她来说只是另一个病人。一两年后，她大约连凯特琳的名字都想不起来了——她只是一个统计数字。

林恩不想等待那个机会。

"我要到药房去。等我回来，我想要你给我看关于那些器官经纪人的事情。"她说。

在路上她在一家报刊销售店前停下，走了进去，浏览了一下《百眼巨人报》，想看一看关于那三具尸体的故事有没有进一步的新闻报道。在第三版上有一篇长文，标题是：警方对英伦海峡的三具尸体仍迷惑不解。她看着那三张经过修饰的死去少年照片上的脸，读到的结论是他们也许都是器官捐赠人，还读到了罗伊·格雷斯警长的讲话摘录，不晓得他是谁。

有一些阴暗的东西在她胸中涌动。她把报纸在搁物架上放下，不想让凯特琳看见，买了一包十支的丝鞭香烟，然后回到汽车内抽起了一根。她又开始想这件事，想得头痛，手发抖。

55

几年前，罗伊·格雷斯还只是一个警探，他参加侦破了一个卖酒小商人遭遇的入室抢劫案。那屋子坐落在皇后公园路上，靠近赛马场和布赖顿霍夫市综合医院那幢丑陋的大楼。

业主亨利·巴特勒是个行事单调，说起话来滴水不漏的年轻人。他剃着光头。比起遭遇入室抢劫，他对于小偷偷走的酒的质量更加担心。当犯罪现场调查员们四下里忙着掸去灰尘，往上面喷雾，提取指印时，巴特勒却在悲叹这些特别令人讨厌的布赖顿圣公会的邪恶之徒一点儿品味都没有。

这些市侩们偷了他几箱子最便宜的劣质酒，把他所有的好酒纹丝不动撂在一边。以他的观点看来，这些酒远比那些酒好得多。格雷斯顿时便喜欢上了他。从那以后，无论何时，每逢有特别的场合需要酒时，他总是会到这家商店里来。

星期二下午四点钟，他利用已经被严重推迟的午休时间迅速出门，将那辆没有警徽标志的福特福克斯车停在巴特勒酒窖前面，压在那间外表朴实的小门店外面的双黄线上,然后自己朝着店里一头冲了进去。亨利·巴特勒此时正在这里,仍然剃着光头,夸张地戴着一只金耳环,蓄着山羊须,穿着一件粗蓝斜纹布工作服和一件无领衬衫,仿佛正要出去采摘葡萄。

门砰的一声在他身后关上,罗伊立刻闻到了这个地方那熟悉的、酸酸的酒气,还混杂着木箱上那新锯下来的木板的甜香味儿。

"下午好,格雷斯警长!"巴特勒说,将一份最新的报纸放下,"很高兴看见你。所有的案子都破了?所以你现在得空来参加我的酒神祭奠活动了?"

"但愿我能够。"格雷斯微笑,"生意怎么样?"

巴特勒对着空空的商店一耸肩。"还好。既然你来了,我得说日子刚刚好起来。我这里有什么东西能使你看得上眼吗?"

"我需要一种相当特别的香槟酒,亨利。"他说,"你们最贵的是哪一种?"

"好汉子!这是我最愿意听到的!"巴特勒穿过一个门洞,进入后面一间杂乱的办公室,然后咔嗒咔嗒地走下一段楼梯便不见了。

格雷斯察看起一条刚刚发进来的短信。是一条无关紧要的短信,只是提醒他明天的理发预约,是一家名叫"顶点"的美发厅发来的。自封为发型专家的格伦·布兰森坚持要他每月去那里剪一个平头。他四处看看平放在架子上的沾满了灰尘的酒瓶,以及装在堆放在地上的木板箱里的酒瓶,然后他瞟了一眼《百眼巨人报》的头版标题:布赖顿因毒品死亡的人数在英国名列前茅。

一个严酷的统计数字,他想,但至少它可以使他的案子从今天的头版上撤下。

两分钟后,亨利·巴特勒又重新出现了,他怀里恭恭敬敬地抱着一个长颈矮肚的酒瓶。"试试这瓶相当诱人的库克香槟[①]吧。只要啜一口,无论什么人都会五体投地。"

[①] 库克(Krug),一八四三年由德国人库克创建的香槟厂,被誉为香槟中的王者。

格雷斯咧嘴一笑。

"只要两百七十五英镑就给你了,长官,那可是打了百分之十的折扣的。"

罗伊的笑容跌进了一个黑洞。"胡闹,我可没有要那么贵的。我又不是俄国的金融寡头,我只是一个警察,你忘了?"

商人用一种古怪、嘲讽而又精明的目光朝他看了一眼。"我有一瓶甘美芬芳的西班牙卡瓦葡萄酒,九个英镑一瓶,那是我们家里平常在夏天喝的,极好的酒。"

"太便宜了。"

"你又来了,刑事调查部的先生——"他把刑事调查部的略称 CID 念成了 SID,"我从来都没有把你当成一个吝啬鬼。我真的有一瓶相当特别的家藏香槟,就十七英镑给你吧,先生。它有一股浓烈的黄油香味,尽善尽美,相当复杂的饼干型的风味。简·麦克昆蒂①刚刚在《星期天泰晤士报》上大加称赞过的。"

格雷斯摇摇头。"仍然太便宜了,我要的是非常特别的,但我可不要你拿出一瓶可以做抵押品的东西来。"

"一百镑的怎么样?"

"这还差不多。"

商人跑进他的店堂里面又出来了。"这可是太棒了!二〇〇〇年的路易王妃水晶香槟,近十年来最好的佳酿。这是我廉价出售的最后一瓶了!真正的美酒!通常卖一百七十五,我卖给你就算一百吧,它是你的啦。"

"成交!"

"你是个英雄!"亨利·巴特勒赞许地说。

格雷斯抽出皮夹。"信用卡行吧?"

巴特勒脸上的表情好像被人踢中了命根子一样。"当一个人走背运时,你知道如何去榨取他的——呃,好吧。"他耸耸肩,"反正是很特

---

①简·麦克昆蒂(Jane MacQuitty),葡萄酒大师,《泰晤士报》的葡萄酒专栏作家。

别的场合,是吧?"

"非常特别。"

"把这个给她吧,她会爱你一辈子的。"

罗伊微笑。"那正是我所希望的。"

56

林恩坐在凯特琳的床上,目不转睛地看着电脑屏幕。卢克驼着背坐在杂乱的梳妆台前的一张小凳子上,只用一只手指在凯特琳的手提电脑键盘上忙乱地敲击着,显然也只用了一只眼睛看着。

凯特琳穿着晨衣,这一个小时中忙着来来回回地去卫生间。她现在看起来显得好了一点点,林恩心里稍感欣慰。只是凯特琳现在又抓起痒来。她那么使劲地抓她的双臂,它们看起来就好像是被虫子咬过似的,布满了伤痕。此刻,她耳中塞着iPod耳机,注意力在电视和她那紫色的手机上转来转去。不出声的电视里正默默地上演着前几年的一部电视剧《橘子郡风云》[①]中的一段情节;而在手机上,她则皱紧眉头跟什么人发着短信,同时又在床那头擦着她那发痒的大拇指。

卢克现在已经整整敲了一个小时的键盘了。他正忙着从谷歌里搜索,然后又从其他搜索引擎中寻找,把不同的短语和字句组合输入进

[①] 橘子郡风云(The O.C.)是美国福克斯电视网二〇〇三年播出的一部电视剧,吸引了大量年轻观众。

去,它们包含了诸如器官、购买、人类、捐赠、肝脏等字样。

他找到了欧洲理事会议会上的一次辩论议题:人体器官贩卖状况,又在另一个网站上发现了一个名叫雷蒙德·克罗克特的哈利街外科医生的故事。他于一九九〇年被吊销了医生行医执照,原因是他为四个病人从土耳其购买了肾脏。还有更多的辩论是关于人一旦去世,除非他宣布决定退出,否则的话他是否应该自动成为器官捐赠者的话题。

但是没有人体器官经纪人。

"你不相信那只不过是谣言吗,卢克?"

"有一个网站有关于马尼拉被叫做肾脏岛的内容,"他说,"你可以花四万英镑买一个肾脏——包括手术费在内。那个网站谈到了关于经纪人的事——"

突然他停止了说话。

屏幕上,在光秃秃的黑色背景里出现了一行简朴的白字:GMBH人体器官移植中心。

在它上面的一条光带上是不同语言的选择,卢克在英国国旗上点了一下,几分钟后出现了一个新的版面:

欢迎来到

GMBH 器官移植中心

世界领先的人体器官移植经纪业务

考虑周到的全球性服务,保证保护隐私

可通过电话,电子邮件与我们联系

或通过预约与我们在慕尼黑的办事处晤谈

林恩热切地盯着电脑屏幕,目不转睛,看得眼花瞭乱,感到一阵强烈的激动和一种危险的迫近,不由得战栗起来。

看来面对雪莉·林赛和她的团队的专制,真的另有一种选择了,有另有一种办法来挽救她女儿的生命。

卢克转过身来对凯特琳说:"看来我们——是的——已经发现了一

些东西。"

"真酷!"她说。

几分钟后林恩感觉到凯特琳的双臂围住了她的肩膀,温暖的气息吹到了她的脖颈上,因为她也在看着屏幕。

"这真是令人畏惧!"凯特琳说,"你认为会有——比如——一个价目单吗?就像你在特易购[①]上进行网购一样?"

林恩咯咯地笑起来,很高兴凯特琳似乎在某一方面变得正常起来,尽管是暂时的。

卢克开始在网站里快速查看,但是除了他们看到的这几行字之外再没有其他的信息了。既没有电话号码也没有邮寄地址,只有一个电子邮件网址:请寄 @transplantation-zentrale.de。

"那好,"林恩说,"给他们发一份电子邮件。"

她口述,由卢克打字:

我是一个母亲,有一个十五岁大的女儿,她急需做一个肝脏移植。我们住在英国南部。你们能帮助我们吗?如果能,请告诉我们,你们能提供何种服务,你们需要从我们这里得到哪些信息。

林恩·贝克特谨上

林恩把它看过一遍,然后转向凯特琳说:"就这样行吗,宝贝儿?"凯特琳若有所思地一笑,耸耸肩。"就按你的意思办。"

卢克把它发出去了。

然后他们三个都默默地目不转睛地看着邮箱。

"你看我们是不是该寄一个电话号码过去?"凯特琳问,"或者一个地址什么的?"林恩想了一会儿,感觉脑子里乱糟糟的,"是的,也许该这样,我不知道。"

"没有什么危害吧?"凯特琳提出疑问。

[①]特易购(Tesco),英国最大的零售公司。

"没有，没有什么危害，"她母亲同意道。

卢克发出第二封电子邮件，里面包括了林恩的手机号码和英国的电话区号。

十分钟后，他们正在楼下厨房里沏茶，同时为他们三个准备一点晚餐，这时，林恩的电话响了。

显示屏上的字是：私人电话。

林恩立刻拿起电话。

微微有点嘶嘶声，然后是噼啪作响。不到一秒钟后她听到了一个女人的声音，用一种喉音说出来的不流利的英语，听起来很专业，但很友好。

"请问是林恩·贝克特太太吗？"

"是我！"林恩说，"请讲！"

"我的名字是玛琳·哈特曼。你刚刚给我的公司寄了一份电子邮件？"

林恩的身子发着抖，说道："是器官移植中心吗？"

"正是。巧得很，我正好有个机会明天到英国的苏塞克斯郡。如果方便的话，我们或许能见个面？"

"是的，"林恩说，她的神经短路了，"是的，见个面吧！"

"你是否碰巧知道你女儿的血型？"

"知道，是 AB 型阴性。"

"AB 型阴性？"

"是的。"

有一小会儿停顿，德国女人才又说起话来。

"好的，"她说，"太好了。"

57

"现在是十二月二日星期二下午六点三十分，"罗伊·格雷斯宣布，"这是海王星行动的第十次碰头会，调查三个身份不明者的死因。"

他未穿外衣，只穿了衬衫，领带松开，坐在苏塞克斯郡议会的会议室里。今天晚上天气恶劣。有一会儿他透过雨水蜿蜒流下的窗玻璃往外看去，看着黑暗的远处。室内他那迅速扩大的小队现在人数已达二十八人，正挤满了一屋子，围桌而坐。尽管有这么多人身上发出来的热气，室内的风还是飕飕的，令人感到寒冷。

在他前面的平板桌上放着的是一瓶水、一堆报纸、他的笔记本，和打印出来的议事日程。今天晚上离开这里之前有许多事情要讨论，在这之后他才能进入今晚他的第二项议事日程——那件事要令人愉悦得多，包括那瓶极其昂贵的香槟，现在它正躺在楼下他汽车的行李厢中。

安装在墙上的白板上面钉着的是三套指纹以及那三个被害人的电脑面容识别合成照片。他现在正朝它们看着。他有一个同事，贾森·廷格利警督,目前在部门情报室。他有一次评论说,电脑面容识别合成照片使得每一个人看起来就像是猴子,罗伊从来无法在头脑中想象出那是个什么样子。现在他正看着墙上那两个猴子男人和一个猴子女人。

死了。

被谋杀的。

现在要由他把杀害他们的凶手绳之以法。

现在要由他把结果告知他们的亲人。

他翻开《独立报》,那是放在那一堆报纸最上面的一份。在它的第三版上有一行醒目的标题:布赖顿重获英国犯罪之都的称号。这事儿还得追溯到一九三四年,那时布赖顿笼罩在一个持剃刀行凶的著名匪帮的恐怖阴云之下。在很短的时间内,两具肢解了的尸体被放在了布赖顿火车站的两口皮箱中。那时布赖顿便得了一个不受人欢迎的绰号:英国犯罪之都。

"新来的局长对这个很不满,"罗伊·格雷斯说,"他要求尽快把这个案子破了。"

他低头看着埃莉诺事先给他打印好的笔记。

"好了,我们现在已经有了进一步的病理学上的证据,证明我们的被害人的器官是在手术台上被人取走的。实验室已经从尸检组织中鉴定出丙泊酚和氯胺酮的存在。这两种东西均为麻醉药。"

他停了下来,让大家对其中的含义再细细体会。

"我一直在对这条人体器官买卖的线索进行思考,罗伊。"盖伊·巴切勒说,"买卖人体器官在英国是非法的。但是由于器官缺乏,许多排队等候心脏、肺和肝脏的人在得到器官之前就死去了。有些排队等候做肾脏移植的人一等便是许多年,导致生活悲惨。在搜索心怀不满的会做移植手术的外科医生方面,我们的工作做得怎么样了?"

"目前为止还毫无收获。"曼特尔警督说。

"把英国所有做移植手术的外科医生都列为怀疑对象如何?"尼克·尼科尔说,"人数也不会太多。"

"在搜索被吊销了行医执照的外科医生方面有什么进展?"丽齐·曼特尔询问,"我认为从这方面开始调查的确是一个好办法。对现状不满的人就会强烈反抗这个体制。"

"这方面的工作我在做,"莎拉·申斯通说,她是一个调查员,"我希望明天会拿到一个完整的名单,这样的人很多。"

"很好,谢谢你,莎拉。"格雷斯在笔记本又记下了一笔,"我想我们应该列出一个名单来,拜访一下英国所有做人体器官移植的场所。"他看着巴切勒,"这其中重要的是建立一条器官供应链。一个器官是怎样从一个捐赠者那里送去做移植的呢?对一个非法提供的器官来说有没有进入的窗口?"

巴切勒点点头,说:"我来做这个调查。"

"我想我们需要首先假定,"格雷斯说,"在布赖顿,或者是苏塞克斯存在一个与这些被害人之间的联系。照我的想法来看,它们在靠近布赖顿的海岸附近被人发现这件事实就表明了这点。你们都接受这个说法吗?"

全队的人员都点头表示赞同。

"我想在这个拼图中有很重要的一块,那就是为这些被害人确定身份。我们在这方面已经有所进展了。"他又低头去看他的笔记,"我们把被害人的DNA样本送到塞尔玛DNA鉴识实验室,从那里得到了一条有趣的信息。他们在美国的实验室'兰花塞尔玛'已经对从这三个被害人体内取得的DNA做了一个酶和矿物质的分析。分析表明他们的日常饮食状况与东南欧人接近。"

他喝了一口水,又继续说下去。

"这一点与病理学实验室的毒理学报告相符合。三个被害人的血液内都有一种罗马尼亚制造的金属油漆的微量痕迹,这种金属油漆叫做奥诺那克。根据病理学家提供的信息,这种东西被罗马尼亚街头少年吸入,产生的效果类似于嗅胶。昨天晚上纳丢斯卡又回到尸检室做了更进一步的检查,从这些被害人的鼻腔内都找到了金属油漆的痕迹,这也就支持了上面的说法。"他看着波廷,"诺曼,请你向我们简要汇报一下罗马尼亚方面的情况好吗?"

波廷得到了这个发言权,十分高兴,变得生气勃勃起来。他挺起了胸脯说:"好的,我已经向国际刑警组织做了简要介绍,但是那帮做案牍工作的下属们还是像往常一样,一点儿也没有紧迫感,可能要三个星期后才会有答复,到那时圣诞节又来了。"然后他犹豫了一下,看着罗伊·格雷斯,"要我介绍伊恩·蒂林在布加勒斯特的情况吗,头儿?"

格雷斯点点头,然后说:"诺曼在罗马尼亚有一个熟人,一个非常受人尊敬的前英国警官。他在那里管理一所慈善机构,帮助在那里的街头流浪人群,为他们提供庇护所。考虑到迫切需要将这个案件侦破工作向前推进一步,我已经允许警探波廷在探索情况的基础上越过国际刑警组织。请你向我们介绍一下最新情况好吗,诺曼?"

"我已经委托他寻找一个名叫拉尔斯的人,他最近也许到了英国。几个小时以前我才和他通过话,但他答应我马上就着手去调查。我希望明天就能从他那里得到第一个报告。我目前能讲的就只有这一点。"

格雷斯然后又转向贝拉·莫伊。"你在牙医方面有何进展?"

"没有,"她说,举起了几张纸,"这些就是我迄今为止所找过的牙医了。情况还是一样。从被害人的外表看来营养状况很差,很可能曾滥用毒品,但没有任何看过牙医的迹象。我拿不准搜寻牙医诊所会有什么意义,罗伊。我认为这三个被害人中没有哪一个曾经去看过牙医,他们到了英国也肯定不曾去过。"

"是的,看来这样做不会给我们带来任何结果,这条线索你可以停止了。"他又转向警探尼克·尼科尔,"在失踪人员报告方面你有什么可说的吗?"

"至今为止没有,头儿。"

然后尼科尔概述了他工作的进展。他已经把电脑面容识别照片在苏塞克斯和邻近各郡作过广泛的传观,没有任何反响。新闻界方面也没有任何结果。在《犯罪观察》电视栏目上展示是另一个选择,但那还有一个星期之久。

格雷斯又低头看他的笔记。

"高科技犯罪处的雷·帕克汉姆有些东西要告诉我们。"

坐在他对面的电脑分析专家看起来一点也不像那种传统的电脑怪人。帕克汉姆叫他想起了邦德影片中"Q博士"①的原型。他四十出头，思维敏捷。尽管他的工作极具严酷的特性，但他在工作中总能爆发出热情来。这个工作主要是日复一日地研究被查封的电脑上的照片，那都是一些对儿童进行性虐待的可怕照片。任何一个初次见到他的人，看到他穿着一套灰色西服，系着一条窄领带，多半会把他错当成一个慈祥的老派银行经理。

"是的，我们核对过了一些曾参与全球性人体器官买卖的国家。长官，罗马尼亚就是其中之一，"帕克汉姆说，"这与波廷警探先前告诉我们的情况相符合。这方面的调查工作我们还在继续进行。"

格雷斯谢过了他，然后说："很好，今天下午我和'五音诗'行动队的几个人说过了，他们正在调查贩卖人口的事情。刑事调查总部的杰克·斯克尔里特、保罗·弗内尔警督和布赖顿监狱的贾斯廷·汉布努茨警长给了我一张与东南欧有联系的人员名单，里面有两个罗马尼亚人。有一些罗马尼亚女孩在布赖顿的妓院工作。我们要把她们全都查一遍，看有没有人认识这三个少年，看看我们能否使她们中的一些人谈到她们的往来关系，不管是在罗马尼亚还是在这里的。"

格雷斯转身对布兰森警长说："你有什么事情可以报告的吗，格伦？"

"那艘失踪的捕鱼船仍然没有消息。我已经和斯可布伊号船主的妻子约好今晚开完这个会后见个面，谈一谈。正如今天早上碰头会上同意过的，我已经要求科技支援处将我从肖勒姆港取回的那两个烟蒂送去做DNA分析。"

格雷斯点点头，然后又核对了一下他的笔记，说："下面这件事也许与我们的案件根本没有联系，但是，今天早些时候在黑岩那边，系船池和诺丁顿之间，在低潮时的海滩上发现了一台崭新的五马力的雅

---

① Q博士：邦德影片中的人物，为邦德设计、提供各种高科技装备及武器。

马哈舷外发动机。我已经把它送去用新的指纹技术进行分析，这是我们这里的实验室正在做试验的新技术。格伦，我想要你把本地区所有雅马哈舷外发动机经销商列出一个名单来，看能不能找到是谁最近卖出了一台。"

"它现在在哪里，罗伊？"

"在证据储藏室里。"

"好的。"

罗伊偷偷地看了一眼他的手表，让自己暂时地分一下心。这是令人愉悦的分心。他已经和克莉奥说过了，他希望自己能在八点钟时赶到她家。然后他又把心收回到会议上来。

"我的观点是我们正在和这里的人口贩子打交道，除非另有事实能够推翻我的看法。从弗内尔警督告诉我的情况来看，目前所有已知的人口贩卖都是为了做性生意。出于这个目的，许多女孩子们被带到布赖顿来，交给这里的一些大佬处理。有些大佬已处于弗内尔督察小队的监视之下，但他相信另外还有几个不曾进入他的雷达网中。我想要对布赖顿的妓院进行一次重要的摸底调查，和那里的女孩子们进行谈话，看我们是否能扩大大佬们的名单。"

布赖顿警局明白，性交易目前在每一个城镇都很盛行，所以警方宁可让女孩子们在室内工作而不愿让她们在街头进行交易。这主要是为了她们自身的安全考虑。这样也便于对她们进行监控，以免有未成年的女孩子被贩卖来从事这个行当。

"贝拉和尼克，我希望你们两个尽可能地从她们嘴里多套些话出来。"格雷斯说。

他感觉如果有一个女人在场，妓女们也许会觉得自在一些。而尼克·尼科尔是一个刚有了一个幼小婴儿的溺爱孩子的父亲，在面对性的诱惑时他多半不会像有些人一样——例如诺曼·波廷——产生动摇。

"我还是制服警员时就调查过妓院。"贝拉说。

尼克·尼科尔脸红了。"只要有人去向我妻子做些解释——你们知道——解释我在这些地方干些什么就行。"

"女人在性的方面一旦不再是新手之后,便失去了性冲动,"诺曼插嘴道,"听我一句劝,不要多久之后你就会在这方面有一点点需要了。"

"诺曼!"格雷斯提出了警告。

"对不起,头儿,我不过是旁观者清而已。"

格雷斯瞪着他,但愿这个男人能闭嘴,只做他擅长的事。他继续说下去。"贝拉和尼克,我想要你们尽可能多找那些干性工作的女孩子们谈话。我们知道她们中有许多人挣钱很多,对她们的命运十分满意,但也有一些人债务缠身。"

"债务缠身吗?"盖伊·巴切勒问。

"那些把她们从贫穷中解救出来的卑鄙之徒告诉她们说,她们会在英国过上奇妙无比的新生活;她们可以得到护照、签证、工作、住房,但是为得到这一切她们却欠下了永远也还不完的债。她们来到伦敦时已经背上了数万英镑的债务,会有某个大佬舔着那黏滑的嘴,打她们的坏主意。即便她们只有十三岁,他也会把她们送进妓院,告诉她们,这是她们还清合同上所欠债务利息的唯一办法。如果拒绝,她们就会被告知,她们的家庭或是朋友将受到伤害。但是这边的大佬们通常染指不止一个行当。他们也会进入贩毒市场,有些看来还会干上人体器官贩卖勾当。"

他的话引起了每一个人的注意。

"我想,看来我们的头号怀疑对象可能也是一个当地的大佬。"

58

格伦·布兰森将他那辆不带警徽标志的黑色现代车停在了绕行匝道上,抬头往上看着一栋现代化大楼的曲面形正立面。这是他最喜欢的一栋建筑物,肖勒姆的罗普塔科艺术中心大楼。然后他沿着一条宽宽的街道从第一个入口进去。街道的两边都是商店、餐馆和酒吧,它们全都布满了圣诞节的灯泡和装饰,闪闪发光。虽然已经是星期二晚上的八点半了,外面风雨交加,但是这个地方似乎仍然充满了活力,人群谈话的嗡嗡声不断传来。现在正是办公室聚餐的全盛季节。

这都不是他所要关心的。

他感觉很糟。

圣诞节正在来临,但阿妮甚至都不愿和他谈谈圣诞节的事。难道他要在罗伊·格雷斯的起居室里独自过圣诞节吗?

他的手机上有三个阿妮打来的未接电话,那都是在开碰头会时打来的。但是当他事后给她打电话过去时,接电话的却是一个男人。

一个男人在他屋里,告诉他,他的妻子不在。

当格伦问他究竟是谁时,这个男人用一种令人毛骨悚然的傲慢声音告诉他,他是看孩子的,还说阿妮在上英国文学课。

一个男性的看护?

如果他的声音听起来像是一个少年,那倒是另当别论。但他不是;他的声音听起来要老一些,像是在三十左右。这人究竟是谁?当他问了这个问题时,这小浑蛋狡诈地回答说,他是一个"朋友"。

他不知道阿妮究竟是怎样想的,竟然会把他的孩子们,萨米和雷米,交到这样一个他从未见过,也没经过他审查的男人手中。天哪!他也许会是一个恋童癖,或者是其他任何什么东西。格伦决定会面一结束就直接开车过去,自己亲眼看一看,再把那个浑蛋从他屋子里扔出去。

按照他记起来的指示,前面就是岔路口了。他减慢车速,打出左转弯的标志,然后转进一条狭窄的居民区的街道。他驾车慢慢前行,经过了一家拥挤的卖鱼和炸薯条的商铺,费力地辨认着带平台的屋子的门牌号码。这时他看见了六十四号。大约五十码开外的地方,在两辆停泊着的汽车之间有一个很窄的空位。他把这辆小现代车开了进去,有一次还擦着了后面汽车的保险杠。他从汽车中爬了出来,将他那奶油色雨衣的衣领竖起,匆忙从雨中穿过,按响了门铃。

应声来开门的女人有五十多岁,高大而丰满,顶在她头上的红发像是今天刚做过了发型。她穿了一件宽松的灰色罩衫,下面是蓝色的牛仔裤和木底鞋。从她眼睛下面的几轮黑圈以及睫毛膏的污渍来看,她非常悲伤。

"是珍妮特·托尔斯太太吗?"他问,举起了他的证件。

"是的。"

"我是布兰森警长。"

"谢谢你来了,"她将身子移过一边让他进来。这时,她突然间爆发出一阵希望,问道:"你有了什么消息吗?"

"目前为止还没有,"他说,"很抱歉。"

他几步走了进去,从她身边挤过,进了一个狭窄的门厅。墙上挂了一排带木框的古老版画,画的是布赖顿的海上风景。屋子里很闷热,散发出香烟味儿和狗身上的潮湿气味。从过去的经验里,他注意到当人们受到刺激或是悲痛时,总是会放下窗帘,把室内温度调得很高。

她把他让进一间闷热的小起居室。里面大部分的空间被一件褐色天鹅绒的三件套沙发给占据了,余下的地方放了一台很大的电视机和一张咖啡桌,桌子的式样仿照船上的舵轮,上面放了一只烟灰缸,里面已经满是沾上了口红的烟蒂。还有几个摆设柜子,里面都是大小不等的放在玻璃瓶中的船只。壁炉中是一台老式的三管加热器,上面放了伪造的煤块在熊熊地发光发热。在壁炉架上放着几张家人的照片和一张大贺卡。

"你要喝点什么吗,警长——呃——你说你的名字是布兰森?就像维珍集团的那个理查德·布兰森①?"

"是的,只是我没有他那么富有。咖啡就可以了。"

"你要怎么沏?"

"浓稠的,不放糖,谢谢你。"

"浓稠的?"

"要很浓,再搀那么一点点牛奶。"

她走出房间,他趁机看看照片。一张上面是一对夫妇站在一座教堂的前面——布赖顿的万圣堂,他认了出来,因为这就是他和阿妮结婚的同一座教堂。当丈夫的,他推测是吉姆,穿了一套裁剪贴身的西服,里面的衬衣却显得太大了;卷曲的头发向外膨起,脸上带着一种古怪的微笑。瘦得皮包骨似的新娘珍妮特,一头长长的鬈发披到了肩上,穿着一件拖着长长的裙裾的蕾丝裙。

和它排在一起的是几张两个孩子在儿童时期的不同年龄段的照片,以及一张一个面露羞涩的年轻人戴学位帽穿毕业长袍的照片。

毕业。他忧郁地想,他会去参加他哪一个孩子的毕业典礼吗?或者他那该死的妻子不会让他去吧?

---

① 理查德·布兰森(Richard Branson, 1950—),维珍品牌的创始人,被称为"嬉皮士资本家"。维珍集团为英国最大的企业之一。

他拿出自己的手机来，看一看来电显示，只是看有没有万一。

万一什么？他心想，悲伤地把电话放进口袋中，又想起回电话的那个男人来。那个人单独和他的孩子们在一起。

不知道阿妮回到家里以后这个讨厌的小浑蛋是不是会和她做爱？

他听到了喘息声，转过身来，看见一只上了年纪的体重超标的金毛犬从门廊里望着他。

"你好！"格伦说，伸出一只手来召唤它。

那狗流出一些口涎，淌在了地毯上，然后摇摇摆摆向他走过来。他跪下来拍了拍它，狗几乎是立刻便翻过身来躺在了地上。

"呃，你真是一只了不起的看家狗，不是吗？"他说，"你也是一个小荡妇，把你的奶头都露了出来！"

他用手抚摸起它的肚子，过了几分钟便又站了起来，拿起那张贺卡来看。贺卡前面用金字印着："给我亲爱的。"

里面写的是：给珍妮特，我生命之所爱，我爱慕你，和你分开的时候分分秒秒都在想念你。感谢你带给我一生中最幸福的二十五年。你是我的至爱，吉姆。吻你。

"但愿这个浓度正适合你！"

格伦合上贺卡，把它放回原位。"多么美好的贺卡。"他说。

"他是一个好人。"她回答。

"读了贺卡上的话我能看得出来。"

她将一只托盘放在咖啡桌上，里面有两杯咖啡和一碟巧克力消化饼干，然后在沙发上坐了下来。狗将鼻子凑到了碟子上。

"阿金！不许这样！"珍妮特·托尔斯严厉地说。

狗极不情愿地摇摇摆摆地走了。格伦挑选了一张离火炉最远的扶手椅坐了下来，然后看着饼干，突然发现自己有点饿了。但是他觉得在这样一个敏感的时刻以吃东西来开始这次会谈，对这个可怜的女人来说未免显得太粗鲁了。

"我们昨天通过电话谈了一些事情，现在我还有些问题要问你。"他说，"你不介意吧？"

"我十分盼望你来。"她说,"你问吧,问什么都可以。"

他的目光转向壁炉架上,问:"那些是你的孩子们吗?他们多大了?"然后他非常仔细地观察着她的眼睛。

那双眼睛先是转向右边,然后才又转过来,目不转睛地看着他,皱眉说道:"杰米二十四岁,克洛伊二十二了。为什么问他们?"

他没有回答这个问题,说:"你仍然什么消息都没有听到,我可以这样认为,对吗?"

罗伊·格雷斯不久前曾这样教导过他,说你只要观察一个人的眼睛如何动,便知道他是在说谎还是讲真话。这是一个神经语言学领域内的问题。人的大脑分为左、右两个部分,虽然这个问题讲起来比格雷斯教导的要复杂一些,但它的本质内容是,惯用右手的人,他的想象力,或称构思能力,产生于左半脑,而他的长期记忆和事实则存在于右半脑。当你问一个人的问题时,他的眼睛常常会要么向构思能力那边转,要么向长期记忆一边转,这要依他是在说谎或是讲真话而定。

格伦已经通过对她的观察断定她是一个惯用右手的人。如果他现在仔细观察她的眼睛的话,假设她在撒谎,他就应该看到它们向左转,假设她讲的是真话,它们就向右转。

她的眼睛急剧地向右转。"一个字都没听到,"她说,"他一定发生什么事情了,请相信我。"

他拿出笔记本和笔来。"自从上个星期五晚上以来你没有得到你丈夫的只言片语,我这样说对吗?"

她的眼睛又急速地,明显地向右边动了。

"是的。"

"吉姆从前也像这样出去一段时间没有消息过吗?"

"没有,从来没有。"

看样子她仍然说的是真话。他做了一个笔记,然后端起咖啡来喝,但是太烫,所以又把它放下了。

"托尔斯太太,如果我说起话来让你觉得有点缺乏感情,请原谅。

在你丈夫——失踪以前,你和他之间有过什么争吵没有?"

"没有,绝对没有!那天是我们的结婚纪念日——二十五周年纪念日。头天晚上他就告诉我说他想要重述一下我们的结婚誓言。我们以前是,现在也是极其幸福的。"

"那好。"他用渴望的眼神看着饼干,但依然抗拒着自己的欲望,"关于他客户的情况他和你谈得多吗?"

"如果他们是有趣的,或者古怪的,他就会和我谈很多。"

"古怪?"

"今年夏天有个古怪的家伙雇了他去深海钓鱼,结果他有个爱好,要裸钓。"她设法做出一个笑容来。

"只要他能让船浮起来就行。"他说,回了她一个笑容。

然后,随之而来的是一阵尴尬的沉默。他明白了自己那个比喻用在这时候不是太好。

"那么警察有什么行动,设法——设法去找到他?"她问。

"尽我们一切所能,托尔斯太太。"格伦回答,他的脸因刚才说话有失检点而发起烧来,"海岸警卫队已经派出了一支全方位的海空搜救队,在皇家空军的支持下,出去搜寻那只船了。他们今晚停止了行动,但是只要天一亮他们又会开始搜救行动的。海峡里全英国的乃至海外的所有港口都已得到了警报,所有过往的船只也已得到了提醒,让它们注意观察有没有斯可布伊号的踪迹。但是迄今为止,我恐怕还没有收到看见它的报告。"

"我们已经预订了星期五的晚餐座位。吉姆告诉我说,船在白天被警局的潜水队租用了,等他们回来时,他只要把船只开回锚泊地就行了,大约六点钟就可以回家。"她耸耸肩,"后来九点钟时,有人看见他的船从肖勒姆港的船闸里出去,一头向大海上开去了。他没道理那样做。"

"或许在最后一刻他又来了个租船的客户?"

她使劲地摇头。"吉姆是个非常浪漫的人。他花了几个星期——甚至可以说是几个月来计划安排这一个晚上。他不会在那个晚上还去接一个租船的客户,绝对不会。"

格伦最后熬不住了,拿了一块饼干,咬了一口,一边咀嚼着一边说:"我不想让人觉得我感情迟钝,但是我们知道在这个城市里有大量的走私活动:走私人口,走私毒品。你的丈夫有可能卷入到这类活动的某个运输工作中去吗?"

她又一次使劲地摇起头来。"吉姆不会,绝不会的。"

看到她说话仍然诚实,他很高兴,问道:"吉姆有什么仇人吗?"

"没有,我所知道的一个都没有,不管怎么样。"

"你那样说是什么意思,托尔斯太太?"

"如果我抽烟你介意吗?"她问。

"抽吧。"

她从手提袋中拿出一盒万宝路清凉香烟,抽出一支点燃了。

"人人都爱吉姆,"她说,"他就是那一类的人。"

"那么在他当私人侦探的整个时期,他也没有和任何人结过仇吗?"

"有那种可能。我一直在思考他所有的老客户。是的,他也许得罪过某些人,但他已经不干那个行当有十来年了。"

"会不会是某个被他送进去的人,刚刚又释放出来了?"

"他没有把人送进过监狱。他就是干些——你知道的——跟踪出轨的配偶、刺探点工业情报之类的活动。他只不过干些打探、跟踪一类的事情。"

格伦又做了些笔记。然后他问:"我可以假定吉姆有一个手机吗?"

"有的。"

"它不在这里吗?"

"不,他总是随身带着。"

"能不能把他的电话号码告诉我?"

她从记忆中说出他的号码,他把它写下来。

"服务供应商是谁?"

"O2[①]。"

[①] O2 曾为英国电信旗下的一家子公司,二〇〇一年被拆分出去,由西班牙电信收购,现已成为英国最大的电信运营商。

"你最后一次和他通话是什么时候？"

"星期五下午大约五点过一刻的时候。他刚刚从警局潜水队手里接过船只，回到了船台。他说他得把船洗干净，然后就回家。"

"那是你最后一次和他通话？"

"是的。"

她开始抽泣起来。

格伦啜吸着咖啡，耐心地等着。等到她平静下来之后，他问道："我可以认为你后来又给他拨过电话了吗？"

"大约每隔五分钟就打一次，但是没有回音。每次都是直接转到了电话留言上。"

格伦把它记了下来。他抬头看着珍妮特·托尔斯，此刻他对她的悲伤感同身受。

这时他又想起了那个在他家里接他电话的人。那个男人现在正照看着他的儿子和女儿。

对于这个他从未见过的人，他恨得要命。他相信他不可能再这样恨任何其他人了。

他想：如果你现在在和阿妮睡觉，但愿上帝保佑你吧，我会赤手空拳地把你的命根子扯掉。

他向珍妮特·托尔斯挤出一个微笑来，把他的名片递给了她。

"如果你听到什么的话，给我打个电话。我们会找到你丈夫的，"他说，"别担心了，我们会找到他的。"

抽泣中她的声音突然变得愤怒了起来。"是的，很好，但愿你们在我之前先找到他，那就是我要说的。"她又开始抽泣了起来。

59

罗伊·格雷斯手中紧握那瓶他一生中买过的最为昂贵的香槟酒,将钥匙插入克莉奥那带有院门的住宅的门锁里。

正当此时,他的电话响了。

他咒骂着将电话从衣袋中拿出来,回了话:"我是总警司格雷斯。"

是局长助理艾莉森·沃斯珀打来的,这是他此刻最不愿意与之交谈的人。而且更加讨厌的是,她此刻说起话来语气里透出一股独具特色的令人不愉快的语调。

"你在哪里?"她问。

"我刚到家。"他说,希望她也许会被提醒,现在已经过了九点钟了。

"明天上午我第一件事就是要见你。局长一直在和布赖顿霍夫市的政务会的最高行政长官谈话,他们谈论的内容是布赖顿所有有关你那个的案子的糟糕的新闻报道。"

"我一定来。"他说,尽力把他声音里的不情愿给掩饰起来。

"明天早晨七点钟。"

他在心里抱怨,口里却说:"好的。"

"我希望你在案子上能有所进展,可以拿出些东西来报告。"她在挂断电话前补充道。

晚安,他做着口形说,说后开了门。

克莉奥穿着一件男人的衬衫,套着一条撕裂了的牛仔裤,正四肢趴在木板地上和汉弗莱玩着抢袜子的游戏。狗咆哮着,号叫着,用力拉扯着袜子,仿佛它的生命就寄托在它上面。"嗨,亲爱的!"他说。她抬头看他,并没有停止她激烈的争夺游戏,一点也没有留意到他手中挥舞着的酒瓶。

"嗨!看,汉弗莱,看谁来了,是总警司罗伊·格雷斯来了!"

他跪下来吻她。

她只给了他匆忙的一吻,注意力仍在狗身上。"香槟酒!"她说,"好极了!"然后,斜眼看着那正在狂吠着的一团毛绒绒的黑球,说道,"汉弗莱,你怎么看?罗伊·格雷斯总警司给我们带来了香槟!你认为那是求和的表示吗?"

"对不起,我回来晚了,开完碰头会后又被耽搁了。"

她用力拉扯着那只袜子。汉弗莱向她滑过去,它的爪子撑在地上,磨光了的橡木地板无法提供给它足够的摩擦力。它的爪子松开了袜子,然后又回过头来猛咬它。克莉奥抬起头来看着罗伊。"我为你做了你一生中最好的马提尼酒!我发现了一种奇妙无比的新伏特加——卡拉什尼科夫牌子的。它在冰箱里。"然后她又加上一句,"走运的讨厌鬼,你得替我们两个来喝它!"

她转向狗说道:"他真走运,是不是,汉弗莱?他比他答应的来迟了一个小时,却仍然得到了好酒喝。你和我却只能喝白开水,你怎么想啊?"

格雷斯突然间觉得很尴尬。她的语气似乎有一点点生疏感。

"等到香槟酒凉下来,就会很好喝了!"他试图去安抚她。

他把酒瓶拿给她看。

她一边继续逗弄着汉弗莱,一边查看着商标,说:"总警司,你今晚打了什么坏主意来对付我呢?"

"坏得很!"他说。

"你知道的,我不能喝酒。"

"我在网上查过了,现在新的讲法是偶尔喝一杯对孕妇没有害处。"

"两杯呢?"

"两杯甚至更好,一杯为你,一杯为腹中的孩子。"

她咧嘴笑了,然后朝下看着,拍拍她的肚子。"你有一个多有思想的爸爸!"她嘲笑道。

格雷斯将他的夹克和领带扔在一张沙发上,然后把酒瓶放进冷藏箱,打开了冰箱门。他看见那里放着一杯马提尼酒,满到了杯边沿,一只橄榄插在一根棍子上。他把它拿出来,端着它走进起居室,喝了一些,然后在一张沙发边沿坐了下来。酒精一下肚便像是火箭燃料,立刻给了他冲力。

汉弗莱松开那只袜子,弹跳着朝他冲去,一连作了十几个双足跳。

"嗨!你!"他跪下来抚摸这条狗,它立刻在他的手上顽皮地咬了一口作为回应。"啊哟!"他把手抽了回来。

汉弗莱看着他,然后又跳了起来去咬他。

他举起马提尼酒不让它抓住,说:"好家伙,你的牙齿太尖了!你伤着了我!"

"你知道我父亲对马提尼酒有什么说法吗?"克莉奥说。

汉弗莱又向袜子跑了回去,把它从克莉奥手中夺了过来,开始凶狠地抖动它,仿佛一定要把它杀死。

"不知道,说了什么?"

"女士们,谨防干马提尼酒!最多喝两杯。喝三杯你就会倒在桌子下面,喝四杯你就会倒在主人的脚下!"

格雷斯咧嘴一笑。"那么他对佳酿香槟说了些什么呢?"

"什么都没有说,通常在他把香槟酒拿到手之前,他对马提尼酒看也不要看。"

"我倒是期待着和他见个面。"

"你会喜欢他的。"

"那是一定的,"格雷斯说,对于她那豪华时髦的父亲会怎样看待他这样一个低微的警察心里一点底都没有。

他又吸了口酒,现在这辛辣而无果味的酒精开始真正地在他头脑里发作了。这时他的电话又响了。他向她点点头表示歉意,从口袋中掏出电话来。

"我是罗伊·格雷斯。"他回答。

"唷,我的老哥!"

是格伦·布兰森。

"嗨,"他说,"你要干什么?"

"这会儿不打扰你吧?"

"打扰了。"他说,"怎么啦?"

"没事,"警探说,"只不过想要和你谈谈,关于阿妮的事。"

"能等到明天早晨吗?"

"好的,明天再谈。不必担心。"

"你真的没事吧?"

"明天很好。"格伦说,声音听起来很可怕。

"告诉我出了什么事吧?"

"不了,明天谈就好。晚安!"

"我可以讲话。"

"不,不,你不能,明天再谈。"

"听着,伙计,发生了什么事?"

电话线挂断了。

格雷斯给他的朋友打电话过去,但都直接转到了留言电话里。他又往他自己家里打,怕他万一是在那里,但是电话响了八次后也进入了电话留言。他把手机塞进裤子口袋里,然后跪了下来。

有好几分钟克莉奥一直在和汉弗莱玩,又一次不把他的存在当一回事。过了一会儿游戏玩累了,她松开了那只袜子。汉弗莱把它拖到了豆子袋①上——豆子袋就是它的床。它继续和那只袜子玩着角力的游戏，咆哮着，号叫着，仿佛它在斗着一只死耗子。

"要吃点儿什么吗？"克莉奥问道，"我已经为你做了一顿你最爱吃的晚饭，就为了万一你肯屈尊来出席。"

她说的这几句话几乎和桑迪说过的一模一样。每逢休息时间他还在工作时桑迪总是要生起气来，特别是当吃饭吃到一半他被电话叫了出去，她就更生气了。

"嗨！"他说，"你说那话是什么意思？为了万一我肯屈尊来出席！"

"你是当头儿的，"克莉奥说，"你只要真的想要，就能按时回家，不是吗？"

"你知道我不能。得啦，我们不要再为那个争吵了。我已经有了三个被杀害的少年，和一大群人等着要我给个答复。你已见过了那三个少年——我要找出来是谁干了那件事，要快，要赶在再次发生类似事件之前。我肩上压着许许多多的人，要在圣诞节前给他们作出答复，也包括我自己在内。我也得给自己一个交代。"

"我每天都会带许多人到尸检室来，把我知道的一切向他们及他们的亲属做一个交代。但是我总设法为自己的生活设立一个分隔开来的空间。你却不那样做，罗伊，你的工作就是你的生活。"

格雷斯感觉他是在一片巨大而黑暗的虚空里踩踏板。他说："当你一接到电话，你还不是也要出去吗，有时候还是每周七天，每天二十四小时待命的，不是吗？"

"那不同。"她耸耸肩，古怪地朝他瞪了一眼。

格雷斯突然间感觉受到了一种惊慌的刺痛。他长吸了一口酒，但是酒精已停止了作用。自从他们开始交往以来，这是第一次她似乎成了一个陌生人。他害怕起来，担心会失去她。

"不总是像这次一样吗，是不是，罗伊？"

"像什么？"

---

①豆子袋：通常是儿童用来投掷取乐的袋子。

"我在屋子里转来转去地等着你,而你爱的是你的工作。"

"我爱的是你。"他说。

"我也爱你,但我还没有傻到以为我能改变你。我也不想改变你。你是一个好人,但是……"她耸耸肩,"怀着你的——我们的——孩子,我感觉十分地骄傲。但我担心你会是怎样的一个父亲。"

"我自己的父亲就是一个警察,"格雷斯说,"他对我来说是一个了不起的父亲。我永远都以他为豪。"

"但他只是一个警官,不是吗?"

"你说这话是什么意思?"

"算我没说,我需要喝一杯。还得多久才能打开那一瓶?"

"也许还得十分钟吧?"

"我来把晚饭准备好,你能把汉弗莱带出去,放到露台上去吗?它得撒尿,解大便了。"

格雷斯尽职尽责地把狗带到屋顶花园去,带着它遛了十来分钟。这期间汉弗莱什么都没干,只是去咬他的手,咬了好几次。然后他把它带回室内。狗小步跑下楼梯,在起居室的地板上撒起尿来,接着又蹲下身子,在一块白地毯上骄傲地拉下了一大堆粪便。

等到他把这乱糟糟的一堆给清理干净了,路易王妃水晶香槟也已经凉透了。两碗对虾,切成了小方块的鳄梨和芝麻菜沙拉摆了出来,放在了厨房里的小桌子上。他从柜子里拿出两个细长的水晶香槟杯来,小心翼翼地把酒瓶打开,其小心的程度就仿佛他是在照料一个婴儿。然后他把酒倒了出来。

他们碰了杯。

克莉奥坐在桌旁,显得漂亮极了。她看起来是这样美,这样脆弱。这使他完全不敢相信她正怀着他们的孩子。她试着吸了一口酒,然后把眼睛闭上了一会儿。当那双眼睛又睁开来时,它们就像杯中的酒一样在闪闪发光。

"哇!真是妙不可言!"

他目不转睛地看着她。"瞧,"他说,"我知道我还不曾见过你父亲,在你们的圈子里有些礼节是必须遵守的，但是——克莉奥——你会嫁给我吗？"

有一阵长久的、折磨人的沉默，这期间她只是用一种无法看懂的表情瞪着他。终于她又慢慢地抿了一口，然后说："罗伊，亲爱的，我不想说出这种听起来——"她犹豫了，"听起来很古怪的话，你明白吗？"

他耸耸肩，不知道她下面要说出什么来。

她转动着手中的酒杯。"我自己在心里想过，假如有一天你向我求婚，只是因为我怀了孕，那我绝不会嫁给你的。"她给了他一个无助的、像迷失儿童般的眼神，"那不是我要过的那种生活——为了我们两个。"

有一阵甚至更为长久的沉默。然后他说："你的怀孕与这个毫无关系。那只不过是一个额外的大收获。我爱你，克莉奥。你是最美丽的人，从内到外都美丽。我能遇到你这样的美人，真是我三生有幸。我全心全意地爱着你。我将爱你到海枯石烂，地老天荒。我要和你一起度过下半生。"

克莉奥微笑，然后沉思着点点头。"说得不错，"她说，用一只手在空中画了一个圈，"还有呢？"

"我爱你的鼻子、你的眼睛；我爱你的幽默，我爱你看世界的方式，我爱你的头脑，我爱你对别人的友善仁慈。"

"这样看来，你的爱并不包括我是一个做爱的好对象？"她说，用的是一种失望的嘲弄语气。

"也包括。"

她喝了一些酒，然后把胳膊肘放在桌上，用双手的手指托着酒杯，眼睛从酒杯的上面凝视着他。"你知道，你也不是一个做爱的坏对象。"

"是一个十分雄壮的对象！"

她皱起了鼻子说："是一个欲求不满的混账家伙。"

"你喜欢这样！"

她嗤之以鼻，傲慢地说："不，我不喜欢，我做爱只是为了使你高兴。"

他咧嘴一笑:"我不相信。"

后来,汉弗莱坐在卧室的地板上。当他们做爱时,它在一旁吠叫,哀号,直至它厌烦了,睡了过去。

他们相互躺在对方的臂弯里,克莉奥亲吻着罗伊的鼻子,吻他的每一只眼睛,然后是嘴唇。"你知道,你是一个令人难以置信的爱人,你是那么令人惊异,毫不自私。"

"大多数的男人都自私吗?"

她点点头,然后露齿一笑。"当然,以我的经验之谈,以我所拥有过的成百上千的爱人为例证——不!"

"我只把它当做一句赞美的话,出自一个做爱专家之口。"

她用手捶打他,然后又吻起他来。"你身上还有别的东西。作为总警司,你使我感到很安全。"

"你使我欲火中烧。"

她的双手从他那肌肉坚硬的身体往下滑,然后停住了。"该死的坏东西,你又要来一次了?"

"我们刚才做过爱了吗?"

"五分钟以前刚做过。"

"那一定是我的早期老年痴呆症发作了。我以为那只不过是——你知道——做爱前的亲密演习呢!"

她笑了。"你是我遇到过的嘴巴最甜的男人!"

"是你使得我变甜的。"他说,轻轻地亲吻着她的嘴唇,她的脖子,她的肩膀,然后是她的手臂、大腿、脚踝、脚趾上的每一寸地方。然后他们就又做起爱来。

过了很久很久,在一根几乎要燃尽的蜡烛的闪烁微光下,克莉奥缠在他的身上,流着汗说:"好啦,我投降,我嫁给你。"

"你愿意吗?"

"是的,我愿意,我要嫁,这是我在这个世界上最想做的一件事。但是,事情是不是有一点复杂?"

"什么?"

"你已经有了一位妻子。"

"按照失踪七年的规定,我刚刚已经开始了宣布她死亡的程序。我姐姐老早以前就在劝我这样做了。"

"克莉奥·格雷斯。"她喃喃地念着,"嗯,听起来倒蛮好听的。"

她又亲吻起他来,然后紧紧地缠在他身上,睡着了。

60

格伦·布兰森坐在他那辆黑色的现代车的方向盘后面，沉默不语，心情沮丧，目不转睛地看着他的房子。他这样坐了有五个小时了。

这幢小小的，二十世纪六十年代的半独立式住宅建在索尔丁的一条陡峭的街上，位于一座悬崖背面的风口上。风不停地吹，汽车不停地摇晃，雨使劲打在车身上。

眼泪像小河似地从他脸上淌下。他全然忘却了严寒，忘却了饥饿，忘却了他想要小便。他只是目不转睛地盯着对面，盯着那有着明黄色前门的小屋，那里是他的家。他看着屋子的正立面，好像那是挡在他自己和他的生活之间的一堵柏林墙。一片该死的模糊。泪水模糊了他的双眼，雨水模糊了车窗玻璃，而爱、愤怒和痛苦则模糊了他的心。

十点刚过，他眼看着阿妮进了屋。她完全没有认出坐在车中的他。然后他等着那个看孩子的男人——不管这傲慢的杂种是谁——等着看他离开。现在已是凌晨两点二十了，他还不曾离开。两个多小时以前，楼下的灯就已经灭了，后来楼上她卧室的灯亮了。过了一会儿，那里的灯也灭了。这就意味着她在和这个照看孩子的人睡觉,在他们的屋子里和他缠在一起。

萨米和雷米会在第二天清早跑进卧室,像他们惯常做的那样,激动地喊出"爸爸,妈妈"吗?结果却只发现一个陌生的男人躺在床上?或者他们现在已不再跑进卧室去了?过去的几个星期中他的家里发生了多大的变化?

这些想法就像一把刀子在他心中绞动。

他看着汽车内的时钟,两点四十二分。他又去看他的手表,仿佛希望汽车里的时钟坏了,但是他的表是两点四十三。

一只塑料垃圾桶盖沿着人行道滚了过来,这时他在后视镜中看到冰蓝色的光点一晃而过。几分钟后,一辆巡逻的警车飞驰着经过他,车顶旋转灯开着,警笛却关闭了。他看见它在路尽头向右转后消失不见了。它也许是去一个人的家里,要么是出了什么事故,要么是发生了入室抢劫——或是别的什么事情。在打电话进去之前他犹豫了起来,不愿意冒被叫走的风险。但他使用的是一辆警用汽车,那就使得他在被召唤的时候不得不服从命令。尽管他的个人生活中发生了许多事情,他仍然感激警察部队给了他生活的机会。

他用手机给南方信息中心的控制室打电话。

"我是格伦·布兰森警长,是重案支队的待命警官。我刚才在索尔丁看见几个家伙开着警车,闪着警报灯过去。我们有什么事吗?"

"没有,他们只是赶去处理一起交通路撞。"

他的心放下了,挂断了电话。几分钟之后他全部的注意力又转回到他的屋子上来了。他的恼怒越来越强烈,现在除了他屋子里发生的事情,其他的一切都已不放在他心上了。

终于他再也无法控制自己,从汽车中爬出来,横穿过街道,走到他的屋门前。他感觉自己鬼鬼祟祟的,像是一个陌生人。仿佛他不该在这里出现,不该走上这条道路,站到他自家的门前一样。

他把钥匙插进锁孔,试图打开它,但是钥匙转不动。他把钥匙拔出来,感到很困惑,有一刻他在想是不是拿错了,用了罗伊·格雷斯家的大门钥匙。但是它就是自家的钥匙。他又试了试,仍然打不开。

突然他明白了:她已经换了门锁!

啊,卑鄙的家伙,不,你不能,你这条母狗!

刹那间,他心头闪过了不下一百个电影中夫妻相斗的场面。他的愤怒爆发了。他按响了门铃,长久地按着,屋子里刺耳的噪声足足响了十秒钟之久。愤怒中他一脸通红,想起自己以前从未这样按响过自家的门铃。接着他又对着门拳打脚踢起来。

几分钟后,他感觉到头顶上有了灯光。他朝上看去。阿妮站在卧室的窗户前面,窗帘拉开了。她把窗子拉开,低头往下看。粉红色的晨衣领子上方,她的脸若隐若现,光滑平直的黑发看起来毫无瑕疵。她的头发永远都是这样美丽,仿佛她刚刚才从美发厅走出来。有一次他们在激流中放排漂流过后,她的头发竟然还能保持那样。

"格伦吗?你究竟在干什么?你会把孩子们吵醒的!"

"你他妈的把锁给换了!"

"我把钥匙丢了!"她高声叫喊,为自己辩护。

"让我进来!"

"不行。"

"去你妈的,这也是我的家!"

"我们已经达成协议要分居一段时间。"

"我们并不曾达成协议说你可以把男人带到家里和他们睡觉。"

"明天早晨再和你讲,好吗?"

"不行,你让我进来,我们现在就谈!"

"我不会开门的。"

"那我就打烂一扇该死的窗子,如果你逼我那样做的话。"

"你打吧,我会叫警察的。"

"我就是警察,只怕你已经忘了。"

"你究竟要干什么,随你的便!"她说,"你向来如此。"

她砰地一声把窗关上。他退后几步想看得更清楚一点,只见窗帘又拉上了,拉得严严实实的,灯也关了。

他握紧拳头，然后又松开了，胸中的怒火翻腾不已。他走了几步跨上了街道，然后又走了下来。一辆汽车开过去，自行改装的嘈杂喇叭里传出说唱乐，将早经震荡不已的空气又震荡了起来。他又抬头看着他的屋子。

有一刻，他控制不住地想要打碎一扇窗玻璃，进去，然后扭断那个该死的看孩子的人的脖子。

问题是，他知道如果他进去的话，他真的会那么做。

他极为勉强地转回身，又爬进了现代车，把汽车开下了海滨大道。他在T形交叉路口停了下来，打出向右转的指示灯。他刚要把车开动时，看见很远的地方一团漆黑之处有极细的一线亮光，像是一艘什么船，正向海上开去。

突然间他有了一个想法，这个想法暂时让他把愤怒搁到了一边。

当他开车沿着起了风的大道穿过罗廷丁镇和肯普镇，接着又沿布赖顿海滨往前开下去时，这个想法在他心头变得越来越清晰了。

回到罗伊的家里，他给自己倒了一大杯威士忌，然后在一张扶手椅中坐下，想起了更多的事情。

他仍然在为阿妮的事气得发抖。

但是那个想法仍然搁在他的心里。

当他睡了三个小时醒来后，它还在他心里。

他在学校读书时，绝大多数的科目成绩都很糟，因为他父亲要么喝酒，要么喝醉了揍他的母亲。父亲不断地告诉格伦，说他是一个废物，他也同样地告诉他的兄弟姐妹，他们也都是一群废物。格伦相信了他的话。他从一家收容所被送到另一家收容所，就这样度过了童年时代。只有几何学是他喜欢的课程。他记起了这门课程中的一样东西，它一整晚都待在他的脑子里，那就是三角测量学。

61

早晨九点钟的时候,伊恩·蒂林坐在他那位于布加勒斯特的卡萨·约安纳收容所的办公室里,在办公桌旁热心地研究着那封长长的电子邮件,仔细地扫视着那些照片。这些东西都是他的老朋友诺曼·波廷发送过来的,包括三套指纹,三张电脑面容识别合成照片——两个年轻男性,一个年轻女性。还有几张其他照片,其中最为有趣的是一张制作粗糙的刺青的特写镜头,这个刺青是一个名字:拉尔斯。

又能参加到一桩案件的侦破工作中去,这种感觉真好。开始着手工作之前,先开一个碰头会,像是又回到了往昔的时光。

他从杯中喝了一大口川宁①英国早茶。他那在布赖顿的老母亲定期给他寄来茶叶包,还有马麦酱和威尔金父子公司的香橙果酱。这些是唯一使他留恋英国,而又在这边不能轻易得到的东西。

坐在他书桌前面的木椅子里的是两位女社会工作者。多丽娜是一

---

①川宁(Twinings):英国红茶,创始于一七〇六年,备受皇室青睐。

位个子高高,二十三岁,留着一头黑色短发的女子。她和她的丈夫从摩尔多瓦共和国一同来到罗马尼亚。安德列娅则是一个很有魅力的姑娘,她有一头褐色长发,外面穿着一件V字领的褐色无袖套头罩衫,里面是一件条纹衬衣和牛仔裤。

安德列娅首先报告,给出一个普通的意见,说拉尔斯是一个十分优雅的名字,一个街头少年叫这个名字,这是不多见的。她认为这个刺青是自己刺上去的,这表明这个女孩也许是一个罗姆人,或提加尼人,也就是说是一个吉普赛人。她补充说一个罗姆女孩和一个非罗姆人的男朋友在一起这是非常少见的。

"我们可以在布告栏上贴出一个通告。"多丽娜说,"把照片一起贴上去,看看在我们这些无家可归的房客们中间有没有人能提供给我们一些信息,知道这些人会是谁。"

"好主意,"蒂林说,"我想要你和所有其他收容无家可归者的慈善机构联系联系。安德列娅,请你把这些送到三个法拉收容所去,好吗?"

在这个城市里有两家法拉收容所,在乡下还有一处农场,它们都是由一对英国夫妇,迈克尔·尼科尔森和简·尼科尔森开办的慈善机构,专门收容街头少年。

"我今天上午就去干这件事。"

蒂林谢过了她,然后看一眼他的手表,说:"我九点半钟时得去当地的警务站开一个会。你们两位能否去和所有六个当地管辖区域的安置中心联系一下?"

"这个工作我已经开始做了,"多丽娜说,"还没有得到一个肯定的答复。我刚才还和一个安置中心谈过,但是他们拒绝给予援助。他们说他们不能分享机密信息,那是警察的职责,只有警察才能做讯问,一个慈善机构的负责人是无权参与的。"

蒂林泄气地重击他的书桌,说:"放屁!我们都知道我们会从该死的警察那里得到什么样的帮助!"

多丽娜点点头。她知道,她们全都知道。

"只有坚持试下去。"伊恩·蒂林说,"怎么样?"

她点点头。

蒂林给诺曼·波廷回了一封短短的电子邮件,然后离开办公室,走一小段路去十五号警务站,那里有唯一他知道能对他有所帮助的警官。但是他并不抱乐观的态度。

62

格伦·布兰森尽管昨天晚上搞得精疲力竭,但此时站在会议室外面的走道里,一手端着一杯咖啡,另一只手上拿着一个英式早餐的鸡蛋、烤肉和香肠的三明治,又感觉自己思维敏捷,精神振奋。其他队员从门口鱼贯而入,来参加星期三早上的碰头会。

贝拉·莫伊从他身边几步走过,给了他一个怪笑。"早上好,健康进食先生!"她说。

格伦嘴里塞满了三明治,他咕哝了一句作为回答。

这时贝拉的电话响了。她看了一眼上面的来电显示,走到一边去接这个电话。

几分钟后,格伦等候的那个人,高科技犯罪处的雷·帕克汉姆出现了。

"雷,你好吗?"

"我很累,"他说,"妻子昨晚一夜都不舒服。"

"真替你难过。"

"詹有糖尿病，"他说，点着头，"我们昨晚去了一家中餐馆，今天早上她的血糖就不正常了，高出了许多。"

"得糖尿病是一件令人不愉快的事。"

"是中餐馆的问题——你不知道他们往食物里放了些什么东西。你们那边的情况还好吧？"

"我妻子的身体状况也出了些问题。"

"哎呀，听你这么说我真过意不去。"

"是呀，她现在得了一种过敏症，针对我的。"

帕克汉姆那双在厚镜片后面的眼睛放出光来。他竖起一只手指说："啊！我认识一个家伙，国内顶尖的过敏症专家！我会把他的电话号码给你的。"

格伦笑了，说："如果你说他是顶尖的离婚律师，我也许会感兴趣的。你瞧，在开会之前，我想要问你一个简短的技术上的问题。"

"说吧。离婚，听到这个词我很抱歉。"

"如果你见过我妻子的话，你就不会这样说了。但是随它去吧！我要借用一下你在移动通信方面的知识，可以吗？"

有更多的人从他们身旁挤过去。盖伊·巴切勒快活地向格伦打招呼："早安。"格伦向他挥舞着他的三明治，算是回答。

"你是一个电影迷，格伦，不是吗？"帕克汉姆问道，"你看过电影《狙击电话亭》①吗？"

"科林·法雷尔和凯弗·萨瑟兰演的。看过，怎么啦？"

"它的那个结尾简直是胡扯，你不认为吗？"

"我觉得很好。"

雷·帕克汉姆点点头。在局里，他除了是一个最受人尊敬的电脑犯罪专家之外，还是格伦知道的另外一个电影迷。

"我在移动电话的天线方面需要向你请教。雷，那是你研究的领域吗？"

"天线？基站天线？那你真是找对人了！这方面我当然知道一些。

---

① 《狙击电话亭》(*Phone Booth*) 是二〇〇二年的一部美国惊悚电影。

你要问的是什么问题?"

"有一个家伙失踪了——在一只船上。他总是随身带着他的手机。最后一次有人看见他是在星期五晚上,他正从肖勒姆港扬帆出海。我想的办法是,我也许能够从他的手机发出的信号绘制出他前进的路线,通过某种三角学测量的方法。我知道这在陆地上是可能的,那么在海上能做到吗?"

又有一些人从他们身边鱼贯而过。

"嗯,那得依出去了有多远,以及是哪一类的船只而定。"

"哪一类船只?"

帕克汉姆开始给他讲解起来,他整个的身体变得虎虎有生气了。为贮藏在他头脑中的知识寻找一个用武之地,似乎是世界上最让他高兴的事情。

"是的,十英里,或许更多一点,在海上,你仍然在信号范围之内,但那得看你在什么船上,还有就是你的电话放在什么位置。你知道,在一个钢铁制的船舱内,信号会迅速减弱。这个特定的电话是放在甲板上呢,还是放在一个有窗户的船舱里?还有,天线的高度也会是一个很大的因素。"

格伦极力回忆他在斯可布侬号上时的情形。你走上几步阶梯便可到达船只的前面部分,那里有一个小船舱,是卫生间、厨房和座位区域所在的地方。当他下到那里时有一个印象,觉得它大部分地方都处于水面以下。但是如果吉姆·托尔斯一直在驾驶船只的话,他应该在甲板上,在那个部分有遮盖的钢制屋子里面。如果他是一直开出海去,那么在他从岸上看,他的航线就应该是一条直线。他把这一点解释给帕克汉姆听。

"好极了!"他说,"你是否知道他曾经打过电话?"

"他没有给他太太打电话,我不知道他是否给其他人打过。"

"你得去弄到他的移动电话记录单。在重案犯罪调查中,这应该不是一个问题。我猜想这是与海王星行动有关的吧?"

"这是我要调查的一条线索。"

"情况是这样：一部移动设备如果处于随时准备发送信号的状态，那么每隔二十分钟左右，它就会在它的网络上有个自动记录，属于报到登记之类，意思是：我在这儿呢，老伙计！如果你把电话放在你汽车内的收音机旁边，你有时候就能听到'哔——哔——哔'的噪声，那是对收音机的干扰声，懂吗？"

布兰森点点头。

"那是它在发送信号呢！"帕克汉姆高兴得满脸放光，仿佛那个声音是他教所有移动电话玩的一个鬼把戏，"现在，从这个电话记录单上，你可以计算出来它最后一次记录信号发生的地点，准确位置在几百码范围之内。"

他用眼光向周围扫了一圈，意识到几乎每一个人现在都已经进了会议室。

"大约有两到三个海岸基站可以联系到它，它可以和一个已知的区段通话，每一个基站可以收听到这个区段的大约三分之一。"

他又将眼睛扫了一圈。

"简单地说，有一个东西叫做'信号计时'。我不讲技术上的细节了，总之信号是以光速——每秒三十万公里——从基站发出或收到。信号计时和我们使用哪一个网络通话有关，它可以让你计算出从电话到每一个基站的距离。你听懂我的话了吗？"

格伦点点头。

"这样你就有了一个大致的方位，但更重要的是，有了到每一个基站的距离，这些加一起，就应该使你能够运用三角测量法作出定位，准确范围在几百码之内。但是你要记住，这只是最后一次记录信号的位置，之后船只很可能又开了二十分钟。"

"这样说来，至少我可以算出它最后的已知位置和它大略的航行路线？"

"没错！"

"你真是个明星，雷！"格伦说，在他的记事本上写下一些笔记，"你是个了不起的明星！"

63

早上八点半时,有两个在外人看来似乎是一对母子的人在盖特威克机场排着队。队伍里有十几个手执欧盟护照的移民。

女人四十来岁,颇为自信,是一个白肤金发庄重典雅的美人。她的头发齐肩,梳着一个时髦漂亮的发型。她穿着一件毛皮镶边的黑色小山羊皮大衣和与之相配的皮靴,身后拖着一个带小轮子的短途旅行用的 Gucci 包。男孩是一个满脸迷惑的少年。他很瘦,一头乱糟糟的黑色短发,容貌上带有一点儿罗姆人的痕迹。他身穿一件显得有点儿大的斜纹粗棉布夹克,干净利落的蓝色牛仔裤和一双崭新的运动鞋;鞋带没系紧,拖在了地上。他什么都没带,除了一台电子游戏机。那是人家送给他的,好占据他的注意力。同时他心里还抱着希望,想要尽早和那个他唯一爱着的人会合。

女人一连打了好几个电话,使用的语言这男孩听不懂;他推测是德语。这期间他一直在玩着游戏机,但他现在玩腻了。他对旅行也感到腻味了,一心只希望快点结束。

终于，下一个就要轮到他们了。前面的一个商人把他的护照交给一个长相像印度人的女移民官员。她审视着他的护照，看样子稍微有点厌烦，仿佛她值了一个长长的夜班，即将结束工作。她将护照递还给这个商人。

玛琳·哈特曼走上一步，抓紧男孩的手，皮手套掩饰了她又冷又湿的手心。她交出两张护照。

官员首先审察玛琳的护照，眼睛看着电脑屏幕，上面打信号通过，然后又审察男孩的。拉尔斯·哈特曼。也通过。官员把护照递了回来。

机场外面的出口大厅里，有一大群手举印制的或手写的姓名牌子的司机，以及焦虑地察看着每一个从门口走出来的人的亲属。在他们中间，玛琳看见了弗拉德·科斯梅斯库。

他们以一种正式的方式握手打招呼。这时她转身向着男孩。男孩一生都没有走出过布加勒斯特，他此刻显得更迷茫了。

"拉尔斯，这是弗拉德叔叔，他会来照看你。"

科斯梅斯库和男孩握手打招呼，用地道的罗马尼亚语告诉他，他很高兴，欢迎他来到英国。男孩咕哝着回答了他，说他很高兴来到这里。他希望很快就能看到他的女朋友伊琳卡，今天上午可以吗？

科斯梅斯库叫他放心，说伊琳卡正在等着他，渴望着和他见面呢。他们开车把哈特曼夫人送走后，就会去见伊琳卡。

男孩子的眼睛放出光芒，这么长的时间里第一次笑了起来。

五分钟后，那辆黑色的奔驰车由那个污秽而猥琐的龅牙格里戈尔驾驶，开出了盖特维克机场，上了开往二十三号高速公路的连接线。几分钟后他们向南开，直奔布赖顿霍夫市而去。玛琳·哈特曼坐在副驾驶座位上，拉尔斯静静地坐在后面。这是他新生活的开始，他很激动。但是比一切更重要的是，他迫不及待地想要再见伊琳卡。

他们分开仅仅只有几个星期，是在一阵亲吻、眼泪和海誓山盟中分的手。不到两个月前，这个天使玛琳来到了他们的生活中，救了他们。

这恍如一场梦。

他真实的姓名是拉尔斯·彼特·弗洛里斯库,今年十六岁。很久以前的某个时候——他也记不准是什么时候了,只记得是在他过完第七个生日之后不久——他的母亲带着他从他父亲身边逃走了,因为他老是喝醉,不停地打她。他母亲又遇到了另一个男人,这个男人不想要孩子。她伤心地向拉尔斯作了解释,然后把他丢在一家收容所里,说是在那里他会有许多朋友,会和爱他的人、照顾他的人在一起。

两个星期后,一个脸又平又硬,就像是一块熨铁一样的沉默寡言的老妇人带他走上四段石头楼梯,走进了一间拥挤的,满是跳蚤的集体宿舍。他的母亲错了,那里没有人爱他、照顾他。一开始他受人欺侮,渐渐地他和其他一般大的男孩子交上了朋友,但他从不和比他大的男孩在一起,他们老揍他。

生活就像地狱。每天一清早,他们就被迫像所有其他的男孩女孩们一样,起来唱国歌。如果他没站直身子,就会挨打。他十岁时还尿床,他为了这个频繁地挨打。渐渐地他学会了从一些比他大的男孩子那里偷东西,他们好像能得到一些额外的食物。一天他拿了两根巧克力棒,结果被人捉住了。

为了逃避惩罚,他逃跑了。跑掉以后他加入了一个团体,他们老是在布加勒斯特的总火车站加拉德诺德一带转悠、行乞和贩毒。他们在一切可能的地方睡觉,有时候在门洞里,有时候在只有一个房间的棚屋里,这样的棚屋是沿着铺在地面上的蒸汽管道而修建的。有时候他们睡在地面下的洞穴里。

他和迷路的伊琳卡是在一个路面下的洞穴里巧遇的,那时他十四岁。爱情第一次给拉尔斯带来了生命的活力,是她给了他继续活下去的理由。

他们俩拖着他们的床具在供热管道的隧道里往远处走一些,离开他们的朋友。他们在那里做爱、做梦。

他们梦见过上了好日子。

梦见了一个好地方,在那里他们有了一个自己的家。

然后有一天,在街上,他刚刚偷了几瓶奥诺那克,就遇上了那个天使,那个他一直相信,但从不敢奢望会来看他的天使。

天使的名字叫做玛琳。

现在他就坐在她的奔驰汽车的后座里,用不了多久就会见着他深爱的伊琳卡了。

他正处在极乐的状态里。

汽车在一个居民区的街道上停下了。它是那么干净,就像布加勒斯特的一个富人区,过去他时常到那里去行乞。

玛琳转过身来对他说:"现在由弗拉德和格里戈尔来照料你了。"

"他们会带我去见伊琳卡吗?"

"一定会的。"她回答。然后她从汽车中爬出来,走到它的后面。

拉尔斯从后面的挡风玻璃偷偷看去,看见行李厢的盖子打开了。过了一会儿,她砰的一声把它关上,走上了一条小路;小路通向一幢屋子的前面。她手里拿着一个公文包。他看着她,等着她转过身来向他挥手告别,但是她只是笔直地看着前面。

奔驰车猛地开走了,把他摔在了后座的靠背上。

64

罗伊·格雷斯坐在办公室里,在看他碰头会上做的笔记。尽管外面天空灰暗而潮湿,他的心里却阳光灿烂。事实上,他感觉从来没有这样幸福过,从来没有对生活采取这样积极向上的态度。他完全处在情绪极度高涨的状态中。早上他与局长助理沃斯珀见面,尽管对方比平时脾气更坏,也丝毫不曾影响他的情绪。

今天下午他要见一个律师,讨论宣布桑迪合法死亡的细节。他终于感到过去的一切仿佛真的撂到了身后,他能关上那扇门,继续向前了。他就要娶克莉奥,他们即将有一个孩子。

今天上午别的一切都突然变得不重要了。这是一种放纵的感觉,他知道他不能允许自己沉溺于其中,还有许多工作在前面等着他。他的工作就是为公众服务,抓住罪犯,使布赖顿霍夫市成为一个更为安全的地方。他将这座城市里发生的任何一件严重的犯罪都看作整个警察部门的失败,从而在某些方面也意味着他个人的失败。他没法不这样想;这就是他的生活态度。

那三个死去的少年躺在尸检室的冰箱里，因为警察在某个方面没有能力保护他们。现在不管是谁干了这件事，他只希望能把他们抓到，剥夺他们的自由，剥夺他们再次犯罪的能力，永远剥夺。这样做至少可以部分地纠正那个错误。

摆在他面前的是全英国被吊销了行医执照的医生名单。当他往下读着这张长长的名单，寻找着谁有可能做器官移植手术时，他惊讶地看到犯法的行为是何等形形色色，多种多样。

他总是痛恨不走正路的医生，同样也痛恨不走正路的警察。万幸的是，这样的人他碰到的只是少数。他痛恨那些服务于公职，身处受人信任的位置，却要么腐败，要么不称职的人，他们辜负了大众的信任。

排在这张名单上第一位的是一个戒毒医生，他因工作疏忽而导致了一个吸毒成瘾者的死亡，从而被吊销了行医执照。这不太像他要瞄中的人，格雷斯心想。

接下来的是一对普通的全科医生夫妇，他们开办了一家专门接纳年老体弱者的私人疗养院。他看了他们的材料。他们因为让疗养院处于令人厌恶的状况下，并置年老的病人于痛苦中而不顾，所以被取消了行医的资格。这个也不像。

一个初级医生培训考试不及格，编造谎言获得了一个会诊医生的工作，结果也被取消了行医的资格。格雷斯饶有兴味地往下看着。这个人倒有点像他要找的那一类人，虽然他实际上并不是一个做器官移植手术的外科医生，但他有可能被请到一家私人诊所去做非法手术的助手。他在笔记本中记下了这人的名字：诺亚·奥洛吉米。

这时他突然有了一个想法，并奇怪自己怎么早没有想到。在英国所有的医院，以及进行器官移植协调的地方——英国器官移植中心，为了阻止一个非法获得的器官进入体系会采取何种适当的程序？肯定会有大量严格的程序步骤，但他还是把这一点记下来准备进行调查。

他继续往下看这张名单。

一个普通全科医生因下载了儿童色情作品而被取消了医生的资格，

这个也不予考虑。

下一个倒是引起了他的兴趣。一个普通全科医生因为替一个癌症病人实施了安乐死而被开除。格雷斯对选择安乐死的人颇为同情。他记得他还是一个孩子时，曾去看望他垂死的、亲爱的外祖父。他是一个身材很高，顽强的男子汉。他躺在病床上，痛得直叫，恳求有人帮助他，为他做点什么，然后便哭了起来。房间里每一个人都无助地看着他，只有格雷斯的母亲坐在他的床头，握住他的手，为他祈祷。那一次探望格雷斯永远也不会忘记，那也是他最后一次看见外祖父。他母亲的祈祷也没有起作用。

安乐死。他又一次咀嚼着这个念头。有些医生打破了规定，因为他们不赞同现有的制度。可以肯定的是，也会有做器官移植的外科医生对这个制度不满。但是研究员莎拉·申斯通提供的这个外科医生的名单远比他预料的要长得多。

他的电脑发出叮的一声响。它每隔几分钟就这么响一下，表明又收到了一封电子邮件或是一批电子邮件。他抬头看电脑，是一些新的关于健康和安全的垃圾邮件。每一个正在值勤的警官都会收到。近几个月来，他开始憎恨这些有关健康和安全的东西，甚至超过了他对整个"政治正确"的话题的憎恨。最新进来的垃圾邮件是一条警告，说是任何爬高超过六英尺的警官都会被认为是在进行高空作业。只有当他得到高空作业许可证之后才被允许向更高的地方爬。

这他妈的是什么谬论？他想。如果一个警察在追踪一个罪犯，他是不是得喊上一嗓子："乡巴佬！别爬得超过六英尺了，要不然的话，我就得让你跑了！"

响起了一阵敲门声，格伦·布兰森进来了。

格雷斯朝着对方那闪闪发亮的领带点点头，说："你得更换电池了，它现在发起光来没那么亮了。"

"说得很俏皮嘛，老哥。"然后他看着总警司，"你更换新电池了？这么红光满面的？"

"要来杯咖啡吗？"格雷斯做手势让他坐下。

"不,我很好,刚刚喝过了一杯。"布兰森在一张椅子里将自己安顿好,朝他的朋友奇怪地看了一眼,然后倾身向前,扑通一声将他粗大的手臂放在格雷斯的小书桌上,"你坐在这么乱糟糟的一堆东西里面,怎么能够有所发现呢?"

"呃,我一般都会把我的文件带回家中,夜里将它们进行分类。可是我把我的屋子借给了一个体重九百磅的大猩猩,它在屋子里摇摇摆摆地走来走去,绕圈子,吊在一根细绳上晃荡,把我的屋子给毁了。"

布兰森突然间像小孩子一样变得不好意思起来。"好啦,我真的已经计划好了,要来一个彻底的大扫除,你知道,就是这个周末,做一个春季大扫除之类的。你都会认不出来那个地方了。"

"我现在就认不出来了。"

"你知道,你那些 CD 碟有一半连盒子都套错了,我正在替你把它们进行分类整理。问题是,你收藏的是一堆什么样的垃圾呀!"

"一个崇拜 Jay-Z①的人怎么能板着面孔说出这样的话来?"

"Jay-Z 是个英雄!他就像……上帝啊,以你那种趣味,你就是另一个星球上的人。"然后他咧嘴一笑,"你的汽车没了倒是一件好事,那汽车里的可怕的音乐就会随它一同消逝了!"

格雷斯打开他书桌里的一个抽屉,拿出一个积满污垢的寄书用的封套来,从里面倒出六张 CD 碟片放在书桌上。"对不起,又令你失望了!"

"我想你的阿尔法-罗密欧是跳入了八百英尺深的海底吗?"

"的确是这样,但是潮水退了——这些是我设法从汽车失事的残骸中找回来的。"

布兰森失望地摇摇头,说:"不管怎么说,你打算什么时候去买辆新车?"

"还得等保险赔付。尼克·尼科尔的妻子买了一辆小摩托,她现在不再骑了,一辆雅马哈,我想是 SR125 型号的。我也许会向他们买

---

① Jay-Z,原名肖恩·科里·卡特(Shawn Corey Carter, 1969—),美国嘻哈天王,说唱歌手。

来，骑一阵子。也算是为环保出我的一份力吧。只是克莉奥不喜欢这个想法。"

布兰森微笑。

"有什么好笑的？"

"《忧郁骑警》①——你看过这部电影吗？关于一个骑警的影片？"这时他的电话响了。

他立刻站起身来，从书桌旁走开，回答说："我是格伦·布兰森。"他一边向格雷斯点头表示歉意，一边继续说："布赖恩……嗨，其实我就在你走廊对面，罗伊·格雷斯的办公室里。是的，两个香烟蒂都是，因为我要知道它们是否是同一个人抽的，这就表明他站在那里有一阵了；或者是两个不同的人抽的。很好，妙极了，多谢！"

他又坐了下来，然后又用奇怪的眼光看着格雷斯。"你可不能把这件事给瞒着，老伙计。"

"瞒什么？"

"你看起来就像是一头偷吃了奶油的猫。发生什么事了？"

罗伊耸耸肩，然后再也无法忍住，便不由得咧开嘴笑了。

"你和克莉奥？"

他又耸耸肩，脸上更是笑开了花。

"你不是……不是……"他问道，眼睛瞪大了，"有什么事情是我应该知道的吗？作为你的老朋友，有吗？"

格雷斯极力忍住笑，然后点点头说："我们昨天晚上订婚了，我想。"

布兰森几乎是用手撑着桌子跳了过去，张开双臂，一把揽住他的朋友，和他来了个紧紧拥抱。

"这真是妙极了！这是最好的消息！你为自己找了一位了不起的女士！我真为你高兴！"他松开格雷斯，摇着头，脸上大放光彩，"瞧瞧，哇！"

---

① 《忧郁骑警》(*Electra Glide in Blue*)，一九七三年的美国电影，讲述摩托骑警追踪隐士杀手的故事。

"谢谢。"

"这么说来,你们定好日子啦?"

他摇摇头说:"我还得去见见我的岳父,得正式向他提亲。她的家庭有点儿豪华时髦的做派。"

"这么说来,你就可以退休了,然后去帮着管理家族的产业?"

格雷斯笑了,说:"他们还不曾阔到那个地步。"

"你小子!"布兰森说。

"那么你呢?有什么进展?"

格伦的脸就像个气压表似地往下一跌。"别问了。她和别人做爱。我不去那里了。我得和你谈一谈,伙计,我需要你的帮助,但是以后再说吧。我们得喝一杯庆祝庆祝,聊一聊。"

格雷斯点点头。"圣诞节你打算怎么过?"

"不知道,我他妈的不知道。"他突然背过身去,罗伊只能断断续续地听见他的声音。"我——我不能——我不能和萨米还有雷米一起过节了。"

罗伊明白格伦之所以转过身去,是不想让人看到他流下的眼泪。

"等会儿再找你。"布兰森说,声音哽咽着,一头向门口冲去。

"要在这里再待会儿,聊一聊吗?"

"不了,待会儿见,谢谢。"

他拉开门,把门在身后关上了。

格雷斯仍然在那里坐了几分钟。他知道格伦受着极大的痛苦煎熬,尤其是在一年之中的这个时候,圣诞节即将来临,一个人度过那些黑暗、阴郁的夜晚,这就使得情况更糟了。但人们都说,婚姻的问题终会有个了结,看来是这样的。一旦格伦接受了这个说法,不管痛苦有多深,至少他能够重新开始,把他的生活向前推进,而不会再生活在无望的地狱之中。

有一刻,他差一点忍不住了,想要去追他的朋友,显然他很需要有人和他谈谈。但是现在他必须干自己的工作。对面电脑上又叮地响了一下。他不予理睬,将注意力转回碰头会上做的笔记中去了。

他目不转睛地看着这张他已经开始制定的名单，在上面写下了标题：调查线索。

这时他的内线电话响了。他拿起话筒说："我是罗伊·格雷斯。"

是高科技犯罪科的雷·帕克汉姆打来的。"罗伊，"他说，"你是要我在网上搜索一下器官经纪人吗？"

"是的。"

"好，我这里有些东西你也许会感兴趣。在德国慕尼黑有这么一个组织，名字叫做GmbH器官移植中心。他们打出的广告自称世界最大的人体器官经纪人。我这里的头儿，菲尔·泰勒警官几年以前在国际刑警组织的办事处里轮过职。他认识德国办公室里的人，所以我们能够迅速地在那里做一个调查。我想你会很喜欢这个的。"

"是吗？"

"LKA，巴伐利亚州刑事警察局。这是巴伐利亚的一个机构，类似于美国的联邦调查局。LKA将这个组织置于监视之下有一段时间了，怀疑他们干人口贩卖的勾当。下面这一点会是你最感兴趣的：与他们有联系的一个国家就是罗马尼亚！"

"太妙了，雷！"格雷斯说，"我和慕尼黑的LKA关系不错。"

"是的，呃，我想，你知道，这会是很有价值的。"

格雷斯谢过了他，挂上了电话。他立刻转动他的旋转式名片架，从里面取出来一张卡片，上面印着警察总长马塞尔·库伦。

马塞尔·库伦是他四年前在苏塞克斯议会认识的一个老朋友，当时库伦在那里进行为期六个月的职位互换工作。不久以前马塞尔曾经帮助过他，说是有可能在慕尼黑找到桑迪的踪影，格雷斯还到那里去了一天，结果证实只是一次徒劳的寻找。

他拨打了库伦的手机号码。

电话转到了留言上，他留下了一条信息。

65

林恩现在比以往任何时候都更希望自己有能力出得起钱,把楼下的屋子搞得更像样一些。或者至少要把起居室里那可怕的带花纹的窗帘换成时兴的百叶窗帘,换掉朽坏了的地毯。因为她现在正期待一个重要的客人来访。

今天早晨她已经尽力而为,把屋子弄得像个样子了。她在客厅和起居室里到处放上了新买来的鲜花,在咖啡桌上摆上了《苏塞克斯生活》《纯粹的布赖顿》以及一两本其他种类的时尚杂志——这是她从电视上的家庭居所翻新改造节目上学来的一个小花招。她把自己也打扮得很漂亮,穿上了一件藏青色的两件套——那是她从一家二手商店里买来的;还有一件干净利落的白色上衣、一双黑色船形高跟浅帮鞋,还慷慨地洒上了几滴艾斯卡达淡香水,那是四月里她过生日时凯特琳买来送给她的,她平常用得很节省。

随着时间一分一秒地过去,她开始变得越来越担心了,担心德国女人不会露面。现在已经是十点过一刻了,玛琳·哈特曼昨天下午说过，她可望在九点半到她家里来。是不是德国人都这么不守时呢？

也许她的航班晚点了。

见鬼，她的神经都快要崩溃了。她一整夜都不曾合眼，替凯特琳担心，每个小时都起来一次，几乎是踩着钟点去察看她是不是平安无事，同时气愤地想着皇家医院的那个器官移植协调员雪莉·林赛。

同时她又猜测着和这个经纪人见面会把她自己和凯特琳卷入到什么情形中去。

可是她还有什么选择呢？

她又对起居室做了最后一次检查，突然惊恐地注意到有一个烟蒂被捻熄塞进了她那盆一叶兰的泥土中。她把它取出来，不由得对卢克一阵气愤。虽然也有可能是凯特琳干的。她有时候会从凯特琳身上闻到那种气味，便知道她偶尔也抽烟。凯特琳抽烟是在她遇见了卢克之后的事。这时她注意到米色的地毯上有一块污渍，正要匆忙跑去在上面涂上点清洁剂，却听到了砰的一声汽车门的声音。

一阵激动的心跳。她冲到了窗户跟前，透过那网眼织纹的窗帘，看见一辆褐色的奔驰车停在外面，窗玻璃都贴了深色膜。她匆忙走开，走进厨房里面，把那个惹祸的烟蒂扔进垃圾箱中，把电视机的声音关小了。电视上面，一对夫妇正带着两个节目主持人参观一栋小小的半独立式住宅，与她自己的这套半独立式住宅没什么两样——不管怎么说，从外面看来差不多。

她匆忙跑上楼，走进凯特琳的房间。她已经早早地把她叫醒了，给她洗了个澡，穿好衣服，心里拿不准这个德国女人会不会要给她做个身体检查。凯特琳现在靠在床头上睡着了，耳朵里插着她的iPod耳塞，脸色甚至显得比昨天更黄了。她穿着一条破旧的牛仔裤，白色T恤衫外面套着一件绿色的帽衫，脚上穿着厚厚的灰色羊毛袜。

林恩轻轻地碰了碰她的手臂说："她来了，亲爱的！"

凯特琳看着她，眼睛里有一种奇怪的、看不懂的表情，那里面搀杂着希望、失望和迷茫。在她瞳人的黑暗处某个地方还潜伏着她旧有的蔑视，那是林恩希望她绝不要失去的。

"她给我带来了一个肝脏吗?"

林恩笑了起来,凯特琳也挤出一个苦笑。

"你是要我把她带上来,到你这里来呢,还是你下楼去,亲爱的?"

凯特琳点点头,沉思了一会儿,说:"你想要我显出病得有多重的样子来呢?"门铃响了。

林恩在她额头上吻了吻,说:"就显出最自然的样子来,好吗?"

凯特琳把头向后靠着,把舌头伸了出来。"噢噢噢——"她说,"我渴望一个新肝脏,还想要一杯意大利红勤地酒佐餐。"

"闭嘴,汉尼拔!"

林恩离开房间,匆匆下楼去开门。

那女人站在门廊里的优雅风度令她大吃一惊。林恩不知道她即将会见的这个人是一副什么模样,但是她已经把她设想为某个相当阴郁、拘谨,或许还有点儿毛骨悚然的人,总之一定不会是这样一个身材高挑的漂亮女人。她猜想这个女人四十出头,留着波浪起伏的齐肩金发,穿了一件毛皮镶边的黑色小山羊皮的大衣,那种大衣是她一直渴望拥有的。

"你是林恩·贝克特太太吗?"那女人的声音深沉性感,英语不是很流利。

"你是玛琳·哈特曼?"

女人给了她一个笑容,叫人疑虑顿消。她那钴蓝色的眼睛里充满了温暖。

"我来迟了,真是十分抱歉。因为慕尼黑下雪,所以飞机耽搁了。但是我现在到了,你们都还好吧?"①

突然换了另一种语言,林恩一时间有点蒙了,她咕哝道:"嗯,是的,是的。"于是后退一步,把她引进客厅。

玛琳·哈特曼大踏步从她身旁走过,林恩注意到她微微皱了一下眉,似乎表示有一点看不上这里,不觉有些沮丧。她把玛琳引进了起

---

① 原文为德语。

居室，问道："需要我帮你拿大衣吗？"

德国女人耸耸肩，让大衣从肩头滑下，然后带着一种歌剧女主角的傲慢态度把它交给了林恩，对她看也不看，仿佛她是一个衣帽间里的女招待。

"你想要茶还是咖啡？"林恩卑躬屈膝地说，觉察到女人的那一双眼睛在四下里扫视，记录每一个细节，每一处污渍，油画上的每一处开裂，以及那廉价的家具和陈旧的电视机。她最要好的朋友苏·沙克尔顿曾经交过一个德国男友，向她简明扼要地说过德国人对咖啡特别挑剔。林恩昨天晚上买花的同时，买了一包新磨的哥伦比亚烤咖啡豆。

"或许你有薄荷茶吧？"

"呃——薄荷茶？有的，有的。"林恩说，连忙掩饰起她的失望情绪，白白浪费了钱，买来的东西用不上。

几分钟后她走回起居室，手中拿着一个托盘，里面放了一杯薄荷茶和一杯给她自己的牛奶速溶咖啡。德国女人正站在壁炉前，手中拿着带相框的凯特琳的照片。凯特琳穿得像个野蛮人，一头黑发像一根根又尖又长的大头钉；一件黑色的束腰外衣，一个中国式样的前胸饰钮，和一个从鼻中穿过的鼻环。

"这是你的女儿吗？"

"是的，她叫凯特琳，那是大约两年前照的。"

她将照片放回原处，然后在沙发中坐下，将她的黑色公文包放在身旁。

"是一位非常漂亮的年轻小姐。一张健康的脸，一副好骨架，她可以去当模特了。"

"也许吧。"林恩把这句话咽下了，心想，如果她还活着的话。然后她扮出最为自信的微笑，说："你现在就想见她吗？"

"不，现在还不。首先跟我说说她的病史吧。"

林恩把托盘放在咖啡桌上，把茶杯递给女人，然后在她旁边的一张扶手椅里坐下来。

"呃，好吧，我来试着说一下吧。一直到九岁前，她都很好，是一个正常的健康的孩子。后来她开始在肠胃方面有了点儿问题,严重的时候偶尔有点肚子痛。我们的全科医生最初诊断说是一种不确定的结肠炎。接着她便开始腹泻,并带有便血。这种情况持续了两个月,她一直感觉到疲倦。医生让她去看一个肝病专家。"

林恩喝了一口咖啡。

"专家说她的脾和肝脏都已经扩大了。她胃口不好,体重开始下降,疲倦的状况越来越厉害。她总是会睡着,不管在哪里。她得去上学,但一天要睡四五次。接着她又开始了腹痛,整晚地痛。这可怜的孩子痛苦极了,老是问:'为什么我会这样?'"

突然,林恩一抬头,看见凯特琳走进了房间。

"嗨!"她说。

"宝贝儿,这位是哈特曼太太。"

凯特琳心怀警惕地和女人握了手。"见到你很高兴。"她的声音在发抖。

林恩看见这女人在仔细地打量她女儿。"很高兴见到你,凯特琳。"

"亲爱的,我刚才正在告诉哈特曼太太你肚子痛的事情,你痛得整夜都睡不着。后来医生让你服用抗生素,不是吗?有段时间它起了作用,是不是?"

凯特琳在对面的沙发中坐下。"我只记得起一点点。"

"你那时候还很小。"林恩转回身来对着玛琳·哈特曼说,"后来,抗生素就不起作用了,那是她十二岁时的事情。她被诊断得了一种叫做PSC的病——初期硬化性胆管炎。她在医院里几乎待了整整一年,先是在这里,后来到伦敦,在皇家南伦敦医院的肝病部门。她做了一个手术,在她的胆管里放入了金属支架。"

林恩看着女儿,等她证实。

凯特琳点点头。

"一个活泼的十来岁的小女孩在一间医院病房里度过整整一年,你能理解那是一种什么样的情形吗?"

玛琳·哈特曼同情地望着凯特琳,微笑着说:"我能想象。"

林恩摇摇头说:"不,我认为你无法想象出在一家英国医院里是什么情况,我真的不这么认为。她住在皇家南伦敦,我们这里顶级的医院。有一段时间,因为病房人员过于拥挤,他们把她,一个十来岁的小女孩,放进一间混杂病房里。没有电视;周围都是一群精神错乱的成年人。她得日日夜夜忍受头脑不清的男人和女人爬到她床上来和她睡在一起。她总是处于一种恐惧中。我一起床就去和她坐在一起,直到他们把我赶出去。我那时只能睡在候诊室或是走廊上。"她又看着凯特琳,等着她证实,"我说得对吗?亲爱的。"

"病房里也没有糟到那个程度,"凯特琳苦笑着证实道。

"她出院后,我们试过了一切办法。我们去找过信仰疗法术士①、祭师;试过了胶质银粒、一种输血方法、针刺疗法,以及大量的其他办法,都没有用。我可怜的宝贝儿就像是一个小老头儿,拖着脚走路,老是要倒下来,不是吗,亲爱的?要不是多亏了我们的全科医生,我真不知道会有什么事情发生。他是一个圣人,罗斯·亨特医生。他找到一个新的专家,他让凯特琳使用一种不同的疗法,叫做摄生法②,让凯特琳又恢复了正常的生活。在那一段时期,她回到了学校,又能游泳和打网球了。她又搞起了音乐,那永远是她最喜爱的。她开始吹上了萨克斯管。"

林恩又喝了些咖啡,然后注意到凯特琳的注意力转移到了手机上,忙着发短信,不觉有点气恼。

"后来,大约是六个月以前,一切事情都变得糟糕起来。她开始发现她吹萨克斯管时呼吸有些困难,是不是,亲爱的?"

凯特琳抬起头点了点,又转回去发她的短信了。

"现在专家告诉我们说她需要做移植,是件十万火急的事。他们找到一个相匹配的捐赠者,两天前我把她带到皇家医院去做手术。但是到最后一刻他们说那个捐赠者的肝出了问题,虽然他们从来就没有解释清楚那到底是什么问题,至少不能令我满意。然后我们又被告知,

---

①信仰疗法术士:用祈祷或魔术等办法治病的人。
②摄生法:用指定的食物和休养等来治病。

或者至少是非常明显地暗示我们,她不被当作一个优先考虑的对象了,这就意味着她成了排队等候名单上那百分之二十的人群,他们……"

她犹豫了,看着凯特琳。但是凯特琳替她把这句话说完整了。

"他们在得到一个肝脏前就已经死了,这是我母亲要说的。"

玛琳·哈特曼抓住凯特琳的一只手,深深地看着她的眼睛,说:"凯特琳,亲爱的,请相信我。在今天的世界上,没有人会因为得不到他们需要的器官而死去。看着我,好吗?"她拍拍自己的胸脯,鼓起嘴唇说,"你看见我了吗?"

凯特琳点点头。

"我有一个十三岁的女儿,名叫安婕,比你小两岁。为了活下去,她需要做肝脏移植。当然,我们找不到肝脏,结果安婕死了。在我埋葬她的那一天,我就许下了一个愿,绝不再让一个人因为等待做肝脏移植而死去,不让等待做心肺移植的人死去,也不让等待做肾移植的人死去。那就是我成立这个公司的原因。"

凯特琳把嘴张开,这是她赞同某件事情时的表示。然后她又点了点头表示赞许。

"你能保证为凯特琳找到一个肝脏吗?"林恩问。

"当然!这就是我的事业。我永远能保证找到一个相匹配的器官,在一个星期内就可以做移植了。十年来,我没有失败过一次。如果你要从我过去的客户中得到确证,这里有几个会愿意和你联系,告诉你他们的经验。"

"一个星期——甚至就连她是一个AB阴性血型的人也能够吗?"

"血型并不重要,贝克特太太。全球每天有三千五百个人死在路上,总会在某个地方有一个匹配的捐赠者。"

林恩突然感觉到无比宽慰。这个女人看来是可信的。她在收债这个行业多年的从业经验教给了她大量对人类天性的了解,特别是在区分诚实的人和吹牛皮的人方面。

"这么说来,要为我女儿找到一个相匹配的肝脏得干些什么呢?"

"我有一个全球性的网络,贝克特太太,"她停下来喝了口茶,说道，"要在这个地球上找到一个配型相符的事故受害者并不成问题。"

这时林恩问了一个她一直在担心的问题："你要收多少费用呢？"

"加在一起的话：全部外科手术费用，包括一个高级移植外科医生、一个助理外科医生、两个麻醉医师、全套护理人员、六个月无限制的术后护理和所有的药物在内，一共是——"她耸耸肩，仿佛知道这个数字将要产生的冲击力，"三十万欧元。"

林恩喘息道："三十万欧元？"

玛琳·哈特曼点点头。

"那等于是——"林恩飞快地在心里算了一下，"那是大约二十五万英镑？"

凯特琳看了她母亲一眼，那眼光表示的意思是：别抱指望了。

玛琳·哈特曼点点头，说："是的，大约是那个数。"

林恩失望地举起双手，说："那——那是一笔巨大的款项。不可能——我的意思是说，我不可能有那么多钱。"

德国女人喝起茶来，什么话都没有说。

林恩的眼光和她女儿的眼光相遇，她们原先怀抱的所有希望全都一扫而空。

"我——我不知道。你有没有什么付款计划呢？"

经纪人打开她的公文包，拿出一个褐色的信封，把它交给林恩。

"这就是我的标准合同。我要求先付一半的预付款，余额在做手术前立即付清。这不是一笔大款项，贝克特太太。付不起这笔款子的人我是从来不会去和他见面的。"

林恩灰心丧气地摇着头，说："这么多，为什么要这么多？"

"我可以把费用给你算一算。你得明白，一个肝脏离开身体半小时后便开始变质。所以被取肝脏的这个人要用一架有生命维持设备的空中救护飞机运送到这里。你知道的，在这个国家这样做是非法的。所有的医护人员都冒着巨大的风险。当然，我们用的都是高质量的人员。苏塞克斯这里有一家私人诊所，但他们的收费极为昂贵。在收回我的成本之后，我个人从中几乎没有什么所得。你可以带着女儿飞到一个法律上不受限制的国家去做，那样可以省下一些钱。印度的孟买有一家诊所，哥伦比亚的波哥大也有一家。那样或许可以少五万欧元。"

"但是我们得在那里待很长一段时间吗？"

"是的，得几个星期。当然在有并发症的情况下或许还要长一些，例如感染，或是排异反应。你们还必须在经济上考虑一下，在六个月之后，还有抗排异反应药物的费用，那是你女儿必须终身服用的。"

林恩摇着头，感觉彻底绝望了。

"我——我不想要去我们不知道的地方。我有工作。但是无论如何，不可能，我没有那么多钱。"

"你要考虑的是，贝克特太太——我可以称呼你林恩吗？"

她点点头，把眼泪眨掉。

"你要考虑的是还有什么其他的选择。除此之外凯特琳还有别的选择吗？那就是你必须要想的，不是吗？"

林恩双手蒙住头，感觉到眼泪从面颊上滚了下来。她尽力地试图想清楚。一百万英镑的四分之一啊，不可能！她立刻想到了她工作上的一些客户。这么多年来，她曾为他们提供还款计划，延期几年还清。可她从来没有遇到过这么大一笔款项。

"或许你可以把这所屋子作一个抵押贷款？"玛琳·哈特曼为她出主意。

"我已经完全地抵押出去了。"林恩回答。

"有时候我的客户会从家人和朋友那里得到帮助。"

林恩想到了她的母亲。她住在一处廉租房①里，有一些积蓄，但是有多少？她又想到了她的前夫。马尔科姆在挖沙船上挣的钱数目可观，但也没有这么巨大，而且他还有个新家要照顾。她的朋友吗？朋友中唯一有钱的就是苏·沙克尔顿了。苏离婚了，前夫是个有钱的家伙。她在布赖顿的时髦社区里有一栋漂亮房子。但她有四个念私立学校的孩子要养，林恩不知道她的经济状况如何。

---

①廉租房：租金由政府补贴的市建公寓套房。

"有一家德国银行,我与他们有工作关系。"玛琳说,"过去他们为我的一些客户做过经济上的安排,五年期的贷款。我可以为你联系一下。"

林恩茫然地看着她,说:"我就是在金融界里工作的,是金融业里悲惨的终端——讨还欠债。我知道没有人会借给我这么大一笔钱。我很抱歉,我真的是极为抱歉,让你白跑了一趟。我太傻了。我昨天就应该在电话上问你,就不会有这回事了。"

玛琳又喝了些茶,然后把茶杯放下。

"贝克特太太,让我来和你说吧。我做这项工作有十年了。十年来,我从没有白跑过一次。此刻对于你来说这也许像是一大笔钱,那是因为你还没有时间来得及去想清楚。我会在英国待一两天的。我要帮你,我要和你做成这笔业务。"她交给林恩一张业务名片,说,"你可以打这个电话号码,随时随地。"

林恩透过泪水模糊的双眼看着它。上面印的字很小,而她去筹钱的希望甚至更小。

66

拉尔斯双手紧握住那台电子游戏机,从奔驰车的后玻璃窗往外望去,目不转睛地看着飞掠而过的英国乡村。今天风很大,肥厚的、蘑菇似的云朵横扫过蓝色的天空,转向一边而去。远处他看见一列高高的、绿色的山峰,这有点儿让他想起罗马尼亚的乡村。当他还是一个孩子时,曾在那里住过几年。

他们开车横穿过绕行匝道,经过一块路牌,上面写的一个地名叫做施泰宁。他默念着这个地名。汽车加快速度向前开,他感觉到椅背在后面推着他。他十分激动,很快他就会再次见到伊琳卡了。他想念她的微笑,她皮肤的柔软感觉,她那栗色眼睛里的信任,以及她自信独立的精神。是她发现了这个德国女人,这个为他们俩安排了新生活的女人。他为这个而爱伊琳卡,爱她能使惊喜发生的方式,爱她照料自己的办法,他还爱她说那句话的样子,说他是她生命中唯一保护过她的人。

他原本希望他们俩能同行,但是德国女人坚决不答应,说伊琳卡必须先去,然后才是他。有许多的理由,充足的理由;他们不能一起旅行。德国女人叫他们放心,他们俩都相信了她。

现在他们俩都到了这里!

坐在前面的两个男人都默不做声,但这很好。他们是他的救星。沉默很好,可以使他有时间思考和展望。

路变窄了,两旁都是高大的绿色灌木树篱。汽车的收音机里放着音乐,一个女歌手在唱着,这个女歌手他知道,名叫菲斯特①。

他自由了!

要不了一会儿,他们就又在一起了。他们会挣很多的钱,这个已经有人向他们许诺过了。住在一套漂亮的公寓里,说不定还能看到海呢。随着一棵棵树、藩篱、路牌向后飞逝而去,他的心跳得越来越快了。

现在汽车慢了下来。它向左转,穿过了一个富丽堂皇的带柱子的大门,经过了一块牌子,上面写着"威斯敦田庄矿泉疗养胜地"。拉尔斯看着这个名字,不知道它怎么发音,是什么意思。

他们绕上了一条狭窄的柏油碎石的车道,经过了好几块警告标示,他都看不懂。那上面写的是:

  私人产业

  禁止泊车

  禁止野餐

  严禁野营

群山躺卧在他们前方。有一座山头长满了大树。他们绕过左边的一个大湖,然后进入一条长长的,笔直的便道,顶上有低垂的树枝覆盖,路的两边覆盖着一层落叶。车速减慢了,开过了一道明显的凸起的减速带,然后又加速前进。拉尔斯在他们左边能够看得见一片修剪平整的草地,草地中央的一根杆子上飘着一面旗子,两个女人正站在

————————
① 菲斯特(Feist, 1976—),加拿大籍的民谣女歌手。

草地上，其中一人手握一根金属杆，正要击打一个白色的小球。他不明白她们在干什么。

汽车的速度又放慢了，又开过了一个明显的减速带，然后又加快了车速。终于，他们在车道的尽头停了下来，停在一幢巨大的灰色石头砌的屋子的外面。在屋子的前面有一条弧形的柏油碎石路面的车道。拉尔斯对于建筑物没有任何概念，但是这屋子看起来很古老，非常庄严气派。

各种各样时髦的汽车都停在这里。他猜想它也许是一处非常昂贵的酒店。莫非伊琳卡就在这里工作？是的，他肯定这一点，只能做这种解释；他也将要在这里工作。

这里显得有点与世隔绝，不过这没关系，只要他能和伊琳卡在一起，有个地方睡，有衣裳可以御寒，有食物吃，没有警察来威胁他们。

奔驰车急速向右转弯，经过一道拱门，然后停在了这栋屋子的后面。屋子的后面没有前面显得那么漂亮。他们停在了一辆白色的小货车旁边。

"伊琳卡在这里吗？"拉尔斯问。

科斯梅斯库转过头来，说："她在这儿，在等你呢。你只要做个快速的身体检查，就又会看见她了。"

"谢谢你，你对我太好了。"

弗拉德·科斯梅斯库叔叔默不做声地把头转回去了。格里戈尔肩膀不动，把头转过来微笑，露出了几颗金牙。

拉尔斯把车门把手往下压，可是什么也没发生。他又试了一次，突然间感觉到一阵惊慌。弗拉德叔叔从车中爬出来，打开了车后门。拉尔斯走了出来，由弗拉德叔叔指引着来到了一扇白门前。

他们走到门前时，门被一个身穿白色医生长袍和白裤子的女人用她巨大宽厚的手打开了。她有一张方正、毫无笑容的脸，上面长着一个扁平的鼻子。她的黑头发剪得很短，像一个男人的发型，头发向后梳去，喷了胶。她佩戴的铭牌上写的名字是德拉古塔。她用严厉冷漠的眼光看着他，随后她那像玫瑰花苞似的小嘴巴绽出了一个极浅的笑容。她用他家乡的罗马尼亚语说:"欢迎你,拉尔斯,一路旅行顺利吧?"

他点点头。

他夹在两个男人中间,别无选择,只有往前走。他们走进了一个墙上贴有白色瓷砖的走廊。这里给人的感觉像是走进了一处诊所,发出一股消毒剂的气味。他突然感到了一种深深的不安。

"伊琳卡呢?"他问,"她在那儿?"

女人那深色的、被厚厚的眼睫毛盖住的小眼睛迷惑不解地望着他,立刻让他的不安又加深了。

"她在这里!"弗拉德叔叔说。

"我现在就要见她!"

拉尔斯多年来依靠着自己的机智在布加勒斯特的街头生活,他已经学会了看懂人们脸上的表情。看到这个女人和这两个男人之间互换眼色,他很不高兴。他忽地转过身,钻过科斯梅斯库的臂下跑了起来。

格里戈尔一把抓住他那粗斜纹棉布夹克的衣领。拉尔斯扭动着身子想要挣脱他。这时科斯梅斯库从后面照着他的后颈就是一拳,把他打倒在地,失去了知觉。

女人扯起他那了无生气的身子,扛到了她的肩膀上,走过走廊。那两个男人跟在后面,走了一小段距离,然后穿过一张双开门,进入一间小小的术前室。她把他放在一张钢制的手推床上。

一个名叫博格丹·巴布的年轻的罗马尼亚麻醉师正等在那里接待他。他五年前从布加勒斯特的一所医学院毕业,来到这里,年薪三千欧元。

博格丹有一头厚厚的黑发,被梳到了前面,形成一道刘海,这是由发型师专门设计的短发发型。以他那晒成棕褐色的清瘦的面容,很可能会被人当作一个职业网球手,或者是一名演员。他手中拿着一支注射器,里面注入了大剂量的苯二氮,早已做好了准备。不必等待指示,他把注射器刺入了失去知觉的拉尔斯的上臂。这足以使拉尔斯麻醉好几分钟。

就在这几分钟里，他们脱下了这个年轻的罗马尼亚人身上所有的衣服，在他的手腕上插入了静脉插管，然后将它接上一个丙泊酚的滴管，由一台输液泵来输送。

这就能确保拉尔斯再也不会恢复知觉了，但又不会伤害到他那宝贵的内脏器官。

隔壁的房间就是这家诊所的主要手术室。手术室里躺着一个已经被麻醉了的十二岁男孩。因为肝脏的病症，他只有几个星期好活了。现在他的腹部已经被一个较年轻的外科医生打开。这是一个三十八岁的罗马尼亚肝移植专家，名叫拉日万·伊奥尼斯库。在他的祖国，拉日万一年带回家的收入不到四千欧元，收受贿赂之后能多挣一点。而在这里，在这家诊所，他挣回家的钱超过了二十万欧元。几分钟后，他穿上了绿色的外科手术服，经过了术前的手部擦洗，给眼睛戴上放大镜，作好了准备，要开始摘去男孩那无用的肝脏了。

拉日万有两个罗马尼亚护士作助手，她们把夹钳一一摆好。一个英国最为杰出的肝移植外科医生用显微放大镜对每一个细节进行仔细检查。

这个外科医生在许多年前还是医科学生时学过的第一条医疗规则便是：不要造成伤害。

而此时在他看来，他正在做的并不是造成伤害。

这个罗马尼亚的街头少年所拥有的生命也不怎么长久。无论他是今天就死还是五年以后死于滥用毒品，都是无足轻重的。但是这个接受了他的肝脏的英国少年就完全不同了。他是一个有天分的音乐家，有大好的前程在等着他。当然，医生不能代行上帝的职责，来决定谁生谁死；也不能交给医生来作出决定，判断某个人的生命价值高过另一个人。但是严酷的现实摆在这里，这两个年轻人中有一个命中注定要遭厄运。

他每做一例移植手术就会有税后的五万英镑存进他在瑞士银行的户头。他绝不会向任何人承认，这件事会对他的价值判断造成丝毫的动摇。

67

十二点三十分刚过——格雷斯算了一下,在慕尼黑是一点三十分——马塞尔·库伦警察总长回了他的电话。

又能和老朋友谈话,这种感觉真好。最初的两分钟他们花在了谈论这位德国警察的家庭和他的事业上,从他们上次在慕尼黑见面谈起。那一次见面太短暂了。

"这么说来,你就再没有桑迪的消息了?"库伦说。

"没有。"格雷斯回答。

"现在这里每一个警务站仍然有她的照片。但是迄今为止,没有她的任何消息。我们一直在努力寻找。"

"说实在的,我已经开始考虑该结束这件事了。"格雷斯说,"我正在开始法律程序,宣布她死亡。"

"是的,但是我想,你的朋友在这里的英国花园看见过她。我们应该再找找看,我是这样想的,对不对?"

"我要结婚了,马塞尔。我的生活需要继续下去,我得结束旧的生活。"

"结婚？你的生活中有了一个新的女人？"

"是的！"

"好，太好了，我为你感到高兴！你要我们现在停止找寻桑迪了？"

"是的，谢谢你为我所做的一切。但这不是我今天打电话找你的原因，我在另外一件事上需要你的帮助。"

"请说吧。"

"在慕尼黑有一家叫做 GmbH 的器官移植中心，我想要了解有关它的消息，我了解到你们的警察局对它有所耳闻。"

"这个名字怎么拼写？"

他耐心地听德国警察用不流利的英语和他交谈，花了好几分钟才把这个名字正确地交代清楚。

"没问题，我一定去查一查。"库伦说，"我回电话给你，对吗？"

"拜托了，事情很紧急。"

三十分钟后库伦回了电话。"这件事情很有趣，罗伊。我刚才和我的同事们谈过了。GmbH 器官移植中心处于 LKA 的监视之下已有好几个月了。有一个女人是这里的老板，她的名字叫做玛琳·哈特曼。他们和哥伦比亚以及俄国的黑手党有联系，也和罗马尼亚、菲律宾、中国及印度的犯罪组织有联系。"

"LKA 知道有关他们的什么情况？"

"他们的活动是在国际间进行人口贩卖，特别是贩卖人体器官。看来情形就是这样。"

"你们采取了什么行动来对付他们？"

"目前这个阶段，我们也就是收集一些信息，进行观察。你可以说他们已纳入了 LKA 的雷达网内。我们等待着把他们和在德国的特别犯罪活动联系起来。你有什么有关他们的信息可以提供给我的同事们吗？"

"目前还没有。但是我想要和玛琳·哈特曼见个面。或许我可以过来干这件事?"

德国人的声音听起来有点犹豫,说:"好吧。"

"有什么问题吗?"

"有一点,目前按照监视资料来看,她不在慕尼黑,她在旅行。"

"你知道她去了哪里吗?"

"两天前她飞到了布加勒斯特。我们没有更多的信息了。"

"可是你会知道她什么时候回德国吗?"

"会的,我们知道她定期去英国。"

"多久去一次?"格雷斯问,他突然间起了疑心。

"她上个星期就从伦敦飞回了慕尼黑,上上个星期也去了一次。"

"可以推断她不是去度寒假吧?"

"或许,有这个可能。"德国人说。

"一年之中这个时候正常心态的人是不会来英国的,马塞尔。"格雷斯说。

"不会是去看圣诞节灯火吧?"

格雷斯笑了起来。"她听起来不像是那一类型的人。"

他沉思起来。这个女人上周在英国,上上周也在。在过去这一周到十天之间的某个时刻,那三个少年被谋杀了,有人摘取了他们的器官。

"有没有可能得到这个女人的电话记录,马塞尔?"他问。

"她的固定电话还是掌机?"

格雷斯知道,德国人把手机叫做掌机。

"两个都能吗?"

"我试试看。你是要所有的电话记录,还是只要打到英国的?"

"我们就先从打到英国的电话记录开始吧,这是个好办法。你们近期有没有把她抓起来的计划?"

"现在还没有。他们想要继续观察她的行动,她与德国其他贩卖人口的组织有联系。"

"真是一个败类!最好能监控她的电脑。"

"我想在这方面我们能够帮助你。"格雷斯几乎能感觉到警察总长在电话里笑了。

"你们能做到?"

"我们有一个由侦查法官①签署的许可证——可以对电话和电脑记录进行检查。"

"由谁?"

"这是一个作调查研究的法官。这种授权就是,你们是怎么说来着——暗箱操作?"

"是的,不让其他的相关人员知道。"

"就是这个意思。你知道LKA现在有很好的技术,可以对电脑进行监控。据我了解,我们已经对哈特曼太太和她的同伙的一切电脑行动,包括他们的手提电脑在办公室外的通信内容都进行了复制。我们已经植入了一个脚本程序。"

格雷斯已经从他的同事,高科技犯罪科的雷·帕克汉姆和菲尔·泰勒那里了解了所有关于脚本程序的知识。你给嫌疑人发送一份电子邮件,只要他或她打开了它,这个脚本程序就安装进去了。然后嫌疑人在电脑上的一切活动都会自动复制,发送给你。

"好极了!"他说,"你能不能把它们给我看一看?"

"尽管有欧盟合作条约,却不允许我把它们拿给你看。即便按欧盟合作条约来办事,这也要经过一个漫长的官僚主义的办事程序。"

"就没有简化程序的办法吗?"

"为我的朋友罗伊·格雷斯吗?"

"是的,为了我。"

"如果你到这边来,或许我能把一份它们的复印件碰巧放在一家餐馆的桌子上。但它们只能用来提供信息,你明白吗?你不得暴露它们的来源,也不许把它们当作证据来使用。这样看行不行?"

"那太好了,马塞尔!"

格雷斯谢过了他,挂断了电话,心中无比激动。

---

①原文为德语。

68

　　副警长拉杜·康斯坦丁内斯库在布加勒斯特的十五号警务站里有一间漂亮的办公室——至少按照罗马尼亚警察局的标准来看是漂亮的。这栋四层的大楼墙上的铭牌显示它建于一九二〇年。似乎从那时以来，外墙面的灰尘就没有清扫过，也不曾重新进行装修。楼梯上面是光秃秃的石头，地板上铺的是开裂的亚麻油毡布。淡绿色的墙壁上满是铲削和划刻过的痕迹，一些裂口处常掉下些灰泥的碎块来。这总是叫伊恩·蒂林想起他位于梅恩海德的老学校。

　　康斯坦丁内斯库的办公室很大，光线很暗，室内很脏，里面永远弥漫着抽烟发出来的灰蓝色烟雾。室内的家具布置得十分刻板，一张旧的木制办公桌十分乏味，却几乎跟他本人一样自我膨胀；一张会议桌，和书桌属于同年代的一批产品，旁边摆了一圈不配套的椅子。在被尼古丁熏染过的天花板下面的高墙上，自豪地展示着他打猎得来的战利品——已经制作成标本的熊、狼、山猫、鹿、小羚羊和狐狸等的头骨。嵌在镜框里的各种证书和康斯坦丁内斯库与各种各样位高权重的人并肩而立的照片占据了墙上一席之地，旁边还有两张他身穿猎装的照片。一张是他跪在一头死野猪的跟前，另一张则是他手举一只带角的牡鹿头。

副警长坐在他的书桌后面，身穿一条黑色长裤，一件带有镶边肩章的衬衫，松松地系着绿色领带。他自己忙了一阵子，从一支抽完了的香烟蒂上新点燃一支，然后将原先那支的烟蒂在一个巨大的已经装满了的玻璃烟灰缸里捻灭，却没成功。几团纸扔在书桌旁的地板上，显然是将它们扔进字纸篓时没能扔中。

康斯坦丁内斯库四十五岁，个子不高，细瘦而结实，长着一张瘦削的脸，漆黑的头发和鼓出来的黑眼睛，眼睛底下有着很重的黑眼圈。伊恩·蒂林自从这位官员开始定期来视察卡萨·约安纳时起就认识他了。

"我的朋友，伊恩·蒂林先生，为罗马尼亚无家可归者服务的英帝国人士！"康斯坦丁内斯库在那股新吐出来的甜蜜而有毒的蓝色烟雾中说道，"看来，你见过你们的女王了，有没有这回事？"

"是的，那是在我得奖牌的时候。"

"奖牌？"

"这是俚语，"蒂林说，"英国俚语，就是勋章。"

康斯坦丁内斯库的眼睛睁大了。"奖牌！"他说，"奖牌！很好。也许我们该饮酒庆祝一番？"

"那是几个月前的事了。"

警官将手伸到他书桌底下，拿出一瓶著名的威雀威士忌和两只小酒杯来，倒上一点清亮的酒液，递了一杯给蒂林。

"Spaga[①]！"他说，厚颜地指出这瓶威士忌是人家送给他的贿赂，"多好的威士忌，对不对？很特别的？"

蒂林不想扫他的兴，说这只是一种最起码的混合威士忌。"很特别！"他赞同道。

---

① Spaga：罗马尼亚语，意指人家送来的好处费。

"为你的——奖牌,干杯!"

伊恩·蒂林尽管有点不愿意,但明白这是礼仪。他喝干了他杯中的酒,酒精几乎立刻便对他那空着的胃产生了冲击力,使他的头晕了起来。

警官放下他那喝空了的酒杯,说:"说吧,叫我怎样来帮助我这位重要的朋友?现在更为重要的是,罗马尼亚和英国已经成了欧盟中结合在一起的伙伴了!"

伊恩·蒂林将三套指纹、三张电脑面容识别合成照片和那个制作得很粗糙的男人名字刺青的特写镜头照片放在了这个男人的书桌上。

康斯坦丁内斯库看着这些东西,突然问道:"顺便问一下,你们那里那些漂亮的姑娘们工作得怎么样?"

"她们很出色。"

"那个漂亮的安德列娅,她还和你在一起工作吗?"

"是的,但是她一个月后就要结婚了。"

他的脸一沉。"啊!"他抬起头,显得很失望。

这位副警长偶尔以这样或那样的借口突然来到卡萨·约安纳,但是蒂林知道他来的真正目的就是要和姑娘们闲聊。这个男人是个积习很深的色鬼。每一次来,他都要和她们中的一个或是另一个纠缠不休,要与之约会,但都不成功。她们都是出色的外交家,对他总是彬彬有礼,总是把希望之窗微微打开一条缝,只让他站在宿舍的外面,不得其门而入。

伊恩·蒂林试着把他们的见面拉到正事上来,指着电脑面容识别合成照片和指纹,解释它们的出处。这个罗马尼亚人有两次被内部电话给打断,一次很显然是一个私人电话,打到他的手机上,将他从眼前人的紧逼中给拉了出来。

"拉尔斯,"他说,这时蒂林已经说完了,"罗马尼亚人,这是一定的。国际刑警组织得到了这些指纹吗?"

"能否请你帮个忙,亲自把它们转交出去?那样会快一些。"

"好的。"

"另外能否将这三个少年的照片在你们布加勒斯特其他的警务站都传观一下？"

康斯坦丁内斯库点燃了自从他们见面以来的第三支烟，现在不由一阵阵咳嗽起来。咳完后，他又给自己倒了一杯威士忌，把酒瓶递给蒂林，后者谢绝了。

"可以的，没问题。"

他又爆发了一阵撕心裂肺的咳嗽，咳完后，他将照片和指纹塞进一个褐色的大信封内。令蒂林沮丧的是，他将它们扔进他书桌里的一个抽屉。

蒂林通过和这人长期打交道的经验，知道这人有个习惯：好忘事，忘得飞快。他有时都怀疑，东西一旦进了这个抽屉，只怕再也不会出来了。但至少康斯坦丁内斯库还是的确关心这个城市里街头少年的困苦处境的，即便他的动机只是要想和照料他们的女人睡觉。

嗨，和那些散落在他办公桌前地板上，搓成一团的纸团来比，放在抽屉里至少要安全一些。

伊恩·蒂林在和这个国家当局打交道的十七年中，已经学会了在得到一点小恩惠时要向人家表示感谢。

69

马尔·贝克特发觉他和前妻的谈话从来就不曾顺畅过。此刻他就坐在她对面,在教堂路上一家安静的咖啡馆里。尽管他女儿的困境又把他们两个重新捆在一起了,但现在面对她,他还是感觉像以前一样尴尬。

事情似乎又回到了当初他们分手时的情形。那时他为了当年的情妇,如今已成了他妻子的简,而抛下了她。出于负罪感,同时也是对她精神状态的关心,他每隔几个月就会去见林恩一次,和她共进午餐。这件事他做得很认真。可是她一见面就总是以"你幸福吗?"这个问题来作开场白。

这就使他陷入一种两难的境地:如果你幸福,见鬼去吧;如果你不幸福,也见鬼去吧。如果他告诉她自己很幸福,他感到那会使她更加痛苦。所以最初几次见面时,他总会回答:不,他不幸福。于是林恩会立刻把这话转述给她的朋友们听。布赖顿既是一座大城市,同时又是一个小村庄,这话会飞快地传回到简这里,说他和她在一起不幸福。

于是他学会了回避这个问题,只是答以一句中性的"我很好"。但是此刻,当他用勺子从他那杯卡布其诺里舀起冰激凌泡沫送进嘴里,并从塑料桌面望过去时,他明白他们俩都对这个游戏感到厌倦了。他衷心地为林恩感到难过,她至今仍然孤身一人。看到她比两个月前他们最后一次见面时又瘦了许多,他不由大吃一惊。

林恩也发觉和马尔见面并不轻松。对面的他穿了一件褪了色的蓝色无领长袖运动衫,一件粗短而结实的皮夹克搭在他的椅背上。她看出他又老了一些;要说有什么区别的话,那就是他甚至变得更英俊了。随着一年年时光的逝去,他变得更沧桑,更具男人气了。如果他要她回到他身边来的话,她会在一眨眼的工夫内办到。但这件事情不会发生。可是上帝,她是多么需要他呀!

"谢谢你准时到来,马尔。"她说。

他看了一眼手表,说:"那当然,我一点整就得走,去赶下午的涨潮。"

她若有所思地微笑,毫无怨恨地说:"啊呀,过去这些年里我有多少次听到你说这句话?——'去赶涨潮'。"

他们的目光相遇,有一刻工夫在他们之间出现了一丝真正的柔情。

"也许我得把这句话刻在我的墓碑上。"他说。

"那不会有点难办吗?我以为你将来会要海葬呢。"

他笑了起来。"是的,那已经是……"

说到半中间他突然停住了。如果她得知简已经说服了他离开海洋,她不会开心的。林恩在过去他们的婚姻生活中也曾这样做过,没有成功。

咖啡馆里很安静,刚刚才过正午,吃午饭的高峰时刻还没开始。他们等了一会儿,女招待把他们的饭菜端来了。马尔要的是一块厚面包片夹腌牛肉的三明治,而林恩要的则是一小份金枪仙人掌果实做的沙拉。

"二十五万两千英镑?"他说。

林恩点点头。

"我们捞起了一具尸体,被抽吸头给捞到的,这件事现在已经在所有的报纸上登出来了,你知道吗?"

"我看到了,"她说,"那一定给你造成了相当大的惊吓。"

"你听到谣传了吗?"

"我的事情那么多,哪有时间去看报纸。"她撒了个谎。

"是一个十几岁的男孩,他们不知道他是哪里人,但是据推测,有人为了取走他的器官而杀死了他。听起来像是某种器官贩卖的事儿。"

林恩耸耸肩,说:"真可怕,但那与我们凯特琳的事情毫无关系,不是吗?"

他忧虑的表情并没有让她安定下来。他说:"接着又发现了另外两具尸体。他们都失去了内脏器官。"

他又舀起一些泡沫送进嘴里。他的上嘴唇上面留下了一圈白色的泡沫,还沾上了一些可可粉。要是在几年前,她就会倾身向前用一块餐巾纸替他抹去。

"你说什么,马尔?"

"你要给凯特琳买一个肝脏,你知道它会从哪里来吗?"

"知道。海外某个地方,某个死于意外事故的人那里。多半是死于汽车或摩托车事故,哈特曼太太说的。"

他低头看着他的三明治,揭开最上面的那层面包,从一个塑料瓶里往牛肉和小黄瓜上挤了一些芥末,说:"你能确定那肝脏是合法的吗?"

对他的这种态度,她不由得生气起来,说:"你知道,马尔,只要它是相匹配的,健康的,我才不管它是从哪里来的。我只关心救我女儿的命——对不起,"她纠正自己的这个说法,尖锐地看着他,"我们女儿的命。"

他放下芥末瓶,把面包片放回到粉红色的牛肉上面去。然后他拿起这块三明治,张开嘴,估摸着要在哪里咬第一口。这时他又把它放回盘子里,仿佛突然间没了胃口。

"见鬼。"他说,摇摇头。

"我知道你另有要优先考虑的事,马尔。"

他又摇摇头,说:"二十五万两千英镑吗?"

"是的,不过一小时以前它已经降到了二十二万七千英镑。我母亲在一家建房互助会①存了两万五千英镑,这是她的毕生积蓄,她让我拿了。"

"真是慷慨大方。但是二十二万七千英镑,这是一笔不可能筹到的巨款!"

"我是一个债务催收员,我一天听这句话不下二十次。那几乎是我的每一个客户告诉我的话:不可能,不可能。你知道吗,没有什么款项是不可能的,那只不过是一个态度的问题。总会有一个解决的办法。我到这里来不是要听你告诉我说你打算听凭凯特琳去死,因为我们无法找到一笔巨大的二十五万两千英镑的款子。我要你帮我筹集它。"

"即便我们筹到了这笔钱,你知道,我们有什么保证,这个女人会给我们送来这个肝脏?它会起作用吗?六个月后我们不是又要面对同一个问题吗?"

"没有任何保证。"她不加掩饰地说。

他默默地望着她。

"我唯一能给你保证的事,马尔,就是,如果我——我们找不到这笔钱的话,凯特琳在圣诞节前就会死去,或者就在那之后不久。"

他宽阔的双肩突然塌了下来。"我还有些积蓄,"他说,"只有五万多一点。两年前,我加大了我的抵押贷款,提出了一笔现金,为了支付延期付款。但是我们有一些计划上的问题。"他正要补充一句,说简如果知道了这笔款子给了林恩,会很难对付,但是他忍住了没说,"我可以先给你,如果能对你有所帮助的话。"

林恩跳过桌子,几乎把他们的饮料都打翻,然后在他的面颊上笨拙地亲吻了起来。

只剩下十七万五千英镑了!她想。

---

①建房互助会:英国的一个组织,接受会员存款,并贷款给拟建房或购房的会员。

70

布赖顿霍夫市历史上遗留下来的那些漂亮建筑,长久以来一直是吸引它的居民以及游客的主要原因之一。虽然有些历史建筑遭到了毁损,被实用的、单调乏味的现代建筑所替代,但是任何人只要在它那长长的商业街区,或是在商业区和住宅区之间的地方转过一个街角,就会发现自己来到了一条街道,或是蜿蜒的窄巷,那里有许多乔治王朝、维多利亚时代,或者爱德华七世时代的带阳台的屋子或别墅。有一些保存得很完整,有一些的状况要差一些。

西尔伍德路就是这样一颗典型的明珠,它曾经见识过好时光。当那些一心要看建筑的游客从西马路那平淡无奇的购物区出来,向南朝滨海区走去时,也许会挑中西尔伍德路,然后驻足观望。但从视觉上来说,它却并不是那么令人愉悦的。因为当人们看到这样一列完美的有天篷覆盖的维多利亚时代带平台的屋子中间,竟然混杂了一个如此肮脏的场所时,不免会大为震惊。

到处都是房地产公司招租的招牌,它们就像树林一样耸立着。这个地方依然只是一个面向低收入消费者的廉价商品市场。近几年来它已经成了这座城市的一个低调的红灯区。这个事实对于这条街的繁荣毫无帮助。

下午五点钟，外面已经是漆黑一片，贝拉·莫伊对开着车的尼克·尼科尔说："随便停在哪里吧。"

尼科尔把一辆没有警徽标志的灰色福特福克斯客货两用车开进了一个停车场，那上面挂着的牌子上表明它是供居民停车用的。他关掉了引擎。

"以前去过妓院吗？"她问。

妓院是他们第一个要去的地方。

他脸红了，回答道："没有，我从没去过。"

"他们那里有一种特殊的气味。"她说。

"什么气味？"

"你会明白我是什么意思的。就算蒙住我的眼睛，我都会知道自己在一家妓院里。"

他们从车中出来，在狂风中沿着街道往下走了一小段距离。警员带上了他的笔记本，跟着贝拉来到了这样的一栋屋子的前门，在一个监视探头沉默不语的注目之下站着，耐心地等着贝拉按响门铃。贝拉穿着一套褐色的裤套装，对她来说显得大了一码，脚上穿的是一双笨重的黑皮鞋。

"喂？"内部通信联络系统里传来一个妇女的快活声音，带点儿约克郡的口音。

"我们是苏塞克斯刑事调查部的莫伊警长和尼科尔警员。"

从入口处的电话机里传来粗厉、刺耳的声音，然后是很响的咔嗒一声。贝拉推开门，尼克跟着她进去了。他抽动着鼻子，但是迎面而来的却只是一股烟臭味和外卖食物的气味。

暗黑的门厅里点着一只低瓦数的红灯泡，地板上铺着磨损得很严重的粉红地毯。墙上贴的墙纸是一种洋红的植绒，上面挂着一部等离子电视机，荧屏上一个黑种女人正在和一个身上有刺青，肌肉发达的白种男子进行口交。尼克·尼科尔想,这个男人的阳具真是出乎他想象的巨大。

这时一个女人出现了。她个子矮小,五十多岁年纪,穿着一套紧身裤和一件能露出大部分乳沟的上衣。她的脸被长长的褐色头发包围着。尼克·尼科尔心想,这张脸若是年轻些,一定会很漂亮,如果这个身体也能瘦十英石①的话。

"莫伊警长!"她用一种小姑娘般的声音说道,"很高兴见到你,看见你永远是一件快乐的事!"

"晚上好,乔伊。这是我的同事,尼克·尼科尔警员。"贝拉随随便便地说。尼克觉得她的语调有点儿严厉。

"很高兴见到你,尼科尔警员。"她恭敬地说,"你取了个好名字,尼克。要知道,我有个儿子也叫尼克。"

"啊,"他说,"真好。"

她把他们引至一个待客的地方,那里真是叫尼克大吃一惊。他原以为会看见像书中和电影里所表现的那样,一个镀金的,有镜子映照的,铺设着天鹅绒的会客室。哪知道他们被带到了一个房间的角落里,那里放了两张磨损了的旧沙发和一张凌乱不堪的书桌。书桌上放着一盒打开正在冒蒸气的盒装面条,一只塑料叉子正插在上面;还有一排面目可憎的茶杯和几只装满了烟蒂、未曾倒空的烟灰缸。一台旧电话机放在桌上,和它放在一起的是一台年代久远的传真机。他看见墙上有一张价目表。

"各位要来杯什么饮料吗?咖啡,茶还是可乐?"她坐下来,扫了一眼她那盒只吃了一半的面条,让它在那里冒着蒸汽。

"不用,我们很好。"贝拉生硬地说,这叫尼克松了一口气,又看了一眼那些面目可憎的茶杯。

在这座城市的妓院和警察之间有一个不成文的共识:只要妓院的管理人不使用未成年的或贩卖得来的女孩,他们可以自行其便。但他

---

①英石:英制重量单位,一英石约等于六点三五公斤。

们得接受警方偶然的、不事先通知的检查。绝大多数妓院的老板和经理,包括这个女人在内都尊重这个规定。但是贝拉把一点牢记在心:绝不让任何人把容忍和友谊混为一谈。

她拿出三张电脑面容识别合成照片给这个女人乔伊看。

"你以前看到过这些人吗?"

她把死去女孩的照片拿近一些仔细察看,然后又看看两个男孩各自的照片,摇了摇头。

"没有,从没见过。"

"今晚你们这里有多少女孩?"贝拉问。

"此刻有五个。"

"有新来的吗?"

"有,两个新近从欧洲来的。一个叫做安卡,一个叫做露莎。"

"他们来自哪里?"

"罗马尼亚,"她说,又补上一句,"布加勒斯特,"仿佛想要表示她非常乐意帮忙。

"她们是——嗯,不受限制的吗?"贝拉相当体贴地说。

"我看过了她们的身份证,"这位女士焦虑地说,"安卡十九岁,露莎是二十。"

一阵尖锐刺耳的铃声响起。这个女人的眼睛朝上看着一个安装在墙上的电视监视器。从画面质量很糟的彩色屏幕上,他们看到了一个穿西装打领带,秃头鼓眼的男人。

她朝两个警官眨眨眼睛,有点儿尴尬地说:"是我的一个熟客。你们是想要一个一个地见她们呢,还是一起见?"

"分开见。"贝拉说。

她匆忙地带着他们走下过道,从一个门口进入一个小房间。

"我去叫她们来。"

她关上门。此时尼克·尼科尔才注意到贝拉所指的那种气味。有一种刺鼻的强烈的消毒水气味,其中混杂着一种烈性的,一闻起来就知道很廉价的麝香气味。他惊讶地看着他们所在的这间漆成粉红色的小房间。有一张双人床，上面铺着豹纹图案的床罩，还放了一条折叠好的白毛巾。一台电视上正放着一部色情片。一个床头柜上放着一些化妆品和一卷卫生纸。墙上有一面很宽的镜子，另外屋里还有一堆色情 DVD 碟片。

"这真是太俗气了。"他说。

贝拉耸耸肩，说："很正常，明白我所说的这种气味的意思了吧？"

他点点头，又慢慢地吸了一口气。

几分钟后门又打开了，乔伊带过来一个俏丽的女孩，长长的黑头发，穿着一件轻飘飘，薄如蝉翼的粉红色睡衣，里面是深色内衣。她显得闷闷不乐，有点紧张不安。

"这是安卡——我回去了！"那女人做着口型说，关上了门。

"你好，安卡，"贝拉说，"坐吧。"她指了指床。

女孩坐下了，她的目光飞快地在他们俩之间扫来扫去。她手里握着一盒香烟和一只打火机，把它们当作舞台道具一般。

"我们是警官，安卡。"贝拉说，"你会说英语吗？"

她摇摇头。"一点点。"

"好吧，我们到这里来不是找你麻烦的，你明白吗？"

安卡茫然地瞪着她。

"我们只不过是要搞清楚你还好吗，你在这里快乐吗？"

安卡已经被嘱咐过了。科斯梅斯库已经告诉过她，警察也许会问问题。她已经被警告过了作出负面答复的后果。

"是的，这里很好。"她用一种喉音回答。

"你能确定吗？你要留在这里吗？"

"要，是的。"

贝拉飞快地扫了她同事一眼，他显出局促不安的样子来。

"你刚从罗马尼亚过来吧，对不对？"

"罗马尼亚。我。"

贝拉给她看三张电脑面容识别合成照片，然后仔细地观察着她的脸。

"中间有你认识的人吗？"

罗马尼亚姑娘看着它们，脸上没有一丝反应，然后她摇摇头，说："不。"

在贝拉看来，她说的是真话。

"很好，我要知道的是谁把你带到这里来的。"

安卡摇摇头，说了一句科斯梅斯库反复教过她的话。"听不懂。"

贝拉耐心地、很慢很慢地，同时借助着手势语言，说："谁把——你——带到——这里来的？"

女孩茫然地摇着头。

尼克突然急速地翻找着他带来的笔记本，找了一会儿，然后停了下来。他大声地、慢慢地用罗马尼亚语问道："你在英国这里有熟人吗？"

安卡听到家乡的语言显得很吃惊，不管它说得多么糟糕。

贝拉也同样显出吃惊的模样，不知道他说了些什么。

女孩摇摇头。

尼克翻了一页，看着他的笔记，然后很严厉地用罗马尼亚语说："如果你撒谎我们会知道的。我们会把你送回罗马尼亚。现在和我说真话！"

女孩大吃一惊，显出害怕的样子来。她说："弗拉德，他的名字。"

"弗拉德，什么？"

"科思，呃，科思马，科思梅克？"

"科斯梅斯库吗？"贝拉耸耸肩。

女孩沉默了几分钟，用害怕的眼神看着她，然后点点头。

二十分钟后，他们和两个女孩都谈过了话，回到了汽车里。

贝拉说："你不介意告诉我那是怎么回事吧？"

"我查过了 UKHTC。"

"那是什么？"

"英国人口贩卖中心。我希望查实这些女孩子多半可能是从哪里出来的。罗马尼亚高居名单首位。而罗马尼亚是我们要查的地方。"

"所以你在一下午就学会了流利的罗马尼亚语?"

"没有,只不过是学了些我认为会用得上的短语。"

贝拉露齿一笑。"你叫我刮目相看。"

"不会像我妻子那样刮目相看,不会——等她发现了我是在什么地方度过这一下午的。"

"不是所有的男人都会去逛妓院吗?"她说。

"不,"他说,语气强烈而愤愤不平,"事实上不是这样。"

"你以前真的从没去过?"

"没去过,贝拉,"他愤世嫉俗地说,"我真的没去过,令你失望了,我很抱歉。"

"我没失望。知道了在外面也还有些正派的家伙,这很好。我怎么就没能找到一个?"

"也许那是因为我妻子发现了这唯一的一个!"他说。

贝拉看着他,在街灯的灯光照耀下,那张清瘦的脸拉长,咧嘴而笑。"那么她是一个幸运的女人。"

"我也是一个幸运的人。那么你呢?你是一个有魅力的女士,必定有大量的机会。"

"不,我只有大量的失望。你知道吗?实际上我对独自生活很满足。我照顾我的母亲。当我不照顾她的时候,我就是自由的。我喜欢那种感觉。"

"我爱我的孩子,"他说,"这是一种令人难以置信的感觉。你都无法描述出来。"

"我想你应该是一个了不起的父亲,尼克。"

他又笑了起来,说:"但愿如此。"然后他耸耸肩,"你能想象安卡有着怎样的父亲吗?或者那另一个女孩,露莎的父亲?"

"想象不出来。"

"对于她们来说,生活在一个肮脏的布赖顿妓院里,要好过她们留在身后的一切。我发觉这真是令人难以置信。"

"我发觉你真是令人难以置信,居然不厌其烦地去学习她们的语言,尼克,简直让我刮目相看。"

"我不是学了她们的语言,只是一些短语而已,足够用来和她们沟通。"

她低下头来看她的笔记。"弗拉德·科斯梅斯库。"

"插钉子的弗拉德。"

"什么?"

"特兰西瓦尼亚①的皇帝,小说《德拉库拉》②以其为蓝本。他是一个术士,常用尖头钉钉穿他敌人的直肠。"

"你的知识可真多,尼克。"她说,有点畏缩起来。

"你是一个警官,贝拉。我们的知识绝不会嫌多。"

她笑了,然后说:"弗拉德·科斯梅斯库。"

"你知道他吗?"

"只知道名字。他是一个皮条客。几年以前我到妓院来时他十分活跃。他是一个看门人,专为罗马尼亚人、阿尔巴尼亚人和其他东欧的走私分子看门的。他们走私毒品、盗版音像制品、香烟,凡是你举得出来的东西,应有尽有。他已经成了毒品辑查队多年来一个感兴趣的人物。但是我听说他总是能设法把自己从麻烦中摘出来。有趣的是他仍然在活动。"

她在笔记本上做了个笔记,然后快活地说:"好了!走完了第一家。我们这件任务完成之前在布赖顿只剩下大约二十八家妓院要走访了。你的精力怎么样?"

家中有一个每隔几小时就得喂奶的婴儿,花费的精力比我此刻需要的大得多。他想。

"我的精力吗?好得很!"

---

① 特兰西瓦尼亚:罗马尼亚中部一个地区。
② 十九世纪英国作家布拉姆·斯托克(Bram Stoker, 1847—1912)以吸血鬼为题材的著名小说。

71

此刻在布加勒斯特刚过七点。伊恩·蒂林已经答应过克利斯蒂娜，晚上他会早些回家。今天是他们的结婚十周年纪念日。他们已经在最喜欢的餐馆订下座位，准备吃一餐传统的罗马尼亚筵席，难得地款待一下他们自己。

他已经慢慢地喜欢上了他所挑选的这个国家那口味厚重、以肉食为主的饮食了。这里所有食物中除了两样很特别的，其他的他都喜欢吃。这两样就是猪脑冷盘和猪油小方块，克利斯蒂娜都爱吃，但他仍然吃不出什么味道来，并且怀疑自己永远也不会喜欢吃它们。

他抬头看看他书桌对面墙上那面巨大的公告板上牢牢挂着的那面没什么用的时钟。钟面上印着一行字：时间就是金钱。但那上面没有数字，很容易让人把时间看错一两个小时。挨着它钉在墙上的是一面展开的女人用的扇子，它钉在那上面已经有很久了，他都不记得是谁、为了什么把它钉上去的。在它下面，夹在几本政府为无家可归者制定的小册子中间的是一张纸，上面写有圣雄甘地的一句最为他所喜爱的话：起先他们藐视你，然后他们奚落你，然后他们攻击你，最后你会获胜。

这句话对他在这个奇怪但美丽的城市和这个奇怪但美丽的国家度过的十七年时光做了一个总结。一步又一步，就这样一点一点地取得了微小的胜利。那些从街头救回来的少年，有时候也有成年人，就住在卡萨·约安纳这里。在他下班前，他一定要到宿舍里对一个个小房间做一番巡视，就像他现在每晚做的那样。他计划随身带上诺曼·波廷发过来的那三个少年的照片，看看有哪一张脸能唤起这里什么人的记忆。又能听到那个没用的老家伙说话感觉真好，又能再一次被卷进一宗英国警局的调查案中，这感觉太好了。在这种感觉的驱使下，他决心干他力所能及的事情。

他刚一起身，门打开了，安德列娅走了进来，脸上带着微笑。

"你能有一会儿空闲吗，伊恩先生？"这位社会工作者问。

"当然。"

"我去看过了第四区的艾丽亚娜。"

艾丽亚娜是在卡萨·约安纳工作过的社会工作者。她现在在一个叫做默林的区里工作，那里有一个安置中心。

"她说了些什么？"

"她已经同意帮助我们，但她担心被别人发现。她的中心已经被告知不得对任何外来人说什么——那甚至也包括我们。"

"为什么？"

"国外对于罗马尼亚孤儿的新闻报道很不好，政府显然为此不安，于是对一切参观和拍照的行为下了禁令。我得和她在一家咖啡馆见面。但是她告诉我有一个街头少女听到了一个到处流传的谣言。说是如果你走运的话，你可以在英国得到一份工作和一套房间。要这样做，你得去见一个时髦的女人。"

"我们能和这个少女谈谈吗？我们有她的名字吗？"

"她名叫拉露卡。她在加拉德诺德车站那里当妓女，十五岁。我不知道她是否有一个皮条客。艾丽亚娜愿意和我们一起去。我们可以今晚去那里。"

"今晚？不行，我不能去。明晚如何？"

"我去问问她。"

蒂林谢过了她，然后匆忙发出一份电子邮件给诺曼·波廷，把他今天的进展情况告诉他。然后他拢起双拳，重重地击打在书桌上。

是的！他想，啊，是的！他上马就职啦！他热爱当警察的旧日时光，现在又卷入进去了，这种感觉真他妈的棒！

72

林恩坐在她的鹞式大黄蜂工作站里,知道现在是晚上八点钟了,她得把她这张电话名单都打完,把她今天早些时候在家里和后来与马尔见面所花去的时间给弥补回来。

早些时候,她母亲来过她家中,然后卢克也过来了,所以凯特琳有了伴,在紧要关头有个人可以看住她。即便智力迟钝如卢克的人,也是能起这个作用的。

她的同事中几乎没人在工作了。这里只关了两个掉队者,银鲨、飞豹和迪纳里厄斯魔鬼工作站里都空无一人了。收债奖金累计现在显示出来的奖金纪录是一千一百五十英镑。她在这个星期里无论如何是达不到这个标准了,也不会有什么大的进展。

她的心思不在这个上面。她往上看着钉在红色分隔墙上的凯特琳的照片,想着心事。

十七万五千英镑的钱将决定凯特琳的生死。这是一笔巨款,同时也是一笔小数字。这样数目的钱,甚至比这多得多的,每个星期都要从这儿的办公室里经手过去。

一个隐秘的想法钻进她脑子里。她把它驱赶出去,它又钻了回来,就像是一个卖双层玻璃的推销员做了决定性的一击。这个念头是:人们总是会偷他们雇主的钱。

每隔几天她就会在报纸上看到这样的新闻。一个律师事务所,或是一个投资集团,或是一家银行,或是任何一个有大笔资金过手的地方,这类场所里的一个雇员会不停地把钱吸走。常常会连续好几年地这样干,神不知鬼不觉地就拿走了好几百万。

而她所需要的是十七万五千英镑。在她是一笔巨款,而按迪纳里厄斯的标准来看,是一笔小数额。

但是她如何才能把钱从这里借走而不被人发觉呢?这里在适当的地方有着各种各样的牵制和程序。

突然间她看到她的电话闪了一下,她的直拨电话。她接起来,心想也许是凯特琳打来的。但是令她感到晦气的是,这是她的客户中她最不喜欢的一位,那个极令人讨厌的雷吉·奥库玛。

"是林恩·贝克特吗?"他说,带着一种故意装出来的悲哀的腔调。

"是我。"她硬邦邦地说。

"你这么晚还在工作,美人儿,能和你通话真是十分荣幸。"

我也同样荣幸——她几乎要脱口而出。但她却回答道:"我能帮你什么忙吗?"

"好啦,"他说,"情况是这样的,我昨天申请了要为我自己买一辆新车。我需要汽车,你知道,为了我的工作,为了我刚建立起来的新公司。这个公司将会给互联网带来革命性的变化。"

她一声不吭。

"你在听我说吗?"

"我在听。"

"我还是想要和你做爱,美美地做上一次爱,林恩。"

"这个电话正在被录音,目的是为了培训和监控之用,你明白吗?"

"我明白。"

"那好，如果你打电话给我，只是要告诉我，你想要做一个还款计划，我会听。否则的话我就要挂电话了，懂吗？"

"别，别，请听我说。我昨天被拒绝了，拒绝我分期付款。当我问缘故时，他们告诉我是因为艾克斯佩里安给了我一个很糟糕的信用等级。"

"你感到吃惊吗？"她驳斥他。艾克斯佩里安是英国一家提供信用等级的大公司，所有的银行和金融公司都利用这些公司来检查他们顾客的信用等级。"你不偿还欠债，还指望自己有什么种类的信用等级呢？"

"听着，听我说，我给艾克斯佩里安打过电话了，根据资料保护法案，我有这个权利——他们通知我说，你们的公司要为我的坏等级负责。"

"有一个很简单的解决办法，奥库玛先生。和我们签订一个还款计划，我可以把你的等级进行修改。"

"呃，是的，当然，但是做起来没有那么简单。"

"我想是这样的。哪一个部分你搞不清楚？"

"你就非得要这样对我满怀敌意吗？"

"我很累，奥库玛先生。如果你想要回来和我谈一谈你的还款计划，那时我会看一看我能和艾克斯佩里安做些什么。到那时再说。谢谢你，晚安。"

她挂断了电话。

几分钟后，电话上的灯又闪亮了，她不予理睬，就离开办公室回家了。但是当她一脚从电梯中出来，踩到了地面上时，心中突然闪过了一个念头。

73

罗伊·格雷斯独自一人坐在办公室里,外面刮起了西南风,把窗玻璃都吹得震动了起来,雨也下起来了。又将是一个风雨交加的夜晚,他想,就连街灯和阿斯达超市停车场里的灯光也比平常暗了一些。天也冷了下来,仿佛潮湿的穿堂风正穿过墙壁,一直吹进了他的骨头里。手表上显示现在是八点过五分了。

他已经允许了格伦·布兰森不必参加今晚的踫头会。格伦的妻子同意让她丈夫过来帮助孩子们洗澡,并把他们安置上床——无疑是听了她律师的劝告,他愤世嫉俗地想。

他仔细地看过了他今天在踫头会上做的笔记,然后又把打印出来的调查概况飞快地看了一遍。一部电话机显示有来电,但那不是他的直拨电话,所以他没有去接。会有别人来接它。如果说在这栋大楼里还有别人的话,那一定是那个老是快快乐乐的邓肯——在楼下前台工作的一个保安。他感觉这上面就好像是"玛丽·塞勒斯特号"[①],尽管

[①] 玛丽·赛勒斯特号是一艘前桅横帆双桅船,于一八七二年在大西洋被人发现全速朝向直布罗陀海峡航行,不过在船上并没有发现任何人。这些船员的下落衍生出许多猜测。玛丽·赛勒斯特号经常被认为是鬼船的原型。

他知道他队里有几个队员也会在突发事件一室工作到深夜，特别是两个打字员和那个福尔摩斯数据库分析家朱丽叶·琼斯。

朱丽叶在忙着检索数据，在全英国范围内搜索所有潜在的相关犯罪，包括已破案的和未破案的。这是一项艰巨但必要的任务，好比是钓鱼，格雷斯有时候这样想。永无止境地在键盘上敲打出单词和短语，搜寻在英国别的地方是否有相类似的犯罪案件出现，或者是否有任何偷窃器官的案例。她从上个星期六开始搜索，一直到今晚，还是一无所获。

在过去的九年里，格雷斯有过许多孤独的时刻。有一段时间他自学了侦探史和法医学史。他特别崇拜一个法国医生，埃德蒙·洛卡德博士，此人出生于一八七七年，后来被称为法国的歇洛克·福尔摩斯。正是洛卡德建立了法医科学的基本原则，那就是：每一次接触都会留下痕迹。它被称为洛卡德互换原则。

罗伊·格雷斯思索着，在与这三具尸体发生的接触方面有什么东西他忽略了？与这些尸体发生过接触的外科手术工具到哪里去了？它们现在肯定是封存了。也许会有与之相匹配的足够的蛛丝马迹，但是首先得找到它们。到哪里去找？相类似的是，不管是谁取走了这三个少年人的器官——除非这又是一个离群索居的疯子——他可能曾经穿上过外科手术长袍。那些衣服，特别是他们的橡皮手套，也都会带上痕迹。但是他们依然没有线索可寻。目前要想对英国南部的每一家医院和诊所进行过筛式的检查，搜索那里的垃圾箱和洗衣车，也不是一个办法。

如果指纹科运用他们正在试用的新技术能够从那台舷外发动机上成功提取出指纹，那么或许他们也能从包裹那些尸体的塑料床单上提取出指纹来，不是吗？

他把这一点记了下来，然后飞快地把那三页打印出来的调查概况文件看了一遍。这份文件他的每一个队员都有一份。它需要更新，他有些重要的补充要加进去。但是他也有一个深深的渴望，想要去看看克莉奥。在她那里他也能够从容自在地做他现在要做的事，就像在他这间寒冷的寂寞的办公室里一样。

气温越来越低,风也越刮越大。他把那辆福特汽车停在了一家古玩店外面的一条黄线上。他冒着豆大的雨点,匆忙穿过街道,听到了一个沙哑的嗓子在唱着一句"上帝令你安息,快乐的先生们"。歌声就来自附近,唱得很糟。他不知道这是提前唱圣歌的歌手呢,还是一群喝醉了酒的办公室职员在聚会。

他始终没有真正意识到圣诞节就要来临这个事实。他不知道该给克莉奥什么,除了买一只戒指。当然啦,那也不是一个圣诞节该买的礼物,他想要给她买点儿特别的东西。

他已经有很长时间不曾为他心爱的女人买过礼物了。他全无头绪,不知道该买什么。买一个手提包?再买一件珠宝,除了那个戒指以外?他要听听他姐姐的忠告,她是一个务实的人,她会知道的。曼特尔警督也会知道。

除了礼物的问题外,他还得决定到哪里去度过圣诞节。自从桑迪失踪以来,他每年都是和他姐姐一起过圣诞节的。但是今年克莉奥提议他们去萨里郡她父母家。他要和克莉奥一起过圣诞节,这是一定的,但他还不曾见过她的父母。他知道他姐姐听见他们订婚的消息一定会很高兴——多年来她一直在催促他向前走一步。但是他得把事情盘算一下。如果到时海王星行动还不曾解决,很有可能他的圣诞节假期就会大大缩短。

他吃力地提着他那沉重的公文包走过鹅卵石铺砌的院子,从衣袋里摸索出钥匙来,然后走进克莉奥屋子的前门。当他刚一走进那湿暖的、开敞式的起居区,就看见了满脸是笑的克莉奥。他的精神立时高涨了起来。屋子里有一股子撩人食欲的,带着大蒜香的烹调气味。室内还飘荡着比才的歌剧《卡门》中的序曲。他能够听得出来,心里很高兴。克莉奥亲自承担起了提升他的音乐趣味的重任,令他吃惊的是,他居然已经培养出了对于歌剧的真正喜爱。

汉弗莱向他直冲过来,后面拖着一条几码长的卷筒纸,然后跳起来,向他高声吠叫着。

格雷斯跪下来抚摸着它的脸,说:"嗨,好家伙!"

汉弗莱仍是激动得上上下下地蹦着,舔他的下巴。

克莉奥蜷曲着躺在一张巨大的沙发上,身边堆着一些纸和笔记本什么的,手上拿着一本书——不用说一定是一本大部头的书,她为了拿到开放大学的学位证书正在学习一门课程。

"瞧,汉弗莱!"她用一种小狗尖叫的声音说,"总警司罗伊·格雷斯回家啦!他是你的主人!有人看见你很高兴,罗伊!"

"只有狗高兴吗?"他说,假装出失望的样子,站起来向她走过来,汉弗莱在后面用力拖着他的裤腿。

"他今天可是一个好小伙子!"

"哦,那可是头一回!"

"可是我比他还要高兴看见你!"她说,放下书本,那上面的书名是《存在主义和人道主义》,有几页用黄色的便利贴作了标记,表示已阅。

她的头发往上夹住了,身上穿着一件长及大腿,宽松的褐色针织上衣和一条黑色打底裤。有一刻他就站在那里,喜出望外地朝下看着她。

他感觉到那音乐直冲进他的灵魂中。他又闻到了烹调食物的气味。他被幸福和一种归属感给淹没了。在他经历过了这么多年噩梦似的时光后,终于到达了他生命中的一个地方,让他感觉到了完完全全的心满意足。

"我爱你。"他说,低下身来,将双臂绕住她的脖子,饥渴难耐地吻着她的嘴唇,然后将身子向后仰,说,"我真心实意地爱你。"

然后他们又互相亲吻起来,时间更长久。

终于他们分开了,她说:"我也十分喜欢你。"

"你喜欢吗?"

她皱起面孔,显出沉思的模样,过了几分钟,仿佛做完了某个重大的思考难题,然后点点头说:"唔,嗯,是的!"

"这个周末,我要给你买个戒指。"

她用大大的圆眼睛看着他,就像一个激动的小女生。然后她露齿一笑,点点头。

"好吧,我要一个大大的亮得不得了的戒指,上面镶满钻石!"

"我给你买世界上最大的最亮的戒指。如果女王看见它,会恨不得把她的心都吃掉!"

"说到吃,总警司先生,我正在给你用旺火煮着扇贝呢。"

那正是他最爱吃的一道菜。"你真叫人惊异。"

她竖起一只手指。"是的,你说对了。别忘了那个!"

"太小意思啦!"

"还有那个。"

他朝下看了一眼放在她旁边的那本大部头书,看了看作者的名字:让-保罗·萨特[①]。

"是一本好书吗?"

"当然是的,我刚才看过了他写的一些东西,那对我们两个都适合——指我们相遇前。"

"唔?"

克莉奥拿起那本书,翻回她做了标记的那几页。

"讲给我听。"

"这里说的是,如果某个人单独一人生活时感到孤独寂寞,那么他的社交能力一定很差。"她看着他说,"是吗?"

他点点说:"非常正确,我就是。我在社交上是一个十足的废物!"

"那么,"她说,"我亲爱的未婚夫想要什么时候吃饭?"

他指着他的公文包说:"午夜的什么时候?"

"我可是相当地欲火中烧了,我想要早一点儿睡……"

"半小时行吗?"

[①] 让-保罗·萨特 (Jean-Paul Sartre, 1905—1980),法国哲学家,存在主义代表人物。

她挑逗地撅起嘴唇，翻到作了标记的一面停了下来，说："你看到这段没有？关于充分满足欲望的话。很显然，如果你拒绝去满足它们，那么你的灵魂就可能受到损害。"她把书放下，"我想你不会希望我有一个受到损害的灵魂吧，总警司先生？"

"不愿意，我当然不愿意你有那么一个灵魂。"

"我很高兴我们在这一页上达成一致意见了。"

罗伊极不情愿地抽身离开她，费力地提着他的公文包走上木楼梯，走进克莉奥的私人房间。现在他已经多多少少地把这个地方当作他的办公室之外的办事处了。书桌上放着一个城市购书店的塑料购书袋，上面黏着一张便利贴，克莉奥在上面用自己的笔迹潦草地写上了他的名字。他取出一本来，它的封面是一匹赛马的照片，书名是《日食》。

他记得克莉奥告诉过他，她父亲对赛马很疯狂。她替他订了一本书，将它当作礼物。

他小心地把它放至一边，然后从他的公文包里取出一大堆文件来。第一本上面印有苏塞克斯警察局的盾形徽章，下面就是一行字：苏塞克斯警察局刑事调查总部，重案分部，海王星行动，调查概况。接着拿出来的是他红色的四孔活页夹的规则手册，最后拿出来的是他的浅蓝色的，A4大小的调查笔记本，里面记载了海王星行动碰头会上他所做的全部笔记，也包括今晚的。

五分钟后，克莉奥默不做声地走进房间，在他的后颈脖上吻了一下，将一个鸡尾酒杯放在书桌上他的旁边，那里面的伏特加马提尼酒刚好齐杯沿。

"卡拉什尼科夫酒，"她说，"它会使你激情似火。"

"我已经是激情似火了！你的灵魂怎么样了？"他低语道。

"正在和损害作斗争。"她又在原地方吻了他，走出去了。

"这本《日食》，就是我要送给你父亲的圣诞礼物吗？"他在后面追着问。

她又回来了。"是的，你要讨好他的话，这会给你打上一千分。'日食'是有史以来最为著名的一匹赛马。你要是知道这个，他会认为你很时尚。"

"你最好把简要内容给我说一下。"

她笑了，问："为什么不看看这本书？"

"嗨！"他拍拍额头说，"怎么没想到那个！"

他凑近去看那封面，看到了作者的名字。"尼克拉斯·克利。他是一个著名的职业赛马骑师吗？"

她摇摇头说："不是。我有一种印象，他原来是一个网球运动员，但也许我搞错了。"她又出去了。

他看着他在碰头会上做的笔记，把意义重大的新变化标记出来，以便他的助手可以对《调查概况》作出修改，在明天早晨的碰头会上就得拿出来。

他们仍然没有怀疑的对象，他想。从英国人口贩卖中心反馈回来的消息是：没有任何证据可以证明被贩卖进英国来的任何人口是出于取用器官的目的。无论如何，这件事情迄今已从福尔摩斯数据库分析员的搜索情况中得到了证实。

为器官移植而贩卖人口是调查名单上最为重要的事项之一。由于缺乏此前英国有关这类活动的任何证据，格雷斯考虑不能把他全部的资源都投入到这一事项中去，尽管所有的线索都指向这一点。

有可能只是某个杀人狂干的。

某个具有外科手术技巧的人。

但是为什么那个人只限于取那四种器官呢？它们是具有很高价值的器官吗？

奥卡姆修士会怎样做呢？那最为著名的奥卡姆原则在这里会作出怎样的解释呢？那个伟大的哲学家修士会用他的剃刀切去什么呢？

这时克莉奥切断了他的思路。"晚饭上桌啦！"她甜甜地对他喊道。

74

快要到九点钟的时候林恩回到了家里,听见一阵音乐声从起居室里迎面扑来。她把门砰的一声在身后关上,将冰冷的寒风关在了外面。她解下了科妮莉亚·詹姆斯牌子的披风,那是她几个星期前在 ebay 买的。她身上大部分的装饰品都是从那里买来的。

她没来得及脱掉大衣,便朝起居室门内扫视了一圈。卢克正懒洋洋地靠在沙发上,喝着一罐健怡可乐。他的发型甚至显得比以前更可笑了,几乎所有的头发都向一边倾侧,用发胶把它们胶成一个大大的尖角,盖在了他的右眼上。但是电视上那两个苗条的女孩子则比他显得更蠢。她们在一阵阵的流行音乐演奏声中跳着舞,身上只穿着三角短裤,戴着黑色胸罩,头上装饰着银色的盒子。她们痉挛地旋转着,随着一阵阵猛烈的,不断反复的节奏作出机械性的动作。各种不同的短语,比如"做吧!干吧!再加把劲!更好一些!"被用粗黑体字印在了她们身体的各个不同部位,包括手臂、大腿和腹部。

"是疯狂的朋克吗?"林恩说。

卢克点点头。"是的。"

她一边攻击着这个电视节目,一边将音量关小了,说:"一切还好吧?"

他点点头,说:"凯特琳睡了。"

就在这种该死的喧闹声中睡吗?她几乎要说出来了。但是她什么都没有说,只是对卢克照顾她表示了感谢,然后便问道:"她怎么样?"

他耸耸肩,说:"没有什么变化,几分钟前我去察看过她了。"

林恩身上仍穿着大衣。便匆匆忙忙上楼,走进她女儿的房间。凯特琳闭着眼睛躺在床上。在微弱的床头灯灯光照射下,她看起来显得比以前更黄了。这时她睁开一只眼看着她母亲。

"你好吗?宝贝儿?"林恩低下身子吻她,抚摸她的头发,感觉到她的头发是湿的。

"我口干。"

"你想要喝点水,还是果汁?可乐?"

"水。"凯特琳说,她的声音很小,很弱。

林恩走进厨房,从冰箱里倒了一杯冷水。她注意到冰箱的背面结了一层冰,不免有点丧气。凭她过去的经验,她知道这是一个确切的信号,表明这台冰箱快要寿终正寝了。又一笔她无法负担的花费就快要来了。

她关上门时,卢克走了进来。他光着脚,穿了一件灰色的羊毛衫,里面是一件破旧的衬衣,下面是宽松下垂的牛仔裤。

"你今天干得如何,林恩?"

"你是指筹钱方面?"

他点点头。

"我母亲拿出来了一些。凯特琳的父亲也拿出了他一生的积蓄。可是我还得再找十七万五千镑呢。"

"我愿意帮助一些。"他说。

她吃惊地说:"好,谢谢你——你真——你真是太好了,卢克,但是这是一笔不可能筹到的钱。"

"我有些钱。我不知道凯特琳有没有告诉过你我父亲的事——不是我的继父,是亲生父亲。"

她手里端着那杯水,急于要把它送上去给凯特琳,说:"没有。"

"他死于一次工伤事故。那是在一个建筑工地上,一架起重机倒在了他身上。我妈妈获得了一大笔赔偿金,她把大部分钱给了我,因为她不想让这笔钱落到我继父手里——他有赌博的习惯。我很高兴把它拿出来。"

"你真是太好了,卢克,"她说,真正被感动了,"不管是多少钱的帮助,我都是欢迎的,你能借给我多少?"

"我有十五万镑,我要你都拿着。"

她手中的水杯掉到了地上。

75

罗伊·格雷斯想,有时候忘记了最为基本的东西,人就很容易变得过于自信。所以偶尔回到根本的基础上,于人是有益的。

今天早晨七点差一刻时,他坐在办公室里,喝着这一天的第二杯咖啡,从他的书架上取下了那本《谋杀调查指南》。这本书很厚,的的确确算得上是一本大部头,它是由警察技术提高中心为高级警官协会编辑的。

它定期更新,包含了一宗谋杀案调查在各个方面的每一个程序,包括如何制订谋杀案调查的模式,他现在就进入了这一步。他又看了一遍快速追踪菜单,以使自己的头脑得到梳理。它里面包含了十点内容,这十点内容都根深蒂固地刻在了每一个调查杀人案件的警察的头脑中。但恰恰因为它们太熟悉了,有一些便很容易被人忽视。

菜单上的第一点便是"识别嫌犯"。好,他可以把这点打上一个勾。这一点他正在进行中。

第二点是"收集情报的机会"。这一点他也可以打上勾。他们在罗马尼亚有诺曼·波廷的人；他自己也有熟人，慕尼黑的警察总长马塞尔·库伦。还有侦探警官莫伊和警探尼科尔在妓院收集情报。盖伊·巴切勒在被开除的外科医生名单中搜寻，福尔摩斯数据库分析家正在进行网上搜索行动。

"现场法医检测"是第三点。海峡底下没有留下什么太多的东西给他们。那块塑料床单是他们最大的希望了，还有用新型的指纹技术对舷外发动机的检测，以及格伦对送到DNA检测室的香烟蒂的大胆猜测。

他继续往下看，看到了"犯罪现场评估"这一条。他们找到了倾倒尸体的场所，但还没有找到犯罪现场。第五点是"寻找目击证人"。有谁曾经见过这三个少年？是那些曾经在他们身上做过手术的，不管是医院还是诊所里的什么人吗？是他们进入英国所经过的机场、港口或火车站，这些地方的行人和管理人员吗？他们也许会在入口处的闭路电视摄像头上留下影像，但他不知道他们进入英国已经有多久了。也许是几天，几个星期或者几个月。不可能到了现在这个阶段再开始从那大量的连续镜头中搜索、寻找。在这条下面他记下了另一个想法，那就是：其他在这里工作的罗马尼亚人也许曾经见过他们？那几张电脑面容识别合成照片已经广泛传阅，也在报纸上特别刊载了，但是还没有目击证人站出来。

第六条是"调查受害者"。他最好的消息来源就是侦探警官波廷在罗马尼亚的那个熟人了。也有可能是国际刑警组织，但他不打算对他们报以希望。

"可能的动机"是第七点。这一点是他停下手边的工作去想得最长久，也最伤脑筋的事情。他喜欢告诉他的队员们说，大胆假设是解决一团乱麻之父。昨晚他反复思考到深夜。如果他们假定在这三宗谋杀案后面隐藏着人体器官买卖的犯罪，会不会存在着走进死胡同的危险？也许后面只是隐藏着某个精神病患者，以把人体切成碎片为乐事呢？

是的，有可能，但是如果他把奥卡姆剃刀原则应用上去的话，可能性就会很小了。有一个人体器官奇缺的需求市场，这是事实；罗马尼亚是一个卷进了人口买卖的国家,在国际间买卖人体器官是其项目之一,这是事实;这三位受害者身上实施了外科手术和医疗手段,这也是事实;还有一个信息也足可用来作为佐证:有一个杰出的英国外科医生,雷蒙德·克罗克特博士,曾经因为替病人从土耳其非法购买了四个肾脏而被取消医生执照。不支持这种观点的信息就是英国还有没有任何人体器官买卖的案例。

但凡事都会有第一次。

他还有一个想法。克罗克特博士已经被抓起来了,他是一个孤独的行为不合常规的人,还是他只是很不走运被人发现了?在英国是不是还有十来个像他一样的专家,使用了非法得来的器官,还不曾被抓起来呢?是不是克罗克特又在操刀了?需要去和他见个面,排除一下。

下一条是"媒体"。他们在尽最大的可能利用媒体,但最为重要的利用手段——电视节目《犯罪观察》,即便假定他们能上得了这个节目,也要等几乎一个星期才能播。

然后就是"尸体解剖"了。此刻他已经从尸检方面获得了所有他需要的信息。如果他们找到了做外科手术的工具,那时也许需要做更进一步的工作。目前,尸体保存在尸检室里。

他打了个哈欠,抖一抖精神,又喝了一大口咖啡。他今天早上五点半醒来时,脑子里有点嗡嗡作响。他本应该出去进行晨跑,这个办法一直能帮助他保持头脑的清醒,但他觉得有点负疚,昨天晚上的工作不曾完成,所以他今天就比平常来得更早一些。

菜单上最后一点是"其他意义重大的关键行动"。他想了几分钟,然后又看了一遍菜单,他已经把它在他的规则手册上记了下来,这时又在笔记本上补充上去:舷外发动机?失踪的斯可布侬号?

他倒在椅子上,把椅背向后压,直到它踫到了墙上。窗外天已经开始破晓。持续了一夜的暴风雨过去了,现在是一个干爽的早晨,但是天气预报说今天的天气不会好。红色和粉红色的条纹状云彩从暗灰色的天空中直刺出来。那条古老的谚语是怎么说的?夜里天发红,水手乐开花,早晨天发红,水手要当心!

我要当心的是什么？我遗漏了什么？他向自己挑战。一定是遗漏了什么东西。是什么？它究竟是什么？

他默不做声地盯着咖啡杯，仿佛这个答案就在那冒着蒸汽的一片漆黑之中。这时，他突然想起来了。

桑迪以前老是喜欢看夜间的问答竞赛节目。她在一般常识方面十分出色，远比他强。他想起十一还是十二年前他们曾参与过的一个问答竞赛题目，这个题目是猜一猜英伦海峡的大小，有多少平方英里。桑迪赢了，她的正确答案是两万九千。他用食指和拇指打了个响指。

"有了！"

76

"我们盯错了地方,"罗伊·格雷斯向他的队员们宣布,"我们也许还盯错了人,这就是我的看法。"

在今天早晨的碰头会上,他一下子吸引了所有二十八位警官及后备人员的注意力。然后他拍拍自己的一边脑袋。

"是这个地方错了,脑袋里面,不是指地理上的位置。"

二十八双好奇的眼睛都锁定在了他脸上。

是《谋杀调查指南》里的快速追踪菜单上的第四条启发了他。

"我要你们全体都暂时停止思考你们各自的调查事项,把思维聚焦在犯罪现场评估上,怎么样?现在,我们一直在假定这个倾倒尸体的现场选择得很不凑巧,是无心之举。但是想一想这一点:英伦海峡覆盖的面积有两万九千平方英里,而获得证书批准的挖沙区面积只有一百平方英里。"

他看着格伦、盖伊·巴切勒、贝拉、爱玛-简和几个其他的人。

"在场的有谁擅长做算术?"

福尔摩斯分析师举起了手。

"挖沙区在海峡里所占面积的百分比是多少,朱丽叶?"他问。

她飞快地做起心算来,回答道:"大约百分之零点三四,罗伊。"

"很小的百分比,"格雷斯说,"百分之一的三分之一。我们通常会把这叫做稻草堆里寻针。如果我要把一具尸体随便往海峡里一扔,结果它被扔到了挖沙区,我一定会认为自己够倒霉的了。事实上,我会对发生这件事的机会进行评估,认为它的发生概率太小,不值得忧虑。当然除非我是故意地选择了那个区域。"

他停止了说话,让大家去细细思量。

"故意地?"丽齐·曼特尔质问道。

"听听我的推理。"他说,"如果我们遵循这条思路,认为和我们打交道的是国际人口贩卖交易——世界上增长得最为迅速的一项犯罪生意——我们便可以合情合理地确定一件事,那就是和我们打交道的犯罪分子很有才干。如果说他们组织得很好,能够成功地将十几岁的少年带进这个国家,能在这里拥有一个有效地进行人体器官移植的医疗场所,那么他们同样能够对尸体进行专业的处理。他们绝不会把尸体装进一艘橡皮小艇里划出海去,随随便便地把它们从船边往海里一扔完事。"

他看见大家一致点头表示赞同。

"我知道大家都已经去过了那个地方,我们也已得出结论说,那些尸体是被私人的船只、私人的飞机或是直升飞机带到了那里。但是不管罪犯用的是哪一种运输工具,他们一定雇了一个专业的私人船主或是飞行员。那个人一定有海图,知道海峡不同地方的深度,而且很有可能熟悉这些水域,如同熟悉自己的手背一样。挖沙区也许不会在所有的海图上标出来,但即便如此,那里相对来说是比较浅的。如果你要去倾倒尸体,而你可以在整个海峡里选地方,你不会去选深的地方吗?我想我会的。"

"最深的地方有多深,罗伊?"波廷问。

"有许多地方深度都超过了两百英尺,所以他们为什么要倒在六十五英尺深的地方?"

"他们是不是想要迅速处理?"格伦·布兰森提出他的看法说,"人们带着尸体有时会惊慌,不是吗?"

"这次我们面对的不是这类的人,格伦。"总警司说。

"或许他们真的没有在海图上看见这个区域。"贝拉·莫伊说。

格雷斯摇头,说:"贝拉,我并不是不要考虑这一点,但是我更倾向于假定它们是被故意抛到那里的。"

"但我不明白为什么要那样干,罗伊。"曼特尔警督说。

"希望它们被人发现。"

"为什么?"尼克·尼科尔问。

"会不会有人不赞同他们那样干?"格雷斯回答道,"这个人把尸体倾倒在那里,知道这样就有机会被人发现。"

"如果他不喜欢他们的行径,为什么不直接给警察打电话?"格伦·布兰森问。

"可能有许许多多原因。我的首选名单上应该有一个飞行员或船主,他很爱钱,但还不失良心。如果去告发他们,他那笔很好的小收入就会泡汤。现在他这样做就使他的良心得到了救赎。他把它们扔到了一个潜水容易达到的深度。如果挖沙船没有在某个地点将它们打捞上来,他可以向警察透露这个信息,但在相当长的一段时间内不会。"

全体队员沉默了一会儿。

"我承认也许这个方向并不正确,但是我要开始一个新的调查路线。就从肖勒姆港开始,我们需要对所有的船只进行检查。我们可以从港务长、船闸的管理员和海岸警卫队那里得到帮助。最应该仔细检查的是快速巡洋舰和捕鱼船——和所有出租的船只。格伦,你在负责调查那艘失踪的捕鱼船斯可布依号的事情。有什么情况可以报告吗?"

侦探警官向空中举起一只厚厚的褐色信封,说:"我刚收到的,五分钟以前从O2电话公司寄来的,罗伊。这是一幅船主在星期五晚上所联系过的所有移动电话天线的标绘图。看来他不可能横穿了海峡,所以如果幸运的话，我们也许能够沿着南海岸追踪他的行动。我和雷·帕克汉姆打算在开完这个会后马上开始进行计算。"

"好想法。可是我们还不能够确定斯可布依号是否卷入，所以我们还得看看其他的船只。"

格雷斯在会上指定两个探员去做这件事，然后他看着波廷。

"诺曼，我说过我们也许盯错了人。"

波廷皱眉。

"我要你去和所有的器官协调人联系联系，看是否有人熟悉这三个少年。可是你仍然运气不佳吗？"

"是这样的，头儿。到现在为止我们已经把这个联系的网铺得相当远了。"

"我这里有些想法，也许更好一点。我不知道为什么我们不曾想到它。我们只需要查找那些在名单上排队等候做移植的人。要么是心肺移植，要么是肝脏或肾脏移植。找那些不曾得到器官而从名单上被撤了下来的人。"

"万一那些从排队名单上撤下来的人有许许多多这样做的理由呢，罗伊？"波廷说。

格雷斯摇头，说道："据我所知，在排队名单上等候一个新的肾脏或肝脏的人，没人会自动地好起来，除非是奇迹。如果他们从等候名单上撤下来，只有两个原因：要么是他们从别处得到了器官，做了移植，要么就是他们已经去世。"

他的手机开始发出响声。他拿了出来，看了看来电显示。他立刻便认出这个号码开头是德国的电话区号 +49。这是马塞尔·库伦从慕尼黑打来的。

他举起一只手表示歉意，走出会议室，进入走廊中。

"罗伊，"德国警探说，"你要我等器官经纪人玛琳·哈特曼一回到慕尼黑就给我们打电话，是吗？"

"是的，谢谢你！"

对于这个德国人老是把"我们"和"你们"搞混，格雷斯觉得很有趣。

"她昨天深夜才飞回来。今天早晨,她已经给你们城市,也就是布赖顿的一个电话号码拨打过三次。"

"干得真漂亮!你能给我那个电话号码吗?"

"你不会暴露消息的来源吗?"

"我保证。"

库伦把号码念给他听了。

77

早上九点差一刻时，林恩坐在厨房里，把她的手提电脑打开，研究头天晚上发过来的五封电子邮件。卢克昨天晚上陪着凯特琳过了一会儿，现在又挤在起居室的一张沙发上，坐在她旁边。所有这五封电子邮件全部都是器官移植中心的客户写的感谢信。

一封是亚利桑那州凤凰城的一个母亲发来的。两年前她十三岁的儿子通过器官经纪人得到了一个肝脏，她给了林恩一个电话号码，让她给她打电话。她说对这种服务她十分满意，而且确信如果没有玛琳·哈特曼的帮助，她的儿子活不到今天。

另一封来自开普敦的一个男人，他就在八个月前通过这家公司得到了一个新的心脏。他也声称自己十分高兴，提供了一个电话号码。

第三封又是美国的，是一封特别打动人心的来信，来自一个住在威斯康星州麦迪逊市的二十岁姑娘的姐姐。她说她得到了一个肾脏，还说林恩可以随时给她打电话。第四封来自一个住在斯德哥尔摩的瑞典妇女，她那三十岁的丈夫得到了一个新的心脏和肺。第五个是曼彻斯特的一个女人，她十八岁大的女儿去年这个时候做了肝脏移植。她把她家里的电话和移动电话号码都给了林恩。

林恩仍穿着晨衣，从茶杯里喝了一口。她昨天晚上极其兴奋，一夜都不曾合眼。凯特琳昨晚也到她房间里来过，她因为腿和手臂上奇痒难耐，将上面的皮肤抓伤了，痛苦不堪地哭了起来。等到林恩把女儿安抚下来之后，她就睁开眼躺着，把每一件事情都想了一遍。

从卢克那里拿来的钱数目巨大，沉重地压在她心上；拿走她母亲积攒的养老钱对她来说也是一个心理负担。从马尔那里拿来的钱对她的心理压力要小一些；毕竟，凯特琳也是他的女儿。但是如果移植不见效怎么办？在她和哈特曼太太签订的合同中也把这条谈妥了，把肝移植失败的条款也已写了进去。如果移植失败，或是六个月之内出现排异反应，将无偿提供一个新的肝脏。那女人已经把这份合同留在这里了。

但是仍然没有丝毫保证，能确保移植成功。

而且，即使它能成功，还有下一个问题要考虑：为了活命，一年需要筹集好几千英镑去买抗排异的药物。

但是，要为重要的是，除了这个不能预测结果的办法之外，没有其他的选择。

万一这个玛琳·哈特曼是个骗子怎么办？她得到处去拼凑她能找到的每一个便士，把钱还给人家，还不知道到哪里去找。不错，公司已经检查过了她昨天上班时私下里发出的信用质询，核对无误，现在她已经得到了相应的资料。但她还得与之联系一下，做个确定。但不管怎么样，她还是对要走的下一步忧心忡忡。下一步就是要签署合同将其传送出去，把百分之五十的费用，十五万欧元转账到慕尼黑。

电视上正在演早餐节目，只是把声音给关掉了。男女主持人坐在一张沙发上，正和一个来宾谈笑风生。来宾是某个二十来岁的漂亮女人，她模模糊糊地认了出来，只是和记忆还对不上号。她有一头黑发，身材和凯特琳很相似。突然间她脑子里出现了一个幻想的画面：凯特琳坐在那张沙发上和那两个主持人谈笑风生，告诉他们她是怎样曾经一度濒临死亡,但是却打破了那个制度,哈哈!

也许凯特琳会成为一颗巨星。这有可能,她那么漂亮,人们都会注意到她。她很有个性。如果她恢复了健康,她想要干什么都会成功。

如果。

林恩看了一眼手表,飞快地算了一下。

"威斯康星州的时间比英国迟六或七个小时,对吗?"

卢克沉思着点点头。"凤凰城的时间也差不多一样。"

"所以它那里现在应该是午夜时分。我特别想和那边的那个母亲谈一谈,我今天下午给她打电话。"

"曼彻斯特的这位也有一个年纪相仿的女儿。你应该能够和她联系上,我想你应该从她开始。"

林恩看着他,疲倦而紧张。突然间,她深深地喜欢上了他。

"好主意。"她说,拨打了那个女人家中的电话。拨打了六次之后,电话转进了留言电话中。然后她又试打了手机。

几乎是立刻便有了咔嗒一声,跟着来的是很高的背景杂音,好像那个女人在开车。

"喂?"她用一种很浓的曼彻斯特口音说。

林恩作了自我介绍,然后谢谢这个女人给她发来了电子邮件。

"我刚刚开车把孩子们送走。"她回答说,"我二十分钟后到家。到时我再给你电话如何?"

"当然可以。"

"听着,亲爱的,别担忧。玛琳·哈特曼是个救星。你可以过这边来看看我的切尔茜。她会告诉你她是如何度过国民保健制度[①]带来的那些梦魇的。我也可以拿相片给你看。等二十分钟没问题吧,亲爱的?"

"绝对没问题,谢谢你!"林恩说。

她放下电话,心中突然升起巨大的希望。

[①]英国国民保健制度:指英国自一九四八年开始实施的,主要靠赋税维持的免费医疗制度。

78

当格伦·布兰森开车沿着肖勒姆机场的环形路向前进时,狂风冲击着他那辆小现代车。他开过了一群停在那里的直升飞机,然后看到了一架双引擎的小飞机正在长草的跑道上准备着陆。他在飞机库的那头向右转弯,停在了一栋由仓库改建的建筑物面前。这里是一片用铁丝网围住的场地,里面是特种搜索队所在的地方。汽车内的时钟指着下午十二点三十一分。

几分钟后他就坐在那间杂乱的会议室里了。这里兼作餐厅和大家共同使用的办公室。他坐在那里,旁边放着一杯咖啡,正在小心翼翼地把一幅复制的海军部编制的海图铺开放到一张大桌上。这是雷·帕克汉姆帮他准备的。

墙上挂着一些海图、木制的盾形徽章、一块白板、几张带有镜框的队里的照片,还有一张勇敢奖证书。从窗户里望出去的景致就是停车场和远处那毫无特色的仓库的灰色金属墙。窗台上放着一个金鱼缸,里面只有一条孤独的金鱼和一个深海潜水员玩具。

斯默夫、乔纳、阿尔夫和沃菲都已就座。年轻的女警官身穿一件黑色拉链式的羊毛衫,上面绣着"警察"的字样和苏塞克斯警察局的徽章。三个男人都穿着蓝色的短袖衬衣,他们各自的号码都绣在肩章上。

刚佐也穿着一件羊毛衫走了进来,交给格伦·布兰森一个厚纸袋。"你也许用得上。"

那四个人都咧嘴而笑。

格伦一脸茫然,说:"用它干什么?"

"装呕吐物。"刚佐说。

"外面是狂风暴雨!"乔纳说。

"是的,每逢刮风的天,这整栋大楼都要移动一点点呢。"沃菲说,"所以我们想……你知道,上次你和我们在一起的情景我们都还记得……"

每逢队员拿他开玩笑时,塔尼娅·惠特洛克便对格伦同情地一笑。

"是的,真有趣。"他反击道。

"听说你申请调到这个队里来,格伦,"阿尔夫说,"就因为你上次和我们一起过得很快活。"

"《叛舰喋血记》[①]的场景涌上了我的心头。"格伦说。

"好吧,格伦,"塔尼娅·惠特洛克说,"把你带来的东西讲给我们听吧。"

那幅海图画的是从沃辛到滨海区之间的一段海岸线,上面用红笔粗略地画了三个圈。圈与圈之间有相当大的间距,它们分别被标以A、B、C。一条绿色的虚线从肖勒姆港出来,一直延伸进大海,在线的尽头画了一只小船,像是出自儿童之手。在船的旁边有人写上了"从海底出击"[②],也有一个大大的蓝色圆弧。

"好吧,"布兰森说,"斯可布依号的船主吉姆·托尔斯有一个O2

[①] 英国历史上的真实事件,一艘名为邦蒂的军舰上,年轻海军士官不满舰长的虐待而发起叛变。该事件两度被拍成电影,分别在一九三五年和一九六二年。
[②] 指联邦德国一九八一拍摄的二战经典影片《从海底出击》(Das Boot)。

电信公司的手机。这三个红圈表示英国电信服务公司的基站和覆盖这段海岸的天线。电信公司给我们画了一张图,现在都标在这里了。这幅图上标明了基站在星期五晚上从八点五十五到十点零八分之间从托尔斯的手机所收到的信号。八点五十五这个时间是由一个港口领港员和一个从船闸经过的船夫注意到的,而十点零八分则是收到他最后一个信号的时间。"

"格伦,这些呼叫是吉姆·托尔斯发出来的吗?"惠特洛克警官问。

"不,塔尼娅。当电话处于开机状态时,它每隔二十分钟就会向基站发出一个信号。这就是有点像我和你们在一起时的情况。你们不时地向海岸警卫队用无线电发报,向他们说明我们的位置,是不是?"他解释道,对他自己作出的类比很得意,"这就像是向家里呼叫报到。技术上这叫做定位刷新。"

他们都点点头。

"信号由离它最近的基站收到——除非它很忙,然后基站把这个信号传递给下一个基站。如果在这个范围内不止一个基站,它就会被两个甚至三个基站收到。"

"哎呀,格伦,"阿尔夫说,"我们不知道你除了是一个有资格当船长的经验丰富的老水手外,还是一个电信科学家。"

"滚开!"他咧嘴大笑,反击他,然后继续说下去,"所以情况就是这样发生的。在船离开肖勒姆港后,第一个定位刷新信号被这个肖勒姆港基站和这个沃辛基站收到。"他指着标记着 A 和 B 的两个红圈,"二十分钟后,发回来的第二个信号也是被这两个基站收到的。但是第三个信号,那是在离开港口大约一个小时之后,也被第三个基站收到了,它正在布赖顿系船池的东边。"他指着 C,"这就告诉我们,托尔斯是沿着东南方向航行的,这个我们已经标示出来了,按照最有可能的推测,就是这条绿色的虚线。"

"真是一部好电影,《从海底出击》。"刚佐说。

"现在从这里开始事情就变得越来越有趣了。"格伦说,不去理睬他。

"啊，太好了！"沃菲说，"我们一直在等待这件活儿变有趣一点，因为到现在为止它真是烦死了！"

格伦一直在耐心地等待，直到他们全都停止了笑声。

"与一部电话相对应的信号计时，可以是从零到六十三，"格伦继续说，对于他们的嘲弄不予理睬。"所以如果最大范围大约为二十英里，那么就将其划分为六十三个位置，你们可以计算出来那段距离的位置，范围大约不出一千八百英尺。"

"好吧，"刚佐说，"如果我没理解错的话，这就表明了这艘船前进的方向。所以这就是它走出这个范围圈之前的最后一个已知位置。"

格伦·布兰森摇摇头。

"不，我并不认为它走出了这个范围圈。"

他抬起头朝上看，其他人都皱起了眉头。

"这是第四个和最后一个信号发送出来的位置——最后一个定位刷新的地方。"他继续说道，"现在朝大海方向的变动范围离开标准基站大约二十英里。但是我听说电信公司在可能的情况下，总是把他们沿海的天线杆建得异常高，以扩大信号范围，这样他们就能对经过这里的外国船只进行漫游收费，这是特别赚钱的业务。所以这里的范围就比那个范围要大那么一些，很可能大到三十英里。"

刚佐在一个便笺薄上潦草地做了些计算。

"那好，"格伦说，"你们都知道斯可布依号，它不是一艘开得很快的船，它最大的速度是十节，大约为每小时十二英里。当收到它最后一个信号时，它出海仅仅不到九十分钟，它的航线是成一个角度的，那么它走出大海大约十英里，仍然还在这个范围内。"

大家沉默了好几分钟才反应过来。塔尼娅·惠特洛克首先打破了这个沉默。

"或许他的手机没电了，格伦？"她提出了看法。

"有可能，但他是一个有经验的船长，电话就是他的一条生命线。你不会认为因为没带充电器，或是电池没充电，他就会把电话扔到海里去吧？"

"有可能他把它掉到船舷外边去了。"刚佐说。

"是的，可能是这样。"格伦同意，"但对于一个有经验的船长，这又是一件不可能的事。"

刚佐耸耸肩，说："是的，托尔斯知道他在做什么，但这很容易发生。你想是不是发生了什么别的事情？"

布兰森步步紧逼，盯着他说："发生了什么可能的事情使得船沉了？"

"啊，我知道了！"阿尔夫说，"你是要我们到那里去看一看，对那里的海底进行搜索？"

"你这家伙反应真快！"布兰森说。

"那是一艘结实的船，经得起强风巨浪，"沃菲说，"它是不可能沉的。"

"要是发生了意外事故呢？"布兰森说，"一次碰撞？起火了？阴谋破坏？或者更为邪恶的事情。"

"譬如什么，格伦？"塔尼娅问。

"他这次航行没有什么意义，"布兰森说，"我和他妻子谈过了。星期五晚上是他们的结婚纪念日。他们已经在餐馆里预订了座位，他也没有什么客户来找他去做夜间钓鱼旅游。他不但不回家，还坐着船一头向海上开去。"

"呃，是的，我很同情他。"阿尔夫说，"是选择和你的妻子一起吃晚饭呢？还是一个人出海去——这是没得选择的事。"

大家都笑了，除了塔尼娅。她新近才结婚，没有她的同事们那么风趣。

刚佐指着窗外，说："外面现在刮着九级大风。你知道此刻的大海像个什么吗？"

"有那么一点儿波浪滔滔，我应该能想象得出来。"格伦回过头来看着刚佐嘲弄地说。

"如果你要我们到那里去，伙计，我们就去。"沃菲说，"但是你得和我们一起去。"

79

林恩戴着头戴式的耳机，不耐烦地坐在鹞式大黄蜂工作站的书桌旁。她瞟一眼日历，眼睛盯在了她电脑屏幕右边的红色分隔墙上。

她想，还有三个星期就是圣诞节了。在她的一生中，还从来不曾对圣诞节这样毫无准备，或者说是毫无兴趣。她要的圣诞礼物只有一件。

她的朋友苏·沙克尔顿告诉她说能很快地给她提供一万英镑。现在只剩下一万五千英镑的缺口了。

现在这个时刻，卢克正在他的银行里，办理一切准备手续，电汇十五万欧元给器官移植中心的玛琳·哈特曼。但是他们得核对过所有的资料，才能实际办理转汇。

到目前为止那方面情况很好。她已经和曼彻斯特的那个女人通过了电话，她的名字叫做玛丽莲·弗兰克斯。她女儿的肝移植是在苏塞克斯的一家诊所做的，它就在布赖顿附近，手术做得十分成功。玛丽莲·弗兰克斯对玛琳·哈特曼的评价高得不能再高了。

开普敦那个男人的情况也是一样。他刚开始有点并发症,但是术后的护理远比他所设想的要好得多,这一点他向林恩保证过了。斯德哥尔摩的那个瑞典女人,她的丈夫得到了一副新的心脏和肺,她同样也是赞不绝口。另外那两例,他们的手术是在当地医院做的。

现在要打电话到美国去为时尚早,但是在林恩的心里,从她打听到的情况来看,她已经信服了。她仍然委托卢克去做好一切准备工作,特别是完成那些资料的核对。再没有第二次这样的机会了。

在她和另外两个参考证人谈过话之后,可望在今天下午,最迟明天,汇出第一笔费用。剩下的一半会在移植的当天用现金交付过去。这就能给她留下几天时间去筹集最后的一万五千英镑。

她已经试过德国女人了,说是如果她还有一点短缺的话怎么办。玛琳斩钉截铁地回答:要么全部交齐,要么就不做。她说得再清楚不过了。

一万五千英镑,这仍然是一笔很大的数额,特别是在一个星期,也许是更短的时间内来筹集,就更困难了。更有一层,英镑对欧元的兑换率据预言会下降,这就意味着缺额会更大。

从卢克做完转汇的这一时刻算起,时间就要开始一分一秒地计数了。在接下来的几天里,某一个时刻,林恩会从德国女人那里收到一个电话,通知她和凯特琳,在不到两个小时之后,就会有人来接她们,把她们转交给一家诊所。因为玛琳曾清清楚楚地解释过,你无法预言什么时候会有意外事故发生,只有这个意外事故才会给你提供一个合适的,相匹配的器官。

她朝四处望了望,圣诞贺卡已经开始出现在办公室里的办公桌上了,到处都挂起了金银丝箔和小枝的槲寄生。但是公司里有一些穆斯林职员,因此公司里贴了一张布告,雇员们不得公开庆祝圣诞节,以免伤害非基督教徒的感情。所以公司里今年也没有做什么正式的装饰来张挂,也没有正式的办公室圣诞午餐。

去年这样做叫林恩怒火中烧,但是今年她无所谓了。此时此刻她只关心一件事——时间。现在是一点差五分。一点钟就将是午饭时刻了，吃午饭的人会大批地外出。她那几个鹞式大黄蜂站的同事也会机械性地准时出去。至关重要的是坐在她左右两边的卡蒂和吉姆，如果他们想要听的话，会把她说的话一字一句地都听了进去；她的小队经理利夫·汤玛斯也是如此。

墙上的电视屏幕上，收债奖金总额的数字今天上午已上升至一千四百五十英镑。圣诞节前的大笔收债活动正在进行中，要赶在客户们把钱都花在买礼物和狂吃滥饮之前把它们都抓回来。

她拿出最大的努力，把精力都集中在工作上，但是要抢得本周的这一大笔奖金是没有希望的了。她拨打起她电话名单上下一个电话号码来。几分钟后，一个含含糊糊的女性的声音回答了电话。

"是霍尔太太吗？"林恩问。

"你是谁？"

"我是迪纳里厄斯的林恩。我们刚才注意到你本周星期一要付的欠款还没有支付。"

"对，呃，就要过圣诞节了不是？我有些东西要买。你让我对孩子们怎么说呢，就因为我要还迪纳里厄斯的欠款，他们今年就得不到礼物吗？"

"呃，我们已经达成了一个协议，霍尔太太。"

"是的，没错，该死的，你就过来这里向孩子们做个解释吧。"

林恩闭上双眼等了一刻。她听见了大口的吞咽声，好像这女人正在大口地喝什么东西。此刻她没有精力来对付这个。

"你能否告诉我，我们什么时候可以指望你恢复你的还款计划呢？"

"那你告诉我，关于社会住房制度的情形如何？你知道，还有政府的福利救济，你为什么不去和他们说？"

女人含糊的声音越来越听不清了，都不知道她说了些什么。

"我想我明天再给你打电话吧，霍尔太太。"

林恩挂断了电话。

坐在她右边的吉姆是一个矮小而精瘦的三十岁的泰恩赛德人。他脱下他的头戴耳机，尖声地呼出了一口气。

"真是见鬼了，"他说，"今天人们都怎么啦？"

林恩向他报以一个同情的微笑。他站了起来。

"我得休息了。我想今天午饭时我得喝点什么。要不要喝一杯？我请客。"

"对不起，吉姆，我就不去了，谢谢你。我还得工作下去呢。"

"那就随你的便吧。"

叫林恩松了一口气的是，她看见卡蒂——一个肥胖的红头发的女人，四十来岁年纪——取下了耳机，拿起了她的手提袋。

"好啦，"她说，"到商店抢购东西去！"

"祝你好运。"林恩说。

几分钟后，林恩看见她们小队的经理一心一意地在穿大衣，便假装忙着检视自己的电子邮件。当等着他们三个人都离开房间时，她把客户的文件向上拉，草草地记下一个电话号码。

当他们走了出去，她就摘下头戴耳机，从包里取出手机，把设置改变到"来电号码无法显示"，然后给她客户中最令人讨厌的一位拨打起电话来。

在响过三声后，他才很警惕地回了电话，声音低沉而甜蜜。

"喂？"

"是雷吉·奥库玛吗？"

"请问你是谁呀？"

她把声音压得很低，几乎就等于是耳语了。她说："我是迪纳里厄斯的林恩·贝克特。"

突然间他整个声调都变了。"是我美丽的林恩吗？你打电话来是要告诉我，我们可以在一起美美地做爱了？"

"呃，我打电话来是要看看在改变你的信用等级上我能帮上什么忙。我们正在为我们的客户做一些圣诞节的特别优惠。你还欠布雷德福信贷银行三万七千八百七十英镑，再加上自然增长的利息，对吗？"

"如果你这么说的话，是这样的。"

"如果你能立刻筹集到一万五千英镑的现金，我想我们准备为你勾销余下的欠款,给你一个信用良好的清单,以开始新的一年。"

"真的吗?"他的声音表示了他的不相信。

"这仅仅是因为要过圣诞节了,我们正在考虑我们的年终成绩。把一些关键性的客户了清对我们是有好处的。"

"这对我是一个极为有趣的建议。"

林恩知道他有钱。他有欠债不还的历史,可以回溯到十多年前。他经营的都是些现金生意,如冰激凌大篷车,街头食品摊;然后办信用卡,把它们都用尽,再声称自己没有钱。林恩计算了一下,他大约有几十万英镑的现金藏了起来。一万五千英镑对于他来说是小事一桩。做个交易吧。

"你昨天告诉我说你需要买一辆汽车,为了你的新业务投资,而你却得不到任何信贷。"

"是这样的。"

"如此看来,这对你是一个好的解决办法了。"

他沉默了好久。

"奥库玛先生,你在听着吗?"

"听着呢,我的美人儿。我喜欢听你的呼吸声,它使我的头脑清楚,也让我欲望高涨。所以,如果是——啊——我能为你——筹到这笔钱——"

"现金。"

"非得是现金吗?"

"我这是帮了你一个大忙。做这件事情来帮你,我是在自找麻烦。"

"我会给你回报的,美人儿,或许我可以在床上回报你?"

"首先,我要看到钱。"

"我想这点钱——办得到。啊,可以的。你能给我多少时间?"

"二十四小时行吗?"

"我一会儿就给你回电话。"

"打我这个号码。"她说,把她的手机号码告诉了他。

当她挂断电话后,开始发起抖来。

80

格雷斯把日期和时间记入笔记本中——十二月四日星期四,下午六点三十分。然后他看了一眼助手为他打印的海王星行动第十四次碰头会冗长的议事日程。

他调查队里的几个队员,包括盖伊·巴切勒、诺曼·波廷和格伦·布兰森在内,都在为昨晚一场重要的足球赛吵吵嚷嚷,争论那个足球裁判的判决是否公平。格雷斯喜欢的是橄榄球,因此没有去看。

"好啦,"他说,提高了嗓子,举起了一只手,"让我们开球吧。"

"真是一语双关。"格伦·布兰森说。

"要给你亮黄牌吗?"

"等你听过了我的结果之后,我想你不会给我亮黄牌的。事实上,是两个结果。要我先开球吗?"

罗伊·格雷斯咧嘴一笑,说:"请自便。"

"好吧,呃——"布兰森拾起一页笔记,说,"第一件事就是今天下午,特种搜索队的小伙子们出海到最后一次收到斯可布依号发出信号的地点进行了扫描式的搜索。尽管天气十分恶劣,他们还是在海底发现了一个异常的东西,其尺寸大小与斯可布依号接近。它的外形像是一只船,躺在一百英尺的水下,在黑岩以南大约十二英里的地方。它当然有可能是以前出事船只的残骸,但只要天气许可的话,他们打算明天潜水下去看一个究竟。"

"你会和他们一起去吗,格伦?"曼特尔警督问。

"这个……"他的声音犹豫了起来,"如果让我选择的话,我宁可不去。"

"我想你应该去,"她说,"万一他们发现了什么东西的话。"

"我要是直挺挺的躺着,加上呕吐,那对他们可是大有用处的。"

"如果你呕吐起来的话,你应该侧身躺着,或是俯身躺着,"波廷说,"那样你就不会被呛着。"

"非常有益的忠告,谢谢你,诺曼。我会把它记在心上。"格伦回答。

"我只关心手上的资源,"格雷斯打断他们说道,"斯可布依号除了被用来作为发现那两具尸体的船只之外,还有什么东西可以把它的失踪和我们的调查联系起来,以证明格伦的又一次出海不会白白浪费时间呢?"

格伦郁闷地开口,就像是帮着别人来杀自己。"我从DNA实验室里得到了一个结果,那是我在肖勒姆港发现的两个烟蒂,我把它们送去做检验。还记得吗,我说过上个星期五清晨我看见有人极感兴趣地在观察斯可布依号?"

格雷斯点点头。

"呃,伯明翰国家数据库的人说,它与近来他们应欧洲国际刑警组织之前的要求存入的某个人的数据正好吻合。此人有两个不同的名字。这里他自称是乔·贝克,但他真实的姓名是弗拉德·科斯梅斯库——他是罗马尼亚人。"

格雷斯想了一会儿。乔·贝克,这就是那个拥有一辆黑色奔驰的男人。他曾经为这个人清早开车出去的事花时间作过调查。只是一个巧合吗？还是另有原因？

"这很有趣，"贝拉·莫伊说，"他的名字昨天晚上刚刚出现过，他为两个新近从罗马尼亚来的姑娘拉皮条。"

"显然，眼下这个人成了中心，"格雷斯说，一面从一个褐色的信封中取出几张纸来，"我们指纹部门的行家们对一台淹没在海里的舷外发动机运用了他们试用的新设备，提取出了一套清晰的指纹。今天下午他们从欧洲国际刑警组织得到了一个相匹配的指纹。猜猜是谁？"

"我们新认识的好朋友，陷入困境的弗拉德？"侦探警官巴切勒大胆地说。

"一点都不错！"格雷斯说。

"我们要不要把他抓起来？"诺曼·波廷问，"这些罗马尼亚人都是些恶棍，对不对？"

"你这是极端的种族歧视。"贝拉尖刻地指出。

"不，这只是一个令人不愉快的事实。"

"你以什么理由把他抓起来，诺曼？"格雷斯说，"就为了他抽了一支香烟吗？还是把一台舷外发动机掉到了海里？或者就因为他是一个罗马尼亚人？"

波廷垂下眼睛，嘴里模模糊糊地咕哝了些什么。

"斯可布依号有一台舷外发动机吗，格伦？"爱-简问。

"我没看见，没有。"

"我们知道这个叫科斯梅斯库的住在哪儿吗？"

贝拉回答："他多年以来在妓院那里有个地方住。罗伊，我们应该能很容易地追踪到他的下落。"

"你要派什么人去见见他吗？"警督曼特尔问。

"不，我想我们只要把他作为一个我们感兴趣的人记下就行了。目前这个阶段我认为我们不该和他谈话。如果他在忙什么事情，我们去找他只会惊动他。我们还是想想如何去监视他吧。"他低下头来看笔记，"好啦，来看看我们做了哪些行动吧。"

"我们派了两个警探到处走访本地区的聚氯乙烯膜供应商，迄今一无所获。"大卫·布朗说。

"尼克和我昨晚走访了十二家妓院。"贝拉·莫伊说,伸手去拿了一颗麦丽素。

"糟啦,尼克!你一定'筋疲力尽'了。"诺曼·波廷说。

尼克脸红了,淡淡地一笑。格雷斯忍住了自己的笑。波廷近几天比平常话要少了些,格雷斯猜想可能是这人的婚姻出了问题。那倒是一个解脱。波廷是一个好警察,但在最近两桩案子中,格雷斯和他一起工作时差一点就被他的言论激怒。

他转向贝拉问:"你们呢?有什么可说的吗?"

她看了一眼尼克·尼科尔说:"没有,除了科斯梅斯库。我们没有发现什么女孩子处在痛苦中。"

"发现我们的妓院是如此快乐的地方,这真是一大幸事。"格雷斯嘲讽地评论道。

"我们今天还得继续干下去。"她说。

格雷斯又看了看笔记,转向波廷说:"你在罗马尼亚的那个人有什么消息吗?"

"一个小时前从伊恩·蒂林那里收到了一份电子邮件。他今晚要追寻一条线索进行调查,明天早上我可能会收到些信息。"

格雷斯记下了。

"很好,谢谢你。那些排队等候做器官移植,但又撤下来的人们情况怎么样?"

"我一整天都在干那件事,罗伊。"波廷说,"我怀疑我们会毫无成功的希望。首先第一条,我们对抗的是希波克拉底誓言①,病人的信任之类的老生常谈。第二件事就是这个体制工作的方式。这些移植名单不会被随意砍掉或改变。我和一个肝病会诊医生谈过,他在皇家南伦敦医院工作,这是一家专做肝脏移植的医院。他告诉我说他们每周星期三中午开一次会,在会上审视这个排队名单。因为捐赠者奇缺,他

---

① 希波克拉底誓言:医生执行医务前保证遵守医生道德守则的誓言。守则相传出于被称为"医学之父"的古希腊医师希波克拉底之手。

们每个星期都要按照病人的紧急情况与否,对优先者的名单进行修改。我们谈到了英国所有的医院。为了得到他们的档案我们得一一和他们上法院打官司。所以我们需要队里有一个了解医院内幕的人。"

"哪一类了解内幕的人?"格雷斯问。

"一个能为我们所用的移植外科医生,又要受到医务人员的信任。"波廷说,"他还得是一个有基本观察能力的人。"

"我这里有一些东西你们也许会感兴趣。"爱玛-简·鲍特伍德说,"我一直在网上搜寻心怀不满的移植会诊医生或是外科医生,某个公开批评这个制度,到处宣扬这个秘密的人。"

"用什么方式公开批评?"警督曼特尔问。

"呃,举个例子吧,一个不认为购买人体器官是不道德的外科医生。"年轻的警探说,"我已经找到了一个,他名叫罗杰·塞利尔斯。他在好几个不同的环节上都突然站了出来。"

她看着格雷斯,他点点头鼓励她说下去。

"有几件关于塞利尔斯的事很有趣。他曾经在肝移植外科手术方面受过训练,培训他的人是英国在这方面的先驱者之一。另外,他在皇家南伦敦医院里做过几年高级会诊医生。他积极鼓吹修改器官捐赠法,倡导无条件协议体制——意思就是人们一经死亡,其器官就自动被摘取,除非他们另有异议。西班牙就是这样做的,这是一个例子。更为有趣的一点是,他为这件事吵了一架之后,早早地就从皇家医院退休了,后来他去了国外。"

她停了下来,看看她的笔记。

"他出现在几个与哥伦比亚有关联的网站上。哥伦比亚是一个严重卷入人体器官买卖的国家。他好像在那里工作了一段时间。后来他又突然跳到了罗马尼亚。"

"罗马尼亚?"格雷斯问。

爱玛-简点点头,然后继续往下说:"他换了一种奢华的生活方式,驾着自己的直升飞机飞来飞去,开豪华车,在苏塞克斯有一栋豪宅,就在佩特沃斯附近。"

"真有趣，"曼特尔警督说，"就在苏塞克斯。"

"四年前他打了一场激烈而花费昂贵的离婚官司，如今他娶了一位前罗马尼亚小姐。这就是我迄今为止所了解到的一切情况。"

一阵长久的沉默，然后格雷斯说："干得真不错，爱玛-简，我想我们应该去和他聊一聊。"

他想了一会儿，从他对高级医务人员有限的了解，知道他们都是高消费、爱炫耀的人群。盖伊·巴切勒受过公学教育，也许会是罗杰·塞利尔斯先生觉得易于相处的那种人，所以让巴切勒去做这项工作比较合适。

他转向那位警长，说："盖伊，这属于你的领域，我想你应该和爱玛-简一起去。"

"好的，头儿。"

"告诉他我们正在调查那三具尸体的事，说我们相信这件事与一个器官贩卖团伙有关，问他是否能运用他的智慧指点我们，到哪里去找寻这样的人。奉承他，顺着他的毛摸，要像一只鹰一样地观察他，看他有何反应。"

然后他又转回到他的笔记本上来，说："我从德国得到的那个电话号码，谁在干这件事？"

调查员雅基·菲利浦斯举起一只手，说："我，罗伊。我得到了一个在布赖顿的地址和住户的姓名。但是还有些别的东西，我给曼特尔警督了。"

丽齐·曼特尔接着他这句话说道："很好，雅基。房子的户主是一个名叫林恩·贝克特太太的女人。雅基发现这与发现第一具尸体的挖沙船阿可迪号上的一个船员是同一个姓。那天是我自己和尼克一起从船员们那里取得了初始陈述的，所以今天下午我们又回去找他们了，他们正好在港口卸货。我们得到确证，这个林恩·贝克特太太是轮机长马尔科姆·贝克特的前妻。他的一个船员同事告诉我们说他目前十分苦恼，因为他女儿病了。他无法确切知道是什么病，但好像是与她的肝脏有关。"

"肝脏？"格雷斯问道。

她点点头。

"你还发现了别的什么吗？"

警督摇摇头。"没有。马尔科姆·贝克特十分戒备。照我看来，有点防备太过了。"

"为什么？"

"因为我想他隐瞒了什么事情。"

"比如什么事情？"

"他坚持说他的女儿和他的前妻在一起生活。他很少看见她，所以他真的不知道她出了什么毛病。这在我听来不像是真话——作为一个父亲。他也不曾通过总警司格雷斯的'眼睛测试'。"

格雷斯微笑。

"或许我们应该搞一个电话监听器，罗伊？"大卫·布朗说。

"我想目前我们还没有足够的证据去搞那个，但是我们有足够的理由可以申请批准对打进那个号码的电话实施监听。"

"还得假定这个林恩·贝克特有一部手机。"盖伊·巴切勒说。

"是的，得派个人去移动通信公司，看看他们那里有没有注册那个姓名和地址。"他又看了看他的笔记，说，"明天我要坐飞机到慕尼黑去，晚上回来，所以这里的管理工作由曼特尔警督接手，直到我回来。还有什么问题吗？"

一直到开会结束都没有人再提出什么来。当格雷斯沿着如同蛛网一样的走廊一头向他的办公室走回去时，格伦·布兰森赶上了他。他们停在了一张图表前，这张图表看起来就像是一张蜘蛛网，它钉在一张红色的油毛毡的告示牌上，那上面的标题是：常见的可能动机。

"老哥，"他说，"这趟到慕尼黑的旅行，不会是和桑迪有关吧，对吗？"格雷斯摇摇头，说："向上帝保证，不是。我和一个女器官经纪人有约——我假装成一个顾客。当我过去那边时我的那个LKA朋友会塞给我一些文件——私下地。"

在格伦脑袋后面的图表上格雷斯看到了这几个词：欲望、权力、控制、仇恨、报复。

格伦使劲瞪着他,说:"你确定那就是你此次旅行的唯一理由吗?你知道,你有一段时间没有再和我提到过桑迪的事了,可现在你就要到那个据说有人看过她的地方去。"

"那次目击只是一条红鲱鱼①,格伦。你知道我真正的想法吗?"

"不知道,你从不把你真正的想法告诉我。找个时间去喝一杯怎么样?"

格雷斯看看手表,说:"说实话,我得回去收拾几件衣服,但是我有半小时的时间先去办公室整理一点东西。你想到哪里去?"

"老地方如何?"

格雷斯耸耸肩。黑狮不是他喜欢的酒吧,但是在一个到处都卖酒的城市,它是最便利的,又有自己的停车场。他又看了看手表。

"八点差一刻在那里见你,但是只喝一杯。"

当格雷斯到了那里时,比他说的时间晚了十分钟,格伦已经在一个安静的角落里找了一张桌子坐下了。他面前放着一杯啤酒,一满杯加了冰块的威士忌,旁边还放了一罐水,那是给格雷斯的。

"你是要格兰菲迪威士忌吧?"布兰森说。

"你真了解我。"

"我真是不懂你为什么喜欢那种东西。"

"是的,呃,我不懂为什么你会喜欢吉尼斯黑啤。"

"我不是那个意思,我的意思是格兰菲迪不是最纯粹的单一麦芽威士忌,对吗?"

"是的,但在我喝过的酒中它是我最喜欢的。你觉得那有什么问题吗?"

"你看过那部电影《荒岛酒池》吗?"

---

①红鲱鱼(Red herring)指一种转移注意力或焦点的方法,一般认为源自反打猎人士为了混淆猎犬的嗅觉,所以在猎场中四处放置烟熏过的鲱鱼,借此转移猎犬的注意力。

"关于在苏格兰海岸以外发生的那次沉船事件吗,就是装了一满船威士忌酒的?"

"了不起。你有时候的确给我印象很深。你在文化上不完全是一个浑噩无知的人,尽管你在服装和音乐上面趣味很低。"

"是的,呃,我并不想要做一个太完美的人。"格雷斯咧嘴一笑,"不管怎样,你情况如何?布兰森太太怎么样啦?"

"咱们别谈那个了。"格伦摇摇头,"就当这是他妈的火车翻了,如何?"他举起酒杯,一饮而尽,然后用手背将嘴边的泡沫擦去,说道,"我想要听听你和慕尼黑,还有桑迪的事。"

格雷斯拿起他的平底玻璃杯,搅动杯中的冰块。酒吧的扬声器里传出来的是约翰尼·卡什①用鼻音唱出来的那首《火圈》。

"这才是真正的音乐。"

布兰森转动着他的眼睛。

格雷斯啜了一口酒,然后把酒杯放下。

"我想桑迪是死了——而且她早已经死了。我真是个傻瓜,还一直怀着希望。这样只是白白消耗了我几年的光阴。"他耸耸肩,"所有那些灵媒,"他又喝了一些威士忌,"你知道,他们大多数人都是同一种说法,说他们无法和她相通——意思是说她不在灵魂的世界了。"

"那是什么意思?"

"如果她不在灵魂的世界——也就是说冥界——她就必定还活着,这是他们的理论。"他又喝了一些,令他吃惊的是他竟然已经把杯子里的酒喝干了。他举起杯,问道:"那是第二杯吗?"

格伦点点头。

"我还得喝一点,只来一杯,行使我的法定权利。你再来半杯怎么样?"

"一杯。我可是一个量大的人——我能比你喝得多!"

格雷斯端着他们新叫的酒转了回来,坐下,注意到布兰森在他不

---

① 约翰尼·卡什(Johnny Cash, 1932—2003),美国乡村音乐创作歌手,多次获得格莱美奖,以低沉而特别的歌声著称。后文提到的《火圈》(Ring of Fire)是他的标志性歌曲之一。

在时已经把他的第一杯酒喝干了。

"这么说来,你是不相信那些灵媒了?"布兰森问,"尽管你一直都相信超自然的东西?"

"我不知道该相信什么。明年就将是她出走的第十年了。这够长久的了。她在肉体上已经死了,或者至少对我来说是死了。如果她还活着,九年来一直不和我联系,那就是说她不打算回来了。"他沉默了一会儿,"我不想失去克莉奥,格伦。"

"她对你再合适不过了,了不起的女人。在这一点上我赞成你。"

"如果我不放弃桑迪,我就会失去克莉奥。我不想让那样的事情发生。"

格伦用他捏紧的拳头轻轻碰了碰他朋友的脸,说:"好汉子,这是我第一次听到你这样说。"

格雷斯点点头。"这是我第一次有这样的感受。我已经委托我的律师开始法律上的程序,宣布桑迪合法死亡。"

格伦目不转睛地看着他,说:"你知道,伙计,这不只是法律上的程序,它也是一个精神上的过程,这是最要紧的,是吗?"

"你说这个是什么意思?"

他拍拍自己的头。"就是相信它——在这儿。"

"我确实相信,"罗伊·格雷斯说,然后苦笑,"相信我,我是一个警察。"

81

罗斯·亨特医生坐在凯特琳的床边,而林恩则在楼下手忙脚乱地为他沏茶。

混乱的房间里闷热窒息,充满了凯特琳的汗臭味。当亨特医生从他那半月形的玳瑁框眼镜里望出去,直盯着她那张颜色已很深的黄疸脸和眼睛周围很重的黑眼圈时,他能感受到从她身上直喷出来的黏糊糊的热气。她的头发纠结成片。她躺在被单下,身子靠在枕头上支撑着,睡衣外面套了一件粉红色的晨袍,耳机就吊在脖子上。那小小的白色的iPod就放在羽绒被上面,旁边还有一本有关乔丹生平的平装书和几只毛绒绒的玩具熊。

"你感觉如何,凯特琳?"他问。

"有人送给我发光的小饰品。"她喃喃地说,声音勉强能听得见。

"发光的小饰品?"他皱起眉头问道。

"有人送我发光的小礼物,在Facebook上,"她喃喃说道,表述不清不楚。

"发光的小礼物是什么意思？"

"它就像，你知道，Facebook 上面的东西。是我的朋友格玛送的。米基还跟我搭讪。"

"好吧。"他一脸茫然。

"米茨·西蒙送了我轮子，你知道，这样我到处跑起来就容易多了。"

医生的眼睛在房间里到处转，寻找着轮子。他看着墙上的掷镖板，那上面有一条长长的紫色毛皮围巾垂了下来；他又看着靠在一面墙上的一只萨克斯管盒子，然后在散乱地丢在地毯上的一堆鞋子中看到了一只带轮子的小小的玩具马站在那里。

"就是那个带轮子的吗？"他问。

她摇摇头。"不是的，"她喃喃道，转动着她的右手，仿佛要把一个想法从她头脑中梳理出来，"它是 Facebook 上的一种东西，有它你就能到处走动，一种虚拟的东西。"

她把眼睛闭上了，好像刚才费力说的这一番话使她筋疲力尽了。

他弓下身子，打开他的医疗包。此时林恩走了进来，端来了茶和用碟子装着的消化饼干。

他谢过了她，然后把注意力又转回到了凯特琳身上。

"我想要量量你的体温和血压，好不好？"

她仍是闭着眼睛，点点头，低语道："随便你。"

十分钟后他走下楼来，后面跟着林恩。他们走进厨房在桌旁坐下。他还不曾开口，林恩就从他那忧虑的脸色上知道了他会说些什么。

"林恩，我为她十分担忧，她病得很厉害。"

林恩感觉到自己已泪水盈眶。她就要忍不住了，再也忍不住了，想要把她做的事情向他和盘托出。但她不能预测他会作何反应。她知道他是一个极其诚实正直的人，不管他是否能体谅她这样做的苦衷，他是绝不能容忍这样的事发生的。因此她只默不做声地点点头，神情凄凉。

"是的,我知道。"她说,极力忍住自己的情绪,但心中翻腾不已。

"她需要被送回医院。要我打电话叫一辆救护车来吗?"

"罗斯,"她突然脱口说道,"你瞧,我……"然后她摇摇头,用双手掩住脸,极力想要考虑清楚,"啊,上帝,罗斯,我已经是智穷计尽,毫无办法了。"

"林恩,"他温柔地说,"我知道你认为自己能在家里照料她,但这可怜的女孩除开危险不说,她现在难受得很。她全身上下因为瘙痒已经把皮都抓掉了。她在发高烧。她很快就要走下坡路了。自从我上次见过她之后,她已经恶化到了这个地步,我真是大为震惊。如果你想要知道残酷的真相,她不能像这样子在这里苟延残喘下去。早些时候我把她的情况向格兰杰医生说过了。他说器官移植是她的唯一选择,她需要尽快地做这个手术,以免情况变得更糟。"

"你要她回皇家医院吗?"

"是的,马上,今晚,我说的是真话。"

"你去过那里吗,罗斯?"

"有几年没去了。"

"那个地方就是一个地狱。那不是他们的错,那里也有一些好人。是制度的问题,是国家卫生管理的问题,是政府的问题。我不知道该怪谁,但那里就是一个活地狱。你说她该住院,说起来容易;但那意味着什么?把她安插在一间男女混居的病房里,半夜里听凭昏乱的老人爬到她的床上来和她睡在一起吗?在那里你得像跟人家打架似的才能搞到一张轮椅把她推着到处转。在那里晚上八点半以后就不让我和她待在一起了,谁来安慰她?"

"林恩,他们不会把孩子放在成人病房里的。"

"他们就那样做了,当床位满了的时候。"

"我相信我们可以保证那样的事情不会再发生。"

"我为她担心死了,罗斯。"

"她很快就会得到一个器官做移植的。"

"你确定吗？你真的确定吗，罗斯？你知道这个系统是怎么运转的吗？"

"格兰杰医生会弄好的。"

她摇摇头，说："我确信格兰杰医生本意是好的，但是他对于围绕他们的那个该死的制度的运转方法不比你知道得更多。他们每周星期三开一次会，假定有可能得到一个相匹配的肝脏的话，就会在会上决定由谁得到那周的肝脏。现在是星期四的晚上了，所以就算会对我们亮起绿灯，最早也要到下周三。几乎是整整一个星期。她还能再活一个星期吗？"

"她不能在这里等死。"他率直地说。

她伸出双手来握住了他的一只手，眼泪直流地说："她在这里有一个更好的机会，罗斯，相信我。她真的有，只是不要问我。只是请你不要问我那个该死的问题。"

"你说这话是什么意思，林恩？"

她沉默了一会儿，才说道："只要你为她弄到一个肝脏，我就立刻把她送回皇家医院。一直到那个时候，她得待在家里。这就是我的意思。懂了吗？"

"我会尽力而为的，"他说，"这是一个承诺。"

"我知道你会的。我只不过是要你明白，我是她的母亲，我也会尽力而为。"

82

当伊恩·蒂林把他那辆急速开行的欧宝车停在离加拉德诺德车站正门两百码以外的一段空荡荡的街上时,天上飘起了厚厚的雪花。像往常一样,他熄火后引擎仍格格作响,继续打着空转,咳呛着,爆响着,过了好几秒钟才最终停了下来。

他从车中爬了出来,后面跟着安德列娅和艾丽亚娜。他砰的一声关上了车门。他喜欢艾丽亚娜。她是一个坚定而忠诚的管理员,全心全意献身于帮助布加勒斯特的那些被剥夺了一切的人。她有一张姣好的面孔,哪怕是长着一只好像是故意来破坏面容的钩鼻子,也仍然美丽。她几乎好像要故意吓退她的追求者,总是把一头金发向后梳去,残酷地梳成一个已婚妇女的圆髻,戴上一副难看的眼镜,穿的衣服也总是从功能出发,从不穿体现女性美的衣裳。

当他们在一起工作时,不止一次的场合下,他都想过如果她改换一下装束,将会是一个何等绝色的美女。那位好色的副警长拉杜·康斯坦丁内斯库曾经多次纠缠不休,要她和自己一起去喝酒,她每次都巧妙地断然拒绝了。他一想到这里便不觉好笑起来。

这里有时候会有妓女出来沿街站着，但是令他失望的是今晚没有一个。这里就是他们一直希望能找到那个名叫拉露卡的姑娘的地方。在艾丽亚娜的带领下，他们在寒冷如冰的夜空下走上台阶，走进布加勒斯特铁路主干线终点站那如同洞穴般阴暗的内部。几乎就在进去的那一刻，伊恩看到了一群街头少年集聚在他们左边。再过去一百码的地方，在头顶灯泡那微弱的钠灯光线的照射下，一群警察正站在那里一边抽烟一边讲笑话取乐。

"那些都是拉露卡的朋友，就在那边。"艾丽亚娜低声对他说，猛地竖起大拇指向那群人一指。

"好吧，我们带些东西给他们吧。"

两个姑娘跟着他一起穿过空旷无人的中心广场，经过那关了门的大都会咖啡店。一个长着络腮胡子的老人戴一顶羊毛帽，穿一身破烂衣服，脚穿一双胶鞋，正坐在地上，背靠着墙痛饮一瓶酒。在他的记忆中，这个老人一直就坐在那里，保持着同一个姿势，穿着同样的衣服。他一步横跨过去，往老人面前的一堆硬币中扔了一张五列伊的钞票。为这一举动他得到了老人给他的欢快的一挥手。

在能够发出回响的静寂中，蒂林听到了一列火车车轮发出的当啷声。它正在稳步地加速，从附近的一个站台出发。他的眼睛机械地瞟向火车进出站的时间牌。糖果店正要关门，但是伊恩说服了正要回家睡觉的粗鲁的老板，让他买了一大包巧克力棒、饼干、薯片和软饮料，然后把它们分装进好几个鼓胀的塑料袋子里。他们吃力地提着这些向街头少年走过去。

他们中有几个他认识。一个高高瘦瘦的男孩大约有十九岁，名字叫做塔维安，戴着一顶有护耳的羊毛帽子，穿着一件迷彩服式的军装夹克，里面是一件防风上衣。防风上衣里还穿了好几层。他抱着一个熟睡的婴儿，用一床毯子紧紧裹着。塔维安老是在笑，这到底是出于他的天性，还是因为他老是吸奥诺那克而醉醺醺的，蒂林不知道，但他怀疑是出于后一个原因。

"我有些礼物送给你们！"这位英国前警官用罗马尼亚语说，拿出了那些袋子。

那一群人把它们抢了过去，互相拥挤着朝袋子里面看，然后把里面的东西掏出来。没一个人向他道一声谢。

艾丽亚娜向人群中另一个女孩转过身去。她是一个罗姆人，看不出确切的年龄，穿着一件粉红色的、俗艳花哨的紧身上衣和闪闪发亮的绿色裤子。她的脖子上绕着一条围巾。

"斯蒂芬尼娅，"她用罗马尼亚语说，"你好吗？"

"不怎么好，"姑娘说，撕开一包薯片，"天气很不好，不是吗？这个季节真是糟透了，没人有钱给行乞者。游客在哪里呢？圣诞节就要来了，对吗？没人有钱。"

一个高个子、闷闷不乐的青年，留着一点小胡子，戴着一顶绣了花的羊毛帽，穿了一件黑色的羊毛衣和一条肮脏的牛仔裤，提着一个厚厚塑料袋子，那里面毫无疑问装的是奥诺那克。他大声斥骂土耳其佬——这是他们用来骂警察的俚语——诉说这群人近来是如何对待他们的。然后他朝斯蒂芬尼娅打开的一个袋子里看看，拿出一支巧克力棒。

"他们不让我们过我们的，他们就是不让我们过我们的。"

"我在找拉露卡，"艾丽亚娜说，"今晚有谁见过她吗？"

这一群人互相交换着眼光。虽然很明显他们都认识她，但他们都摇头。

"不，"斯蒂芬尼娅说，"我们不认识什么拉露卡。"

"得了吧，她上个星期就和你一起在这里。我，还有你们所有的人都和她说过话！"艾丽亚娜说。

"她做了什么错事吗？"另一个姑娘问。

"她什么错事也没做，"艾丽亚娜叫她放心，说，"我们需要她的帮助。你们这些街头少年真的会有危险。我们要提醒你们警惕一些事情。"

"要我们警惕些什么事？"那长有小胡子，闷闷不乐的青年说，"我们时刻处在危险中。没人关心我们。"

伊恩·蒂林问道:"有没有人向你们提供国外的工作?"

这青年嘲讽地冷笑。"我们大家都在这里,不是吗?"他掰下一块巧克力,塞进嘴里嚼着,说,"你想想看,如果有人给我们出了主意,让我们出去,我们还会在这里吗?"

"这人是谁?"站在这群人后面的一个姑娘,因长期吸毒而身体显得虚弱,指着伊恩·蒂林用狐疑的声音问道。

"他是我们大家的一个好朋友,"艾丽亚娜说。

安德列娅从她那件皮夹克的衣袋里掏出布赖顿那三个已死少年的电脑面容识别合成照片来。

"请你们大家都来看看这些照片吧,看你们是否能认出他们来?"她问道,"这很重要。"

这群人传阅着照片,有些人看得很仔细,有些人漠不关心。斯蒂芬尼娅看得最为长久,然后指着那张已故少女的脸,提出疑问:"有可能是博格达娜吧?"

另一个女孩拿过那张照片仔细端详起来,说:"不是的,我认识博格达娜。我们在一起住过一年,那不是她。"

他们又把照片送还艾丽亚娜。

"有人认识一个名叫拉尔斯的男孩吗?"伊恩·蒂林问,举起那张刺青的放大照。

他们又一次摇摇头。

这时,突然间,斯蒂芬尼娅从蒂林肩上望过去。蒂林转过身来,看见一个大约十五岁的女孩,一头长长的黑发往上夹了起来,穿着一件皮夹克,一条皮革的迷你裙,一双齐膝的闪闪发亮的黑皮靴。她朝他们走过来,显得很好奇。当她走近时,他看见她长着一双黑眼睛,一侧的面颊上有一处擦伤。

"拉露卡!"艾丽亚娜喊道。

"去他妈的!"拉露卡气愤地对着他们大家说,又像是对着一个不在他们中间的人说,"你们知道这个男人要我在他的卡车里干什么吗?

我不告诉你们。我告诉他说你下地狱去吧,他揍我,然后把我推到了街上!"

艾丽亚娜从这群人中几步走了出来,用一只手臂围住了拉露卡,带着她穿过中心广场,走了一小段距离,来到其他人听不到她们说话的地方。她察看她的一只眼睛和那处擦伤,检视了一会儿,问她要不要到医院去看看。姑娘激烈地拒绝了。

"我需要一点帮助,拉露卡。"艾丽亚娜说。

拉露卡耸耸肩,仍然气愤难平。

"什么帮助?有谁给过我帮助吗?"

"请听我说一句,拉露卡。"艾丽亚娜恳求道,不去管她的诉说,"你告诉我,几个星期以前,你听说过一个女人给孩子们提供出国工作,并有一套房子的机会,有这回事吗?"

她又耸耸肩,然后承认她听说过。

艾丽亚娜把照片拿给她看,说:"你认识这些人吗?"

拉露卡指着其中一个男孩说:"这张脸——我在这附近见过他,但我不知道他的名字。"

"这真的很重要,拉露卡,相信我。上个星期有人发现这几个罗马尼亚少年被杀死在英国。他们全部的内脏器官都被取走了。你必须把你所知道的有关这个提供工作的女人的情况都告诉我。"

拉露卡脸都变白了,说:"我不认识她,可是——我……"突然她显出很胆怯的样子,"你认识西蒙娜和她的男朋友罗密欧吗?"

"不认识。"

"我看见了西蒙娜,就在两天以前,她显出十分快乐的样子。她告诉我说有个女人给她在英国找了一份工作。她就要走了——她还做了一个医学……"她突然停住了,"啊,该死,你有烟吗?"

艾丽亚娜给了她一支烟,也给自己拿了一支,还把她的打火机掏出来。

拉露卡吸了一口,然后很快地把烟吐了出来。

"一个医学检查?"

"这个女人告诉她,她必须——你知道——检查她的健康状况,才能得到旅行文件。"

"她在哪儿?"

"她和她那个家伙,罗密欧,还有一群人,住在街底下,暖气管旁边。"

"在哪儿?"

"我不知道确切的地方,只知道在哪一个区。她只告诉过我这个。"

"我们得找到她。"艾丽亚娜说,"你愿意和我们一起去吗?"

"我需要一些钱买毒品,我没时间。"

"我们会给你钱,和你今晚能挣到的一样多,行吗?"

几分钟后,她们匆匆忙忙向蒂林的汽车走去。

83

  空客飞机正准备着陆，它穿过清澈但气流变换不定的天空，正稳步下落。座椅安全带提示灯刚刚叮的一声打开了。格雷斯检查了一下他的座椅，它是笔直竖立的，尽管在飞行中他根本不曾碰过它。他一直集中注意力在看笔记，那是一个调查员为他准备的，上面记有关于肝功能衰退的事。他还在计划今天上午晚些时候和这个德国器官经纪人会见时要从她那里获取些什么内容。
  他们比时间表预计的要晚了二十五分钟，这是由于空中交通管制耽搁了飞机的起飞，这会对他能够待在这里的短暂而宝贵的时间产生相当大的不利影响。他坐在机窗旁的座位上，向下看去。冰雪覆盖的地平线与他先前到这里来时的景致完全不同。那时是夏天，他看到的是一大片平地，上面是五颜六色的农场，像一床百纳被似的。如今它只是白茫茫的一片。他想，最近一定下过一场大雪，连那些树都被盖住了。
  随着每一秒钟的过去，飞机离地面越来越近了，地面上的建筑物也变得越来越大了。他看见了一小簇一小簇的白色屋子，它们的屋顶上都盖上了白雪；然后是稀稀拉拉的灌木林和一个小城镇。又有更多成簇的房屋和建筑物。光线是那么亮，有一刻他都有点后悔，不曾带太阳镜来。

时间竟然能如此改变一切，真是令人奇怪。不久以前，他还来过这里，来到慕尼黑，怀着真诚的希望，希望最后能找到桑迪。那是因为有亲近的朋友确信说他们在这里的一个公园里看见过她。但是现在那些冲动都已经过去了，蒸发了。他能够诚实地对自己说，他对她已不再怀有任何感情。他现在第一次真正地感受到，他已到了最后的阶段，关于她的一切复杂的记忆，不管是黑暗的还是光明的，他都已经淡然处之了。

格雷斯听到他脚下的起落架轮子放出时发出的沉闷的金属声，突然间感觉到一阵刺心的挂念，那是对他亲爱的克莉奥。这么长久的时间以来，这是第一次他真正有了要为之活下去的挂念。他亲爱的克莉奥。他认为他再也不可能像爱克莉奥那样爱任何一个人了。她活在他身体内，他的灵魂中，他的皮肤底下，他的骨头和血液里，在醒来的每一秒钟。

只要一想到她会发生什么不好的事情，他便无法忍受。在他的记忆里，这是他第一次对自己的安全问题紧张起来。他担心就在他们刚刚找到了对方时，会有什么事情发生，阻止他们两个在一起。

例如这架飞机的坠毁就会把一切湮没。

他坐飞机从来都不曾紧张过，但是今天，他看着地面正稳步地向他靠近，便想到了一切事故皆有可能发生——飞机滑出跑道、起落架坠落打滑、和另一架飞机相撞、与飞鸟相碰、发动机失灵。他现在看见跑道了，还有远处的飞机库和灯光。跑道上那神秘的标志和边缘的信号灯都是给飞行员看的神秘密码。他甚至都能感觉到起落架的轮子触到了地面。按照完美着陆的标准来判断，这架飞机从飞行转换成滑行简直是浑然一体。他听见了反向推行的吼声，感觉到制动力在把他挣脱安全带向前推去。

这时，从内部通信系统中，一位女空乘人员用一种柔和、友好，带喉音的嗓音欢迎他们来到弗朗茨·约瑟夫·施特劳斯国际机场。

出租车的后门打开了，一个女人走了下来，漂亮的深色太阳镜遮挡住了她的眼睛，以免受到雪地反光的刺激。她付了车费，还给了司机一笔小费，便拖着她那短途旅行用的包，向带有拱顶的终点站大楼的出发大厅走去。

她是一个富有魅力的三十好几的女人，穿得十分时髦而暖和。身上是一件骆驼毛的长大衣，脚上是一双小山羊皮的皮靴，围着一条开司米围巾，手上戴着皮手套。多年来她的头发一直是染成褐色，剪得很短。近来她让头发显现出它本来的颜色，它几乎回归到了她那自然的金黄色，不是那种淡淡的浅黄色。她在一本杂志上看到，如果一个女人正在寻找一个新男人，那么她会经常变换头发的颜色。这就是她现在的状况。

她走过去来到汉莎航空公司的区域，加入排队的人群，朝飞往迈阿密的经济舱的值机柜台走去。她十五年前去过迈阿密，那还是她先前生活中的事情。

在柜台后面的女人向她提出了例行的提问：她的行李是自己打包的吗？她的行李是否曾离开她的视线范围？然后把她的护照、机票和飞行积分卡还给了她。

"祝您旅途愉快，洛曼太太。"

"谢谢。"

现在她能说流利的德语了，那很费了一段时间。因为正如每个人都告诉过她的真理：德语是一门很难学的语言。她拖着行李，跟着指示牌走到了大门，凭她对这个机场的经验，她知道这里有一段很长的路要走。

跨上自动扶梯时，她的电话响了。她从手提袋里把它拿出来，放到耳边。

"喂，是谁？"

那头发出噼噼啪啪的响声，声音听不清楚。那是她的同事，汉斯－于尔根·瓦尔丁格从他的 mini cooper 车里给她打来的电话。信号很糟糕，她只能勉强听出是他的声音。她从自动扶梯的顶部走下，将她的行李从楼梯的边沿拖过来。她提高了声音，又说了一次："喂？"

这时声音断了。她跟着指示牌朝 G 区的出发站台走去，走了一小段距离，向第一段活动走道走去，它能将她送至大厅。这时她的电话又响了。她接听了电话。

在那阵噼啪声中她只能勉强听见汉斯－于尔根说："桑迪吗？桑迪？"

"嗨，汉斯！"她说，一步跨上走道。

八百码以外的地方，在 G 区的到站台部分，罗伊·格雷斯抓着他那厚厚的公文包，从相反的方向走来，一步跨上和这一条活动走道平行的另一条走道。

84

叫格伦感到欣慰的是，这里的海是平静的，或者至少像英伦海峡一向表现的那样的平静。即便如此，机动船仍然上下颠簸，在温和的波涛上滚动得十分厉害。但到现在为止他感觉还算好。早餐他按照贝拉推荐的吃了两个煮鸡蛋和干面包，它们仍然安全地躺在他的消化系统里，还不曾成为这艘船上彩色图案的一部分，他也还不曾受到他在上次航行中受到过的旁敲侧击的待遇。

今天虽然天气寒冷但阳光灿烂。天空是钢蓝色的，大海是深绿色的。一只海鸥在头顶上作低空盘旋，东张西望地寻找吃食。格伦深深吸进一口富含咸味和油漆气味的空气，以及偶尔吹送过来的废气。他看见一只大如拖拉机轮胎的水母漂过，便断定自己不曾被派去做那潜水队里的一员深入水下是十分幸运的，尽管他们全身都穿有保护的衣服。他从来不曾想过要从一架飞机中跳出来，或是到海底去进行探索。很久以前他就已经断定，他绝对只是这片坚实的土地上的一分子。

他们加大马力，将船对准与布赖顿那长长的海岸成对角线的方向，这是准确地跟随他与雷·帕克汉姆测绘出来的那条路线。当他们向大海开出去时，那个小小的、红色的模糊不清的东西便变得越来越近了。当他们继续驶近时，那模糊不清的东西急速地聚焦到他们的眼睛里。他看清楚了它原来是一个三角形的上下跳动的红色浮标，是昨天晚上特种搜索队放在那里的。

站在船舵旁边的警员史蒂夫·哈格雷夫——刚佐——减小了油门，他们的船速就从十八节降至不到五节。格伦紧紧地握住了扶手，因为突然的减速将他向前推去。这艘三十五英尺长的追日号是一条比斯可布依号高档得多的船只，他们匆忙从当地一家夜总会老板那里租来的。它是一处再合适不过的饮酒场所，船上的椅子都是皮椅，到处都垫有软垫料，柚木铺的甲板，一个封闭的船桥。甲板下面是一个豪华的沙龙，不是那种船上的人用来储藏成套工具和用品的仓房。

阿尔夫头戴特种搜索队统一的黑色棒球帽，帽前有"警察"的字样横过，身穿红色的防风上衣，黑色的长裤和黑色的橡胶靴。他将船岸相对的无线电对讲机从它的叉簧上取下，向它说话。

"HUOO，我是索斯波，索斯波，在我们通行的海洋上一艘商船中，呼叫索伦特海岸警卫队。"

他听见一阵噼啪作响的回答："我是索伦特海岸警卫队，我是索伦特海岸警卫队。海峡深六十七英尺。完毕。"

"我是索斯波，"阿尔夫重复，"船上有十个人，我们的位置在肖勒姆港东南十三海里。"他报出位置的坐标后宣布，"我们已到达潜水区域上方，即将开始行动。"

噼啪作响的声音又问："你们一共有多少潜水员，索斯波，有多少人下水？"

"船上有九个潜水员，两个下水。"

刚佐将一对节流杆推至空挡。塔尼娅站在他身旁，将操纵器做了一个调整，调至蜂鸟扫描荧屏的右边。

格伦看着屏幕左边上的显示数字：九十八英尺，上午九点五十二分，每小时三点二英里。

"格伦,现在你来看,我们就要来到那上面了。"塔尼娅指着一样东西说。它看起来像是一条笔直的黑色柏油碎石路,被一条从荧屏中心垂直落下的白线划分开来。它的每一边都像是带上蓝色色调的月面风景。

"瞧那里!"她激动地喊了出来。

在黑色区域的左手边,他清楚地看见一个船形的阴影,甚至更暗些,大约有半英寸长。

"你想那是它吗?斯可布依号?"他问。

"有一个办法可以搞清楚,"阿尔夫说,"和我们一起去看看?"

一个柔软无力的漆黑的东西漂了过去。格伦不能立刻确定它是又一只水母,还是一只塑料袋。

"不,我想我最好还是待在甲板上,警惕海盗来袭。不管怎样,还是谢谢你。"

阿尔夫指着海上说:"如果你改变主意了,那下面有的是地方。"

85

"有人告诉我说你父亲过去曾代表苏塞克斯打过网球,爱玛-简,"盖伊·巴切勒说,"我也当过一阵子运动员——呃,曾经当过,但不是标准类型的那种。他叫什么名字?"

"奈杰尔。他为十六岁以下的少年当教练——但他没有认真地打过几年。现在他倒可以代表苏塞克斯去喝酒了。或者更有可能的是,代表苏塞克斯去演讲。"她咧嘴一笑道。

"饶舌的才能?"

"可以这么说。"

他们开着汽车刚从斯托林敦村子里出来,正一头往西开去。他们左边是坡度除缓,忽高忽低的南部有草丘陵地。她看着放在膝头上的地图。

"应该在下一个路口右转弯。"

他们转进了一条狭窄的乡村小巷,它只比汽车稍微宽那么一点儿,两边还被高高的树篱围墙夹着。走了四分之一英里后,爱玛-简指示他向左拐，汽车开进了一条更窄的小巷。巴切勒想，警车即将成为世界上最后一批没有卫星导航的交通工具，同时也是最需要它的交通工具。他正要把这一点说给爱玛-简听时，便听到了他的无线电话里传出一声闷闷的呼叫信号。虽然正在开车，他还是把它举到了耳边。这是从本郡另一个地方发来的救援呼叫，离他们不是很远。

"你得开到左边来。"爱玛-简说。

他将那辆蓝色的，没有警徽标志的蒙迪欧车减速。几分钟后，他们看见在两根上面装有石球的柱子中间有两扇气势雄伟的生铁铸造的大门。在一块黑色牌子上面用金色写的字是：萨克汉姆公园。

他们在高高安装在上面的一个保安摄像头基克洛普斯[①]的注视之下把车停在了大门口。对面的柱子上是一块黄色的牌子，上面有一张咧嘴笑的面孔，下面写着一行字：微笑，你正在闭路电视的注视之下。

年轻的警员从车中出来，在那下面的对讲机按钮板上按了一下。几分钟后，她听到了一个沙哑的女人声音，说着一口不流利的英语。

"喂？"

"我们是巴切勒警长和鲍特伍德警员，"她说，"我们和罗杰·塞利尔斯医生有个预约。"

对讲机里传来一声尖锐的噼啪声，然后大门开始打开。她又钻进汽车。他们开车沿着一条柏油碎石车道前行，路的两边都有一行已经长成的大树。车道一直不断地弯弯曲曲，走了大约半英里才开上了一个斜坡。这时一座巨大的詹姆士一世时期的大厦出现在眼前。大厦正面有一条弧形的车道，前面是一块草坪，草坪的中央是一个莲花池。

屋子的前面已经停了好几辆汽车，其中有一辆黑色的阿斯顿·马丁跑车，那是盖伊认出来的。在他们右边，修剪平整的草坪中间有一大块圆形水泥地面，上面停着一架深蓝色的直升飞机。

"看样子干医生这一行还是蛮有钱的！"他评论道。

"那你得选对路子。"她反驳。

[①]基克洛普斯（Cyclops）是希腊神话中的独眼巨人。

"或许得选错路子。"他纠正她。

爱玛-简甚至都不用去数窗子的数目。这个地方必定有二三十个卧室,也许更多。这是一所规模宏伟的住宅。

"我想我们都选错了行当。"她说。

他绕着池塘慢慢向前开去,几乎把车笔直地停在了那华丽的正门前。"那得看你对生活有什么要求,不是吗?还得看你选择哪一种道德准则来生活。"

"是的,我想是这样的。"

"你见过杰克·斯克里特吗?"

"见过几次,"她说,"但每一次见面都很短暂。"

杰克·斯克里特是刑事调查总部的总警司,是苏塞克斯级别最高的警察,也是最受人尊敬的警察。

"两年以前我和他在一起喝过酒,"巴切勒说,"那是在布赖顿警察局的酒吧里,他当时是布赖顿霍夫市的警察局长。我们谈到了警察能挣多少钱的事。他告诉我,他一年能挣七点三万英镑,再加上两笔可观的津贴。他说这听起来似乎很多,但却不如一个小学校长挣的多,而他却要对整个布赖顿霍夫市负责。他随后说了些我永远也忘不了的话。"

她询问般地看着他。

"他说,在这个工作上,财富出自内心。"

"他说得真好。"

"也说得很对。作为一个警察,做这项工作使我每天都感觉自己好像一个百万富翁。我不再想做别的什么人了。"

他们爬出车来,按响了门铃。

片刻之后,巨大的橡木大门被一个瘦小、外貌谦逊,大约有七十岁的老人打开了。他身材修长,一张像鸟似的脸十分和善,上面配着一只小小的鹰钩鼻和一双警惕的、睁得大大的蓝眼睛,充满了好奇。他那一头稀疏的灰发就要全白了。他很干净整洁,穿着一件米色的羊毛开襟衫,里面是一件方格花布的衬衣,脖子上打着一条佩兹利涡旋纹花呢的领带，下面是铁锈色的灯芯绒裤，脚上是一双黑色的皮拖鞋。这一身打扮仿佛是专门穿了来做园艺工作的。从他的外表看来，唯一能显示出他是一个富人的痕迹就是那淡淡的，但却十分明显的经过日晒后的皮肤闪光。

"你们好，"他用一种欢快的，像切玻璃似的声音说。那是二十世纪五十年代的电影里惯用的一种声音。

"是罗杰·塞利尔斯医生吗？"巴切勒问。

"是我。"他伸出一只瘦长多毛的手，手指很长，指甲修剪得毫无瑕疵。

警察们一一和他握过了手，然后巴切勒拿出他的许可证，举了起来。塞利尔斯只是极为粗略地看了几眼，就戏剧性地一挥手，自己走向了一边。

"那么，请进。我极想知道我能帮上什么忙。我总是被你们这样的年轻人所吸引，又看过大量的犯罪小说。我很喜欢《警务风云》[①]。你们看过了吧？"

两个警官都摇摇头。

"还有《莫尔斯探长》[②]。我一直喜欢他。至于《雷布思》[③]，我不太喜欢约翰·汉纳的版本，但是我觉得斯托特要好多了。你们看过这些电视剧吗？"

"我们没那么多时间去看电视，先生。"巴切勒说。

他们跟随这位杰出的器官移植外科医生走过一个豪华的橡木铺地的大厅。里面摆满了古董家具，还有几副闪闪发亮的盔甲。四周墙上则混杂地挂着古代的剑、火器和油画，有几幅是肖像画，有几幅是风

[①]《警务风云》(The Bill) 是由英国ITV电视台制作的一部反映警察日常工作程序的电视剧。
[②]《莫尔斯探长》(Inspector Morse) 是根据英国作家科林·德克斯特的系列侦探小说改编的电视剧，由英国ITV电视台制作。
[③]《雷布思》(Rebus) 是由苏格兰作家伊恩·兰金的雷布思系列探案小说改编的电视剧，第一季由约翰·汉纳 (John Hannah, 1962—) 饰演主人公雷布思警督，后三季换成更为知名的演员肯·斯托特 (Ken Stott, 1954—) 饰演，制作也较为精良，但对原著进行了较大的改编。

景画。

然后他们又走进了一间富丽堂皇的书房。这里的四面墙上也铺了橡木的墙板,上面悬挂了几张证明外科医生资质的证书。围绕这些证书挂了几张有镜框的照片,那都是他和一些著名的面孔在一起的照片。一张是和女王在一起,另一张是在一次黑领结宴会①上和戴安娜王妃在一起的照片。其他的几张则是他和理查德·布兰森爵士、比尔·克林顿、弗朗索瓦·密特朗以及足球运动员乔治·贝斯特各自的合影。巴切勒极感兴趣地看着塞利尔斯和著名的贝斯特合影的那张照片,贝斯特曾经私下里做过肝移植手术。

两个警探在一张有饰钉装饰的红色皮沙发上坐下。这时一个长着乌亮头发的美人给他们送来了咖啡,塞利尔斯向他们介绍说这是他太太。这时塞利尔斯的黑莓电话发出嗡嗡声,他暂时被它分了心。巴切勒和爱玛-简利用这个机会互换了短暂的眼色。很明显,这位外科医生是一个复杂的角色。他在外表和态度上十分谦逊,但他的自我意识,以及在对女人的品味上并非如此。

塞利尔斯等他的妻子离开房间,便在他们对面的一张圈椅中坐下,中间隔着一张橡木箱子,权且当作咖啡桌用。他问道:"那么我要怎样才能帮助你们呢?"

盖伊一路开车过来时,对于要说些什么话已经事先和爱玛-简作过了排练。此刻他突然极想抽一根香烟,但是从这房间里清新的空气和完全就没有放烟灰缸来看,他知道自己不会有抽烟的机会的。他只能等会儿偷偷地去吸一支,这些天来他一直是这么干的。

他仔细地注意着外科医生的眼睛说:"这是一幢非常漂亮的屋子,罗杰先生,你在这里住了多久了?"

外科医生思索了一会儿说:"二十七年了。我买它的时候,它还是一处废墟。我第一位太太一点儿也不喜欢它。我女儿却爱这里。"突然间他的眼睛湿润了,"凯蒂没有能看到它完工,这太遗憾了。"

---

①黑领结宴会:要求出席者身穿宴会小礼服并戴黑领结。

"我很抱歉。"爱玛-简说。

外科医生耸耸肩说:"那是很久以前的事了。"

"报纸上曾多次引证过你对英国器官捐赠制度的看法。"盖伊·巴切勒继续说,仍然密切注视着他的脸。

"是的,"他表示同意,精力充沛地点点头,似乎立刻被这个话题刺激得活跃起来,"一点都不错!"

"我们想你也许能对我们有所帮助。"

"我将尽力而为。"他向他们倾过身子,热切地笑着,看起来更像是一只鸟儿了。

"那好,"爱玛-简几乎是按着分配给自己的角色插进来说道,"在英国大约有百分之三十的病人在排队等候做肝移植的时候,等不到一个肝脏就去世了。这种情况是真的,对吗?"

"你是从哪里得到这个数字的?"他皱眉问道。

"我是引用了你的话,罗杰先生。那是你一九九八年在《柳叶刀》上发表的一篇文章里说过的。"

他又皱起了眉头,颇有戒心地说:"我写过的东西多了,不可能都记住。特别是到了我这个年纪!上次我听说,官方的数字是百分之十九——但是,一切都要依你们的标准而定。"他探身向前,拿起一只银的牛奶壶,"哪位要些牛奶吗?"

"不可能都记住。特别是到了我这个年纪。"——但你仍然拥有一张私人驾驶直升飞机的执照,所以你的记忆力不可能那么糟。盖伊·巴切勒心想。

等到他把他们的咖啡都分配好,警探就问:"你还记得你为《自然》杂志写的那篇文章吗,罗杰先生?批评英国器官捐赠制度的。"

他耸耸肩,说:"我已经说过了,我写的文章太多了。"

"你也在许多地方工作过,不是吗,罗杰先生?"她紧跟一步说,"包括哥伦比亚和罗马尼亚。"

"天哪!"他以一种看来像是出自内心的激动说,"你们年轻人一定是把我的情况熟记在心了!"

巴切勒把那三张电脑面容识别合成照片递过去给外科医生看。

"请你告诉我们,你曾经见过这三个人吗,先生?"

塞利尔斯把每一张照片都看了一些时候。与此同时,巴切勒注意地看着他。他摇摇头,交还了照片。

"不,从没见过。"他说。

巴切勒把它们重新插入信封里。

"你挑选那两个国家去工作是不是纯属巧合呢?事实上它们在已知的卷入人体器官贩卖的国家名单上高居榜首。"

塞利尔斯在开始回答之前似乎在认真思索。"显然你们两位已经做好了关于我的功课,但是我想要知道——请告诉我一些事情。你们的调查是否发现我亲爱的女儿凯蒂,整整十年前,在二十三岁的年纪,死于肝功能衰竭?"

巴切勒震惊于这件事实的披露,转身看着爱玛-简。她也同样惊呆了。

"不,"他说,"对不起——听你说到这个很抱歉。不,我们不知道。"

塞利尔斯点点头,突然间显出伤心和凄凉的样子来。

"不怪你们不知道。恐怕我得说,她就是那百分之三十的人中的一个。你们看,在这个国家,甚至连我都拿我们这个捐赠制度毫无办法。我们的法律死板生硬极了。"

"我们之所以到这里来,罗杰先生,"爱玛-简说,"是因为我们相信有些医务人员为了给需要的人提供器官而藐视法律。"

"你认为我也许能够帮助你们开列这些人的名单?"

"那正是我们希望的。"她说。

他惨淡地一笑,说:"每隔几个月你们都会在互联网上看到,有些家伙在莫斯科的某个酒吧里喝醉了,醒来时少了一个肾脏。那都是些无稽之谈。在英国,每一个捐赠出来做手术用的器官都是由英国器官移植中心控制的,没有一家医院能够脱离这个制度而得到一个器官进行移植。这样做是完全不可能的事。"

"但是在罗马尼亚或哥伦比亚情况却不是这样,是吗?"巴切勒问道。

"的确如此。或者在中国台湾或印度也不是这样。如果你有现金，又愿意去冒这个风险，那你有很多地方都可以去做移植手术。"

"所以，"巴切勒接着说下去，"你不相信在英国有人正在非法地干这些事情？"

外科医生发怒了，说："听着，这不只是取出一个器官，把它塞进接受者体内这么简单的一个问题。你需要一大队人马——至少三个外科医生、两个麻醉师、三个洗手消毒的护士、一个专心致志的术后护理小分队，以及各种各样的医疗后备专业人员。他们都得受过医学训练，具有与各自知识领域相配套的伦理观。你得找大约十五到二十个人。你又怎么能阻止每一个人说漏嘴呢？真是胡说八道！"

"我们了解到在本郡好像恰恰就有一家诊所在干这个，罗杰先生。"巴切勒步步紧逼。

塞利尔斯摇摇头说："你知道吗，我但愿有一个。上帝知道，我们希望有人来反抗我们这里的这个制度。但是你们谈到的事情是不可能的。除此之外，为什么有人要冒险在这里做这个呢，既然他们可以去国外合法地得到一个器官？"

"如果我可以问一个微妙的问题的话，"巴切勒说，"以你的知识，为什么你不带女儿去国外做移植呢？"

过了一会儿工夫后，他说："我去过。"然后突然间他令人吃惊地发起火来，说，"那是在波哥大①的一家医院，在他妈的那么一个污秽的洞穴里。我们那可怜的亲爱的女儿在那里死于术后的一次感染。"他怒目瞪视着两个警官说，"可以了吧？"

半小时后，坐在径直开回布赖顿去的车中，爱玛-简·鲍特伍德首先打破了他们两人之间长达好几分钟的沉默，那是自从他们离开罗

---

①哥伦比亚首都。

杰·塞利尔斯先生之后，两个人就都沉浸在各自的思索之中，一直保持着的状态。

"我喜欢他，"她说，"我为他感到抱歉。"

"你是认真的吗？"

"是的，他很明显地憎恶这个制度，可怜的家伙。身为国内一个顶尖的肝移植外科医生，却让肝病夺去了自己女儿的生命，这是多么讽刺的一件事啊！"

"真是不幸。"巴切勒回应道。

"非常不幸。"

"但这也给了他一个动机。"

"去改变这个制度？"

"或者说强烈地反对它。"

"你为什么这样说？"

"因为我一直在观察他，"巴切勒说，"当他看着那些电脑面容识别合成照片时，他说他不认识其中的任何一个人。对吗？"

"是的。"

"他说了谎。"

86

对于普通——或者不那么普通——的观察者来说,有些男人能立刻被人分类归档。他们那修剪粗糙的发型、强健的体格、极不合身的西服,以及走起路来架子十足的步态,综合起来看,他们毫无疑问会被认做警察或者是着便装的士兵。但是罗伊·格雷斯尽管留着几乎剪成了平头的发型,鼻子也被打伤得很厉害,还是修炼出了一副文雅的体态,这样就隐藏住了几分有关他职业的痕迹。

他穿了一件克仑比式的大衣,里面是一套藏青色的西服、白衬衣和素净的领带,还夹着他那鼓鼓的公文包。他很可能被看做一个公司的经理,或者是一个 IT 行业人士在作商务旅行,或者也许是一个欧洲经济共同体的官员,或者是一个医生,或者是一个工程师正要去参加一个会议。任何人只要看他一眼,也许就会注意到他那具有权威感的面部表情,几条略带忧虑的浅浅的皱纹和略微茫然的眼神,仿佛当他大踏步沿着活动走道向前走着时正沉浸在自己的思绪中。

罗伊感觉到令人奇怪的紧张。旅行是一帆风顺的。他的老朋友警察总长马塞尔·库伦就要到机场来接他,直接把他送到器官经纪人的办公室去;他将独自一人与她见面。只要他小心,注意不露馅,一切都会很好。一次快速而暗藏心机的会见之后,他便会打道返回英国。

然而他的胃里莫名其妙地因紧张而引起要呕吐的感觉。以往每当他去赴约会时也会感到同样的紧张和激动。他脑子里一片茫然,不知道这是什么缘故。或许是他的脑子叫他想起了上次来慕尼黑时所怀抱的期待,或许仅仅只是因为疲倦?这几个晚上他一直都睡得很糟糕。每逢他手里有了谋杀案要调查时,他就不能真正地睡上一个像样的觉。尤其是这个案子,似乎具有那么多引人关注和议论的地方。而最为要紧的一点是,他特别想要给新来的警察局长留下一点好印象。

他看了一眼手表,加快了脚步,赶上了几个行人,这时才发现他前面的路被一个面露忧色的母亲给挡住了。这位母亲推着一部手推车,还带着四个小孩子。自动走道的尽头快到了,于是他等了一分多钟,离开走道,然后几步绕过这一家人匆匆往下一段走去。

他右手边停着一辆深红色的奥迪TT,比克莉奥的那一辆型号要新一些,车身周围用德文字母写着大大的标记。他看不懂,但是估计那辆汽车是某个竞赛的奖品。他想他也可以参加比赛来赢一辆汽车,以取代他那辆撞坏了的阿尔法-罗密欧。可以肯定,保险公司的那班杂种们能够提供的可笑赔偿,只够他买一辆二手的轻型摩托。

接着,他经过了一个酒吧,又经过了一家里莱[①]书店报刊亭,然后是空荡荡的出站大门。对面活动走道上传送过来的人,面孔一一从他面前滑过,什么年纪的都有。他们中半数人在对着手机说个不停。

他一眼瞧见一个年轻漂亮的红头发女人,穿着一件看起来价值百万的毛皮镶边的皮大衣,正向他走来。看着她那大大的经典款式手提袋和带轮子的皮箱,他猜想着她是一个模特呢,还是一个超级模特?

---

① 里莱(Relay):英国一家著名连锁书店。

人们现在都管她们叫什么？他一直迷恋红头发，却从没有和一个红头发的女人约会过。

这件事有点奇怪，他想。在他和克莉奥开始交往之前，他一定会以渴望的眼神长时间看着那个姑娘，但是现在他不再贪求任何人，只除了克莉奥。这个红头发女人是近几个月中他会看上两眼的少数几个女人之一。当走道继续带着他向前移动时，他又一次想到他是多么幸运，简直是令人不敢相信地幸运，能爱上克莉奥这个神奇的女人。

四个日本商人在热烈地交谈着，从对面经过。他的神经被刺激得更加紧张烦乱了起来，仿佛有人在对他尖叫。他几乎都能感觉到在空气中有一种平静的噼啪声。是不是刚才的飞行对他造成的影响？

两个二十来岁年纪的男同性恋，穿着几乎一样的皮夹克，手握着手从对面过来。一个剃了光头，另一个的头发是金黄色的穗状。罗伊大踏步地走，这两个人一闪而过。这时活动走道被一大群叽叽喳喳的少年给挡住了，他们都背着旅行用的帆布背包，很显然是要出去干某种冒险活动。

突然间，在平行的另一条活动走道上，在他前面有些距离的地方，一张面孔向他滑过来，又被一对老年夫妇给挡住了。这对老人站在走道上一动不动，就像是两尊雕像。他看见一道褐色头发的闪光，这叫他想起了桑迪。

就像是打在他心窝上的一记猛击。

他站在那里呆若木鸡。

这时他的电话响了一声，来了封短信。他飞快地扫了一眼电话屏幕上的来电显示。

汉斯-于尔根的电话又突然中断了，他似乎进入了一个隧道。这个愚蠢的家伙为什么总是挑选这些信号不好的地方来给她打电话？这常常叫她快要发疯了。不过，当然，她知道如何控制自己的愤怒，这样便再没有什么东西会真的叫她发疯了，不会像以前那样。

制约愤怒是自由灵魂国际协会的精神重生的全过程。科学教①的人打着他们的普世旗帜——通往彻底自由的桥梁——来进行"听析"。她抛弃了他们，转而参加现在这个组织。它提供类似的精神新生，是通过一个不那么带攻击性的，也不那么昂贵的过程。

桑迪仍然还只是一个见习的修士，但她很高兴。今天早晨，当她一步跨出第一段活动走道的尽头，横穿过通往下一段走道的那一小段距离，打一个擦皮鞋店和一家小酒吧前经过时，她对汉斯打来的电话最初产生的愤怒已经立即消失了，就像是一根火柴划出的火花随风而逝了。

那就是她的新导师们教导给她的一件事：要做一颗自由的灵魂，就好比是风中的火焰，但不是那种依存于烛芯的火焰，也不是一根火柴顶端的火焰。因为如果你需要一根拐杖才能生存，当拐杖没有了，你也就没有了，消逝了。

你必须学会自由地燃烧。只有那样你才永远不会消失。每一颗自由灵魂都要追求，有一天成为一簇在风中自由飘浮的火焰。

她目不转睛地看着在对面走道上过去的人群。人们被束缚在他们的黑莓手机的电子邮件上，他们的iPhone屏幕上，他们的出发时间上，他们对金融的焦虑上，他们的罪过上，他们的杂七杂八的事务上；他们不明白这些东西中没有一样是要紧的；他们不明白她就是这颗星球上知道怎样还他们自由的少数几个人中的一个。

她从人群中挑出来一张脸。一个真正面带忧伤的男人，身材高而柔韧，头发梳理得乱糟糟的，戴着一副保时捷太阳镜，穿着一件带深橙色衣领的皮夹克，上面镶满汽车品牌标记。这种衣服总是特意要给人留下印象：在这个玩汽车的世界里你是某个重要的人物。

---

①科学教（scientology），又译山达基教，一九五二年由美国人 L. 罗恩·赫伯特（L.Ron Hubbar, 1911—1986）所创立的信仰系统，宣称人是不朽的精神个体，而此个体已经忘却了他自己真正的本质，需要通过某种形式的咨商来重新获得。科学教在许多国家被认为是邪教。

我可以使你自由,她想。

在他后面是一群背着背包的少年,正在吵吵嚷嚷地互相嬉闹着。这时她的电话又响了。

她用戴着手套的手一阵乱摸,准备接电话,结果把电话掉在了地上。她立刻跪下去捡它。

当罗伊看完电话上的短信再次抬起头来时,那个女人已经不见了。

那是我的幻觉吗?他感到奇怪。一刹那之前,他确信他看见了一个女人的头发,和桑迪的头发同样独特而熟悉,同样是金黄色,掩在那一对老人苍老的脸后面,迅速地向他移过来。

他又低下头来看来电显示,按下按键打开了短信。

唷,老哥,我在海上,还没有呕吐。
你怎样?

他拟了一条回信,把它发出去。

我也没有。

出于好奇,他又看看身后。那个有着和桑迪一样头发的女人又出现了,她就站在那对老夫妇的后面,向远处退去了。

他又一次感觉到那记猛击打在了他心窝上。他转过身,从一个高个子、面露怒容、身穿一件有腰带的双排扣男式雨衣的男人身边挤过去,半走半跑地逆着走道的方向往回跑了几步。然后他从一群身着制服、拖着行李的空乘人员当中迂回穿了过去。

这时,他停住了。
太蠢了。
得了,你这个家伙!打住吧!

几个月以前,他也许会追赶她,只是预防万一……

但是今天,他转过身,反而开始从那群空乘人员中间钻回去,说着少数几句他会说的德语:"对不起,借过一下,谢谢!"

87

他们四个人一整夜都没睡,浑身湿透了,又冷又累。最要紧的一点是,拉露卡很紧张,心里越来越焦虑。现在她需要钱,去找毒品贩子。她把这个告诉了伊恩·蒂林。

有一会儿,蒂林对拉露卡的要求不予理睬。他为了发泄心中的沮丧,在烟雾缭绕的咖啡店中砰的一拳打在了一张桌上,叫道:"这他妈的就像是在海底捞针!"那三个罗马尼亚人没有一个能听懂他说的话。

但他们明白他是什么意思。

他们现在在一家咖啡店里,一个用瓦楞材料建造的棚屋中。这里有一排这样的屋子,其中包括一家肉店和一家小超市,它紧邻着一条垃圾遍地的肮脏道路。这条道路是布加勒斯特郊区的主干线之一,它从第四区穿过。大雪做了一件好事,它将枯枝败叶和乱扔的东西都覆盖了起来,使得街道变干净了。

蒂林像是饿坏了,用力咬嚼一块特大的干面包卷。面包里面有些肉,他不知道是什么肉,很死,咬起来像皮子一样难嚼,但它是蛋白质。他因为喝了咖啡而兴奋。艾丽亚娜、安德列娅和拉露卡都强打着精神抽烟，不使自己瞌睡。他们要完成的任务几乎是不可能做到的。这个城市有两百万人口，还有多达万人以上生活在街道上。有好几千人，其中大多数是年轻人，他们之间常见的交流就是沉默和怀疑。

十四个小时以来，他们沿着供热管道网急速寻遍了这个区所有的棚户区，在马路上爬下过许多的洞穴，其数量之多他们也无法数清。但是迄今为止，一无所获。没人认识西蒙娜。或者即便他们认识，他们也不说。

他打起了哈欠，疲倦带回了他的记忆。他已经忘记了在他当警察的日子里，也常常会有彻底筋疲力尽的时候。那些个日日夜夜里，他必须靠肾上腺素来不断地奔跑，靠职位提升的引诱来刺激自己。

那是世界上最好的一种感觉。

"求你了，伊恩先生，我现在得走了。"拉露卡说。

"你要多少钱？"蒂林问她，拿出他那磨损了的钱包。

她焦急地擦着她的大拇指，在椅子上前后地摇着，眼睛热切地盯着钱包，仿佛害怕如果她不盯着它的话它就会消失不见。她说："一百四十列伊。"然后她从烟灰缸上拿起她的那支烟，狠命地吸了起来。

对于吸毒成瘾的人为了买毒品需要的钱数，伊恩常常感到震惊。这比她一个星期干那种下贱营生挣的还要多。她在撒谎骗钱，这没有什么好奇怪的。除了偷或骗，她没有什么其他的路数可以挣到那么多钱。

蒂林几乎已对她失去了希望——但并没有失去对她的关怀，他一面用拇指飞快地数着钱，一面把老板叫了过来。他是一个蓄了须的老年男人，在他那条褐色的工装裤上系了一条积满污垢的围裙。他经历了齐奥塞斯库的时代并幸存了下来。蒂林从他那屈从的悲伤表情后面看到了他对命运某种程度上的满足。前英国警官问他是否认识附近的什么街头少年。

他回答说他认识很多，有谁会不认识呢？他们有些人会在下午晚些时候，就在他要关门之际，来讨一点剩饭剩菜，或是他就要扔掉的已经不新鲜了的面包。

"你看见过一个年轻女孩和一个青年在一起吗?"蒂林问,"男孩大约十六岁,她大约十三岁,但也许他们看起来要大一些。"那些生活在街上的人老得快。

这个男人的眼睛里掠过了一丝微弱的闪光,他们都注意到了。

"女孩叫西蒙娜,"拉露卡说,"男孩叫罗密欧。"

"罗密欧?"他皱眉道。

拉露卡一见到钞票,立刻精神来了,突然说道:"你会认得他的,他的左手萎缩了,短短的黑头发,大大的眼睛。"

老板看起来更有把握了,说:"这个和他在一起的女孩,长了一头长发?褐色的长发?穿了一套五颜六色的田径服之类的东西,老是那一件?"

拉露卡点点头。

"他们还有一条狗?有时候他们把狗带到这里来,我给它找些肉骨头。"

"一条狗!"拉露卡变得精神百倍起来,说道,"一条狗!是的,他们有一条狗!"

"有时候他们来这里。"

"总是你关门的时候?"蒂林问。

"那得看情况,"他耸耸肩,"有时候在不同的时间来,有些日子又看不见他们。我更希望看到的是顾客!"他为自己的笑话笑了起来。然后他又说:"瞧,我疯了,我都忘记了,这姑娘今天上午来过这里。她问我要一根肉骨头,一根特别的骨头。她说她得走了,她得要一根骨头给狗做一个告别的礼物。"

"她说过她要去哪里吗?"蒂林问道,心里不由升起一阵恐慌。

"说了,我想是绕着加勒比海去巡游吧。"他说,然后又笑了,"我问了,她不告诉我,只说她'走了'。"

"你知道他们住在哪里吗?"

他摊开双手一耸肩说:"不远,就在这附近,我想。在街上,在街底下，我不知道。"

蒂林看看手表，就要午夜了。拉露卡再不注射毒品，很快就要不行了，而他又需要她来认出西蒙娜，同样重要的是，要她来和西蒙娜说话，西蒙娜和罗密欧更可能相信一个朋友而不是他自己。但是如果他把钱给拉露卡，她会消失不见了，赶紧去补上白天的亏欠，然后便不知冲到哪里去了。

"拉露卡，我来开车送你到毒品贩子那里去，怎么样？然后我们再开车回来，接着找。"

拉露卡显得很犹豫。然后她朝窗外看去，看着那越来越白茫茫的一片雪景，便点了点头。

蒂林付钱，他们便离开了。他们在那里待的几分钟里，气温似乎已经又下降了一些。这种天气里在街上你是没法活下去的。如果西蒙娜和罗密欧真在这附近，就像那人说的，几乎可以肯定他们是住在地下，靠近一段供热管道的地方。

但是在街上有成百上千个洞穴可以通向地下这些无家可归者住的地方，而他们离天亮也只有几个小时了。

88

在他去过的每一个大城市的中心都会有一个地方，在那里总是会有一条街与众不同。在这种街道上，罗伊·格雷斯明白，不用通过橱窗去看价目标签——如果这些商品竟然还会有价目标签的话——他也知道他是买不起的。

他现在走进去的就是这样一条街道。

"这是马克西米里安路，"马塞尔·库伦这样告诉他，这时他们开车颠簸着通过电车轨道，转进一条华丽的、宽大的街道，街道两边排满了漂亮而拘谨的新哥特式建筑。这些建筑中有的有柱廊式的正立面，其他的前面则是大理石的柱子。而大多数的房子面街的这一层，在华丽的雨篷底下都有着五光十色的橱窗。格雷斯看到了一些品牌："普拉达、托德①、古琦。"

即便库伦开着一辆虽说年代已久但仍是毫无瑕疵的灰色宝马，在

---

① 指托德邓肯（Todd & Duncan），英国纺织企业，成立于一八六七年，是世界上第一家羊绒纱线生产企业，开创了现代羊绒产业，是各类顶级时装品牌的供应商。

这些停在路边,有专职司机驾驶的高级轿车中也显得有点不合时宜。这些高级轿车有保时捷、法拉利、宾利和绿色时髦的小型迷你车,菲亚特小型车和奔驰Smart。尽管污秽的灰色的淤泥齐脚踝深,但它们大多数都是铮光放亮。

格雷斯坐在前排的乘客座上,手里抓着那张电话记录单,那是警察总长信守诺言,答应给他的。虽然他急于盯牢这张单子,仔细进行研究,但在从机场开出来的这三十分钟里他还是极有礼貌地和库伦说着话。

这位高大而英俊的德国人滔滔不绝地说着他的太太和孩子们的事情。尽管格雷斯已经声明他对于寻找桑迪不再感兴趣,库伦还是向他作了新的汇报,说他在巴伐利亚州的刑事调查局作了多么大的努力去找寻她的踪迹,结果还是一无所获。

打他们右边过去的是四季旅馆那庄严的正门,这时库伦作了一个U型转弯,把汽车又开了回来,停在了一家豪华时髦的咖啡馆的外面。这家咖啡馆有一个展示着各种诱人蛋糕的橱窗,这里的顾客似乎无一例外地都是些穿着长长的毛皮大衣的妇女。有的还坐在外面柱廊里,抽着烟。

德国侦探指着安在一根大理石柱子上的一块门铃铜牌,它旁边就是门。

"公司就在那里,"他说,"祝你好运。我在这里等我们。"

"你不必等。我可以坐出租车去机场。"

"我在英国的时候你对我很好。现在我——你们怎么说这个——任你差遣?"

格雷斯咧嘴一笑,拍拍他的手臂。

"谢谢你,不胜感激。"

"或许完事之后,我们还有时间吃午饭,小聚一下——而且我想也许有些事情我们还需要谈一谈。"

"我也这样想。"

当格雷斯从汽车中出来,走进冰冷刺骨的寒风中,雨滴使得他的脸颊痒了起来。他从后面车座上拿出公文包，然后走到大门入口处，看着牌子上的名字：迪德里希斯布赫有限公司，然后看到下面是：器官移植中心。

自从离开机场以后，他紧张的情绪已经安定了下来。当他按响门铃时他感觉十分放松，如果不算由于动身过早而感觉有点累的话。立刻就有一道明亮的灯光从门板上方的一个小透镜里直射出来，照在了他的脸上。一个德国女性的口音问了他的姓名，然后告诉他到四楼去。

几秒钟后，门发出咔嗒一声。他推开门，走进了一个狭窄的门厅，门厅里奢侈地铺了一块红地毯，一个身体强壮的保安坐在一张书桌后。他请格雷斯在一本登记册上签名。他写下了罗杰·泰勒，并在下面伪造了签名。然后保安指给他看一个老式的笼式电梯。他乘坐电梯到了四楼，走进一间巨大的设施豪华的预约接待室。地上铺的是白地毯，里面点了好些白蜡烛，使得空气中溢满了香子兰的悦人芳香。

一个年轻女人，梳着很时髦的黑色短发，坐在一张装饰华丽的古典式办公桌后面。

"早上好，泰勒先生，"她说，送来一个快乐的微笑，"哈特曼太太马上就会来见你。请坐一会儿。请问你要喝点什么？"

"咖啡就很好。"

格雷斯在一张白色的硬沙发上坐下。在他前面的一张玻璃桌上放着一堆公司的小册子。四面墙上都挂带镜框的照片，里面照的都是面露幸福的人们。他们的年龄不等，有一个在秋千上玩耍的很小的小孩，也有一个在病床上微笑着的老头。无须解说词，很显然他们都是对器官移植中心感到满意的顾客。

他拿起一本小册子正要开始看，秘书身后的一张门打开了，走出一个美貌绝伦，面露自信的女人来。大约四十几岁的样子，他猜想。她修饰保养得很漂亮，披着齐肩的金发，身上穿着一套富有曲线的黑色裤装，脚上是闪亮的黑皮靴，手指上戴着好几个硕大的钻戒，包括她的结婚戒指。

"泰勒先生吗？"她用一种温和的、带喉音的嗓音说，大踏步向他走来，带来一阵香气。她向他伸出手来说："我是玛琳·哈特曼。"

他伸出手来握着，感觉到她的戒指直切进他的肉里，引起一阵刺痛。

她站了一会儿，用她那双明亮的、询问般的灰色眼睛看着他，仿佛在细细打量，然后向他发出一个似乎是赞赏的微笑。

她说："你来这里看我真是太好了。请到我的办公室里来。"

她身上那种明显的肉体美和性感美，再加上一种职业的冷静，这几种因素结合在一起，叫他想起了艾莉森·沃斯珀。这个女人绝对是锐气逼人，带着一种不容侮慢的神气。

她将他引进一个房间，这个房间叫他第一次认识到克莉奥和桑迪在选择家具的趣味上是如何地相似。她们两个都会把房间装饰成这个样子的。它铺着白色的地毯，四面墙也是纯粹的白色，只挂了一张三幅相联的，镶有黑色镜框的白色抽象油画。有一张弧形的黑色中国漆的书桌，上面放着一台电脑和一些完全出自个人的手工艺制品；几盆漂亮的植物颇费心思地摆放在房间的四周，高大而抽象的雕塑立在底座上。在几个地方同样也燃着白蜡烛，发出同样的香子兰的香气，但它却几乎被女人身上那种刺激性的香水味给淹没了。他喜欢这种香气，但是在他看来，这种香气是一款男性香水发出来的。

办公桌的前面是两张笔直的高靠背的椅子，它们看起来好像是从一家现代艺术博物馆出来的。他按照吩咐在一张椅子上坐下。这椅子比它看起来要舒服一些。

玛琳·哈特曼坐在他对面，她的书桌后面。她打开了一本皮面装帧的笔记本，拿起了一支黑色的自来水笔。

"首先，请你告诉我，泰勒先生，器官中心能帮你什么忙吗？或许，先请你告诉我，你是如何知道有关我们的事情的？"

格雷斯小心翼翼，提醒自己不要掉入大象陷阱[①]。他说："我是在互联网上找到你们的。"

[①]大象陷阱（elephant trap）是国际象棋术语，指引诱白方在一个拒后翼弃兵变化中错误地尝试赢得一兵。

从她点头表示赞许的方式来看，这个回答似乎叫她满意。"很好。"

"我到这里来见你的原因是我的侄子，我姐姐的儿子。他今年十八岁了，得了肝功能衰竭。我姐姐担心他不能及时得到供移植的肝脏来救他的命。"

他刚说完，助手给他送来了一杯咖啡和一壶他以为是牛奶的东西。但当他往外倒时，才发现它是奶油。

"你住在哪里，泰勒先生？"

"苏塞克斯郡的布赖顿。"

"你们那里的制度，我想，在你们国家里——你们用英语是怎么说的？有点儿统治，不，是专制。"

"你可以那么说。"他热烈地表示赞同，尽力地去迎合这个女人以取得她的信任。

这时，她从书桌上向前探过身子，胳膊肘支撑在桌面上，把她那双指甲修剪得十分完美的双手交叠起来，托起了她的下巴，看着他，几乎是带着诱惑意味深深地看进他的眼睛里去。

"告诉我，你侄子的肝功能衰竭是慢性的还是急性的？"

突然间格雷斯发现自己完全陷入了困境，这不免叫他大为惊恐。那个该死的调查员没有把这两者之间的区别告诉他。在他看来答案显然应该是急性的，"急性的"带有紧急的意味。而慢性的，他知道，则意味着那种病还可以活许多年。

"急性的肝功能衰竭。"他回答。

她把这点记下来，然后抬起头来看着他说："那么，你认为你侄子还有多久的时间呢？"

"也许一个月，"他回答，"一个月后他可能甚至都不能经受得起做移植手术的风险了。"

"他住在哪一家医院？"

"他是在皇家南伦敦医院做的治疗，但此刻他回家了。"

"这孩子的病情如何？"

"先是自身免疫性肝炎，"他说，"现在又引起了严重的肝硬化。"

她把这点也记下了,做了个鬼脸,仿佛表示她明白这种病情的严重性。

"能否请你告诉我,你们的公司能提供什么样的服务?"

"好吧,"她说,"圣诞节假期快到了,所以我想我们得赶快行动。通常移植手术和术后护理可以在一家离病人家里不是太远的诊所做,这样病人可以不费力地到达那里。如果费用预算成问题的话,可以有一些较为便宜的选择,例如,在印度和其他一两个国家做手术。"

"在英国做一个肝移植手术要多少钱呢?"

"你知道你侄子是什么血型吗?"

"AB阴性。"他说。

她的眼睛闪烁了一下,眉间显出了浅浅的皱痕。"这种血型不常见。"

"我知道。"

"我们对于一个肝脏的收费是三十万欧元。在刚开始看病时须预付百分之五十的款项,在做移植手术前再付余下的百分之五十。在收到你的存款后我们保证在一星期内找到一个相匹配的肝脏。"

"即便是一个稀有血型?"

"当然,"她信心满满地说。

"那么,我侄子住在英国,苏塞克斯郡的布赖顿,会在哪里做移植手术呢?"

"布赖顿是一个美丽的城市。"她说。

"你去过那里?"

"布赖顿吗?我当然去过。那是和我丈夫一起,我们到英国旅游。"

"如此看来,你们在布赖顿附近有场地设施?"

"我们在世界各地有许多场地设施,泰勒先生,这一点你得相信我们。在有些地方我们有做肝和肾移植的场地设施,在有些地方是做心肺移植的,而在有些地方这四种都能做。我可以给你提供一些病例作参考,他们对我们的服务非常满意。那些人如果没有我们做的手术,他们活不到今天。但是请不要有压力。在你们国家每年有一千个人因为得不到器官做手术而死去,而只有做手术才能挽救他们。然而全世界每年有一百二十五万人死于交通事故。在器官移植中心我们仅仅是提供便利的人。那些因为突发事故和悲剧丧失了亲人的家庭,我们给予他们安慰;创造一个利用他们亲人的器官的机会,以挽救他人的生命。这样做的话,你看,就给每一个亲人的死亡赋予了某种意义。你明白我的意思吗?"

"明白。你们在苏塞克斯做的是哪一种移植?"

"肝脏和肾脏。"她用探询的眼光看着他,问,"你本人办了器官捐赠卡吗?"

他脸红了,说:"没有。"

"你和这世界上大多数的人一样都没办。然而,如果你明天一早醒来,发现你得了肾衰竭的话,泰勒先生,你得感谢另外有一个人办了这样的捐赠卡。"

"说得好。能再多告诉我一些吗?在布赖顿地区有什么人得到过你们的服务,我能和他们谈谈吗?"

"你会了解到我们的客户是可以相信的。"

"那是自然。"

"我会查一查我们的记载,如果在你们地区有人做过,我会和他们联系,看他们是否愿意和你谈谈。"

"谢谢你。你能否告诉我,你们会使用哪一家诊所?"

她的眼光有点躲闪起来,说:"对不起,那得看手术室利用的可能性而定。我们要到将近做手术时才能作出决定。"

"是私人医院还是国家卫生系统的医院?"

"我不认为你们的国家卫生系统的医院会很配合,泰勒先生。"

"因为这样做是非法的吗?"

"如果你要把挽救你侄儿生命的行动称作非法的,那么它就是非法的。说得没错。"她看了一眼手表,"我还得去赶一班飞机,所以我很抱歉,因为你来晚了,我们这次会见时间不得不缩短。或许你要把我说过的话再考虑一下?你要带一点我们的资料回家吗?我们这里从不做勉强的买卖。为什么？因为很简单，总是会有极度渴望的人群，也总是会有器官供应。很高兴见到你，泰勒先生。你有我的电子邮箱和我的电话号码。我每周七天，每天二十四小时都可以接听你的电话。"

玛琳·哈特曼的轿车等在外面，她急于动身去机场，她的时间表排得很紧。但她一直坐在办公桌旁，看着闭路电视的摄像头，直到罗伊·格雷斯离开了这栋大楼，然后她从摄像头中下载了他的两张照片到她的手机上，把它们发送给在布赖顿的弗拉德·科斯梅斯库，问他是否能辨认这个人的身份，很紧急。

罗杰·泰勒先生，你是个撒谎的人，她心想。

当了十年的国际器官经纪人，她非常了解她的市场。她了解英国这个制度运作的模式。如果你是一个急性肝功能衰竭的病人，你会立刻被排到肝脏移植的名单上，会把你送去住院。你的情况不可能还会允许你待在家里。

罗杰·泰勒，如果那是他的真实姓名——她认为不是——他已经在跨栏比赛的第一个栏架前就倒下了。他是谁？他为什么来看她？她从这个男人的举止风度以及他问题的种类上面产生了怀疑；她已经得知了答案。

当她站起来准备动身时，她的电话响了。她的日子突然变糟了。

89

平静的天气,再加上他们周围英伦海峡那一片杳无人烟的广大区域,如果不算上几近于冰点的水温的话,这次潜水的条件真是再好不过了。比起一个水草丛生的湖泊或是一条黑暗的、陷阱重重的运河,比起水底丢弃的购物手推车、长着倒勾的铁丝和大块的锯齿状的金属块,今天的情况——用特种搜索队的俚语来说——真是一次豪华奢侈的潜水了。

两个监视器把潜水员摄取的视频图像中转了过来,从它们看来,那里只是灰蒙蒙的一片模糊。

乔恩·莱利奥——还不如称他为沃菲——在绰号克莱德的克里斯·迪克斯的协助下,已经肯定地认出这个残骸就是斯可布侬号。他已经发现在船头舱中有一具尸体,现在正把它带出水面。

格伦·布兰森感觉到一点点摇晃,但比起他上次的出海航行要好得多了。他现在正和其他队员一起,俯身在甲板栏杆上看着越来越多的水泡冲出水面,围绕在红、黄、蓝色的输送氧气和声音的管道线旁。

他们看着那四根绳索将一个浮袋放下水去。几分钟后，戴着头罩的沃菲的脑袋出现了。几秒钟后随之出现在水面上的是一具尸体，它卷起了一个带水泡的大旋涡。

"啊，见鬼！"刚佐叫道。

布兰森很快地看了一眼之后立刻转过身来，极力忍住，不让自己把吃的早餐呕吐出来。

沃菲推着尸体，它被浮袋支撑着，正高高地浮在水面上，向船这边漂来。

然后，几个队员在格伦·布兰森笨手笨脚的帮助下，用力拖着绳子，将那沉重的，因海水浸泡而肿大的尸体从追日者号的一边往上拖，把它从甲板栏杆上拖了过来。

这艘船的设计者极有可能在心里认为，那后面的日光甲板自会有富有的花花公子和漂亮的、袒胸露背的荡妇们来增光添彩。他哪里会想到眼下这番情景：这艘船被用来接待这班特种搜索队队员和不幸的警官。

"可怜的家伙。"阿尔夫说。

"你肯定是吉姆·托尔斯吗？"塔尼娅·惠特洛克问他。

这位警官虽然负责领导这支特种搜索队，但她上任还不到一年，对当地港口人员的熟悉还不曾达到她队员们的程度。

他无情地点点头。

"肯定是他，"刚佐确认说，"我和他在一起工作过五年，那是吉姆。"

这个人的尸体被用灰色的胶带一直缠到了脖子。他的头露在外面，只有一根细长的胶带条横过了他的嘴巴。一只小小的螃蟹正从带子上爬过，阿尔夫赶快低下身子，抓过它，把它扔出船外。

"去他妈的！"他说，"我恨它们。"

格伦明白那是为什么。

死者脸上那长满了厚厚的络腮胡须的下半部分未经触动。但是他脸颊和前额的部分肌肉，以及下面的肌肉和筋腱都不见了，只留下了光秃秃的头颅的碎片。一只眼窝已经被啄食干净了，另一只里还残存着一只眼睛的眼白,已经缩小到了一颗葡萄干的大小。

"我有一阵子不会点螃蟹和鳄梨当前菜了。"格伦说了句俏皮话,努力使自己摆出一付勇武的面孔。

"这里还会有谁想要海葬吗?"乔伊斯问道。

没有人接话。

90

弗拉德·科斯梅斯库现在非常担心。他坐在书桌旁，前面放着他的电脑。他不再从布赖顿的滨海区望过去，去欣赏远处的风景了。每隔半小时左右，他就会检查一遍当地报纸《百眼巨人报》最新的在线新闻。

自从接到上个星期的那通电话以来，他的心里在一直像针刺似的作痛。

你把事情搞糟了。

多年来，这个城市对他一直是一个巨大的激励。在这里他被金钱和美女环绕；这里使得他能够出钱将他的残疾妹妹供养在一家好的疗养院里。他的收入使他过上的生活，是他过去只有在梦中才会见到的。

他不愿意听别人告诉他，说他把事情搞糟了。

他一直小心谨慎，甚至到了不正常的过分的程度。这赢得了他雇主的信任，他才能在这里稳步建立起他的事业王国：按摩院、保镖机构、有利可图的毒品生意，近来又加上了与德国人的合伙生意。器官买卖是这一切中最好的。每一次成功的器官移植都会使上万英镑进入他的荷包,又从那里直接进入他在瑞士银行的户头。

对于他选定的这个国家,他记住了一件事,那就是:警察全力关心的就是毒品买卖,其余一切别的事都被放在次要的位置上,这对于他真是再好不过了。

一切都进行得顺风顺水,直到吉姆·托尔斯出现。

也许这个船老大真的是把尸体错扔到了一个挖沙区域。但他不这么认为。托尔斯曾经企图对他进行诈骗——不管是出于何种动机,是出于道德心,还是讹诈?

突然他的电话响了一声,来了一封短信。

这是他最大的财源,慕尼黑的玛琳·哈特曼发来的。

她也像他一样,为了使警察不容易对她进行监视,每周都换一个新的充值卡移动电话。

短信内容是:你认识这个人吗?

附上了两张照片。他打开照片。几分钟后,他伸手去拿一支香烟。

从他在这里初创事业时起,认识这里每一张会对他感兴趣的警察的脸就是他的一件大事。多年来他一直追踪着这个特别的警察的职业道路——多亏了《百眼巨人报》,他能始终关注着此人的职务升迁。

他拨打了她的电话。"他是苏塞克斯郡刑事调查部的总警司罗伊·格雷斯。"他通知她。

"他刚刚到过我的办公室。"

"也许他想要一个器官?"

"我不这样认为,"她一本正经地说,"但是我想你应该知道我刚才收到了罗杰·塞利尔斯的一个电话。警察今天上午到他家里去谈过话了。"

"谈什么?"

"我想这只不过是一次试探性的钓鱼。但是我们应该马上把一号选择对象送去做手术,对吗?"

"是的,我也这样想。"

试探性的钓鱼。这几个字叫他辗转不安起来。

"我会把一切事情都往前安排。请你随时待命。"她下达命令。

"我准备好了。"

她像平常一样突然挂断了电话。

科斯梅斯库点燃香烟,神经紧张地抽起来,一面绞尽脑汁地想着,将一号选择对象的名单在脑子里过一遍。警察见过了外科大夫和器官经纪人,还是在同一天里,这件事情使他很不高兴。事情一点都不妙。

这时他被突然出现在他面前的一条新闻给吸引住了。

海峡中又拖出第四具尸体,这行标题在他面前呼喊。

他看了这个事件报道的头几行。一个警察潜水队搜寻在肖勒姆登记注册的失踪捕鱼船斯可布伊号时,从它的残骸中发现了一具尸体。

他妈的!他想,啊,糟糕,糟糕,真糟糕。

91

林恩坐在她的工作站里，喉咙由于忧虑而发紧。她带来当午餐的金枪鱼三明治就放在她面前，上面只咬了一小口，和它放在一起的还有一只未动的苹果。

她没有胃口，由于紧张而恶心，精神极度不安。今天晚上，下班后，她有一个约会。但是这种紧张不安并不是像她还是个少女时，要去与她的男朋友会面之前的那种激动。它更像某种黑暗的，即将落入陷阱的，赴死的飞蛾。她约会的对象就是那个可憎的雷吉·奥库玛。

或者可以说她现在最为关心的就是他答应的那一万五千英镑现金。但是从他今天上午早些时候在电话中所作的暗示来看，很明显他期待的东西不只是短暂的一起喝鸡尾酒的快乐时光。

她把眼睛闭上了一会儿。凯特琳的情况一天不如一天，有时候似乎是一个钟头不如一个钟头。林恩的母亲今天上午在陪着她。圣诞节就要来临。玛琳·哈特曼已经保证了收到定金后一星期内提供一个肝脏，她现在已经收到那笔定金了。所有提出供她作参考的病例也都已经核对过了,这使她的疑虑消除了。但是不管器官经纪人的承诺如何,现实的情况是有大量的活动在圣诞节期间会停止,而病情恶化的步伐不会因此而减慢。

罗斯·亨特今天早些时候给她打过了电话,恳求她把凯特琳送进医院。

是的,送进医院等死,对吗?

她的一个同事,一个活泼友善的年轻女人,名叫妮基·米切尔的,在她身旁站住,在她的桌上放下一个封了口的信封。

"你的神秘的圣诞礼物!"她说。

"啊,好,谢谢你。"

林恩看着信封,心里想着不知是办公室里哪一个送的。她也得去买一件匿名的礼物。通常她会很喜欢这样做,但现在她只觉得这是添乱。

挂在她前面墙上的巨大的电视屏上,现在是这些字:圣诞奖金!它们正在一闪一闪的,周围绕以小小的圣诞树和正在打旋的金币。奖金此刻已经达到三千英镑了。在这间办公室里感觉到处都是金钱。如果她切开她一半同事的身体,她可以确信他们的血管里流出来的不是血而是金钱。

有那么多该死的钱,几百万,几千万。

所以究竟为什么要筹到那最后一笔给德国经纪人的一万五千镑就那么难呢?马尔,她的母亲,苏·沙克尔顿和卢克,他们全部是了不起的好人。她的银行也是令人吃惊地富有同情心,但是由于她的透支已经超额了,她的经理告诉她说,他得去总行要求批准,对于能否获得批准他没有信心。她唯一真正的选择就是再试一次更大的抵押,但那个过程需要好几个星期——而她没有这个时间。

突然她的电话响了,来电的号码并未显示。她偷偷摸摸地接电话,不想因为接私人电话而受到斥责。

是玛琳·哈特曼打来的,她的声音听起来有些生硬,有点焦虑。她说:"贝克特太太,我们已经对一个适合你女儿的肝脏做过了鉴定。"

我们于明天下午做移植手术。明天中午请和凯特琳做好准备,把行李打好包。你已经收到了我寄给你的,你必须为她带来的一切东西的清单了吗?"

"是的,"林恩说,"收到了。"但是她的喉咙因为紧张和激动而发干,几乎听不到声音发出来,"你能——你能告诉我有关——捐赠者的任何事情吗?"

"它是来自一个出了摩托车事故的年轻女人,现在已经宣告脑死亡,靠生命支持系统而活着。我不能再告诉你更多的情况了。"

"谢谢,"林恩说,"谢谢你。"

她挂掉电话,感觉有点头昏,因为激动——和害怕而恶心起来。

92

  天太冷他们不能走着去搜寻,所以都坐在伊恩·蒂林的欧宝车里,把车窗上凝结的冰雪擦出一个个的洞,再通过这些小洞望出去,就这样开着车沿咖啡店附近那些充满了烂泥和雪水的街道蜿蜒滑行。刚刚四点半钟,那可憎的雪云底下的日光便迅速地暗下去了。
  他们已经停下来,研究过路上的好几个洞穴。但迄今为止还没有一个里面似乎住着人。他们沿原路返回,再一次经过那个小超市、咖啡店和肉店,然后是一家搭着脚手架的东正教教堂。两条大狗,一条灰色的,一条黑色的,正在忙着撕扯开一个装垃圾的袋子。
  拉露卡坐在后排座位上,现在由于注射了毒品而平静下来。突然她僵住了身子向前探过去,激动地叫道:"伊恩先生!那边,在那边,看!停车!"
  一开始他沿着她指出的方向看去,只看见一大片荒废了的地带,有几辆抛弃在那里的小汽车,一群妓女,一些高耸的分租楼房,十几个卫星天线锅爬在外墙上面,就像是藤壶黏在了岩石上。

他迅速开了过去，颠簸着穿过了一条车辙，然后滑行了一小段路便停了下来。在他后面，一辆老式的卡车愤怒地向他鸣响了喇叭，风驰电掣般地开了过去，只有些微之差就擦着小汽车的车身了。

拉露卡从挡风玻璃往外指，有三个人正从一片与周围不同的混凝土中的一个洞穴里出来，那个洞穴有着锯齿状的V字形凹口。因为光线及有雪覆盖的缘故，看不清那是在路边还是在人行道上。紧靠洞的地方，蒂林看见一个临时搭建的处所，是借着一段倾倒了的围栏搭成的。一条狗躺在里面，正在嚼着什么东西，对于周围的天气完全不管不顾。在离开它一小段距离的地方停着一辆巨大的黑色奔驰车，它的引擎开着，浓厚的气体正从它的排气管中往外冒。

这三个人中有一个是体态优雅的高个子女人。她戴着一顶毛皮帽，穿着一件深色的长大衣，脚上穿着皮靴。她正抓着一个女孩的手。那女孩长着一头栗色的头发，戴着一顶羊毛的帽子，在一套破烂的、五颜六色的慢跑运动服外面穿着一件蓝色的蓬蓬夹克，脚上是运动鞋，这是这个下雪的季节里最不适宜穿的鞋了。她脸上是一副茫然的表情。第三个人是一个男孩，他穿着一件带风帽的上衣和牛仔裤，脚上穿的也是运动鞋。他就站在洞旁，看着他们，显出很失落的样子来。

那女人正领着女孩向汽车走去。女孩可怜地转过头来挥手。男孩也向她挥手，口里还喊着什么。然后女孩转过身来向狗挥手，但是狗没有理她。

大风刮过雪地，变成了一阵夹雪的暴风。

"那是她！"拉露卡尖叫，"那是西蒙娜！"

伊恩·蒂林从汽车中风一般跑了出来，雪片像大号铅弹一样直打到他的脸上。安德列娅也一阵风似地从乘客车门中冲了出去，后面跟着其他的人。

又一辆卡车雷鸣般地开了过来，车速快到了危险的地步，他们不得不等它开过去，这时蒂林从污泥雪水中全速奔跑过去，声嘶力竭地叫道："停下来，停下来！"

那个女人和女孩子在前面五十多码远的地方，就在汽车旁。

"停下！"他又尖叫道。然后对那男孩叫道："拦住她们！"

那女人听见了他的声音，回过身来看了一眼。她匆忙拉开汽车的后门，把女孩推了进去，她自己也跟着坐进去了。汽车后车门还没来得及关好，奔驰便开走了。

蒂林继续全速奔跑追赶它，又跑了一百码左右，直到他俯身倒地。他爬起来，一阵阵喘气，又开始往回跑，跑向他的欧宝，一面叫着拉露卡、艾丽亚娜和安德列娅坐进车。然后他在男孩跟前停下，看见他有一只枯萎了的手。

"那是西蒙娜吗？"

他不回答。

"西蒙娜吗？那是西蒙娜吗？"

男孩还是什么都不说。

"你是罗密欧？"

"也许是的。"

"听着，罗密欧，西蒙娜有危险。她要上哪儿去？"

"那位太太带她去英国。"

蒂林咒骂了一声，跑到他的汽车跟前，爬了进去，开始加速，跟着奔驰开走的方向追去。

几分钟后他明白他们追不上了。

但是这时他又有了一个想法。

93

她已经开始想罗密欧和阿特尔了。当她把那根肉骨头给它的时候,那狗脸上的表情是悲哀的,仿佛它知道一切,能感觉到他们是永远分别了。

她已经答应过阿特尔有一天她会回来,她用双臂抱住它那患了疥癣的脖子,吻它。但是它看着她,仿佛不相信;仿佛它懂得再见和永别中间的区别。狗叼着那根骨头回到了围栏下它的窝里,没有回头再看她。

她没有这条狗也能活下去,这点她明白。这狗是幸存者,它会很好的。但是她生活中不能没有罗密欧,她的心里在呼唤着他。当她把戈古压在脸上时,眼泪便滚滚流下她的面颊。戈古这条小小的褴褛的假货毛皮条是她随身带走的唯一东西了,她把它紧紧地贴在脸上。

坐在这辆黑色轿车的后面,在它那深色的车窗玻璃下面,以及满是皮革气味和那德国女人的香水气味的空气中,她感到了她有生以来从未感到过的孤独。那女人总是在不停地打着电话,偶尔焦虑地从后车窗看出去,看着那一片黑暗。他们的汽车慢慢地开着,在一条撒过盐的,满是污泥雪水的路上,在时停时走的交通人流中前进。每隔几分钟她都会朝着开车那人的脖子上瞧。

这个男人的头发剪成了平头,露出浅浅的一层绒毛。他身上有一条蛇的刺青,从白衬衫领子的右边直伸了出来,吐出分了叉的舌头,仿佛要发动攻击。当那女人打开车内灯光,在她的日记里作笔记时,她有两次看到了那条蛇。

她发起抖来,害怕这个男人。尽管有这女人和她在一起,照顾着她。

他就是那个曾经把她从加拉德诺德车站那里的警察手中救出来的那个男人的司机。那个男人后来强奸了她,而这个司机开车送她回家的路上曾经试图调戏她,被她咬了一口,给咬伤了。

在后视镜中她捕捉到了他的目光曾不断地注视她,给她发出信号,表示他跟她还没有完,那件事他不曾忘记。她努力不要再去看那后视镜,但是每次她把目光移开,他的眼睛就转向那里,盯着她。

她心里但愿能把他伤得更深一些,把他那个该死的东西给咬下来。

终于那个女人打完了她的电话。

"快了,亲爱的!"女人用戴了皮手套的手拍了拍她的面颊,说,"你们很快就会又在一起了。你会喜欢英国的,你在那里会很快乐。你激动吗?"

"不。"

"你应该激动,你过上了新生活!"

玛琳·哈特曼暗中想道,事实上,是三个人将开始新生活。

把心肺浪费掉真是可惜的事。但是在她的记录本上,在英国还没有找到相匹配的受体,她不愿意冒风险再耽搁一下,以便一个合适的受体出现。就算没有警察的干涉,那些器官离开了身体也不会存活足够长的时间以便运送到海外。对于一次肝移植手术来说,如果各方面可能的话,最好是将捐赠者和受体尽可能近地放在一起,尽量减少死亡和移植之间的时间耽搁。这姑娘太小,他们不能将她的肝脏进行分割,但是把它用作一次移植,其利润也是十分可观的。

肾脏有一个适当的搁置存活期,如果保存得当的话,可以存活二十四个小时。她已经为西蒙娜的肾脏找到了排队等候的买家,一个在德国,一个在西班牙。她可以把这女孩的皮肤、眼睛和骨头卖到其他的国家。但是卖这些东西赚头太小,不值得费心把它们从英国往外运。她从两个肾脏上可赚得十万欧元,而从肝脏上,刨去成本可净赚十三万欧元。

她非常高兴。

94

快,快,快!这该死的交通!去他妈的这该死的交通!

伊恩·蒂林按着喇叭,但按与不按没什么两样。在晚高峰时期布加勒斯特整个市中心及其四郊都经历着交通全面大堵塞,汽车一辆接一辆地停着。今晚的雪使情况变得更糟了,高峰时间一直延续到了深夜。

他心中感到的唯一安慰就是西蒙娜的那辆车也会被堵在这里面。

该死的拉杜·康斯坦丁内斯库副警长,你这个懒杂种,蒂林心想,又擦了一遍挡风玻璃上凝结的冰霜,同时望着在他前面有一段距离的一辆悍马,那辆大型高级车的尾灯发出一片模糊不清的红光。四十分钟以来,他一直在拨打他唯一在布加勒斯特认识的有权威的警官的手机和直拨电话。但是这两个电话都在不停地响,既无人接听,也没有转接到留言电话上去。这人已经下班离开办公室了吗?或者他在开会?正在解着世界上最耗时的大便?

他估计,这个德国女人会把西蒙娜带到布加勒斯特的两个国际机场中的一个,这一点几乎可以肯定。最有可能的是去那个较大的奥托佩尼机场。但那个机场他已经先试过了,她们不在那里。现在他正在拼命地往第二个机场赶。他迫不及待地需要找到那个副警长,让他把她们抓起来,或者至少要阻止她们出国,如果这个警官会同意这么办的话。

交通的车流往前移了一英寸又停了下来,他紧急刹车,差一点和前面的那辆悍马追尾。他的汽油快耗尽了,温度表升到了一个危险的高度。他又拨打起康斯坦丁内斯库的电话来,这一次竟然一打就有人回应了,这真是叫他又惊异又宽慰。他听到了警官那粗哑的声音。

"喂?"

"我是伊恩·蒂林。你好吗?"

"伊恩·蒂林先生,我的朋友,大英帝国为罗马尼亚无家可归者服务的人!我能帮你什么忙吗?"

"我迫切需要你的帮助,劳驾,帮个忙。"

蒂林听到一声尖锐的抽吸声,便明白这人大约是从先前吸的一个烟蒂上点燃了一支香烟。他尽可能又快又简明扼要地把情况作了解释。

"你有这德国女人的姓名吗?"

"英国警方告诉我她叫玛琳·哈特曼。"

"这个名字我没听说过。"他突然开始痛苦地咳嗽起来,等咳完了,又问,"那女孩的名字呢?"

"西蒙娜·艾里米亚。我相信她也许与那三个你要替我进行调查的少年是一起的,你还记得吗?我希望你也许能替我查出她的身份来?"

"啊。"

令他沮丧的是,蒂林听见他拉开抽屉的声音。上次去他的办公室拜访时他曾经看着警官把那个抽屉打开又关上。这个副警长把蒂林要他去传观的那三张电脑面容识别合成照片和三套指纹一把塞进了那个抽屉。他明显已经把这事给忘了,就像他忘记许多其他对他来说不必优先考虑的事情一样。

"玛琳·哈特曼,请你告诉我如何拼写这个名字吧,要人先生?"

蒂林耐心地拼出这些字母，然后在拉露卡的帮助下，向他把西蒙娜的样子作了一番详细的描述。

"我马上就给机场打电话，"康斯坦丁内斯库向他保证，"这两个人在一起，不管是在验票口还是验护照处，都不应该难于发现。我会要求机场警察局以涉嫌人口贩卖的罪名逮捕这个女人，对吗？你在到那里去的路上吗？"

"是的，"

"当你到达那里时，我会打电话告诉你你要去找的那个警官的名字，好吗？"

"谢谢你，拉杜。我真的不胜感激。"

"我们很快就会要喝酒庆祝你的奖牌——是吗？"

"我们要喝好几回！"蒂林回答。

当奔驰车开出城市更远时，交通堵塞的情况慢慢有了好转。玛琳·哈特曼又转过身来向后窗看出去。令她欣慰的是，这四十分钟来一直跟在她们后面的那辆汽车的头灯在大雪弥漫的远处慢慢消逝了。

西蒙娜将脸贴在冰冷的车窗玻璃上，把戈古紧紧地抱在脸颊旁。她从风雪中望出去，看着那些楼房慢慢地让位给了黑暗、空旷的半透明的地平线。

玛琳·哈特曼又在她的座位中坐正了，打开手提电脑，开始查看她的电子邮件。他们前面还有一大段夜路要赶呢。

95

　　罗伊·格雷斯从慕尼黑赶回来的时间,恰好能赶上开下午六点半的那次碰头会。

　　他匆匆忙忙走进会议室,一边走一边看着议事日程,并设法不使他手里那一杯咖啡泼出来。

　　"旅行成功吗,罗伊?"诺曼·波廷说,"修理那班德国佬了吗?叫他们明白是谁赢得了那场战争?"

　　"谢谢,诺曼,"他说,在座位上坐下,"我想如今他们已经明白了那个。"

　　波廷向空中竖起一根手指说:"他们是不走正道的鸡奸者,就像日本人一样。瞧瞧我们的汽车工业!每两辆车里就有一辆是德国人的!"

　　"诺曼,谢谢你!"格雷斯提高了声音,感觉很累,经过了这长长的一天之后变得有些容易动气。这漫长的一天远没有过去,他想在大家坐下来之前把议事日程看完。

　　波廷耸耸肩。

格雷斯继续默默地看着,这时越来越多的人拖着脚步走进来了,然后他开始开会。

"好吧,这是我们海王星行动的第十六次碰头会。我们又发现了一具尸体。它也许会,也许不会与这个行动有牵连。"他看着格伦说,"我们这位不愿意出海的渔夫会跟我们把这件事说个清楚明白吗?"

布兰森苦笑说:"看来我们是找到可怜的老吉姆·托尔斯了。因为他被人从头捆到脚,我们没法看清楚他是否做过了外科手术,所以我们得等待尸检结果。今天晚上不可能做了,得等到明天上午做。"

"已经正式验明身份了吗?"丽齐·曼特尔问。

"从他手上戴的一只金镯子和手表已经验明了。"布兰森回答,"我们决定不让他妻子看见他,他的样子可不怎么好看。还记得电影《大白鲨》里在水下的那张脸吧?就是透过船身的那个洞暴露出来的那张脸,一只眼球掉了出来挂在外面,把理查德·德雷福斯吓得屁滚尿流?他就像那个样子。"

"你说得太多了,格伦!"贝拉·莫伊厌恶地说,本来想要把一颗麦丽素扔进嘴里去,临时改变了主意。

"目前为止,我们知道了些什么情况?"格雷斯问。

"船是被凿沉的,不是发生了碰撞而沉的。"

"有没有自杀的可能性?"

"当你被用电工胶带浑身上下捆得像个木乃伊的时候,你很难去把自家的船凿沉的,头儿。除非你私下里还有一招,会像个杂技演员那样,从捆在身上的绳索中脱身出来。"

底下一片吃吃的笑声。

格雷斯也笑了起来,然后他说:"眼下立即要做的是,由我们来接手进行调查。曼特尔警督,由你带领一个小组全力去调查这件事。至于是不是要对这桩谋杀案单独立案,在某种程度上得取决于尸检告诉我们的情况。"

他看看她。

"好的,"她回答,"我希望你来参加这个组,格伦,因为你曾经见过托尔斯的妻子——那个寡妇。"

"没问题。"

"在这具尸体上我们得小心媒体的反应。"格雷斯说,"和以前一样,让我们等等,看尸检会得出什么结果来。"

"我同意。"曼特尔警督说。

布兰森说:"关于弗拉德·科斯梅斯库的事情我越来越感到不愉快了,香烟蒂上的DNA检测已经证实了他就是那个在肖勒姆港的人。然后那个舷外发动机——"

"那只是一个可能的证据,证明他到过那里,格伦,"罗伊·格雷斯纠正他说,"但那不是绝对的证实。别人也有可能把烟蒂掉在那里。你——每一个人——"他停下来环顾他的队员们,"我们都得知道,如果你说某件事情和某件事情相符合,或能说明,这里就存在着一个巨大的危险。在法庭上你会被一个精明的律师撕成碎片,他会指控你误导陪审团。我们要用的正确字眼是证据,明白吗?决不要说什么推测,或者根据。这是输掉一宗案子的快速办法。"

几乎人人都在点头。

"所以关于他,你还有什么要说的吗?格伦?"

"我们知道他是一个欧洲刑警组织和国际刑警组织都感兴趣的人,在好几宗案子里,他们已经追踪到他卷进了人口贩卖和洗钱的活动。"

"但是在他的档案里没有过对他的指控和定罪吗?"

"没有,罗伊。"

"事实证明英伦海峡并不是一个藏东西的好地方,不是吗?"贝拉·莫伊评论道,"如果你要藏住一具尸体或者是一台发动机的话,你最好还是扑通一声把它往丘吉尔广场中央一扔,至少还会有人替你把它藏起来!"

"我看最好是把他抓来问一问,搞一个搜查许可证,到他的住处彻底搜一遍,搞到他的通话详单。"布兰森继续说。

"就因为在肖勒姆港发现的两个香烟屁股和一台丢弃了的舷外发动机吗?"格雷斯发出疑问。

"因为他用双筒望远镜观察斯可布依号。他为什么那么做?那是一艘旧渔船——在那些死去的少年被捞进那艘船里以前,没有什么特别的原因值得他那么做,对于这个人我有一种预感。罗伊。"

"这艘船还能打捞上来吗?"格雷斯问。

"可以,但这是一个大行动,花费会特别高,我和塔尼娅·惠特洛克把它看过一遍了,我想你要说服局长助理沃斯珀接受这笔开销恐怕得费一番力气。"

"如果你的预感是正确的话,你就必须取得他到过那艘船上的证据——有某人看见过他在那艘船上,或是法医检验出来的某些东西,或者是他丢在船上的某些属于他个人的东西。"

布兰森显出沉思的模样,说:"或许他们得再一次潜水下去做一个彻底的搜查。"

格雷斯思考了几分钟,说:"对于他可能卷入的活动,你有什么想法吗,格伦?"

"还没有,头儿,但是我敢肯定他有牵连。所以我想我们应该尽快对他有所行动。"

"好吧,"格雷斯表示同意,"搞一个搜查许可证,但是你得把申请理由再补充一些。然后看他是否会自动说点什么,这样比起把他抓起来短短问他几句他便缄口不言了要好一些。他也许会多说出点什么来。带某个受过询问培训的人去——贝拉。"他看着曼特尔警督,"你同意吗,丽齐?"

警督点点头。

格雷斯看看手表,心里飞快地算了一下。如果他们幸运的话,到布兰森把申请搜查许可证的表格填好,然后找到一个义职官员把许可证签署了,至少也会是十点钟了。他又回想起他曾亲眼见过科斯梅斯库那辆奔驰跑车的情景,说道:"那人是个夜猫子,你们要等他,那可有得等了。"

"那么我们可以在他房里舒舒服服地等他!"布兰森说。

"但愿上帝保佑他收藏的 CD 碟片。"格雷斯回答。

布兰森好面子，显出尴尬的样子来。

"当你们真的等到了他，"格雷斯说，"我想你们会发现他是很难对付的。他在这个城市的邪恶圈子里混了十多年了，一次都没有被关进过警局。除非知道如何玩这个游戏，否则做不到这一点。"

然后他又去看他的议事日程了。

"昨天我们确认了林恩·贝克特太太，她的电话号码是由德国警方的关系给我的。她有一个患了肝功能衰竭的女儿。"他拍拍一堆复制的单子说，"这些就是我今天去见的那个德国器官移植中心的通话详单。我的意思是说，这些东西不是通过官方渠道得来的，所以我们必须灵活一点来运用它们，但这样做也不会给我们造成障碍。"

他啜了一口咖啡，然后继续说。

"我发现过去三天来有九个打出的电话，是打给林恩·贝克特的座机的，有四个是从她那里收到的电话，另外还有两个打出来的电话是打给她的手机。"

"你有这些电话的录音吗，罗伊？"盖依·巴切勒问。

"不幸得很，没有。他们和我们一样也有类似的保护隐私的法律。但是他们正在办理授权许可，现在任何时候都能办好。"

"大约和阿道夫·希特勒的时代有不同。"波廷咕哝道。

格雷斯对他怒目而视，然后说道："今天上午我去慕尼黑见了一个德国女人，名叫玛琳·哈特曼。她是器官移植中心德国器官经纪公司的头儿。他们就在我们眼皮子底下在英国做生意！我们迫切需要找到他们在这里什么地方做手术。他们和这位贝克特太太慌慌张张进行的活动就表明他们正在图谋什么事情——"

波廷的移动电话突然响了，奏起了印第安纳·琼斯的主题曲。他脸红了，看一眼来电显示，然后站起来喃喃道："这也许和罗马尼亚——有关！"他几步走出了会议室。

"我们也许没有多少时间来找出他们干这件事的地方，"格雷斯继续说道，"我一直在给医务界人士打电话，想要确实地弄明白要建立一个器官移植场所需要些什么，不管是临时的还是永久性的。"

"需要一大队人马，罗伊。"盖依·巴切勒说，"当我们会见罗杰·塞利尔斯先生时，他说——"他停下来在笔记本里翻找一两页当时做的笔记，"你至少需要三个外科医生，两个麻醉师，最低限度需要三个擦洗消毒的护士，以及一个二十四小时细致入微照顾护理的小组，中间包括几个受过移植手术术后护理方面培训的人员。"

"是的，总共需要十五到二十个人员，"格雷斯说，"他们最低限度需要一个设备齐全的手术室和一个设备齐全的加强护理病房。"

"所以我们得去找一家医院，"尼克·尼科尔说，"要么是一家国家卫生系统的医院，要么是一家私立医院。"

"我们可以把国家卫生系统的医院排除在外。事实上不可能有一个非法得到的器官，例如一个肝脏，进入这个系统。"曼特尔警督说。

"我们如何来确定这点呢？"格伦·布兰森问道。

"非常确定，"丽齐·曼特尔说，"这个系统是滴水不漏的。一个器官想要溜进这个系统，就必定会有大量的人知道它。如果只有一个人知道，那也许就是另一种情况了。"

布兰森沉思地点点头。

"我想我们要找的是一家私人医院或是诊所。"格雷斯说，"必定有某些专用于器官移植的药物——我们需要搞清楚这是些什么药物，由谁制造，由谁供应，然后去看看他们把这些药卖给了哪些私立医院和诊所。"

"那得要些时间，罗伊。"曼特尔警督说。

"不可能有太多的专用药物，或是太多的供应商，以及太多的终端使用者。"格雷斯说。他转向调查员雅奎·菲力浦斯说，"你能马上着手开始这方面的调查吗？如果你需要的话，我会给你多派几个帮手来。"

诺曼·波廷走回会议室。"抱歉得很，"他说，"刚才那是我在布加勒斯特的一个熟人同事，名叫伊恩·蒂林的电话。"

格雷斯作手势叫他继续往下讲。

"他正在企图跟踪一个年轻的罗马尼亚女人，一个名叫西蒙娜·艾里米亚的少女。他相信她正处在被人贩卖的过程中，情况很紧急，可能在今晚或明天到达英国。这位同事已经给我用电子邮件发来一套警方拍的照片，他相信就是她。那是在两年前她犯商店货物扒窃罪而被逮捕时拍的，当时她说她是十二岁。我现在正在打印。你能给我两分钟时间吗？"

"去吧。"

波廷又走出了房间。

"如果巴切勒警官和鲍特伍德警探对罗杰·塞利尔斯的怀疑正确的话，我们应该考虑对他实施监视。如果我们跟踪他，他也许会把我们带入那家医院或诊所。"曼特尔警督说。

格雷斯点点头，说："是的，你这个看法好极了。我们知道情报分处还有多少人手吗？"

"他们有一个重要的行动，"曼特尔回答，"所以也许指望不上了。"

情报分处是刑事调查部里专门执行隐蔽监视的部队。他们的主要精力都集中在毒品犯罪上，但是现在他们的工作也越来越多地包含了人口贩卖。

几分钟后波廷又回来了，他把复制的几张罗马尼亚警方为西蒙娜拍摄的正面像和左右的侧面像分发给调查队员们看。

"根据伊恩·蒂林所说，这个女孩于今天早些时候从她家里被一个德国女人带走，说是带她去英国开始过新生活。某种生活。我得说，从这话听来，像是别人的新生活。"

"好俊俏的姑娘。"丽齐·曼特尔评论说。

"当她成了一只皮筏子时，便不会显得那么俊俏了。"波廷说。

"皮筏子"是警察的粗俗行话，指在经过尸检，把所有的内脏器官都摘除之后的一具尸体。

格雷斯从一只信封里取出几张玛琳·哈特曼的照片让大家伙看，是用长焦镜头拍的。

"这些也是我从慕尼黑的LKA朋友那里要来的。你想也许就是这个女人吧，诺曼！"

波廷目不转睛地看着照片。"她可是个美人儿，罗伊！"他说，"我能明白你为什么要去慕尼黑了！"

对于他的这一番评论，格雷斯不予理睬，他简明扼要地说："圣诞节马上就要到了。以我的经验来看，人们大多数要在圣诞节放假之前把事情给结束。如果这个女孩今晚或是明天就要到达，然后被杀死，摘走器官，那么我想我们能够推断，只要她一到这里，这些事情马上就会发生。我们需要获得更多有关这个名叫林恩·贝克特的女人的信息。以我的观点看来，从诺曼提供给我们的情况，我们有足够的理由可以获得批准安装一个电话窃听器。"

要获得一个电话窃听器安装的许可，其准则是有证据证明一个人的生命面临直接的危险。格雷斯相信他能够证明这一点。

"我们需要得到轮值代理警察长的签名批准，还有内政大臣，或是内阁大臣的签名。"曼特尔警督说。

轮值代理警察长在局长、副局长和两个局长助理之间轮换。

"这个星期是艾莉森·沃斯珀轮值，"格雷斯说，"这不会成问题，她办一切事情速度都很快。"

"你能使得一个内阁大臣以多快的速度行动？"贝拉·莫伊问。

"近来机关里办事加快了速度，伦敦那里现在只要一个电话就会下指示。"他看看手表说，"我们应该会在午夜前得到批准，在她正在使用的线路上安装电话窃听器。"

"这女人和这个少女说不定现在已经到了，长官。"盖依·巴切勒说。

"是的，她也许到了。但是我想我们仍应该监视往每一个入口。盖特威克机场是最有可能的进入口，但是我们也要把希思罗机场包括在内，确保它也要在我们的监视雷达上，还有海底隧道和轮渡码头。我会给盖特威克机场的比尔·沃纳打个电话，叫他注意所有从布加勒斯特以及其他她们也许会使用的出发航空港进入的飞机航班。"他沉默了一会儿又说，"我恐怕会有一个漫长的夜晚在等待我们。我不希望明天又会有另一具尸体出现。"

96

　　林恩通常不喜欢冬季的这几个月份，因为那就意味着下班回家时天已经黑了。但是今晚去和把车停在街那头的雷吉·奥库玛约会时，她很高兴天是黑的，即便是汽车被街灯照得清清楚楚。她离汽车还有五十码距离时，便听到了它那低沉有回响的的喇叭里发出音乐的轰鸣，以及废气从它那像下水管道般粗细的废气管里排出时的扑扑声。

　　这是一辆老式的宝马三系车，外表看来它的颜色是那种粪便般的暗褐色，但至少它的车窗从外面看来是黑色的。发动机开着，她推测，是要给扩音器提供电力。

　　车门为她打开了。她犹豫了一会儿，心里不知道自己这样做是否会犯下一个严重的错误。但她迫切需要他答应带给她的那一笔现金。她瞟一眼四周，看有没有正在干活的人看见她。她溜进了前排乘客座位，匆忙拉上车门。

　　汽车的内饰甚至比它的外表更为可怕。低音的喇叭正在轰鸣，播放着某种糟糕的说唱歌曲，震得她脑子直痛。一对毛皮的骰子方块从车内的后视镜上悬挂下来,也在发颤。仪表板顶上横放了一串蓝色的彩虹灯泡,她原以为那是圣诞节的装饰,但此时才明白把它放在那里是因为雷吉·奥库玛认为这样做很酷。

这男人身上发出的那股浓烈的古龙水的气味甚至比那音乐更叫她难以忍受。

令人感到意外之喜的倒是这辆汽车的主人。

林恩总是在内心里去设想她客户的形象,她对雷吉·奥库玛的形象设想,是介于罗伯特·穆加贝和汉尼拔·莱克特之间的一个杂交种。而现在在街灯和那串蓝色的彩虹灯的照耀下,她才能第一次清清楚楚地看见他。那与她心目中的形象大相径庭。

她估计他有三十好几,接近四十了。其实他长得很英俊,通身有一股子力量和自信的气派,这叫她想起了演员丹泽尔·华盛顿。他身体瘦长而结实,剪了一个板寸头;在一件黑色T恤上穿了一件黑夹克,非常有时尚气息。他的手指上戴了太多的戒指,一只手腕上松松地套了一只结实的、有金链条连着的手镯,另一只手腕上炫耀着一块日晷般大小的运动型手表。

"林恩!"他说,满脸是笑,笨手笨脚地企图去吻她。

她也同样是笨手笨脚地把他推开。

"我想你想得都硬了,你有没有想我想得都湿了呢?"

"你带了钱来吗?"她问,一面瞟着窗外,生怕她的同事中有人会从这里经过,发现她。

"在这样一个浪漫的约会上,谈到钱真是太俗气了,你不这样想吗,我的美人儿?"

"我们开车走吧。"她说。

"你喜欢我的车吗?宝马325i的。"他特别强调了这个i,"它是燃油直喷系列的,跑起来非常快。它还不是法拉利,对不?但很快就会有了。"

"我为你感到高兴。"她说,"我们走吧?"

"我得先看看你,"他说,转过身来目不转睛地看看她,"啊,你本人比我梦中想象的更漂亮!"

然后,谢天谢地,他总算移动了换挡杆,汽车向前飞驰而去。

她看看她身后,看见了一个粗帆布的银行包,便一把抓住它,放在自己衣服的下摆上。几分钟后她感觉到他那结实而骨感的手放在了她的大腿上。

"我们即将度过这样一个美丽而性感的夜晚,我的美人儿!"他说。

他们在一长串的汽车队伍后面停下了,沐浴着新英格兰山的灯光。她向包中偷眼看去,看见五十英镑一张的成捆钞票,用皮筋带捆好了。有很多。

"都在这里了,"他说,"我雷吉·奥库玛是个信守诺言的人。"

"从我过去的经验来看不是这样。"她说。他们前后都有汽车,这便给她壮了胆。她拿出一捆来,飞快地数了数:是一千英镑。

他的手沿着她的大腿又往上移了一些。

她不去管它,当他们的汽车慢慢地向前爬行时,她数了数钞票,一共有十五捆。

这时,他突然在她的两腿间用手向上压。她夹紧大腿,坚决地把他的手推开。她绝不想和奥库玛睡觉,绝不会为了一万五千英镑,绝不为了任何东西去干这件事。她只想拿了钱便离开汽车。但即使在这种危急的状态中,她也知道要这样做不是那么简单。

"我们去酒吧,"他说,"林恩,我的甜心,我已经订了一个浪漫的座位。我们来一个烛光晚餐吧,然后,我们再美美地做爱。"

他的手指在她的体内压得更用力了。

绿灯亮了,他们穿了过去,向左转,上了山。她抓住他的手,把它移开,放到了他自己的大腿上。

"你叫我如此地心旌动摇,林恩。"

二十分钟后,他们便坐在了"宿命"酒吧外面的平台上了。宿命酒吧位于布赖顿系船池那用木板铺成的宽阔的海滨人行道上。尽管在他们上方有煤气加热器在使劲地向外喷热气,她还是冷得要命。雷吉·奥库玛叼着一根巨大的雪茄在吞云吐雾,而她紧紧地包在自己的大衣里面,啜着一杯威士忌酸味饮料。这是他坚持要她喝的,说她一定会喜欢,事实上她也喜欢。如果他们坐到酒吧里面去,她会更加喜欢它一点。

另外两张桌上也被几个抽烟的人占了,否则的话,这个用绳子隔开的平台便显得太冷清了。在他们底下,系船池水湾的那一片黑漆漆的水面上,传来快艇准备出航的啪嗒声以及那刺骨的寒风吹出来的一片喀啷喀啷声。

"好啦,美人儿,"他说,将玻璃杯举至嘴边,"把你的事情多和我说一说吧。"

"首先你告诉我,你是如何知道我女儿生病的。"她说,一脸的冷若冰霜,保持着戒备的状态。

他喷出一口雪茄烟来,她正好吸进了一口浓浓的烟雾。她喜欢闻烟味儿,这叫她想起了小的时候,圣诞节时的父亲来。

"林恩,我的美人儿,"他用一种低沉圆润的声音责备她道,"布赖顿霍夫布也许算得上是一个城市,但实际上它只是一个小镇罢了。我和你女儿学校里的一个老师约会。一天晚上我去接她时,看见了你。我认为你是我见过的最美的女人。我问她你是谁。她把你的情况告诉了我。这就使得我更加想要你了。你是这样一个会为他人着想的人。这世界上懂得关心别人的人不太多。"

97

在塞浦路斯人人都是坐在左边开车,这就使得这个国家成了现成的市场,可以为偷来的英国汽车销赃。当然也有别的国家如此,但是塞浦路斯在检查汽车方面最为宽松。只要你肯下工夫把汽车底盘和发动机机身上的号码锉掉,换上一个号码,又能提供得出伪造得很好的文件,你就不会有问题。弗拉德·科斯梅斯库从他在这个城市的一些熟人那里早就知道,如果你要使一辆汽车在这个世界上消失得无影无踪,最有效的办法就是把它卖到塞浦路斯。

他不是一个多愁善感的人,但是在纽黑文港繁忙的码头上,在那耀眼的弧光灯照射下,眼见着他那辆心爱的、黑色的SL55 AMG奔驰被开进一个集装箱里时,他心里不免有一阵悔恨的刺痛。他深吸了最后一口香烟,然后把它扔在了地上。在离他站的地方几码远,一架起重机把另一只集装箱吊在空中,移向一艘船的甲板。一个司机开着一辆叉车在一大堆板条箱、集装箱、人和汽车中迂回行进时按响了喇叭,嘟嘟地叫着。

英国对他不错；他在布赖顿的事业很兴旺。但是生活就像是赌博一样，为了幸存下来，你就得激流勇退。随着斯可布依号的残骸和吉姆·托尔斯的尸体被发现，此刻摆在他前面供他选择的余地是非常的小了。

只有一天时间，然后他就得离开这里了。还有最后一项工作要去打理一下。明晚他将坐飞机飞回布加勒斯特。他有相当大一堆现金藏了起来。还有大量的机会在向他敞开。也许他还会待在欧洲，但还有另外几个地方令他向往。特别是巴西，人人都说那里的姑娘长得俏，她们许多人对于出国去从事性服务行业感兴趣。温暖的地方肯定具有吸引力，也就会使漂亮姑娘更多情，使好赌场更兴旺。

英国人对于这种情况有一句话来形容，它是怎么说来着？好像是说"这个世界就是供你渔利的牡蛎场"。

但是也许大海并不同意。

98

后来他们沿着寒风嗖嗖、几乎是空无一人的宽阔的人行道,向有多层楼的停车场走去。林恩喝了三杯威士忌酸味饮料和半瓶酒,感觉有点微醉。她为奥库玛感到难受。他从来就不知道自己的父亲是谁;他的母亲当他七岁时死于一次服毒过量,从那时起他就被养父母带大,他们对他进行性虐待;继他们之后他又被好几家收容所接手。十四岁时,他加入了布赖顿的一个街头团伙。他说,只有那里的人才使他懂得了自尊的意义。

有一段时间,他为一个当地的毒品贩子跑腿挣钱,然后在一个少年犯教养院过了一段时间。那时他自己在布赖顿工艺专科学校进修了商业经济的课程。他结过婚,有了三个孩子。但是在他毕业几个月之后,他的妻子离开他,投奔一个富有的房地产商而去。从那以后,他便下了决心,认定要获得某种地位的唯一办法就是挣大量的钱。那就是他现在努力要做的事情。但是迄今为止,他的生活就是一系列歪门邪道的集合。

几年前，他得出结论，认为要想通过合法办企业来从商业活动中快速挣大钱是很难的，所以他走上了钻社会制度的空子这条道路。

"一切商业行为都是一场游戏，林恩，"他说，"对吗？"

"呃，我不会说得那么极端。"

"不会？我了解你们收债公司是如何工作的。你们就依靠从勾销的债务上捞回的数目来挣大钱。那不是一场游戏吗？"

"坏债会毁掉公司，雷吉，那会使人们失业。"

"但是如果没有我这样的中间商，商业永远也起不了步。"

她对他的逻辑感到好笑。

"但是，嗨，我们不应该在浪漫的时候谈论本行，林恩。"

尽管由于酒精的缘故，她的头脑有点糊涂起来，但她仍然坚持把全部的注意力聚焦在她的使命上。明天上午她得把这笔款子的余额汇到器官移植中心的户头上，不管发生什么事。

奥库玛用一只手臂挽住她的双肩。突然他停下来企图吻她。

"不能在这儿！"她低语道。

"我们去你那里？"

"我有一个好主意。"

她放下一只手来，隔着他的拉链，挑逗性地紧紧握住他下面的那个勃起的东西。

在空了一半的停车场那一片漆黑之中，在他汽车的后座里，她拉下他裤子的拉链，把她的手指溜了进去。

几分钟后，一切完毕。她用一张纸巾轻轻擦去他在她的蓝色大衣上喷湿的几个地方。

他开车送她回家，驯服得像只小羊羔。

"我不久之后再见你，我的美人儿！"他说，把他的手臂滑过去抱住了她的双肩。

她砰的一声拉下车门的把手，手里还紧紧抓着那个帆布包，说：

"真是一个美好的夜晚,谢谢你的晚餐。"

"我想我爱你。"他说。

站在人行道上有相对安全距离的地方,她给了他一个飞吻。然后感觉到胃里有点恶心,不仅仅只是喝了点酒的缘故,她匆忙跑进屋子,她的脑子里翻腾着混乱的情绪。她走进楼下的卫生间,关上门,跪下来,把脸搁在抽水马桶上,以为自己就要呕吐了。但几分钟后她觉得平静了下来。

然后她奔上楼,跑进凯特琳的房间。里面空气酷热,发出汗臭味。她的女儿睡着了,iPod 耳塞插在她的耳中,电视机关了。她看见凯特琳的脸色自从今天早晨以来,黄色似乎变得更深了,她不知道这是她的妄想作祟还是灯光的缘故。

她让门半开着走了出来,走进她自己的卧室,脱下大衣,把它放进一个塑料的干洗袋里,又感觉一阵恶心,于是把它塞入她衣柜的最下面。

楼下起居室里,卢克睡得正酣。电视上正在重播《龙之穴》[①]的其中一集。她抓过遥控器,把声音关小,担心它会吵着凯特琳。她走进厨房,给自己倒了一大杯霞多丽葡萄酒,把它一口吞下。然后她又回到起居室。

她进来时卢克一下惊醒了。他说:"嗨!你晚上过得好吗?"

林恩这时酒劲直冲头顶,感觉她的脸红了。这个问题真是问得好。她晚上过得好吗?

她感觉很脏、有罪、不诚实。但是此刻,她不在乎。她朝下看着那袋满是钞票的帆布包,平静地说:"很好,使命完成了。凯特琳情况如何?"

"很虚弱,"他说,"不好,你认为——"

她点点头。

"是明天吗?"

---

① 《龙之穴》(*Dragon's Den*)是源自日本的一个真人秀节目,由创业者向投资人阐述自己的项目并寻求投资。

"上帝，我但愿如此。"

有史以来她第一次抱住了他，把他抱得紧紧的，就像他现在真的是一条生命线。

感觉到他的眼泪落在了她的脸上。

这时他们两个都听到了楼上传来一声恐怖的尖叫。

99

午夜刚过,响起了门铃声。林恩从楼上快速跑了下来,开了门。亨特医生站在门前台阶上,穿着一身西服、衬衣、领带和大衣,手里提着他的黑皮包,显出疲倦的样子。

有一刻工夫,她对他的一身西服感到惊异。他是仅仅为了这次来访而穿的呢,还是他一整夜都在拜访病人?

"罗斯,感谢上帝你来了。谢谢你,谢谢你来了。"

她努力克制自己,不要因为感激而去拥抱他。

"很抱歉,耽搁了一会儿。你打电话来的时候我正在处理另一个紧急病人。"

"别,"她说,"别这么说。谢谢你能来。我真的不胜感激。"

"她怎样了?"

"很可怕。她因为肚子痛而一直在尖叫、哭泣。"

他快步走上楼梯,她在后面跟着,走进了凯特琳的卧室。卢克站在那里,一脸茫然,握着凯特琳的手。在床头灯昏暗的灯光下,汗水从她的脸上往下直淌。她的脖子和手臂上满是搔痒的抓痕。

"你好,凯特琳,"医生说,"告诉我你感觉如何?"

"说真的,你知道吗?"她气喘吁吁地,粗声粗气地说,"实在是不怎么样。"

"你痛得厉害吗?"

"我太痛苦了,请——请帮我止住痒。"

"准确地说是哪里痛,凯特琳?"他问。

"我要回家。"她喘着气说。

罗斯·亨特皱眉。"回家?"然后他温和地说,"你是在家里。"

她摇摇头说:"你不明白。"

"是这样的,"林恩插嘴道,"她是在说我们以前住的地方,冬天小屋。"

"你为什么要去那里,凯特琳?"他问。

她目不转睛地看着他,张开嘴仿佛要回答,然后又显出呼吸困难的样子来,这样持续了好几分钟。

"我想我要死了。"她喘着气,然后闭上眼睛,发出一声长长的、可怕的呻吟。

罗斯·亨特抓住她的手腕,检查她的脉搏。然后他又查看了她的眼睛。

"你能描述一下肚子痛的情形吗?"

"很可怕,"她喘着气说,眼睛仍然闭着,"里面像是在烧,我在燃烧。"她突然翻来覆去,从右边扭到左边,然后又扭回来,像是某种发了疯的动物。

林恩打开头顶的灯。凯特琳的脸,还有她突然睁开的眼睛,现在呈现出尼古丁熏出的黄色。

林恩的心里也在发烧。她感觉整个五脏六腑都仿佛被缠绕进了止血带中。

"好啦,亲爱的,我的天使,没事,没事。"

"你能准确地指给我看是哪里痛吗?"

她拉开睡衣指给他看。罗斯·亨特将一只手放在那里几分钟。然后他凑近去看她的眼睛。接着他告诉凯特琳他们几分钟后就回来。他抓住林恩的手臂把她带出房间，关上门。

卢克就站在楼梯前的平台上，脸色灰白。

"她会好吗？"他问。

林恩对他点点头，让他放心，说她要和医生私下里说一会儿话。

"请你替我取一杯水来，卢克，好吗？"

"不，——呃，好的，当然，可以的，林恩。"他走下楼去了。

"林恩，"罗斯·亨特说，"我们必须马上把她送进医院。我对她的情况担心极了。"

"罗斯，帮帮忙，我们能等到明天吗？只等到明天下午？她有时候真的显得很好——然后又爆发了。过一会儿她会好的。"

他将他那指甲修剪得很好的双手放在她的肩膀上，目不转睛地看着她，说："是的，她每隔一会儿又会重新振作起来，当她蓄积力量之后，那只是很短暂的一会儿。但是别傻了，她每发作一次，便会消耗一点她最后的积蓄。林恩，你必须明白，如果没有紧急的医疗处置，她也许会活不到明天下午。她整个的肝功能几乎都衰竭了。她的身体被她自己释放出来的毒素毒害着。"

眼泪又开始从林恩的脸上像小河似地淌下。她一阵眩晕。当她摇晃时，感觉到他那双坚定的手抓稳了她。坚强起来，她想，恢复过来，现在真的要坚强起来。德国女人中午就要来接她了。只要几个小时，只要坚持到那个时候。

她回过头来看着他，下定决心对他说："罗斯，我不能，今晚不行。"

"究竟为什么不行？你疯了吗？"

"我不能让她去医院里等死。在那里就是这种情况，她到那里去就是等死。"

"如果她立即得到医治，她不会死的。"

"但如果没有一个新的肝脏她会死的，罗斯，我没有信心他们会为她找到一个。"

"那是她唯一的机会,林恩。"

"今晚不行,罗斯。或许明天下午吧?"

"我不明白为什么你不愿意。"

卢克拿着水刚刚走上楼来,她接过水向他表示感谢,然后他站在那里,听着。她无法让他走开。

"我要你亲自给她作处理,罗斯。"

"我不是肝病专家,林恩。"

"你是一个讨厌的医生,看在上帝的分上!"她怒气冲冲地责骂他。然后她对自己摇着头,说:"对不起——对不起,罗斯。但是你得给她开点什么。我不知道,给她一点激励肝脏的药,给她开点什么药止住她那该死的疼痛吧,开点什么药使她振作起来,打一针维生素什么的。"

他从衣袋中掏出手机,说:"林恩,我叫一辆救护车来。"

"不要!"

她突然的暴怒令他大吃一惊,有几分钟他们两人只是目不转睛地互相对望着,就这样处于一种僵持的状态中。

然后他奇怪地看了她一眼。

"发生什么事了,林恩?发生了什么我不知道的事吗?你正在计划带她出国,是吗?到哪里去做移植?"

她没有回答,只是目不转睛地回瞪着他,心里不知道自己是不是敢于信任他。她遇到了卢克的目光,心里只希望他保持沉默。

"不是。"她说。

"她活不过这趟旅行的,林恩。"

"我……我不打算带她出国。"

"那么你为什么要耽搁她入院呢?"

"请不要问我,罗斯,好吗?"

他深深地皱起眉头,说:"我想你最好还是告诉我发生了什么。你是打算去看某个非传统的开业医师吗?某种信仰疗法的医师?"

"是的,"她说,突然由于紧张喘不过气来,话却蹦了出来:"是的,我——我有一个——"

"他们可以去医院里看她的,这是当然的,好吗?"

林恩使劲地摇头。

"你明白你这样做会给凯特琳的生命带来多大的危险吗?"

"可是你那个该死的制度迄今为止究竟又给她做了什么呢?"突然间卢克怒火中烧,说道,"你那该死的国民保健制度为她做了什么?几年来,把她从医院里拖进拖出,把她放到移植名单上,鼓起她全部的希望,说是为她找到了一个肝脏,然后又做出决定把这个名额让给某个讨厌的酗酒者,以便他在小酒店里能再活上两年,不是这样的吗?你要干什么?又要把她送回到那个地狱般可怕的地方,再让人能够许诺给她一个肝脏,而她却永远也得不到那个该死的东西?"

他转过身,用他握着拳头的手背擦眼睛。

在接下来的一片沉默里,林恩和医生互相凄凉地看着对方。

她抽吸着鼻子,说:"他说得对。"

"林恩,"罗斯·亨特严肃地说,"我会给她注射一剂大剂量的抗生素,也给你留下一些药片,让她每隔四小时服用一次。这些药会将引起她疼痛的感染减轻一些。如果我让她灌一次肠,那也会有助于减少蛋白质在肠中的累积。她真的应该打点滴,你要给她喝大量的东西进去。"

"喝哪一种?"

"葡萄糖。她需要大量的葡萄糖。你们要让她吃东西,尽可能多地吃东西下去。"

"这样做能见效?能吗,罗斯?"

他严厉地看着她,说:"如果这一切你都做了,她有望坚持一会儿。但是这样做是危险的,你仅仅是赢得了一会儿的时间。你明白吗?"

她点点头。

"明天下午,我会再回来,除非有什么戏剧性的改进——我想我们不会看见的——否则的话,我会送她直接进医院,好吗?"

她用双臂抱住他,抱得紧紧的。

"谢谢你,"她满脸是泪地低语,"谢谢你。"

100

格伦·布兰森穿上大衣,把贝拉·莫伊留在了温暖的没有警徽标志的警车里,穿过大都会旅馆后面的那条狭窄的街道,再次按响了标有"一二〇二,乔·贝克"的门铃。然后他站在这栋摩天大楼的外面,在冰冷刺骨的寒风中等着传声系统中有什么声音出来。

然而还是一片沉默。

现在过了凌晨四点钟了。他的衣袋中装着搜查许可证,那是昨天晚上十一点由朱丽叶·史密斯签署的。她是一名高级治安官,从她那里他总是能得到帮助。从昨晚十一点以来他们一直在这里监视着,守过了漫长的一夜,只有两次短暂地离开了一会儿。

第一次是去已知的科斯梅斯库常去的一个地方,系船池那里的云集赌场。但是经理带着遗憾告诉他们,说贝克先生很反常地有几天没来这里了。第二次离开是去市场饭店——这个城市里少数几家通宵营业的咖啡店,要了点儿咸肉三明治和咖啡。

他浑身冷得发抖,回到汽车里,非常高兴地把车门砰的一声关上,把恶劣天气关在了外面。沾有油脂的咸肉味在车内飘荡。

贝拉疲倦地看着他,说:"我想,是去叫醒看门人的时候了。"

"是的,光留我们两个在这里欣赏这个美丽的夜晚似乎太自私了。"他说。

"是很自私。"她表示同意。

他们从车中出来,锁好车门,然后又重新穿过街道来到大门口。格伦按响了看门人的电铃。

但是无人回应。过了几分钟后他又按了一次。大约三十秒钟过去了,然后听见尖锐的咔嗒一声响,接着传来一个浓厚的爱尔兰口音的声音,问道:"来了,你是谁?"

"警察,"格伦·布兰森说,"我们有搜查许可证,搜查你们的一套公寓。请你让我们进去。"

男人的声音里显出满腹的狐疑,说:"警察?你说你们是警察?"

"是的。"

"见鬼!请你等我一分钟,我得把衣服穿上。"

一会儿以后,前门打开了,出来一个长相结实,剃了光头,大约六十岁的男人。他脸上长着一个被打破了的拳击运动员的鼻子,身上穿了一件圆领长袖运动衫,一条宽松下垂的慢跑裤子,和一双平底人字拖鞋。

"我们是布兰森警长和莫伊警长。"格伦说,一面举起他的证件。

贝拉也把她的拿了出来。爱尔兰人眯着眼睛,用怀疑的目光轮流看着他们。

"你的名字是?"贝拉问。

看门人防备地将双臂交叉迭起,回答道:"道勒,奥利弗·道勒。"

这时格伦拿出一张纸来,说:"我们有一张对一二〇二号公寓房进行搜查的许可证,我们从昨晚十一点钟以来一直不断地按响该房客的门铃,可是没有人回应。"

"呃,是……一二〇二号吗?"奥利弗·道勒皱眉说。然后他竖起一只手指,愉快地一笑。"你们没有得到回应我丝毫也不奇怪。房客昨天就搬出去了,你们刚好错过了他。"

格伦咒骂了一声。

"房子腾空了吗?"贝拉·莫伊问道。

"他搬走了。"

"你知道他去了哪里?"格伦问。

"出国了,"看门人说,"英国的天气养壮了他。"然后他戳戳自己的胸脯,"就像我——我还得干两年,到时候我就退休去菲律宾。"

"你有他搬家的地址或是电话号码吗?"

"都没有。他说他会和我们联系的。"

格伦向楼上指指,说:"让我们去他房间看看。"

他们三人跨上电梯,一直到达顶层的房间。

确如奥利弗·道勒所言,科斯梅斯库已经搬空了他的房间。这里没有留下一件家具。没有地毯、炉边毯,甚至没有留下任何垃圾。两只光秃秃的电灯泡从电线上垂下来,几个廉价的打火机已经用完了。屋里只有一种浓烈的新鲜油漆气味。

他们走过了每一个房间,房间里响起了他们脚步的回声。整个地方看起来似乎经过了专业性的清扫。格伦在厨房里打开了冰箱和冷藏柜门。他们看见里面空空的,洗碗机也是一样。他在卫生间里检查了洗衣机和滚筒式烘干机,那里面也是空的。

不管是格伦·布兰森还是贝拉·莫伊,在匆匆的检查中都没有看见任何东西能为先前房客的情况提供任何线索;也许的确不曾有过,甚至连四面墙上都没有留下先前曾经挂过画或镜子所留下的阴影。

布兰森用一只手指在一面浅灰色的墙上往下刮,不管墙上刷漆的日子离现在有多久近,它现在却是干的。

"这套房间是他租的还是买下来了?"贝拉问。

"是他租的,"看门人说,"六个月为一个租期,契约可重订,不配备家具。"

"他在这里住了多久了?"

"他在这里住得和我一样久。到下个月,我就已经在这里住了十年了。"

"那么看来,他只是满了租期?"格伦·布兰森问。

道勒摇头说:"完全不是,他还有大约三个月的租期呢,已经付了款的。"

两个警察皱起了眉头,然后格伦交给他一张卡片。

"如果他和你联系,请你和我联系好吗?我们有很紧急的事情要和他谈。"

"他说如果他有了转交地址,像账单和什么东西之类要转交的,他会给我打电话或发电子邮件的。"

"你能告诉我一些关于他的事情吗,道勒先生?"贝拉问。

他摇摇头说:"十年之中,我从没和他谈过一次话,从来没有。他不和人打交道的。"然后他咧嘴一笑,"但是有几次我看见他和一些可爱的女士在一起。他很擅长挑女人,真的。"

"他的汽车呢?"

"也开走了。"这时他打起哈欠来,"今天晚上你们还需要我干什么?要不我让你们自己去继续干你们的搜查?"

"你可以丢下我们不管,我想我们也不会要太长时间的。"格伦说。

"不会的,"看门人又咧嘴一笑,"我想你们不会的。"

他离开后,格伦若有所指地笑了起来,说:"有了!"

"什么?"贝拉问。

"我知道这个看门人叫我想起谁了。演员尤尔·布里勒。"

"尤尔·布里勒?"

"《豪勇七蛟龙》[①]"

她显出一脸迷惑的样子来。

"有史以来最伟大的影片之一!再加上里面的演员史蒂夫·麦奎因,查尔斯·布朗森和詹姆斯·科伯恩。"

"我没看过这部电影。"

---

① 《豪勇七蛟龙》(The Magnificent Seven):一九六〇年的美国电影,讲墨西哥小镇上七位枪手保护家园的故事。

"上帝,你过着怎样一种封闭的生活!"

从她脸上显出的那种垂头丧气的样子来看,他明白了他已经触到了她的痛处。

101

早上七点四十五分,在特种搜查队那拥挤的会议室里,塔尼娅·惠特洛克正在就一个行动召集她的队员们开一次短会。这次的行动没有一个人喜欢。

布赖顿的一个毒品贩子内尔·福斯特从七楼的公寓里掉下来摔死了。最初人们认为他落到地面时是头先落地,结果被一根金属围栏击中了他头部的一侧而导致了死亡。可是经过尸检后,得出结论说,他头上的伤是在掉下之前就被一个沉重的钝器击打所造成的。

从他颅骨上的斜角伤痕印记,以及对他头发中所留下的碎片进行的冶金学分析来看,病理学家相信致命的武器也许会是一个古代的青铜台灯。福斯特那心神错乱的女友说这盏台灯从他的公寓里消失了。

塔尼娅面前摊开了一幅粗制的地图,那是老肖勒姆路南面的一大片开阔的空地,毗邻霍夫市的公共墓地,也是霍夫市本地的垃圾场和回收仓库。全队人员为了寻找那个台灯,得把他们星期六的一整天时间拿出来,用在搜索这十八吨重的有老鼠蹿来蹿去的垃圾上。上一次他们就曾经到这个垃圾场来搜索过，那是在两个月以前，队里有好几个人因受到堆积的垃圾里生成的沼气的刺激，回来后头痛了好几天。他们中没有一个人期待着再对这里来一次回访。

在特种搜索队大楼的上空，天已经破晓了，一架四座的小型飞机的飞行员正在用无线电和肖勒姆港的机场指挥塔进行对话。

"GBETW 从多佛港回航。"

这个小型机场没有灯光照明，因此只能在日出和日落之间的几个小时内进行起降。这架飞机是早晨第一批到达的。

"GBETW，进三号跑道。多少乘客？"

"我是单飞。"飞行员说。

当惠特洛克警官在坐标方格上向队员们指出他们将要覆盖的下一区域时，大家都努力集中注意力看着。没有人听到他们头上传来深沉的嗡嗡声，那是一架飞进来的轻型塞斯纳飞机正在低空盘旋，准备着陆肖勒姆机场的三号跑道。

私人飞机和直升飞机一直在这里出出进进。由于没有国际航班，也就没有过境检验或任何海关存在。从海外飞进来的航班只要用无线电发出请求，派一个海关官员和一个代理边境检验人员到场，乘客坐在飞机中等到他们都检验完了就行。但是这样做通常意味着要耽搁很长时间，常常根本就没有官员派来，所以飞行员有时候就冒险不去麻烦他们了。

这架双引擎的塞斯纳的飞行员也就不打算用无线电通知他们了，这是肯定的。他昨晚签署的飞行计划是从肖勒姆飞到多佛附近的一个私人小型机场，然后返回。他在计划中忘记了一点没有写进去，那就是他得稍微拐个弯，飞过英伦海峡到法国的勒图凯后再返回。作这段飞行时他把他的无线应答器给关了。这趟飞行他所获得的现金回报数额如此巨大，一想起来就要高兴得不行。这使得他在飞行计划中作了删减。

他把飞机沿着停了三列横队飞机的那条线向他的停机位滑行。听到有好几架飞机要飞进来，使得指挥塔里的工作人员忙不过来，这让他心里很高兴。他掉过头，让他的飞机和其他的飞机保持相同的角度，然后打开停机制动器，减低了引擎的速度。他仔细地向周围察看，看有没有人会露出对他们感兴趣的迹象，然后把两个点火装置都关掉了。

当螺旋桨停止了转动，飞机的震动便越来越小，噪声也减低了下来。飞机员取下他的头盔，转过头来对坐在他后面的漂亮的金发德国女人说："还好吧？"

"很好。"她说，开始解开她的降落伞背带。

他举起一只手表示警告她要小心，说："我们还得等一会儿。"他又担心地朝外面看，然后转过身来对坐在那女人后面的少女说，"飞行愉快吧？"女孩面露疲倦之色，穿着一件时髦的白色大衣。

女孩虽然听不懂英语，但她从他说话的音调也听出了他的大概意思，便紧张地点点头。他解开自己身上的带子，伸出手去帮助她松开安全带。然后他打手势叫她待着别动，便爬了出去，跳下地来，把门微微半开着。

玛琳·哈特曼很欢迎这种寒冷的新鲜空气吹进来，即便里面夹杂有煤油的气味。然后她打了个哈欠，向西蒙娜微笑。女孩也回报以微笑。真是个漂亮的小东西，玛琳想。换一个国家，在不同的环境里，她的生活本来可以过得很好。她又打了个哈欠，渴望喝一杯咖啡。这一个夜晚过得真是漫长。先是坐汽车到贝尔格莱德，然后坐晚上的航班到达巴黎，然后又在凌晨四点坐出租车到勒图凯。但是他们现在到了这里，她对这个安排很满意。

是的，自从昨天见过了那个警官，她就越来越感觉到计划会泡汤。但那样一来，她就会失掉一个好顾客。她认为总警司不会行动这么快，在他知道之前一切都已完成了，今晚她就会回到德国。

又一架飞机飞进来着陆。飞行员站在外面，听见了几台不同的飞机引擎的咆哮声,包括一架直升飞机的螺旋桨声,又看见一支由三架飞机组成的护航编队向跑道滑行而去,一下子弄得指挥塔忙个不停。这是一天里最好的时辰,天色还有点暗,有无数使人分心的事情,其中还包括机场工作人员乘坐的交通车的到来。

那辆白色的货车停在几百码以外的地方,就在边界线围栏旁边。他看着它,然后掏出自己的小手帕擤鼻子。

弗拉德·科斯梅斯库正坐在货车的方向盘后观察。这就是那个信号。

他发动引擎,把运货汽车开动了起来。

102

林恩·贝克特坐在厨房的桌子边上,弓起背,正在俯身啜吸着一杯茶。她因一夜未眠而视力模糊,心砰砰直跳。她在床上躺了几个小时,翻来覆去地把她的枕头拍松,以便使它们睡起来更舒服一点。她强迫自己每隔二十分钟左右就起来一次去看看凯特琳,扶她上厕所,让她喝葡萄糖水,服用抗生素片。罗斯·亨特开的几种药,可能再加上一些注射剂,似乎共同发生了作用。凯特琳的疼痛减轻了些,皮肤痒也没有那么严重了。

医生看过之后有很长一段时间,她一直在楼下和卢克待在一起。他们一起喝下了一瓶索维农白葡萄酒,又一起由着性子抽完了整整一包丝鞭烟,最后一支烟是两人共同分享的。

现在她的头脑里像是有什么东西在猛击,肺里也很痛,感觉很恐怖。卢克终于在凯特琳床边的一张椅子里沉沉入睡了。

电视机还开着。她看着上午九点的新闻,但没有一点兴趣;对于接着播出的直升飞机救人的节目她也没有兴趣看。此刻她对什么都不感兴趣,除了她正在等的玛琳·哈特曼的电话。

请打电话吧。啊,上帝呀,请打来电话吧。

如果德国女人不来联系的话她都不知道该怎么办了。如果那女人只是简单地设了个骗局来骗钱,她也没有第二个办法了。

这时,突然,座机电话响了。

第一轮铃声还没有响完她就抓过了电话,说:"是谁?"

令她终于松了一口气的是,这是玛琳·哈特曼。"你们今天好吗,林恩?"

"我们很好。"她喘着气说。

"一切都准备好了。我们已经到了。做好接你们的准备了吗?"

"是的,做好了。"

"付款就绪了吗?余下的款项准备好了吗?"

"是的。"她的声音含糊。

她的银行经理已经对她的第一笔转账汇款表示了怀疑。她给了他一个站不住脚的理由,说是她的前夫继承了一笔遗产,因此她从他那里获得了一笔一次性付款的离婚结算。她要用这笔钱在德国买一个投资性的产业。

"你等会儿就会见到我们的,汽车会按时来接你们。"

林恩还没来得及谢她,她便挂上了电话。

汽车中午按时来的话,还有不到三个小时的时间了。

她的脑子里纠缠着紧张、恐惧和激动的情绪,很难将自己的思路理清楚。

103

刚刚开过早上八点半的碰头会,罗伊·格雷斯坐在紧急事件一室的工作站里,给两个探员打电话。他们在罗杰·塞利尔斯的房子外面执行监视,自从午夜前就一直待在那里,报告说还没有人离开屋子,直升飞机也仍然停在院子里的小型机场上。他的情绪烦躁,当他打电话时,房间里另一架电话响了,无人接听。他用手将话筒捂上,叫人来接电话。很快就有人来了。

昨天晚上每一位内阁大臣都不在,要么出国了,要么就是在哪个地方赴宴。直到午夜之后,凌晨一点之前才由内政大臣本人签署了电话窃听许可证。等到把窃听器装好,线路接通到了林恩·贝克特的家里和她的手机上以后,已经是凌晨两点了。

格雷斯抓紧时间在克莉奥的屋子里睡了三个小时,六点钟时又回到了这里。他就靠着红牛、克莉奥给他的一把瓜拉拿营养片,以及嘞啡来维持着精神。他非常关心此刻他们所掌握的唯一真正的主角,移植外科医生,罗杰·塞利尔斯医生。对于他是不是卷入进去了,或者能给他们提供什么东西,他还不能确定。

他也挂念着从格伦·布兰森那里传来的关于弗拉德·科斯梅斯库失踪的消息。这是不是与昨天他对那个德国器官经纪人的拜访有关?他已经被玛琳·哈特曼察觉了吗?他已经惊动了他们那一伙人,使得他们的计划泡了汤,因而紧急撤退了?派在各个港口的警戒人员,不仅仅只是守候那个带有一个年轻女孩的德国女人的到来,同时也要守候一个符合弗拉德·科斯梅斯库的外貌特征的男人离港。但是这些守候迄今还没有消息。

像大不列颠这样的一个岛国,有较长距离的开放海岸线和无数的私人机场以及简易跑道,各港口的进出对于警方来说便成了一个永久的问题。有些时候,你会走运,但是要监视从这些海岸进出的人员,其资源的费用便超出了警察部门的预算。内政部热衷于按照政府的预算削减政策办事,他们对于离开英国的人放弃了护照的控制,警方对此毫无办法。简单地说,除非有人有事实根据地进行指认,英国法律的强制执行机构对于谁在这儿,谁不在这儿是一无所知的。

吉姆·托尔斯的尸检现在正在进行中,格雷斯急于去尸检所,看病理学家是否得出了初步的发现,能将他的死与海王星行动联系起来。当然他还想看看克莉奥,当他到她家以及离开她家时,她都是睡着了的。

正当他站起身来,披上夹克,告诉队里其他成员他要到哪里去时,另一部电话响起来了,无人接听。今天这里是不是人人都聋了?或者只是因为一整夜地接电话,弄得筋疲力尽了?

他赶在它停止鸣叫之前跑到了门边。当他转动门把手时,丽齐·曼特尔手中拿着话筒向他喊道:"罗伊!你的电话。"他又返回工作站。是大卫·希克斯打来的电话,他是电话监听人员中的一个。

"长官,"他说,"我们刚刚收到了一个打到贝克特太太座机上的电话。"

104

"我想……我得在十点钟去参加一个研讨会。"卢克咕哝道,一面蹒跚着走进厨房,仿佛在梦游一般,"如果我去,你想会合适吗?"

"当然,"她对着他的左眼睛说,只有那只眼睛在看东西,"去吧,如果有什么进展我会打电话告诉你的。"

"再好不过了。"

他走了。

林恩匆忙上楼,从现在到中午这一段时间里她有一百万件要做的事情在脑子里打转。卢克走了——上帝保佑他——她能把事情想得更清楚些。

她得把器官移植中心的玛琳·哈特曼送来的清单看一遍。

得把凯特琳叫起来,洗一洗,收拾一下。

她自己也得收拾一下。

把凯特琳叫醒很费了她一番工夫,因为她吃了亨特医生给她开的药,睡得很沉。她为女儿放了洗澡水,然后开始为她们两个各自准备一个旅行包。

突然门铃响了。

她看看手表,不由得惊恐了起来。不是说了不是现在吗?德国女人说的是中午,那不是说好了的吗?现在刚过十点。是邮差吗?

她匆忙下楼,打开前门。

一个男人和一个女人站在那里。男人大约四十岁,金黄色的头发剪成了平头,鼻子微微有点扁平,一双敏锐的蓝眼睛。他身穿一件大衣,里面是藏青色的西装,白衬衣,打着一条朴素的蓝领带,手里举着一只黑色的小皮夹,里面印了字,还有他的照片。女人比他要年轻十几岁,淡黄色的头发挽成了一个发髻,穿了一套深色的裤装,一件奶油色的上衣,也举着一个类似的黑皮夹。

"是林恩·贝克特太太吗?"他问。

她点点头。

"我们是苏塞克斯刑事调查部的总警司格雷斯和鲍特伍德警员。能和你说句话吗?"

林恩吃惊地望着他们。她感觉自己仿佛掉进了洗桑拿浴的水池里,脚底下的地板开始变得不平稳起来。警官们和她面对面站着,站得那么近,她几乎都能感觉到他们呼出来的热气。她后退一步,眼前升起一团惊慌的迷雾。

"现在——呃——现在真的不凑巧。"她喘着气说道。

她说话的声音仿佛来自另一个肉体,仿佛是别人在说话。

"对不起,但我们的确必须马上和你谈谈。"总警司说。他朝前跨了一步,脸又贴近了些,简直有点胁迫的意思。

她慌乱地轮流看着他们两个,看了一会儿。这究竟是为了什么事?是为了她从雷吉·奥库玛那里拿走的钱?一想到这里,她便突然一阵恐惧——是他告发了这件事?

她听见她那脱离了躯壳的声音机械地说:"是的,好吧,进来吧,请进。天很冷,不是吗?又干又冷。这是件好事,不是吗?不下雨。十二月往往是十分干燥的月份。"

年轻的女警探十分同情地看着她,对她微笑。

林恩退开身子,让他们进去,然后把前门在他们身后关上。门厅显得比平常更小了,和两个警官站在一起她觉得有些挤。

"贝克特太太,"警长说,"你有一个名叫凯特琳的女儿,对吗?"

林恩的眼光射向楼上。"对,"她努力把话从堵在喉咙里的硬块那里给挤出来,"对,对,有的。"

"如果我说话有点唐突,贝克特太太,请原谅。但是据我了解你女儿在肝功能方面不太好,需要进行器官移植。这话说得对吗?"

有几分钟,她什么话都不说,极力想要把事情想清楚。他们为什么来这里?为了什么?

"你们不介意告诉我,你们来这里要干什么吗?是关于什么事情?你们要干什么?"她问道,浑身发抖。

罗伊·格雷斯说:"我们有理由相信你也许在企图为你女儿买一个新的肝脏。"

他停下来,有一会儿的工夫他们互相对望着。他在她眼睛里看到了恐惧。

"你知道在这个国家,这样做是违法的吗,贝克特太太?"

林恩朝楼上扫了一眼,担心凯特琳也许会偷听到,于是将两个警官领进厨房,关上门。

"对不起,"她说,"我根本不知道你们在说什么。"

"我们可以坐下吗?"格雷斯说。

林恩从桌子那边拉过来一张椅子面对着两位警察。她考虑是否要给他们沏茶,但又决定放弃了,想要尽快地试探他们一下。

罗伊·格雷斯没有脱下大衣,在她对面坐了下来,双手交叠在胸前。

"贝克特太太,在过去一周里,你家的电话以及你的手机和一家在慕尼黑的名叫器官移植中心的公司之间有大量的通话往来。你能否告诉我们为什么你们之间打了那么多电话?"

"器官移植中心?"她回应道。

"他们是一家国际器官经纪公司。他们为需要进行移植的人寻找人体器官,就像你女儿的情况那样。"他说。

林恩戒备地耸耸肩,说:"对不起,我从未听说过这些人。我只知道我女儿的男朋友对她在伦敦医院得到的治疗很不高兴。"

"准确地说来对什么不高兴?"格雷斯问。

"对他们掌管那张讨厌的移植排队名单的方式不高兴。"

"听起来好像你也很不高兴。"他说。

"我想如果那是你的女儿,你也会不高兴,格雷斯总警司。"

"那么你就没有想过到英国之外去寻找一个合适的肝脏?"

"没有,为什么要那样做?"

格雷斯沉默了一会儿。然后,他尽可能温和地问:"你不会否认你在今天早上九点过五分和器官移植中心的总经理玛琳·哈特曼夫人通过电话吧?就在不到一个小时之前?"

尽管她做了一切的努力要把事情想清楚,但是突然间,她觉得自己失去了控制。她浑身止不住地发起抖来。卑鄙,啊,卑鄙,真卑鄙。她瞪圆了眼睛,目不转睛地看着他。

"该死的,你们窃听了我的电话?"

在她头上,她听见了水从浴缸里流出来的汩汩的声音。

总警司把手伸进他的大衣口袋,取出一个褐色信封。他小心翼翼地从里面拿出一张照片,把它放在桌上让林恩看。

这是一张一个十几岁女孩的照片,尽管看起来很脏,但她有一张俊俏的脸,具有罗姆人的肤色和特征,长着一头细长平直的头发。她在一件破烂的、五颜六色的运动衣外面穿了一件蓝色的无袖蓬松夹克。

"贝克特太太,"他继续说,"我料想有人已经告诉你,说给你女儿的肝脏是来自某个死于撞车事故的人身上。"

他停了下来,仔细地观察她的眼睛,她什么都不说。

"好吧,"他继续说,"情况完全不是那样。它来自这个罗马尼亚女孩。她的名字叫做西蒙娜·艾里米亚。据我们所知,她目前还活着,身体健康。她已经被贩卖到了英国,准备把她杀掉,这样你的女儿就能得到她的肝脏。"

突然间,林恩感觉她周围的世界轰然倒了下来。

105

在一辆摇摇晃晃，东倒西歪地向前开行的货车后面，西蒙娜坐在一块凹凸不平的垫子上，戈古放在她膝上。汽车一会儿加速前进，一会儿又在一条绕来绕去，上下坡急转弯不断的公路上紧急刹车。旅途中的大部分，她把双手压在有横条纹的金属地板上，企图抓住，不让自己给甩到旁边去。

在她身旁放着一个蓝色的工具箱，和它放在一起的还有一个车轮支架、一盘蓝色的绳子和几卷宽胶带。每当汽车发生颠簸时，这些东西便四处滑动，发出咔嗒和当啷的声响。她已经有好几个小时没有吃喝过任何东西了，上一次吃喝还是在她们登上那架小飞机之前。她口渴得要命，排气管排出的废气使得她感觉很恶心。

她但愿罗密欧能在这里，因为和他在一起总会使她感到很安全，还有个人可以说话。在这漫长的旅行过程中，德国女人大多数时间对她都不管不顾。她要么在敲她的手提电脑，要么就在打电话。现在她坐在前面，正在和司机谈话。从声音听起来，谈的事情很要紧。司机是个高个子、满脸皱纹，脸上毫无表情的罗马尼亚男人。他那一头漆黑的头发向后梳去，溜光水滑；他穿着一件腰部有松紧带的夹克，下身是一条牛仔裤，一条粗壮的金手链从他手腕上垂下来。

那女人时不时地提高嗓音，司机要么不做声，要么就在回嘴，至少听起来像是在争辩着什么。他们一直说的都不知道是什么语言。

汽车后面没有车窗，西蒙娜只能伸长脖子，从前面的座位中间往前看，看挡风玻璃外面的东西。他们现在正穿过修饰齐整的乡村。她能够看见的东西绝大多数是树林、围篱、偶尔出现的农场建筑物或是房子。

突然间，汽车来了个紧急刹车。几分钟后他们转了个弯，从两个高大的砖柱中间开过去。他们底下的一个格栅发出咔嗒的响声，然后他们一头开上一条长长的弯曲的车道。西蒙娜看见几块路牌上写着些东西，但她不认识那上面写的是什么。

　　私人产业
　　禁止泊车
　　禁止野餐
　　严禁野营

在远处，她看见在灰色的天空下有树木茂盛的绿色小山。他们绕过一个大湖，在湖的那边，他们的左面有一大片空地，那是一片照料得很好的美丽的草地。草地上有些地方的草被割得比其他地方要矮一些。她看见那里有好几个坑，里面装满了好像是沙子的东西。她想要知道那是干什么的，但她不敢打断他们去问。

他们进入了一条长长的、笔直的林荫道，上面有树林交叉覆盖，路两边铺满了落叶。这时汽车突然又紧急刹车，车速减慢了，几乎是在爬行。他们越过了一道凸起的东西，然后又加速开行。经过了三道这样凸起的东西，西蒙娜能够看见前面有一栋巨大的灰色房子，几辆闪闪发亮的汽车随意地停在前面车道的周围。沿着车道的一边有秩序地停着好几排汽车。她感觉到一阵激动的冲击,这个地方好漂亮!这就是她要工作的地方吗?

她想要问德国女人,但是现在她又在打电话了,听起来她好像对什么事情很生气。

汽车开过一条拱道,然后在屋子的后面停下了。司机关掉引擎爬了出来。此时那个女人仍继续在电话里吵着,她的声音越来越高,变得更生气了。

几分钟以后,司机打开了汽车后面的门。当西蒙娜爬出来时,他抓住了她的手。令她吃惊的是他继续紧抓着她的手,尽管她努力要去摆脱它,他还是抓得死死的,仿佛担心她会逃跑。

她试图用力挣脱,一刹那间对他心生恨意。但他的手像铁爪一样紧紧抓住她,脸上毫无表情。

德国女人打完了电话,咔嗒一声把电话合上,从汽车中爬了出来。西蒙娜看着她的眼睛。平常那女人总是对她微笑,但是现在却没有任何笑容,甚至都没有显出一丝认识的样子来。她只是越过她冷冷地向前看着,仿佛西蒙娜根本就不存在。她必定是对电话中听到的事情非常生气,西蒙娜想。

一个护士从门里走了出来。那扇门几乎就在汽车的旁边。她是一个身材高大,看起来强健有力的女人,身躯粗壮,脖子粗短,两只胳膊有火腿般大小。她那正在发白的头发剪得很短,像个男人似的,用发胶黏成一根根的。她仔细察看着这女孩,仿佛她是商店里摆来展示的一件物品。她这样看了有好几分钟,然后她那玫瑰骨朵似的小嘴巴绽出了一个浅浅的微笑。这张嘴巴在她那多肉的脸上显得太小了。

"西蒙娜,"她用生硬的罗马尼亚语说,"你跟我来吧。"

她伸出手来抓住了西蒙娜的一只手,司机这才松开了她的另一只手。护士推西蒙娜的时候过于用力,害得她打了个趔趄,手里抓着的羊毛围巾掉到了地上。当她被拖进屋子里去时,它一直留在那里。

"戈古!"西蒙娜叫了起来,不顾一切地转过头去,"戈古!"她又叫道,想要挣脱开来。"戈古!"

但是玛琳·哈特曼紧紧地跟了进来,把门砰的一声在身后关上了。

在外面,弗拉德·科斯梅斯库看着那条污秽的羊毛围巾躺在地上。他跪下身子把它捡起来,然后厌恶地用指尖拎着这件肮脏的东西,把它扔进附近的一部垃圾车里去了。

随后他把汽车倒进院子对面一排汽车库里,拉下库门,把它藏了起来。他这样做只是出于谨慎起见。

106

林恩坐在厨房餐桌旁,死命地挣扎着,维持着她的镇静。她目不转睛地看着摆在她面前的那张照片,照片上的女孩虽然看起来不整洁,却长得很漂亮。

吓人的手段,她想。上帝,求你了,就让它是吓人的手段吧。

玛琳·哈特曼是个正派的女人。有那么一刻她无法相信总警司刚告诉她的情况是真的。不可能,不可能,完全不可能。

她的双手抖得厉害,她只得把它们从桌上放下来,搁到她的大腿上,把它们放在别人看不见的地方,紧紧抓在一起。不可能!

她必须把这件事对付过去,把这些人从她屋子里搞出去,这样她就可以给德国女人打电话了。她感觉到有一个硬块堵在她喉咙里,堵塞住了她的声音。她深吸了一口气来平静一下自己,这是人家教给她的办法,用来对付工作中那些棘手的或是纠缠不休的客户。

"对不起,"她说,抬起头来轮流看着他们每一个人,"我不知道你们为何要来这里,或者要干什么。我女儿排在皇家南伦敦医院器官移植优先照顾的名单上。对于他们所做的一切我们很高兴,我们确信她很快就会得到她要的肝脏。我没有什么理由该到别的地方去寻找。"她吞咽了一口唾沫,以控制住自己的感情,"此外我——我不——我不会知道——到哪里去找。"

"贝克特太太,"罗伊·格雷斯直直地盯着她说,"人口贩卖是这个国家最遭人厌恶的犯罪之一。你得知道警方和法庭把这种犯罪看得有多么严重。伦敦的一位绅士近日因人口贩卖罪被上诉法院重判了二十三年监禁。"

他停下来,让她去细想。她感觉到自己仿佛随时都要放弃了。

"贩卖人口涉及多宗犯罪,"他继续说,"我来为你列举吧:非法移民罪、绑架罪、非法监禁罪,这还只是开头几宗。你明白吗?在这个国家任何企图在本国或国外购买人体器官的人都会受到共谋贩卖人口的指控,会被当作从犯看待。这会使得他被视作实际参与了人口贩卖的活动,会受到同样的监禁判刑。我的话讲清楚了吗?"

她在出汗,仿佛包在她头颅上的头皮在收紧。

"很清楚。"

"我现在有足够的理由逮捕你,贝克特太太,就你涉嫌共谋贩卖人体器官一事。"

她的头在眩晕。她几乎不能把目光聚焦在他们两个身上。她得设法把它聚拢在一起。凯特琳的生命就系在她身上,就看她能否把这件事对付过去。她又朝下看着照片,不顾一切地想要赢得一点时间,来把事情想清楚。

"如果我逮捕你,你的女儿该怎么办?"警官问。

"请相信我。"她绝望地说。

"或许我们该和你女儿谈谈?"

"不!"她脱口叫道,"不行!她病得太……太厉害——不能见任何人。"

她绝望地看着年轻的女警察,在她的眼中看见了飞逝而过的一丝同情。

长时间的沉默，突然总警司的对讲机咔嗒响了一声。

他从桌边走开，把它放到耳边，对着里面说话。

"我是罗伊·格雷斯。"

电话那头是个男人的声音，说："一号目标开始行动了。"

"给我三十秒钟。"

格雷斯用一只手指指向鲍特伍德警探，又指着门。他转回来面对林恩。

"把我刚才说过的话仔细想一想。"

几秒钟后警察们走了，他们有意把照片留了下来。前门砰的一声在他们身后关上了。

林恩一下子跌坐在桌旁，用双手把脸给掩住。

几分钟后，她感觉到一双手搁在了她的肩膀上。

"我听见了，"凯特琳说，"我一切都听见了。我绝不会再要那个肝脏了。"

107

生铁铸的大门打开了,一辆黑色的阿斯顿·马丁车在石柱中间慢慢地向前辘辘行驶。它小心地探路前行,从隐蔽的入口处开出去了。这时从它尾部的排气管中发出雷鸣般的一声吼,它向右转弯,加速前行。大门立刻又开始关闭了。

司机会认为,今天早晨这林木葱笼的乡间小巷和以往任何一天都没有什么不同。两个乡村的监视专家隐蔽得很好,一个藏在围篱中,另一个穿了伪装的衣服,爬到了一棵针叶树一半高度的地方。他们的交通工具停在离这里四分之一英里开外的林业委员会的小道那里了。

藏在围篱里的保罗·坦纳警长的视野很清楚,尽管那辆汽车装了有色玻璃,内饰是黑色的,他还是看见了司机的银色头发。

罗伊·格雷斯站在林恩·贝克特屋子外面的人行道上,用无线电给他回话。

"你那里有什么情况?"

"迹象表明 RSZ8AML 向东开去,长官。"

从盖伊·巴切勒和爱玛-简·鲍特伍德与肝脏外科医生的谈话中，格雷斯知道这是罗杰·塞利尔斯的汽车。他也知道那两个情报分处的监视官急切地要到另一处地方去进行监视，那是对一个今天刚在布赖顿发生的重大贩毒行动的监视工作。在这个城市里警力的缺乏永远是一个问题。

"干得好，"他说，"再在那个位置上待三十分钟，以防他打转回来。如果他不返回，你们就可以撤出。"

"三十分钟后撤出，长官，是，是。"

格雷斯结束这次通话，给突发事件室打电话，指示他们立刻对那辆汽车做自动车牌号码识别，再看看警局直升飞机是否可以用。

在全英国，自动车牌号码识别摄像网覆盖了许多主干线。任何车牌号码只要一输进这个系统，在理论上讲，只要这辆汽车一直沿着主要公路行驶，每行进几英里就会被追踪到。一旦汽车碰上一个摄像头或是被一个警惕的警官发现，就会派出一架直升飞机飞到那个地区。如果这架直升飞机走运不被察觉的话，它就可以从空中追踪这辆汽车。

然后他又转过身来对着鲍特伍德，朝林恩的房子点点头说："你有什么想法？"

"你说得对，她瞒着什么事情。你要逮捕她吗？"

他摇摇头。"我要的不是她，她只是这里面的一个小角色。让我们看看她现在要做什么，看她把我们引到哪里去。"

"你不认为她会停止不干吗？"

"我的猜测是她会打几个电话。"

他打开门向他们的现代汽车走去。在坐进汽车里之前，他向停在路那头一小段距离之外的一辆绿色的帕萨特车里的司机和乘客小心审慎地竖起一根手指示意。

108

"喂!你没有看过这份该死的报纸吗?近两个星期来,你一直生活在巨大的压力下,不是吗,母亲?"

母亲?

她最后一次叫她"母亲"到底是什么时候?林恩绝望地想要知道。警官的造访使得她心慌意乱。她就像是活在梦魇中,这个噩梦随着时间分分秒秒地过去,变得越来越黑暗了。

"看来我们好像身处本世纪最大的器官贩卖丑闻中了,而你不知道这回事?"

林恩站起来,将身后的厨房椅子推开,面对着她女儿,又惊又喜。她今天上午看来强壮得多了。但她也有点吃惊;凯特琳几乎是亢奋的。

"是的,说得对,我一点也不知道这种事情,好吗?"

凯特琳摇摇头,说:"这一点都不好,你明白吗?"然后她死命地轮流在她的两只胳膊上抓痒。

"警察在撒谎,宝贝儿,"她说,"没有什么贩卖丑闻,这只是一个不切实际的理论。"

"是的,对。三具尸体出现在海峡中,都失去了他们的生命器官。所有的报纸、电视新闻节目和无线电广播都在说谎。"

"那些尸体与你的器官移植毫无关系。"

"可不是吗,"凯特琳说,"那么警察为什么来这里?"

林恩因一时糊涂而犯下了错误,她知道。她在自己说话的声音里听到了绝望。当她极不情愿地朝下一看,看到了桌上的那张照片时,她脑子里另一个声音在向她尖叫:如果罗伊·格雷斯警司和她说的是真的,又怎么办呢?

照片上那个女孩的脸在她脑子里燃烧,直烧到了她眼皮的后面,即便当她眨眼时,她仍然能看见她。

那是不可能的事,没人会那样干。没有人会去杀一个孩子——为了钱——为了另一个孩子——为了——为了……

为了凯特琳?

他们会吗?

这个时刻她是多么希望马尔科姆能在身边。她需要有人来和她分担,来讨论这件事。恐惧从四面向她袭来。

二十三年的监禁?

你该知道警方和法庭会把这种犯罪活动看得有多么严重。

她没有想过这件事。她想要反抗这个医疗制度,但用的是一个死于事故的人身上的器官,是的,这就是一切。这没有什么不对,上帝也会这么说吗?

杀死一个孩子。

杀死那个女孩。

钱已经交了,交了一半。她还能收回来吗?胡说,她不要收回来。她要一个该死的肝脏。

警察必定是在说谎。

有一个办法可以很快地搞清楚。她拿起手机,打开通讯簿,然后开始查找玛琳·哈特曼的姓名。

她正要按下按键时,停了下来。

她明白了。

她明白了这么做会是多么愚蠢。如果器官经纪人知道了警察来过她这里,她很可能会取消手术逃跑。林恩不能冒这个险。凯特琳服过亨特医生的辅助药剂后已经振作了起来,但那不会持久的。她已经从他那里赢得了一些时间,那是因为她答应过他,会让凯特琳今天下午住进医院。

她向来不相信奇迹,她肯定如果凯特琳又回到皇家医院,就不会再出来了。现在她决不能让这件事彻底崩溃。

"喂?喂?母亲?妈?有人在家吗?"

林恩猛地一惊,看着她女儿说:"什么?"

"我问你,这些警察为什么来这里?"

这时,叫林恩大吃一惊的是,凯特琳的身子突然间向一边歪斜,倒了下去。林恩及时地抓住了她,才没有让她倒下。她紧紧地抓住她。

有一刻工夫,她女儿完全不知所措地看着她。

"亲爱的?宝贝儿?你还好吗?"

凯特琳的眼光似乎散乱了,看起来好像对发生的事情很吃惊。她耳语道:"还好。"她的皮肤比昨晚显得更黄了。她又低语了起来,林恩只得把耳朵凑近到她嘴边去听,她说:"他们为什么来?那些警察?"

"我不知道。"

"他们是来抓我们的吗?"

林恩摇头说:"不是。"

凯特琳的声音有了点力气,说:"他们似乎很紧急的样子,你看出来了吗?那是一件很紧急的事情,对吗?他们不会把那孩子的照片放在我们这里,除非它是真的,当然是真的。"

她目不转睛地看着她母亲,她的眼光突然又聚拢了起来。

"他们大约是受着那些尸体事件的压力。也许他们不顾一切地要得到一个结果。他们会想一切办法,求助各种手段。"

"呃,是的,我们也是不顾一切。"

林恩不顾自己心中的感受，微笑着，用双臂抱住凯特琳，抱得紧紧的，比她以往任何时候都抱得更紧。

"上帝呀，我爱你，我亲爱的，我是这样地爱你。你是我的一切。早晨我为你起床，你是我工作的动力，你是我的生命。你知道这个吗？"

"你应该再多说一些。"

林恩露齿一笑，然后在她面颊上亲吻。"你令我讨厌极了。"

"是的，"凯特琳也露齿一笑，说，"你的占有欲真是强烈得令人讨厌！"

林恩把她稍稍推开，只用手臂拥住她。

"你知道我的占有欲为什么这么强烈吗？"

"因为我漂亮、活泼、聪明，如果不是为了一个小问题，世界都会拜倒在我的脚下，说得对吗？上帝给我肝脏的时候选了个错误的盒子。"

林恩涕泪交流，那是高兴的眼泪，悲伤的眼泪，恐惧的眼泪。她又把凯特琳抱得紧紧的，耳语道："他们撒谎，他撒谎，别信他。那个警察在撒谎。相信我吧，宝贝儿，亲爱的，只相信我。我是你的妈妈，只要相信我好了。"

凯特琳回抱了她，用尽了她微弱的力气，说："是的，好吧，我相信你。"

这时，凯特琳突然向一边转过身去，发出干呕的声音。她挣脱开母亲的臂膀，跌跌撞撞地向洗手池冲过去。林恩赶上去，一把抓住了她的手臂以防她跌倒。

然后，凯特琳激烈地呕吐了起来。令林恩大为恐慌的是，她看出来这不是通常会溅到洗手池和瓷砖的防溅挡板以及滴水板上的一般性的呕吐；她吐出来的是胆汁，夹杂着鲜红的血液。

她抱住了她那呕吐得透不过气来的女儿，在那一时刻，她知道她不再在乎任何别的事情了。不再在乎格雷斯总警司讲的是否是真话；不再在乎他带来的那张照片上的女孩是死是活；不再在乎谁会去死。如果有必要的话，她会用自己那双赤裸的手去杀任何人，只要能救她女儿一命。

109

在一间没有窗子的小房间里，西蒙娜坐在一张椅子上，一面哭一面喝着一杯可口可乐。这个房间叫她想起了监狱。那是在两年以前，她和罗密欧去商店行窃时被逮捕了，送到监狱里待了一夜。那里也有着同样的消毒水气味。这里除了装满医疗物资的柜子以外什么都没有。她肚子很饿，饿得痛了起来。

"我要戈古。"她抽吸着鼻子说。

那个大块头的罗马尼亚护士正双手抱臂站在门前。她曾把西蒙娜的手臂抓得那么紧，现在那里都肿了，抓伤了。她看着她喝可乐。

"我把它掉在外面了。"

"等会儿我去把它拿来。"护士回答。

她这么说使西蒙娜感觉好受了些。她感激地点点头，望望她的玻璃杯，然后又回过头来看护士。

"请给我点儿东西吃好吗？"自从她到这里十五分钟之内，这是第三次提出这个要求了，"有吃的吗？"

"喝饮料吧。"女人命令道。

西蒙娜听话地又喝了些。也许她喝完这第二杯，就会得到些吃的东西，这女人就会给她把戈古拿来。

"我会在这里做什么工作？"她问。

护士皱眉道："工作，什么工作？"

西蒙娜做梦般地微笑。"我想做酒吧工作！"她说，"我想要学会做饮料。你知道的，做奇妙的饮料。他们是怎么叫它们来着？鸡尾酒！我想那会是个好工作，制作饮料，和人们谈话。我想他们在这个酒店里一定有个好酒吧，对吧？"看见她继续皱着眉头，她赶紧补充道，"但是，当然，我不在意干什么工作，什么都可以。我可以做清洁工。我很高兴做清扫。只要能在这里我就快乐。等罗密欧来到这里我就会更加快乐啦！你想那不会要很久吧？"

"喝吧。"女人回答。

西蒙娜把杯子里的东西喝干了。然后她就坐在那里默不做声。那个女人继续站在那里，双手抱臂，仿佛是个卫兵。

又过了几分钟，西蒙娜开始觉得很困。突然她一阵头晕，她的眼睛看不见那个女人，看不见四面的墙，也看不见柜子了。它们都从她眼前溜走了，越来越快地溜走了。

护士站在那里无动于衷，看着西蒙娜的眼睛闭上了，看着她向一边倒去，倒在了地板上，静静地躺着，呼吸艰难。

然后她把女孩扯起来，背到了她肩上，沿着走廊走了一小段距离，走进了一间很小的术前准备室，把她放在一架钢制的小推床上。然后她脱去女孩身上所有的衣物，贪婪地检查西蒙娜身上有无贵重的东西。有时候，像这个女孩一样的街头害虫会在体内藏有偷来的贵重物品，希望到英国能兑换成现金。

她匆忙赶在有其他人进来之前戴上一只橡皮手套，先是检查女孩的嘴里，然后仔细地探查她的阴道和肛门。什么都没有！没用的小母狗！

然后她从内部通信系统的电话里呼叫麻醉师，掩藏起她声音中的厌恶，告诉他这女孩已经准备好了。

110

罗伊·格雷斯刚刚回来，走进紧急事件一室的门里，就听见 RSZ8AML 在自动车牌号码识别系统的一个摄像头上发出识别成功的响声。信息通过无线电立即发送到他这里。他在挤满了人的工作站前停下脚步，把信息记了下来。罗杰·塞利尔斯先生的阿斯顿·马丁车正在二十四号干线的华盛顿镇绕行路线上向北开去。

他立刻给空中行动组打电话，要求 H900 警用直升飞机升空。他们估计了一下，到达绕行路线的时间是七分钟。绕行路线在沃辛以北四英里，距离他们在肖勒姆机场的基地八英里。

他迅速地做了一个计算。H900 相对于地面的最大水平速度有赖于顶风或顺风而定，大约为每小时一百三十英里。二十四号干线道路在这个时刻是特别畅通的，双向车行道全部开放。但塞利尔斯不可能为了加快车速而冒险被警察拦住。假定他以每小时八十英里的车速继续在这条路上开行，直升飞机在大约十五分钟后就应该看到它了。

还得假定他没有从主干线下来，开到一条小公路上去。

虽然今天早晨天空多云,但是云层很高,给了直升飞机很好的能见度。他举起一只手向他的两个队员示意,他们正在向他打招呼。他走了过去,走到一幅地图面前。地图已经用图钉钉在了一块白板上,显示的是苏塞克斯郡和邻近几个郡的部分地理情况。上面用红笔圈出了林恩·贝克特家以及罗杰·塞利尔斯先生家的位置。用紫色笔圈出的是这个地区所有私人医院和诊所的场地。这些机构的数量很多,包括运动损伤诊所、诊断中心和皮肤病诊所。格雷斯知道这里面大多数机构都太小,容不下他们正在寻找的这些设备,因此可以将它们划去。

他很快就找到了二十四号干线道路和绕行路线,然后用手指沿着它向北边移去。这一路有无数个地方,这辆汽车都可能开去。霍舍姆或吉尔福德这些城市群都有这种可能性。但格雷斯的预感是:一处能容纳得下做移植手术所需的各种设备及后勤人员的私人诊所更有可能隐藏在乡村的某个地方。

他看一眼手表,焦急地等待着那辆汽车在下一个自动车牌号码识别摄像头现身,或是从直升飞机那里有什么消息传来;同时他又后悔自己的那个决定,让乡村监视队人员守在塞利尔斯的大门外面,而不是让他们跟踪那辆汽车。

他不知道他们有多少时间,但从他们侦听得来的电话,知道林恩·贝克特和她的女儿马上就会有人来接。他的猜测是他们顶多还有几个小时。

自从他造访过之后,他们还没有侦听到任何电话,他认为这是一个不好的迹象。这意味着她没有因他的造访而受惊,仍打算在这条路上走下去。当然,她可能另有一个电话,一部充值电话,这类电话不会出现在她的电话通话详单上。但是如果是这种情况的话,她一定早就会使用那个,而不会使用家中的座机了,不是吗?或者用她女儿的电话,假定她有的话。

不管她或塞利尔斯去哪里,他肯定他们去的是同一个地方。他有的忙了。昨天晚上他已经集合了各个小组,让所有的交通工具和全体人员待命。所幸的是,迄今为止,苏塞克斯郡度过了一个平静的上午,他能集中他所需要的全部人马。

"长官!"调查员杰奎·菲力浦斯叫他。

他向她走过去。昨天他曾向她下达过任务,叫她开列国内所有制造和批发供应手术室所用物资、工具、器械和药品的商家名单。但是按照她现在给他的名单来看,它太长了,要把它们查清楚会需要好几个星期,因此这是不可能搞清楚的。

接着,格伦·布兰森叫他。警长已经从他们派到所有港口警戒的人员那里得到了回馈的信息,玛琳·哈特曼和西蒙娜的照片早已交给他们传阅了。在昨晚和今天一清早,有好几个可能的证人看见过她们。这些人中包括一个来自罗马尼亚的母亲和她女儿,她们在盖特威克机场被警察盘问了一个小时后才放走。另有一对来自德国的夫妇带着一个小孩,在乘坐欧洲之星高速火车到达时也受到了讯问。

"我想我们不得不假设她现在已经到了这里。"格雷斯说。

"要我撤掉警戒人员吗?"

"再等一个小时吧,以防万一。"他说。

他的无线电通话机又咔嗒一声响了。又一个自动车牌号码识别摄像头追踪到了塞利尔斯。他仍在二十四号主干线上,此时他刚开过了霍舍姆,仍然继续向北行驶。格雷斯又看了一次他的手表。塞利尔斯开得像风一样快。以这个速度,他不久就要开出本郡,进入萨里郡了,这就意味着要通知那里的警方进行追踪。

他用无线电通知了直升飞机,转达了这个信息,问他们在什么地方。

观察员回答他们刚刚抵达霍舍姆。在结束这次呼叫之后几秒钟,格雷斯的无线电又咔嗒响了起来,他听见了观察员激动的声音。

"我们看到RSZ8AML了!因前方道路施工,交通受阻,它正慢慢向施工地点靠近,仍然在二十四号干线道路上向北开行。"

格雷斯走回挂地图的地方,在汽车位置的东、西、北三个方向划了一个大大的圆弧。在那个圆弧内有七个紫色的小圈,全都是诊所的所在地。

但是过了焦急的十秒钟等待之后,直升飞机报告说那辆阿斯顿·马丁仍在向北开行。格雷斯又看着地图,感觉有点伤脑筋。如果它继续按这条路线开行的话,它不久就会到达二十五号伦敦高速环城公路了。

"该死的,你究竟要去哪里呢?"他大声说了出来。

此刻在这个房间里有他调查队里的二十二个成员。他们有的弓起身子守在他们的电脑屏幕前,有的耳朵上套着耳机话筒,有的注视着输出打印机。他们中没有一个人能有比他更好的主意。

111

当门铃响起时,林恩正在她房间里,将她的小旅行包拉上拉链。

门铃的尖叫声直穿透了她的血管,也穿透了她的灵魂。在惊慌中她完全愣住,对一切都视而不见了。

警察又来了吗?

她几步跨到了窗户前,小心地往下偷看。外面是一辆青绿色和白色相间的流线型出租车。

她全身不由得放松了下来。她不曾料想到会来一辆出租车,但是那很好,很妙,当她的思维变明晰起来时她明白了。一辆出租车,是的,非常好!一辆出租车就意味着玛琳·哈特曼没有什么东西要隐藏的。出租车是公开的。如果她乐意让一辆出租车来接她们,那么一切事情都会是绝对正大光明的。该死的格雷斯警长,好你个危言耸听者,她想。于是她大声地敲窗户。一个四十来岁的司机,身穿一件腰际袖口都有松紧带的夹克,正站在大门外面,抬头向上看。林恩向他示意,她们马上下来。

这时她心里爆发出一阵突如其来的快乐，情绪一下子好了起来，拿着她和凯特琳的小旅行包跑下楼。就会要好起来，就会要好起来，一切都会变得光明灿烂。她将会让凯特琳过一个从未有过的最好的圣诞节！

"好啦！亲爱的！"她喊道，"车来了！"

凯特琳正坐在厨房桌旁，把马克斯抱在她膝上抚摸，一边看着照片上那个罗马尼亚女孩的脸。罗斯·亨特给她开的那杯葡萄糖水和抗生素药片原封未动地放在她面前。

"你给马克斯准备好了食物和水吗，亲爱的？"林恩问。

凯特琳茫然地看着她。

"亲爱的？"

突然间，林恩快乐的心往下一沉，因为她看见了女儿脸上混乱的表情。

"别担心，我来吧！"

她飞快地在碗里添满了水，在分配器里加满了食物，把马克斯轻轻地从凯特琳的手臂里举起来，用鼻子蹭蹭它，亲了一下，然后把它放下。

"看好屋子，马克斯，好吗？记住你是什么出身！"

通常每当她这样说时，凯特琳都会咧嘴而笑。但是今天她没有反应。林恩轻轻地碰了碰她的手臂，说："好啦，宝贝儿，把水喝掉，把药吃了，让我们上路吧！"

"我不渴！"

"喝了会让你感觉好些。今天上午手术前你不能吃任何东西，记住了？"

凯特琳勉强地开始喝水。她手里握着杯子，半站起来，然后又重重地跌向椅子，把杯子里的水都溅了一些出来。

林恩看了她一会儿，恐慌又一次在她心中升起。她举起杯子，帮助凯特琳用剩下的水把药片服下，然后她跑到外面，请求出租车司机帮帮她。

两分钟后，她们的行李都已经放在行李厢中了，林恩坐在出租车后面，抓着凯特琳的手，汽车开走了。

在他们后面一百码远的地方，那辆绿色的大众帕萨特用无线电发出信息，说二号目标上路了，并且读出了出租车的车牌号码。

格雷斯在紧急事件一室，他的办公桌旁向他们发出指令，命令他们跟踪，将出租车保持在视线之内。

"我们去哪里？"林恩问司机。

"这是个秘密！"

她在后视镜中看见他咧嘴一笑。

"你说这话是什么意思？"

"不许我告诉你。"

"什么？"

"这完全是戏剧化的惊险场面。詹姆斯·邦德之类的东西。"

"择日而亡①。"凯特琳半闭着眼睛喃喃说道。她此刻正在抓挠大腿上的痒处，越来越用劲，越来越用劲。

他们向左转进入卡登大道，然后又左转进入伦敦路，一直向南，朝布赖顿市中心开去。

林恩看着司机装在仪表板上的身份卡，读着她的姓名：马克·塔克威尔。

"好吧，邦德先生，"林恩说，"我们要走很远的路吗？"

"这一部分不远。我——"正在这时他的电话响了，打断了他的话。他三言两语地回了电话，"我在开车。一会儿给你回电话。"

"不能给我一点线索吗？"林恩问。

"冷静点儿，你这个女人！"凯特琳喃喃说。

---

①《择日而亡》(Die another day) 是詹姆斯·邦德系列电影中的一部，二〇〇二年上映。

林恩默不做声地坐着。他们向着普雷斯顿广场一路开过去，然后在交通灯前向右拐，一直开上新英格兰山，下了高架桥。然后他急速向左转。几分钟后他们爬上山顶，又开始下山，一直下到布赖顿火车站。司机在交汇点停下，然后又继续下山，突然急速刹车，停在一排系缆柱前。系缆柱是近日才安装的，为的是不让汽车从这里掉下山。

一个年约五十岁的矮个子男人，穿一套廉价的米色西服，长着一只鹰钩鼻，头发油污。他匆忙过来，打开林恩的车门。

"你随我来，"他用不流利的英语说，"快点，快点，请快点！我叫格里戈尔！"他做出一个卑下的笑容，露出了他的龅牙。

林恩迷惑地看着他说："我们——我们要去哪里？"

他几乎是激动不安地把她从车中猛拉了出来，道歉地微笑着，一把将她拉进了冰冷刺骨的午后的空气中。

出租车司机帮她们从行李厢中取出了行李。

他们没人留意到那辆绿色的帕萨特正慢慢地从他们身边开过。

在紧急事件室里，格雷斯的无线电嘟嘟地响了。

"我是罗伊·格雷斯。"他回答。

"她们在布赖顿火车站下了车，"监视人员通知他，"地方不对。"

罗伊完全陷入一片混乱之中。布赖顿火车站？

"他妈的搞什么鬼？"他不禁脱口说道。

从那里每个小时有四趟火车开往伦敦。RSZ8AML还在朝二十五号高速公路开。他所有关于苏塞克斯诊所的理论突然跌进了粪坑。他们是打算去一家在伦敦的诊所吗？

"步行跟着他们，"他说，突然间完全乱了方寸，"不要跟丢了。不管你怎样做，都他妈的别跟丢了。"

格里戈尔提着一个行李包，林恩提着另一只。他们拖着跌跌撞撞的凯特琳，让她夹在他们中间，匆匆忙忙地横穿过布赖顿车站的广场。每隔几秒钟，这个人便从肩膀上回过头去紧张地看。

"快一点！"他恳求道，"快一点！"

"我不能走得再快了！真是要命！"林恩喘着气说，完全给弄糊涂了。他们在那面从玻璃屋顶悬挂下来的时钟底下匆忙走着，经过了报刊亭和咖啡店，然后又走下去，经过了远处的那个站台。

"我们要去哪里？"林恩问。

"快走！"他回答。

"我得坐下来。"凯特琳说。

"过一分钟你再坐，好吗？"

他们跌跌撞撞地走出来，走进了停车场出口处的陡坡，从几辆停在那里的汽车和出租车旁经过，走到了一辆满是灰尘的褐色奔驰车跟前。他打开行李厢，举起他们的旅行袋放进去，然后打开了汽车的后车门，设法把凯特琳给塞了进去。林恩从另一边坐进去了。格里戈尔跳进司机座，发动了引擎，把汽车像个魔鬼般地从车站开走了。

监视的警官，彼得·伍尔夫警探，站在那里恐惧地望着，感觉到他升职的前景随着那个坡道而消失不见了。他狂乱地用无线电通知他那坐在帕萨特里的同事赶快转向停车场出口处。

但是帕萨特被堵在了车站远远的那一头，在一长溜受阻挠的汽车长队里。司机们等着一个坐在铰接式卡车里的笨蛋完成他的倒车动作，就是他把整条街都给堵住了。

112

玛琳·哈特曼焦急地在威斯敦田庄西厢一楼她的办公室里踱着步子，这里是器官移植中心在全世界秘密拥有的六家诊所之一。大多数顾客到这里来是进行温泉疗养的。也有来做外科手术的；或者不来做外科手术，仅仅进行康复治疗。他们在这里受到了无微不至的照料。他们对于这个特别的西厢里标有"私用，勿入"的封闭门户后面在进行着什么活动全然不知。

从她的窗户往外看去，可以一直看到英格兰南部的有草丘陵地那美丽的景致。但是无论她何时来到这里，通常总是太过于全神贯注于自己的事而从未注意到它。今天也是如此。

她这是第十次看她的手表了，塞利尔斯在哪里？为什么这母女俩花了这么长的时间还没到？

她需要林恩来这里发出传真指令给她的银行，将款项剩下的一半进行转汇。通常她总是要等到确认净得现款存入了她在瑞士的户头上，才开始下面的步骤。但是今天她不得不冒一次险，因为她要尽快离开这个鬼地方。

下午三点五十五分就会是日落时分了。肖勒姆机场到时就会停止飞机的起降。她最迟也要在三点半时赶到那里,科斯梅斯库也会和她一起去,带上那个罗马尼亚女孩的残骸。她留下的小组会没事,由他们来照顾凯特琳。即便警察真的找到了这个地方,等到他们出现时,手术也已经做完了,他们就会忙着去查找证据。他们也许会不高兴,但他们总不能把凯特琳切开来检查她是否有了新的器官。

她离开办公室,走进更衣室,在那里穿上进行过外科擦洗和消毒的长外衣,穿上长靴,戴上橡胶手套。然后她打开手术室的门走进去,和罗马尼亚的器官移植专家纳日万·艾奥内斯库,以及两个罗马尼亚的麻醉师和三个罗马尼亚的护士点头打招呼。

西蒙娜裸着身子毫无知觉地躺在手术台上,头上是两盏章鱼状的顶灯,发出眩人眼目的光辉。一根呼吸管已经插进了她的喉咙,一头与供氧设备和麻醉机相连。她手腕上的静脉插管与一台输液泵相连,输液袋就挂在插在手术台边的一根杆子上。这样就能不断地给她输入丙泊酚①。另外输入的两种液体能使她的器官始终保持浸润状态,保证最佳的质量。

安在墙上的是一台最先进的电脑屏幕,能稳定地读出她的血压、心跳和血氧饱和度。

"一切都准备好了吗?"玛琳·哈特曼用德语问道。

纳日万茫然地望着她。她忘记了他不会说德语。

"你准备好了吗?"这次她用罗马尼亚语说。

"准备好了。"

她又看看手表,说:"你现在就要摘取肝脏吗?"

尽管他有经验,纳日万还是说:"我最好还是等罗杰先生来。"

"我很担心这个时间的问题,"她回答,"你可以先从肾脏开始。我

---

①丙泊酚:一种麻醉剂。

在德国和西班牙都有了肾脏的订单。"

突然她的手机嘟嘟地响了。她打开来听了一会儿,然后说:"好,好极了!"

贝克特太太和她的女儿将在二十分钟后到达。

113

一脸局促不安的警探伍尔夫用一种稍带胆怯的声音在无线电话里报告说 W796LDY 完全失去了行踪。那辆载着林恩和凯特琳·贝克特的奔驰已经从他们眼皮底下溜走了。

糟透了。罗伊·格雷斯想,坐在紧急事件一室他那狭窄的工作站里。他妈的,怎么会如此糟糕?

现在他能够做的就是指望又有一个自动车牌号码识别摄像头把它识别出来。

一个电话响了,无人接听。他们现在都被电话铃声给淹没了,要应对接踵而来的各种媒体宣传,简直就像在打仗一样。即便如此,这个房间里还是有二十二个人,只有半数人在听电话,其余的在电脑上,要么看,要么敲键盘。

"去个人接那该死的电话!"他叫道。

然后格雷斯低下头来看刚刚放在他桌上的关于吉姆·托尔斯的尸检报告。死因是由于吸入海水而造成的窒息;缺氧、酸中毒造成心脏停跳。他跳过了纳丢斯卡·德·桑察的几页技术性注释。现在他知道了"斯可布伊号"的船主是淹死的,他所有的内脏器官都原封未动。

但即便如此,尽管他的死与那三个少年人的死有不同,格雷斯的本能还是告诉他,这几个人的死亡是有关联的。他需要做个决定是否重新立案,将斯可布伊号的残骸打捞出来。现在它已正式成了一起犯罪的现场。但是此刻他没有时间来考虑这个问题。

他在键盘上敲打了一个指令,调出一个绘制地图的页面。几分钟后,从警用直升飞机的发射机应答器上他得到了直升飞机和两辆跟踪塞利尔斯的阿斯顿·马丁的汽车的位置。它们现在在二十五号高速公路以南只有几英里的地方。加上那里的几台自动车牌号码识别摄像头,至少要继续跟踪他还是容易的。

这时从控制中心打来一个电话,说是W796LDY刚才在布赖顿以西,二八三号主干线上被发现。

他激动地跳起来,向地图冲了过去。然后他皱起了眉头。离汽车位置最近的那些紫色的圆圈是肖勒姆的南方医院,那是一家国家卫生部门所属的医院,早已作为不可能的对象被划掉了。再有就是一家健康美容的矿泉疗养地,威斯敦田庄,也被视作不可能的对象给勾销了。然而,更为有意义的是,这条路也通向在华盛顿镇的同一条绕行路线,它就在沃辛以北,就是从这个地方塞利尔斯的汽车刚刚开上了二十四号主干线。

他回到工作站,给情报分处的检查官贾森·廷格利打电话,问他是否碰巧在华盛顿镇附近的地区有一个监视小组。但是廷格利很抱歉地回答说没有。

十分钟后,从那辆汽车那里仍没有什么消息传来。

这就意味着他对汽车行进方向的判断是错误的,这一点几乎可以肯定。现在他所有的希望就是有一个机警的巡逻警官能发现它。

又一个电话响了,无人接听。接电话,他妈的,去个人接!他想。

令他宽慰的是,有人接了。

他的神经现在变得越来越紧张了。艾莉森·沃斯珀那里要新的情况汇报，而《百眼巨人报》的凯文·斯皮勒拉已经留下了四条信息，要知道下一次新闻发布会何时召开。

他在电脑上打开一幅警用的苏塞克斯地图，看着它，竭力琢磨他是不是忽略了什么东西。

这时，直升飞机上的观察员突然给他发来无线电呼叫，为他刷新了位置。那辆阿斯顿·马丁车正开进一家加油站。

格雷斯谢过了他。几秒钟后，一个没有警徽标志的小组成员向他发来无线电呼叫，通知他，他们已经把汽车开到了毗连的汽油加油泵旁，要求他发指示。

"跟住他，"格雷斯回答，"什么也别做，也去加油，或假装你正在加油。"

"跟住他，是，是。"咔嗒一声响，然后又是，"长官，目标一号从交通工具中出来了。可是，长官，那不是一个男人，而是一个女人。"

"什么？"

"是一个女人，长官，褐色的长头发，十五岁到二十几岁的样子。"

"你确定？"格雷斯反问。

"嗯——是一个女人，长官，是的，是的。"

格雷斯突然间感觉好像有一个塞子从他体内给拔出来了。"一个长着褐色长头发的女人？但是……半个小时前那个人还是灰头发！"

"不再是灰头发了，长官。"

"你骗我！"他说。

"恐怕不是的，长官。"

"跟着她，"格雷斯说，"我要知道她往哪里去。"

接着他指示直升飞机飞向华盛顿镇绕行路线，寻找奔驰车。然后他喝了几口完全冷透了的咖啡，将眼睛闭了几分钟，用拳头轻轻捶打着自己的下巴，陷入了沉思。

坐在阿斯顿里的那个女人仅仅只是一个毫无关联的要到什么地方去的乘客，还是她就是一个诱饵？侦探警官坦纳是一个富有经验的监视员，是不是他犯了一个错误？这两种颜色的头发有着很大的差异，不可能搞错。那辆车可能把车窗玻璃贴上了深色的膜,但是法律规定不允许把挡风玻璃也涂上深色。

几分钟后他的无线电又嘟嘟地响了,他接听了。

这是加油站的监视员打来的。

"长官,刚才她去付款时我往她车内看了一眼,她的乘客座上放了一顶灰色短发的假发。"

格雷斯谢过了他,要他继续跟踪她,然后挂上了电话。见鬼,他想,见鬼,真是活见鬼。

他立刻给保罗·坦纳用无线电通话。

这个乡村的监视专家为自己作辩解。他通知格雷斯说他和他的同事在阿斯顿·马丁离开之后,按照他的指示在这个位置上坚持待了三十分钟。但现在他们得赶往布赖顿市中心,那里有一个毒品交易监视活动需要他们紧急赶过去。

格雷斯谢过他,然后转过身来要盖伊·巴切勒给塞利尔斯家打电话,看看这个男人是否在家。

两分钟后,巴切勒通知他,塞利尔斯刚刚离开家。

格雷斯沮丧地听着。他简直不能相信自己竟然会这样彻底地受骗上当,而骗术又是如此简单。这不是他的队员们对他的期待,也不是他对自己的期待。

今天他该趁着有机会早一些把林恩·贝克特抓起来,这样做至少可以把形势控制住。当然这样会打草惊蛇,会丧失当场把人抓住的机会,这一点几乎可以肯定。上帝,事后聪明是多么容易的事!

想一想。他极力促使自己冷静下来,想一想,你,再想一想。

又一个无人接听的电话响起来了。他发现在这个该死的,不断响着的铃声里他无法集中精力来思考。他面前的一架电话上闪过一道光。他只好灰心丧气地按下按键,亲自来接电话。

"这里是紧急事件室。"他说。

电话线那头听起来是个神经紧张的女人。他猜想,大约有三四十岁。她说:"我能和负责那三具尸体,就是——就是——在海峡中找到的那三具尸体的人说话吗？是海王星行动吗？对吗？"

她听起来好像是一个白白浪费别人时间的人，但是你绝不能这样断定。他的政策是永远要有礼貌，要仔细聆听。"和你说话的正是格雷斯总警司，"他说，"我是负责海王星行动的高级调查官。"

"啊，"她说，"对，那好，瞧，很抱歉打扰了你——但是我很担心。我不该打这个电话。你看——我是趁休息时间溜出来的。"

"很好，"他说，拿起笔，打开笔记本，翻到空白的一页，"能否请你留下你的姓名和联系电话？"

"我……我在一个'犯罪阻止者'的广告上看到……看到可以匿名。"

"是的，那是一定的，如果你愿意那样。那么，你为什么认为你能帮助我们？"

"呃，"她说，声音听起来更显紧张，"当然，这也许没什么。但是我在新闻上看到——你知道——那上面推测说这些可怜的少年是被贩卖来取他们的器官的。呃，事情是……你知道……"她沉默了下来。

格雷斯等着她往下说。终于，他稍微有点不耐烦起来，催促道："怎么样？"

"呃，你瞧，我在一家药物批发公司的配药部门工作，到现在有很长一段时间了。一直以来，我们在给西苏塞克斯的一家美容整形诊所提供药品。在那些药品中有两种药很特别。现在，事实上，我不明白为什么这家诊所会需要这些特别的药品。"

格雷斯开始更感兴趣了，问："什么药品？"

"呃，一个叫做他克莫司。"她把名字的字母拼了出来，他把它记下了，"另一个叫做环孢霉素。"他也把它记下了。

"这些药都是免疫抑制剂。"她继续说。

"准确点说，这就意味着它们是做什么用的？"他问。

"免疫抑制剂是在做人体器官移植手术时用来阻止排异反应的。"

"你是说它们根本不适用于整容外科手术？"

"整容手术中唯一适用的是植皮手术，阻止排异反应。但是我在这里的两年期间非常怀疑,如果只是用在植皮手术上,他们用不了我们给他们供应的这么大的数量。对这个领域我非常熟悉,你瞧,我曾在东格林斯德医院的烧伤病房干过,"她说,突然露出自豪的口气,听起来也不那么紧张了,"另外还有一种药也是我们供应给这家诊所的,我想也许与这件事有关联。"

"是什么药?"

"脱氢皮质醇。"她又把它给拼了出来,"这是一种类固醇——用途很广,但它在肝脏移植上有一种特殊的功能。"

"肝脏移植?"

"是的。"

突然间,罗伊·格雷斯的肾上腺素奔涌了起来,问:"这家诊所叫什么名字?"

犹豫了一些时候,女人的声音沉了下去,听起来她又紧张起来了。她用几乎是耳语的声音说道:"威斯敦田庄。"

114

司机能说的英语有限,这倒是合了林恩的心意,因为她没有心情和他闲谈。他已经告诉了她,他的名字是格里戈尔。每当她朝后视镜看上一眼时,她都看见他露齿一笑,露出那畸形的闪亮的牙齿。一路上他打了两个很短的电话,说的是一种林恩听不懂的外国话。

她全部的注意力都在凯特琳身上。令她大为宽心的是,一路上她似乎又振作了一点儿。或许该归功于葡萄糖水或者是抗生素,也许两者都是。倒是她自己在此时毫无希望地神经紧张起来。当他们沿着布赖顿以西的二十七号干线一路开行,经过了肖勒姆机场,然后又沿着斯特林旁路向前驶去时,她甚至都不曾留意他们的汽车往哪里开。天空呈现出不祥的一片灰色,仿佛折射出了她内心的一片漆黑。天空下起了小片的雨,每隔几分钟,司机便轻轻弹一下雨刷。

"爸爸会来看我吗?"凯特琳突然问道,她的声音听起来有点虚弱。她现在又在抓她的肚皮了。

"当然会来的。我们两个人中间总会有一个人一直陪着你,直到你康复回家。"

"家,"凯特琳若有所思地说,"那里现在是我最要想去的地方,家。"

林恩几乎要问她是哪一个家,但她决定不问,她已经知道了答案。

这时凯特琳显出很害怕、弱不禁风的样子来,问道:"做手术期间,你都会在那里,是吗,妈妈?"

"我答应你。"她捏捏女儿那虚弱的手,在她面颊上吻了吻,"一直到你醒来我都会在那里。"

凯特琳发出苦笑,说:"是的,很好,别显出为难的样子来。"

"多谢!"

"你没带着那件可怕的橙黄色的上衣吧?"

"我没带那件可怕的橙黄色的上衣。"

离开布赖顿车站停车场后半个多小时一点,他们转弯穿过一个漂亮的有柱子的入口,经过那块上面写有"威斯敦田庄矿泉疗养胜地"的牌子,然后又开上一条碎石料铺砌的车道,开过一片绵延起伏的公共用地,又开过了一系列的减速带。在开了一小段距离之后,林恩看见他们左边一个高尔夫球场和一个大湖。在前面就是大片草地,她能看见那里丛生的树木形成的占克顿伯里圈[①]。

凯特琳闷声不响,眼睛闭着,在听 iPod 里的音乐,或者是睡觉。林恩满腹心事地坐在那里沉默着,不到最后一刻不想叫醒她,希望睡眠也许能帮她积蓄起力气。

她默默地祈祷。上帝啊,但愿我作出的选择是对的。

在今天上午那个警官来访之前一切都不成问题,在那之前她一直认为自己做的事情是对的,但是现在她再也不知道什么事情是对的了。

汽车被一条减速带弄得猛地一震,凯特琳终于睁开了眼睛,她茫然地四下里看着。

[①]指英国威斯敦的占克顿伯里圈,在山顶一圈有新石器时代,铁器时代及罗马人时期的遗迹。

"你在听什么音乐,亲爱的?"林恩问她。

凯特琳没有听见。

林恩满怀爱意地看着女儿,看着她那泛出胆汁的黄颜色的皮肤和眼睛。她看起来是那么的脆弱,不堪一击,林恩觉得自己的心都快要碎了。

坚强一些,亲爱的。只要坚持一会儿,只不过几个小时,到时候一切都会好起来的。

她从挡风玻璃往外看去,看了几分钟,看着前方隐隐呈现的那个地方。有一栋高大坚实的楼房,外貌却很丑陋。它的中央部分在林恩看来是维多利亚时期的哥特式,但是却有着许多现代的附属建筑和裙楼。有一些的风格惹人喜爱,但其余的都是平淡无奇的预制房屋。她看见前面有一个弧形的车道,边上排满了汽车。车道的每一边都有一个停车场,但是司机却在一块写有"私人产业"的牌子前转了个弯,笔直向前走,从大楼一边的一条拱道里穿了过去,开进一个很大的后院。这个院子的一边以一排房子为边界,这房子在她看来大约以前曾做过马厩;另一边则是一排非常丑陋的,锁起来的汽车库。

他们在一个朴实无华的后门口停了车。林恩还未从那辆奔驰汽车里出来,便看见从门里出来了一个身材高大,具有像男子汉那样健美肌肉的女人。她身穿一件白色的护士束腰外衣和一双体操鞋。

格里戈尔跳过来打开凯特琳那一边的车门。但是她却费了很大的劲,滑到她母亲的身边,拒绝别人帮助,跟着她走出汽车。

"是林恩·贝克特太太和凯特琳·贝克特小姐吗?"女人拘谨的声音和不流利的英语使得这句话听起来像是在讯问。

林恩顺从地点点头,用一只手臂挽住了女儿,一边看着女人胸前佩戴的牌子上写的名字:德拉古塔。

她想,她看起来就像一条恶龙。

"请跟我来。"

"我来替你提行李包。"格里戈尔说。

林恩紧紧抓住女儿的一只手,跟着这女人沿着一条宽宽的走廊走去。走廊两边的墙上贴着白瓷砖,发出一股浓烈的消毒水气味。她们又从好几间紧闭着的房门前经过。然后这女人在尽头一道锁着的门前停下了,她输入了密码。

他们走进一个地上辅了地毯,墙壁漆成浅灰的地方,那里感觉像是一个办公区域。然后女人在一个门前停下,敲起门来。

一个女性的声音用德语在里面叫道:"进来!"

林恩和凯特琳被领进一间奢侈豪华的大办公室,护士在她们身后把门关上。玛琳·哈特曼从一张光秃秃的办公桌后面站起来迎接她们。在她身后是一个窗户,从那里望去可以看到大草地的全景。

"好,你们来了!我想你们一路旅途愉快吧?请坐。"她指着桌前的两张扶手椅说。

"我们一路都很好。"林恩说,她觉得胃里好像有个硬结,喉咙也发紧,只能勉强把字吐出来。她的双腿在发抖。

"我们这里有些麻烦,"玛琳·哈特曼严肃地点点头,"但我绝不会让一个顾客失望。"她对凯特琳微笑说,"一切都会好的,亲爱的。"

"我希望做手术时,外科医生能为我播放菲斯特的音乐。你认为他会那样做吗?"凯特琳安静地问。

她坐在椅子里,弓起身子来抓她的左踝骨。

"菲斯特?"女人皱眉道,"菲斯特是谁?"

"她很酷,是个歌手。"现在她开始抓挠她那肿胀的肚皮。

德国女人耸耸肩,说:"好的,一定的,我们可以问问,我不知道情况会如何。"

"我还有一件事情想要知道。"凯特琳说。

林恩惊恐地看着她。她似乎一说话就有点呼吸困难。

"告诉我好吗?"

"给我的这个肝——它来自什么人身上?"

这个女人没有丝毫的犹豫,回答说:"从一个可怜的小姑娘身上,她和你一般大,昨天死于汽车事故。"

林恩忧虑地瞟了她女儿一眼,用眼睛示意她不要深究。

"她死在哪里?"凯特琳问,对她母亲不予理睬。她的声音突然变得强硬了起来。

"死于罗马尼亚,在一个叫做布拉索夫的小镇外面。"

"请再详细点和我说说她的事情。"凯特琳说。

这一次,玛琳·哈特曼防备性地耸耸肩说:"恐怕我不得不保护一下捐赠者的隐私。我不能给你提供更多的信息。做完手术后,你可以通过我写信给她的家人表示感谢,如果你愿意的话。我会鼓励这样做。"

"如此说来,警察说的就不是真的。"

"亲爱的!"林恩赶忙打岔,料到她会说什么,"哈特曼太太说的没有错。"

凯特琳沉默了几分钟,眼睛朝四下里看,仿佛很难将目光聚拢起来。然后,她无力地说道:"如果——如果我同意接受这个肝脏,我必须知道真相。"

林恩不所所措地看着她。

突然门打开了,名叫德拉古塔的护士走了进来。

"我们准备好了。"

"凯特琳,现在请你先去,"经纪人说,"你母亲和我还有些事情要办。她几分钟后就会回到你身边。"

"那么,那个警察带过来的那张照片——不是真的?"凯特琳一味坚持。

"亲爱的!宝贝儿!"林恩恳求道。

玛琳·哈特曼毫无表情地看着她们两个问:"什么照片?"

"那是一个谎言!"林恩脱口叫道,几乎要流出泪来,"那是一个谎言!"

"那是一张什么照片,凯特琳?"经纪人问。

"他们说她没死。她就要为了我而被杀掉。"

玛琳·哈特曼摇摇头。她的嘴唇形成了一条生硬而一本正经的直线,眼里显出吃惊的表情。

她非常温和地说:"凯特琳,我不会那样做生意的,请相信我。"她笑得很温暖人心,"我想你们英国的警察不会高兴有人做任何事来——你们怎么说来着?——来对抗他们的制度。他们宁可让人去死,也不愿意让他们通过出钱购买来获得一个器官。在这一点上,你们应该相信我。"

护士在他们身后说:"现在请你跟我来。"

林恩亲吻女儿说:"跟她去吧,亲爱的,我几分钟后就来。我只不过是要把剩下的款付了。等你做准备的时候,我得给银行发传真。"

她帮着凯特琳站起来。

凯特琳东倒西歪,摇摇晃晃地起身,她的目光在很大程度上已经不能聚拢起来了。她转过身来对着玛琳·哈特曼说:"菲斯特的事,你会问问外科医生吗?"

"菲斯特。"德国女人说,满脸是笑。

然后她向母亲走前一步,显得很害怕地说:"你不会要很久的,妈妈,是吗?"

"我会尽可能地快,亲爱的。"

"我害怕。"她耳语道。

"要不了几天时间,你就会认不出来你自己了!"经纪人回答。护士催促凯特琳离开房间,在他们身后关上门。玛琳·哈特曼立时将眼睛眯起,露出一丝怀疑的目光来。

"你女儿刚才提到的那张照片是怎么一回事?"

林恩还没来得及回答,德国女人的注意力就被头上低空处突然响起的一架直升飞机的嗡嗡声给转移过去了。她从椅中直跳了起来,跑过窗户边往外看。

"真是糟透了!"她说。

115

护士领着凯特琳走回那个贴瓷砖的走廊,把她带进了一间小小的更衣室,那里有一排金属存衣柜,在一个钩子上单独挂着一件医用长袍。

"你把它换上,"她说,"把你的衣服放进十四号柜里。我等你。"她关上门。

凯特琳站在衣柜前,吞咽着,震颤着。十四号柜子上有一把钥匙插在锁孔里,钥匙上带有一个橡皮的手腕带。这叫她想起了公共游泳池。她害怕游泳;她不喜欢待在过深的水中,而她现在就待在过深的水中。

她感觉有点头晕,便在一张木制的长凳上坐下。这比她想象的要多费了很大的力气。她又开始在肚皮上抓挠起来。她感觉很疲倦,很失落,有些恶心。她只想停止恶心的感觉,停止瘙痒的感觉,停止害怕的感觉。

她一生中从没有这样害怕过。

这个房间似乎在向她压过来,在挤压她,碾碎她,把她放在里面旋转。思绪来到了她头脑中,然后又走了。她得赶快,赶在它们还没消散前,一把将它们抓住。

一切事情都是瞒着她的,每一个人都在瞒着她,甚至包括她母亲在内。瞒了些什么事情?为什么要瞒?人人都知道,而她不知道的又是些什么事呢?那些人有什么权利要把这些秘密瞒着不告诉她?

她站起身,用力拉下她身上粗厚起绒的呢大衣,然后又费劲地坐了下来,房间旋转得比以前更快了。她的肚子又痛了起来。突然她感觉好像有一千只蚊子在咬她。

"滚开!"她突然喘息起来,大声叫喊道,"疼痛,滚你的蛋!"

她努力克制着自己的眩晕,又站了起来,然后打开柜子。正要把大衣放进去时,她犹豫起来。她没有把大衣放进去,而是把它放在长凳上,把房门打开了。

走廊里空无一人。

她摇摇摆摆地走了出来,把门在身后关上,警惕地朝两头望望。她的视线有点儿模糊。她朝右边走了一小段距离。在她的左手边她看见有一扇门。门外有张告示,写的是:衣服未经消毒严禁入内。她眯起眼来,直到把它看清楚。

然后她打开这扇门,跌跌撞撞地走进一个狭窄的没有窗子的房间,看起来像是一间放医疗供应品的储藏室。这里有一张钢制的手推轮床,她一下子撞到了它上面,猛撞到了她的大腿;还有一个带玻璃柜门的,顶到天花板的橱柜,搁板上放着一些做外科手术的仪器;地上立着一些氧气钢瓶,她碰倒了一只,便咒骂了起来;还有几件电子监控设备。房间尽头是一扇门,门上有一块圆形的玻璃,就像是一个舷窗。凯特琳径直走了过去。

她不禁惊呆了。

她从门里看进去,像是看见了一间具有高科技设备的手术室。里面站满了穿着消过毒的绿色手术外衣,戴着有弹性的帽子、白色面罩和肉色手套的人。他们中大多数人围着一个灯火通明的钢制台桌站着,台桌上躺着一个裸体的女孩,看样子是准备要做外科手术。她自己在医院里度过了那么长的时间,又曾经长达几小时地看她最爱看的医学电视剧《豪斯医生》和《实习医生格蕾》,所以,以她这些经验来看,她知道这女孩身上连着的大部分仪器是干什么用的。通过气管的呼吸管、鼻饲管、进入她颈部的插套管的中央管线、贴在她胸脯上的心脏监护仪的小贴片、插套管的动脉和体表管线、心肺容量监护仪、脉搏血氧计、导尿管。

　　一个看起来年长的男人手拿一把解剖刀,正在对一个年轻些的男人说话。而这个男人正用一只戴着手套的手指在女孩的身体上寻找纹路,很明显是要查找切开的地方。

　　即便这女孩的脸部扭曲,毫无生气,凯特琳还是立刻便认出了她。

　　这就是今天上午两个警察带到她家里来的那张照片上的那个女孩。她就是德国女人说过昨天死于一场车祸的那个女孩。凯特琳心想,如果你遭遇了一场足以杀死你的车祸,你的身体上就会留下一些印记,不是吗?如切口、青肿、擦伤,这是至少会有的。这时有个人移到了一边,她看得更清楚了些。这个女孩看起来就好像是睡着了一样。

　　凯特琳把眼睛使劲闭上,然后再睁开,试图把眼睛的焦距调得更好一些。她在那个女孩身上没有发现一处伤痕。

　　总警司的话在她头脑中回响。

　　她的名字叫做西蒙娜·艾里米亚。据我们所知她仍然活着,身体健康。她已经被贩卖到了英国,有人将把她杀死,以便让你的女儿得到她的肝脏。

　　现在她明白了,他说的是真话。

　　德国女人在撒谎。

　　她的母亲也在撒谎。

　　他们将要杀死这个女孩。说不定她已经被杀死了。

　　突然在她身后,她听见一个愤怒的声音,用不流利的英语叫道:"你想干什么?"

　　她转身看见德拉古塔正步子沉重地向她走来。

凯特琳激动得发起抖来，去推那扇门，但却推不动。这时她看见了门把手，便使劲把它拉开，跌跌绊绊地进去了。愤怒在她内心里奔涌。她痛恨所有这些人，恨那些戴着面罩的脸。

"住手！"凯特琳嘶叫，她冲开就站在她前面的两个穿长袍的人，向外科大夫猛地冲去，从这个吃惊的男人手上夺下手术刀，她这样做时感觉刀子割破了她的手指。"马上住手！你这个魔鬼！"

然后她站在他和那个年轻一点的男人中间，低下头使劲看，仔细地看了漫长的几秒钟，把这个女孩身上每一寸可看见的地方都一一看了个遍。她身上完全没有任何外伤的迹象。

"小姑娘，请你立刻离开！"那个老男人说，他那面罩捂住的声音带着上流社会的声调，"你把手术室弄脏了。给我立刻转过去！"

"她还活着吗？"凯特琳对他尖叫，用尽了她剩余的每一丝力气以提高她的声音。安在手术台上方墙上的屏幕，上面几列毫无意义的波形横穿了过去。放在女孩头部后方的几台独立式小型监测仪上闪烁出更多的符号和数字。

"这究竟与你有什么关系？"他吼叫了起来，他脸上的可见部分变成了紫褐色。

"说实在的，关系大得很，"凯特琳说，沉重地喘着气。她用另一只手戳着自己的胸脯。"我就是要接受她的肝脏的那个人。"

有一阵不知所措的沉默。

德拉古塔高声命令她出来，仿佛在对着一只狗喊叫。

"她此刻是活着的，是的。"年轻男人热心地说，仿佛这是凯特琳想要听到的。

她向前猛冲过去，用左手从西蒙娜手臂上扯下滴管线，把它们扯开，然后扯下颈部的管线，撕下心电监护仪的贴片。

外科医生抓住凯特琳的双肩说："你疯了，小姑娘？"凯特琳使劲咬他的手作为回答。外科医生痛得叫喊了起来，她挣脱开身子，转过身来，看着蒙在面罩后面的一双双眼睛，他们全都震惊了，不知该怎么办。这时她看见护士向她冲过来。

她举起手术刀,握住刀柄,像握着一把匕首,向所有的人挥舞着,完全不管不顾了。

"把她从桌上抬下来!"她说,她的嗓子里发出爆裂声,"现在把她从桌上抬下来!"

全体手术室成员一动不动地站着,吃惊地看着她。

只有那个高大的护士冲过来,抓住凯特琳那只空着的手臂,把她猛地拉开,用力那么猛,差一点把她整个摔倒在地。然后她猛推凯特琳的背,把她从房间中央推到了门边。凯特琳用她余下的力气抗拒着,她这样做时,脚上的运动鞋滑落在铺了地砖的地上。

"放开我!你这头该死的丑陋的母牛!"她拉长声音叫道。

护士停了下来,把门推开,然后又用劲推凯特琳。她向前跌去,往下倒时,她抽出一只手臂来助力,这时仍紧紧握在她手中的手术刀的刀锋从这个女人的颧骨上端划过,很显然从她的右眼和鼻梁上切了过去。

女人发出一声恐怖的号叫,双手捂住了脸,鲜血四溅。她踉踉跄跄地向一个人倒去,像一个女鬼似的哀号,有好几个人冲过去扶住她,不让她倒下。

在混乱中,没人注意到凯特琳跌跌撞撞地出去了。

116

玛琳·哈特曼焦急地大踏步沿着瓷砖走廊走下去。当她听见那声尖叫时,她平常那种如同钢铁般坚强的镇静沉着已经打了个粉碎。这时她改成了奔跑,然后便看见了手术室里的景象,看来好像是发生了极大的混乱。

她风驰电掣般地冲过供应室,看见她的手术室小组人员正在狂乱地试图控制住那个高大的护士。她的血正从脸上淌下,喷得她那白色的长袍上到处都是。她拼尽全力地破口大骂,歇斯底里地尖叫,同时血液四溅。罗杰·塞利尔斯先生和两个年轻一点的外科医生,连同麻醉师以及擦洗消毒的护士一起,全部都和她绞扭在一起。西蒙娜躺在手术台上,全身布满了电线和管线,对这一切全不以为意。

"该死的,发生了什么事?"

"那女孩发疯了。"塞利尔斯喘着气说。

这时,他还没来得及往下说,德拉古塔那多肉的拳头便打在了他的面颊上,打得他前后乱晃,一下便栽倒在坚硬的地上。

玛琳向他跑过去，跪下来，扶着他站了起来。他看起来好像是给打晕了。

"有一架警察的直升飞机来了！"玛琳向他尖叫，"我们需要做一级防范！打起精神来！你听明白了吗？"

德拉古塔倒了下来，把手术室里好几个穿绿长袍的人都一起带倒，压在了她胸口上。"我的眼睛瞎了！"她用罗马尼亚语尖叫，"上帝帮帮我，我眼睛瞎了！"

"给她服镇静剂！"玛琳命令道，"把她关起来！快！"

一个年轻麻醉师抓住一支注射器，然后在推车上用手乱摸，摸到了一个小药水瓶。

一个护士说："我们得把德拉古塔送到一家眼科医院去。"

"那个英国女孩在哪儿？凯特琳呢？她在什么地方？"

一双双茫然、迷惑的眼睛都看着她。

"那英国女孩在哪儿？"玛琳·哈特曼大叫。

117

凯特琳绕来绕去，情况变得越来越糟了。她冻得浑身冰冷，每隔几秒钟就有冻雨落下，黏到她脸上。她一下子撞到了墙上，又被推了回来，几乎倒在了地上。她得费尽力气才能挪动脚步。她先拖起一只脚，然后是另一只。现在她几乎走到了大楼的前面。她看见了一个停车场，那里停着一排一排的车辆。

它们聚到了她的眼睛焦点上，一下子又逃开了。

她跌跌撞撞地走过了一个花坛，几乎跌倒了。她的 iPod 挂在耳机上，轻轻拍打着她的膝盖。她痒得要命。

他们都会生我的气的，妈妈、卢克、爸爸、外婆。糟糕，他们都要和我生气。糟糕，生气，糟糕，生气。

在她头上是一种可怕的、大声的、轰隆隆的喧闹声。她抬起头来往上看，发狂地抓挠着她的胸脯。在她头上一百多英尺的地方，她看见一架深蓝色和黄色相间的直升飞机，就像是一只发生了变异的巨大昆虫。她看见它的一侧有"警察"的字样。糟糕，糟糕，他们来抓她了，因为她割伤了那个护士。

她靠在墙上，大口地吞咽着空气，每呼吸一次都很费力。墙在移动，在摇晃。她一步一步地往前移，看见了那个圆形的车道。直升飞机横扫了过去，画出一个宽大的圆弧。这时，她看见了一辆出租车，青绿和白色相间，就像那辆把她们带到这里来的出租车一样。

一个穿着皮外套，戴着丝绸头巾的女人正站在司机车门前，给司机付款。然后她转过身来向大楼走去，身后拖着她的行李箱。司机正要坐进他的车里去。

凯特琳跌跌撞撞地向他跑过去，挥着双手。

"喂！"她叫道，"喂！"

他没听见。

"喂！"

他正坐回汽车里去。

她抓住前面乘客座位的车门又摇晃了起来，用尽全身的力气抓住它，然后把它拉开了。"请问，"她喘着气说，"请问，你是空车吗？"

"对不起，亲爱的，这里不是我的范围，我不能在这里拉客。"

"请问——你要到哪里去？你能不能就让我搭个顺风车？"

他是个满脸皱纹，一头白发的男人，有着一张和善的脸。

"你要到哪里去？我得返回布赖顿。"

"好的，"她说，"好的，太好了，谢谢。"

她跌跌撞撞，一头栽倒在前排座位上。车子里面发出那个女人留下的浓烈的香水味。

"你还好吧，亲爱的？你在流血。"

她点点头。"还好，"她喘息道，"只不过——只不过手被门夹了一下。"

"我这里有急救包，你要不要贴块创可贴？"

凯特琳使劲摇着头说："不，不用，谢谢，我没事。"

"是在这里接受治疗的吧，是不是？"

她点点头，不顾一切地想要睁开她的眼睛。

"很贵，这个地方，我听说的。"

"我母亲付钱。"她喃喃低语。

他弯过身来，把她的安全带拉到她身上，然后替她扣紧。

当他们到达前面的大门口时，她几乎已失去了知觉。

"你真的没事吧？"他问。

她点着头回答："只不过是累了，你知道，被治疗弄的。"

"我不知道，"他说，"这种治疗可不在我的预算里面。"

"预算。"她有气无力地回应着。当她把眼睛闭上时，感觉到汽车在加速。

"你真的确定你没事吧？"他又一次执著地问。

"我很好。"

五分钟后，三辆警车从相反的方向飞驶而过，顶灯闪烁，警笛呼叫着。几分钟后，后面又追上来一辆警车。

"发生了什么事？"司机说。

"破事儿总会发生的。"她喃喃地说，昏昏欲睡。

"可不是吗。"他表示同意。

118

  林恩看到器官经纪人突然惊慌地从房间里跑了出去,大吃一惊。她走到窗户边看是什么东西连续不断地发出嗡嗡的声音来。当她抬起头往上看时,看到了正在画圈子的直升飞机,看到了上面的"警察"二字。她感觉到她的咽喉一阵发紧。
  它正在头顶上低低地画圈子,仿佛在找寻什么东西,或什么人。找她?
  她的胃里好像倒进了一桶冰块。
  请别这样,上帝呀,请别这样。不要在现在。让手术进行下去吧。做完手术,任何事都不要紧了。千万要让手术做下去。
  她是那么紧张地看着那架直升飞机,一开始她都没听见自己的手机响了。然后她在手提包里一阵乱摸,把手机拿了出来,一看来电显示,是私人号码。
  她接听了电话。
  "贝克特太太吗?"是一个女人的声音。这个声音她很熟,但是却想不起来了。

"你是谁?"

"我是皇家南伦敦医院的雪莉·林赛。"

"啊,是的,你好。"听见是她,林恩很吃惊。她打电话来究竟是为了什么事?

"有一个好消息告诉你。我们有一个肝脏,也许对凯特琳合适。你能在一个小时后做好准备动身吗?"

"一个肝脏?"她茫然地说。

"确切地说,是从一个身量高大的人的肝脏上切了一块下来。"是的,我明白了,她说,她的心在旋转。切下来的一块肝脏。在这个时刻她甚至都想不明白切下来的一块肝脏是什么意思。

"一个小时够了吗?"

"一小时?"

"救护车会来接你和凯特琳,行吗?"

突然,林恩感觉全身滚烫起来,仿佛她的头就要爆炸了。

"对不起,"她说,"请你再说一遍?"

雪莉·林赛很耐心地把她刚才说过的话重复了一遍。

林恩毫无知觉地站在那里,默不做声,电话举在耳边。

"喂!贝克特太太吗?"

她的脑子麻木了。

"贝克特太太,你在听吗?"

"在听,"林恩说,"在听。"

"我们的救护车一个小时后来接你。"

"好的,"林恩说,"嗯,可是……"她又沉默了。

"喂?贝克特太太吗?"

"我在听。"她说。

"这个肝脏非常匹配。"

"好,很好,好吧。"

"你还有些什么顾虑要说吗?"

她的脑子里乱成一团。她究竟该怎么办?告诉这个女人说不必了,谢谢,她现在已经有其他选择了?

可是头上有一架警察的直升飞机在盘旋。

玛琳·哈特曼究竟上哪里去了?她几乎是从房间跑出去的。

尽管她已付了钱,万一整个运转系统崩溃了怎么办?即便已经到了这个地步,也许接受那个合法的肝脏更明智些?会不会像上次那样,她们又被从排队名单上挤掉,就为了一个该死的酒鬼?

如果他们再一次被挤掉,凯特琳势必活不下去了。

"能和我们谈谈你的顾虑吗,贝克特太太?"

"是的,呃,自从上次之后——你们打来的那个该死的电话,可真是一个铁石心肠的电话——我认为不能让凯特琳再经受这样的打击了。"

"我明白,贝克特太太。我不能给你作出任何保证,说我们的会诊外科大夫不会发现这个肝脏有什么问题。但是,迄今为止,它看起来很好。"

林恩在玛琳·哈特曼书桌前的一张椅子里坐下。她现在迫切需要把这个问题想清楚。

"我会给你回电话,"林恩说,"你能给我多长时间?"

这女人的声音听起来很吃惊。她说:"我只能给你十分钟,否则的话我恐怕我不得不把它转给名单上的下一个人。我真的认为如果你不接受这个肝脏的话,你会犯下一个可怕的错误。"

"十分钟,谢谢你,"林恩说,"十分钟后,我会给你打电话。"

她挂上电话,然后在脑子里尽力反复衡量,努力不让她已经付了钱这件事来影响她的决定。

这家诊所的一个确定的肝脏对伦敦的一个不确定的肝脏。应该考虑一下凯特琳的决定。然后她看一下手表,还剩下九分钟。

她匆忙走过铺地毯的地方,从一扇门穿过,走进铺了地砖的走廊。在她右边的前面,她看见一扇门半开着。她朝里面张望,这是一间小更衣室,有许多小格的存衣柜和一张长凳。搭在长凳上的是凯特琳的那件粗厚起绒的呢大衣。

她一定在附近的什么地方,她心想。沿着走廊再稍微往前走一点,在左边是另一张敞开着的门。她走过去,朝里面看,看见了一间储藏室,里面有一张轮床,在远处还有一张看起来像是手术室的门,上面有一个玻璃舷窗。

她匆忙走过去,从玻璃舷窗往里看。一个毫无知觉的,光着身子的女孩,不是凯特琳,身上插着管子,躺在手术台上。几个蒙面的人身上穿着消过毒的长袍,正在将一个身材高大,满脸是血,失去知觉的护士从地上抬起来。令林恩大吃一惊的是,当他们被她的重量压得摇摇晃晃之际,她看出这就是把凯特琳带走的那个护士,德拉古塔。

她突然觉得有一种恐惧感抓紧了她的喉咙。发生了一件可怕的不对头的事情。她推开门走了进去。

"请原谅!"她喊道,"请原谅!有人知道我女儿在哪里吗?凯特琳?"

好几个人都转过头来看着她。

"你女儿?"一个年轻人用不流利的英语说。

"凯特琳。她正在做手术,移植手术。"

外科医生看一眼护士,然后又回过眼睛来看着林恩说:"我想不是这样,不是现在做。"

"她在哪儿?"她说,几乎是在对他大叫,心中恐惧顿生,"发生什么事了?她在哪儿?"她用一只手戳着德拉古塔说,"她怎么啦?"

"我想你应该和你女儿谈一谈。"他说。

"她在哪儿?请告诉我,她在哪儿?"

他耸耸肩说:"我不知道。"

她看一眼手表,还剩七分钟。

她转过身,跑了起来。她被惊恐击中,跑出房间,又跑回走廊里面,一面高声叫喊:"凯特琳!凯特琳!凯特琳!"

她飞跑过去打开一张门,但那只不过是一间洗衣房;然后又打开另一间,但里面只有一台核磁共振扫描仪,除此之外也是空的。

"凯特琳!"她不顾一切地尖叫,沿着走廊奔跑过去,然后跑出来,来到空无一人的院子里,跑进冰冷刺骨的寒风中。她发狂般地四下里看,又叫喊了起来:"凯特琳!"

她忍住眼泪,又跑进屋子,沿着走廊跑进办公区域,打开一扇又一扇的门,都是办公室。吃惊的行政办公人员都从他们的工作站里抬起头来。她又打开了另一扇门,看见一个小小的后楼梯,她爬了上去,在楼梯顶上看见一扇沉重的防火门,上面写着:无菌区域。非经授权,严禁进入。

它没锁。她走了进去,从气味上,感觉这里好像是一家医院的走廊。前方另有一扇门,门外的墙上安有一个净手的装置。她不管那些,打开门就走了进去。

这是一间小加护病房。里面有六张病床,有三张有人,一张上面躺着一个长头发的男子,四十出头,好像是一个摇滚歌手。另一张上面躺着一个男孩,和凯特琳一般大。第三张床上的病人是一个妇女,林恩估计她已经五十好几了。所有三个人都插着气管和鼻饲管,每一个人的床周围都装置了滴管线和监测仪的电线,它们接到了床边的设备电池上,这些管线如同树林一般密密麻麻。

三个护士,穿着和德拉古塔穿过的相同的白制服,从中心护理站里抬起头来,怀疑地看着她。

"我在找我的女儿凯特琳,"她说,"你们有人见到她没有?"

"请你离开,"一个护士用不流利的英语说,"这里严禁进入。"

她马上退了出来,检查更多的房门,看见一张就把它推开。这是一个小卖部兼休息室。她跑过去又检查另一间,但是它通向一个空无一人的浴室。然后她又看看手表。

只有五分钟了。

他们能再多给她一点点时间吗?她一定是在这里。

一定是。

她拨打凯特琳的手机,但它直接转到了留言电话上。然后她又跌跌撞撞地回到楼梯那儿走了下来，穿过了办公场所，穿出了另一扇门。她跑过一个短短的通道，然后又推开另一扇门，突然发现自己站在了矿泉疗养胜地那巨大的、大理石铺地的入口门厅里。

那里到处都是人。三个穿着毛巾布晨衣和一次性拖鞋的女人正在看着一个展品柜里展示的珠宝。一个穿着打扮相同的男人正坐在一张接待桌旁签署一张表格。在他旁边是一个穿着高雅大衣，戴着一条丝绸头巾的女人，身旁放着她那带轮子的提箱，似乎是在登记签到。

她用了几秒钟将整个房间用目光扫了一遍。

没有凯特琳。

这时，两扇电子控制的大门发出尖锐的嘶嘶声向两边滑开了。六个结实的、面露坚定神色的警官走了进来，他们全都身穿防护甲。

她转过身来跑了。

119

"顶那头!"玛琳·哈特曼对格里戈尔说,"高尔夫球场的尽头,就在第八发球区过去的地方,另有一个出口。警察不会知道那里,它可以让我们出去,进到一个小巷子里。我们可以离开主要公路好几英里远,我知道这样行得通,我会给你指路。"

她坐在那辆褐色的奔驰的后座上,双手紧紧抓着前面的乘客座上端,焦急地四下里看着,呼吸粗重,一边咒骂着,咒骂那该死的贝克特女人和她那小母狗女儿,咒骂警察,咒骂那遇事就慌的外科医生塞利尔斯。

但是她骂得最多的还是她自己;骂自己的愚蠢,以为她能从这件事脱身。贪婪。就像是赌徒的傻念头,不知道何时该抽身离开。在她前面,弗拉德·科斯梅斯库默不做声。他也有类似的想法。他在轮盘赌桌边时就老有这样的想法。不管怎样,他几乎总是知道何时该抽身离开,回家去。

他昨晚就应该回家的,要是那样就好了,回到罗马尼亚的家里。

他不欠这个女人任何东西。她只是利用他，就像每一个人利用他那样。他也同样地利用他们。对他来说，世界就是这样运作的，生活里谈不上什么忠诚，它只不过是生存下去。

如此说来，他为什么在这里呢？

他知道答案。因为这个女人对他具有魔咒般的力量。他想要征服她，想要和她上床。他想只要自己勇敢，就会吸引住她。

他在心里咒骂着。十年来他挣了钱，一直逍遥法外。

愚蠢，他想，真是太愚蠢了。

汽车减慢速度，颠簸着开过一个土堆，然后，令两个正在打高尔夫球的男人大为愤怒的是，它一直开过了草地，就从他们正等着要推球入洞的两个高尔夫球中间开了过去。当汽车猛地下降时玛琳紧紧抓住了座位，它的底盘达到了最低位置。当汽车又弹跳起来时，玛琳的头撞到了车的天花板上。

"他妈的！"她说，但不是由于痛。

那是由于她看见了前面的白色警车正好横着停在了通往威斯敦田庄后门的出口上。

"掉头！"她向格里戈尔下命令，"我们试一试从前门出去。"

"也许我们还不如步行？"利斯梅斯库说，这时格里戈尔急刹车，在草地上把汽车滑过，掉转头来。

"啊，真的，那边上面有直升机看着呢！没有机会！"她从侧边的车窗里把头伸出去，伸颈朝上面看着说。

这时格里戈尔大叫一声，用手指从他的肩头上指过去。玛琳转过头来，令她大为惊恐的是，一辆警用的揽胜越野车追在他们后面，警灯闪烁着，车速越来越快。

"要我试一下吗？"格里戈尔说，"我加快车速？"

"不，停车，什么都不要说，由我来说。我来吓唬他们一下。停车！停车！"

格里戈尔照办了。他们三人都坐在那里默不做声，处于麻木的状态。有一刻，玛琳在使劲地思考着。

又一辆警车在向他们奔过来。它与奔驰车头相对,堵住了他们,它的警笛声停住了。当她看到坐在前排座位上的人时,她的心越发往下一沉。

司机是一个黑人警官,她以前从未见过。但是和他坐在一排,副驾驶座位上的那个人她可以肯定是以前见过的,在她德国的办公室里。

就是昨天。

现在他从汽车里走了出来,正向她走过来。他未扣上的大衣敞开着,在风中拍打。几个身着制服的警官,穿着防弹背心,像幽灵般地从越野车里出来紧跟在他的后面。

当他拉开她的车门时,她冷冷地和他打招呼。"下午好,泰勒先生,或者你更愿意我称呼你格雷斯警长?"

格雷斯对于她的评论不予理睬,毫无笑意地说:"玛琳·伊娃·哈特曼,因为你涉嫌贩卖人口以达到器官移植的目的,现在我将逮捕你。"他向她作出警告说,"请从车子里出来。"

当她爬出来时,他抓住她的手腕,握住她的手,然后朝一个身着制服的警官一点头。他跨上一步,用手铐将她铐住了。"就把她放在这里等一会儿。"他向那个警员下指示,然后打开前门对科斯梅斯库说话。

"约瑟夫·贝克,此外又称弗拉德·罗曼·科斯梅斯库,我逮捕你是因为你涉嫌谋杀了吉姆·托尔斯。"格雷斯向他发出警告。

当给科斯梅斯库上手铐时,格雷斯走到司机旁边打开了车门。那人瞪眼望着他,浑身发抖。"那么你又是谁?"他问。

"我吗?格里戈尔,我是司机。"

"你有姓吗?"

"有什么?"

"格里戈尔?格里戈尔什么?"

"啊,迪利卡。格里戈尔·迪利卡!"

"你是司机,对吗?"

"是的,只不过是出租车司机,像出租车司机之类的。"

"出租车司机?"格雷斯用手摸了一下,从自己脸上拂去一小片冻雨。他的无线电话咔嗒一声响了,但他不去接听。

"是的,是的,出租车。我只不过是为这些人开出租车。"

"你要我逮捕你,除了我要指控你的罪名之外,再加上一宗无证开出租车罪吗?"

格里戈尔茫然地看着她,汗水淌到了他的眉毛上。

格雷斯吩咐格伦·布兰森以涉嫌帮助和支持人口贩卖活动逮捕这个男人之后,便转过来对着那个女人。

他还未来得及开口,她便说道:"格雷斯警长,我可以向你提个建议:下次你若是假扮了一个顾客,对某些服务感兴趣的话,你最好事前先作个简短的介绍。"

"如果你事前先好好介绍一下你自己,何至于遭到逮捕的下场呢?"他反击道。

"我没做什么错事。"她强硬地说。

"那好,"他说,"你很幸运,目前英国的监狱人满为患。我不会向你建议去住在其中一所,特别是女监。"他从脸上拂去更多的冻雨片,"现在,哈特曼夫人,你要让我们用轻松的方式来做这件事呢,还是用沉重的方式来做?"

"你是什么意思?"

"我们得到了一张搜查这些房屋的许可证,它现在已经在路上了,几分钟后就会到这里。你可以为我们在这里的观光作个向导,如果你愿意的话;要不然,就让我们以我们的方式到处去参观。"

他微笑。

她没有报之以微笑。

120

林恩跑过一连串看来似乎永无尽头的房间,读着那上面叫人摸不着头脑的一排排告示和名字。有些房间她查看了,有些她置之不理。像桑拿浴室、蒸汽室和芳香疗法室她都没去打扰。但是对于瑜伽课室、草药疗养中心、几间治疗室,还有雨林体验区,她都朝里面看了看。

每隔几分钟,她都朝肩膀后面看看有没有警察。但他们并没有跟在她后面。

她被这里的地理情况弄得迷失了方向,自己也喘息了起来,跌跌撞撞地往前赶着。她感觉自己行动变得笨拙,心里极度紧张不安,然后她明白了,这是低血糖的迹象。

亲爱的,凯特琳,亲爱的,宝贝儿,你在哪儿?

在奔跑中,她第三次拨打了凯特琳的电话,但它还是转到了留言信箱中。

十分钟就要过去了。她停止奔跑,停下来喘息,拨打雪莉·林赛的电话,恳求再给她几分钟,给她讲了一个半是事实的理由,说是自已带凯特琳去了一个矿泉胜地,她不知跑到什么地方去了。皇家医院的移植协调人勉强同意再给她十分钟,但是只有这十分钟了。

林恩千恩万谢,然后静静地站着,心在咚咚地跳。她心急如焚,愁得没了主意。

露面吧,凯特琳,求你了,求你了。

这个地方太大了,没有帮助她决不会找到她。她决心先尽力找出方向,又往回跑,按着指示牌去找通往大门门厅的路,结果出乎意料一下就找到了。一个警官正站在大门边,仿佛在守卫着它,其他的人都不见了。

她从一道写着"私用,勿入"的门里走了进去,又回到了办公区域,打开门走进玛琳·哈特曼的房间。

突然她惊呆了,不跑了。

德国女人双手放在前面,被手铐铐在了一起,面露阴郁的神色但却不失尊严。后面站着两个身穿制服的警官。身旁站着一个高大、秃头的男人,身穿一件雨衣;而站在办公桌旁,正在一些文件中翻找着的则是那个今天上午来找过她的总警司。他转过头来看着她,眼睛睁大了,认出了她。

"在你的女儿手术之前带她到这里来治疗一下,是吗,贝克特太太?"

"求求你了,你一定得帮我找到她。"她突然说出这句话来。

"你到威斯敦田庄来有什么很好的理由吗?"他严厉地回答她。

"理由?有的,"林恩气狠狠地说,突然间被他的态度给激怒了,"因为我要收拾得体体面面地来参加我女儿的葬礼。这个理由足够了吧?"

在接下来的沉默里,她用双手捂住脸开始抽泣起来。"请帮帮我。我找不到她了。请告诉我她在哪儿。"她泪眼模糊地看着德国女人问,"她在哪儿?"

经纪人耸耸肩。

"求你了,"林恩抽泣着说,"我得找到她。她不知跑到哪里去了。

我们得找到她。皇家医院为她找到了一个肝脏。我们得找到她。十分钟,只有十分钟的时间。十分钟!"

罗伊·格雷斯一步跨到她跟前,手中握着一张纸,脸色凝重。"贝克特太太,你涉嫌阴谋贩卖人口以达到做器官移植的目的,以及涉嫌企图购买一个人体器官,我现在逮捕你。你可以不必开口,但是等到了法庭上,如果问到你一些事情时你不回答,也许会造成对你不利的判决。"

林恩现在明白这张纸是什么东西了。这就是她刚才发出的传真,指示她的银行将余剩的款项转汇给器官移植中心。

她的双腿突然间发软。她握紧双手,压住自己的嘴唇,歇斯底里地抽泣起来。"求求你们找到我女儿。我会承认一切事情,我不在乎,只是请你们找到她。"

她恳切地看着那个黑人,他有一张同情的脸,又看着那冷面孔的德国女人,然后看着警司。

"她要死了!求求你们了,你们得明白!只给我们留下十分钟的时间找到她,不然的话医院就会把给她的肝脏给别人了。你们不明白吗?如果她今天得不到那个肝脏,她就会死去。"

"你在哪里找过她?"玛琳生硬地问。

"每一处地方都找过了——每一处。"

"外面呢,也找过了?"

她摇摇头:"不——我——"

"我会给直升飞机打电话,"格伦·布兰森说,"你能给我描述一下你女儿的模样吗?她穿了什么衣服?"

林恩告诉了他,然后他拿出对讲机放到耳边。短短交谈了几句之后,他放下对讲机。

"十五分钟前,他们发现了一个十几岁的女孩,外貌符合你的描述。她走进了一辆出租车。"

林恩发出一声令人吃惊的哀号:"出租车?到哪里?它是开到哪里去的?"

"那是一辆布赖顿的出租车——一辆流线出租车公司的车,"格伦·布兰森说,"我们应该能找到,但这得花上不止十分钟的时间。"

林恩茫然地摇着头:"十五分钟以前,一辆出租车里?"

布兰森点点头。

林恩想了一会儿说,"啊……啊,她可能回我们的屋子里去了。请让我去那儿,我会回来的——我会径直回来的,我保证。"

"贝克特太太,"罗伊·格雷斯说,"你已经被逮捕了,你将被从这里送到布赖顿的拘留中心。"

"我女儿要死了!她活不下去了。如果她今天不进医院,她就会死去。我——得和她在一起——我——"

"如果你愿意,我们会派个人到那里去,看看她情况如何。"

"不是那么简单的事。她必须进医院,今天。"

"还有别的人能照料她吗?"格雷斯问。

"我丈夫——我的前夫。"

"我们怎样和他联系?"

"他在船上——出海了——一艘挖沙船。我——不记得——他的时间是——他们上岸的时间。"

格雷斯点点头。"你能把他的电话号码告诉我们吗?我们去试一下,找一找他。"

"我不能自己和他说吗?"

"对不起,不行。"

"我就不能——我想我能打一个电话?"

"等你判决之后。"

她失望地望着面前的两个男人。格雷斯虽然也同情地望着她,但表情依然坚定。她把马尔的电话号码给了他们。布兰森在他的笔记本里记下了,然后立刻拨打了电话。

121

在这个房间里只能读到两样东西。一样钉在一张带有一个小玻璃窗的绿门上，上面写的是：在拘留区里不得使用移动电话。另一样则是：所有被拘留者将按照拘留所官员的指示进行彻底的搜查。如果你身上或你的所有物中藏有任何违禁的物品，须马上告知拘留所官员或逮捕你的警官。

林恩已经把这两张告示各看了不下十来次。她在这个可憎可怖的房间里，四面是光秃秃的白墙，地上也是光秃秃的褐色地板。她坐在一张坚硬的长凳上，仿佛它是用石头做的。她已经这样坐了有一个多小时了，靠人家给她的两小包糖维持着力气。

她一生中从来没有感到如此的恐惧。她离婚时的痛苦也绝不能和她现在心中所体验到的痛苦相比。

每隔几分钟，那个曾经陪伴她从威斯敦田庄到这里来的年轻警官就会看她一眼，给她一个无助的微笑。他们互相之间没有什么好谈的。她已经把她的问题向他说过了一遍又一遍，他能理解，但爱莫能助。

突然他的电话响了。他接听了,这期间他作出过几次简短的回答。几分钟后,他把电话从耳边移开,转向林恩说:"是布兰森警长,早些时候他曾和你一起在威斯敦田庄的,是吗?"

她点点头。

"他现在和你的前夫在一起,在你的屋子里。没有你女儿的踪迹。"

"她在哪里?"林恩虚弱地说,"在哪里?"

警官无助地看着她。

"我能和马尔——我的前夫说话吗?"

"对不起,夫人,我不能那么做。"这时他突然把电话放到耳边,同时竖起一只手指来。

他转向林恩说:"他们已经从电话上找到那辆出租车了。"

他听了几分钟,然后对着电话里说:"我会转达,长官,如果你等一会儿的话。"

他又转向林恩说:"大约两个小时以前,这个司机从威斯敦田庄接走了一位年轻的小姐,外貌与你的女儿相符合,他们已经和他联系上了。这位司机说他非常担心她的健康状况,要把她送去医院,但她拒绝了。她在汉菲尔德附近的伍德曼科特一个农场下了车。"

林恩皱眉道:"什么地方?"

"那里只是一条车道——她坚持要在那里下车。"

突然间,她明白了。

"啊,上帝!"她说,"我知道她在什么地方了,我知道她的准确位置了。请告诉马尔——他会知道的。"她拼命忍住眼泪,抽吸着鼻子,由于抽泣她的声音变得断断续续。

"告诉他,她回家了。"

122

下午刚过四点，正在暗下去的日光里，天空飘洒着冻雨，马尔必须将名爵车前照灯打开。这条有着很深车辙印的小路大多数地方是泥地，只在上面撒上了小的燧石子。路上还铺满了落叶，那是从两边树上落下来的。他慢慢地开着车，不想让他的排气管擦着地，或是扬起飞尘，落在他后面的警车上。

他努力回忆着自从他上一次来这里有多少年过去了。他和林恩离婚后，他们便把这房子给卖了。但是两年后，他看见它再次贴出了出售的公告。他曾带着简来过这里，想把它再买回来。但是她只看了一眼，便断然地拒绝了。她觉得这里太偏僻，说若是只有她一个人在这里的话她会害怕的。

他不得不承认她是对的。你要么喜欢独处，要么不喜欢。

他们打农场的主宅经过，那里住着年长的农场主和他的妻子，当时是他们唯一的邻居。然后他们又开了半英里，从一连串倒塌了的谷仓和一台拆了一半的拖拉机和一辆旧拖车前经过，然后绕进树林子里。

他为凯特琳担心极了。林恩搅进了怎样的一团乱麻呀？可以推测，这一定是和她极力想要购买的那个肝脏有关。他还没有把钱的事告诉简，但是在这个时刻，这件事还远远没有放在他心上。

警察其他的事情什么都没提，只是告诉他说凯特琳跑了，她母亲为她日渐衰落的健康担心得要命。肝脏移植的机会现在有了，但她可能面临着失去它的危险。

当他们来到一片林中空地时，前面出现了一大片鬼影似的白光。那就是冬天小屋，曾经是他们梦想中的家。它在这条小路的尽头。

他把汽车调整了一下角度，这样车灯的灯光就能完全打在小屋上。说实话，在那常春藤覆盖下的是一栋非常丑陋的建筑物，一幢矮墩墩的、四四方方的两层楼，是在二十世纪五十年代早期，用造价很便宜的煤渣砖砌出来的，里面住着一个牧人和他的全家。九十年代后期农业不景气，他们失去了工作。这个农民把它放到市场上出售，想得到一点现金，正是在这个时候他和林恩把它买了下来。

正是它的位置吸引了他们两个。这里绝对安静，在它的南面是英格兰大草地一派壮丽的景色，而且开车到布赖顿市中心只有十五分钟的车程。

现在从外表看来，这个地方是被抛弃了。他知道那一对伦敦来的夫妇买下这个地方原本是有个大计划的，但是他们后来移民到了澳大利亚，于是它又回到了市场上出售。很显然多年来都没有人动过它。也许再也没有能同时具有现金和眼力的人来过这里。要买下它，这两样都必须大量具备。

他从副驾驶座上拿下他的手电筒，从车中爬了出来，让汽车的头灯亮着。两个警长，格伦·布兰森和贝拉·莫伊也从他们的汽车中爬了出来，每人手里都亮着一支手电，跟着他走。

"我不觉得在这周围会看到许多耶和华的见证人[①]。"布兰森开玩笑说。

[①]十九世纪后期美国创立的一个基督教教派，认为"世界末日"在即，主张个人与上帝感应交流。该教会的活动非常积极，经常登门传教。

"那是一定的。"马尔说。

然后他领路,沿着他从前亲手铺的一条砖石路走过去。这条路穿过一条有冬青植物覆盖的拱道,一直通到大门前,再围绕屋子一圈。这些植物长得这样蓬勃,他们三个都得弯下身子,以免被棘刺扎到。从这里出来就走进了后院。砖石路继续经过一个朽坏了的烧烤台,然后又沿着一个草坪的边沿继续走下去。这草坪曾经是他的骄傲和欢乐,如今却变成了一片荒芜。他们穿过高大的紫杉树篱中一个几乎长拢到一起来了的缝隙,走进了凯特琳总是把它称做她的"神秘园"的地方。

"我明白了为什么需要你和我们一起来,先生。"贝拉·莫伊说。

马尔科姆淡淡地一笑。当他的手电筒光线打到木头制的温迪小屋上面时,他的喉咙拉紧了。这时他停住了脚步,突然紧张了起来。

一方面,他很是吃惊,它仍然还在那里;另一方面,他又但愿不是。突然间,它叫他想起了他和林恩分离的痛苦,真是百感交集。

这个小屋是由原木建造的,每一个拐角由矮墩墩的砖柱来支撑。他亲手对它进行了重建,来表示他对凯特琳的一番爱。它的中间有一扇门,有几级台阶走上去,每一边都有一个窗户。有两扇窗户上仍然还有玻璃,虽然他手电筒上的光只能勉强穿透那层厚厚的尘土照到里面。他很高兴地看到沥青屋顶还在原位,虽然边上有点卷起来了。

他试着叫她的名字,但他的喉咙太干,发不出声音来。他向前走过去到了台阶上,两边各有一个警官掩护。他转动那有些晃动的门把手,推开了门。

他的心高兴得跳了起来。

凯特琳正坐在小屋后面的地板上,全身弯成弓状,就像一个屈身的洋娃娃,正朝她自己衣服的下摆上看着。

从她的iPod上发出一点绿色的微光。它放在她的大腿上,在静默中他能听见一个迭句在唱着:"一……二……三……四……"

他听出来那是菲斯特,是她最喜欢的一个流行歌手。艾米也喜欢她。

"嗨,亲爱的!"他说,试着不要惊动她。

没有回应。

有什么东西在他体中偷偷潜行。"亲爱的,没事了,是爸爸来了。"这时他感觉到有一只手臂放在了他的肩上,把他止住了。

"先生。"格伦·布兰森拦住了他。

他置之不理,匆忙走了过去,双膝跪了下来,把他的脸贴近了凯特琳的脸。

"凯特琳,亲爱的!"

他用双手捧住她的脸,感到她是那么冰冷,像石头一样冷。他震惊了。

他轻轻地抬起她的脸,这时看到她的眼睛睁得大大的,但是里面却没有一丝闪动的迹象。

"不!"他说,"不!求你了,不!不!不——不!"

格伦·布兰森举起他的手电筒,直射进她的眼睛里,寻找着瞳人,或是眼皮,或是睫毛的颤动,但是什么都没有。马尔绝望地把凯特琳轻轻放下,将他的嘴唇压在她的嘴唇上,开始给她做人工呼吸。在他身后,他听见女警察用无线电话呼叫救护车的声音。

他仍在发了狂地努力要使凯特琳复活过来。二十分钟后,医护人员终于到达。

123

十天以后,那个和善的女警员和女翻译陪同西蒙娜走过希思罗机场的停机坪,向英国航空公司的飞机走去。

西蒙娜把戈古紧紧地抓在胸前。警官为她翻遍了威斯敦田庄所有的垃圾箱,终于找到了它。

"那么,西蒙娜,能及时回家赶上圣诞节,你高兴吗?"警官快活地问她。

翻译用罗马尼亚语把这个问题重复了一遍。

西蒙娜耸耸肩。对于圣诞节,除了街上会有许多的人,他们的包里和皮夹里带了许多的钱,使得圣诞节成了一个偷窃的好季节之外,她知道得不多。她感到茫然和混乱。从一个地方到另一个地方,从一个房间到另一个房间,她都被冷落在一边。她不知自己身在何处,再也不想要待在这个地方了。她只是渴望着能再一次看到罗密欧。

她低头看着地上,不知怎样回答。而且她喉咙受着伤,说起话来仍然有些痛。那是由于插呼吸管造成的。他们告诉她说,不久就会好起来。

她不明白为什么他们要把呼吸管从她嘴里插下去,也不知道现在为什么要送她回去。那个翻译告诉她说,坏人计划要杀死她,把她的内脏器官拿走。但她不知道自己是否该相信她。或许这只是一个要送她回罗马尼亚的借口。

"你会好起来的!"警官说,在舷梯跟前给了她最后一次拥抱,"伊恩·蒂林已经安排了人到布加勒斯特机场来接你,把你带到他的宿舍。他在那里为你安排了一个地方。"

翻译把这个保证向她复述了一遍。

"罗密欧也会在那里吗?"她问。

"罗密欧正在等你。"

西蒙娜凄凉地爬上楼梯,拿不准是不是该相信他们。

两个女乘务员站在上面愉快地欢迎她,检查她的登机卡,把她领到了座位上,然后帮助她系上安全带。在大部分的航程中,她都默不做声,愁闷地看着她前面座位的后背,手里紧紧抓着护照证件。人家告诉她到了那头要把它们交出去。对摆在她面前的那盘食物她动也未动。她只是不断地想着罗密欧。也许他会在那里。当她看见他时,也许一切又会好起来的。

也许他们能找到一个新的梦。

124

  罗廷丁镇以东，白垩悬崖下面的那条路，一直以来是罗伊·格雷斯最喜爱的一条散步道。还是在孩提时代，和他的双亲一起在那里散步几乎已经成了星期天的一项仪式化的活动。近来，至少在那些不必工作的星期天里，他自己和克莉奥也把一起在那里散步当成了一项仪式化的活动。

  他喜欢那里给人的戏剧性感受，特别是在恶劣的天气里，就像今天下午这样。风在呼啸，海潮的浪头很高，海水偶尔一直冲到了海堤上，把水花和卵石冲刷过低低的石头墙。那警告人们石头滚落危险的告示牌更增加了戏剧的气氛。他也喜欢这里的气味，爱闻海水的咸味儿和海藻味儿，以及偶尔吹来又散去了的一丝烂鱼虾气味。他还喜欢看那货船和集装箱船只出海，开到地平线上的景致，以及有游艇开近时候的情景。

  今天是圣诞节之前的最后一个星期天，他知道自己应该感觉放松了，盼望着能有些时间和他心爱的女人一起出去走一走。但是在他的内心里,他的感觉就像他右边海峡里灰色的海水一样,在翻滚,在沸腾,在溅起泡沫。

他们俩都穿得暖暖和和的。克莉奥用她的手舒服地挽住了他的手臂。他突然间想到,如果他们俩到了五十岁的年纪,成了满脸皱纹的老人时,不知道还会不会仍然来做这样的散步。

汉弗莱远远地在前面引路,一路小跑着,嘴里骄傲地叼着一大块漂来的浮木。它把它当作了一件战利品。一条褐色的小狗向他们跑来,吠叫着。它的主人在不远处叫着它的名字。克莉奥把手松开,走过去跪下来抚摸它。但是当汉弗莱扔下那块浮木咆哮时它紧张地往回退。她把汉弗莱推开,向小狗走过去一步,它又往回退。他们俩都笑了起来。这时,它听见了主人喊它的名字,便突然跑开了。

"如此看来,大侦探,你的感受如何?"她问,一面将她的手又伸向他的臂弯里。

"我不知道。"他老老实实地说,看着汉弗莱在挣扎着想要再一次叼起那块浮木。

"告诉我好吗?"

"威灵顿公爵不是说过这样一句话吗,说是唯一比输掉一场战争更糟糕的事情,就是赢得了一场战争。"

她点点头。

"那也是我的想法。"

"有些事情我想不明白。"她说,"所有那些医护人员是怎样在那么长久的时间里保持沉默的?"

"罗马尼亚的一个外科医生一年才挣四千欧元,其他的医务人员就更少了,这就是原因。他们在威斯敦田庄挣的是一大笔钱,所以他们幸福极了。"

"再加上他们在乡下隐藏得很安全。"

"他们大多数人不会说英语,所以绝不会和当地人闲聊。这件事情安排得极为精明。把他们用船运进来,圈在一起,然后又用船把他们运出去。他们是欧盟的成员,因此没有越境工作的限制,也没有人去过问他们。"

"那么罗杰·塞利尔斯呢?"

"他挣的是大钱。而且他还有他自己道德上的辩护理由。"

他们默默地继续走了一会儿。

"格雷斯,告诉我,如果那是我们的孩子——那个女孩,凯特琳,你会怎么办?"她把手抽出来,拍拍她的肚子说,"如果将来发生了一些事情,这些事情发生在这个小人儿身上,你会怎么办?"

"你说这话是什么意思?"

"在同样的情况下,如果我们唯一的选择就是设法去买一个肝脏来救我们的孩子,你会怎么办,嗯?"

他耸耸肩,说:"我是一个警察,我的职责就是强制执行法律。"

"这正是你有时候令我感到害怕的一点。"

"令你感到害怕?"

"嗯。我想我会为了我的孩子不顾一切,甚至去杀人。这不就是当父母的本来意义吗?"

"你认为我的所作所为错了吗?"

"不,我不是那个意思。但是我能理解那个母亲所做的一切。"

格雷斯点点头,说:"在你给我看的一本哲学书中,我看到亚里士多德这样说:众神给予一个母亲的痛苦折磨莫过于让她活得比她的孩子们长。"

"是,的确如此。因此你认为那个女人现在有何感受?"

"一个罗马尼亚街头少年的生命和一个英国中产阶级少年的生命比较起来就没有那么珍贵吗? 克莉奥,亲爱的,我不是神,我也不要扮演神的角色,我是一个警察。"

"你不觉得你有时候太像一个警察了吗?"

"什么意思?"

"不惜任何代价强制执行法律? 藏身在别人的牺牲后面? 你就这样受你们警察的世界观的局限,以致于不能跳出来看看外面吗?"

"我们救了那个罗马尼亚女孩一命。那对我意义重大。"

"就好比是,完成了一项工作,接着要干下一件了。"

他摇摇头说:"不,绝不是这样,那不是我的工作作风,也不是我感受的方式;从来都不是。"

她把他抓得更紧一些,说:"你是一个真正的好人,不是吗?"

他若有所思地微笑,说:"在一个不幸的世界里。"

她停下脚步看着他微笑,那样的微笑让罗伊愿意以死来捍卫。她说:"是你使得这个世界少了那么一点不幸。"

"但愿如此。"

尾 声

林恩站在凯特琳的房间里，这间房两年半来几乎从未动过。现在，在她女儿所有的那一堆乱糟糟的东西中，又多了一堆搬家公司的薄纸板盒。

究竟哪些东西她该保留，哪些东西她该扔掉呢？她即将要搬进去的那一套小公寓里没有太大的地方。

她四处看着那叫人不可理解的一堆衣服、绒毛玩具、CD、DVD、鞋子、化妆品盒、粉红色的小凳子、蓝色有机玻璃的活动蝴蝶、购物袋和飞镖圆靶，上面有一条紫色的毛皮长围巾垂了下来。她看着这一切的时候，眼泪从双颊滚滚流下。

眼泪是为凯特琳而流的，并不是为了这个地方。离开这里她并不感到遗憾。凯特琳一直以来按她自己的方式所说的话是对的。这里只是她们的屋子，并不是她们的家。

她走进自己的卧室。床上高高地堆着从她衣柜和小橱里拿出来的东西。放在最上面的是她的那件蓝色大衣，它仍然放在有拉链的塑料袋里，在她和雷吉·奥库玛的第一次"约会"之后她就把它给封存了。

虽然那是她最喜爱的一件大衣，她还是感觉它已经被玷污了，再也不曾穿过它。但是，现在奥库玛已经成了过去的事。迪纳里厄斯在凯特琳去世之后对林恩很好，把她提升为经理。这就使得她能够把奥库玛的欠债一笔勾销，把他的信用等级在顾客系统里升了级。这件事没有任何人知情。

她把大衣搭在手臂上，走下楼，走出屋子，走进了外面春天里的美丽早晨。然后她把它塞进了垃圾桶。

她把屋子卖掉，还掉了卢克和苏·沙克尔顿的钱，还有马尔的一部分钱和她母亲的。这样之后剩下的就不多了，但她不在乎。不管怎么样她得把过去抛在身后。

在某种程度上来说，几乎是这样。至少她的判刑结果就是这样。刑期两年，暂缓执行。多亏了一位律师那可以得奥斯卡奖的演说，也或者是碰巧这个案件被提到了一个富有同情心的法官面前——也许两者都是。

终生为凯特琳而痛苦则是另一回事。人们说开头的两年是最难熬的。但是林恩发觉现在并没有真的好一些。一星期有好几晚她都会失眠，醒来时一身冷汗，为她曾经做过的决定，为她失去的美丽女儿而痛苦地哭喊。

她会咒骂自己，踢打自己，那个给凯特琳的合法的移植器官曾经离她们那么近，而她却纯粹出于惊慌，纯粹出于绝对的愚蠢而把这个机会给放跑了。

现在唯一能叫她平静下来，安慰她的就只有床尽头的马克斯的呜呜叫声了，这让她想起了她女儿的笑容，还有她常常喜欢说的那句叫她生气的话。

"冷静点儿，你这个女人。"

致 谢

  本书是一部虚构的作品,正如我所有关罗伊·格雷斯的小说一样。然而今天在英国因为得不到足够的器官进行移植,导致每天都有三个人死亡,这却是一个悲惨的事实。在布加勒斯特有一千多名儿童,另外还有超过五千名的成人生活至今艰难。他们中有些人已经是第三代的街头流浪少年了。这是齐奥塞斯库那可怕的统治留下来的一笔遗产。这同样也是一个悲惨的事实。

  在创作这部作品时有许多的人给了我大量帮助,如果没有他们强烈的善心和慷慨的支援,我根本不可能在如此具有事实可靠性的基础上写出这本小说来。

  我首先要感谢的是女王警察勋章的获得者,苏塞克斯警察局局长马丁·理查兹。是他在我的写作上给予了慷慨的支援,提供了许多有益的建议,为我开辟了许多途径。

  我的好朋友,前总警司大卫·盖洛在我的写作过程中一如既往地贡献出他宝贵的力量,为我审阅手稿;不仅核对了事实,并且对故事发展的每一个方面不断提出睿智的设想。我可以诚实地说,没有他的参与,本书将会是一本相当贫瘠乏味的作品。

苏塞克斯警察局有相当多的警官都为我提供了他们的时间和智慧,容忍我去打扰他们,不厌其烦地回答我那没完没了的提问。他们人数太多,我无法在此一一列举。但我尽力把他们的姓名写下来,如有遗漏,敬请原谅。他们是:凯文·摩尔总警司、格雷姆·巴特利特总警司、彼得·戈尔总警司、克里斯·安伯勒总警司、亚当·希伯特总督察、特雷弗·鲍尔斯总督察、史蒂芬·科里总督察、保罗·弗内尔总督察;科技处负责人布赖恩·库克、斯图亚特·伦纳德、唐·克斯;威廉·华纳警督、尼克·斯隆总督察、詹森·廷利警督、史蒂夫·布鲁克曼督察长、安德鲁·昆德特督察、罗伊·阿皮斯督察、菲尔·泰勒警长;高科技犯罪处的雷·帕卡姆及戴夫·里德;詹姆斯·鲍斯警长、乔治·艾吉警员、罗伯·利特探察、菲尔·克拉克、梅尔·道尔警长、托尼·奥莫索托警员、伊恩·厄普顿警员、安德鲁·金警员;马尔科姆·沃克普警长、达伦·巴尔科姆警员、肖恩·麦克唐纳警长、丹尼·斯威特利克警员、史蒂夫·齐思曼警员、安迪·麦克马洪警员、贾斯汀·哈姆布洛克警长、克里斯·海弗、马丁·布鲁姆菲尔德、罗恩·金、罗宾·伍德、罗娜·丹尼森-威尔金斯警长及特种搜索队的队员们;新闻及公共联系官员苏·赫德、露易丝·伦纳德、詹姆斯·卡特尔,以及慕尼黑 LKA 的彼得·维德姆。

在此我要特别对布赖顿霍夫市殡仪馆那了不起的团队致以热切而诚恳的谢意,他们是:埃尔茜·斯威特曼、维克多·辛顿、肖恩·迪克特,以及奈杰尔·柯卡姆医生。

有两个人在肝脏衰竭和肝移植方面给我提供了最非同寻常的、极具个人眼力的观点,他们俩都是新近接受了一个新肝脏的患者:扎赫拉·普利德尔和詹姆斯·萨斯菲尔德·沃特森。他们两人的家庭对本书也贡献良多,他们是:谢姆斯·沃特森、凯西·萨斯菲尔德·沃特森和凯思琳·萨斯菲尔德。

在肝脏疾病和相关的医院知识方面我承蒙下列各位的善心教诲,真是不胜感激。他们是:罗杰·约克·卡恩斯教授和爵士、约翰·拉梅齐医生、尼克·沃姆医生；国王医学院杰出的阿贝德·萨德尔医生实实在在地帮助我了解了肝病方面一些最难理解的技术部分和肝脏移植的过程；瓦利德·法拉杰医生、吉尔·威尔森、琳达·塞尔福斯、邓肯·斯图尔特医生、简·萨莫利医生、乔纳森·帕什医生；验尸官彼得·迪恩医生、法医学病理学家本杰明·斯威夫特博士、本·夏普医生、克里斯汀·埃尔丁，以及苏塞克斯郡皇家医院的移植协调人萨拉·戴维斯和卡洛琳·汤姆赛特医生。

乔安妮·戴尔在了解青少年群体上面极具眼力，而安娜贝尔·斯科克则以她的睿智对年轻人的观点具有很深的研究。她们两人都使我获益匪浅。

也要谢谢彼得·温盖特·索尔、艾德里安·布里格斯和菲尔·霍曼、国际法医专家公司的彼得·法尔丁、布赖顿霍夫市的最高地方行政长官朱丽叶·史密斯、兰花赛尔玛公司法医处的主任阿比盖尔·布拉德利和马特·格林哈尔希，阿可迪号挖沙船的蒂姆·摩尔、拉格·马歇尔及其全体船员，特别是它的厨师长萨姆·詹姆斯！CEOP儿童贩卖调查处的负责人梅尔·约翰逊，英国反人口贩卖组织，"城市之光"的萨曼莎·戈代克，还有萨莉·阿尔伯利。特别感谢特蕾莎慈善组织的尼基·米切尔和杰西卡·布切尔，还有格雷汉姆·刘易斯，修理我的上锁车库的专家。

我还应将本书的完成归功于我在罗马尼亚的团队——我的代理人西蒙娜·卡斯勒，我在罗马尼亚的杰出的出版商巴伦廷和安杰利克·莫里，归功于法拉收容所的迈克尔·尼克尔森和简·尼克尔森；归功于罗伯特·沃尔夫·莫里，也要归功于获得女王勋章的伊恩·蒂林那宝贵的热情和激情，以及德国的汉斯－约根·斯托克尔和安妮特·利伯特。

要感谢苹果售后服务的克里斯·韦伯，你一如既往地修理我的电脑，尽管我一直在滥用它，是你使得它保持了活力。在这时还要特别地感谢安娜－丽莎·林德巴尔德，在我整个有关罗伊·格雷斯的系列小说中，她又一次充当了我的不知疲倦的杰出的"非正式"编辑和注释者，还感谢苏·安塞尔，她那对细节的尖锐观察力使得我免去了许多的尴尬。

从我的专业上来说,我又一次有了我的梦之队:代表我的非凡的加洛尔·布雷克以及奥利·芒森;我那令人肃然起敬的国际法专家托尼·马利肯、阿米莉亚·奈特和米达斯公共关系公司的克莱尔·巴涅特。在这里我已没有足够的篇幅来向麦克米兰出版公司的每一个人说一句合适的感谢的话语了,但我必须为我那才华横溢的新编辑玛丽亚·莱特说上一句,为她的智慧和经验由衷地表示感谢;还有尽职尽责的史蒂夫·拜尔沃思,我也必须向他表示谢意。

像以往一样,海伦一直是我的支柱,用她圣徒般的耐心和无尽的智慧给予我滋养。

我的宠物狗朋友们继续使我保持了心智的健全。在此热烈欢迎新来的朋友,永远快乐的可可,它最近已经加入了我书桌下的一伙狗朋友奥斯卡和菲比之中。每当我将废弃的稿页从书桌上抛下,它们便会一跃而起将其接住,不使它们落到地板上,然后将其尽职尽责地一一撕个粉碎,在此一并表示感谢。

最后我还要感谢你们,我的读者,为了你们给予我的令人不可相信的支持,为了你们给我发来的那些博客评论和电子邮件。

彼得·詹姆斯
于英格兰苏塞克斯郡

DEAD TOMORROW by PETER JAMES
Copyright: © 2009 Really Scary Books Ltd.
This edition arranged with Blake Friedmann Literary, TV and Film Agency
through Andrew Nurnberg Associates International Limited.
Simplified Chinese edition copyright: © 2013 NEW STAR PUBLISHERS
All rights reserved.

图书在版编目（CIP）数据

明日花黄 ／（英）詹姆斯著；王莹译 .—北京：新星出版社，2013.3
ISBN 978-7-5133-1049-9
Ⅰ. ①明… Ⅱ. ①詹… ②王… Ⅲ. ①侦探小说－英国－现代 Ⅳ. ①I561.45
中国版本图书馆CIP数据核字（2012）第306320号

明日花黄

（英）彼得·詹姆斯 著；王莹 译

责任编辑：邹 瑨
责任印制：韦 舰
装帧设计：@broussaille私制

出版发行：新星出版社
出版人：谢 刚
社　　址：北京市西城区车公庄大街丙3号楼　100044
网　　址：www.newstarpress.com
电　　话：010-88310888
传　　真：010-65270449
法律顾问：北京市大成律师事务所
读者服务：010-88310800　service@newstarpress.com
邮购地址：北京市西城区车公庄大街丙3号楼　100044

印　　刷：北京合众协力印刷有限公司
开　　本：910mm×1230mm　1/32
印　　张：19.375
字　　数：339千字
版　　次：2013年3月第一版　2013年3月第一次印刷
书　　号：ISBN 978-7-5133-1049-9
定　　价：48.00元

版权专有，侵权必究。如有质量问题，请与出版社联系更换。